U0924895

Yilin Classics

LOUISA MAY ALCOTT

经/典/译/林

Little Women

小妇人

[美国] 路易莎·梅·奥尔科特 著

刘春英 陈玉立 译

译林出版社

图书在版编目(CIP)数据

小妇人/(美)路易莎·梅·奥尔科特(Louisa May Alcott)著;刘春英,陈玉立译.—南京:译林出版社,2017.2(2024.3重印)
(经典译林)
ISBN 978-7-5447-6678-4

Ⅰ.①小… Ⅱ.①路… ②刘… ③陈… Ⅲ.①长篇小说—美国—近代 Ⅳ.①I712.44

中国版本图书馆CIP数据核字(2016)第244007号

书　　名　小妇人
作　　者　[美国]路易莎·梅·奥尔科特
译　　者　刘春英　陈玉立
责任编辑　鲍迎迎　吴莹莹
责任印制　颜　亮
出版发行　译林出版社
地　　址　南京市湖南路1号A楼
邮　　箱　yilin@yilin.com
网　　址　www.yilin.com
排　　版　南京展望文化发展有限公司
印　　刷　江苏凤凰盐城印刷有限公司
开　　本　880毫米×1240毫米　1/32
印　　张　17
插　　页　4
字　　数　430千
版　　次　2017年2月第1版
印　　次　2024年3月第21次印刷
书　　号　ISBN 978-7-5447-6678-4
定　　价　45.00元

译林版图书若有印装错误可向出版社调换
市场热线:025-86633278　质量热线:025-83658316

译　序

还是在十二三年前吧，我在大学念书，深夜读英文原著《小妇人》（*Little Women*），读到劳里因乔拒绝了他的爱，痛苦之下离家远行时的情景。分手时乔跟在他的身后，想趁他回头时跟他挥手道别，他果然回过头，返回来，用手臂绕着她，说：

“哦，乔，难道你不能？”

“特迪，亲爱的，我真希望能！”

然后劳里挺直身子，说：“好的，别在意。”随即再不发一言，转身离去。呵，但这可并不好，乔心里也确实在意，当他头也不回地离她而去时，她知道男孩子劳里是永远也不会再回来了。

我不禁感叹唏嘘，连忙一气把书读完，竟彻夜不知疲倦。以后每每留意书店，却一直没有看到这本书的中译本（恕笔者孤陋寡闻），心里便萌发了要把这本书译成中文的愿望。后来看杨绛女士的《杂忆与杂写》，其中《记杨必》一文便载有她们姐妹年轻时一起谈论《小妇人》的情景，可知这本书早年在我国就已有一定的影响。今终有机会把它再次介绍给读者，深感欣幸。

《小妇人》的作者路易莎·梅·奥尔科特生于一八三二年。她的父亲布朗逊·奥尔科特是马萨诸塞州康科德一位自学成才的哲学家、学校改革家和乌托邦主义者。他一生沉迷于对理想的追求，以致无力负担家庭生活。维持生计的担子先是落到他妻子身上，而后又落到他那富有进取精神的二女儿路易莎·梅的身上。在她父亲演讲，写作，跟声名显赫的爱默生、霍桑、梭罗等朋友一起交谈时，路易莎就到学校教书，当女裁缝、护士，做洗熨活。十九岁时她甚至出去做用人。虽然收入微薄，却也解决了家里的燃眉之急。她的创作更使家庭经济有了好的转机。她在文章中写道："我要以自己的头脑作武器，在这艰难的尘世中闯出一条路来。"

路易莎十岁开始热心于业余戏剧演出，十五岁时写出第一部情节剧，二十一岁开始发表诗歌及小品。她在内战期间短暂的护士经历使她写成《医院随笔》(一八六三)一书。

不过她的收入主要来源于她自一八六一年开始以A. M. 巴纳特为笔名写成的惊险小说，这些故事如《波林的激情及惩罚》等，以意志坚强、美艳动人的女英雄为主角。然而，一直到一九〇四年以后，这些故事才被确认为奥尔科特的作品。

一八六八年，名誉和成功不期而至，一个出版商建议她写一部"关于女孩子的书"。她便根据孩提时的记忆写成《小妇人》，书中把自己描写为乔·马奇，她的姐妹安娜、亚碧·梅和伊丽莎白分别为梅格、艾美和贝思。她重新塑造了奥尔科特姑娘们的崇高精神。书中许多故事取材于现实生活，不过现实生活中的奥尔科特一家的经济状况远远不如她笔下的马奇一家。出乎作者意料的是，《小妇人》打动了无数美国读者，尤其是女性读者的心弦。之后，路易莎又续写了《小男人》和《乔的男孩子们》(一八八六)。一八七三年她又以小说形式出版了自传《经验的故事》一书。

路易莎在成名后继续撰写小说和故事，并投身于妇女选举权运动和禁酒运动。布朗逊·奥尔科特和路易莎·梅·奥尔科特同在一八八八年三月逝于波士顿。

《小妇人》是一本小说化的家庭日记,一本道德家世小说。马奇家四姐妹对自立的追求以及她们对家庭的忠诚眷顾构成了一个贯穿全书的矛盾,使故事熠熠生辉,情节生动感人。梅格可以如何高贵、虚荣,却仍然属于马奇家的一员?乔的创造力和躁动的感情可以达到什么程度,而不至于扰乱家庭的安宁?艾美可以表现得如何优雅、自私,却仍然得到家人的爱?贝思可以如何忘我无私,同时又得以生存下去?这是一本自我抑制和自我表现相结合,实用主义和乌托邦思想并存的小说。

马奇家的女人个个都是艺术家。乔写作,艾美绘画,贝思弹琴,梅格写剧本、演出、管理家务,母亲谆谆善诱,营造了一种有威信、异常活跃而又自律的生活。她们各自得到了自己需要的和应得的东西。艾美虽然放弃了自己最高的艺术抱负,却终于成为一个真正的淑女,一个出资扶弱助贫并可以从事艺术工作的人。梅格虽然永远也不能成为她曾朝思暮想的有钱人,却在最吸引她的家庭生活中学习、成长。贝思生命短促,她的音乐严格说来也只是一种家庭消遣,但作为一个聪慧、有爱心、为大家所疼爱的家庭成员,她真正享受到了那种适合自己的生活。乔必须长大,但她不能如读者所希望的那样和劳里建立爱情关系,她得把家庭放在第一位。《小妇人》用朴实无华的写实手法把四姐妹的命运展现在我们面前,它不断地提醒我们:我们要过的生活其实十分简单,简单的生活本身就是一种幸福。自制在这里并非等于失去自我,而更是一种自我的选择。

《小妇人》受美国当时第一大思想家爱默生的影响,强调个人尊严和自立自律的重要,体现了奋发有为的美国精神。马奇姐妹结社办报,写剧本，演戏。为减轻家里的经济负担，乔出去照顾马奇姑婆；梅格在金斯家做家庭教师；乔勤奋写作，终于成为作家；梅格宁愿放弃马奇姑婆的遗产，嫁给了清贫的布鲁克先生，夫妻二人同甘共苦，使小家庭充满了幸福。马奇姐妹明智、自由地选择了自己的生活道路，她们的归宿虽然各不相同，但都是自强自立的结果。

善良仁爱是马奇家的女人所共同拥有的品质，而乔和贝思是一对最具牺牲精神的人物。贝思默不作声地为大家做事，她为帮助赫梅尔一家而得了猩红热。乔对劳里并非无情，但她这种感情太纯真了，纯真得不掺杂一点私心。她喜爱劳里是无可置疑的，甚至打算让梅格嫁给他，后来，她以为自己最疼爱的贝思爱上了劳里，又忙着为贝思打算。她认为"只要我们其他人不挡道"，劳里也一定会喜欢贝思的，而"由于除了她自己外，没有人挡道"，她觉得"应该尽快把自己处理掉"，于是决定离家躲避。当知道贝思并没有爱上劳里时，她这样说："还有艾美留给他，他们会十分般配的。"她"现在没有心情谈这种事情"，她关心的只是贝思的身体。待她终于成长起来，并渴望得到爱情的时候，她却永远失去了劳里。

《小妇人》把道德美看作一个特殊的目标，使全书蒙上了一层道德色彩。而所谓道德，亦即是整个纯真人性，是人类心灵深处至真至善的东西。歌德说："它(道德)不是人类思维的产品，而是天生的内在的美好性格。它多多少少是一般人生来就有的，但只在少数具有卓越才能的心灵里得到高度显现。这些人用伟大事业或伟大学说显现出他们的神圣性，然后通过所显现的美好境界，博得人们的爱好，有力地推动人们进步。"(《歌德谈话录》)这正是书中的美学意义所在。真善生美，美生艺术，《小妇人》由此成为美国文学的经典著作。《小妇人》初出的时候，奥尔科特只希望能在商业上稍有吸引力，但是到一八九〇年，埃德拉·切尼，她的第一位传记作家，这么说道："二十一年过去了，又一代人已经成长起来,但是《小妇人》仍然保持着稳定的销量。母亲们读着这些姐妹们的童年,延续着自己当年的欢乐。她们看着这些小姐妹的脸,不由露出灿烂的笑容,或者因为读到喜爱的小姐妹的死而热泪盈眶。”一个多世纪过去了,这本书的光彩未有稍减,它仍然像一块巨大的磁石,牢牢地将一代人与另一代人联系起来,它用无限温馨甜美的家庭生活打动着一代又一代读者的心。在最近的几十年里,妇女的境遇发生了翻天覆地的变化,但是作为一个母亲,一个妈妈,有一个地方永远是她们最钟爱的,那就是我们都曾生活过而且一直在生活着的家。

该书第一部由笔者翻译,第二部由陈玉立女士翻译。

刘春英

1996年12月于广州梅花村

那么去吧，我的小书，向一切
终将接受并欢迎你的人，
展示你深锁于心的东西；
并祝愿你所说出来的一切
能使他们永远受益，并使他们决意
成为远比你我更好的旅行者。
告诉他们梅茜[①]的故事；她
很早就开始了她的天国之旅。
呵，让年轻的姑娘们认识她，珍视
身后的世界，从而冰雪聪明；
因为旅途上的少女能够跟随上帝，
沿着圣足走过的道路，前进。

① 意为爱心。

CONTENTS・目录

第一部

第二部

第一部

第一章　朝圣

“没有礼物圣诞节怎么过？”乔[1]躺在小地毯上咕哝。

“贫穷真可怕！”梅格[2]发出一声叹息，低头望着身上的旧衣服。

“有些女孩子拥有荣华富贵，有些却一无所有，我认为这不公平。”艾美鼻子轻轻一哼，三分出于轻蔑，七分出于嫉妒。

“但我们有父母姐妹。”坐在一角的贝思[3]提出抗议。

这句令人愉快的话使炉火映照下的四张年轻的脸庞明亮起来。“我们没有父亲，很长一段时间内都将没有。”乔伤心地说。听到这句话，大家的脸又暗淡下去。她虽没说“可能永远没有”，但每个人心里都把这句话悄悄说了一遍，同时想起了远在战场的父亲。

大家一时无言。一会儿梅格换了个声调说：“你们知道妈妈为什么建议今年圣诞节不派礼物吗？因为寒冷的冬天就要来了，而我们的男人在军营里受苦受难，我们不应该花钱寻乐。虽然我们能力有限，但可以在这方面作出一点小小的牺牲，而且应该高高兴兴的。不过我可并不高兴。”梅格摇摇脑袋。想到那些梦寐以求的漂亮礼物，她感到遗憾不已。

“我看我们那丁点儿钱也帮不上什么忙。我们每人只得一元钱，献

① 约瑟芬的爱称。
② 玛格丽特的爱称。
③ 伊丽莎白的爱称。

给部队也没多大用处。我们不要期待妈妈给我们什么礼物，不过我真的很想买一本《水中女神》，那本书我早就想买了。”乔说。她是个蛀书虫。

“我本来打算买些新乐谱。”贝思轻轻叹了口气说，声音轻得谁也听不到。

“我要买一盒精致的费伯氏画笔。我真的很需要。”艾美干脆地说。

“妈妈没说过这钱该怎么花，要是看着我们两手空空，她也不会高兴的。我们倒不如各自买点自己喜欢的东西高兴高兴。为挣这些钱，我们花了多少心血！”乔大声说道，蛮有绅士风度地审视着自己的鞋跟。

“可不是嘛——差不多一天到晚都得教那些讨厌的孩子，现在多想回家轻松一下啊！”梅格又开始抱怨了。

“你何尝赶得上我辛苦呢？”乔说，“想想好几个小时和一个吹毛求疵、神经质的老太太关在一起，被她使唤得团团转，她却永远不会感到满意，把你折腾得真想从这个世界上消失或者干脆大哭一场，你会感觉怎样？”

“怨天尤人并不好，但我真的觉得洗碗打扫房子是全世界最痛苦的事情。这让我脾气暴躁不算，双手也变得僵硬，连琴也弹不了。”贝思望着自己粗糙的双手叹一口气，这回每个人都听到了。

“我不相信有谁比我更痛苦，”艾美嚷道，“因为你们都不用去上学。那些女孩子粗俗无礼，如果你不懂功课，她们就让你下不了台，她们笑话你的衣着，爸爸没有钱要被她们贴标签[①]，鼻子长得不漂亮也要被她们侮辱。”

“你是说‘讥谤’吧？别说成‘贴标签’，好像爸爸是个腌菜瓶子似的。”乔边笑边纠正。

“我知道我在说什么，你对此不必‘冷嘲日（热）讽’，用好的字眼没什么不对，这有助于增加‘字（词）汇’。”艾美义正词严地反击。

---

① “贴标签”（label）和“讥谤”（libel）的英文读音很相近，艾美把它们念混了。

“别斗嘴了，姑娘们。乔，难道你不希望我们拥有爸爸在我们小时候失去的钱吗？哦，如果我们没有烦恼，那该多幸福啊！”梅格说。她还记得过去的好时光。

“但前几天你说我们比起王孙公子来要幸福多了，他们虽然有钱，却一天到晚明争暗斗，烦恼不休。”

“我是这么说过，贝思，嗯，现在也还是这么想，虽然我们不得不干活，但我们可以互相嬉戏，而且，如乔所说，是蛮快活的一伙。”

“乔就是爱用这些粗俗的字眼！”艾美抨击道，用一种谴责的眼光望着躺在地毯上的长身躯。乔立即坐起来，双手插进衣袋，吹起了口哨。

“别这样，乔，只有男孩子才这样做。”

“所以我才吹。”

“我憎恨粗鲁、没有淑女风度的女孩！”

“我讨厌虚假、矫揉造作的毛头妹！”

“‘小巢里的鸟儿一致同意。’”和平使者贝思唱起歌儿，脸上的表情滑稽有趣。尖着嗓门的两人化为一笑，“斗嘴”就此结束。

“我说姑娘们，你们两个都不对，”梅格开始以姐姐的身份说教，“约瑟芬，你已经长大了，不应再玩男孩子的把戏，应该检点一些。你还是小姑娘时这倒没有什么，但你现在已长得这么高，而且网起了头发，就得记住自己是个年轻女士。”

“我不是！如果网起头发就把我当女士的话，我就梳两条辫子，直到二十岁。”乔大声叫起来。她拉掉发网，披落一头栗色的厚发。“我恨我得长大，得做马奇小姐。我恨穿长礼服，恨故作正经的漂亮小姐。我喜欢男孩子的游戏、男孩子的活儿以及男孩子风度，却偏偏是个女孩子，真是倒霉透了。做不成男孩没法不让我失望，可现在比以往任何时候都要糟，因为我是那么想跟爸爸一起参加战斗，却只能呆坐在家中做女工，像个死气沉沉的老太太！”乔抖动蓝色的军袜，把里头的针弄得铮铮作响，线团也滚落到一边。

“可怜的乔！真是不幸，但有什么办法呢？你只好把自己的名字改得男子气一些，扮演我们姐妹的哥哥，找点安慰。”贝思一面说，一面用柔软的双手轻轻抚摸着靠在她膝上的头发蓬乱的脑袋。

“至于你，艾美，”梅格接着说，“你过于讲究，过于一本正经。你的神态现在看上去挺有趣，但一不小心，长大就会变成个装模作样的小傻瓜。如果不刻意作态，你的言谈举止倒是十分优雅的，不过你那些荒谬的言语和乔的傻话却是半斤对八两。”

“如果乔是个假小子，艾美是个小傻瓜，请问，我是什么？”贝思问道。

“你是个乖宝贝，再没别的。”梅格亲热地答道。此话无人反驳，因为这位“胆小鼠”是全家人的宠儿。

由于年轻的读者们喜欢知道“人物样貌”，我们趁此机会把坐在黄昏的余晖下做针线活儿的四姐妹概略描述一下。此时屋外的冬雪正轻轻飘落，屋内炉火噼啪欢响。虽然这间旧房子铺着褪了色的地毯，摆设也相当简单，但却显得十分舒适：墙上挂着一两幅雅致的图画，壁凹内堆满了书本，窗台上是绽放的菊花和圣诞花，屋里洋溢着一片宁静、温馨的气氛。

大姐玛格丽特，十六岁，出落得十分标致。她体态丰盈，肌肤洁白，大大的眼睛，甜甜的笑容，一头棕色秀发又浓又厚，双手白皙，这令她颇为自得。十五岁的乔身材修长，皮肤黝黑，见了使人想到一匹小公马，因为修长的四肢相当碍事，她仿佛总是不知道该如何处置它们。她嘴巴刚毅，鼻子俊俏，灰色的眼睛异常敏锐，似乎能看穿一切，眼神时而炽烈，时而风趣，时而又像在沉思。浓密的长发使她显得特别美丽，但为了方便，长发通常被她束入发网。她双肩圆润，大手大脚，穿着又宽又大的衣服，正迅速长成一个成熟的女性，心里却极不愿，因此常常流露出这个阶段的女孩所特有的尴尬神情。伊丽莎白，人称贝思，十三岁，肤色红润，秀发润泽，目如秋波。她举止腼腆，声音羞怯，神情宁静而深远，被父亲称为“小宁静”，此名非她莫属，因为她似乎独个生活在自己的伊甸园中，只敢出来会会几个最亲最信任的人。艾美虽然最小，却是个十分重要的人物。至少她自我感觉如此。她生得纤细端庄，肌骨晶莹，一双蓝眼睛，金黄色的头发卷曲披落肩头，言谈举止十足一个讲究风度的年轻女子。四姐妹的性格如何，我们后面分解。

时钟敲响六下，贝思已经扫干净壁炉地面，把一双便鞋放到上面烘干。看到这双旧鞋子，姑娘们想起妈妈就要回家了，心情明朗起来，准备迎接妈妈。梅格停止了训导，点上了灯。艾美不用人说，就离开了安乐椅。乔则坐起来把鞋子挪近火边，一时忘却了疲倦。

"鞋子太破旧了，妈咪得换双新的。"

"我想用自己的钱给她买一双。"贝思说。

"不，我来买！"艾美嚷道。

"我最大。"梅格刚开口，就被乔坚决地打断了。

"爸爸不在家，我就是家里的男子汉了，鞋子我来买。因为爸爸跟我说过，他不在家的时候我要好好照顾妈妈。"

"依我说应该这么着，"贝思说，"我们各自给妈妈送件圣诞礼物，我们自己什么都别要了。"

"那才像你！好妹妹，送什么好呢？"乔嚷道。

大家都认真想了一会儿，梅格似乎从自己漂亮的双手得到启发，宣布道："我要给妈妈送一双精致的手套。"

"最好送双军鞋。"乔高声说道。

"我要送些镶边小手帕。"贝思说。

"我会送一小瓶古龙香水。因为妈妈喜欢，而且不用太花钱，我还可以省点钱给自己买铅笔。"艾美接着说。

"我们怎么个送法呢？"梅格问。

"把礼物放在桌上，把妈妈带进来，让她在我们面前亲自拆开礼物。你忘记我们是怎样过生日的吗？"乔回答。

"每当我坐在那把大椅子上，头戴花冠，看着你们一个个上前送上礼物、吻我一下时，心里真是慌得很。我喜欢你们的礼物和亲吻，但要在众目睽睽之下把礼物拆开，我就吓得心里直打鼓儿。”贝思说，边烘茶点，边取暖。

“先别告诉妈咪，让她以为我们是为自己准备的，给她一个惊喜。我们明天下午就得去办货，梅格，圣诞夜的话剧还有许多事情要准备呐。”乔说话的时候倒背着手，仰着头，来回踱步。

“演完这回，以后我就不演了。我年岁大，该退出了。”对“化装游戏”一直童心未泯的梅格说。

“你不会停止的，我知道，只要你能够披下头发，戴上金纸做的珠宝，身披白长裙摇曳而行，你就不会的。因为你是我们的最佳演员，如果你退出，那么一切都完了。”乔说，“我们今晚应该排练一下。来，艾美，试演一下晕厥那一场，你演这幕时生硬得像根拨火棍。”

“有什么办法！我从来没见过人晕倒，也不想像你一样直挺挺地摔倒，弄得自己青一块紫一块的。如果我可以轻轻地倒在地上，我就倒下，否则，还不如体面地倒在椅子上。即使雨果真的用枪指着我也是这句话。”艾美回答。她的表演天赋并不高，被选派这一角色是因为她年纪小，碰上歹徒的尖叫声由她发出更可信。

“这样来：两手这样握着，摇摇晃晃地走过房间，发狂般地叫喊：‘罗德力戈！救救我！救救我！’”乔做示范，夸张地尖叫一声，令人毛骨悚然。

艾美跟着模仿，但她伸出的双手僵硬无比，发出的尖叫声与情景相差万里。她那一声“啊”不像是感到恐惧和极度痛苦，倒像是被针戳了一下。乔失望地叹了一声，梅格却放声大笑，贝思看得有趣，把面包也烤糊了。

“不可救药！演出时尽力而为吧，如果观众笑你，别怪我。来吧，梅格。”

接下来就顺利多了。唐·佩德罗一口气读下两页挑战世界的宣言；

女巫黑格把满满一锅蟾蜍放在火里炖，妖里妖气地给它们念一道可怕的咒语；罗德力戈力拔山河地扯断锁链；雨果狂叫着"哈哈"，在悔恨和砒霜的折磨下死去。

"这是做得最好的一次。"当"死去"的反角坐起来揉擦肘部时，梅格说。

"乔，你能写出这么好的剧本，而且演得这么出色，简直不可思议！你真是莎士比亚再世！"贝思喊道。她坚信姐妹们才华横溢，无所不能。

"过奖了，"乔谦逊地回答，"《女巫的咒语，一个歌剧式的悲剧》是挺不错的，不过我想演《麦克白》，如果我们能给班柯[①]一扇活地板门的话。我一直想演刺客这一角色。'我眼前看到的是一把刀吗？'"乔轻声朗诵，像她所见过的一位著名悲剧演员一样，转动着眼珠，两手抓向空中。

"错了，这是烧烤叉，你放上去的不是面包，而是妈妈的鞋。贝思看入迷了！"梅格叫起来。众姐妹大笑不已，排练也随之结束。

"看到你们这么快活我真高兴，我的女儿们。"门口传来一串愉快的声音，这些演员和观众转过身来，迎接一位高高个儿、充满母性的女士。她神情可亲，令人愉快。她的衣着虽不华丽，但仪态高贵。在姐妹们心目中，这位身披灰色外套、头戴一顶过时无边小圆软帽的女士是普天下最出色的母亲。

"小宝贝们，今天过得怎么样？我事情太多，要准备好明天就得发出的箱子，没能回家吃饭。有人来过吗，贝思？你感冒好点没有，梅格？乔，你看上去累极了，来吻我吧，宝贝。"

马奇太太慈爱地一一询问，一面换去湿衣物，穿上暖和的拖鞋，坐在安乐椅中，把艾美拉到膝边，准备享受繁忙的一天中最幸福的时光。姑娘们纷纷行动起来，各显身手，尽量把一切都布置得舒适宜人。梅格

① 莎士比亚悲剧《麦克白》中的人物，被麦克白下令杀死，后以鬼魂显灵，使麦克白暴露自己的罪行。

摆茶桌。乔搬木柴并放椅子，却把柴丢落一地，把椅子也打翻，弄得咔嗒直响。贝思在客厅和厨房之间匆匆来回穿梭，忙碌而安静。而艾美则袖手旁观，发号施令。

大家都聚到桌边的时候，马奇太太说："用饭后，我有好东西给你们。"她的脸上有一种异乎寻常的快乐。

姐妹们脸上立即现出如阳光般灿烂的笑容。贝思顾不得手里拿着饼干，拍起了手掌。乔把餐巾一抛，嚷道："信！信！爸爸万岁！"

"是的，一封令人愉快的长信。他一切都好，冬季也不会熬得很苦，我们不必担忧。他祝我们圣诞快乐，事事如意，并特别问候你们这些姑娘们。"马奇太太边说边用手摸着衣袋，似乎里头装着珍宝。

"快点吃饭！别停下来弯起你的小手指边吃边傻笑，艾美。"乔嚷道，她因为急不可耐地要听信，被茶呛了一口，涂了奶油的面包也掉落到地毯上。

贝思不再吃了，她悄悄走到幽暗的屋角坐下，默默想着那即将到来的欢乐，直到大家吃完。

"爸爸已超过征兵年龄，身体也不适宜当兵，我认为他去当随军牧师真是太好了。"梅格热切地说。

"我真想当个鼓手，或者当个——什么来着？或者去当个护士，这样我就可以在他身边帮忙。"乔大声说道，一边哼了一声。

"睡帐篷，吃难以下咽的食物，用大锡杯喝水，这一定十分难受。"艾美叹道。

"他什么时候回家，妈妈？"贝思声音微颤地问道。

"不出几个月，亲爱的，除非他病倒。他在部队一天就会尽忠职守一天。我们也不会要求他提早一分钟回来。现在来读信吧！"

她们都围近火边，妈妈坐在大椅子上，贝思坐在她脚边，梅格和艾美一边一个靠在椅子扶手上，乔故意倚在背后，这样读到信中感人的地方时别人也不会觉察到她表情的变化。在那种艰难的日子里，信，尤其是父亲们写回家的信，往往都催人泪下。但这封信却极少谈及受到的艰难险阻和压抑的乡愁，描述的都是生动的军营生活、行军情况和部队新闻，读了令人心情振奋，只是在信尾才展露出一颗深沉的慈父爱心以及渴望回家和妻女们团聚的愿望。

“给她们献上我所有的爱和吻。告诉她们我天天想念她们，夜夜为她们祈祷，每时每刻都从她们的爱中得到最大的安慰。要见到她们还要等上漫长的一年，但请提醒她们我可以在等待中工作，不虚度这段难忘的日子。我知道她们会牢记我的话，做好孩子，忠实地做她们该做的事，勇敢地生活、战斗，善于自我控制。等我重返家园的时候，我的四个小妇人一定变得更可爱，更令我感到骄傲。”

读到这段，每个人都抽起鼻子。乔任由大滴大滴的泪珠从鼻尖滚落下来；艾美顾不得一头鬈发会被弄乱，把脸埋在妈妈的肩头上，呜呜咽咽地说：“我是个自私的女孩！但我一定努力进取，不让爸爸失望。”

“我们都会努力！”梅格哭着说，“我太注重衣着打扮，而且讨厌工作，以后一定尽量改正。”

“我会试着做个‘小妇人’，就像爸爸总爱这么叫我的那样，改掉粗野的脾气，做好自己的分内事，不再胡思乱想。”乔说，心里明白在家管好自己的脾气比在南方对付两个敌人还要艰难。

贝思没有言语，只是用深蓝色的军袜抹掉眼泪，拼命埋头编织。她不浪费点滴时间，而是从身边的工作做起，并暗下决心，一定让爸爸回来欢聚的时候如愿以偿。

马奇太太用她愉悦的声音打破了乔说话之后的一阵沉默：“你们还记得演《天路历程》[①]的情形吗？那时候你们还都是些小东西。你们最喜欢我把布袋绑到你们背上做担子，再给你们帽子、棍子和纸卷，让你们从屋里走到地窖，也就是‘毁灭城’，再往上一直走到屋顶，在那里你

① 一六八七年英国散文作家约翰·班扬写的一部宗教寓言式作品。

们可以得到许多好东西，这就是‘天国’了。”

“那多好玩啊，特别是走过狮子群，大战‘地狱魔王’，路过‘妖怪谷’的时候！”乔说。

“我喜欢包袱掉下来滚落楼梯这个情节。”梅格说。

“我最喜欢的是我们走出来，上到平坦的屋顶，屋顶满是鲜花、乔木和美丽的东西，我们站在那里，在阳光照耀下，放声欢歌。”贝思微微笑着说，好像又重新回到了那美好的时刻。

“我不大记得了，只记得我挺害怕那个地窖和黑漆漆的入口，还有就是挺喜欢吃屋顶上的蛋糕和牛奶。如果不是年龄太大，我倒挺想再演一回。”年仅十二但已显得成熟的艾美开始谈论告别童真了。

“演这出戏永远没有年龄之分，亲爱的，事实上我们一直都在扮演，只是方式不同而已。我们重担在肩，道路就在眼前，追求善美、追求幸福的愿望引导我们跨越无数艰难险阻，最后踏入圣宁之地——真正的‘天国’。来吧，往天国进发的小旅客们，再来一次吧。不是做戏，而是真心真意地去做，看看爸爸回来时你们走了多远的路。”

“真的吗，妈妈？我们的重担在哪里？”缺乏想象力的年轻女士艾美问道。

“刚才你们各人都把自己的担子说了出来，只有贝思除外。恐怕她没有哩。”母亲答道。

“有呵，我也有。锅碗瓢盆，扫帚抹布，嫉妒有漂亮钢琴的女孩，害怕生人，这些都是我的担子。”

贝思的包袱如此有趣，大家直想笑，不过都没有笑出来，因为这样会大大伤害她的自尊心。

“干这些有什么不好呢？”梅格沉思着说，“这其实就是追求善美，只是说法不同而已，而这个故事可以启发我们，尽管我们都有追求善美之心，但因为做起来困难，我们便又忘掉了，不去尽力而为。”

“我们今晚本来处于‘绝望的深渊’，妈妈像书中的‘帮助’一样把我们拉了出去，我们应该像基督徒一样有几本指导手册。这事怎么办好呢？”乔问，为自己的想象力给沉闷的任务添加了几分浪漫色彩而自鸣得意。

“圣诞节一早看看你们的枕下，就会找到指导手册了。”马奇太太说。

罕娜嬷嬷收拾桌子时，大家开始讨论新计划，然后取出四个装活计的小篮子，姐妹们开始飞针走线，为马奇太太缝制被单。针线活是个沉闷的活儿，不过今天晚上谁也没有抱怨。她们采纳乔的建议，把长长的缝口分为四段，分别称为欧洲、亚洲、非洲和美洲。这样果然缝得快多了。她们一边缝一边谈论针线穿越的不同国家，更觉进展神速。

九点钟的时候大家停下活儿，像平时那样先唱歌再去睡觉。家里有架老掉牙的钢琴，除了贝思，大家都不大会弹。她轻轻触动泛黄的琴键，大家随着悠扬的琴声唱了起来。梅格的嗓音像芦笛一样动听，她和母亲担任这支小演唱队的领唱。艾美歌声清脆，如蟋蟀的鸣叫，乔则任由歌声在空中飘荡，总是在不适宜的时候冒出个颤音或怪叫声来，把最深沉的曲调给糟蹋掉。打从牙牙学语的时候开始，她们就一直这样唱：

小星星，亮晶晶。

如今这已成了家里的惯例，因为她们的母亲就是个天生的歌唱家。早上听到的第一个声音就是她在屋子里走动时唱出的云雀般婉转的歌声，晚上，她那轻快的歌声又成了一天的尾声。这支熟识的摇篮曲姑娘们百听不厌。

第二章　圣诞快乐

圣诞节一早，天刚蒙蒙亮，乔便第一个醒来。她看到壁炉边没有挂着袜子，一时深感失望。多年前，她的小袜子因为糖果塞得太满而掉落地上，她也曾这样失望过。稍后她想起母亲的诺言，便悄悄把手伸到枕头下面，果然摸出一本绯红色封面的书。她十分熟悉这本书，因为它记载的是历史上最优秀的人物的经典故事。乔觉得这正是所有踏上漫长征途的朝圣者需要的指导书。她一声“圣诞快乐”把梅格叫醒，叫她看看枕头下面有什么。梅格掏出一本绿色封面、带有相同插图的书，妈妈在上面题了词，使这件礼物倍添珍贵。不一会儿，贝思和艾美也醒来了，翻寻到各自的小书—— 一本乳白色，另一本蓝色。四姐妹于是坐着边看边讨论，不觉东方已泛起红霞，新的一天又告开始。

玛格丽特虽然有点爱慕虚荣，但她天性温柔善良，颇得姐妹们敬重，特别是乔，更是深深地爱着自己的姐姐，并对她言听计从，因为她无论说什么都是轻声细语的。

“姑娘们，”梅格严肃地说，看看身边头发蓬乱的一位，又看看房间另一头戴着睡帽的两个小脑袋，“妈妈希望我们爱惜这些书，读好这些书，我们应该立即行动。虽然我们以前做得挺认真，但自从爸爸离家后，战乱频繁，我们忽略了许多事。你们爱怎样我不管，但我要把书放在这张桌上，每天早上一醒来就读一点，因为我知道，这样会有好处，它将伴我度过每一天。”

说完她打开新书读了起来，乔用胳膊拥着她，与她并肩而读，不安分的脸上露出少见的宁静。

“梅格真好！来，艾美，我们也一起读吧。我帮你解释生词，我们不懂的地方就由她们来讲解好了。”贝思轻声说。她被漂亮的小书和两位姐姐全神贯注的模样深深感动了。

“真开心，我的封面是蓝色的。”艾美说。接下来除了轻轻的翻书声外，屋里一片宁静。这时，冬日的阳光悄悄潜入屋内，轻柔地抚摸着她们亮丽的头发和严肃的脸庞，向她们致以圣诞节的问候。

“妈妈哪儿去了？”半小时后，梅格和乔跑下楼，要找妈妈道谢。

“老天才知道。一些穷人来讨东西，你妈马上就去看他们需要什么。她是天底下最菩萨心肠的女人。”罕娜答道。老嬷嬷自打梅格出生以来就一直和她们一家生活在一起，尽管她是个用人，但大家都拿她当朋友。

“我想她很快就会回来，你先煎饼，把东西准备好。”梅格一边说一边把装在篮子里的礼物又看了一遍。礼物藏在沙发下面，准备在适当的时候拿出来。“咦，艾美的那瓶古龙香水呢？”她接着又问，因为篮子里没有那个小瓶子。

“她刚刚把它拿走了，要系根丝带或者什么小玩意儿。”乔答道。她正在屋子里蹦来蹦去，要把硬邦邦的军鞋穿软和。

“我的手帕漂亮极了，对吧？罕娜把它们洗得干干净净，还熨过了，上面的字都是我亲手绣的。”贝思说着，骄傲地看着那些她费了许多功夫绣成但又不太工整的字体。

“哎呀！她把‘马奇太太’绣成‘妈妈’了，真有趣！”乔拿起一条手帕嚷道。

“这样不行吗？我原以为这样会更好，因为梅格的首写字母也是M. M.①，

① M. M. 也是“马奇太太”的首写字母。

而这些手帕我只想让妈妈用。”贝思的神情显得有点不安。

“这样挺好，亲爱的，而且主意不错——相当有理哩，因为这样就不会弄错了。妈妈一定会很高兴的。”梅格说着，对乔皱皱眉，又向贝思一笑。

“妈妈回来了，藏好篮子，快！”乔立即叫起来。门砰地一响，大厅传来了脚步声。

艾美急匆匆地走进来，看到姐姐们都在等她，显得有点不好意思。

“你到哪儿去了，藏在后面的是什么？”梅格问。看到艾美穿戴整齐，她不由诧异这小懒虫竟然这么早就出去了！

“别笑我，乔！我并不是有意要瞒着你们，我只是花掉全部的钱把小瓶的古龙香水换成了大瓶的，我真的不想再那么自私了。”

艾美一边说一边给大家看她用原先的便宜货换回来的大瓶古龙香水。她努力克服私利，显得诚恳而谦恭。梅格一把抱住了她，乔宣布她是个“大好人”，贝思则跑到窗边摘下一朵美丽的玫瑰花来装饰这个漂亮的大瓶子。

“你们知道，今天早上大家一起读书，又谈到要做好孩子，我为自己的礼物感到羞愧，所以起床后马上跑到附近把它换过来，我真高兴，因为我的礼物现在成了最漂亮的啦。”

临街的大门又响了一下，篮子再次被藏到沙发下面，姑娘们围坐在桌子边，等着吃早餐。

“圣诞快乐，妈咪！谢谢你送给我们的书。我们读了一点，以后每天都要读。”姐妹们齐声喊道。

“圣诞快乐，小姑娘们！真高兴你们马上就开始学习，可要坚持下去啊。不过坐下之前我想说几句话。离这儿不远的地方，躺着一个可怜的妇人和一个刚生下来的婴儿。六个孩子为了不被冻僵挤在一张床上，因为他们没有火取暖。那里没有吃的，最大的孩子来告诉我他们又冷又饿。姑娘们，你们愿意把早餐送给他们做圣诞礼物吗？”

她们刚才等了差不多一个小时，现在正饿得慌，有一阵子大家都默不作声——就那么一阵子，只听乔冲口而出道："我真高兴，早餐还没开始呢！"

"我帮着把东西拿给那些可怜的孩子好吗？"贝思热切地问道。

"我来拿奶油和松饼。"艾美接着说，英雄似的放弃了自己最喜欢吃的东西。

梅格已动手把荞麦盖上，把面包堆放到一个大盘子里。

"我早料到你们会这样做，"马奇太太舒心地微笑道，"你们都去帮我，回来后早餐吃点牛奶面包，到正餐的时候再补回来。"

大家很快准备妥当，队伍出发了。幸亏时候尚早，她们又打后街穿过，没几个人看到她们，也没人取笑这支奇怪的队伍。

这是一个满目凄凉的贫贱之家，四壁萧然，门窗破败，屋里没有炉火，床上被褥褴褛，病弱的母亲抱着啼哭的婴儿，一群面黄肌瘦、饥肠辘辘的孩子披着一张破被缩成一团。

看见姑娘们走进来，他们惊喜得瞪大眼睛，咧开冻得发紫的嘴唇笑了起来！

"哎呀，老天爷，善良的天使看我们来了！"那个可怜的女人欢喜得叫起来。

"是戴帽子手套的趣怪天使。"乔说道，逗得他们都笑起来。

这情景真让人以为是好心的神灵在显圣呢。罕娜用带来的木柴生起炉火，又用一些旧帽子和自己的斗篷挡住破烂的玻璃窗。马奇太太一边为做母亲的端茶递粥，一边安慰她，让她宽心，又像对待自己的亲生骨肉一样轻柔地为小宝宝穿上衣服。姑娘们摆好桌子，把孩子们安顿到火炉边，像喂一群饥饿的小鸟一样喂他们，并跟他们说笑，尽力想听明白他们有趣而又蹩脚的英语。

"真系（是）好！""这些天使好心人！"这班可怜的孩子边吃边把发紫的小手伸到温暖的火炉边暖和着。

姑娘们还是第一次被人称作小天使，觉得非常惬意，尤其是乔，她自打娘胎生下来就被大家当作“桑丘”[1]，因此更加得意。虽然她们没有吃上一口早餐，心里却感到无比的舒畅。当这四个饥肠辘辘的小姑娘把温暖留给别人，走在回家的路上时，我想合城里再没人能比她们更幸福了。她们在圣诞节早上把最好的早餐送给穷人，自己却宁愿吃面包和牛奶。

“这就是所谓爱别人胜于爱自己，我喜欢这样。”梅格说。她们趁母亲上楼为贫穷的赫梅尔一家收集衣物时把礼物摆了出来。

这些小礼物并不贵重，但都经过精心的包装，从中可见一片深情。一只高高的花瓶立在桌子中间，里头插着红色的玫瑰和白色的菊花，衬着几缕垂蔓，平添一分雅致。

“她来了！开始演奏，贝思！开门，艾美！为妈妈欢呼三声！”乔欢跃着大声喊叫，梅格则上前去把妈妈接到贵宾席位。

贝思弹起欢快的进行曲，艾美拉开门，梅格俨然是一个护花使者。马奇太太既惊讶又感动，她含笑端详着她的礼物，读着附在上面的小字条，不由眼中噙满泪水地笑了。她当即穿上便鞋，又把一条散发着古龙香水味的手帕放入衣袋，然后把那朵玫瑰花别在胸前，又称赞别致的手套“绝对合适”。

大家笑着，吻着，解释着，这种简单而又充满爱意的方式增添了家里的节日气氛，其温馨让人永久难忘。然后，大家又投入了工作。

早上的慈善活动和庆典花了不少时间，余下的时间便用来准备晚上的欢庆活动。由于年龄太小，不宜经常上戏院，又因为经济拮据，支付不起业余表演的大笔费用，姑娘们充分发挥才智——需要是发明之母——需要什么，她们便做什么。她们的创造品有些还挺见心机——用纸板做的吉他，用旧式牛油瓶裹上锡纸做成的古灯，用旧棉布做的鲜艳夺目的长裙，面上亮晶晶地镶着从一家腌菜厂拿来的小锡片，还有镶有

① 即桑丘·潘沙，西班牙作家塞万提斯著名小说《堂吉诃德》中的人物，堂吉诃德的侍从。

同样的钻石形小锡片的盔甲，这些被派上用场的小锡片是腌菜厂做罐头剩下的边角料。屋子里的家具常常被弄得乱七八糟，大房间就是舞台，姑娘们在台上天真无邪地尽兴表演。

由于不收男士，乔便尽情地扮演男角。她对一双黄褐色的长筒皮靴尤为满意。因为靴子是她的一个朋友赠送的，这位朋友认识一位女士，女士又认识一位演员。这双靴子、一把旧钝头剑，还有某个艺术家用来画过几幅画的开衩背心，便是乔的主要宝藏，任何场合都得登台亮相。因为剧团小，两个主要演员必须分别扮演几个角色。她们同时学习三四个不同角色的表演，飞快地轮番换上各式各样的戏服，同时还要兼顾幕后工作，其努力精神值得称道。这种有益的娱乐活动可以很好地锻炼她们的记忆力，并可以打发闲暇，排遣寂寞，减少无聊的社交。

圣诞之夜，十二个女孩子挤在花楼[①]——一张床——的上头，坐在黄蓝二色混合的磨光印花帘幕前面，翘首以盼，焦急地等着看戏。幕后灯光朦胧，不时传来沙沙的响声和悄悄的话语声，偶尔还传来容易激动的艾美在兴奋之中发出的咯咯笑声。不一会儿铃声响起，帘幕拉开，《歌剧式的悲剧》开始了。

几株盆栽灌木、铺在地板上的绿色厚毛呢，以及远处的一个洞穴构成了节目单上的“阴森森的树林”，洞穴用晒衣架做洞顶，衣柜做墙壁，里头有一个熊熊燃烧着的小炉子，一个老巫婆正俯身拨弄炉上的一个黑锅。舞台阴森黑暗，熊熊的炉火营造了良好的舞台效果。女巫揭开锅盖，锅里冒出阵阵蒸汽，令人叫绝。第一阵高潮过后，歹徒雨果阔步上场。他嘴上蓄着黑胡子，头上歪戴着一顶帽子，脚蹬长靴，身披神秘外衣，腰间佩一把当啷作响的宝剑。他焦躁不安地来回走了几步，猛然一拍额头，放声高歌，唱他对罗德力戈的恨、对莎拉的爱，以及要杀掉仇人、赢得莎拉的心愿。雨果粗哑的嗓音和感情暴发时偶然发出的一声大

① 戏院楼座前排，昔时需着晚礼服方能入座。

喝给观众留下极其深刻的印象，他刚停下要歇口气，大家便报以热烈的掌声。他习以为常地躬身谢过，又轻轻走到洞穴前，大模大样地命黑格出来："呔！奴才！出来！"

黑格出来，脸上挂着灰色马鬃，身穿黑红二色长袍，手持拐杖，大衣上画着神秘符号。雨果向她索取两种魔药，一种可以使莎拉爱他，另一种用来毒死罗德力戈。黑格唱起优美的歌儿，答应把两种魔药都给他，接着她把送魔药的小精灵叫出来。戏文唱道：

来吧，来吧，空中的小精灵。
我令你从家里过来！
你玫瑰生成，雨露果腹，
可知道怎样调制魔药？
速速给我送来，
我要的芳馥药儿，
要调得既浓又甜，药力神速，
快回答我吧，小精灵！

音乐轻柔地奏起来，接着洞穴后面现出一个小身影：金色的头发，一身乳白色的衣裳，两个翅膀闪闪发亮，头上戴着玫瑰花环。它挥舞魔杖唱道：

来了，我来了，
从我虚无缥缈的家园，
那遥远的银色的月亮。
把魔药拿去，
并用在适当的地方，
不然它的魔力就会很快失去！

小精灵把一个金闪闪的小瓶子扔到女巫脚下，随之消失。黑格再次施用魔法唤来另一个幽灵。只听砰的一声，一个丑陋的黑色小魔鬼出来。它用阴森森的声音作了回答，然后把一个黑色瓶子扔向雨果，冷笑一声，消失得无影无踪。雨果用颤抖的嗓音道过谢，把两瓶魔药放进靴子里，转身离去。黑格告诉观众，因为雨果以前曾杀死过她的几个朋友，她给他下了魔咒，准备挫败他的计划，向他复仇。接着帘幕落下，观众们一边休息吃糖，一边评长论短。

帘幕迟迟没有拉开，里头传来好一阵捶打声。不过当舞台布景终于出现在眼前时，观众们谁都顾不得抱怨刚才耽误了时间，因为布景实在太美了，简直是巧夺天工！只见一座塔楼耸入屋顶，塔楼半空露出一扇亮着灯光的窗户，白色的帘幕后面莎拉身穿一套漂亮的银蓝二色裙子在等待罗德力戈。罗德力戈盛装走进。他一头栗色鬈发，戴一顶插着羽毛的帽子，身披红色外衣，手拿吉他，脚蹬长靴。当然啦，他跪在塔下，柔情万分地唱起一支小夜曲。莎拉回答他，用歌声对了几句话后，同意私奔。接下来是话剧的大场面。罗德力戈拿出一张有五个梯级的草绳软梯，把一端抛上去，请莎拉下来。莎拉含羞从花窗格子爬下来，手扶罗德力戈的肩头，正要优雅地往下跳，突然观众叫起来："哎呀！哎呀！莎拉！"原来一不留神，她的长裙被窗户绊住了。塔楼摇晃着向前倾斜，轰的一声倒下，把这对倒霉的恋人埋在废墟里了！

众人尖声大叫，只见黄褐色皮靴伸出废墟使劲乱摇，一个金发脑袋探出来叫道："我早就告诉过你会这样！我早就告诉过你会这样！"那位冷酷的父亲唐·佩德罗头脑极为冷静，他冲进去拖出自己的女儿，一把拉向身边。

"别笑！继续演，就当什么也没发生过！"他命令罗德力戈站起来，盛怒而轻蔑地将他驱逐出去。虽然被倒下的塔楼砸得不轻，罗德力戈并没有忘掉自己的角色，他不理睬这位老绅士，就是不动身子。这种大无畏的精神启发了莎拉，她也不理睬父亲。唐·佩德罗于是命令两人一齐下到城堡最底层的地牢里。一位稍胖的小侍从手持锁链走进来，神色慌张地把他们带走，显然是把要讲的台词忘掉了。

第三幕是城堡的大厅，黑格在此出现，准备解救这对恋人并解决雨果。她听到雨果走进来便藏起来，看他把魔药倒进两个酒杯，又听他吩咐那位腼腆的小侍从："把酒带给地牢里的囚徒，告诉他们我一会儿就来。"小侍从把雨果带到一边说了几句话，黑格随即把两杯药酒换成两杯没有药性的。"奴才"费迪南多把酒带走了，黑格把原来要给罗德力戈的那杯毒酒放回去。雨果唱完一支冗长的歌后感到口渴，便喝下那杯毒酒，顿时失去神智，拼命挣扎一番后，挺直身子倒地而死。这时黑格用热烈而优美的曲调唱了一首歌，说明自己刚才使了什么手段。

这真是震撼人心的一幕，虽然有些人或许认为突然跌落的一把长发使歹徒之死显得有些失色。歹徒应观众的要求彬彬有礼地领着黑格走到幕前谢幕。黑格的歌声被认为是全场戏的问鼎之作。

第四幕大家看到罗德力戈听说莎拉离弃了他，万分绝望，准备自杀。他刚刚把剑对准心脏，突然听到窗下传来优美的歌声，告诉他莎拉没有变心，但身处险境，如果他愿意可以把她救出来。接着外面扔进一把钥匙。把门锁打开后，他狂喜地挫断锁链冲出门外，去营救心爱的姑娘。

第五幕开场时，莎拉和唐·佩德罗正闹得不可开交。唐·佩德罗要她进修道院，她坚决不从，并伤心欲绝地求他开恩，正要晕倒时，罗德力戈闯入并向她求婚。唐·佩德罗不答应，因为他没有钱。两人大吵大闹一番，依然互不相让。罗德力戈正要把筋疲力尽的莎拉背走，羞怯的小侍从送上黑格的一封信和一个布袋，黑格此时已神秘地消失。这封信告诉大家她把一大笔财富赠给这对年轻人，如果唐·佩德罗破坏他们的幸福，必遭厄运。接着布袋打开了，大把大把的锡币洒落下来，堆在台上闪闪发亮，极为壮观。"狠心的父亲"这才软下心肠，一声不响地表示同意。众人于是齐声欢唱，一双恋人以极为优雅浪漫的姿态跪下，接受唐·佩德罗的祝福，帘幕随之降下。

接下来响起了热烈的掌声，正当此时，那座用作花楼的帆布床突然折拢，把热情洋溢的观众压倒。罗德力戈和唐·佩德罗飞身前来抢救，众人虽然毫发无损，但全都笑得说不出话来。大家刚刚恢复神态，罕娜进来说："马奇太太致以祝贺，并请女士们下来用餐。"

大家一阵惊喜，连演员亦不例外。看到桌子上摆着的东西，她们高兴得互相对望，同时都感到十分奇怪。妈妈平时也会弄点吃的款待她们，不过自从告别了宽裕的日子以来，这样的好东西连听都没听说过。桌子上摆着雪糕——而且有两碟，一碟粉红色，一碟白色——还有蛋糕、水果和迷人的法式夹心糖，桌子中间还摆着四束美丽的温室鲜花！

这情景使她们大为惊讶。她们看看饭桌，又看看自己的母亲，母亲也显得非常高兴。

"这是小仙女干的吗？"艾美问。

"是圣诞老人。"贝思说。

"是妈妈干的！"脸上挂着白胡子白眉毛的梅格笑得又甜又美。

"是马奇姑婆心血来潮给我们送来的。"乔灵机一动叫道。

"全都不对，是劳伦斯老先生送来的。"马奇太太答道。

"那男孩的爷爷！他怎么会想到我们的呢？我们和他素不相识呀！"梅格嚷道。

"罕娜把你们早上做的事告诉了他的一个用人。这位老绅士脾气古怪，但他听后很高兴。他多年前就认识我父亲，今天下午便给我送了张十分客气的字条，说希望我能允许他向我的孩子们表示他的善意，送上一点微不足道的圣诞礼物，我不便拒绝，所以你们晚上就开个小宴会，作为对面包加牛奶早餐的补偿。"

"一定是那男孩出的主意，准没错！他是个一流的小伙子，但愿我们可以交朋友。他看来也想认识我们，只是有点怕羞，而梅格又一本正经，我们路过也不让我跟他说句话。"这时碟子传过来，雪糕已开始融化，乔一边说一边呵哈呵哈地吃得津津有味。

“你们说的是住在隔壁那座大房子里的人吗？”一个姑娘问，“我妈妈认识劳伦斯先生，但说他非常高傲，不喜欢与邻里交往。他把自己的孩子关在家里，只让他跟着家庭教师骑马散步，逼他用功读书。我们曾经邀请他参加我们的晚会，但他没来。妈妈说他相当不错，虽然他从不跟我们女孩子说话。”

“一次我家的猫儿不见了，是他送回来的。我们隔着篱笆谈了几句，而且相当投机——谈的都是板球一类的东西——他看到梅格走过来，就走开了。我终有一天要认识他的，因为他需要乐趣，我肯定他很需要。”乔自信地说道。

“他举止彬彬有礼，令人喜爱。如果时机适宜，我不反对你们交朋友。他今天亲自把鲜花送过来，我本应该请他进来的，但因为不知道你们在楼上干什么，就没让他进来。他走的时候似乎闷闷不乐，若有所思；他听到你们在玩闹，而显然他自己没什么玩的。”

“幸亏没叫他进来，妈妈！”乔望望自己的靴子笑道，“不过以后我们会做一出他可以看的戏。或许他还可以和我们一起演出呢。那岂不更有趣？”

“我从未收到过这样漂亮的花束！真是美极了！”梅格饶有兴致地审视着自己那束鲜花。

“花儿是漂亮！不过依我说贝思的玫瑰花更香。”马奇太太闻闻插在腰带上那几近凋零的花朵说道。

贝思依偎到她的身旁，轻声低语道：“我真希望能把我的那束花送给爸爸。我想他圣诞节恐怕过得没有我们这么快乐呢。”

第三章　劳伦斯家的男孩

“乔！乔！你在哪里？”梅格站在阁楼楼梯脚下叫道。

“在这里！”上面一个嘶哑的声音应道。梅格跑上去，只见自己的妹妹身上裹着一条羊毛围巾，坐在靠着向阳窗户的一张旧三脚沙发上，一边吃苹果一边抹着眼泪读《莱德克力夫的继承人》[1]。这里是乔最钟爱的庇护所；她喜欢带上五六个苹果和一本好书在此逍遥，享受这里的宁静以及和爱鼠做伴的滋味。爱鼠叫作扒扒，住在近处，对她全无顾忌。看到梅格走来，扒扒飞窜入洞。乔抹掉脸颊上的泪珠，看有什么事情。

“多有趣！加德纳夫人正式邀请我们参加明天的晚会。你瞧，这是邀请函！”梅格一边叫一边扬扬那张宝贝字条，以女孩子特有的兴致读起来。

“‘加德纳夫人诚邀马奇小姐和约瑟芬小姐参加新年的小舞会。’妈咪也同意我们参加，只是我们穿什么好呢？”

“问这个有什么意思？你知道我们除了穿府绸衣裳外，别无选择。”乔嘴里塞得满满的，答道。

“如果我有一件丝绸衣裳就好了！”梅格叹息道，“妈妈说我到十八岁时或许会有，但还要等上两年，简直是遥遥无期。”

---

① 夏洛特·扬格写的一部小说，出版于一八五三年。

“我敢说我们的府绸衣裳看上去就跟丝绸的一样，我们穿上也挺漂亮的。你的就跟新的一样，我倒忘了我那件给烧坏了，而且还裂了个口子。这可怎么办呢？那块焦痕很明显，而我又拿不出其他衣服来。”

“你必须老老实实地坐着不动，不要把背部给人看到；前面是不成问题的。我要用一条新丝带扎头发，妈妈会把她的小珍珠发夹借给我，我的新鞋子很漂亮，手套虽然没有我希望的那么漂亮，但也算可以充充场面。”

“我那双手套被柠檬汁糟蹋了，我又拿不出新的，到时候就不戴了。”乔说。她向来不大注重打扮。

“你一定要戴上手套，否则我就不去，”梅格断然说道，“手套比什么都重要；不戴手套就不能跳舞。如果你不戴，我可要羞死了。”

“那么我不跳好了。我不大喜欢跟别人跳舞。这么装仪作态地转来转去没趣得很。我喜欢随意走动，轻松谈笑。”

“你不能叫妈妈买新的，因为太贵了，而你又这么粗心。你弄脏了那些手套的时候她就说过今年冬天不该再给你买。你能让旧的凑合着使吗？”梅格焦虑地问。

“我可以把手套揉成一团握在手里，这样就没有人知道它们有多脏了；我只能做到这样。不！不如这样——我俩各戴上一只好的，拿着一只脏的，你明白吗？”

“你的手比我大，准会把我的手套撑坏。”梅格说道。她视手套如心肝宝贝。

“那么我就不戴好了。我不在乎别人怎么说！”乔一边叫一边拿起书来。

“你可以戴我的，可以！只是别把它弄脏了，而且一定要言行检点。别把手放在身后，不要瞪着眼看人，不要说‘我的天哪’，好吗？”

“别担心。我会尽量板着面孔，不去闯祸，如果我能做到的话。你现在去给人家回个条吧，让我把这个精彩故事看完。”

梅格于是去写她的“万分感谢地接受”等话，把衣裳再过了一次目，又愉快地唱着歌儿把网眼花边镶好。这边乔读完故事，吃掉四个苹果，又和扒扒嬉戏了一番。

新年前夜，客厅里显得特别静，两个姐姐在专心致志地做异常重要的事情——“为晚会作准备”，两个妹妹则侍候她们化妆。虽然化妆并不复杂，姐妹们还是跑上跑下，又说又笑，有一阵子屋子里弥漫着一股强烈的头发烧焦的异味。梅格想弄几缕卷曲的刘海，乔便将她的头发用纸皮包起来，再用一把烧热的火钳夹住。

“头发会这样冒烟吗？”贝思倚在床上问。

“这是湿气在蒸发哩。”乔答。

“味道真怪！像是烧焦了的羽毛。”艾美一边评论一边自豪地摸摸自己美丽的曲发。

“好了，我把纸皮拿开，你们就会看到一堆小鬈发了。”乔说着放下火钳。

她确实拿开了纸皮，但却不见那堆小鬈发，因为头发都断送在纸皮里了。吓坏了的发型师把一段烧焦的发束放在受害人前面的柜子上。

“噢，噢，噢！你都干了些什么呀？全完了！教我怎么见人！我的头发，噢，我的头发！”梅格绝望地看着额前参差不齐的头发疙瘩，失声痛哭。

“唉，又倒霉了！你本来就不该叫我来弄。我总是把事情弄得一塌糊涂。真对不起，火钳太烫，所以我弄糟了。”可怜的乔哼哼着说。望着那些黑色烧饼，她心中懊悔万分，泪水夺眶而出。

“没有完哩，把头发卷曲起来，上面扎根丝带，靠近额前打个结，这样看上去就像是最时髦的发型。我看到很多女孩子都这样打扮。”艾美安慰道。

“真是活该，谁叫自己臭美。如果我不去动自己的头发就没事了。”梅格使着性子哭道。

“我也这样想，可惜了这一头秀发。不过头发很快就会长出来的。”贝思边安慰边走过来亲吻这只剪了毛的小羊。

又经历了一连串小意外后，梅格终于装扮好了，经过家人的一致努力，乔也弄好了头发，穿上衣裳。虽然衣饰简单，她们却显得相当好看——梅格身穿银灰色斜纹布衣裳，配蓝色天鹅绒发网，喱士饰边，珍珠发夹；乔一身栗色衣裳，配一件笔挺的男式亚麻布衣领，身上唯一的点缀是两朵白菊花。两人各戴一只精致干净的手套，拿一只污手套，众人一致称赞这种效果“既自如又优美”。梅格的高跟鞋太紧，脚被夹得生疼，却又不愿承认；乔的十九个齿的发夹似乎要直插入她的脑袋，令她非常不自在；不过，嘿，不潇洒，毋宁死！

“玩得开开心心，宝贝！”马奇太太对优雅地走下人行道的两姐妹说，“晚饭不要吃得太多，十一点钟就回家，我让罕娜来接你们。”大门在她们身后砰地关上了。这时窗子里又传来了喊声——

“姑娘们，姑娘们！都带上漂亮的小手帕了吗？”

“带上了，漂亮极啦，梅格的还洒上了古龙香水，”乔大声答道，一边走着又笑了一声，“我相信就算我们遇上地震狼狈逃窜，妈妈也要这样问的。”

“这是妈妈的一种高贵品位，而且相当合乎体统，因为真正的淑女可以根据洁净的靴子、手套和手帕看出来。”梅格回答。她本人就颇具这些“高贵品位”。

“现在记住不要把烧坏了的一面让别人看到，乔。我的腰带这样行吗？头发看上去是不是很糟糕？”梅格在加德纳夫人的梳妆室对镜理妆，好一会儿才转过身来说道。

“我知道我一定会忘掉的。如果你看到我做错了什么事，就眨眨眼提醒我，好吗？”乔说着把衣领一拉，又匆匆理理头发。

“不行，眨眼并非淑女所为。如果你做错了事我就抬抬眼眉，如果做对了就点点头。现在挺直腰，迈小步。把你介绍给别人时，不要握手：那不合规矩。”

“这些规矩你都是怎样学来的？我就是学不会。听，音乐多轻快！”

姐妹两人略带羞怯地走过去。虽然这只是个非正式的小舞会，对于她们来说却是件盛事。加德纳夫人是位神态庄重的老太太，有六个女儿。她和蔼可亲地接待了她们，并把她们交给大女儿莎莉。梅格和莎莉相熟，很快便不再拘束，而乔呢，对女孩子和女孩子的闲言碎语一向不感兴趣，只得站在那里，小心翼翼地背靠着墙，觉得自己就像一匹关在花园里的小野马，很不得要领。五六个快活的小伙子在房间的另一头大谈溜冰，她心痒难禁，恨不得也走过去参与，因为溜冰是她生活中的一大乐趣。她把心头愿望向梅格流露，但梅格的眉毛扬得老高，令她不敢轻举妄动。没有人过来跟她说话；身边的一群人也渐走渐少，最后只剩下她孤零零一个。因为怕露出烧坏了的衣服，她不敢四处走动去寻找乐趣，只能可怜巴巴地站在那里盯着别人看。这时舞曲响起，梅格马上被请进了舞池。她步态轻快，笑脸盈盈，没有人会想象得到她双脚正被那双鞋子折磨得生疼。乔看到一个大个子红头发的年轻人向她走来，担心会请她跳舞，便赶快溜进一间挂着帘幕的休息室，准备独自一人偷偷窥视，悄悄欣赏。谁料到另一个害羞的人已先看中了这个庇身之处：当帘幕在身后落下时，乔发现自己正与“劳伦斯家的男孩”面对着面。

“噢，我不知道这里有人！”乔张口结舌，准备转身冲出去。

但男孩笑了，愉快地说：“别管我，你喜欢就待着吧。”尽管他看上去也有点吃惊。

“我会打扰你吗？”

“一点也不会。我进来是因为这里有很多人我都不认识，你知道一开始总有点陌生感。”

“我也一样。请不要走开，除非你真的想这样。”

男孩又坐下来，低头望着自己的浅口无带皮鞋。乔尽量用礼貌轻松的口吻说：“我想我曾幸会过阁下。阁下就住在我们附近吧？”

“隔壁。”他抬起头笑出声来，因为他想起了把猫送回她家时两人一起谈论板球的情景。相比之下，乔这副一本正经的神态显得十分逗趣。

乔轻松下来，也笑了。她诚挚地说：“你送来的美妙的圣诞礼物真令我们开心极了。”

“是爷爷送的。”

“但这是你出的主意，没错吧？”

“你的猫好吗，马奇小姐？”男孩试图严肃一点，但黑色眼睛里却闪着调皮的光芒。

“很好，谢谢，劳伦斯先生；不过我不是什么马奇小姐，我叫乔。”年轻女士答道。

“我也不是劳伦斯先生，我叫劳里。”

“劳里，劳伦斯——这名字真怪！”

“我的名字是西奥多，但我不喜欢，因为伙伴们把我叫作多拉，所以我让他们改叫劳里。”

“我也不喜欢我的名字——多么伤感！我希望人人都叫我乔，而不叫约瑟芬。你是怎么使那些男孩不再叫你多拉的？”

“痛打他们。”

“我不可以痛打马奇姑婆，所以我只好随她怎么叫。”乔失望地叹了一口气。

“喜欢跳舞吗，乔小姐？”劳里问，似乎认为这个称呼挺适合她。

“如果场地开阔，大家也都兴高采烈，我倒是挺喜欢的。但是这样的场合我总会打翻点东西，踩着别人的脚指头，或者出一些糟糕透顶的洋相，所以我不去胡闹，只由梅格去跳。你跳舞吗？”

“有时也跳。我在外国生活了好些年，在这里交友尚少，还不大熟悉你们的生活方式。”

“外国！”乔叫道，“呵，给我讲讲吧！我最爱听人家谈自己的旅游见闻。”

劳里似乎不知道该从哪里说起，但见乔问得热切，便也打开了话匣子，谈他在韦威[①]的学校生活，告诉她那边的男孩从来不戴帽子，而且他们在湖上有一队小船，休假时大家跟老师们一起徒步穿越瑞士等等。

“如果我能去该有多好！”乔叫道，“你去过巴黎吗？”

“去年我们在那里过冬。”

“你能讲法语吗？”

“在韦威只许讲法语。”

“讲几句吧！我可以读，但不会说。”

“Quel nom a cette jeune demoiselle en les pantoufles jolis?”劳里友善地说。

“说得好极了！让我想想——你是说‘那位穿着漂亮鞋子的年轻女士是谁’，可对？”

“Oui, mademoiselle.[②]”

“是我姐姐玛格丽特，你早就知道的！你说她漂亮吗？”

“漂亮。她使我想起德国姑娘，她看上去俏丽娴雅，舞姿也很优美。”

听到一个男孩子这样夸赞自己的姐姐，乔高兴得脸上放光，忙把这些话记在心中，留待回家转告梅格。他们悄悄看着舞池，一边指点一边交谈，彼此都觉得似乎相知已久。劳里很快便不再害羞，乔的男儿气使他感到十分轻松愉快；乔也倍感快乐，因为她忘掉了自己的衣裳，而且现在没有人对她抬眼眉了。她对“劳伦斯家的男孩”越发感到喜爱，不禁再认真地打量了几眼，准备回家把他描述给姐妹们，因为她们没有兄弟，也没有什么表兄弟，对男孩子几乎一无所知。

“卷曲的黑头发，棕色皮肤，黑色的大眼睛，好看的鼻子，牙齿洁白，手脚不大，比我略高，显得温文尔雅，不乏风趣，只是不知他多大年纪。”

乔正开口要问，却又及时收住，转而机智地换了一种婉转的口吻。

---

① 瑞士的一个城市。

② 法语：对，小姐。

“我想你很快就要念大学了吧？我看到你在啃书本——不，我是指用功读书。”乔为自己冲口说了个不雅的“啃”字而涨红了脸。

劳里并没有在意，他微笑着耸耸肩回答：“这一两年内都不会；要到十七岁我才念大学。”

“你才十五岁吗？”乔望着这位高高的小伙子问。她以为他已经十七岁了。

“下个月满十六岁。”

“如果我可以念大学就好了！而你似乎不大喜欢呢。”

“我讨厌读大学，一味只是灌输和玩乐。我也不喜欢这个国家的生活方式。”

“你喜欢什么呢？”

“住在意大利，按自己的方式做事。”

乔非常想问问他自己的方式是什么，但他锁起双眉，样子显得极为严肃，乔便一边用脚踏着节拍，一边换了个话题：“这支波尔卡舞曲棒极了！你为什么不去跳？”

“如果你也一起来的话。”他说道，并颇有修养地轻轻一躬身子。

“我不能，因为我跟梅格说过我不跳，因为——”乔欲言又止，思量着是说出来呢还是一笑了之。

“因为什么？”劳里好奇地问。

“你不会说出去吧？”

“绝对不会！”

“是这样，我有个坏习惯，喜欢站在炉火前烘衣服，一次便把这件衣服烧坏了，虽经精心缝补，还是可以看出来。梅格要我别乱动，这样就不会让人看到。你要笑就尽管笑吧。我知道这很好笑。”

但劳里没有笑，他低头沉思了一会儿，带着令乔诧异的神情轻声说：“不要紧，我告诉你一个办法：那边有一个长长的走廊，我们可以尽兴起舞，没有人会看见我们。请来吧。”

乔谢过他，高兴地走过去。看到舞伴戴着精致的乳白色手套，她恨不得自己也有两只干净手套。走廊空无一人，他们在那里尽兴地跳了一曲波尔卡舞。劳里跳得很好，他教乔跳德国舞步，这种舞步活泼轻快，乔十分喜欢。音乐停下后，他们坐在楼梯上喘口气，劳里跟乔谈着海德堡[①]的学生庆祝会，梅格过来找妹妹。她招招手，乔不大情愿地跟着她走进一个侧间，却看到她坐在沙发上，手托着脚，脸色苍白。

"我扭伤了脚踝。那只讨厌的高跟鞋一歪，把我狠狠地扭了一下。真痛呵，我几乎都站不稳了，真不知道该怎么走回家。"她一边说一边痛得直摇晃。

"我早就知道那双笨鞋会弄伤你的脚。我很难过。但我想不出什么法子，除非去叫一辆马车，或者在这里过夜。"乔答道，边说边轻轻揉着梅格那受伤的脚踝。

"叫一辆马车要花不少钱，再说根本也叫不到，因为大多数人都是坐自己的马车来的。这里离马厩有好长一段路，也找不着人去叫。"

"我去。"

"千万别去！已经过九点了，外面黑黢黢一片。我不能待在这里，因为屋里满是人。莎莉有几个女孩子陪着。我在这里等罕娜来，到时候再尽我所能吧。"

"我去叫劳里；他会去的。"乔说。想到这个主意，她松了一口气。

"求求你，不要去！不要让人知道。把我的橡胶套鞋给我，把这双鞋子放到我们带来的包里。我不能再跳了。晚饭一吃完就看罕娜来了没有，她一到马上告诉我。"

"他们现在出去吃饭了。我陪着你；我宁愿这样。"

"不，亲爱的，快到那边给我弄点咖啡。我累得要命，简直不能动了！"

① 德国西部一城市。

梅格说完斜靠在沙发上，把橡胶套鞋藏得恰到好处，乔便跌跌撞撞地朝饭厅跑去。她闯入一个地方，原来是放瓷器的小房间，又推开一扇房门，却发现加德纳先生在那里独自小憩，最后才找到了饭厅。她冲到桌边好不容易倒好咖啡，匆忙中又把它弄洒了，把衣服的前幅弄得跟后幅一样糟糕。

“噢，天呵，我真是个冒失鬼！”乔叫道，忙用梅格的手套擦拭，谁知又赔上了一只手套。

“我可以帮忙吗？”一个友善的声音问道。原来是劳里。他一手拿着装得满满的杯子，一手拿着放有冰块的小盘子。

“我正想弄点咖啡给梅格，她累坏了。不知谁碰了我一下，便成了这副狼狈相。”乔说着沮丧地看看泼脏了的裙子，又看看变成咖啡色的手套。

“真是太糟糕了！不过我手里的东西正要送人，可以拿给你姐姐吗？”

“噢，谢谢你！我来带路。东西还是你拿着吧，我拿着准会闯祸的。”乔说完在前面引路。

劳里似乎惯于侍候女士，他拉过一张小桌子，又再跑一趟为乔取来咖啡和冰块，十分殷勤周到，梅格虽然挑剔，也不禁称他为“不错的小伙子”。大家愉快地吃着各式糖果，跟两三个刚进来的年轻人安安静静地玩一种叫“霸士”的游戏。这时罕娜来了。梅格忘了脚痛，猛站起身，痛得叫了一声，赶紧扶住乔。

“嘘！什么也别说。”她悄悄地说，接着放大嗓门，“没有什么，我的脚稍微扭了一下，小事情。”说完她一瘸一拐地走上楼收拾包。

罕娜骂，梅格哭。乔不知所措，最后终于决定亲自收拾残局。她一溜烟跑下去，找到一个用人，问他是否能帮她叫辆马车。偏巧这位用人是雇来的侍者，对周围情况一无所知，乔正在东张西望找人，劳里听到她叫车，走过来，告诉她他爷爷的马车刚到，准备接他回家，她们可以用这辆车子。

“时间还早呢！你不是这么快就走了吧？”乔问，她松了一口气，但又犹豫是否该接受这个好意。

“我总是提早走——真的，不骗你！请让我送你们回家。反正是顺路，你知道。再者，他们说还下着雨呢。”

事情就这样定下来了；乔把梅格的灾难告诉他，感激不尽地接受了他的好意，又跑上去把其他人带下来。罕娜跟猫一样痛恨下雨，所以顺顺当当上了车。她们乘着豪华的封闭式四轮马车回家，觉得极为高雅，内心十分得意。劳里坐到车夫座位上，腾出位置让梅格把脚架起来，姐妹俩毫无顾忌地谈论刚才的晚会。

“我玩得开心极了。你呢？”乔问，把头发弄乱，使自己舒服一些。

“开心，直到把脚扭伤。莎莉的朋友安妮·莫法特喜欢上我了，请我随莎莉到她家住一个星期。莎莉准备在春天歌剧团来的时候去，如果妈妈让我去就太美了。”梅格答道。想到这里她愉快起来。

“我看到你跟我躲开的那个红头发小伙子跳舞，他人好吗？”

“噢，非常好！他的头发是红褐色的，不是红色，他非常有礼貌，我跟他跳了一支漂亮的瑞多瓦舞[①]呢。”

“他学跳新舞步时像只痉挛的草蜢。我和劳里都忍不住笑起来，你听到了吗？”

“没有，但这样非常无礼。你们一晚上藏在那里头干什么？”

乔把自己的经历告诉她，讲完时恰好到家了。她们谢过劳里，又道了晚安，悄悄溜进门去，不想惊动任何人。但随着门吱嘎一声，两个戴着睡帽的小脑袋突然冒出来，两个困乏但热切的声音喊道——

“讲讲舞会！讲讲舞会！”

尽管梅格认为这样“极无规矩”，乔还是为两个妹妹带了几块夹心

① 波希米亚的一种舞蹈。

糖；她们听了晚会最刺激的情节后，很快便安静下来。

“我敢说，晚会后有马车送回家，穿着晨衣坐在家中有女侍侍候，上流社会的年轻女士也不过如此。”梅格边说边让乔在她脚上敷上山金车酊①，并给她梳头发。

“虽然我们的头发被烧掉了，衣裳又破又旧，手套也不成双，紧鞋子又扭伤了脚踝，但我相信我们比上流社会的年轻女士玩得开心多了。”我认为乔说得对。

① 一种外伤用药。

第四章　负担

“唉！又得背起担子往前走了，生活真是一种磨难。”晚会的第二天早上梅格这样叹息道。过节玩了一周，现在又要从事不喜欢的工作，她心里相当不情愿。

“我但愿每天都过圣诞节或者新年，那就好玩了。”乔说着懒洋洋地打了个呵欠。

“我们能过上现在这种日子已经是三生有幸。但是如果能参加一些宴会舞会，有鲜花马车，每天读书休息，不用工作，那该有多么惬意。你知道有些人就有这样的福气，我总是羡慕这些女孩子，我这人就是向往奢华。”梅格说。她正在比较两条破旧不堪的长裙，看哪一条稍好一点。

“毕竟我们没有这个福气，还是别发牢骚，挑起担子，像妈妈一样乐观地向前走吧。我肯定马奇姑婆就是我的冤家对头，但我想只要我学会忍受，不去埋怨，她就会被丢到脑后，或者变得微不足道。”

这主意让乔觉得挺好玩，心情也愉快起来，但梅格却不是很高兴，因为她的担子——四个宠坏了的孩子——现在显得异常沉重。她甚至没有心情像往常一样在领口打上蓝丝带，也没有心绪对镜理妆。

“一天到晚都对着几个小捣蛋鬼，我打扮得这么漂亮有谁来看？又有谁来理会我漂亮不漂亮？”她咕哝道，把抽屉猛地一推关上，“我将终生劳碌，只能偶尔得到一点乐趣，逐渐变老变丑，变得尖酸刻薄，就因为我穷，不能像其他女孩子一样享受生活。唉！”

梅格说完走下去，脸上带着一种受伤的表情，吃早餐时也全无心绪。大家似乎都有点不对劲，个个脸上阴霾满布。贝思头痛，躺在沙发上，试图在那只大猫和三只小猫之中寻找安慰；艾美烦躁不安，因为她没有弄懂功课，而且找不到橡皮；乔真想大吹一声口哨；马奇太太正赶着写一封急信；罕娜因为不喜欢大家晚起，不停地抱怨。

“我从来没见过一家人这么火爆！”乔喊道。她打翻了墨水，弄断了两根靴带，又坐在了自己的帽子上，终于发起了脾气。

“你是最火爆的一个！”艾美反击道，用滴落在写字板上的泪水抹去全算错了的数目。

“贝思，如果你不把这些讨厌的猫放到地窖里去，我就把它们淹死。”梅格一面愤怒地高叫，一面力图摆脱一只爬到她背上牢牢腻着不肯走的小猫。

乔大笑着，梅格责备着，贝思央求着，艾美因为想不起九乘十二等于多少而号哭起来。

“姑娘们，姑娘们，安静一会儿吧！我必须赶在第一个邮班前把信寄出，你们却乱哄哄的闹得我心神不定。”马奇太太叫道，一边画掉信中第三个写错了的句子。

众人一时安静下来。这时罕娜大步走进来，把两个热气腾腾的卷饼放在桌子上，又大步走出去。这两个卷饼是家里的惯例，姑娘们称之为“手笼”，因为她们发觉寒冷的早上手里笼着个热饼挺暖和。罕娜无论多么忙多么牢骚满腹也不会忘记做上两个，因为路远天寒，两个可怜的姑娘常要在两点以后才能回到家里，卷饼便是她们的午饭。

“抱上你的猫，头痛就会好了，贝思。再见，妈妈。我们今早真是一帮小坏蛋，不过我们回家时一定还是平日的小天使。走吧，梅格！”乔迈开步伐，觉得她们的天国之旅从一开始就没有走好。

她们转过拐角之前总要回头望望，因为母亲总是倚在窗前点头微笑，向她们挥手道别。不这样她们这一天就似乎过得不踏实，因为无论她们心情如何，她们最后一瞥所看到的母亲的面容无异于缕缕阳光，令她们欢欣鼓舞。

“即使妈咪不向我们挥手吻别，而是挥起拳头，我们也是罪有应得，因为我们是天底下最不知道感恩图报的小混账。”乔在凄风萧瑟的雪路上大声忏悔。

“不要用这么难听的字眼。”梅格说。她用头巾把自己裹得严严实实，看上去就像一个厌世的尼姑。

“我喜欢强有力而有意义的好字眼。”乔答道，用手抓着几乎被风吹落的帽子。

“你爱怎么叫自己就怎么叫吧，我可不是坏蛋，也不是混账，也不愿意人家这么叫我。”

“你是个伤心落魄人，今天这么怒气冲天是因为你不能整天置身于花团锦簇之中。可怜的宝贝，等着吧，等我赚到钱，你就可以享受马车、雪糕、高跟鞋、花束，并和红发小伙子一起跳舞了。”

“乔，你真荒唐！”梅格不由被这荒唐话逗笑了。

“幸亏是我呢！如果我也像你一样垂头丧气一副忧郁相，我们可都成了什么样子？谢天谢地，我总可以找到一些有趣的东西来令自己振作。别再发牢骚了，高高兴兴地回家吧，这就对了。”

分手时，乔鼓励地拍拍姐姐的肩膀。两人分头而去，各自揣着自己暖烘烘的小卷饼，都想尽量让心情愉快起来，尽管寒风刺骨、工作辛劳，尽管一颗年轻、热爱幸福的心没有得到满足。

当马奇先生为帮助一位不幸的朋友而失去财产时，他的两个大女儿请求让她们出去干点活，这样她们至少可以负担自己的生活。考虑到应该早点培养她们的进取精神和自立能力，父母便同意了。姐妹俩带着美好的心愿投入了工作，相信尽管困难重重，最后一定会取得成功。玛格丽特找到的职业是幼儿家庭教师，薪酬虽少，对她来说却是一笔大数目。正如她自己所说，她“向往奢华”，她的主要烦恼便是贫穷。由于她还记得华屋美服、轻松快乐、无忧无虑的好时光，她比其他姐妹更难接受现实。她也试图知足，试图不嫉妒别人，但年轻姑娘爱美、爱交朋友、希望成功和过幸福生活却是天性使然。在金斯家里，她天天都看到她想要的东西，因为孩子们的几个姐姐刚开始参加社交活动。梅格不时看到精致的舞会礼服和漂亮的花束，听到她们热烈地谈论戏剧、音乐会、雪橇比赛等各种娱乐活动，看到她们花钱如流水，随意挥霍。可怜的梅格虽然极少抱怨，但一股不平之气却令她有时对每个人都怀有恨意。她还不明白她其实是多么富有，因为祝福本身就能令人过上幸福的生活。

乔刚好被马奇姑婆看中了。马奇姑婆跛了腿，需要找一个勤快的人来侍候。刚跛腿时这位无儿无女的老太太曾向马奇夫妇提出要收一个姑娘为养女，却被婉言拒绝了，心里老大不高兴。一些朋友告诉马奇夫妇说他们错失了被列入这位阔太太遗嘱继承人的机会，但超尘脱俗的马奇夫妇只是说——

“我们不能为钱财而放弃女儿。不论贫富，我们都要厮守一起，共享天伦之乐。”

老太太有一段时间都不愿跟他们说话，但一次在朋友家里偶然见到了乔。乔言谈风趣，举止直率，十分合老太太的心意，她便提出让乔跟她做个伴。乔并不乐意，但她找不到更好的差事，便答应下来。出人意料的是，她跟这位性情暴躁的亲戚相处得非常好。但偶尔也会遇到狂风骤雨，一次乔便气得跑回了家，宣布自己忍无可忍；但马奇姑婆总是很快收拾残局，急匆匆地派人请她回去，令她不便拒绝。其实，她内心对这位火辣辣的老太太也颇有好感。

我猜想真正吸引乔的是一个装满了漂亮图书的大藏书室，这个房间自马奇姑祖父去世后便积满了灰尘和蜘蛛网。乔记得那位和蔼的老绅士常常让她用大字典堆砌铁道桥梁，跟她讲拉丁语书中那些古怪插图的故事，在街上碰到她时给她买姜饼。藏书室光线暗淡，灰尘满布，还有舒适的椅子、精致的地球仪。最妙的是，几个半身人像从书架上俯视地上，书籍凌乱地堆放着，乔可以毫无顾忌地随处走动翻阅。这一切使藏书室成了乔的天堂。每当马奇姑婆打盹儿或顾着跟人闲聊时，乔便匆匆走进这个僻静之处，像名副其实的蛀书虫一样大嚼诗歌、浪漫故事、游记、漫画书等等。不过这种令人陶醉的享受却总是不能持久；每当她看得入神，读到精彩之处，必定会传来一声尖叫："约瑟——芬，约瑟——芬！"这时她便不得不离开自己的天堂，出去绕纱线，给卷毛狗洗澡，或者朗读波尔沙的《随笔》，忙个不停。

乔的理想是做一番宏伟的事业，但这番事业究竟是什么她却一直毫无头绪，也并不急于知道；她觉得自己最大的痛苦是不能尽兴读书、跑步和骑马。她是个急性子，言语尖刻，内心躁动不安，经常把自己推入困境，因此她的生活经历悲喜交集，甜酸苦辣，五味俱全。不过，她在马奇姑婆家里受到的锻炼正是她所需要的，而一想到这样工作可以自立，她就无比高兴，即使是马奇姑婆那没完没了的"约瑟——芬！"也变得微不足道了。

贝思因性格太羞怯而没有上学；她也曾进过学堂，但感到极度痛苦，只得辍学在家，跟着父亲读书。父亲走后，母亲也被派去为"战士援助会"服务，贝思仍坚定不移，坚持尽自己的最大努力自学。她是个贤妻良母型的小姑娘，帮罕娜为工人们把家里打理得整洁舒适，从不企求报偿，只要被人爱着便心满意足。她静悄悄地度过漫漫长日，从不孤独，从不懒散，因为她的小天地不乏虚构出来的朋友，而她天生就是个勤劳的小蜜蜂。每天一早贝思都要给六个玩具宝宝穿衣装扮，因为她还是个孩子，仍然喜欢宠物。她的小宝贝原来都是弃儿，个个残缺不全，都是两个姐姐长大后不要而传给她的，这样又旧又丑的东西艾美是不会要的。正因为如此，贝思对它们呵护有加，专为这些摇摇摆摆的小宝贝设了家医院。她给这些布娃娃一丝不苟地打针，给它们喂饭、穿衣、护理，从不打骂它们，并不忘奉上深情的一吻，即使是最丑陋的玩偶也不会被忽略。一个残缺不堪的“宝宝”原是乔的旧物，经过暴风骤雨的生活洗礼后，四肢不全，五官不整，被弃置在一个破袋子里头，贝思把它从那破旧的袋子里解救出来放到她的避难所。因为头顶不见了，她便为它扎上一顶雅致的小帽，四肢没有了，便把它裹在毯子里，把缺陷掩盖起来，并把最好的床让给这位长期病员。如果有人知道她是如何细致入微地照料这个玩具娃娃，我想他们即使发笑，也一定会深受感动。她给它送花、读书，把它裹在她的大衣里，带它出去呼吸新鲜空气，给它唱摇篮曲，睡觉前总要吻吻那脏脸孔，并柔声细语：“祝你晚安，可怜的宝贝。”

贝思像她的姐妹一样也有自己的烦恼，她并非什么天使，也是个食人间烟火的小姑娘。用乔的话来说，她常常“哭鼻子”，因为不能去上音乐课，因为家里没有一架好钢琴。她酷爱音乐，学得异常用功，并极有耐心地用那架叮当作响的钢琴练习弹奏，似乎真该有人（并非暗指马奇姑婆）来帮她一把。然而没有人帮她，也没有人看到她悄悄把落在五音不全的黄色琴键上的眼泪抹掉。她像只小云雀般为自己的工作歌唱，为妈咪和姐妹们伴奏，永不言累，每天都满怀希望地对自己说：“我知道有一天我一定会学好音乐，只要我乖。”

世界上有许许多多个贝思，腼腆娴静，默默居于一角，需要时才挺身而出，乐于为别人而牺牲自己。人们只看到她们脸上的笑容，却没有意识到她们所作出的牺牲，直到炉边的小蟋蟀停止了吟唱，和美的阳光消逝而去，空剩下一片寂静和黑暗。

如果有人问艾美生活中最大的痛苦是什么，她会立即回答：“我的鼻子。”当她还是婴孩时，乔一次不小心把她摔落在煤斗里头。艾美认定那次意外永远毁掉了她的鼻子。她的鼻子既不大也不红，只是有点扁，无论怎样捏怎样夹也弄不出个贵族式的鼻尖儿。除了她自己外，并没有人在意，而且鼻子的长势也极好，但艾美总认为自己的鼻梁不够直，便画了一大堆美鼻画儿聊以自慰。

“小拉斐尔”[1]，正如她的姐姐们所称，无疑极有绘画天分。她最大的幸福莫过于摹绘鲜花、设计小仙女，或用古怪的艺术形象说明故事。她的老师抱怨说她的写字板不是用来做算术，而是画满了动物，地图册上的空白版面被她摹满了地图；她的书本一不小心便会飘出许多荒唐滑稽的漫画。她的学习成绩就个人能力而言已属不俗，其行为举止也被大家视为楷模，并因此而逃过数次惩戒。她脾性随和，深谙取悦别人之道，因此在学校深得人心。她姿态略有点做作，但多才多艺，除绘画外，还会弹十二首曲子，善钩织，读法文时读错的字不超过三分之二，令人十分羡慕。她说“爸爸有钱的那个时候我们如何如何”这句话时，悲哀婉转，令人感动。她拖长了的发音也被姑娘们视为“绝顶优雅”。

艾美差不多被大家宠坏了，她的虚荣和自私也成正比例增长。然而有一件事却刺伤了她的虚荣心：她得穿表姐的衣服。由于表姐弗洛伦斯的母亲毫无品位，艾美大受其苦：帽子该配蓝色的却配了红色，衣服与她很不协调，而围裙又过分讲究。其实这些衣物全都不错，做工精细，磨损极少，但艾美的艺术眼光却不能忍受，尤其是这个冬天，她穿的暗紫色校服布满黄点还没有饰边。

“我唯一的安慰，”她对梅格说，眼中泪光闪闪，“是妈妈不像玛莉亚·帕克的妈妈，她在我淘气玩耍时也不会把我的裙子卷起来。哎呀，那真是糟糕透了。有时玛莉亚的长裙子被卷到了膝盖上面，不能来上学。当我想到这种屈辱时，我觉得我的扁鼻梁和那件黄火球紫色衣服也可以忍受了。”

梅格是艾美的知己和监护人。也许是一种性格上的异性相吸吧，乔和温柔的贝思又是一对。腼腆的贝思独独跟乔倾诉心事，通过这位高

① 拉斐尔（1483—1520）：意大利文艺复兴时期的画家，这里指艾美。

大、冒失的姐姐她不知不觉对全家产生举足轻重的影响。两个姐姐互相之间十分要好，但都以自己的方式照管着一个妹妹——她们称之为“扮妈妈”——并出于一种小妇人的母性对两个妹妹呵护有加。

“你们有什么有趣的事吗？今天闷死了，讲点什么轻松一下。”那天晚上她们坐在一起做针线活儿，梅格这样问。

“今天我和姑婆之间有个不寻常的插曲，因为我占了上风，所以讲给你们听。”极爱讲故事的乔首先说道，“我像往常一样用既单调又沉闷的声调读永远读不完的波尔沙，姑婆很快就被我打发入梦乡，我趁此机会拿出一本好书，如饥似渴地看起来，她醒来的时候我已觉得困了。她问我为什么把嘴巴张得这么大，足可以把整本书一口吞进去。

“‘真能这样倒是不错，正好把它作个了结。’我说，尽量不冲撞她。

“她对我的劣行好一顿训斥，并叫我在她‘养养神’那一会儿工夫认真思过。她很快又进入梦乡，头上的帽子像朵头重脚轻的大丽花一样摇摇摆摆。见此情景，我马上从口袋里抽出《威克菲尔德牧师传》[①]读起来，一只眼看书，一只眼留意姑婆。刚刚读到书中人物全都跌入水中时，我一时忘情，笑出了声。姑婆醒过来，心情颇佳，叫我读一点听听，看这本书究竟如何轻薄，竟敢把她那本富有教育意义的宝书波尔沙比下去。我尽力而为，她听得津津有味，但却说——

“‘我不明白这本书说的是什么。从头再读一次，孩子。’

“我从头再读，并尽量读得有声有色。读到扣人心弦之处，我故意停下来低声说：‘我担心你会厌烦呢，夫人；要不要停下来？’

“她把刚才从手中掉落的编织活计拿起来，透过眼镜片狠狠瞪我一眼，用她一贯简洁的口吻说：‘把这章读完。不得无礼，小姐。’”

“她承认她喜欢这本书吗？”梅格问。

---

① 英国作家奥利弗·哥尔斯密的成名作，一七六六年出版。

“噢，告诉你吧，不承认！但她把波尔沙扔到了一边。我今天下午跑回去拿手套时，看到她正全神贯注地读那本牧师传。我高兴得在大厅里跳起快步舞，并笑出声来，她竟全然不觉。只要她愿意，她可以过多么愉快的生活啊！尽管她有钱，我并不怎么羡慕她。我想穷人有穷人的烦恼，富人也有富人的烦恼。”乔接着说。

“我也想起一件事来，”梅格说，“这虽不如乔的故事有趣，但它让我回家想了很久。今天我发现金斯家里的人个个都慌慌张张，一个孩子说她大哥犯了件大事，爸爸把他赶走了。我听到金太太在哭，金先生在大骂，格莱丝和艾伦走过我身边时也别过脸，免得眼睛红红的让我看到。当然我什么也没有问，但我很替他们难过，同时很庆幸自己没有这样可恶的兄弟，令家人蒙受耻辱。”

“坏男孩固然可恨，但在学校蒙受耻辱则更加令人难受。”艾美摇着脑袋说，似乎已经历尽沧桑，“苏茜·巴金斯今天戴着一枚精致的红玉戒指上学，我羡慕得不得了，恨不得也有一枚。嘿，她给戴维斯先生画了一幅漫画，怪鼻子，驼背，嘴里还吐出一串话：‘年轻女士们，我的眼睛在盯着你们！’我们正在大笑，不料他的眼睛果真盯上了我们。他命令苏茜把画板带上去。她吓瘫了，但还是走上去。噢，你们猜他怎么着？他揪着她的耳朵——耳朵！想想这多恐怖！——把她揪到背书台上，让她在那里站了半个小时，举着画板让大家看。”

“姑娘们有没有笑那幅画？”乔问，回味着那尴尬的局面。

“笑？谁敢！她们像老鼠般一声不吱静静地坐着，苏茜泪如雨下，可怜的人。那时我不再羡慕她了，因为我觉得如果这样，即使有千千万万枚红玉戒指也不能使我幸福。我永远永远不会忘记这种刻骨铭心的奇耻大辱。”然后艾美继续做她的针线活儿，并为自己的品行和成功地一口气发出两串长长的词组而自鸣得意。

“我今早看到一件我喜欢的事情，吃饭时要说的，却给忘了。”贝思一边说一边整理乔乱七八糟的篮子，“我去为罕娜买鲜蚝，看到劳伦斯先生也在鱼店里，但他没看到我，因为我站在一个水桶后面，他又忙着跟渔夫卡特先生说话。一个穷苦女人拿着桶和刷子走进来，问卡特先生能否让她干些洗刮鱼鳞的活儿，因为她的孩子们都饿着肚子，她自己又揽不到活儿干。卡特先生正忙着，毫不客气地说了声‘不能’；这个又饥饿又难过的女人正要走开，劳伦斯先生用自己的手杖弯柄勾起一条大鱼递到她面前。她又惊又喜，把鱼抱在怀里，一再道谢。他叫她趁鲜赶快回去把鱼煮了吧，她便高高兴兴地匆匆走开了。劳伦斯先生真是个好心人！噢，她当时的模样也真逗人，抱着滑溜溜的大鱼，口中祝愿劳伦斯先生在天堂的大床‘虚虚（舒舒）服服’。”

大家听到贝思的故事全笑起来，又请母亲也来一个。母亲略想一想，严肃地说：“今天我在工作间里裁剪蓝色天鹅绒大衣时，非常挂念你们父亲，我想如果他遇到什么不测的话，我们将多么孤独无援。这样想很傻，但我不能自已。这时一个老人走进来交给我一张衣服订单。他在我旁边坐下，我看他模样像个穷苦人，既疲倦又焦虑，便和他攀谈起来。

“‘你有儿子在部队吗？’我问，因为他带来的条子不是给我的。

“‘有，夫人。有四个，但两个死了，还有一个在监狱，我现在去看另一个，他住在华盛顿医院，病得十分厉害。’他平静地说。

“‘你为国家作出了巨大贡献，先生。’我说，这时我对他不再感到怜悯，而是肃然起敬。

“‘理应如此，夫人。如果用得上我的话，我也会去的；既然用不上，我就献上我的孩子，无偿地献上。’

“他声调愉快，神情恳切，似乎奉献自己的一切是一大乐事，我不禁暗自惭愧。我献出一个人便思前想后，他献出了四个却毫无怨言。我在家里有四个好女儿来安慰我，他唯一能见到的儿子却远在数英里之外，可能在等着跟他道永别！想到上帝赐给我的恩典，我觉得自己已经很富足，也很幸福。我于是给他打了个漂亮的包裹，给他一些钱，并由衷地感谢他给我上了一课。”

“再讲一个，妈妈——讲个带哲理的，就像这个一样。我喜欢听完后再回味一遍，如果故事真实可信，说教味道又不浓的话。”乔沉默了一会儿后说。

马奇太太笑笑，马上又讲开了。她跟这帮小听众讲了多年故事，知道怎样迎合她们。

“从前，有四个姑娘，她们衣食不愁，安逸舒适，有好心的朋友和深深爱着她们的父母，然而她们并不满足。”这时听众们狡黠地互相交换个眼色，又继续飞针走线。

“这些姑娘们都想做个好孩子，并有许多宏图大计，但总是不能持久。她们老说，‘如果我们有这些东西就好了’，或‘如果我们能够这样多好’，完全忘记了自己已身处福中。于是她们问一位老妇人有什么魔法可以使她们幸福。老妇人说：‘当你们感到不满足时，想想自己所拥有的东西，并为此而心存感激。’”（这时乔马上抬起头来，似乎有话要说，但想到故事尚未结束，便把话咽了回去。）

“姑娘们是聪明人，决定采纳这个建议，不久便惊奇地发现她们是多么富有。一个姑娘发现，金钱并不能使有钱人家免受羞辱和痛苦；另一个发现虽然自己没有钱，但却拥有青春活力和健康的身体，远比愁眉苦脸、年老体弱、不会享受生活乐趣的人幸福；第三个发现下厨做饭虽然不是件快事，但被迫去讨饭的滋味更难接受；第四个发现良好的品行比红玉戒指更加珍贵。于是她们不再牢骚满腹，而是尽情享受已经拥有的一切，并力图报答天恩，唯恐失去而不是更多地享受它们。我相信她们没有后悔接受了老妇人的建议。”

“呀，妈咪，你好狡猾，用我们自己的故事来对付我们，不讲故事，却跟我们讲起大道理来了！”梅格嚷道。

“我喜欢这种大道理，爸爸以前也经常这样讲的。”贝思沉思着说道，把针插入乔的针垫里。

“我的怨言没有别人那么多，但从今开始也要更加小心，否则苏茜的下场就是个榜样。”艾美颇有哲理地说。

“我们正需要这么个启示，而且不会忘记。如果我们忘了，你就学《汤姆叔叔的小屋》[1]里的克洛艾那样，冲我们说：‘想想上天的恩典吧，孩子们！想想上天的恩典吧！’”乔情不自禁地从这个小布道中发掘出一点乐趣，虽然她也像其他姐妹一样把它记在心中。

---

① 女作家斯托（1811—1896）写的一部反奴隶制小说。

第五章　友邻睦居

"你究竟是去干什么，乔？"梅格问道。时值午后，雪花飘飞，她看到妹妹脚蹬胶靴，头戴雪帽，披着旧布袋，一手拿着把扫帚，一手提着个铁锹，正大步走过大厅。

"出去锻炼。"乔答，眼睛调皮地一闪一闪。

"今天早上散了两次步，还不够吗？外面又冷又闷，我劝你还是待在火边暖和暖和，就像我一样。"梅格说着打了个冷颤。

"不接受意见！我不能一整天都安静地待着。我又不是小猫咪，不喜欢在火炉边打盹儿，我喜欢探险，我这就打算去。"

梅格走回去烤脚，读她的《艾凡赫》[①]，乔则开始使劲挖路。积雪不厚，她很快便用扫帚绕着花园扫出一条小道，这样，太阳出来时，贝思便可以在这里散步，把病娃娃抱出来呼吸新鲜空气。马奇家的屋子和劳伦斯家的只有一园之隔。两座屋子地处市郊，颇富乡村风味，周围是草坪、小树林、大花园，还有静静的街道。一道低矮的树篱把两户人家分隔开来。树篱的一面是一所破旧的棕色房子，显得颓败荒芜，夏天盖在墙上的藤叶和绕屋的鲜花早已凋零。另一面是一栋很有气派的石楼，内

① 英国诗人、历史小说家瓦尔特·司各特的代表作，发表于一八一九年。

设大型马车房和植物温室，地面保持得干干净净；透过华丽的窗帘布，隐约可以看到漂亮精致的家居布置，一望而知里头的主人过着安逸豪华的生活。然而这栋房子似乎孤单寂寞、缺乏生气。草坪上没有孩子在玩耍，窗边见不到母亲的笑脸，门庭冷落，进进出出，只能见到老绅士和他的孙子。

在富有想象力的乔眼里，这栋富丽的楼房就像是一座幻想中的宫殿，流光溢彩，富丽堂皇，但却无人欣赏。她早就想看看里头究竟藏着什么宝物，并结识那位“劳伦斯家的男孩”。他看来也有意想交个朋友，只是不知从何做起。自从那次晚会之后，她这种愿望尤其强烈，心里盘算了许多与他交朋友的方法；但最近他却很少露面，乔正以为他出了远门，一天却突然发现楼上一扇窗边露出一个脸孔，若有所思地往下望着她们的花园，花园里贝思和艾美正在一起玩雪球。

“这个小伙子没有朋友，没有欢乐，”她心里说，“他爷爷不知道他需要什么，总是把他孤零零地关在屋里。其实他很需要一帮快乐的小伙子来陪他玩，需要活泼有朝气的年轻人做伴。我真想走过去把这些话告诉那位老绅士！”想到这里乔乐了。她是个有胆识的姑娘，常常做出一些出其不意的事情，令梅格震惊不已。“走过去”这个计划一直在乔的脑海里纠缠；这天下午雪花飘落时，乔决定采取行动。她看到劳伦斯先生坐车出了门，便开始挖路，一直挖到树篱边，这才停下来望望。四处悄无声息——楼下窗户帘幕低垂，用人也全无踪影，独见楼上窗边露出一个黑色鬈发的脑袋靠在纤薄的手掌上。

“他在上头呢，”乔想，“多可怜的人！这么阴沉沉的日子孤独一人，郁郁不乐。简直岂有此理！我要抛个雪球上去，引他望过来，再跟他好好说上几句话。”

乔抛出一捧软绵绵的雪花，楼上的人马上转过头来，脸上的无精打采一扫而光，大眼睛闪闪发亮，嘴角露出笑意。乔点点头笑了，挥舞着手中的扫帚叫道——

“你好吗？是不是病了？”

劳里打开窗，像只渡鸦般嘶哑着嗓子答道——

“好点了，谢谢你。我得了重感冒，在屋里关了一个星期了。”

“真遗憾。有什么消遣吗？”

“没有。这里头闷得像个坟墓。”

“你不看书吗？”

“不大看。他们不让我看。”

“没有人念给你听吗？”

“爷爷有时念一点，但我的书他不感兴趣，我又不愿意老叫布鲁克来念。”

“那么叫人来看望你吧。”

“我腻烦见人。男孩子吵闹起哄，我头痛受不了。”

“不能找个好女孩来跟你念书消遣吗？女孩子天性文静，而且喜欢照顾别人。”

“不认识。”

“你认识我们。”乔提醒他，然后笑了起来，又赶忙停下。

“可不是吗！能请你过来吗？”劳里叫道。

“我不文静，也并非什么好女孩，但如果妈妈允许的话，我就过来。我去问问她。你乖乖关上窗子，我一会儿就来。”

言毕，乔肩扛扫帚走进屋里，一面思忖大家会怎么说。劳里想到将有人做伴，欣喜不已，四处奔忙作准备；正如马奇太太所说，他是个“小绅士”，为对客人的光临表示敬意，他把卷曲的头发梳理一遍，换上一条干净领带，并试着整理房间；虽说有六个用人，房间仍然凌乱不堪。一会儿，铃声大响，一个沉着的声音请求见“劳里先生”，一位满脸疑云的用人跑上楼来，对劳里说有一位小姐求见。

“好极了，把她带上来，那是乔小姐。”劳里边说边走到他的小客厅门前迎接乔。乔走进来，脸色绯红，亲切可人，一手擎着个盖着盖的碟子，一手捧着贝思的三只小猫，神态相当自如。

“我来了，带着全部家当，”她爽快地说，“妈妈谨致爱意，若我能为你效劳的话，她深感高兴。梅格要我送上她做的牛奶冻，她做得好极了。贝思认为她的小猫咪可以安慰你。我知道你一定会取笑它们，但我不能拒绝，她是这么想帮助别人。”

贝思想得不错，她借出的小猫咪还真管用，劳里被这种有趣的礼物逗得大笑，他顾不得害羞，马上变得活跃起来。

“做得太精美了，叫人舍不得吃。”看着乔揭开碟子上的盖儿，露出牛奶冻，里面围着一圈绿叶和艾美最喜爱的绛红色天竺葵花朵，他快乐地笑了。

“这不值什么，只是她们的好意而已。叫女佣拿去给你做茶点：区区一物，你不必客气，因为它又软又滑，喉咙酸痛吃下去也不碍事。你这房间真舒服！”

“如果打理得当，倒是挺舒服的；但女佣们都懒，我又不知怎样才能让她们用心。这令我挺伤脑筋呢。”

“我两分钟就可以把它弄妥，其实只需要扫扫壁炉地面，这么着——把壁炉台上的东西竖起来，这么着——书放在这边，瓶子放那边，你的沙发不要直对光线，枕头拍拍，松软一点。行了，一切妥当。”

真的一切妥当；因为谈笑之间，乔已经把东西收拾得有条不紊，并给房间带来一种特别的气氛。劳里恭敬地默默注视着她，当她示意他坐到沙发上时，他坐下来满意地舒了一口气，感激地说道——

“你心地真好！房间是需要这么收拾一下。现在请坐到这把大椅子上，让我为我的客人效劳点什么。”

“不，是我来为你效劳。我朗读好吗？”乔热切地望着近处几本诱人的书。

“谢谢你！那些书我都已读过，如果你不介意，我倒宁愿聊聊。”劳里回答。

“当然不介意。如果你愿意听，我可以讲上一天。贝思常说我从不懂得适可而止。”

“贝思是不是常待在家里，有时提着个小篮子出来，脸色红润润的那一位？”

“对了，那就是贝思。十足的乖乖女，我最疼爱她了。”

“漂亮的那位是梅格，鬈发的是艾美，对吗？”

“你是怎么知道的？”

劳里红了脸，不过还是坦白回答：“嗯，你知道，我常听到你们叫唤对方，当我在楼上孤零零一个人时，就忍不住望向你们的屋子，你们似乎总是玩得很开心。请原谅我这样无礼，但有时你们忘记放下摆着鲜花的那扇窗户的帘子，灯亮时简直就像是看一幅画。炉火下你们和母亲绕桌而坐，她的脸刚好对着我，在鲜花的掩映下显得异常甜美。我忍不住要看。我没有妈妈，你知道。”劳里的嘴唇忍不住轻轻抽搐了一下，他捅捅炉火借以掩饰。

劳里孤独、渴望的眼神直刺入乔炽热的心胸。她受到的教育十分单纯，心中全无一丝杂念，年届十五，仍像孩子一样坦诚直率、天真无邪。劳里有病而且孤独，极羡慕她享有家庭的温暖和幸福，她也很想与他一同分享。她神情十分友好，尖嗓子也变得非同寻常地轻柔，说——

“那扇窗的帘幕我们以后不再拉上，你尽可以看个够。不过，我却希望你能过来看望我们，而不只是偷偷观望。妈妈非同凡响，你一定会受益良多；贝思可以唱歌给你听，如果我请求她的话；而艾美则可以为你跳舞，我和梅格可以给你看我们有趣的舞台道具，让你笑一场。我们一定会玩得很开心。你爷爷会让你来吗？”

“如果你妈妈跟他说，我想会的。他心地最善良，只是没有表露出来；可以说他相当纵容我，只不过担心我会妨碍陌生人。”劳里说，神情越发亢奋。

“我们不是陌生人，我们是邻居，你不必见外。我们想认识你，我老早就想这么做了。我们在这里住得不算久，你知道，但我们邻近的人家都认识了，就差你家。”

“爷爷就爱看书，对外面发生的事情不大关心。我的私人教师布鲁克先生又不住在这里，没有人跟我一起玩，所以我只是待在家里自己过。”

“太可惜了。如果有人邀请，你应该多外出拜会，这可以交许多朋友，去许多有趣的地方。别老惦着害羞，你不想它就没事了。”

劳里脸又红起来，但却没有生气。虽然乔言语唐突，责备他害羞，但言谈之间那一番真情实意，却令他非常感激。

“你喜欢你的学校吗？”男孩凝视着火光停顿了一会儿，然后换了个话题问道。

乔正四下打量着，显得非常愉快。

“我没有上学，我是个实干家——我的意思是实干女孩。我侍奉我的姑婆，一个既可爱又专横的老太太。”乔回答。

劳里刚要张口再问，猛然想到打探太多别人的私事不礼貌，便闭口不语，神态显得颇不自然。乔喜欢他这样有教养，但觉得谈谈马奇姑婆的趣事并无妨，便活灵活现地跟他描绘那位烦躁不安的老太太、她的胖卷毛狗、会讲西班牙语的鹦哥，还有自己最喜爱的藏书室。劳里听得如痴如醉；她说到一次一位庄重的老绅士来向马奇姑婆求婚，正当他甜言蜜语之际，鹦哥扯下了他的假发，令他大为懊丧。劳里听到这儿身子向后一仰，笑得眼泪都流了出来，引得一个女佣探头进来看个究竟。

“啊！真是灵丹妙药，请接着再说。”劳里从沙发上抬起头来，脸上兴奋得红光闪闪地说道。

乔为自己的成功扬扬得意，便“接着再说”，谈她们的话剧和计划、她们对父亲的盼望和担心，以及她们姐妹圈中最有趣的事儿。接着他们谈起书，乔高兴地发现劳里跟她一样爱读书，而且读得比她更多。

“如果你这么喜欢书，下来看看我家的吧。爷爷出去了，你不用害怕。”劳里边说边站起来。

“我什么也不怕。”乔答，把头一抬。

“这话我相信！”男孩叫道，并羡慕不已地望着她，虽然心中暗想如果遇上老人心情不佳，她一定也会有一点害怕。

整座屋里的气氛与夏天无异，劳里领着乔沿房间逐一观赏，遇到乔感兴趣的地方便驻足细看一番；这样走走停停，最后来到藏书室，乔旋即兴奋得手舞足蹈，一如她平日特别高兴时那样。藏书室里头一层一层摆满了书本，放着图画和雕塑、装满了钱币和古玩的引人注目的小橱柜，还有《睡谷传奇》[①]里的椅子、古怪的桌子和青铜器，最令人叫绝的是一个用精致的花砖砌成的敞开式大壁炉。

“你家真富有！”乔赞叹道，身子一歪重重坐在一把天鹅绒椅子上，神情极为满足地凝望周围。“西奥多·劳伦斯，你应该是世界上最幸福的孩子。”她接着说，神态让人难忘。

“人不能光是靠书活着。”劳里摇摇头说，坐在对面一张桌子上。

他正要说下去，门铃响了，乔飞快地站起来，慌张地叫道：“哎呀！是你爷爷！”

“咦，是他又如何？你不是说什么也不怕吗？”男孩调皮地对她说。

“我想我是有点怕他，但不明白为什么会这样。妈妈说我可以过来，我也觉得这样对你没有坏处。”乔定定神说，眼睛却一直望着房门。

“你来我精神好多了，真是不胜感激。我只怕你跟我谈话累着呢；这样交谈令人愉快极了，我简直不想停下来。”劳里感激地说。

“医生要见你，少爷。”女佣招手道。

“我走开一会儿行吗？看来我得见他。”劳里说。

“别管我。我在这里快乐得像个蟋蟀。”乔答道。

劳里走出去，留下客人独个自娱自乐。她正站在那位老绅士的肖

① 美国作家欧文·华盛顿所著的一部传奇小说。

像前，门忽地又打开了，她没有回头，自信地说："现在我肯定不会怕他。虽然他的嘴唇冷峻，但他有一双善良的眼睛，看样子他很有个性。虽然他不及我外公英俊，但我喜欢他。"

"承蒙夸奖，夫人。"一个生硬的声音从她身后传来，原来进来的是劳伦斯老人，乔窘得恨不能找个地缝儿钻进去。

可怜的乔脸色红得不能再红，想到自己方才说的话，心里慌得怦怦乱跳。她一开始很想马上跑掉，但那是懦夫的行为，姐妹们一定会嘲笑她的；于是她决定按兵不动，尽自己的能力摆脱困境。她又望了一眼老人，发现灰白浓眉下面的两只眼睛比起肖像上的更加善良，目光中还闪着一丝狡黠，于是心里轻松了许多。突然，老人打破可怕的沉默，用更为生硬的声音问道："那么说你不怕我，嗯？"

"不是很怕，先生。"

"你觉得我不如你外公英俊？"

"不错，先生。"

"我很有个性，对吗？"

"我只是说我这么认为。"

"但尽管如此，你还喜欢我？"

"是的，是这样，先生。"

这个回答使老人很高兴。他笑一笑，跟她握手，然后用手指托着她的下巴，把她的脸抬起来，严肃地细看一回，放下手点头说道："虽然你没有继承你外公的相貌，但继承了他的精神。他是个好人，孩子；但更难得的是，他勇敢正直。我为自己是他的朋友而自豪。"

"谢谢您，先生。"乔现在觉得相当舒服了，因为这话说得非常中听。

"你对我这孩子做了什么，嗯？"他接着毫不客气地问道。

"只是尽量做个好邻居而已，先生。"乔接着把来龙去脉说了出来。

"你认为他需要振作一点，对吗？"

"是的，先生，他似乎有点孤独，年轻伙伴可能会对他有好处。我们不过是女孩子，但如果可以帮上忙的话，我们会很高兴，我们可没有忘记您送给我们的圣诞大礼。”乔热切地说。

“啧！啧！啧！那是那孩子做的事。那个可怜的女人过得还好吗？”

“过得挺好，先生。”乔接着便一口气介绍了赫梅尔一家的情况，并告诉他母亲已说服了比她们更富有的人来关心此事。

“她父亲也是这么乐善好施。改日我要去登门拜访，把这话告诉她。用茶的铃声响了，为了那孩子的缘故，我们很早就吃茶点。下来继续做好邻居吧。”

“如果您喜欢的话，先生。”

“如果我不喜欢，就不会请你。”劳伦斯先生说着行旧式礼节，向她伸出手臂。

“不知梅格对此会有何话说。”乔一边走一边揣测，想象到自己在家里讲这个故事的情景，眼睛高兴得直忽闪。

这时劳里跑下楼梯，看到乔居然和他那令人畏惧的爷爷手挽着手，吓得怔住了。“嘿！怎么了，这家伙到底怎么了？”老人问。

“我不知道您会来，先生。”他开口说。乔得意地跟他使个眼色。

“显然如此，看你冲下楼梯的样子就知道。过来吃茶吧，先生，放斯文一点。”劳伦斯先生怜爱地扯扯男孩的头发，又继续向前走，劳里在他们身后傻乎乎地发呆，逗得乔差点忍不住大笑。

老人喝下四杯茶，两个年轻人很快就谈得像对老朋友。老人看在眼里，并不多言，他孙子的变化更逃不过他的眼睛。现在男孩的脸上红润生动起来。他神态活泼，笑声充满真正的快乐。

“她说得对，小伙子是太孤单。我倒要看看这小姑娘能为他做什么。”劳伦斯先生一面看他们说话一面想。他喜欢乔，因为她与众不同，她那古怪、率直的方式很合自己的性格，而且她似乎非常理解这孩子，好像是他身上的一分子。

假如劳伦斯一家真如乔原来所说的那样“既严肃，又冷漠”的话，乔便不可能和他们相处下去，因为这种人总会使她感到羞怯和尴尬；但现在她却发现他们很随和，和他们在一起，她自己也轻松下来，谈笑自如，给主人留下了良好的印象。当他们站起来的时候，她提出告辞，但劳里说他还有些东西要给她看，随之把她带到温室。温室里专为她而点亮了灯。乔在走道上徘徊往返，在柔和的灯光下仔细欣赏墙边盛开的鲜花，以及周围千奇百怪的藤蔓灌木，尽情呼吸湿润清新、芬芳宜人的空气，仿佛置身于神仙之境。她的新朋友剪下满满一捧亮丽的鲜花，然后绑起来，带着令她愉快的神情说："请把它交给你妈妈，就说我很感激她送给我的药。"

他们发觉劳伦斯先生站在大客厅的炉火前，但乔的注意力却被一架打开着的大钢琴牢牢吸引住了。

"你弹琴吗？"她望着劳里问道，脸上露出敬佩的神情。

"偶尔弹一点。"他谦虚地回答。

"能弹一首吗？我现在想听听，回去告诉贝思。"

"你先请吧。"

"不会弹。太笨学不会，但我酷爱音乐。"

于是劳里弹琴，乔把鼻子深深埋在天芥菜花和香水月季里留神细听。劳里弹得妙极了，而且毫不矫揉造作。乔对这位"劳伦斯家的男孩"更添一层敬意。她想，如果贝思也来听就好了，但却没有说出来，只是对他赞不绝口，夸得他挺不好意思。爷爷赶忙过来解围："行了，行了，小姐。甜言蜜语太多他吃不消。他的音乐是不错，但我希望其他更重要的事情他也一样能干好。要回去了？好吧，我非常感谢你，并希望你再来。问候你母亲。晚安，乔医生。"

他慈爱地跟她握手，但神色似乎有点不快。当他们走入大厅时，乔问劳里是否自己说错了话，劳里摇摇头。

"没有，原因在我；他不喜欢听我弹琴。"

"为什么？"

“以后我会告诉你。约翰送你回家,恕我不能送了。”

“用不着。我不是娇小姐,而且只有一步之隔。多多保重,好吗?”

“好的,但你会再来吧,我希望。”

“如果你答应病好后来看望我们的话。”

“我会来的。”

“晚安,劳里!”

“晚安,乔,晚安!”

听了乔这个下午的奇遇后,一家人都感到有必要全体作一次访问,因为大家都觉得树篱那边的大房子有一种说不出来的魅力。马奇太太想跟老人谈谈自己的父亲,因为老人还没有忘记他,梅格渴望到温室里走走,贝思为那架大钢琴而叹息不已,艾美则很想看看那些精致的图画和雕塑。

“妈妈,为什么劳伦斯先生不喜欢劳里弹琴?”爱寻根问底的乔问。

“这我不是很清楚,但我想是因为他的儿子。劳里的父亲娶了位意大利女子——一个音乐家,这事令自尊心极强的老人很不愉快。其实那个女子贤淑可爱,而且多才多艺,但他不喜欢她,他们婚后他便没有再见儿子。劳里还很小的时候,他们便去世了,爷爷把他接回家。那男孩在意大利出生,身子骨不大壮实,我想老人是害怕失去他,因此格外小心。劳里像他母亲,天生热爱音乐。我敢说他爷爷害怕他有当音乐家的念头。不论怎样,他的琴艺使老人想起了自己不喜欢的那个女人,所以他‘怒目而视’,就像乔说的那样。”

“哎哟,多浪漫!”梅格叫道。

“多傻!”乔说,“如果他想做个音乐家就让他做去,他不喜欢念大学就别把他送进去受折磨。”

“我想,正因为这样,他才有一双漂亮的大眼睛和优雅的举止。意大利人总是风度翩翩。”有点多愁善感的梅格说。

“他的眼睛和举止你知道什么?你几乎没跟他说过话。”乔嚷道。

她可并不多愁善感。

“我在晚会上见过他，你讲的故事说明了他言谈得体。他说的有关妈妈送给他药那几句话多有意思。”

“我猜他指的是牛奶冻。”

“真是个笨姑娘！他指的是你，绝对没错。”

“是吗？”乔睁大眼睛，仿佛以前从来没有这样想过。

“我从来没有见过这样的女孩！人家恭维你还不知道。”梅格说，好像她对这种事情无所不知。

“我认为这种事荒唐至极。你别傻，别扫我的兴，我便多谢了。劳里是个好男孩，我喜欢他，我不要听什么情呀意呀之类的废话。我们都要对他好，因为他没有母亲。他也可以过来看我们，您说对吗，妈妈？”

“对，乔，非常欢迎你的小朋友，我也希望梅格记住，儿童就应该尽量天真无邪。”

“我认为自己不算儿童，我还不到十岁呢。”艾美说，“你说呢，贝思？”

“我正在想我们的‘天路历程’。”贝思答道。她一句话也没有听进去。“我们怎样下定决心做好孩子，走出‘深渊’，穿过‘边门’，努力爬上陡坡；也许那边那座装满漂亮东西的屋子便是我们的‘丽宫’。”①

“我们得先走过狮子群。”乔满怀憧憬地说。

① 在《天路历程》一书中，主人公基督徒在福音使者的指引下离开了行将毁灭的家乡“毁灭城”，向天国进发。他一路上历尽艰辛，克服了种种诱惑与魔障，终于到达天国。

第六章　贝思发现“丽宫”

那座大楼确实是个“丽宫”，不过众人颇费时日才全部走进去，贝思更是觉得很难走过“狮子群”。劳伦斯老先生就是最大的狮子。不过，自他到她们家拜访，跟众姐妹逐个谈笑一番并和她们母亲交谈旧事后，大家便不再怕他了，只有腼腆的贝思例外。另一头狮子是两家贫富悬殊这个现实，这使她们不好意思接受她们报答不了的恩惠。不过，后来她们发觉他反把她们视为恩人，他对马奇太太的亲切款待、姐妹们的温馨情意，以及他在那座简陋的屋子里所得到的温暖深表感激。于是她们不再自卑，更加亲热往来，不再理会谁付出的更多。

新的友谊像春草一样茁壮成长，各种美好的事情都在那个时候发生。人人喜欢劳里，他也悄悄告诉他的私人教师“马奇家的姑娘们十分出众”。充满热情的年轻姑娘们把孤独的男孩带进她们的圈子里，对他悉心照顾。她们心地善良而单纯，劳里在这种天真无邪的交往中感到十分陶醉。由于他从小失去母亲，又没有姐妹，因此很快便感受到她们给他带来的影响。她们忙碌、活跃的生活方式使他对自己的懒惰感到惭愧。他现在厌倦读书，发现与人交往极有乐趣。布鲁克先生不得不非常不满意地向劳伦斯先生告状，因为劳里常常逃学跑到马奇家去。

“不要紧，让他放个假，以后再补回来，”老人说，“邻居那位好太太说他学习太用功，需要年轻人做伴，需要娱乐活动。我想她说得有道理，我一直溺爱这小子，都像他奶奶了。只要他快乐，他爱干什么就干什么吧。他在那边的小尼姑庵里不会捣蛋的，马奇太太比我们更能管教他。”

这样的时光多么美好！他们一起演戏，一起滑雪，一起在旧客厅度过愉快的夜晚，有时也在大楼举行快乐的小晚会。梅格可以随意进入温室，采摘大捧大捧的鲜花；乔在新藏书室里贪婪地浏览，向老人发表高见；艾美摹绘图画，尽情地沐浴在美的享受中；劳里则非常可爱地扮演“庄园主”的角色。

而贝思，虽然对大钢琴朝思暮想，却鼓不起勇气走进那间被梅格称为“极乐大厦”的屋子。她也曾随乔去过一次，但老人不知道她天性懦弱，浓眉下的一双眼睛紧紧盯着她，大叫一声“嗨”，吓得她“双脚在地板上乱抖”，这是她后来告诉妈妈的；她夺路而逃，并宣布以后永不踏足此地，对大钢琴也忍痛割爱了。大家百般劝哄无效，后来，劳伦斯先生不知从何处听到了这事，亲自着手弥补。在一次短暂的拜访中，他巧妙地把话题扯到音乐上，大谈他所见所闻的歌唱家和弦琴珍品等奇闻趣事。待在远远一角的贝思听入迷了，忍不住渐渐靠上前来，站在他椅子背后悄悄聆听，眼睛瞪大，脸颊因自己不寻常的举动而羞得通红。劳伦斯先生对她视而不见，继续谈劳里的功课和教师，一会儿，他似乎突然想起了什么，对马奇太太说——

“那孩子现在不大理音乐了，我倒挺高兴，因为他原来喜欢得有点过头。不过钢琴闲置着太可惜，你家姑娘们愿不愿意过来时不时弹弹，免得荒废了。你说呢，夫人？”

贝思上前一步，双手紧紧握住才没有拍起掌来。这个诱惑不可抗拒，想到在那架漂亮的钢琴上弹奏，她真是又惊又喜。还没等马奇太太回答，劳伦斯先生古怪地轻轻点点头，微笑道——

“她们用不着跟人说，随时都可以跑进来；因为我总待在屋子另一头的书房里，劳里常常不在家，九点钟后用人也从不走近客厅。”

说到这儿他站起来，似乎要告辞了。贝思下定决心要讲两句话，因为最后的安排完全称了她的心愿。“请把我的话转告年轻女士们，如果她们不想来，嘿，那就算了。”这时一只小手塞进他的手里，贝思满脸感激地仰头望着他，诚恳而腼腆地说——

“噢，先生，她们想的，非常非常想！”

“你就是弹琴的姑娘？”他问道，没有吓人地叫“嗨”，而是非常慈爱地望着她。

“我是贝思。我很喜欢音乐。如果您肯定没有人会听到我弹琴——被我骚扰的话，我会来的。”她接着说，唯恐出言不敬，边说边因自己的勇敢而颤抖。

“不会有人听到，亲爱的。屋子有半天空着；你尽管过来弹吧，非常欢迎你。”

“您真是菩萨心肠，先生！”

贝思被他友善的眼光看得脸红耳赤；不过她现在不再害怕，因为找不到话来感谢他送给自己的珍贵礼物，便感激地把那只大手紧紧攥住。老人轻轻拨开她额上的头发，俯下身来吻了一下，用一种少有的声调说——

“我曾经有个小姑娘，眼睛跟你的一模一样。上帝保佑你，亲爱的孩子！再见，夫人。”说毕他匆匆离去。

贝思与母亲狂喜一番后，因为姑娘们不在家，便冲上去把好消息告诉那帮残破不堪的布娃娃。那天晚上她高兴得唱个不停，半夜，她睡梦中在艾美脸上弹钢琴，把艾美闹醒，引得姐妹们大笑不已。第二天，贝思看到一老一少两位绅士都出了门，犹豫再三后，从侧门走进去，轻手轻脚地朝搁置着钢琴的客厅走去。碰巧，当然啦，钢琴上摆着几张简单而动听的乐谱。贝思不时四面窥探，终于用颤抖的手指弹响了琴键，旋即便忘掉了恐惧，忘掉了自己和周围的一切，音乐声仿如一位挚友的声音，给她带来难以言喻的快乐。

她一直弹到罕娜过来带她回家吃饭；但她毫无食欲，只是坐在一边，无比快乐地望着大家痴笑。

从此以后，一个戴着棕色小帽的身影几乎每天都溜过树篱，一个静悄悄的音乐精灵常常在那间大客厅出没。她不知道劳伦斯先生经常打开书房门聆听他喜欢的旧曲子；没有看到劳里在大厅放哨，提醒用人不要走近；也从不怀疑乐谱架上的练习书和新歌是特意为她放置的；劳伦斯先生在家里跟她谈论音乐，使她大获裨益，她也只以为他是出于好心而已。因此她尽情陶醉在音乐的天地中，有时甚至觉得自己已经得偿毕生之愿。也许正因为她对这种恩赐常怀感激之心，更大的恩赐接踵而来，但无论怎样，她都受之无愧。

“妈妈，我想为劳伦斯先生做一双便鞋。他对我这么好，我得感谢他，其他方式我又不会。您说可以吗？”贝思问母亲。这时距老人那次重要拜访已有好几个星期。

“可以，亲爱的。他会非常高兴，这是感谢他的好办法。姐妹们会帮你做，缝制费用我来出。”马奇太太答道。她特别乐于答应贝思的要求，因为她极少为自己要求什么。

贝思跟梅格和乔严肃讨论后，选定了图案，接着便购买材料，开始制作。大家一致称紫黑色底衬着一丛庄重而生机勃勃的三色堇非常合适漂亮。贝思夜以继日地缝制，只有难做的部分才偶尔要人帮忙。她做缝纫活儿心灵手巧，众人还未感到厌倦鞋子便完工了。然后她写了一张简单的便条，一天早上趁老人尚未起床，让劳里帮她悄悄把它们捎到书房，放在书桌上。

此后，贝思怀着紧张的心情等着看老人的反应。当天无事发生，第二天中午仍然无声无息，她开始担心自己冒犯了那位怪僻的朋友。下午，她出去办点差事，并带乔安娜，一个残破的洋娃娃，去做日常锻炼。回来走近大街时，她看到三个，对了，是四个人在客厅的窗边探头探脑。看到她走来，她们一齐招手，快乐地尖声高叫——

“老先生来了一封信！快，快来读吧！”

“噢，贝思，他送你——”艾美争先说，笨拙地使劲打着手势，不过她没再往下说，因为乔砰的一声关上窗户，把她的话堵了回去。

贝思悬着一颗心加快了脚步，刚走到门边，姐妹们便将她一把抓住，众星拱月般地把她拥到大厅，一齐指着说：“看哪！看哪！”贝思仔细一看，惊喜得脸色发白，原来地上放着一架小巧精致的钢琴，光滑的琴盖上放着一封信，像个招牌一样摆着，上书“致伊丽莎白·马奇小姐”。

“给我的？”贝思气喘吁吁。她扶着乔，觉得自己就要跌倒。这事来得毕竟太突然了，令她难以承受。

“对，就是给你的，我的宝贝！他是不是棒极了？你说他是不是天底下最可爱的老人？这是信里头的钥匙。信我们没拆，但我们都急着想知道他怎么说。”乔喊道，紧紧搂着妹妹，把信递上。

“你念吧！我念不了，我觉得头晕目眩！呵，这太美了！”贝思把脸埋在乔的围裙里，她被这件礼物搅得六神无主。

乔展开信笺，笑出声来，因为首先映入眼帘的几个字是——

马奇小姐：

亲爱的女士——

“动听极了！但愿有人会这样跟我写信！”艾美说。她认为旧式称呼非常优雅。

“‘我一生中穿过无数双鞋子，但没有一双像你做的那么适合我。’”乔接着往下念，

三色堇是我最喜欢的花，它将使我永远记住温柔的赠花人。我想报答你的恩惠，我知道你会允许“老绅士”给你送上这件一度属

于他失去了的小孙女的礼物。谨致诚挚的谢意及美好的祝愿。

衷心感激，并愿效犬马之劳。

詹姆士·劳伦斯

"嘿，贝思，这无疑是件值得骄傲的光彩事儿！劳里跟我说过劳伦斯先生最疼爱那死去的孩子了，他把她用过的东西一一小心保存起来。想想看，他竟把她的钢琴送给了你。那是因为你有一对蓝色的大眼睛，而且热爱音乐。"乔说，试图使兴奋得全身发抖的贝思冷静下来。

"你看这些精致的烛台，这些折叠得漂漂亮亮的绿绸子，中间还镶着一朵金色的玫瑰，再看漂亮的凳子和架构，简直是十全十美。"梅格一面说一面打开钢琴向大家展示。

"'愿效犬马之劳，詹姆士·劳伦斯。'多有绅士风度！我要告诉学校的姑娘们，她们一定会赞不绝口。"艾美说。她十分欣赏那封信。

"弹一弹吧，小乖乖。让大家听听这架宝贝钢琴的声音。"罕娜说。她一向和她们一家人甘苦与共。

贝思便弹起来，众人齐称这是有史以来听到过的最美妙的琴声。钢琴显然新近调校了音调，并收拾得十分齐整。贝思脚踩亮油油的踏板，轻抚漂亮的黑白琴键，众人把头聚拢琴边，脸上洋溢着无限的幸福。此情此景，真动人心弦。

"你得去谢谢他哩。"乔开玩笑地说。她并没有想到贝思会真的去。

"是的，我要去。我想现在就去，再犹豫就会害怕了。"说罢，贝思竟然不慌不忙地走过花园，穿过树篱，从劳伦斯家的门口走进去，令一家人大为惊讶。

"老天爷！我发誓我从没见过这么离奇古怪的事情！小钢琴弄得她神魂颠倒了！她脑子正常的话，绝不会去的。"罕娜喊道，呆呆地目送着她走进去，姐妹三人则惊诧得不能言语。

如果她们看到贝思后来做的事情一定会更加惊异。真的，她径直走到书房门口，毫不思索便叩门。一个生硬的声音叫道："进来！"她果真走进去，走到大吃一惊的劳伦斯先生面前，伸出手，声音微颤地说道："我来谢谢您，先生。谢谢您——"一语未毕，劳伦斯先生慈爱友善的目光令她忘记了要说的话，她只记得他失去了最钟爱的小孙女，于是伸出双臂抱住他的颈部，吻了他一下。

即使屋顶突然飞落，老人也不会这么震惊，但他非常欢喜——啊，真的，欢喜得难以言喻！那流露真情的轻轻一吻使他深深感动，非常愉快，他彻底软化了。他把她放在膝头上，把自己满布皱纹的脸颊贴住她玫瑰色的脸颊，仿佛自己又寻回了自己的小孙女。贝思从那一刻起不再怕他，她坐在那里与他亲密地交谈，仿佛从生下来就已经认识他一般，因为爱可以驱除恐惧，感激可以征服自尊。她回家时劳伦斯先生把她一直送到家门口，跟她诚挚地握手，往回走时又轻触帽檐向她致意，他腰身挺直，神态庄重，活像个英俊勇敢的老绅士，而事实也正是如此。

看到这一幕，乔跳起了快步舞，来表达心里的快慰，艾美惊讶得差一点摔出窗户，梅格则高举双手大叫："呵，我真相信世界末日到了！"

第七章　艾美的耻辱谷

“那小伙子真像希腊神话中的独眼巨人，你说呢？”艾美说。这时劳里正骑马嘚嘚而行，经过时还把马鞭一扬。

“你怎敢这样说话？他一双眼睛完整无缺，而且漂亮得很哩。”乔叫起来。她容不得人家说她的朋友半点闲话。

“我并没有说他的眼睛怎么了，我也不明白你怎么会火冒三丈，我只是羡慕他的马上功夫而已。”

“噢，老天爷！这小傻瓜的意思是骑马高手，却把他叫成了独眼巨人。”乔爆发出一阵大笑，叫道。

“你不用如此无礼，这只是戴维斯先生说的‘口吴（误）’而已。”艾美反驳道，用拉丁语把乔镇住。“我真希望我能有一丁点儿劳里花在那匹马上的钱。”她仿佛自言自语，但却希望两个姐姐听到。

“为什么？”梅格好意问道。乔却因艾美第二次用错词而再次大笑起来。

“我负了一身债，急需用钱，但我还要等一个月才能领到钱。”

“负债，艾美？怎么回事？”梅格神情严肃地问。

“哦，我至少欠下一打腌酸橙。你知道我得有钱才能清还。妈妈不许我在商店赊账。”

“把事情详细道来。现在时兴粘胶了吗？以前可是刺橡皮来做圆球。[1]”梅格尽量不动声色，而艾美则神情庄重，一本正经。

“哦，是这样的。姑娘们成天买酸橙，你也得跟着买，除非你想别人觉得你小气。现在只有酸橙当红，上课时人人都埋在书桌下咂酸橙，课休时用酸橙交换铅笔、念珠戒指、纸娃娃等物。如果一个女孩喜欢另一个，她就送她一个酸橙；如果憎恶她，便当着她的面吃酸橙，不叫她咂一口。她们轮流做东，我已经得了人家不少，至今没有还礼，我理当偿还，因为那是信用债。”

“还差多少钱才能使你恢复信用？”梅格一面问，一面拿出钱包。

“二角五分已经绰绰有余，还可剩几分钱给你买一点。你不喜欢酸橙吗？”

“不怎么喜欢，我那份留给你吧。给你钱。省着点使，钱不多，你知道。”

“噢，好姐姐！有零花钱真是太好了！我要犒赏犒赏自己，这星期还没有尝过酸橙味儿呢。我不好意思再要她们的，因为自己还不起。现在我可想得要疯了。”

第二天，艾美回到学校已经不早，但却抵挡不住诱惑，颇为自得地把一个濡湿的棕色纸包炫耀一番，这才把它放到书桌的最里头。不消几分钟，艾美·马奇带了二十四个美味酸橙（她自己在路上吃了一个）并准备供诸同好的小道消息在她的“同伙”之中不胫而走，朋友们对她刮目相看。凯蒂·布朗当场邀请她参加下次晚会；玛丽·金斯利坚持要把自己的手表借给她戴到下课；珍妮·斯诺，一个曾经粗俗地挖苦过艾美的尖酸刻薄的年轻女子，立即偃旗息鼓，主动提供某些难题的答案。但是艾美并没有忘记斯诺小姐说过的那些刺心话：“有些人鼻子虽扁，却仍然闻得到别人的酸橙味儿；有些人虽然狂妄自大，却仍得求人家的酸橙吃。”她用令人泄气的言辞把那位“斯诺女”的希望当场击得粉碎：“你用不着一下子这么殷勤，因为你半个也捞不着。”

① “粘胶”与“酸橙”在英语中都是lime，这里梅格有意曲解艾美的意思。

那天早上恰巧有一位重要人物访问学校，艾美的地图画得极好，受到了表扬。斯诺小姐对敌人的这种荣誉怀恨在心，马奇小姐因此更摆出一副自命不凡的架势。不过，唉！骄兵必败！斯诺报仇心切，她反戈一击，打了场完全彻底的漂亮仗。一待客人照例讲完一番陈词滥调的客套话躬身出去后，珍妮立即佯装提问，悄悄告诉老师戴维斯先生：艾美·马奇把腌酸橙藏在书桌里头。

原来戴维斯先生早已宣布酸橙为违禁品，并庄重发誓要把第一个违法者公开绳之以法。这位相当不朽的仁兄曾经发动过一场激烈持久的战争，成功取缔了口香糖，烧毁了没收的小说画报，镇压了一所地下邮局，并禁止了做鬼脸、起花名、画漫画等一类事情，竭尽全力要把五十个反叛的姑娘们训导得规规矩矩。老天作证，男孩子已经使人大伤脑筋，但是女孩子更难伺候，这对于脾气粗暴、缺乏教学天才、神经紧张的人来说更是如此。戴维斯先生希腊语、拉丁语、代数以及各门学科无所不通，于是被称为好老师，而言行、道德、情操及表率却被认为无关紧要。珍妮心里明白，这种时候告发艾美活该她倒霉。戴维斯先生那天早上显然喝了冲得太浓的咖啡，东风又刺激了他的神经痛。而他的学生竟然在这种时候往他脸上抹黑。用一位女同学虽不优雅但相当贴切的话来形容："他紧张得像个女巫，粗暴得像一头熊。""酸橙"两字犹如引爆炸药的火苗。他把黄脸孔憋得通红，使劲敲击讲台，吓得珍妮飞速溜回座位。

"年轻女士们，请你们注意！"

这么厉声一喝，嘁喳声戛然而止，五十双蓝色、黑色、灰色，以及棕色的眼睛全都乖乖地盯住他那可怖的脸容。

"马奇小姐，到讲台来。"

艾美依令站起来。她虽然外表镇静，内心却是又惊又怕，因为酸橙压得她心里沉甸甸的。

"把书桌里的酸橙带过来！"她尚未走出座位，又收到第二道出乎意料的命令。

“不要全都带去。”坐在她身边的那位女士头脑十分冷静，悄声说道。

艾美匆忙抖出六只，把其余的放在戴维斯先生面前，心想任何铁石心肠的人闻到那股喷香的味道都会软下来。不幸的是，戴维斯先生特别讨厌这种时髦腌果的味道，他越发勃然大怒。

“就这些吗？”

“还有几个。”艾美结结巴巴地说。

“马上把其余的都拿来。”

她绝望地望了一眼她那班伙伴，顺从了。

“你肯定再没有了吗？”

“我从不撒谎，先生。”

“那好，现在把这些讨厌的东西两个两个拿起扔出窗外。”

眼看着最后一丝希望破灭，到了嘴边的东西被夺走，姑娘们都发出一阵叹息声。艾美又羞又恼，脸涨得通红，忍辱来回走了足足六趟。每当一对倒霉的酸橙——呵！多么饱满圆润——从她极不情愿的手中落下时，街上便传来一声欢叫。姑娘们简直心碎欲绝，因为叫声告诉大家，她们的美食落在了她们不共戴天的敌人爱尔兰小孩的手上，成为他们的美餐，令他们狂喜雀跃。这——这简直不能忍受。众人齐向冷酷无情的戴维斯投去气愤而恳求的目光，一位热烈的酸橙爱好者忍不住热泪暗流。

当艾美扔掉最后一个酸橙走回来时，戴维斯先生令人颤栗地“哼”了一声，装腔作势地训斥道——

“年轻女士们，你们记得我一星期前说的话吧。发生了这种事我很遗憾，但我绝对不会姑息这种违反纪律的行为，而且决不食言。马奇小姐，伸出手来。”

艾美吓了一跳，把双手藏在背后，用乞求的目光望着他，说不出半句话来，其情堪可怜悯。她本来是“老戴维斯”，当然啦，如大家所称，颇为得意的门生，如果不是一个姑娘“嘘”了一声以泄怨愤的话，我个人相信，戴维斯先生完全可能破例食言。但那嘘声尽管细若游丝，却激怒了这位脾气暴躁的绅士，并决定了犯规者的命运。

“伸出手，马奇小姐！”这一声便是对她无声恳求的答复；自尊好强的艾美不愿哭求，她咬紧牙关，对抗地把头向后一甩，任由小手掌挨了几下痛笞。虽然打得不重，但这对她来说没什么不同。她平生第一次挨揍，这就像把她击倒在地上一样，是一种奇耻大辱。

“现在站到讲坛上，一直到下课为止。”戴维斯先生说。既然开了头，他就决心做个彻底。

这实在是太可怕了。走回座位，看朋友们的怜悯目光和个别敌人的痛快脸色已经糟糕透顶，而要面对全班同学，含耻忍辱，她简直做不到。刹那间她觉得自己就要摔倒在地，伤心痛哭。但那种刺心的屈辱感和对珍妮・斯诺的恨使她挺住了。她踏上那个不光彩的位置，下面仿佛成了人的海洋。她两眼死死盯着火炉烟囱管，一动不动地站在那里，面如白纸。姑娘们面对这么一个心碎欲绝的人物，也再无心思上课。

此后的十五分钟里，这位傲慢敏感的小姑娘尝尽了铭心刻骨的耻辱和痛苦的滋味。别人或许觉得此乃小事一桩，荒唐好笑而已，而她却觉得伤透了心。她有生十二年以来，一直与爱为伴，从未领教过这种打击。而一想到“回到家我不得不把这事说出来，她们一定会对我失望至极”，她连手掌和心中的痛苦也顾不上了。

这十五分钟就像一个小时那么漫长，但最后还是走到了尽头，她终于盼到一声“下课”的命令。

“你可以走了，马奇小姐。”戴维斯先生说。看得出来，他心里头很不自在。

艾美横了他一眼，眼光充满谴责，令他不敢轻易忘怀。她一声不吱，径直走进前堂，一把抓起自己的东西，心里狠狠发誓，“永远”离开这个伤心之地。回到家里她仍伤心不已。不久，姐妹们相继归来。一个义愤填膺的会议随即召开。马奇太太虽然神情激动，但没有多说，只是无限温柔地宽慰自己受了伤的小女儿。梅格边掉泪边用甘油涂洗艾美那遭受凌辱的手掌。贝思觉得即使自己可爱的小猫咪也安慰不了如此深重的痛楚。乔怒发冲冠，提议戴维斯先生应该立即被逮捕。罕娜对那“坏蛋”挥起拳头，捣土豆做饭时也敲打得噼啪作响，仿佛那“坏蛋”就躲在她的捣杵下面。

除了她的几个伙伴外，没有人注意到艾美没来上学；但眼尖的姑娘们发现戴维斯先生下午变得相当宽厚，而且格外紧张。将放学时，乔露面了。她神情严峻，大步走近讲台，把母亲写的一封信交上去，然后收拾起艾美的物品，转身离去，在门垫上狠狠蹭掉靴上的泥土，似乎要把这儿的脏物从脚上抖干净。

“好了，你可以放个假，但我要求你每天都和贝思一起学点东西。”那天晚上马奇太太说，“我不赞成体罚，尤其不赞成体罚女孩子。我不喜欢戴维斯先生的教学方法，不过你结交的女孩子也不是什么益友。我要先征求你父亲的意思，再把你送到别的学校。”

“太好了！我希望姑娘们全走掉，毁掉他的旧学堂。一想到那些令人馋涎欲滴的酸橙，我就气得发疯。”艾美叹息着，神情就像一个殉难者。

“你失去酸橙我并不难过，因为你破坏了纪律，应该受到惩罚。”母亲严厉地回答。一心只想得到同情的年轻女士听到这话颇为失望。

“您的意思是我当着全体同学的面受侮辱您很高兴了？”艾美喊道。

“我不会选择用这种方法来纠正错误，”她的母亲回答，“但我不敢说换一种温和一点的方法你就会从中得到教训。你现在有点过于自大了，亲爱的，很应该着手改正过来。你有很多天赋和优点，但不必摆出来展览，因为自大会把最优秀的天才毁掉。真正的才华或品行不怕被人长期忽视；即使真的无人看到，只要你知道自己拥有它，并妥善使用它，你就会感到心满意足。谦虚才能使人充满魅力。”

“完全正确！”劳里叫道。他正跟乔在一角下象棋。“我曾认识一个女孩，她音乐天赋极高，却并不自知。她从不知道自己作的小曲有多美，即使别人告诉她，她自己也不会相信。”

“我能认识那位好女孩就好了，她或许可以帮助我，我这么笨。”贝思说。她正站在劳里身边认真倾听。

“你确实认识她，她比任何人都更能帮你。”劳里答道，快乐的黑眼睛调皮地望着她，贝思霎时飞红了脸，把脸埋在沙发垫里，被这出乎意料的发现弄得不知所措。

乔让劳里赢了棋，以奖励他称赞了她的贝思。贝思经这么一夸，怎么也不肯出来弹琴了。于是劳里一展身手，他边弹边唱，心情显得特别轻松愉快，他在马奇一家人面前极少流露自己的忧郁性格。在他走后，整个晚上一直郁郁寡欢的艾美似乎若有所思，突然问道：“劳里是否称得上多才多艺？”

“当然，他接受过优等教育，又富有天赋，如果没有被宠坏，他会成为一个出色的人才。”她母亲回答。

“而且他不自大，对吗？”艾美问。

“一点也不。这便是他这么富有魅力的原因，也是我们全都这么喜欢他的原因。”

“我明白了。多才多艺、举止优雅固然很好，但向人炫耀或翘尾巴就不好了。”艾美若有所思地说。

“如果态度谦虚，这些气质总会在一个人的言谈举止中流露出来，无须向人卖弄。”马奇太太说。

“譬如你一下子把全部帽子、衣服、饰物等都穿戴出来，唯恐别人不知道你有这些东西，这样自然不妥。”乔插言道。大家随之笑起来，训导于是到此结束。

第八章　乔遇上了恶魔

“姑娘们，你们上哪儿去？”这是一个星期六的下午，艾美走进房间，发现两位姐姐正准备悄悄溜出去，便好奇地问道。

“别管闲事。小姑娘不应该多嘴。”乔刻薄地回答。

如果有什么东西让我们年轻人伤心，那就是听到这种话；如果我们听到“走开，亲爱的”，那就更加难受。艾美听到这句刺心话发起怒来，决意即使纠缠一个小时也要弄清楚这个秘密。她转向一贯迁就她的梅格撒娇道：“告诉我吧！我知道你们会让我一起去的，因为贝思光顾着弹钢琴，我无事可干，这么孤单。”

“不行，亲爱的，因为没有邀请你。”梅格开口了。

但乔不耐烦地打断她：“嘿，梅格，别说了，不然你会把事情弄糟。你不能去，艾美，别像个三岁小孩，嘀嘀咕咕的。”

“你们要和劳里一起出去，我知道是这样；你们昨晚在沙发上又说又笑，见我进来就不作声了。你们是不是跟他去？”

“对，是跟他去；现在别作声了，不要缠着我们。”

艾美住了嘴，眼睛却在观察。她看到梅格把一把扇子塞进衣袋。

“我知道了！我知道了！你们要上剧院看《七个城堡》！”她喊道，接着又坚决地说，“我要去，妈妈说这出戏我可以看；再说我也有钱。你们不早点告诉我，可真够卑鄙。”

"乖乖听我说吧，"梅格安慰道，"妈妈不想你这个星期去，因为你眼睛还没有完全恢复，不能受这个童话剧的灯光刺激。下星期你可以跟贝思和罕娜去，玩得痛痛快快。"

"那怎么比得上跟你们和劳里一起去有意思？让我去吧。我感冒病了这么久，老关在家里，想出去玩都想得发疯了。让我去吧，梅格！我一定乖乖听话。"艾美请求道，一副楚楚可怜的样子。

"假如我们带她去，只要帮她穿暖和点，我想妈妈也不会生气。"梅格说。

"如果她去我就不去；如果我不去，劳里就会不高兴；这样很不礼貌，他原只请了我们两人，我们却非要拉上艾美。她该识趣一点，不要涉足自己不受欢迎的地方。"乔生气地说。她想痛痛快快看场戏，不愿费神看管一个坐立不宁的孩子。

她的声调和神态激怒了艾美，她开始穿靴子，用最使人恼火的口吻说："我就是要去，梅格都说我可以去；如果我自个儿付钱，这事就与劳里不相干。"

"你不能和我们一起坐，因为我们的座位是预定的。而你又不能一个人坐，那么劳里就会把他的位子让给你，这就扫了大家的兴；要不他就会另外给你找个座位，这也不合适，因为人家原来并没有请你。你一步也别动，好生待着吧。"乔责备着，匆忙中把手指扎伤了，更加生气。

艾美穿着一只靴子坐在地上，放声大哭，梅格好言相劝，这时劳里在下面叫她们，两位姑娘赶忙下楼，留下妹妹在那里号啕大哭；这位妹妹有时会忘掉自己的大人风度，表现得像个被宠坏了的孩子。就在这班人正要出发之际，艾美倚在楼梯扶手上用威胁的声调叫道："你一定会后悔的，乔·马奇，走着瞧吧！"

"废话！"乔回敬道，砰的一声关上门。

《钻石湖的七个城堡》精彩绝伦，那天他们度过了一段十分愉快的时光。不过，尽管红色小魔鬼滑稽有趣，小精灵熠熠生辉，王子公主羡煞神仙，乔的快乐心情却总是夹杂着一丝歉意：看到美若天仙的王后一头黄色鬈发，她便想到艾美，幕间休息时便猜测艾美会采取什么行动来令她“后悔”。到底会采取什么行动呢？她和艾美在生活中发生过多次小冲突，两人都是急性子，惹急了都会发怒。艾美挑逗乔，乔激怒艾美，凡此种种，纠缠不清，偶尔会爆发雷霆风暴，事后两人都追悔不已。乔虽然年长，却最不善于控制自己。她的刚烈性格屡屡使她惹祸上身，她为了驾驭这匹脱缰野马吃了不少苦头，但她的怒气总是消得很快，一待乖乖地认了错，她便诚心悔改，努力补偿。她的姐妹们常说她们倒挺喜欢把乔逗得勃然大怒，因为狂风骤雨之后她便成了无比温顺的天使。可怜的乔拼尽全力要做个好孩子，但深藏心中的敌人总是随时跳出来，把她打倒。经过数年的耐心努力之后，这匹野马才被征服。

回到家时，她们看到艾美在客厅读书。她们进来的时候她装出一副受伤的神情，看着书眼也不抬，也不问一句话。若非贝思在那里问长问短，听两位姐姐热情洋溢地把话剧描绘一番，艾美也许就会顾不得怨恨，自己去问个明白了。乔上楼去放她最好的帽子时，首先望望衣柜，因为上次吵架后艾美把乔的顶层抽屉底朝天倒翻在地，借以出气。幸好，一切都原封未动。匆匆扫一眼自己的衣橱、袋子、箱子等物后，乔自信艾美已原谅了自己，忘记了她的过错。

但乔这回可想错了。第二天她发现少了一样东西，于是一场狂风骤雨倾然爆发。傍晚时分，梅格、贝思和艾美正坐在一处，乔冲入房间，神情激动，气喘吁吁地问道：“有人拿了我的书没有？”

梅格和贝思马上答：“没有。”两人觉得十分惊讶。艾美捅捅火苗，一言不发。乔发现她马上脸色绯红，好一会儿才恢复常态。

“艾美，你拿了！”

“没有，我没拿。”

“起码你知道书在哪里！”

“不，我不知道。”

“撒谎！”乔嚷道，两手抓住她的肩膀，神态凶猛，足以吓倒一个比艾美更大胆的孩子。

“这不是谎话。我没拿，我不知道它在什么地方，也不想知道。”

“你一定心中有数，最好马上讲出来，否则就让你尝尝我的厉害。”乔轻轻摇了她一下。

“你爱骂就骂个够吧，你永远也不会看到你那本无聊的旧书了。”艾美叫道，也激动起来。

“为什么？”

“我把它烧掉了。”

“什么！我最最心爱的小书，我呕心沥血想赶在爸爸回家前写完的小书？你真的把它烧掉了吗？”乔问道，脸色变得灰白，双目炯炯，两手神经质般地把艾美抓得紧紧。

“对，烧掉了！你昨天对我发脾气，我说过要让你后悔的，我这样做了，所以——”

艾美不敢再往下说，因为乔早已怒发冲冠，她一面狠劲猛摇艾美，把她弄得牙齿咯咯作响，一面悲愤交加地大叫道——

“你这个狠心、歹毒的女孩！我再也写不出这样的书来，我这辈子都不会原谅你！”

梅格飞身上前营救艾美，贝思则赶忙上来安抚乔，但乔仍然怒不可遏，她给妹妹一记耳光作为临别纪念，冲出房间，跑上阁楼，坐在那张旧沙发上，独个结束这场战斗。

楼下的风暴开始平息。马奇太太回来听到这事后，三言两语便使艾美认识到自己做了伤害姐姐的错事。乔的书是她心中的骄傲，被一家人视为极有前途的文学萌芽。书里只写了六个神话小故事，但却是乔耐心耕耘所得。她把全身心投入工作，希望写好后能够出版。她刚刚小心翼翼地把故事抄好，并毁掉了草稿，艾美的一把火便把她数年的心血毁于一旦。这对于别人来说可能是个小损失，但对乔却是灭顶之灾，她觉得无论怎样补救都无济于事。贝思犹如死掉了一只小猫咪一样沉痛哀悼，梅格拒绝为自己的宠儿说话；马奇太太神情严峻，伤心万分，艾美后悔不迭，心想如果自己不向乔道歉，就再也没有人爱她了。

喝茶的铃声响起时，乔露脸了，冷冰冰地板着脸，不瞅不睬。艾美鼓足勇气，细声细气地说道——

"原谅我吧，乔，我非常、非常抱歉。"

"我绝不会原谅你！"乔硬邦邦地抛出一句。从那一刻起她完全不再理会艾美。

大家对这件不幸的事情绝口不提——连马奇太太也不例外——因为大家得出一条经验，但凡乔情绪如此低落，说什么都没有用，最明智的办法是等一些偶然的小事或她本身宽容的天性来化解怨恨，治愈创伤。这天晚上虽然她们如往常一样做针线活，母亲照样朗读布雷默、司各特、埃奇沃思[①]的文章，但气氛总是不对劲儿，大家毫无心情，原来甜蜜、温馨的家庭生活泛起了波澜。到了唱歌时间，大家的感觉更加难受，贝思只是默默抚琴，乔呆立一旁，活像个石头人，艾美失声痛哭，只剩下梅格和母亲孤军作战。虽然她们力图唱得像云雀一样轻快，银铃般的嗓音已失去往日的和谐，全都走音走调。

当乔接受晚安吻别时，马奇太太柔声低语道："亲爱的，别让愤怒的乌云遮住了太阳；互相原谅，互相帮助，明天再重新开始。"

乔想把头伏在母亲怀里，哭去一切悲伤和愤怒；但男儿有泪不轻弹，而且，她觉得受到的伤害是如此之深，一时实在不能原谅。因此她拼命眨巴着眼睛，摇摇头，因为知道艾美在一旁听着，于是硬邦邦地说："这种事情卑鄙至极，她罪不可恕。"

言毕她大步走回寝室。那个晚上姐妹们没有说笑，也没有讲悄悄话。

艾美因自己主动求和却遭严厉拒绝，不禁恼羞成怒。她后悔自己太

① 埃奇沃思（1767—1849）：爱尔兰女作家，以写儿童故事和反映爱尔兰生活及风土人情的小说著称。

低声下气，觉得受到了前所未有的伤害，于是更故意摆出一副高姿态，令人十分恼火。乔的脸上依然阴云密布，这一天事情全出了岔儿。早晨寒风飕飕，乔把卷饼掉落沟里，马奇姑婆大发脾气，梅格郁郁寡欢，贝思在家里总是一副伤感而心事重重的样子，艾美则大发宏论，批评某些人嘴里常说要做好孩子，现在人家已为她们树立了榜样了，却又不愿去做。

"这些人个个如此可恨，我要叫劳里溜冰去。他心地善良，幽默风趣，一定会使我恢复情绪。"乔心里说着，便走了出去。

艾美听到溜冰鞋发出的响声，向外一望，急得大叫起来。

"瞧！她答应过下次带我去，因为这是最后一个冰期了，但叫这么个火爆性子带上我，也等于白说。"

"别这样说。你也确实太淘气了。你烧掉了她的宝贝书稿，要她原谅可不那么容易；不过我想现在她或许会这样做的，只要你在适当的时候试探她，我想她会心软的。"梅格说，"跟着他们；什么也别说，单等乔跟劳里玩得情绪好转了，你再静静上前去给她一吻，或是做些什么讨人喜欢的事情。我敢说她会全心全意再做朋友的。"

"我一定努力。"艾美说，觉得这个忠告正中下怀。她一阵风似的收拾一番，向他们追出去。两位朋友正渐行渐远，身影逐渐消失在山的那面。

这里离河不远，两人在艾美来到前已作好准备。乔看到她走来，转过身去。劳里却没有看见，他正小心翼翼地沿岸滑行，探测冰块的声音，因为刚才冰川雪地之间袭来一股暖流。

"我去第一个弯口看看情况，没有问题我们再开始竞赛。"艾美听他说完，就见他如离弦之箭飞驰而去，一身毛边大衣和暖帽衬得他活脱脱像个俄罗斯小伙子。

乔听到艾美跑得气喘吁吁，一面跺脚，一面吹着手指，试图把溜冰鞋穿上去，但乔就是不回头，而是沿河慢慢作之字形行走，心里对妹妹遇到的麻烦感到一种苦涩和不安的快意。她一腔怒火早窝在胸中，渐积渐深，已使她失去了理智，这好比邪恶的想法和感情一样，如不立即发泄，必成祸患。劳里在弯口转弯时，回头大声喊道——

“靠岸边走，中间不安全。”

乔听到了，但艾美正使着劲儿穿鞋，一个字也没有听到。乔转头望了一眼，藏在心里的小魔鬼在她耳边使劲唤道——

“不论她有没有听到，让她自己照顾自己吧！”

劳里绕过弯口消失了身影，乔来到弯口边，远远跟在后面的艾美正迈步向河中间较为平滑的冰面走去。乔呆立了一会儿，心中升起一种奇怪的感觉；接着她决定继续向前走，但一种莫名的感觉使她停下脚步，转过身来，正好看见艾美举起双手，身子往下跌，破裂的冰块突然咔嚓一响，水花四溅，同时传来一声尖叫，吓得乔心脏都几乎停止了跳动。她想叫劳里，声音却不听使唤；她想冲上前去，但双脚却疲软无力；有一小会儿功夫，她只能一动不动地呆立着，死死盯着黑色冰面上的那顶小蓝帽，惊恐得脸上变了颜色。这时，一个身影从她身边疾驰而过，只听劳里大声喊道——

“拿根横杆来。快，快！”

她不知道自己是怎样做的，但接下来的几分钟她犹如着了魔一样，盲目听从劳里吩咐。劳里相当镇静，他平卧下去，用手臂和曲棍球棒拉起艾美，乔从栅栏拔出一根栏杆，两人齐心合力，把艾美弄了出来。艾美伤势不重，只是这一惊非同小可。

“来吧，我们得赶快把她送回家；把我们的衣服披在她身上，待我把讨厌的溜冰鞋脱掉。”劳里边叫边使劲扯开衣带，用自己的大衣裹住艾美。

两人打着冷战送艾美回家，水珠儿泪珠儿一齐往下滴。一阵手忙脚乱之后，艾美裹着毛毯在暖和的炉火前睡着了。乔由始至终几乎一言不发，只是团团乱转，脸色苍白，衣饰凌乱不堪，裙子撕破了，双手被冰块、栅栏和坚硬的衣扣刮得肿起了青块。当艾美舒舒服服地睡着了，屋里也安静下来之后，马奇太太坐在床边，把乔叫过来，给她包扎弄伤了的双手。

“您肯定她没有事吗？”乔悄声问道，悔恨交加地望着那个险些在惊险的冰层下永远从她视线中消失的金发脑袋。

“没有事，亲爱的。她没有受伤，我想也不会患上感冒，你用衣服包着她，把她立即送回家，十分明智哩。”母亲舒心地答道。

“这些都是劳里做的。我当时只是生死由她。妈妈，如果她会死，那就是我的错。”乔痛悔不已，涕泪交流，重重坐在床边，把事情经过讲述一遍，痛责自己当时心肠太狠，呜呜咽咽地说自己差一点受到严厉的惩罚，幸亏事情化险为夷，着实谢天谢地。

“都怪我的坏性子！我想努力把它改好；我以为已经改好了，谁知发作起来，越发不可收拾。噢，妈妈，我该怎么办？我该怎么办？”可怜的乔绝望地叫道。

“提防和祈祷吧，亲爱的，千万不要气馁，千万不要以为你的缺点不可征服。”马奇太太说着，把乔头发蓬乱的脑袋靠在自己肩上，无限温柔地吻吻她湿漉漉的脸颊，乔哭得越发伤心。

“您不知道，您想象不出我的性子有多坏！我发火时似乎可以无所不为；我变得毫无人性，可以做出伤害别人的事，而且还乐在其中。我担心有一天我会做出可怕的事情，毁掉自己的一生，使天下人都憎恨我。噢，妈妈，帮帮我吧，千万帮帮我！”

“我会的，孩子，我会的。别哭得这么伤心，但要记住这一天，并且要痛下决心不再让这种事情重演。乔，亲爱的，我们都会遇到诱惑，有些甚至比这种大得多，我们常常要用一生的时间来征服它们。你以为自己的脾气是天下最坏的了，但我的脾气以前就跟你的一模一样。”

“您有脾气，妈妈？您从来都不生气啊！”乔惊讶得暂时忘掉了悔恨。

“我努力改了四十年，现在才刚刚控制住。我过去几乎每天都生气，乔，但我学会了不把它表露出来；我还希望学会不生怒气，虽然可能又得花上四十年的功夫。”

她深爱的母亲的脸孔流露出一种忍耐和谦卑，乔觉得这比最振振有词的训导和最严厉的斥责都更有说服力。母亲的安慰和信任使她心里好受多了；知道自己的母亲也有跟自己一样的缺点，并且努力改正，她觉得自己更要下决心改正过来，虽然四十年对于一个十五岁的少女来说似乎相当漫长。

“妈妈，当马奇姑婆责骂您或有人烦扰您时，您有时紧闭双唇走出屋外，那是不是在生气？”乔问道，觉得自己跟妈妈比以往更加亲近了。

“是的，我学会了收住冲到嘴边的气话，每当我觉得这些话要违背意志冲口而出时，我就走开一会儿，为自己的暴躁反省，让心情平静下来。”马奇太太叹口气，笑笑，边说边把乔散乱的头发理平扎好。

“您是怎样学会保持冷静的？我正为此饱受折磨——刻薄话总是趁我还没反应过来就飞出嘴巴，说得越多，就越是口不择言，最后终于恶语伤人，方觉痛快。告诉我您是怎样做的，亲爱的妈咪。”

“我的好妈妈过去总是帮我——”

“就像您帮我们一样——”乔插嘴说道，感激地献上一吻。

“但我在比你稍大一点的时候便失去了她。我自尊心极强，不愿在别人面前暴露弱点，因此多年来只能独自挣扎。我失败过许多次，乔，并为此洒下无数痛苦的泪水，因为尽管我非常努力，但似乎总是毫无进展。后来你父亲出现了，我沉浸在幸福之中，发现做好并非难事。但后来，当我膝下有了四个小女儿，家道中落时，老毛病又犯了，因为我天生缺乏耐性，看到自己的孩子缺衣少食，心里便煎熬得厉害。”

“可怜的妈妈！那么是什么帮助了您？”

“你父亲，乔。他从不失去耐心——从不怀疑，从不怨天尤人——而是乐观地期盼、工作和等待，我只有向他学习，才不至于自惭形秽。他帮助我，安慰我，让我知道如果我想让自己的小姑娘拥有高尚的品德，自己就要言传身教，因为我就是她们的榜样。想到为你们努力，而不是为自己，事情就变得简单了；每当我言语粗暴，你们向我投来又惊又骇的目光时，我便感到羞愧难当；我努力以身作则，赢得自己孩子的爱、尊敬和信任，这就是最美好的报偿。”

“呵，妈妈，如果我及得上您一半，就心满意足了。”乔深受感动地说道。

“我希望你会做得比我更好，亲爱的，但你得时时提防你‘藏在心中的敌人’，正如你爸爸所说，不然，即使它没有毁掉你一生，也会使你终生痛苦。你已经得到了教训；要把它牢记在心头，竭尽全力控制自己的暴躁脾气，以免酿成更大的悲剧，令自己抱憾终生。”

“我一定努力，妈妈，真的。但您得帮助我，提醒我，防止我乱发脾气。我以前看见爸爸有时用手指按住双唇，用异常亲切而严肃的眼光望着您，您便紧咬嘴唇，或是走出门去：他这样做是不是在提醒您？”乔轻轻问道。

“是的。我叫他这样帮助我，他也从来没有忘记。看到那个小小的手势和亲切的目光，我的脾气便发不出来了。”

乔看到母亲一双眼睛泪水晶莹，讲话时嘴唇轻轻颤动，担心自己说得太多了，便赶紧轻声问道：“我这样望着您，跟您谈这个问题合适吗？我并非有意冒犯您，可是跟您诉说心事我就觉得非常畅快，坐在这里我就感到又安全又幸福。”

“我的乔，你可以向母亲倾诉衷肠。我的女儿向我诉说心里话，并明白我是多么爱她们，这对我是最可喜最可骄傲的事情。”

“我以为自己使您伤心了呢。”

“不，亲爱的；只是谈起你父亲，我便想到自己是多么想念他，多么感激他，多么应该忠实地为他照看他的四个小女儿，使她们生活得平安幸福。”

“但是您却叫他上前线去，妈妈，他走时您没掉眼泪，现在也从不埋怨，似乎您从不需要帮助。”乔不解地说。

“我把自己最美好的东西献给我心爱的祖国，一直到他走后才让眼泪流出来。我为何要埋怨呢？我们两人只是为祖国尽了自己应尽的责任而已，而且最终一定会因此而更加幸福。我似乎不需要帮助，那是因为我有一个比父亲更好的朋友[①]在安慰我，支持我。孩子，你生活中的烦恼和诱惑正开始露头，而且可能还会有许多，但只要你感受到天父的力量和仁爱，正如你感受到你平凡的父爱一样，你就能战胜它们，超越它们。你对天父之爱越深，信任越大，你就觉得与他越接近，受世俗的束缚就越小。天父的慈爱和关怀旷日持久，永远与你同在，它是人生和平、幸福和力量的源泉。坚守这个信念，向上帝尽情倾诉自己的种种苦恼、希望、悲伤和罪过吧，就像你向妈妈倾诉一样。”

乔紧紧拥抱着母亲，无限热诚地默默祈祷，此后心中一片宁静；在那既悲又喜的时刻，她不但咀嚼到悔恨绝望的痛苦滋味，也尝到了自我否认和自我控制的甜蜜感受。天父对儿童的爱胜似天底下任何父母，在母亲的带领下，她与这位“朋友”靠得更近了。

艾美在睡梦中动了动身子，叹了一口气，乔旋即抬头望去，脸上露出一种从未有过的表情，似乎恨不得马上弥补过错。

“我在气头上让乌云遮住了太阳，不愿原谅她，今天，如果不是劳里，一切都会太迟了！我怎么可以这样邪恶？”乔说出声来，俯身看着妹妹，轻轻抚摸着披散在枕上的湿发。

艾美好像听到了话声，她睁开眼睛，伸出双臂，向乔一笑，令乔铭心刻骨。两人一言不发，只是隔着毯子紧紧拥抱在一起。在衷心一吻之下，所有恩怨全都烟消云散。

---

① 指天父。

第九章　梅格踏足名利场

“那帮孩子刚好出麻疹，真是最幸运不过了。”梅格说。时值四月，她站在自己房间里往大皮箱装行李，姐妹们围绕在她身边。

“安妮·莫法特没有忘记自己的诺言，这实在太棒了。足足两个星期让你尽情快活，那有多么痛快。”乔一面搭过话儿，一面用长胳膊把几件裙子折起来，形象颇像个风车。

“而且天气晴朗，我真替你高兴。”贝思边说边利索地从自己的宝贝箱子里挑出几条围巾和丝带，供姐姐出席盛会。

“但愿我也能去好好玩玩，把这些漂亮东西全穿戴上。”艾美说。她嘴里衔了满满一口针，巧妙地插进姐姐的针垫里。

“我真希望大家都能去，既然不能，那就等我回来再跟你们讲遇到的奇闻趣事。你们对我这么好，把东西借给我，帮我收拾行装，我一定尽此绵力。”梅格说着环视房间，眼光落在行装上面。这套行装虽然十分简单，但在她们眼中却几乎十全十美。

“妈妈从那只宝箱里拿出什么给你？”艾美问。马奇太太有只杉木箱子，里头装着几件曾经辉煌一时的旧物，准备在适当的时候送给四个女儿。那天打开箱子时，艾美恰好不在场，故有此一问。

“一双丝袜、一把精致的雕花扇子，还有一条漂亮的蓝色腰带。我原想要那件紫罗兰色的真丝裙子，但却没时间改制了，只好穿我那条旧塔拉丹薄纱裙。”

“这比我的新薄纱裙子还要好看，衬上腰带就更加漂亮了。我真后悔我的珊瑚手镯给砸坏了，不然你便可以戴上它。”乔说。她生性豪爽大方，只是她的财物大都破旧不堪，派不上什么用场。

“宝箱里有一套漂亮的旧式珍珠首饰，但妈妈说鲜花才是年轻姑娘最美丽的饰物，而劳里答应把我要的全都送来。”梅格回答，“来，让我看看，这是我的新灰色旅行衣——把羽毛卷进我的帽子里，贝思——那是星期天和小型晚会穿的府绸裙子——春天穿显得沉了点，对吧？如果是紫罗兰色的丝绸裙子就好了。唉！”

“不要紧，你参加大型晚会还有塔拉丹呢，再说，你穿白衣裳就像个天使。”艾美说道，凝神欣赏着那一小堆漂亮衣饰。

“可它领口太高，拖曳感也不够，但也只好这样应付了。我那件蓝色家居服倒是挺好，翻了新，并刚刚镶了饰边，和新的一样。我的丝绸外衣一点都不时髦，帽子也不像莎莉那顶。我原不想多说，但我对自己的伞失望极了。我原叫妈妈买一把白柄子的黑伞，她却忘了，带回一把黄柄子的绿伞。这把伞结实雅致，因此我不该抱怨，但如果把它跟艾美那把金顶丝绸伞摆在一起，我就要羞死了。”梅格边叹息边极不满意地审视着那把小伞。

“把它换过来。”乔提议。

“我不会这么傻，妈妈为我花钱已经很不容易了，我不想伤她的心。这只是我的荒唐想法罢了，我不会不分好歹的。幸好我的丝袜和两双新手套可以充充场面。你把自己的借给我，真是好妹妹，乔。我有两双新的，旧的也洗得干干净净，我觉得已经十分气派了。”梅格又朝她放手套的箱子瞄了一眼。

“安妮·莫法特的晚礼帽上有几个蓝色和粉红色的蝴蝶结；你能帮我打上几个吗？”她问，这时贝思拿来一堆刚从罕娜手中接过的雪白薄纱。

“不，我不想打，因为太醒目的帽子配没有饰边的素净衣服不好看。”乔断然说道。

“我哪天才有福气穿上镶有真花边的衣服，戴上打了蝴蝶结的帽子？”梅格不耐烦地说。

“那天你说只要可以去安妮·莫法特家，你就心满意足了。”贝思轻声提醒她。

“我是这样说过！哦，我是很满足，我也不会为此烦恼，不过似乎人得到的越多，野心也就越大，对不？噢，行了，行李装好了，一切齐备，单剩我的舞会礼服了，那要等妈妈来收拾。”梅格说着，眼光从装得半满的行李箱落到熨补过多次、被她郑重其事地称为“舞会礼服”的白色塔拉丹薄纱裙上，心情愉快起来。

第二天天气不错，梅格体面堂皇地辞别大家，准备体验十四天新奇快乐的生活。马奇太太一开始不同意这次出行，担心玛格丽特回来后会比去时更添一层不满。但梅格纠缠不休，莎莉也答应会好好照顾她，而且，干了一个冬天的烦闷工作后，到外面玩玩也是一大乐事，母亲便答应让女儿去尝一尝上流社会的生活滋味。

莫法特一家确实非常时髦。楼宇富丽堂皇，主人举止优雅，单纯的梅格一开始吃惊不小。不过，尽管莫法特一家生活奢华放纵，但他们都是善良的人，很快便使客人放松下来。不知为什么，梅格隐隐觉得他们并非特别有教养，也并非特别聪明，虽然他们衣着华丽，其实内中也不过俗人一个而已。生活奢侈，乘坐豪华辇车，每天穿上漂亮衣服，除享乐之外无所事事，这种生活自然十分惬意。这正是梅格所思慕的生活。她很快便模仿身边那些人的言谈举止，摆点小架子，装点腔势，说话时搭上一句半句法语，把头发弄卷，把衣服弄窄，并学着评论流行服式。安妮·莫法特的漂亮东西她见得越多，就越是羡慕不已，自叹不如。如今家在她的心目中已经变得空无一物、沉闷无趣，工作变得比任何时候都要艰苦。她觉得自己是个一贫如洗、受到严重伤害的姑娘，即使有两双新手套和丝袜也无济于事。

不过，她并没有多少时间来烦恼，因为三位年轻姑娘忙于打发“快乐时光”。她们整天逛商店、散步、骑马、探访朋友，晚上则上剧院或留在家里嬉戏，因为安妮结交了不少朋友，熟谙待客之道。她的几个姐姐都是十分漂亮的年轻女子，一个已经订婚，而订婚是极为有趣而浪漫的，梅格想。莫法特先生是个体胖、快活的老绅士，认识她的父亲；莫法特太太，一位体胖、快活的老太太，跟自己的女儿一样十分喜欢梅格。一家人全都宠爱她，“黛茜”，如他们所称，被惯得颇有点头脑发热。

临到“小型晚会”那天晚上，她发现那件府绸裙子根本应付不了场面，因为其他姑娘们全都穿着薄薄的裙子，个个打扮得美若天仙；于是塔拉丹出动了，但跟莎莉簇新的裙子一比，立即相形失色，显得残旧不堪、寒酸落伍。梅格看到姑娘们扫了它一眼后，都互相交换个眼色，双颊顿时烧得通红。她虽然性格温柔，但自尊心极强。大家对此并没有说什么，不过莎莉主动提出为她梳理头发，安妮帮她扎腰带，贝儿，那位订了婚的姐姐，则称赞她洁白的双臂。虽然大家全出于好意，但梅格看到的只是对贫穷的怜悯而已。她独自站立一旁，心情十分沉重，而姑娘们则又说又笑，像披着薄纱的蝴蝶一样跑来跑去。正当梅格心酸难受之际，女佣突然送进来一箱鲜花。未等她说话，安妮已把盖子打开，众人随即发出一阵惊呼，原来里头装的全是绚丽的玫瑰、杜鹃和绿蕨。

“准是送给贝儿的，乔治常常送她，不过这些可真是太美了。”安妮叫道，深深地闻了一下。

“那位先生说，这些花是送给马奇小姐的。这里有张字条。”女佣插话说，并把字条递给梅格。

“多有趣，是谁送来的？不知道你还有个情人呢。”姑娘们嚷起来，围着梅格转来转去，显得十分好奇和惊讶。

“字条是妈妈写的，鲜花是劳里送的。”梅格简单地回答，暗暗感激劳里没有忘掉自己。

“噢，原来如此！”安妮怪模怪样地说了一句。梅格把字条塞进口袋，把它当作一种抵御妒忌、虚荣和伪自尊的护身符。里头寥寥数语，一片慈爱真情，梅格看后精神为之一振，而美丽动人的鲜花也使她心情好转起来。

梅格几乎恢复了愉快的心情，她拈出几枝绿蕨和玫瑰留给自己，随即将其余的分成几把精美的花束，分给朋友们点缀在胸前、头发和衣裙上。

她做得既愉快又得体，大姐卡莱拉不禁称她为“她所见到的最甜美的小东西”，众人也十分欣赏她的小心意。这一善举把她的沮丧心情一驱而散。其他人都跑到莫法特太太跟前展示去了，她独个儿把几枝绿蕨插在自己的鬈发上，又把几朵玫瑰在裙子上别好，这时裙子在她心目中变得没有那么难看了。临镜一照，她看到了一张喜气洋洋、双目明亮的脸孔。

那天晚上她尽兴起舞，玩得十分开心；大家都非常友善，她还被人奉承了三次。安妮让她唱歌，有人称赞她声音十分甜美。林肯少校问“那位水灵灵的美目小姑娘”是谁，莫法特先生坚持要和她跳舞，因为她“不躲懒，舞步轻快有力”，他很有风度地说。这一切都使她的心情十分愉快。不料，她后来不经意听到了几句闲话，情绪顿时一落千丈。那时她正坐在温室里面，等舞伴给她带冰块过来，突然听到花墙的另一面传来一个声音问道——

“她有多大？”

“十六七岁吧，我想。”另一个声音答道。

“这将对那些姑娘们的其中一个大有好处，你说是吧？莎莉说他们现在关系很密切，老人挺宠爱她们。”

“马奇太太早有计划，我敢说，而且一定马到功成，虽然这事早了一点，那姑娘显然还没有往这方面想过。”莫法特太太说。

“她刚才撒了个小谎，好像真的知道纸条是她妈妈写的；鲜花送进来时还飞红了脸。可怜的人！如果她打扮得时髦一点，一定漂亮极了。你说如果我们提出借条裙子给她星期四穿，她会生气吗？”另一个声音问。

“她是有点傲气，但我相信她不会介意，因为那条邋遢的塔拉丹就是她的一切。她大可今天晚上把它撕破，那就有借口给她送条体面的了。”

“走着瞧吧。我要特意为她邀请小劳伦斯，那我就有好戏看了。”

这时梅格的舞伴走回来，看到她脸红耳赤，情绪相当激动。她确实是个傲气的姑娘，也幸亏如此，她才忍住了没有发作，虽然她对刚才听到的闲话感到又羞又气、十分厌恶；因为无论她多么天真无邪，也不至于不明白这种闲话的意思。这些话挥之不去，一直在她耳边纠缠：什么“马奇太太早有计划”，“撒了个小谎”，“邋遢的塔拉丹”，等等。她真想大哭一场，冲回家去倾诉苦恼，寻求忠告。无奈这是不可能的事，她只得强装笑脸。她一点也没有露出破绽，没有人想象得出她心里正在翻江倒海。终于盼到人散灯灭，她静静躺在床上，千思百想，愤愤不平，一直弄得脑袋生疼，又洒下几滴清泪，凉丝丝地落在烧得赤热的脸颊上。那些没有恶意的无聊话为梅格开辟了一个新天地，把她一直以来孩子般生活着的纯真、平静的旧天地搅得涟漪阵阵。她和劳里天真无邪的友谊被无意听来的废话蒙上了一层阴影；她对妈妈的信心也因以小人之心度人的莫法特太太“早有计划”几个字而产生了一点动摇；她原以为自己是穷人家的女儿，衣着简朴乃是无可非议的事情，所以一向安贫知足，岂料这帮姑娘看到旧裙子就如同看到普天之下最大的灾难一样，滥发同情之心，她不禁也对自己的信念产生了一丝怀疑。

可怜的梅格一夜无眠，起床时眼皮沉重，心情极坏。她既怨自己的朋友无事生非，又愧自己不敢坦诚说出真相，以正视听。那天早上姑娘们全都慵慵懒懒，直到中午时分才提起劲头做毛线活。梅格马上意识到她的朋友们神色异常；她们待她更加敬重，对她的言谈十分关注，并且用十分好奇的眼光看着她。这一切令她既惊奇又得意，只是丈二和尚摸不着头脑。最后，贝儿把头从书本里抬起来，嗲声嗲气地说——

“黛茜，亲爱的，我给你的朋友劳伦斯先生送了一份请帖，请他星期四过来。我们也想认识认识他，这可是特意为你而请的哟。”

梅格红了脸，但她突然想捉弄一下这些姑娘们，于是装作一本正经地回答：“你们的心意我领了，只是我恐怕他不会来。”

“为什么，chérie①？”贝儿小姐问。

“他太老了。”

“我的孩子，你说什么？他究竟有多大年纪？”卡莱拉小姐嚷道。

“差不多七十吧，我想。”梅格答道，假装数数打了多少针，拼命忍住笑。

“你这狡猾的家伙！我们指的当然是年轻的那位。”贝儿小姐笑道。

“哪里有什么年轻人！劳里只是个小男孩。”姑娘们听到梅格这样形容自己的所谓“情人”，不禁互相使了个古怪的眼色，梅格见状也笑了。

“和你年纪相仿。”南妮说。

“和我妹妹乔差不多年纪，我八月份就十七岁了。”梅格把头一仰，答道。

“他真棒，给你送鲜花，对吧？”不识趣的安妮还想试探下去。

“不错，他经常这样做，送给我们全家人，因为他们家里多的是，而我们又这么喜欢鲜花。我妈妈和劳伦斯是朋友，你们知道，两家孩子在一起玩是相当自然的事情。”梅格希望她们能够就此住口。

“显然黛茜还没有参加过社交。”卡莱拉小姐朝贝儿点点头说。

“是天真无邪得可以。”贝儿小姐耸耸肩说道。

“我准备出门给我家姑娘们买点东西；各位小姐要我捎点什么吗？”穿着一身镶边丝绸裙子的莫法特太太像头大笨象一样缓缓走进屋来，问道。

---

① 法语：亲爱的。

“不用费心了，夫人，”莎莉回答，“我星期四已经有一条粉红色的新丝绸裙子，不想要什么了。”

“我也不——”梅格话到嘴边又缩了回去，因为她突然想到自己确实想要几样东西，但是却得不到。

“你那天穿什么？”莎莉问。

“还是那条白色的旧裙子，要是我能把它补得能见人的话，昨晚可惜给撕破了。”梅格想尽量讲得自然一点，但却感到很不自在。

“为什么不捎信回家再要一条？”不善察言观色的莎莉问。

“我只有这一条。”梅格好不容易才说出这话。

但莎莉仍然没有明白过来，她友好地惊叫起来：“只有那么一条？真好笑——”她的话只说了半截，因为贝儿赶紧朝她摇头，插进来友善地说——

“这并没有什么好笑；她又不出去社交，要这么多衣服有什么用？即使你有一打，黛茜，也不必往家里要。我有一条漂亮的蓝色真丝裙子，我穿着嫌小了些，白白搁在一边，倒不如你来穿上，遂遂我的心意，好吗，亲爱的？”

“谢谢你的好意，但如果你们不在意，我倒不在乎穿我的旧裙子，像我这样的小姑娘这样穿挺合适。”梅格说。

“请你一定让我把你打扮得气派一点。我喜欢这样做。装点一番后，你准是个标准的小美人。我要把你装扮好再让你见人，然后我们像参加舞会的灰姑娘和仙姑一样突然出现在大家面前。”贝儿用富有说服力的声调说。

梅格无法拒绝如此友好的提议，因为她很想看看自己打扮后是否会变成个“小美人”，于是点头同意，把原来对莫法特一家的不满抛诸脑后。

星期四晚上，贝儿把自己和女佣关在房里，两人合力把梅格变成一个绝代佳人。她们把她的头发烫卷，在她的颈脖和胳膊上扑上一种香粉，在她的双唇抹上珊瑚色的唇膏，使它们显得更红，如果不是梅格反抗，霍丹斯还会加上“一点点胭脂”。她们把她裹进天蓝色的裙子里，裙子又紧又窄，她几乎透不过气来，领口开得极低，矜持的梅格对着镜子羞得红晕满脸。一套银丝首饰也被戴上了：手镯、项链、胸针，甚至耳环，因为霍丹斯用一条看不出来的粉红色丝线把它们系了起来。一丛点缀胸前的香水月季花蕾和一条花边褶带衬得梅格的一双玉肩优美动人，一对高跟蓝色丝靴也使她的最后一个心愿得到满足。一条镶边手帕、一把羽毛扇和一束银枝礼花，终于把她打扮完毕。贝儿小姐满意地审视着自己的杰作，就像一个小姑娘在看一个刚刚打扮好的洋娃娃一样。

“小姐真Charmante①，très jolie②，不是吗？”霍丹斯颇为做作地拍手欢叫。

“出去让大家看看吧。”贝儿小姐一边说一边领梅格去见在房间里等着的姑娘们。

梅格拖着长裙跟在后面，裙子有声，耳环一摇一晃，鬈发上下波动，心儿怦怦猛跳。刚才那面镜子已明明白白地告诉她自己是个“小美人”。她觉得似乎她的“好戏”真的已经开始了。朋友们热情洋溢，不断地称她为“小美人”，她站在那里，好像寓言里的寒鸦，尽情享受着自己借来的羽毛，其他人则像一班喜鹊，唧唧喳喳地叫个不停。

“趁我换衣裳，南妮，你教她怎样走步，别让她被裙子和法式高跟鞋绊倒。卡莱拉，你用银蝴蝶发夹把她左边的那绺长鬈发夹起来。你们谁也别弄糟了我这一手漂亮功夫。”贝儿说着匆匆走开，对自己的成功显得相当得意。

“我不敢走下去，我觉得头晕目眩，身子僵硬，好像只穿了一半衣服。”梅格对莎莉说。此时铃声响起，莫法特太太派人来请年轻女士们立即赴会。

---

① 法语：迷人。
② 法语：漂亮极了。

"你完全变了个样子,不过这样很漂亮。我在你身边简直没地方站了,都亏贝儿品位高,当然你也很有法国味。就让你的花儿这么随意挂着,小心不要绊倒。"莎莉回答,努力不去在意梅格比自己漂亮这个事实。

梅格牢牢记着这个教导,安然步下楼梯,款款走进客厅。莫法特夫妇和几个早到的客人已经聚集在那里。她很快发现华丽的衣服有一种魅力,就是能吸引那么一些人,获得他们的尊敬。几位以前没有正眼瞧过她的年轻小姐突然变得十分亲热;几个上次舞会只是盯着她看的年轻绅士现在不只盯着她看,还要求介绍介绍,而且向她极尽奉承,说了许多愚不可及但十分入耳的话;几位坐在沙发上指指点点的老太太颇感兴趣地打探她是何方人氏。梅格听到莫法特太太回答其中一个说——

"黛茜·马奇——父亲是部队的上校——我们的远亲,可惜时运不济,你知道,劳伦斯家的密友,甜姐儿,告诉你吧,我家内德对她很是着迷哩。"

"噢!"那老太太戴上眼镜把梅格又细看一遍。听到莫法特太太谎话连篇,梅格只装作好像没有听见,也并不震惊。

那种"头晕目眩"的感觉仍然没有消失,但她想象自己正在扮演这一新角色,倒也觉得相当愉快,不过,她的两肋被紧身裙勒得隐隐作痛,双脚不断踩到长裙,还老得提防那对耳环,担心它们突然甩出来,弄丢或摔破了。她手摇折扇,咯咯笑着听一位卖弄诙谐的年轻人讲并不好笑的笑话,突然她止住了笑声,显得手足无措。原来,她看到劳里正站在对面。他紧紧地盯着她,毫不掩饰心中的惊愕,还有不快,她想,因为他虽然躬身致礼,面露微笑,但坦诚的眼睛却流露出一种眼光,令她羞红了脸,只恨没有穿上自己的旧裙子。她看到贝儿用肘子碰碰安妮,两人的目光从她身上扫到劳里身上,更加心乱如麻,幸亏劳里看上去孩子气十足,而且十分害羞,她这才安下心来。

"无聊的东西,把这种念头放进我脑子里。我可不在乎,该怎样做就怎样做。”想到这里，梅格忙走到房间对面和她的朋友握手。

“你来了我真高兴，我还担心你不会来呢。”她摆出一副大姐姐的神态说。

“乔希望我来，并告诉她你的情况，我便来了。”劳里回答，他对她那副老成持重的腔调感到有点好笑，但并不正眼看她。

“你会告诉她什么呢？”梅格问。她很想知道劳里对自己的看法，然而却第一次觉得在他面前很不自然。

“我会说我不认识你了，因为你看上去这么成熟，一点都不像你自己，我挺害怕的。”他摸着手套上的纽扣，说道。

“你真荒谬！这些姑娘们把我打扮成这个样子，只是为了好玩，我也挺乐意的。你说乔看到我会不会把眼睛瞪直了呢？”梅格说，想引他说出他是不是觉得自己更好看。

“我想她会。”劳里严肃地回答。

“你不喜欢我这个样子吗？”梅格问。

“不，不喜欢！”回答得干脆率直。

“为什么不？”声调甚为着急。

他扫了一眼她那披着鬈发的脑袋、裸露的双肩，以及镶着漂亮花边的裙子，那种神情把她窘得无地自容，接着他的回答也一反往日彬彬有礼的风度。

“我不喜欢轻浮炫耀。”

这话出自一个比自己年轻的小伙子嘴里，叫梅格如何接受。她转身就走，一面恨恨地说道："我从来没有见过你这样无礼的男孩子。"

她又气又恼地走到一扇窗边，站在无人之处，让自己的双颊凉下来，因为紧身裙箍得她头热脑涨，很不舒服。这么呆站着时，林肯少校从她身边走过，不一会儿，她听到他跟自己的母亲说道——

“他们在愚弄那个小姑娘，我原想让你见见她的，但他们把她全毁了；她今天晚上一无是处，只是一个洋娃娃。”

"唉，上帝！"梅格叹息道，"如果我理智一点，穿上自己的衣服，就不会令人厌恶，也不会生出这般烦恼，自惭自愧。"

她把额头靠在冰凉的窗棂上面，任由窗帘半掩着自己的身影，她最喜欢的华尔兹已经开始，她也仿佛全然不觉。这时，一个人碰碰她；她回过身来，看到了劳里。他一脸悔色，郑重其事地向她鞠了个躬，伸出手来——

"请恕我一时无礼，来和我跳个舞吧。"

"恐怕这会委屈了你呢。"梅格试图装出一副生气的样子，却一点也装不出来。

"绝对不会，我打心眼里想跟你跳呢。来吧，我不会惹你生气的。我虽然不喜欢你的衣服，但我真的觉得你——反正漂亮极了。"他挥挥手，似乎语言还不足以表达他的仰慕之情。

梅格一笑，心软了下来。当他们站在一起等着合上音乐节拍时，她悄悄说道："小心我的裙子把你绊倒了；它使我受尽折磨，我穿上它真是个傻瓜。"

"把它围着领口别起来就行了。"劳里说着，低头看看那双小蓝靴，显然对它们很满意。

他们敏捷而优雅地迈开舞步。由于在家里练习过，这对活泼的年轻人配合得相当默契，给舞场平添了快乐的气氛。他们欢快地旋转起舞，觉得经历了这次小口角之后，彼此更加亲近了。

"劳里，我想请你帮我个忙，愿意吗？"梅格说。她刚跳一会儿便气喘吁吁地停下来，也不解释，劳里便站在一边替她扇扇子。

"那还用说！"劳里欣然回答。

"回到家里千万不要告诉她们我今天晚上的打扮。她们不会明白这个玩笑，妈妈听到会担心的。"

"那你为什么这样做？"劳里的眼睛显然是在这样问。梅格急得又说——

“我会亲自把一切告诉她们，向妈妈‘坦白’我有多傻。但我宁愿自己来说；你别说，行吗？”

“我向你保证我不会说，只是她们问我时该怎样回答？”

“就说我看上去挺好，玩得很开心。”

“第一项我会全心全意地说的，只是第二项怎么说？你看上去并不像玩得开心，不是吗？”劳里盯着她，那种神情促使她悄声说道——

“是，刚才是不开心。不要以为我那么讨厌。我只是想开个小玩笑，但我发现这种玩笑毫无益处，我已经开始厌倦了。”

“内德·莫法特走过来了，他想干什么？”劳里边说边皱起黑色的眉毛，仿佛并不欢迎这位年轻主人的到来。

“他要求跳三场舞，我想他是来找舞伴的。烦死人！”梅格说完摆出一副倦怠的神情，把劳里也逗乐了。

他一直到晚饭时候才再跟她说上话，当时她正跟内德和他的朋友费希尔一起喝香槟。劳里觉得那两人表现得“十足像一对傻瓜”，他觉得自己有权像兄弟一样监护马奇姐妹，必要时站出来保护她们。

“如果你喝多了，明天就会头痛得厉害。我可不这样做。梅格，你妈妈不喜欢这样，你知道。”他在她椅边俯下身来低声说道，此时内德正转身把她的杯子重新斟满，费希尔则弯腰捡起她的扇子。

“今天晚上我不是梅格，而是个轻狂的‘洋娃娃’。明天我就会收拾起这副‘轻浮炫耀’的嘴脸，重新做个好女孩子。”她佯笑一声答道。

“那么，但愿明天已经到来。”劳里咕哝着，怏怏走开了。看到她变成这副样子，他心里很不高兴。

梅格一边跳舞一边调情卖俏，嘀嘀咕咕地聊着傻笑着，就像别的姑娘们一样；晚饭后她跳华尔兹舞，由始至终跌跌撞撞，那条长裙子也差点把她的舞伴绊倒。劳里见到她这种轻蹦乱跳的模样心生反感，他一边看着，心里想好了一番忠告，但却没有机会告诉她，因为梅格总是躲着他，一直到他过去道晚安为止。

“记住！”她说道，勉强笑笑，因为剧烈的头痛已经开始了。

“Silence á la mort.[①]”劳里回答，使劲挥挥手，转身离去。

这小小的一幕激发了安妮的好奇心，但梅格累得不想再扯闲话，她走上床，觉得自己像参加了一场化装舞会，但却玩得并不开心。她第二天整天都昏昏沉沉，星期六就回家了。两个星期的玩乐弄得她筋疲力尽，她自觉在那“繁华世界”已经待得太久。

“安安静静，不用整天客套应酬，这才是令人愉快的日子。家是个好地方，虽然它并不华丽。”星期天晚上梅格跟母亲和乔坐在一起，悠然四顾，说道。

“你这样说我很高兴，亲爱的，我一直担心你经过这番阅历后会觉得家又穷又闷。”妈妈答道。她那天不时担心地望一眼女儿，因为孩子们脸上的任何变化都逃不过母亲的眼睛。

梅格快乐地跟大家讲了她的经历，并一再说她玩得十分痛快，但她的情绪似乎仍然有点不对劲。两个小妹妹去睡觉之后，她坐在那里若有所思地呆呆盯着炉火，寡言少语，神情焦虑。时钟敲过九下，乔也说要睡觉了，梅格突然离开坐椅，拿起贝思的跪凳，双肘靠在母亲的膝头上，勇敢地说道——

“妈咪，我想‘坦白’。”

“我也料到了，是什么事，亲爱的？”

“要我走开吗？”乔知趣地问道。

“当然不要。我什么事情瞒过你了？在两个小妹妹面前我没脸说出口，但我想把我在莫法特家干的那些好事向你们全抖出来。”

“说吧。”马奇太太微笑着说，不过神情有点焦虑。

“我说过她们把我打扮一新，但我没告诉你们她们给我涂脂抹粉，烫卷头发，给我穿紧身裙，把我收拾得像个时髦人儿。劳里虽然嘴里没

---

① 法语：严守秘密。

说，但我知道他心里也认为我不像话，有一个人甚至叫我是‘洋娃娃’。我知道这样很傻，但她们奉承我，说我是个美人呀什么的，我便任凭她们摆布了。”

“就这些吗？”乔问，马奇太太则默默注视着美丽的女儿那张沮丧的脸孔，不忍心责备她干的那些傻事。

“不，我还喝香槟，乱蹦乱跳，学人家调情卖俏，总之丑态百出。”梅格内疚地说。

“还有一些什么吧，我想。”马奇太太抚摸着女儿嫩滑的脸颊。梅格突然涨红了脸，慢慢答道——

“是的。这很无聊，但我想说出来，因为我痛恨人家这样猜测和议论我们和劳里之间的关系。”

接着她把在莫法特家听到的流言蜚语告诉她们。乔看到母亲一面听一面紧闭双唇，似乎十分气愤，居然有人把这种念头塞进梅格天真无邪的脑子里。

“哎呀，我第一次听到这样无耻的废话！”乔气愤地叫道，“你为什么不当场走出来说个明白？”

“我做不到，这太窘了。起初我是无意听到的，但后来我又怒又羞，倒没想起该走开了。”

“待我见到安妮·莫法特，你就知道我怎样解决这种荒唐事！什么‘早有计划’，什么对劳里好是因为他家有钱，以后会娶我们！如果我告诉他那些无聊东西是怎样谈论我们穷孩子的，他不叫起来才怪！”乔说着笑起来，似乎这种事情想深一层不过是个大笑话而已。

“如果你告诉劳里，我决不原谅你！她不该说出去，对吗，妈妈？”梅格焦虑地说道。

“对，千万不要再重复那种愚昧的闲话，尽快把它们忘掉。”马奇太太严肃地说，“我让你置身于那些我了解甚少的人们中间，真是很不明智——我敢说，他们心肠不坏，但精于世故，缺乏教养，对年轻人满脑子粗俗念头。我对这次出访可能对你造成的伤害说不出有多么难过，梅格。”

“不要难过，我不会因此而受到伤害的。我会把坏的全抛诸脑后，只记住好的，因为我确实也玩得很尽兴，很感谢您让我去。我不会因此而伤心，也不会不知足，妈妈。我知道自己是个傻小姑娘，我会留在您身边，直到可以自己照顾自己。不过，让人家夸赞心里真是美滋滋的。我还是忍不住要说我喜欢哩。”梅格说道，对自己的坦白显得有点不好意思。

“这十分自然，如果这种喜欢不过分，不会导致你去做傻事或去做女孩子不该做的事情，那就一点都没有害处。要学会认识和珍惜有价值的赞美话，用谦虚和美丽来激发优秀的人们对你的敬意，梅格。”

玛格丽特坐着想了一会儿，乔则背手而立，专注的神情带着几分迷惑。她看到梅格红着脸谈论爱慕、情人等诸如此类的东西，觉得十分新鲜。乔觉得自己的姐姐似乎在那两个星期里令人惊奇地长大了，从她身边飘走，飘进了一个她不能跟随的世界。

“妈妈，你有没有莫法特太太所说的那类‘计划’？”梅格含羞问道。

“有，亲爱的，有很多呢；每个母亲都有自己的计划，但我的计划恐怕跟莫法特太太所说的有些不同。我会告诉你其中一部分，是到了跟你严肃地谈一谈的时候了，把你小脑袋里的浪漫念头拨到正道上来。你还年轻，梅格，但也不至于不明白我的话。这种话由母亲来跟你们说最合适不过了。乔，也许很快就会轮到你的，也一起来听听我的‘计划’吧。如果是好计划，就帮我一起执行。”

乔走过来，坐到椅子扶手上，看上去仿佛她以为她们就要参加到什么极其严肃的事情中去一样。马奇太太执着两个女儿的手，若有所思地望着两张年轻的面庞，语调严肃而轻快地说——

“我希望我的女儿们美丽善良，多才多艺；受人爱慕，受人敬重；青春幸福，姻缘美满。愿上帝垂爱，使她们尽量无忧无虑，过一种愉快而有意义的生活。被一个好男人爱上并选为妻子是一个女人一生最大的幸福，我热切希望我的姑娘们可以体会到这种美丽的经历。考虑这种事情是很自然的事，梅格，期望和等待也是对的，而明智之举是作好准备，这样，当幸福时刻到来时，你才会觉得自己已准备好承担责任，无愧于这种幸福。我的好女儿，我对你们寄予厚望，但并不是要你们急冲乱撞——仅仅因为有钱人豪门华宅，出手阔绰，便嫁给他们。这些豪宅并不是家，因为里头没有爱情。金钱是必要而且宝贵的东西——如果用之有道，还是一种高贵的东西——但我决不希望你们把它看作是首要的东西或唯一的奋斗目标。我宁愿你们成为拥有爱情、幸福美满的穷人家的妻子，也不愿你们做没有自尊、没有安宁的皇后。"

"贝儿说，如果不主动出击，穷人家的姑娘就永远不会有机会。"梅格叹息说。

"那我们就做老处女好了。"乔坚决地说。

"说得好，乔，宁愿做快乐的老处女，也不做伤心的太太或不正经的女孩子，四处乱跑找丈夫。"马奇太太用坚定的口吻说，"不要烦恼，梅格，一个情到深处的恋人是不会轻易被贫穷吓倒的。我所知道的一些最优秀、最高贵的女士原来也是出身寒门，但爱神并没有遗忘这些可爱的女士们。耐心等待吧；让我们的家充满幸福，这样，当你们自己有一个家的时候，才可以承担起责任，如果没有，便在这里知足常乐地过一生。好孩子，记住：妈妈随时随刻都是你们倾诉闺中心事的知己，爸爸是你们的朋友；无论结婚还是独身，我们都希望自己的女儿能够成为我们生命中的骄傲和安慰。"

"我们一定能！妈妈，一定！"姐妹俩真诚地异口同声叫道。马奇太太说毕和她们道了晚安。

第十章　匹克威克社和邮箱

冬去春来，一套新游戏又盛行起来了，春日渐长，下午也有了更多的时间劳作和嬉戏。院子也该打理了，四姐妹各有一小块地皮，可以按自己的心思料理。罕娜常说："只要我从烟囱那儿往外一看，就知道哪块地是属于谁的。"她说得不错，因为姐妹们的趣味就像她们的性格一样，各出一辙。梅格的地里种了玫瑰、天芥菜、长春花，还有一棵小橙树。乔喜欢做实验，园圃里每季都必定换个新花样；今年种的是蓬勃向上的向日葵，葵花子送给科克尔托婶婶和她的小鸡吃。贝思的园子则是老花样，种着各式芬芳扑鼻的鲜花——甜豌豆、木樨草、飞燕草、石竹、三色堇、香蒿，还有给小鸟吃的繁缕、喂猫咪的假荆芥。艾美的园子弄了个小花荫，虽然弯弯扭扭，倒也十分好看，上面攀满了一圈圈色彩斑斓的忍冬花和牵牛花，一朵朵，一串串，煞为雅致，还有高高的白百合，娇嫩的草蕨等奇葩异草，临风盛开，争奇斗妍。

天气晴朗时，她们或是浇花培土、散步、到河中划艇，或是出去采花，下雨时则待在家里玩游戏——一些是旧游戏，一些是新游戏——全都颇具创意。其中一种叫作"匹克威克社"①，因为时下流行建神秘社团，她们认为也该建一个；又因姐妹们都崇拜狄更斯，便把社命名为"匹

① 源于查尔斯·狄更斯二十五岁时发表的第一部成功作品《匹克威克外传》。

克威克社”。虽然偶有几次中断，但这个社坚持了足足一年。每到星期六晚上，她们便来到大阁楼会合，举行社团仪式，其时三把椅子并排摆在一张桌子前面，桌上摆着一盏灯和四个白色会徽，上面印着不同颜色的“匹克威克”几个大字，还摆着一份名为《匹克威克文选》的周报。四姐妹都是这份社报的撰稿人，编辑大人是酷爱舞文弄墨的乔。七点整，四位社员登上阁楼，把会徽绑在头上，庄严坐下。梅格最大，号称塞缪尔·匹克威克；富有文学才情的乔号为奥古斯都·斯诺格拉斯；胖乎乎、肤色红润的贝思号称特雷西·托曼；做事总是不自量力的艾美号称纳撒尼尔·温克尔。四姐妹起的号皆取自《匹克威克外传》，四人均是狄更斯虚构的匹克威克社的社员。主席匹克威克宣读社报。报纸里头写满了匠心独运的故事、诗歌、当地新闻、有趣的广告，以及对各人缺点的好意提示。这天，匹克威克先生戴上一副没有镜片的眼镜，敲一下桌子，清清嗓子，使劲瞪一眼斜靠在椅子上的斯诺格拉斯先生，等他坐正了，这才开始读：

匹克威克文选

一八××年五月二十日

诗人角

周年纪念颂

今晚，我们再次相聚在
匹克威克大堂。
庄严肃穆，头戴徽章，
庆祝我们第五十二个辉煌。

又看到一张张熟悉的面孔，

又握紧了友谊之手；
我们全部到齐，
个个精神抖擞。

我们恭敬地问候，
尽忠职守的匹克威克，
他鼻子上架一副眼镜，
朗读我们精彩的报纸。
虽然感冒使他声音嘶哑，
我们还是听得津津有味，
因为他吐出的字句，
全部充满了智慧。

六尺的斯诺格拉斯高高盘踞，
优雅的姿势透出一股傻气，
棕色的面孔快乐无比，
向伙伴们传送笑意。

诗歌之火燃亮了他的眼睛，
他勇敢地抗争自己的命运。
他眉宇之间写着凌云壮志，
鼻子上却沾了一块墨渍！

接下来是我们文静的托曼，
多么红润、丰满、可爱，
听到俏皮话笑得说不出话来，
还从椅子上滚了下来。

严肃的小温克尔也在这里，
每根头发都摆弄得有条有理，
十足一个礼仪典范，
虽然他最恨洗自己的脸蛋。

岁月无声，一年已逝，
我们仍然团结一致，
欢笑与共，奇文共赏，
在文学殿堂里翱翔。

愿我们的社报长盛不衰，
愿我们的社团永不中断，
愿来年把祝福赐给
朝气蓬勃的匹克威克社。

A. 斯诺格拉斯

戴面具的婚礼

威尼斯传奇

船儿一艘接一艘摇过来，停靠在大理石台阶下，衣着华丽的人们从船里鱼贯而出，走进阿德龙伯爵富丽堂皇、宾客如云的大厅，融会到人海里头。武士、贵妇人、小精灵、小侍从、僧侣及卖花女，全都兴高采烈地随曲起舞。软语飘荡，妙韵飞扬，化装舞会正在欢笑声和音乐声中进行。

“殿下今晚见到维奥拉小姐了吗？”一位殷勤的行吟诗人问正靠在他臂膀上在大厅里翩翩起舞的仙女般的女王。

“见到了，真是绝世佳人，虽然看上去黯然神伤！她的裙子也是精心挑选的，因为一个星期后她就要嫁给安东尼奥伯爵——一个她恨之入骨的人了。”

“说实话，我嫉妒他。他从那边走过来了，打扮得像个新郎，只是戴着黑色面具。摘下面具后，我们就知道他对那位并不爱他，却被严厉的父亲逼着嫁给他的漂亮姑娘有什么看法了。”行吟诗人说。

“有消息说她爱上了一个年轻的英国艺术家，小伙子把她家的门槛都踏破了，但却遭到老伯爵的轻蔑拒绝。”女士边舞边说。

当一个牧师出现时舞会达到了高潮。牧师把这对年轻人带到挂着紫色天鹅绒帘幕的壁龛前，示意他们跪下。欢乐的人群立即安静下来；四面静悄悄一片，只听到喷泉的洒水声和橙林在月光下发出的沙沙声。这时阿德龙伯爵说道：

“各位嘉宾，请原谅我设下此计请你们来观看我女儿的婚礼。神父，我们恭候仪式开始。”

众人把眼光一齐投向新郎新娘，人群中响起了一阵惊奇的低语声，因为两个新人都没有摘下面具。大家心里异常惊奇，但出于礼仪都没有作声。一待神圣的婚礼结束，心急的观众便围着伯爵追问根由。

“我也是莫名其妙呢，只知道这是我生性害羞的维奥拉想出来的怪点子，我也只好由她了。好了，我的孩子们，游戏到此为止，摘下面具接受我的祝福吧。”

但两人并没有跪下来，年轻的新郎摘下面具，出现在大家面前的是艺术家情人费迪南德·德弗罗气质高贵的面孔。他胸佩一枚闪闪发亮的英国伯爵星徽，可爱的维奥拉幸福地倚在他的怀里，艳光四射，神采飞扬。新郎回答他的口吻震惊四座：

“大人，您轻蔑地叫我等到和安东尼奥齐名并和他一样有钱的那一天再来娶您的女儿。您太低估我了，即使您的野心也拒绝不了德弗罗和德维尔伯爵。他的姓氏历史悠久，家财富可敌国。为了和这位漂亮的小姐，也即我的妻子缔结姻缘，他不惜献出这一切。”

老伯爵站在那里如泥塑木雕一般。费迪南德转向迷惑不解的人群，带着胜利的微笑喜悦地说道："勇敢的朋友们，我祝愿你们求婚也能像我一样马到功成，祝福你们也能用这种戴面具的婚礼娶得和我的新娘一样美丽的姑娘。"

S. 匹克威克

为什么匹克威克社像一盘散沙？因为它的成员们个个都无规无矩。

南瓜记

从前，有个农夫在自己的园子里种下一粒小种子，不久种子破土而出，长成一株藤蔓，上面结了许多南瓜。十月的一天，瓜儿成熟了。他摘下一个带到市场。一个食品杂货商把瓜买下，放在自己的商店里。这天早上，一个戴棕色帽子、穿蓝色裙子、圆脸扁鼻的小姑娘来替妈妈把瓜买去。她把瓜拖回家，切好，放在大锅里煮。把其中一些拌上盐和牛油捣烂，留作晚餐时吃；其余的她加上一品脱牛奶、两个鸡蛋、四调羹糖、肉豆蔻和一些饼干，然后放在盘子里烘焙，直到色泽金黄、清香扑鼻为止。第二天，瓜便被名为"马奇"的一家子吃掉了。

T. 托曼

匹克威克先生，阁下：

我与阁下讨论罪行问题罪人是个名叫温克尔的小子他发出笑声给匹社制造麻烦有时甚至不愿意为这份好报写稿我希望您能原谅他的恶行让他送上一则法国寓言因为他笨头笨脑而且还有许多功课要做所以脑袋不能使得太尽以后我一定抓紧时间准备

一些commy la fo[①] 来恕我行笔匆匆因为上课时间又到了。

你尊敬的N. 温克尔

[上文对自己以往的劣行供认不讳，此种男子气概值得嘉奖。如果我们这位年轻朋友学习过句读的话，那就更好了。]

一次不幸事故

上星期五，我们被地窖里头一下强烈的震动声和紧接而至的痛苦叫声吓得胆战心惊。我们一齐冲进地窖，发现尊敬的主席大人倒卧地上，原来他在搬木柴时绊了一跤。我们看到遍地狼藉，因为匹克威克先生跌倒时把头和肩膀插入一桶水里，强壮的身躯带翻了一小桶软皂，衣服也被撕烂了。把他抬出险境后，我们发现他并未受伤，只是擦破了几处皮肤而已；现在，我们可以高兴地告诉大家他一切正常。

编　者

痛失爱猫

我们有责任把这件事痛苦地记录下来：我们珍贵的朋友雪球·帕特·鲍太太突然神秘失踪。这只漂亮可爱的猫是一大帮仰慕她的热心朋友的宠儿，她的美丽引人瞩目，她的优雅姿态和良好品德赢得了大家的欢心。众人无不为失去她而深感痛惜。最后一次见到她时，她正坐在门边，盯着屠夫的运货马车；据推测，可能某个歹徒垂涎她的美色，卑鄙地把她偷走了。几个星期已经过去，猫儿仍

① 意思是像样的作品。

无影无踪。我们放弃了一切希望，在她的篮子上系上黑绸带，把她的盘子放到一边，并为失去她而痛哭流涕。

一位富有同情心的朋友送来如下美文：

挽　歌

致S. B. 帕特·鲍

我们哀悼小猫的失去，
叹息她不幸的命运，
火炉边不再见到她的身影，
门边也没有她淘气的痕迹。

她的孩子栖息的小坟，
是栗子树下的一抔净土；
但我们却不能在她坟前洒泪，
因为不知道她魂归何处。

她空着的床，她闲置的球，
再也见不到主人归来；
轻柔的步拍，悦耳的喵叫，
不再从门边传来。

另一只猫来抓老鼠，
那可是个脏面孔；
她不像我们的爱猫机灵，
玩的姿势也比不上她美丽。

她在雪球玩过的大厅，
悄悄溜来溜去。
但她对狗只是呼噜怒叫，
而雪球却勇敢地把它们赶跑。

她温顺尽力，也派得上用场，
但模样却登不上大雅之堂；
你在我们心中的位置，亲爱的，
她怎么能够比上？

A. S.

广　告

奥伦丝·布拉格小姐，成功的独立见解演讲人，将于下周晚例行活动之后在匹克威克大厅讲演其著名专题《论妇女及其地位》。

每周例会将在厨房举行，教导年轻女士烹调。主讲人罕娜·布朗，诚邀全体成员参加。

“畚箕协会”将于下周三集合，列队开进“社屋”顶层。所有队员须穿工作服，带扫帚，并于九点整准时会齐。

贝思·邦斯太太将于下周展览其新式玩偶女帽。最新的巴黎式样现已到货，欢迎订购。

一场新话剧将于数周后在巴维尔戏剧院举行，该剧将超越美国舞台上上演过的任何戏剧。该剧震撼人心，剧名为《希腊奴隶》，或《复仇者康士坦丁》!!!

提　示

如果S. P. 洗手时少用点肥皂，早餐便不会老是迟到。请A. S. 不要在街上吹口哨。T. T. 请别忘记艾美的手帕。N. W. 不必为裙子上有九道横褶而烦恼。

一周总结

梅格——良。

乔——差。

贝思——优。

艾美——中。

主席读完报（请读者相信，这是当年一班bona fide[①] 的女孩子bona fide写出的报纸），社员发出一阵掌声，接着斯诺格拉斯先生起身提议。

“主席先生，各位先生，”他摆出一副国会议员的架势，郑重其事地说，“我提议接纳一位新成员——一位实至名归、能够将本社精神发扬光大、提高社报的文学价值、快乐有趣的人士。我提议西奥多·劳伦斯先生成为匹克威克社的名誉成员。来吧，欢迎他吧。”

看到乔突然改变了语调，姑娘们都笑了起来，但大家都显得有点顾虑，斯诺格拉斯落座的时候大家都不作声。

“我们投票决定吧，”主席说，“赞成这项提议的请说‘同意’。”

① 法语：真诚。

斯诺格拉斯首先大叫一声。使众人吃惊的是，贝思接着也羞答答地表了态。

“持反对意见的请说‘不’。”

梅格和艾美持反对意见。只见温克尔先生站起来，十分优雅地说道：“我们不想要男孩子，他们只会取笑我们，而且淘气捣蛋。这是个女子社团，我们希望名副其实，不受外人干扰。”

“我担心他会笑话我们的报纸，进而取笑我们。”匹克威克扯着额前的一小绺鬈发说道。她拿不定主意的时候便是这副样子。

斯诺格拉斯一跃而起，十分着急。“先生，我以一个绅士的名义向你保证，劳里不会做出这种事情。他喜欢写作，他会使我们的稿子另添一种格调，让我们不用多愁善感，你明白吗？他帮了我们许多忙，我们无以为报。我想我们至少可以为他提供一席之地，欢迎他入社。”

这番关于既得好处的巧妙暗示令托曼站起身来，他似乎下定了决心。

“对，我们应该这样，哪怕我们担心也好。依我说，他可以入社，他爷爷也可以，如果他愿意的话。”

贝思充满感情的寥寥数语使社员们个个动容，乔离座赞许地与她握手。“好了，再投一次票。大家记住这是我们的劳里，说‘同意！’。”斯诺格拉斯激动地叫道。

“同意！同意！同意！”三姐妹异口同声地回答。

“好极了！主保佑你们！现在，正如温克尔那富有个性的说法，最要紧的是‘抓紧时间’，那么，请允许我请出我们的新成员。”众人尚在迷惑不解之中，乔已一把拉开柜门，只见劳里坐在一个破布袋上，脸色通红，强忍住笑，双眼闪闪发亮。

“你这淘气鬼！你这叛徒！乔，你怎么可以这样？”三个姑娘喊道。斯诺格拉斯得意扬扬地把朋友带上前来，拿出一把椅子和一个会徽，立即把他安置妥当。

“你们两个坏家伙真是冷血动物。”匹克威克开口说道，试图皱起娥眉，却化作温柔一笑。

不过，新成员善于临机应变。他站起来，向主席感激地行个礼，风度翩翩地说道：“主席先生和女士们——请原谅，先生们——请允许在下自我介绍：山姆·维勒[1]，愿为各位效犬马之劳。”

“好！好！”乔把靠着的旧取暖器把手碰得叮当作响，叫道。

“我忠实的朋友和高贵的恩人，”劳里挥挥手，接着说，“那位不遗余力地把我介绍给各位的人，不应因为今晚的卑鄙行径受到责备。这是我出的主意，经我软磨硬缠她才作了让步。”

“算了，别包揽一切了，你知道藏在柜子里头是我出的主意。”斯诺格拉斯打断他的话，觉得这个玩笑十分有趣。

“别尽信她说，我才是罪魁祸首，先生，”新成员向匹克威克先生行了个维勒式的点头礼，说道，“不过我用名誉担保，以后决不故伎重演，从此以后我要为这个不朽的社团竭尽全力。”

“听哪！听哪！”乔叫道，把取暖器的盖子当作铙钹乱敲一气。

“往下说，往下说！”温克尔和托曼说道，主席则温厚地一躬身子。

“我只想说，承蒙厚爱，不胜惶恐，为表示感激之情，为加强我们邻里之间的友好关系，我在花园低矮一角的树篱里设了个邮箱。那是间宽敞漂亮的小屋，各道门都上了挂锁，鱼雁贯通，方便至极。它原是一间旧燕屋，但我已把门堵上，把屋顶打开，这样便可以取各种物件，节省我们的宝贵时间。那些信件、手稿、书本、包裹等等，都可以在那里传递。我们两家各执一把钥匙，我相信这样一定妙趣横生。请允许我献上这把钥匙，并衷心感谢各位的厚意，并承蒙赐座。”

当维勒先生把一把小钥匙放在桌上退下时，掌声热烈响起，取暖器当当作响，乱晃一气，秩序好一会儿才恢复过来。接着是长时间的讨

① 取自《匹克威克外传》的另一主要人物。

论，大家充分发挥，个个的表现都出人意料；会议开得异常活跃，足足开了近一个小时才在为新成员发出的三下欢呼声中结束。对于吸收山姆·维勒入社，大家从不感到后悔，因为他富有献身精神，表现出色，活泼快乐，堪称社员的楷模。他无疑发扬光大了各项会议的"精神"，给社报增添了一种"格调"，因为他的演说震撼人心，他的文稿格调优美清新，富有爱国热忱，而且幽默生动，从不多愁善感，乔觉得这些文章堪可媲美培根、弥尔顿、莎士比亚的大作，并对自己的文风也有很大影响。

邮箱确实妙不可言，它的业务十分繁忙，其作用足以与真正的邮局媲美，因为各种各样离奇古怪的东西都经那里传递：乐谱、姜饼、橡皮、邀请信、训斥信，还有小狗，等等。连劳伦斯老人都感到有趣，也送一些古怪包裹、神秘字条和滑稽的电报来凑热闹；而他那位拜倒在罕娜石榴裙下的园丁，竟送了一封情书让乔转交。当秘密泄露时大家笑得前仰后合，绝没有想到这个小小的邮箱日后还会容纳多少情书！

第十一章　试验

“六月一号！明天金斯一家便要到海滩去，我自由了。三个月的假期——我一定玩得很开心！”梅格叫道。这天天气和暖，她回家时发现乔疲倦不堪地躺在沙发上，贝思帮她脱下沾满尘土的靴子，艾美在做柠檬汁为大家提神。

“马奇姑婆今天走了，噢，我可真高兴！”乔说，“我很害怕她会叫我跟她一起去；如果她开口，我就会觉得自己也应该去，但梅园却跟教堂的墓地一样沉闷，你知道，我宁可她放过我。我们慌慌张张地打发老太太起程，每次她开口跟我说话，我心里都打个愣儿，我为了早点完事，干得特别卖力特别殷勤，所以反而怕她离不开我了。她终于上了马车，我这才松了一口气。谁知车子正要走时，她伸出头来说：‘约瑟芬，你能不能——？’这一吓可非同小可，我转身撒腿就逃，下面的话也没听清楚，一直跑到拐角处才放下心来。”

“可怜的乔！她进来的样子就像身后有只熊追她似的。”贝思像慈母一样抱着姐姐的双脚说道。

“马奇姑婆真是个海蓬子[①]，对吗？”艾美一边评论一边挑剔地品尝着她的混合饮料。

---

① 海蓬子的英文发音与吸血鬼的英文发音很相似，艾美又一次念错了字。

“她是说吸血鬼，不是海草，不过也无伤大雅；天气这么暖和，不必对修辞太过讲究。”乔咕哝道。

“你们这个假期怎么过？”艾美问，巧妙地转开话题。

“我要躺在床上，什么也不做，”梅格从摇椅深处回答，“我这个冬季每天一早就被唤醒，整天为别人操劳，现在我要随心所欲，美美地睡个痛快。”

“不成，”乔说，“这种养神功夫不适合我。我搬了一大堆书，我要躲到那棵苹果树上充实我的好时光，如果不玩——”

“别说玩耍！”艾美要求道，借以回击“海蓬子”这一箭之仇。

“那我就说‘玩唱’；和劳里一起，这词够贴切了，反正他歌唱得好。”

“我们别做功课了，贝思。让我们玩个痛快，好好歇歇，女孩子们应该那样。”艾美建议。

“嗯，如果妈妈没意见的话，我就不做了。我想学几首新歌。夏天到了，我的孩子们也要添置点东西；它们衣服短缺，一派混乱。”

“行吗，妈妈？”梅格把头转向坐在她们称之为“妈咪角”的地方做针线活儿的马奇太太，问道。

“你们可以试上一个星期，看看滋味如何。我想到了星期六晚上你们就会发现，光玩不干活和光干活不玩一样难受。”

“噢，哎哟，不会的！我肯定这一定会其乐无穷。”梅格美滋滋地说。

“现在我提议大家干一杯。永远快乐，不用辛劳！”这时柠檬汁传过来，乔站起来，举杯在手，叫道。

大家快乐地一饮而尽，于是试验开始，那天的剩余时间便被懒洋洋地打发过去了。第二天早上，梅格直到十点钟才露面。她独个儿吃早餐，却食之无味；由于乔没有在花瓶里插上花，贝思也没有打扫，艾美又把书丢得满地都是，房间显得空空落落，十分凌乱，只有“妈咪角”仍然跟平常一样井井有条，令人愉快。梅格便坐在那里，“休息读书”，也就是说一面打呵欠一面胡思乱想，盘算着用自己的薪水买什么式样的漂亮夏装。乔在河边和劳里玩了一个早上，下午爬到苹果树上读《大世界》读得泪流满面。贝思从洋娃娃家族居住的大衣柜里头把东西全部翻出来整理，未及一半便倦了，于是把她的大家族横七竖八地撇在一边去弹钢琴，暗暗庆幸自己不用洗碗碟。艾美把花荫收拾一番，穿上漂亮的白色上衣，把鬈发梳理一遍，坐在忍冬花下画画，希望有人看到她，询问这位年轻的艺术家是谁。可惜只来了一只好事的长脚蜘蛛，饶有兴趣地把她的作品审视一番，她只好去散步，却遭大雨淋了一场，回家时湿得像个落汤鸡。

到了喝茶的时候，她们互相交流心得，一致认为这天过得相当愉快，只是日子似乎格外长。梅格下午上街买了一幅“漂亮的蓝薄纱”，把幅面裁开后才发现这种布不经洗，这一小小的不幸令她脾气有点暴躁。乔划船时晒脱了鼻子上的皮，长时间看书又害得她脑袋生疼。贝思因为衣柜混乱不堪而忧心忡忡，一下子学三四首歌又力不从心。艾美淋湿了上衣，后悔不迭，第二天就是凯蒂·布朗的晚会，现在，她就像弗洛拉·麦克弗里姆西一样，“没有衣服穿”。不过，这些都只是小事一桩，她们告诉母亲进展顺利。母亲笑笑，不作声，和罕娜一起把姐妹们丢下的工作接过来，把家操持得整齐舒适，使家庭机构顺利运作。这种“休息和享乐”产生的结果出人意料：大家都有一种奇怪的、极不自在的感觉。日子变得越来越长，天气也跟她们的脾气一样变化无常，大家心里全都无头无绪，空空落落。而魔鬼撒旦可不会让你两手白闲着，他总会找出一些事来让你做。作为最高享受，梅格把一些针线活拿出去让人做，但接着便发现时间十分沉闷，熬不住又操起裁剪活，结果在莫法特家刷新衣服时因为使劲太大而把自己的衣服弄坏了。乔书不离手，一直读得两眼昏花，见书生厌，脾气也变得异常烦躁，连性子极好的劳里也跟她吵了一架，她于是伤心落泪，只恨未能早跟了马奇姑婆去。贝思倒过得相当安稳，因为她常常忘记了这是光玩不工作时间，不时重新操起旧活；但大家的情绪感染了她，性子一向温柔平和的她也变得有几分烦躁不安——一次甚至把可怜的宠儿乔安娜摇了几下，骂她是个“怪物”。最难受的要数艾美，她的娱乐圈子窄，三位姐姐把她丢下，让她自己玩并自己照顾自己，她很快发现自己这个多才多艺、举足轻重的小人儿其实是个大包袱。她不喜欢洋娃娃，童话故事又太幼稚，而人也总不能一天到晚光画画；茶会没什么意思，野餐也不过如此，除非组织得极好。“如果能有一栋漂亮的房子，里头住满了善解人意的姑娘，或者外出旅游，这夏天才会过得开心。但跟三个自私的姐姐和一个大男孩待在家里，神（圣）人也会发火。”我们的错词小姐心里抱怨道。这几天她充分体验了欢乐、烦恼，继而厌倦无聊的况味。

没有人愿意承认自己对这个试验感到厌倦，但到星期五晚上大家都暗暗松了一口气，窃喜一个星期终于熬到了头。富有幽默感的马奇太太为了加深这个教训的印象，决定用一种恰如其分的方式来结束这个试验。她放罕娜一天假，让姑娘们充分享受光玩不干活的滋味。

星期六早上姐妹们一觉醒来，发现厨房里没有生火，饭厅里没有早餐，母亲也不见了影踪。

“哎呀！出了什么事？”乔嚷道，惊愕地瞪大眼睛四面看。

梅格跑上楼，很快便折回来，神态不再紧张，但却显得颇为困惑，并有几分惭愧。

“妈妈没生病，只是非常累。她说要在自己房间里静养一天，让我们自己好自为之。这真奇怪，一点都不像她平时的作为；但她说这个星期她干得很辛苦，所以我们别发牢骚，还是自己照顾自己吧。”

“那还不容易！这主意正合我的心思，我正愁没事干——我的意思是，没新玩法，你们知道。”乔飞快地又添了一句。

事实上，此时此刻，做一点工作对她们来说是一种很好的放松。她们决心把活儿干好，但“做家务可不是闹儿戏”，她们很快便会认识到罕娜这话的实际意义了。食品柜里有很多存货，贝思和艾美摆桌子，梅格和乔做早餐，一面做一面还奇怪为什么用人说家务难做。

“虽然妈妈说我们不用管她，她会自个儿照顾自己，我还是要拿一些上去。”梅格说。她站在锅碗瓢盆后面指挥，觉得挺像回事儿。

于是她们先匀出一碟，乔把碟子连同厨师的问候一同送上去。虽然茶烧得又苦又涩，鸡蛋煎得焦糊，饼干也被小苏打弄得斑斑点点，马奇太太还是接过了她的早餐，并表示赞赏和感谢；乔走后，她由衷地笑了。

“可怜的小家伙，恐怕她们会十分扫兴呢，不过这样对她们有益无害。”她取出早已备好的食物，把煮坏了的早餐悄悄丢掉，免得伤害了她们的自尊心——这是一种令她们十分感激的母亲式的小蒙蔽。

下面怨声一片，大厨师面对失败委屈极了。“不要紧。午饭我来弄，我做用人，你做女主人，别弄脏了手，你陪着客人，发号施令就行了。”对烹饪的认识比梅格还要糟糕的乔说。

玛格丽特高兴地接受了这个恳切的提议，退到客厅，把沙发下面乱七八糟的东西扫掉，把窗帘拉上以省却打扫灰尘的麻烦，三两下子便把客厅收拾干净。乔对自己的能力坚信不疑，她想弥补吵架造成的隔阂，于是当即写下一张字条，邀请劳里来吃饭。

“你最好先看看有什么好吃的再请人也不迟。”梅格获悉后说道。

“噢，这里有咸牛肉，还有大量土豆，我去买些芦笋，买个大螯虾‘换个口味’，正如罕娜所说。我们可以弄些莴苣做色拉，我虽不会做，但有烹调书。再弄些牛奶冻和草莓做甜点。如果你想高雅一点还可以弄点咖啡。”

“不要好高骛远，乔，因为你做的东西只有姜饼和糖块可以吃得下去。这个宴会我是洗手不干的，既然是你要叫劳里，那就你来款待他好了。”

“我不要你做什么，你只须招呼客人，帮我做布丁。如果我遇到麻烦，你来指导我，怎么样？”乔受到了不小的打击。

“可以，但我除了面包和几种小玩意外，其他都不大会做。你做之前最好先征得妈妈同意。”梅格谨慎地说。

“那当然，我又不是傻瓜。”乔说罢走开。居然有人怀疑自己的能力，她感到十分不快。

“你们喜欢怎么样就怎么样，别来打扰我。我要出去吃饭，不能为你们分忧。”马奇太太对前来讨教的乔说，“我一向不喜欢家务事，今天我要休个假，读书、写字、串门儿，自个好好乐乐。”

看到平常忙碌的母亲一早优游轻松地坐在摇椅上读书，乔觉得就好像发生了什么自然现象，即使日食、地震或者火山爆发也不会比这奇怪多少。

“怎么搞的，事情全都古里古怪，”她一面想一面走下楼梯，“贝思在那边哭，不用说，我们家肯定出了什么事情。如果艾美烦我，我一定狠狠摇她几下。”

乔心里很不舒服，她匆匆走进客厅，发现贝思正对着她们的金丝雀匹普呜呜咽咽地哭。小鸟直挺挺地躺在笼子里，显然已经饿死，可怜的小爪向前伸出，似乎正在乞求食物。

“都是我的错——我把它忘了——饲料一粒不剩，水也一滴没有。噢，匹普！噢，匹普！我怎么能对你这么残忍？”贝思哭道，把可怜的小鸟放在手里，试图把它救醒。

乔瞄瞄小鸟半开的眼睛，摸摸它的心脏，发现它早已僵硬冰冷，于是摇摇脑袋，主动提出用自己的衣盒来给它装殓。

“把它放在炉边，或许会暖和苏醒过来。”艾美满怀希望地说。

“它是饿坏的。既然已经死了，就不要再去烤它。我要给它做一件寿衣，把它葬在园子里。我以后再也不养鸟了，再也不了，我的匹普！我不配。”贝思低声哭诉着，双手捧着宠鸟坐在地板上。

“葬礼今天下午举行，我们都参加。好了，别哭了，贝思；这事大家都不好受，但这星期事情全都乱了套，匹普便是这个试验的最大牺牲品。给它做好寿衣，把它放在我的盒子里，宴会后，我们举行一个隆重的小葬礼。”乔开始尝到了苦头。

她让梅格、艾美留下安慰贝思，自己则走到厨房，里头乱七八糟，一片狼藉。她系上大围裙开始干活，刚堆好碟子准备洗，却发现炉火熄了。

“真是形势大好！”乔咕哝道，砰地打开炉门，使劲捅里头的炉渣。

把炉火重新捅亮后，她想趁烧水的空当上一趟市场。这么一走动，兴致又上来了。她买了一只十分幼小的大螯虾、一些老掉牙的芦笋，还有两盒酸溜溜的草莓。因为做成了几笔廉价交易，她心中十分得意，于是跋涉回家。待她收拾好后，午饭也备齐了，炉子也烧红了。罕娜走前留下一盘要发酵的面包，梅格早早便把面包做好，放在炉边再发酵一次，然后便把它忘掉了。她正在客厅里招呼莎莉·加德纳，门突然飞开，一个身上沾满面粉煤屑、头发蓬乱的怪物露出来，赤红着脸尖叫道——

“嘿，面包不沾盘子是不是已经发酵够了？”

莎莉被逗笑了，梅格点点头，把眉毛扬得要多高有多高。怪物见状立即消失，赶紧把酸面包放到炉上。贝思坐在一边做寿衣，将心爱的鸟放在衣盒里任人凭吊。马奇太太出来瞅瞅情况，安慰了贝思几句，然后出门而去。当母亲那灰色的帽子消失在拐角处时，姑娘们突然有一种奇怪的孤立无援的感觉。没隔几分钟，克罗克小姐来访，并说是来吃午饭的，姑娘们简直陷入了绝望的境地。这位女士是个又黄又瘦的老姑婆，脸上镶着一个尖鼻子和一双好奇的眼睛，她绝不错过任何芝麻绿豆的小事，看到什么都要去饶舌鼓噪一番。她们并不喜欢她，但马奇太太教她们要友善待她，只因她年老家贫，又没有什么朋友。梅格于是把安乐椅给她坐，并尽量去跟她拉呱儿，她则在一边问这问那，指指点点，说西家长，道东家短。

那天早上乔真是被弄得焦头烂额、筋疲力尽，其中滋味一言难尽。她做的午餐成了一个不折不扣的大笑话。因为不敢再向梅格请教，她独个儿使出浑身解数，发现做厨师光凭一股劲头和良好的心愿并不够。她把芦笋煮了一个小时，痛苦地发现笋头全都煮掉了，主茎却变得更硬。

面包烤得乌黑，因为她做色拉时把味道调得一塌糊涂，一急之下，决定对一切听之任之，直到自信面包已经不能吃为止。大螯虾神秘地变成了猩红色，她捶开虾壳，把里头的肉捅出来，那一丁点儿肉落到莴苣叶堆里便不见了。土豆得快点煮，不能让芦笋等太久，结果没有煮熟。牛奶冻结成一团一团，草莓被手段高明的小贩弄了假，看上去已经熟透，吃起来却酸溜溜的。

"如果他们肚子饿的话，牛肉、面包和牛油倒也可以吃，只是白白忙活了一整个上午，岂不羞死人了。"乔想着拉响开饭铃。这顿饭比平时足足晚了半个小时，乔又热又累，垂头丧气，站在那里审视着为劳里和克罗克小姐准备的盛宴，要知道这两位客人一个是养尊处优惯了的公子，一个是绝不错过任何笑料、专爱搬弄是非的饶舌妇。

菜被一一尝过，然后又被搁置一边，可怜的乔恨不得钻到桌子底下。艾美咯咯直笑，梅格表情悲痛，克罗克小姐噘起嘴，劳里拼命说笑，试图活跃宴席气氛。乔的拿手好戏是水果，因为她放糖放得恰到好处，而且和上了一大罐香喷喷的奶油。当精致的玻璃盘子逐一摆上席面时，乔炽热的脸颊凉了一点，并长长地舒了一口气。大家望着浸在奶油里的呈玫瑰红的小山堆，全都垂涎欲滴。克罗克小姐先尝了一口，做了个鬼脸，急忙喝水。乔看到水果上桌后很快所剩无多，唯恐不够，于是自己不吃。她瞅一眼劳里，见他正勇敢地继续吃下去，但嘴巴却微微噘着，眼睛一直盯着自己的盘子。喜欢美食的艾美满满舀了一调羹，却呛了一口，用餐巾掩着脸，仓促离席。

"噢，怎么回事？"乔颤抖着高声问道。

"你放的是盐，不是糖，奶油也变酸了。"梅格悲痛地打了个手势答道。

乔呻吟了一声，倒在椅子上，方想起最后放糖的时候自己仓促之间把厨房桌上放着的两个盒子随手拿了一个，匆匆往草莓上一撒了事，牛奶也忘记放冰箱了。她脸色涨得通红，止不住就要哭出来。正在这时，她与劳里恰好四目相对。虽然劳里努力摆出一副英雄式的样子，但眼神仍透着一股活泼劲儿；她突然觉得这件事十分滑稽，于是放声大笑，直笑得眼泪都流了出来。在座各位，包括被姑娘们称为“呱呱叫”的老小姐也全都笑了起来。大家吃着面包、牛油、橄榄，说说笑笑。这顿不幸的午餐最后在愉快的气氛中结束。

“我现在没有心思洗碗，为了严肃气氛，我们为小鸟举行个葬礼吧。”乔看到大家站起来便说道。克罗克小姐一心赶着要在下一个朋友的餐桌边编排这个新故事，便向大家告辞。

为了贝思，他们全都严肃下来；劳里在丛林里的蕨草下面挖了个墓穴，小匹普被安放在里头，它那柔情万丈的女主人哭成了个泪人儿。墓穴盖上苔藓，上立一块石碑，碑上挂一个用紫罗兰和繁缕编成的花环，并刻了墓志铭。铭文是乔一面做饭一面想出来的：

这里躺着匹普·马奇，
它在六月七日死去；
黯然断魂，伤心憾事，
难忘，难忘记！

仪式一结束，贝思便退回自己的房间，心情十分沉重；但她却找不到地方休息，因为几张床全都没有铺整齐，她只得把枕头掸拂干净，把各样东西收拾整齐，这样心里倒好受了一些。梅格帮乔收拾碗碟，用了半个下午才洗完。两人都疲倦不堪，于是一致赞成晚饭只吃茶和烤面包。酸奶油似乎对艾美的脾气有种不良的影响，劳里便做好事，把她带出去骑马。马奇太太回家时发现三个大女儿竟然在午间辛勤工作，再瞅一眼壁橱，便明白实验已经成功了一部分。

几位小主妇未及休息，便有几位客人来访，于是急忙准备招呼客人；接着又得沏茶，跑腿买东西，一两件非做不可的针线活只得放到最后才做。

黄昏带着露珠悄悄降临，姐妹们陆续聚集到门廊，门廊周围开满了六月的玫瑰，花蕾朵朵，十分美丽。大家坐下时或哼哼一声，或叹一口气，似乎筋疲力尽，又似乎烦恼无边。

“今天倒霉透了！”通常第一个说话的乔首先说道。

“日子好像没有平时长，但却很不好过。”梅格说。

“一点都不像个家。”艾美接着说。

“没有妈咪和小匹普，家似乎就不成样子了。”贝思叹口气，深情地望一眼挂在上面的空鸟笼。

“妈妈在这里呢，亲爱的，你明天可以再养一只鸟，如果你想的话。”

马奇太太边说边走过来坐在她们中间。看样子，她的假日也并不比她们的愉快多少。

“这个试验你们满意了吗，姑娘们？要不要再试一个星期？”她问。这时贝思依偎到她的身边，其余三姐妹也把头转向她，脸上放光，犹如鲜花朝向太阳。

“我不要！”乔坚决地喊道。

“我也不要。”其他人齐声回答。

“那么，你们的意思是，担负一些责任，替别人着想一下为好，对吧？”

“闲混戏耍毫无益处，”乔评论道，摇摇脑袋，“我腻透了，真想现在就做点什么。”

“建议你学做饭；这个本事十分有用，女人都得学会。”马奇太太说。想到乔的宴会，她无声地笑了，因为克罗克小姐早就把故事告诉她了。

“妈妈，您走出去什么也不管，是不是故意看我们怎么做？”梅格叫起来。她整天都在怀疑这事。

“是的，我想让你们明白，只有每个人都尽忠职守，大家才能过舒服日子。当我和罕娜替你们工作时，你们过得蛮不错，但我看你们并不高兴，并不领情；所以我想给你们一个小小的教训，看如果人人都只想着自己时结果会如何。只有彼此帮助，承担日常工作，生活才会更愉快，休闲起来才有意思。宽容忍耐，才会使家庭舒适幸福。你们同意吗？”

“同意，妈妈，我们同意！”姑娘们齐声喊道。

“那么我建议你们再一次挑起自己的小担子。虽然有时担子似乎很沉重，但对我们有好处，如果学会了怎么挑，担子就会变轻了。工作是一件好事，而我们每个人都有许多工作要干；它有益于身心健康，使我们不会感到无聊，不会干坏事。比起金钱和时装来，它更能给我们一种能力感和独立感。”

“我们会像蜜蜂一样工作，并且热爱工作，看着吧！”乔说，“我要把做饭当作我的假日任务来学，下一次宴会一定会成功。”

“我要帮爸爸做衬衣，而不用您来操劳，妈咪。我能做到的，也愿意这样做，虽然我并不喜欢针线活；这样做比成天讲究自己的衣着更有好处，事实上我的衣着也已经很不错了。”梅格说。

“我要每天做功课，不再花这么多时间弹琴和玩洋娃娃。我天性愚笨，应该多看书学习，而不是玩。”贝思下定了决心。艾美则学姐姐们的样子大声宣布：“我要学会开纽扣洞和区分各种词类。”

“很好！既然这样，我对这个试验感到很满意，看来我们不必再做一次了，只是不要走到另一极端，劳碌过度。要按时作息，使每一天都过得充实愉快。你们明白时间是无价之宝，那么就更要善于利用时间。这样，即使我们没有钱，青春也会充满快乐，生活也会美满成功，年老的时候也不会有什么遗憾了。”

“我们会记住的，妈妈！”她们也确实把话记在了心上。

第十二章　劳伦斯营地

贝思是个女邮政局长，因为她在家的时间最多，可以定时收寄邮件，而且她也十分喜欢每天打开那扇小门，分派信件。七月的一天，她双手捧得满满的走进来，像邮递员一样，满屋子派发信件包裹。

“这是您的花，妈妈！劳里总是把这事记在心上。”她边说边把鲜花插进摆在“妈咪角”的花瓶里。那位感情细腻的男孩子每天都要送上一束鲜花供她们插瓶。

“梅格·马奇小姐，一封信和一只手套。”贝思继续把邮件递给坐在妈妈身边缝衣袖口的姐姐。

“咦，我在那边丢了一双，怎么现在只有一只？”梅格望望灰色的棉手套，“你是不是把另一只丢在园子里头了？”

“没有，我保证没有，因为邮箱里就只有一只。”

“我讨厌单只手套！不过不要紧，另一只会找到的，我的信只是我要的一首德语歌的译文。我想是布鲁克写的，因为不是劳里的字迹。”

马奇太太瞅一眼梅格，只见她穿着一袭方格花布晨衣，额前的小鬈发随风轻轻飘动，显得美丽动人，娇柔可爱。她坐在堆满整整齐齐的白布匹的小工作台边哼着歌儿飞针走线，脑子里只顾做着五彩斑斓、天真无邪的少女美梦，一点也没有觉察到妈妈的心事。马奇太太笑了，感到十分满意。

"乔博士有两封信、一本书，还有一顶有趣的旧帽子，把整个邮箱都盖住了，还伸到外面。"贝思边说边笑着走进书房，乔正坐在书房里写作。

"劳里真是个狡猾的家伙。我说如果流行大帽子就好了，因为我每到天热就会把脸晒焦。他说：'何必管它流行不流行？就戴一顶大帽子，别难为了自己！'我说如果我有就会戴，他就送了这顶来试我。我偏要戴上它，跟他闹着玩，让他知道我不在乎流行不流行的。"乔把这顶旧式阔边帽子挂到柏拉图的半身像上，开始读信。

一封是妈妈写的，她读着便飞红了双颊，眼睛潮湿，因为信上说：

亲爱的：

我写几句话告诉你，看到你为控制自己的脾气作出了巨大的努力，我感到多么高兴。你对自己的痛苦、失败或成功只字不提，可能以为除了那位每天给你帮助的"朋友"外（我敢相信是你那本封面卷了角的指导书），没有人注意到这一切。但我一一看在眼里，而且完全相信你的诚意和决心，因为你的决心已经开始结果了。继续努力吧，亲爱的，耐着性子，鼓足勇气，记住有一个人比任何人都更关心你，更爱护你，她就是你亲爱的

妈妈

"这些话对我很有好处，这封信抵得上万千金钱和无数溢美之词。噢，妈咪，我确实是在努力！在您的帮助下，我一定不屈不挠地坚持下去。"

乔把头埋在双臂上，为这小小的罗曼史洒下几滴热泪。她原以为没有人看到和欣赏她的努力，现在却意外地受到了母亲的赞扬。她一向最敬重母亲的话，因此这封信显得更加珍贵，更加鼓舞人心。她把纸条当作护身符别在上衣里面，以便时刻提醒自己，更增加了征服困难的信心。她接着打开另一封信，准备接受这个不知是好是坏的消息，展现在眼前的是劳里龙飞凤舞的大字——

亲爱的乔：

嗬！

几个英国女孩和男孩明天来看望我，我想好好玩玩。如果天气好，我准备在长草坪上搭帐篷，全班人马划船过去吃午饭，玩槌球游戏，点篝火，野餐，自由戏耍，享受天然野趣。布鲁克也一起去，看管我们这帮男孩子，凯特·沃恩则看管女孩子。恳请你们各位光临，无论如何不能漏了贝思，没有人会烦扰她的。不用担心野餐食物——一切由我来负责——千万出席，这才是好朋友呢！

请恕行笔匆匆。

你永远的劳里

“好消息！”乔叫道，冲进去向梅格报信。

“我们当然可以去，妈妈，对吧？这样还可以帮劳里的大忙呢，因为我会划船，梅格可以做午饭，两个妹妹也多少可以帮点忙。”

“我希望沃恩姐弟不是拘泥古板、成熟老到那类人。你了解他们吗，乔？”梅格问。

“只知道他们是四姐弟。凯特年纪比你大，弗雷德和弗兰克（双胞胎）年纪跟我差不多，还有个小姑娘（格莱丝）约莫十岁。劳里是在国外认识他们的，他喜欢那两个男孩子；我想，他不怎么赞赏凯特，因为他谈起她便一本正经地抿起嘴巴。”

“我真高兴我的法式印花布衣服还干干净净，这种场合穿正合适，又好看！”梅格喜滋滋地说，“你有什么出得场面的吗，乔？”

“红灰两色的划艇衣就够好了。我要划船，到处跑动，只想穿随便一点。你也来吧，贝蒂[1]？”

“那你得别让那些男孩子跟我说话。”

① 贝思的昵称。

“一个也不让！”

“我想让劳里高兴，我也不怕布鲁克先生，他是个大好人；但是我不想玩，不想唱，也不想说话。我会埋头干活，不打扰别人。你来照看我，乔，那我就去。”

“这才是我的好妹妹，你在努力克服自己的害羞心理呢，我真高兴。改正缺点并不容易，这我知道，而一句鼓励的话儿就能使人精神一振。谢谢您，妈妈。”乔说着感激地吻了一下母亲瘦削的脸庞，这一吻对于马奇太太来说比任何东西都要宝贵。

“我收到一盒巧克力糖和我想要的图画。”艾美说着把邮件打开给大家看。

“我收到劳伦斯先生一张字条，叫我今晚点灯前过去弹琴给他听，我会去的。”贝思接着说，她跟老人的友谊进展得非常快。

“我们马上行动起来吧，今天干双倍活儿，明天就可以玩得无忧无虑了。”乔说道，准备放下笔杆，拿起扫帚。

第二天一早，当太阳把头探进姑娘们的闺房向她们报告好天气时，他看到了一幅妙趣横生的景象：姐妹们个个下足功夫，为野营盛会作好充分准备。梅格的前额排列着一排小卷发纸；乔在晒焦了的脸上厚厚地涂了一层冷霜；贝思因为即将和乔安娜分离，把她带到床上共寝以弥补损失；艾美更是令人叫绝，她用衣夹夹住鼻子，试图把令人烦恼的扁鼻梁夹高。这种夹子正是艺术家们用来在画板上夹画纸的那种，因此用在这里尤其合适。这幅滑稽图显然把太阳公公逗乐了，他笑得喷出万道金光，把乔照醒。看到艾美这副尊容，她禁不住大笑出声，遂把众姐妹闹醒了。

阳光和笑声是野营盛会的吉兆。两家屋子的人开始活跃忙碌起来。贝思第一个准备停当，她靠在窗前不断报告邻居的新动态，把正在梳妆打扮的三姐妹弄得越发紧张忙碌。

“一个人带着帐篷出来了！我看到巴克太太把午饭放到一个盖箱和

大篓里。现在劳伦斯先生仰头望望天空和风标；但愿他也一起去。那是劳里，打扮得像个水手——帅小伙子！噢，啊呀！一整车的人——一个高个女士、一个小姑娘，还有两个可怕的男孩子。一个跛了腿；可怜的人！他拄着根拐杖。劳里没跟我们说过。快点，姑娘们！时间不早了。呀，那是内德·莫法特，没错。瞧，梅格，这不是那天我们上街时向你行礼的那个人吗？”

“果然不错。他怎么也来了？我还以为他在山里头呢。那是莎莉；太好了，她回来得正是时候。你看我这样行吗，乔？”梅格焦急地问道。

“漂亮极了。提起裙子，把帽子戴正，这样斜翘着看上去有种感伤情调，而且风一吹便要飞走了。好了，我们出发吧！”

“噢，乔，你不是要戴这顶糟帽子去吧？这太荒唐了，你不该把自己弄得像个男人。”梅格规劝道。此时乔正把劳里开玩笑送来的旧式阔边意大利草帽用一根红丝带围系起来。

“我正是要戴着去，它棒极了——又挡太阳，又轻，又大。戴上它更添情趣，再说，只要舒服，我不在乎做个男人。”乔说罢迈步就走。姐妹们紧跟其后——每人穿一身夏装，戴一顶逍遥自在的帽子，春风满脸，十分好看，俨然一支活泼快乐的小队伍。

劳里跑上前来迎接她们，十分热情地把她们介绍给各位朋友。草坪成了会客厅，大家在那里逗留了几分钟，气氛十分活跃。梅格看到凯特小姐虽然年方二十，穿着打扮却相当简朴，心里松了一口气，因为这种风格美国姑娘不费吹灰之力就能学会。她听内德先生一再声明自己特为见她一面而来，心里更加受用。乔终于明白劳里为什么一提到凯特就“一本正经地抿起嘴巴”，因为这位女士神态孤高冷傲，不像其他姑娘那样无拘无束、轻松随和。贝思观察了一下新来的男孩子，认为跛足这位并不“可怕”，反倒温顺柔弱，她因此想善待他。艾美觉得格莱丝是个举止优雅、活泼快乐的小人儿，她俩默默对视了几分钟后，马上成了十分要好的朋友。

帐篷、午饭、槌球游戏用具等先行送走后，大家登上小艇。两叶轻舟并驾齐驱，岸上只剩下挥着帽子的劳伦斯先生一人。劳里和乔共划一艘艇，布鲁克先生和内德先生划另一艘，而淘气反叛的双胞胎兄弟之一弗雷德·沃恩则使劲划着一艘单人赛艇，像只受了惊的水蟒一样在两叶小舟之间乱冲乱撞。乔那顶风趣的帽子用途十分广泛，值得击掌鸣谢：它一开始便打破隔膜，逗得众人笑起来，她划船时帽子上下摆动，扇出阵阵清风，如果下起雨来它还可以给全班人马当作一把大伞使用，她说。凯特对乔的一举一动都觉得十分新奇，她丢了桨时大叫一声“我的妈哟”；而劳里就坐时不小心在她脚上绊了一下，他说：“我的好伙伴，弄痛你没有？”这更叫她纳罕不已。戴上眼镜把这位奇怪的姑娘审视几遍后，凯特小姐认定乔“古怪，但挺聪明”，于是远远对着她微笑起来。

另一艘艇上的梅格舒舒服服地坐在两个划桨手的对面，两个小伙子喜之不尽，各自使出不一般的“技巧和机敏”，把艇划得十分稳当。布鲁克先生是个严肃、沉默寡言的年轻人，声音悦耳动听，一对棕色的眼睛明亮有神。梅格喜欢他性格沉静，把他看作一部活百科全书，里头装满了各种有用的知识。他跟她不大说话，但眼光却常常落在她身上，梅格肯定他对自己并不反感。内德是大学新生，当然摆足派头。他并不特别聪明，但性情随和，不失为野营活动的好伙伴。莎莉·加德纳一面打足精神护着自己的白裙子，以免被水溅脏，一面和到处乱冲乱撞的弗雷德交谈。弗雷德不断做出各式各样的恶作剧，把贝思吓得心惊胆战。

长草坪相隔并不远，他们到达时帐篷已搭好了，三柱门[①]也支了起来。这是一片令人心旷神怡的绿地，中间挺立着三棵枝繁叶茂的橡树，还有一块玩槌球用的平滑狭长的草坪。

“欢迎光临劳伦斯营地！”大家登上绿地，高兴得发出阵阵赞叹的时候，年轻的主人说道。

① 槌球比赛中用的球门。

“布鲁克任总指挥，我任军需官，其他各位男士任参谋官，而你们，女士们，则是陪同。这个帐篷专为你们而搭，那棵橡树是你们的客厅，第二棵是餐室，第三棵是营地厨房。好了，天未热我们先玩个游戏，然后再来做饭。”

弗兰克、贝思、艾美和格莱丝坐下观看其他八人玩游戏。布鲁克选了梅格、凯特和弗雷德；劳里则选了莎莉、乔和内德。英国孩子打得不错，但美国孩子打得更好，而且冲劲十足。乔和弗雷德发生了几次小冲突，一次还几乎吵了起来。乔过最后一道三柱门时失了一球，很是光火。弗雷德紧跟其后，这回先轮到他发球，接着才轮到乔。他把球一击，球打在三柱门上，然后停了下来，离球门仅有一英寸之距。大家离得较远，于是跑上来看个究竟。他狡猾地用脚指头把球轻轻一碰，球便刚好滑进了球门。

“我进了！哈，乔小姐，我要把你击败，第一个进球。”年轻人挥舞着球棍叫道，准备再击一球。

“你推了球，我亲眼看见的；这回轮到我。”乔厉声说。

“我发誓，我没动它；球也许是滚了一点，但这并不犯规，还是请站开一点，让我好好击球吧。”

“我们美国人不作弊，但你们可以，如果你们喜欢。”乔十分生气。

“美国佬最有手段，这谁不知道？去你的球吧！”弗雷德回击道，把她的球打出老远。

乔张口要骂，却又忍住了，只觉得热血直冲脑门。她怔了一会儿，用尽全力把一个三柱门捶倒，而弗雷德则击中目标，狂喜地宣布自己胜出。乔走开去拾球，好一会儿功夫才在矮树丛里把球找到。但她走回来，神态冷静，一言不发，耐心地等着发球。她打了好几球才追回到原来的位置；当她追上时，对方差不多就要赢了，因为凯特的球是倒数第二个，正停在目标旁边。

大家围上前来观看最后一战，弗雷德紧张地叫道：“啊呀，我们完蛋了！不用打了，凯特。乔小姐欠我一球，因此你完了。”

“美国佬的手段是对敌人宽宏大量。”乔说着看了他一眼，小伙子脸上腾地红了起来。“尤其是当他们打败敌人的时候。”她接着说，并不去动凯特的球，而是给自己的球漂亮一击，赢了比赛。

劳里把自己的帽子向空中一扔，却突然想起败方是自己的客人，不可太露轻狂，于是赶紧收住喊到嘴边的喝彩声，悄悄跟自己的朋友说：“做得对，乔！他确实是作弊，我也看到了；但我们不能跟他直说，不过他下回不敢再犯了，相信我吧。”

梅格把她拉到一边，假装帮她夹起一绺松脱下来的辫子，赞赏地说：“这事叫人怒不可遏，但你竟忍住了，没有发脾气，我真高兴，乔。”

“别夸我，梅格，我这会儿还想赏他一个耳光呢。我刚才在蓖麻树丛里待了许久，压下一腔怒火才没有出声，要不早就火冒三丈了。我的火这会儿还热着呢，所以他最好离我远点。”乔答道，紧咬双唇，从那顶大帽子下面悻悻地瞪了弗雷德一眼。

“该吃午饭了，”布鲁克先生看看手表说，“军需官，你去生火、打水，我跟马奇小姐、莎莉小姐一起布置饭桌，怎么样？哪位擅长煮咖啡？”

“乔会。”梅格高兴地推荐妹妹。乔知道自己新近学会的烹饪技术不会给自己丢脸，便走过去摆弄咖啡壶，两个小姑娘捡来干树枝，男孩子生起火，从附近一个水泉打来清水。凯特小姐写生，贝思编结灯芯草小垫子来做盘子，弗兰克在一旁跟她拉呱儿。

总指挥和他的助手们很快便在桌布上摆满了各式诱人的食物和饮料，并用绿叶点缀得十分雅致。乔宣布咖啡已经煮好，众人各就各位，坐下饱餐一顿。年轻人消化能力强，加上做了运动，所以胃口特别好。这顿午餐吃得十分愉快，一切都似乎新鲜有趣，大家谈笑风生，惊动了在近处吃草的一匹老马。饭桌凹凸不平，常常弄得杯碟东倒西歪，十分逗趣。橡树子掉进牛奶里头，小黑蚂蚁不请自来，一起分享美点。爱管闲事的毛虫从树上晃荡下来，想看看发生了什么事。三个白发小童隔着篱笆探头探脑，一只讨厌的狗在河对面向他们汪汪狂吠。

“这里有盐，要不要来一点？”劳里给乔递上一碟草莓，说。

“多谢了，我倒宁可要蜘蛛。”她答着，挑起两只不小心被奶油淹死的小蜘蛛。“你还敢提那次糟糕透顶的宴会？你自己的办得有声有色，倒来取笑我？”乔又说，于是两人都笑起来，由于瓷碟不够，便凑着一个碟子一起吃。

“我那天玩得特别开心，至今仍意犹未尽。这顿午饭我可不敢贪功，你知道，我什么也没做，都是你和梅格、布鲁克他们做的，我对你们真感激不尽呢。我们吃饱后该干什么？”劳里问。吃罢午饭，他觉得下面没棋了。

“玩游戏，直到天凉下来，我带来了‘作者’[①]游戏卡。凯特小姐也一定有些好玩的新花样，去问问她吧；她是客人，你该多陪陪她。”

“你就不是客人了？我原以为她和布鲁克合得来，但她却老跟梅格说话，凯特只是透过她那副怪眼镜一个劲地瞪着他们。我去了，你也不用跟我谈什么礼节规矩，因为你自己就做不来，乔。”

凯特确实知道几种新游戏，因姑娘们不愿再吃，男孩们又不能再吃，大家便移到“客厅”玩“废话连篇”的游戏。

“一人起个头，给大家讲故事，内容不拘，长短不限，但要注意一到紧要关头便得停下，第二个人立即接上，如法炮制。如果玩得好，这个游戏十分有趣，里头故事杂乱无章，或悲或喜，令人捧腹。请起个头，布鲁克先生。”凯特用一种命令式的语气说。梅格对这位私人教师十分敬重，把他跟其他几位男士一样看待，见状不禁大为惊讶。

草地上，布鲁克先生躺在两位年轻小姐的脚边遵命起头，漂亮的棕色眼睛凝视着洒满阳光的小河。

“从前，一个武士穷得只剩下一把剑和一张盾，于是出去闯世界。他历尽艰辛，周游了差不多二十八年，最后来到一个好心的老国王的宫

① 一种用特殊卡片玩的游戏。卡片被分成集或书目，每一集和一个作家有关。

殿。老国王有一匹心爱的小马，漂亮无比，但尚未驯服，他颁令如有人把这匹马驯好，将获得一笔丰厚的酬金。武士同意试一试，这匹雄壮骁勇的马儿很快就和新主人建立了感情，虽然它性子暴烈，狂野不羁，但还是慢慢被驯服了。每天训练时武士都骑着国王的宝马穿过闹市，边走边四面寻找一张在他梦中出现过无数次的漂亮脸孔，但一直没有找到。一天，当他策马走过一条寂静无人的街道时，在一座废弃的城堡的窗口里看到了那张动人的脸孔。他惊喜万分，便询问是谁住在这座旧城堡里头，原来是几个被掳来的公主，她们被施了魔咒，关在里头，夜以继日地纺纱织布，以蓄钱赎取自由。武士非常希望能把她们解救出来，但他一贫如洗，只能每天走到那里，盼望着那张美丽的脸孔能再次出现，期望公主能够出来走到阳光下面。最后他决定闯进城堡，看看怎样才能帮助她们。他走过去敲门，大门马上拉开，他看到了——"

"一位绝色佳人，她狂喜地大叫一声，高呼：'盼到啦！盼到啦！'"凯特接上故事。她读过法国小说，喜欢那种风格。"'是她！'古斯塔夫伯爵叫道，欣喜若狂地跪在她的脚下。'啊，起来！'她伸出纤纤玉手说道。'不！除非你告诉我怎样才能把你救出樊牢。'武士跪在那里发誓。'呵，残酷的命运把我囚在这里，暴君不死，我就没有出头之日。''恶棍在哪里？''在紫红色的大厅里。去吧，勇敢的爱人，快把我救出绝境。''遵命，我一定与他决一死战！'说完这几句豪言壮语后，他冲出去，砰的一声打开紫红色大厅的大门，正要走进去，却遭到——"

"一下痛击，一个披黑衣的老家伙向他下了手，"内德说，"某某爵士马上回过神来，把暴君丢出窗外，转身去与佳人相会，顶着眉头上的大包凯旋；但却发现门被锁上了，只好撕破窗帘做成一个绳梯，下到半途绳梯突然断裂，他一头栽进六十英尺下面的护城河。他熟谙水性，涉水绕城堡而行，最后来到一扇有两个壮汉守着的小门，把两个脑袋互相对碰，直碰得咯咯作响。接着，大力士毫不费劲便破门而入，走上一段石阶，上面积满了一英尺厚的灰尘，癞蛤蟆跟你的拳头一样大，蜘蛛准把你吓得歇斯底里尖叫，马奇小姐。在石阶上头，他蓦地看到了一个东西，令他大惊失色，毛骨悚然，他看到——"

"一个高高的身影，穿着一身白衣服，脸上蒙了一层面纱，瘦骨嶙峋的手提着一盏灯，"梅格续上去，"它招招手，无声无息地沿着一条像坟墓一样黑暗冰凉的走廊滑行。披着盔甲的塑像阴森森地站立两边，周围一片死寂，灯火喷出蓝光，鬼影不时向他转过脸来，两只恐怖的眼睛透过白色面纱发出闪闪幽光。他们走到一扇挂了帘子的门前，门后面突然响起悦耳的音乐；他跳上前要走进去，幽灵把他拽了回来，威胁地在他面前扬着一个——"

"鼻烟盒，"乔阴声阴气地说，众人听得毛发倒竖，"'有劳了。'武士礼貌地说，一面拈了一撮儿，随即重重地打了七个大喷嚏，震得脑袋都掉了下来。'哈！哈！'鬼魂发出笑声。恶鬼透过钥匙孔看到公主们仍在纺线赎取新生，便捡起它的牺牲品，把他放进一个大锡箱子里，箱里头还密密麻麻地塞了十一个无头武士，他们全都站起身来，开始——"

"跳号笛舞，"弗雷德趁乔停下歇口气时插进来，"他们跳舞时，废旧城堡变成一艘带风帆的战船。'向风打三角帆，收紧中桅帆扬帆索，背风转舵，开炮！'船长吼叫道。此时一艘前桅飘着一面黑旗的葡萄牙海盗船正驶入视线。'冲啊，伙伴们！'船长说，于是一场大战开始了。当然是英方打赢啰，他们向来都是赢家。"

"不对！"乔在一边叫道。

"把海盗船长俘虏后，战船直驶过纵帆船，纵帆船甲板上堆满了尸体，鲜血从下风排水孔流了出来，因为他们的命令是'拼死肉搏'。'副水手长，拿个三角帆帆脚索绳耳来，如果这坏蛋不赶快招供，就把他干掉。'英国舰只的船长说道。但那葡萄牙人像条好汉一样咬紧牙关，于是让他走跳板①。快乐的水手们欢呼若狂。但那狡猾的家伙潜在水中，

① 十七世纪海盗用来残杀俘虏的一种方法：让俘虏蒙着眼在突出舷外的板上行走而掉落海中。

游到战船下面，把船底凿穿，扬满风帆的船儿沉了下去，往海底，海，海，那儿——”

“噢，天啊！我该说什么？”莎莉叫道。此时弗雷德收住了他的连篇废话，这些乱七八糟的水手用语和生活描写全取材于他最喜欢的一本书。“唔，他们沉落海底，一条美丽的美人鱼迎接他们，看到装着无头武士的箱子，美人鱼十分伤心，便好心地把他们泡在盐水里，希望能发现他们的秘密，因为她是个女人，好奇心很强。后来，有个人潜下水来，美人鱼便说：‘如果你可以把箱子拿上去，我便把这箱珠宝送给你。’她很想让这些可怜的武士重获新生，但自己却无力举起这个沉重的箱子。潜水者便把箱子举上来，打开一看，里头并无珠宝，大为失望，便把箱子弃在一片人迹罕至的荒野里，被一个——”

“小牧羊女发现了。小姑娘在这片地里养了一百只肥鹅，”艾美在莎莉才思枯竭时接着说，“她很替武士们难过，便请教一位老妇人怎样才能帮助他们。‘你的鹅会告诉你的，它们无所不知。’老妇人说。她接着又问旧脑袋掉了应该用什么再装上去做新脑袋，只见那一百只鹅张开嘴巴齐齐尖叫——”

“‘卷心菜！’”劳里立即接上去，“‘就是它了。’姑娘说道，跑到自己的园子里摘了十二棵大卷心菜。她把卷心菜放上去，武士们马上复活了。谢过小牧羊女后，武士们欣喜上路，并不知道自己换了脑袋，因为世界上跟他们一样的脑袋太多了，谁也没想到自己的有什么不同。我感兴趣的那位武士走回去找佳人，得悉公主们已纺纱赎回自由，除了一个之外已全部出嫁了。武士听罢心潮起伏难平，跨上一直与他患难与共的小马，冲到城堡，看看留下来的是谁。他隔着树篱偷窥，看到他心爱的公主正在花园里采花。‘能给我一朵玫瑰吗？’他问道。‘你得自己过来拿。我不能走近你，这样有失体统。’佳人柔声说道。他试图爬过树篱，但它似乎越长越高；然后他想冲破树篱，但它却越长越浓密。他一筹莫展，于是耐心地把细树枝一枝一枝折断，开了一个小洞，从洞里望进去，哀求道:‘让我进来吧!让我进来吧!’但美丽的公主似乎并不明白,依然娴静地摘她的玫瑰,任由他孤身奋战。他有没有冲进去呢?弗兰克会告诉大家。”

“我不会,我没有玩,我从来都不玩。”弗兰克说道。他不知道怎样才能把这对荒唐的情人从感情的困境中解救出来。贝思早躲到乔的身后,格莱丝则睡着了。

“那么说可怜的武士就被困在树篱一边了,对吗?”布鲁克先生眼睛仍然凝视着小河,手里把玩着插在纽扣洞上的野玫瑰,问道。

“我想后来公主给他一束玫瑰,并把门打开。”劳里说,笑着向他的家庭教师扔橡树子。

“看我们凑了篇什么样的废话!多实践的话我们或许能做出点名堂呢?你们知道‘真言’吗?”当大家笑过自己编造的故事后,莎莉问。

“但愿我知道。”梅格认真地说。

“我的意思是这个游戏。”

“怎么玩?”弗雷德问。

“哦,这样,大家把手叠起来,选一个数字,然后轮流抽出手,抽到这个数字的人得老实回答其他人提出的问题。很好玩的。”

“我们试试吧。”喜欢新花样的乔说。

凯特小姐、布鲁克先生、梅格和内德退出了。弗雷德、莎莉、乔和劳里开始玩这个游戏,劳里抽中了。

“谁是你的偶像?”乔问。

“爷爷和拿破仑。”

“你认为这里哪位女士最漂亮?”莎莉问。

“玛格丽特。”

“你最喜欢哪一位?”弗雷德问。

“乔,那还用说。”

劳里说得一本正经,大家全笑起来。乔轻蔑地耸耸肩,说:“你们问得真无聊！”

“再玩一回；‘真言’这个游戏挺不错。”弗雷德说。

“对你来说是个好游戏。”乔低声反驳道。这回轮到她了。

“你最大的缺点是什么？”弗雷德问，借此试探她是否诚实，因为他自己缺乏的正是这种品格。

“脾性急躁。”

“你最希望得到什么？”劳里问。

“一对靴带。”乔一面揣测他的用意，一面挫败了他的目的。

“回答不老实；你必须说出你真正最希望的是什么。”

“智慧；难道你不希望你可以给我吗，劳里？”她望着他那张失望的脸孔狡黠地一笑。

“你最敬慕男士的什么品格？”莎莉问。

“勇敢真诚。”

“现在该我了。”弗雷德说道，他最后抽中了。

“我们来问问他。”劳里向乔耳语，乔点点头，立即问——

“槌球比赛你有没有作弊？”

“嗯，唔，有那么一点点。”

“好！你的故事是不是取自《海狮》？”劳里问。

“有些是。”

“你是不是认为英国民族完美无瑕？”莎莉问。

“不这样认为我就惭愧死了。”

“真是头不折不扣的约翰牛[①]。好了，莎莉小姐，该轮到你了，不必等抽签。我要问你一个问题，先折磨一下你的感情。你觉得自己是不是有几分卖弄风情？”劳里说。乔则向弗雷德点点头，表示和解。

“好个鲁莽的小伙子！当然不是。”莎莉叫道，那种做作的神态说明

---

① 约翰牛是英国或英国人的绰号。

事实恰恰相反。

“你最恨什么？”弗雷德问。

“蜘蛛和稻米布丁。”

“你最喜欢什么？”乔问。

“跳舞和法国手套。”

“哦，我看‘真言’是个无聊透顶的把戏；不如换个有意思的，我们玩‘作者’来提神吧。”乔提议。

内德、弗兰克和小姑娘们也加入这个游戏，三个年长一点的则坐到另一边闲扯。凯特小姐又拿出她的写生本，梅格看着她画，布鲁克先生则躺在草地上，手里拿着一本书，却又不看。

“你画得真棒！真希望我也会画。”梅格说道，声音里夹杂着仰慕和遗憾。

“那你为什么不学？我倒认为你有这方面的鉴赏力和才华。”凯特小姐礼貌地回答。

“我没有时间。”

“可能你妈妈希望你别有建树吧，我想，我妈妈也一样，但我悄悄学了几课，把我的才华证明给她看，她便同意我继续学了。你也一样可以跟自己的家庭教师悄悄学啊？”

“我没有家庭教师。”

“我倒忘了美国姑娘大多都上学堂，跟我们不一样。爸爸说，这些学校都很气派。我猜你上的是私立学校吧？”

“我根本不上学。我自己便是个家庭教师。”

“噢，是吗！”凯特小姐说，但她倒不如直说：“天啊，真丢人！”因为她的语气分明有这个意思。她脸上的神情使梅格涨红了脸，直懊悔自己刚才太坦诚。

布鲁克先生抬起头，机智地说道：“美国姑娘跟她们的祖先一样热爱独立，她们自食其力，并因此而受到敬重。”

“噢，不错，她们这样做当然很好，很正当。我们也有不少体面高尚的年轻女士这样做，受雇于贵族阶层。因为，作为绅士的女儿，她们都很有教养和建树，你知道。”凯特小姐用一种居高临下的腔调说道，这话使梅格的自尊心受到了伤害，使她的工作变得不但更加讨厌，而且更加丢人了。

“德文歌合你的心意吗，马奇小姐？”布鲁克先生打破令人尴尬的沉默，问道。

“哦，当然！那支歌优美极了，我十分感激替我翻译的那个人哩。”梅格阴云满布的脸孔在说话时又有了生气。

“你不会念德文吗？”凯特小姐惊讶地问。

“念得不大好。我父亲原来教过我，但现在不在家，我自个儿进展不快，因为没有人纠正我的发音。”

“不如现在就念一点；这里有一本席勒的《玛丽·斯图亚特》①，还有一位愿意教你的家庭老师。”布鲁克先生把他的书放在她膝上，向她粲然一笑。

“这本书太难，我不敢试。”梅格说道。她十分感激，但在一位多才多艺的年轻女士面前又感到很不好意思。

“我先读几句来鼓励你。”凯特小姐说着把其中最优美的一段朗诵一遍，读得一字不差，但却毫无表情，十分呆板。

布鲁克先生听完后不置评论。凯特小姐把书交回梅格，梅格天真地说道：“我想这是诗歌。”

“有些是。读读这段吧。”

布鲁克先生把书翻到可怜的玛丽的挽歌那页，嘴角挂着一丝罕见的微笑。

梅格顺着她的新教师用来指点的长草叶羞涩地慢慢读下去。她的

① 席勒写的一部历史剧。玛丽·斯图亚特是苏格兰女王，在位期间，因阴谋刺杀伊丽莎白女王而被斩首处死。

声调悦耳轻柔，那些生涩难读的字句不知不觉全变得如诗如歌。绿草叶一路指下去，把梅格带到悲凄哀怨的境界，她旋即忘掉了自己的听众，旁若无人地往下读，读到不幸的女王说的话时，声调带了一点哽咽。假使她当时看到了那双棕色眼睛，她一定会突然停下；但她没有抬头，这堂课于是得以圆满结束。

"精彩至极！"布鲁克先生待她停下来的时候说道。其实她读错了不少单词，但他忽略不提，俨然一副"愿意教"的模样。

凯特小姐戴上眼镜，把眼前的小场面研究了一番，然后合上写生本，屈尊说道："你的口音挺漂亮，日后可以做个伶俐的朗诵者。我建议你学一学，因为德语对于教师来说是一种很有价值的建树。我得去照看格莱丝，她在乱蹦乱跳呢。"凯蒂小姐说着慢慢走开了，又自言自语地耸耸肩，"我可不是来陪一个女家庭教师的，虽然她确实年轻貌美。这些美国佬真是怪人；劳里跟她们一起兴许会学坏了哩。"

"我忘了英国人颇瞧不起女家庭教师，不像我们那样对待她们。"梅格望着凯特小姐远去的身影懊恼地说道。

"可悲的是，据我所知，男家庭教师在那边日子也不好过。对于我们这行来说，再没有比美国更好的地方了，玛格丽特小姐。"布鲁克先生的样子显得如此满足如此快乐，梅格也不好意思再哀叹自己命苦了。

"那我真高兴我生活在美国。我不喜欢我的工作，不过我还是从中得到很大的满足，所以我不会抱怨；我只希望我能像你一样喜欢教书。"

"如果你有劳里这样的学生，我想你就会喜欢的。可惜我明年就要失去他了。"布鲁克先生边说边在草坪上猛劲戳洞。

"上大学，是吗？"梅格嘴里这样问，眼睛却在说，"那你自己呢？"

"是的，该上大学了，因为他已准备好了；他一走，我就参军。部队需要我。"

"我真高兴！"梅格叫道，"我也认为每个年轻人都应该有这个心愿，虽然留在家里的母亲和姐妹们会感到难过。"她说着伤心起来。

“我没有母亲姐妹，在乎我死活的朋友也寥寥无几。”布鲁克先生有点苦涩地说道。他心不在焉地把蔫玫瑰放到戳好的洞里，把它像座小坟墓似的用土盖上。

“劳里和他爷爷就会十分在乎；万一你受了伤，我们也全都会很难过。”梅格真心地说。

“谢谢，听到你这样说我很高兴。”布鲁克先生振作起来，说道。一语未毕，内德骑着那匹老马笨拙地走过来，在女士们面前炫耀他的骑术，于是天下大乱，这一天再也没有安宁。

“你喜欢骑马吗？”格莱丝问艾美。她俩刚刚和大家一起跟着内德绕田野跑了一圈，这时正站着歇气。

“爱得不得了；我爸爸有钱那时候我姐姐梅格常常骑马，但我们现在没有马了，只有‘爱伦树’。”

“跟我说说，‘爱伦树’是一头驴子吗？”格莱丝好奇地问。

“嘿，你不知道，乔爱马爱得发疯，我也一样，但我们没有马，只有一个旧横鞍。我们园子外头有一棵苹果树，长了一个漂亮的低树丫，乔便把马鞍放上去，在翘起处系上缰绳。我们什么时候来了兴致，便跳上‘爱伦树’。”

“多有趣！”格莱丝笑了，“我家里有一匹小马，我几乎每天都和弗雷德与凯特一起去公园骑马；这是一种享受，因为我的朋友们也去，整个罗瓦[①]都是绅士淑女们的身影。”

“哎呀，多带劲！我希望能有一天到国外走走，但我宁愿去罗马，不去罗瓦。”艾美说。她根本不知道罗瓦是什么，也不愿向人请教。

坐在两个小姑娘后面的弗兰克听到了她们的话。看到生龙活虎般的小伙子们在做各种各样有趣的体操动作，他很不耐烦地一把推开自己的拐杖。贝思正在收拾散乱一地的“作者”卡片，闻声抬起头来，羞怯

① 伦敦海德公园的骑马道。

而友好地问："我想你累了吧；我能为你效劳吗？"

"跟我说说话吧，求求你；一个人枯坐闷死了。"弗兰克回答。显然他在家里被悉心照料惯了。

对于胆小的贝思来说，即使让她发表拉丁语演说也不会比这更难受；但她现在无处可遁，乔不在身边挡驾，可怜的小伙子又眼巴巴地望着她，于是她勇敢地决心试一试。

"谈什么好呢？"她边收拾卡片边问，正要把卡片扎起来，却撒落了一半。

"嗯，我想听听板球、划艇和打猎这类事情。"弗兰克说道。他尚未懂得自己的兴趣应视身体状况而定。

"上帝！我该怎么办？我对这些一无所知。"贝思想，仓皇之间忘记了小伙子的不幸。她想引他说话，便说："我从来没见过打猎，不过我猜你对它很在行。"

"以前是；但我再也不能打猎了，我跳越一道该死的五栅门时弄伤了腿，再也不能骑马放猎狗了。"弗兰克长叹一声说。贝思见状直恨自己粗心无知，说错了话。

"你们的鹿儿远比我们丑陋的水牛美丽。"她说道，转身望着大草原寻找灵感，很高兴自己曾读过一本乔十分喜欢的男孩子读物。

事实证明水牛具有镇静功能，而且十分中听。贝思一心一意要让弗兰克乐起来，心里早没有了自己。乔、梅格和艾美看到她竟和一个原来躲避不迭的可怕的男孩子谈得滔滔不绝，全都又惊又喜，贝思对此却全然不觉。

"好心的人儿！她怜悯他，所以对他好。"乔说道，从槌球场那边对着她微笑。

"我一向都说她是个小圣人。"梅格用不容置疑的口吻说。

"我很久都没有听弗兰克笑得这样开心了。"格莱丝对艾美说。其时她们正坐在一处，边谈论玩偶，边用橡果壳做茶具。

“我姐姐贝思是个‘吹毛求疵’的姑娘，只要她愿意。”艾美对贝思的成功深感满意，说道。她的意思是“富有魅力”，不过因为格莱丝也不知道这两个词的确切意思，“吹毛求疵”听起来满入耳，而且留下了良好印象。

下午大家看了一场狐狸野鹅的即兴表演，又举行了一场槌球友谊比赛，不觉红日西沉，于是拆除帐篷，收拾盖篮，卸下三柱门，装上船只，全班人马乘着船儿沿河漂流，一面放声高歌。内德动了情，用柔和的颤音唱起一首小夜曲，只听他唱那忧郁的叠句——

孤独，孤独，啊！哦，孤独，

又唱歌词——

我们正当青春妙龄，
各自怀有一颗善感的心，
呵，为什么要拉开如此冷漠的距离？

他望着梅格，没精打采的像个泄了气的皮球，梅格忍不住扑哧一笑，把他的歌声打断了。

“你怎能对我这样无情？”他咕哝道，声音淹没在众人活泼的歌声里，“你一整天都和那个正儿八经的英国女人混在一起，这会儿又让我过不去。”

“我并非有意，只是你怪模怪样的，我实在忍不住。”梅格答道，把他第一部分的责备略过不提。说真的她整天都在躲他，因为她对莫法特家的晚会以及后来的闲话记忆犹新。

内德生了气，转头向莎莉寻求安慰。他使着小性子说道：“你说这姑娘是不是一点风情也不懂？”

“半点也不懂，不过她是个可人儿。”莎莉回答，虽然坦白了朋友的缺点，但却维护了朋友。

“总之不是个中吃的果仁儿。”内德想说句俏皮话，无奈初出茅庐的年轻人功力未到，难免弄巧成拙。

这支小队伍齐集在草坪上告别，诚挚地互道晚安，又互相说再见，因为沃恩姐弟们还要去加拿大。当四姐妹穿过花园回家时，凯特小姐在后面望着她们，说：“尽管美国姑娘感情外露，但一旦你了解了她们，便知道她们十分迷人。”这时她已收起了那副居高临下的腔调。

“我完全同意。”布鲁克先生说。

第十三章　空中楼阁

一个热烘烘的九月下午，劳里舒舒服服地躺在吊床上摇来晃去，很想知道邻居姐妹们在干什么却又懒得去弄清楚。他正在闹情绪，因为这天过得既无意义又不舒心，他很想从头再来一次。炎热的天气使他懒洋洋的，他书也不读了，惹得布鲁克先生忍无可忍，又花了半个下午弹琴，弄得爷爷很不高兴，还恶作剧般地暗示他的一只狗即将发疯，把女佣们吓得几乎神经错乱，接着又毫无根据地指责马夫疏忽了他的马儿，和马夫吵了一架，之后便跳上吊床，怒火中烧，认定世人全都愚不可及。阳光明媚，四处静悄悄一片，他不知不觉安静了下来。盯着头上绿森森的七叶树，他做了形形色色的白日梦。正想象着自己在海洋上颠簸作环球航行，突然一阵声音传来，转瞬间便把他带回到岸上。透过吊床的网孔一望，他看到马奇姐妹走出来，好像要去进行什么探险似的。

“这个时候那些姑娘们到底要去干什么？”劳里想，一面睁开睡意惺忪的双眼看个究竟，因为他的邻居们打扮相当古怪。每人戴一顶悬垂着边儿的大帽，肩头斜挎一个棕色的亚麻布小袋，手拿一根长棍棒。梅格带着一个垫子，乔拿本书，贝思提个篮子，艾美夹个画夹。她们静静走过花园，出了后院小门，开始攀登位于屋子和小河之间的一座小山丘。

“好啊！”劳里自语道，“去野餐竟然不叫我！她们不会去乘那只艇吧？她们没有钥匙啊。或者她们忘了呢；我把钥匙带给她们，看看是怎么回事。”

虽然帽子有半打之多，但他花了不少功夫才找出一顶；接着又四处翻找钥匙，最后发现原来就在自己的衣袋里。这么一来，当他跃过围栏追过去时，姑娘们已经消失得无影无踪。他抄近路来到停放小艇的地方，等她们露面，却不见有人过来，便爬到小山丘顶上张望。小山丘的一面被松树林掩映着，绿林深处传来一个声音，其清脆怡人胜似松吟蝉鸣。

“风景这边独好！”劳里暗自说了一句。他从灌木丛中偷偷一看，顿时睡意全无，心神畅快。

这果然是一幅漂亮的小图画。只见四姐妹一起坐在树荫一角，斑驳的日影在她们身上摇曳不定，清风撩起她们的发梢，吹凉她们炽热的脸颊。林子里的几个小孩子全都忙着自己的事情，似乎她们是老朋友而不是陌生人。梅格穿着一身粉红色衣裙，坐在她带来的垫子上，用白皙的双手灵巧地穿针引线，林木青青，更显得她像玫瑰花般娇艳。贝思在挑拣铁杉树下堆着的厚厚一层松果，用来做精致的小玩意儿。艾美对着一丛蕨类植物写生，乔则一面编织一面大声朗读。男孩望着她们，脸上闪过一丝乌云。他觉得自己应该走开，因为人家并没有邀请自己，但却徘徊不去，因为他的家似乎十分孤寂乏味，而林中这支宁静的队伍又牢牢吸引着他那颗不安分的心。他呆呆静立一旁，一只忙着觅食的小松鼠从他身旁的一棵松树上溜下来，突然发现了他，吓得往后一跳，尖声叫了起来。贝思闻声抬起头，看见了白桦树后那张若有所思的脸孔，于是展颜一笑，向他致意。

“请问我可以过来吗？会不会令人讨厌？”他问，慢慢走过来。

梅格皱起眉头，但乔对着她把眼一瞪，随即说道：“当然可以。我们早就应该叫上你，只是我们以为你不会喜欢这种女孩子的游戏。”

“我一向喜欢你们的游戏；但如果梅格不愿意我来，那我就走开。”

“我不反对，如果你干点活儿的话，懒惰是违反这里的规矩的。”梅格严肃而又不失优雅地回答。

“万分感激。如果你们让我逗留一会儿，我什么事情都愿意做，因为那边闷得像撒哈拉大沙漠。我该做针线活、朗读、拣松果呢，还是画画？或者通通一起做？请吩咐吧，我恭敬从命。”劳里言毕坐下来，神情毕恭毕敬，令人愉快。

“趁我弄鞋的当儿把这个故事念完吧。”乔说着把书递给他。

“遵命，小姐。”他温顺地回答，一面极其认真地读起来，以证明自己对有幸成为“繁忙的蜜蜂会”的成员而感恩戴德。

故事并不长，读完后，他斗胆提出几个问题，以犒赏犒赏自己。

“请问，女士们，我能否知道这个富有魅力和教育意义的学校是不是个新组织？”

“你们愿意告诉他吗？”梅格问三个妹妹。

“他会笑的。”艾美警告道。

“管他呢！”乔说。

“我想他会喜欢的。”贝思接着说。

“我当然会喜欢！我保证不会笑你们。说出来吧，乔，别害怕。”

“害怕你？哦，你知道我们过去常常玩‘天路历程’。我们一直没有中断，整个冬季和夏季都热诚地投入进去。”

“是的，我知道。”劳里说，机灵地点点头。

“谁告诉你了？”乔问。

“小精灵。”

“不，是我。那天晚上你们都出去了，他心情不大好，我便告诉了他，跟他解闷。他很喜欢呢，所以别骂，乔。”贝思怯怯地说。

“你守不住秘密。不过算了，现在倒用不着解释了。”

“说吧，求你了。”劳里看到乔专心做开了活儿，样子有点不高兴，便说。

“噢，她没告诉你我们这个新计划吗？是这样，为了不虚度假期，我们每人都定下一个任务，并全力执行。假期即将结束，我们定下的工作也全部完成了，我们很高兴自己没有虚度光阴。”

“不错，做得不错。”劳里想到自己无所事事地打发日子，十分后悔。

“妈妈喜欢我们多到户外活动，我们便把活计带到这儿来，过得开开心心。为了使这个活动增添趣味，我们把东西放在这些布袋里头，头戴旧帽子，手持登山用的棍子，扮演香客，就跟我们几年前玩的一样。我们把这座山丘叫作‘快乐山’，因为从这里可以远远望到我们日后希望居住的地方。”

乔用手指去，劳里坐起来凝神观望。透过林中的空隙，可以看到宽阔、碧蓝的河流，隔河那边青青的草地，以及草地之外一望无际的郊野。极目之处，一脉绿色的山脉耸入云霄。时值秋季，夕阳西斜，天边霞光万道，蔚为壮观。山顶祥云缭绕，紫气千条，高高耸入红霞之中的银白色山峰金光灿烂，仿如传说中“天国”的塔尖。

“真美！”劳里轻声赞叹。他对美的感受能力十分敏锐。

“那边的景色常常都这么令人陶醉。我们很喜欢观望，因为它从不雷同，但总是这样迷人壮观。”艾美答，恨不得把这幅风景绘下来。

“乔谈到我们日后希望居住的地方——她指的是真正的乡村，里头有猪有鸡，还可以翻晒干草。这自然令人神往，但我倒希望山顶上那个美丽的地方是真的，我们真的可以置身其中。”贝思沉思道。

“还有一个比这更美好的地方，我们什么时候积满了德行，就可以进去。”梅格柔声说道。

“那我们还要走漫漫长路，还要付出巨大的劳动。我真想此刻生一双翅膀，像燕子一样飞呀飞，飞进那扇金碧辉煌的大门。”

“你会飞到那里的，贝思，迟早都会，用不着担心，”乔说，“但我却要奋斗、工作，还要攀登、等待，而且可能永远也进不去。”

“那我会陪着你，只要你乐意。我还要走许多许多路才能看到你们的‘天国’。如果我迟到，你会替我说句好话，是吗，贝思？”

小伙子那副郑重其事的神情令他的小朋友心慌意乱，但贝思用平静的眼睛注视着变幻不定的云彩，兴致勃勃地说："只要一个人真心想去，而且一生不停地努力，我想他就可以进去。我不相信'天国'之门上了锁，也不相信门口有卫兵把守。我总是把它想象得跟图画里的一样：金光照人的众神伸出双手，迎接从河里上来的可怜的基督徒。"

"如果我们营造的空中楼阁都能成真，而且我们可以住进里头，那不是很有趣吗？"沉默一会儿之后，乔说道。

"我的楼阁多得数也数不清，选一个还真难。"劳里平躺在地上说，一面向暴露了他的那只松鼠扔松果。

"你得选最喜欢的一个。是什么呢？"梅格问。

"如果我说出来，你也会把自己的说出来吗？"

"行，只要她们也说。"

"我们会的。说吧，劳里。"

"等我把世界游览个够后，我想在德国定居下来，尽情欣赏音乐。我自己要做个著名的音乐家，全世界的人都得跑来听我演奏；我不用牵挂什么金钱、生意，而是尽情享受生活，爱怎么活便怎么活。这便是我最喜欢的空中楼阁。你的呢，梅格？"

玛格丽特似乎觉得自己的有点不好说。她用一枝蕨在面前扇扇，似乎要赶走并不存在的小昆虫，一边慢吞吞地说："我想要一栋漂亮的屋子，里面装满了各种各样奢侈的东西——美味的食物、漂亮的衣服、典雅的家具、合心意的人，还有一堆堆钱。我自己是屋子的女主人，可以随意支配一切，还有许多用人，这样我便什么活儿也不用干。我一定活得有声有色！我不会闲待着的，我会做善事，让每个人都深深爱我。"

"你的空中楼阁里不要一个男主人吗？"劳里狡黠地问。

"我说了'合心意的人'，你知道。"梅格一面说一面十分仔细地绑好鞋带，免得大家看到她的脸孔。

"你为什么不说你要一个既聪明又体贴的丈夫，还要几个天使般的小孩？你明知没有他们你的空中楼阁就不会完美。"直肠直肚的乔说。

她尚处于天真蒙昧的阶段，颇看不起儿女之情，除非是在小说里头。

“你就只会要马匹、墨水台和小说。”梅格生气地回击。

“这有何不好？我要一个养满阿拉伯骏马的马厩，还要几间堆满书本的房子，我要用一支生花妙笔来写作，这样我的作品便可以跟劳里的音乐一样出名。我在走进自己的楼阁前想实现一个伟业——一个崇高美好、可以传世留芳的事业。我不知道这是什么，但我正在酝酿之中，决意将来一鸣惊人。我想我会写书，并因此而致富成名；这挺适合我。这便是我最喜欢的梦想了。”

“我的梦想是和爸爸妈妈平安待在家里，帮忙料理家务。”贝思满足地说。

“你不想要其他什么吗？”劳里问。

“我有自己的小钢琴便已十分满足。我只求我们能够平平安安，常在一起，再没别的。”

“我的愿望太多了，不过最大的愿望是做一个艺术家，去罗马，画漂亮的图画，做全世界最出色的艺术家。”这是艾美的小小愿望。

“我们是一帮野心勃勃的家伙，不是吗？除贝思外，我们个个都想阔绰有钱，成名成家，样样都称心如意。我倒要看看谁能够梦想成真。”劳里嚼着青草说，模样像头正在沉思的小牛。

“我已经有打开空中楼阁的钥匙，但能不能把门打开要等将来才能见分晓。”乔神秘兮兮地说。

“我也有开门的钥匙，但可恨不能自由使用。该死的大学！”劳里不耐烦地叹了一口气，咕哝道。

“这是我的钥匙！”艾美摇摇手中的笔。

“我没有。”梅格可怜巴巴地说。

“不，你有。”劳里随即说道。

“在哪儿？”

“在你脸上。”

“荒唐，那全无用处。”

“等着瞧吧，它不为你带来好东西才怪呢。”小伙子回答。他自以为自己知道一个小秘密，想到其中妙处，他笑了起来。

梅格躲在蕨后的脸腾地飞红了，但她没有问下去，而是望着河对面，眼睛流露出殷切期待的神情，就像布鲁克先生讲述武士故事时一样。

“如果十年后我们仍然活在世上，我们就相聚一堂，看看有几个人实现了梦想，看看到那时离我们的梦想比现在又近了多少。”乔说。她的点子总是来得特别快。“啊哟！我那时都要老掉牙了——二十七岁！”梅格叫起来。她虽然年方十七，却觉得自己已经长大成人。

“我和你是二十六岁，特迪[①]。贝思二十四，艾美二十二。真是个大团体！”乔说。

“我希望到那时能做出一点引以为荣的成绩，但我是条大懒虫，只怕会‘虚郑（掷）光阴’呢，乔。”

“你需要一个动力，妈妈说，一旦有了动力，你肯定就会干得十分出色。”

“真的？我发誓一定会，但哪里有这样的机会！”劳里叫道，冲动地坐起来，“我很应该讨爷爷的欢心，我也确实尽力而为，但这样做跟我的性格格格不入，你们知道，我因此十分痛苦。他要我做个像他一样的印度商人，这还不如把我杀掉。我痛恨茶叶、丝绸、香料，痛恨他的破船运来的每一种垃圾。这些船只归到我名下后，什么时候沉到海底我都不会在乎。我读大学应该遂了他的心，我献给他四年，他便该放过我，不让我做生意；但他铁定了心，非要我步他的后尘不可，除非我像父亲一样逃离家门，走自己喜欢的路。如果家里有人陪着老人的话，我明天就远走高飞。”

劳里言辞激越，似乎一点点小事就能惹得他采取行动。他正处于急

---

① 特迪是劳里的昵称。

飞猛进的发育时期，虽然行动懒懒散散，却有一种年轻人的叛逆心理，内心躁动不安，渴望能自由闯荡天下。

“我有个主意，你乘上你家的大船出走，闯荡一番后再回家。”乔说。想到这么大胆的行为，她的想象力一发不可收，同情心也被她所谓的“特迪的冤屈”激发起来。

“那样不对，乔，你不能这样说话，劳里也不能接受你的坏主意。你应该按照你爷爷的意愿行事，好孩子。”梅格摆出一副大姐姐的口吻。“努力念好大学，当他看到你尽自己的能力来取悦他，我肯定他对你便不会这么强硬，这么不讲理。你也说了，家里再无别人来陪伴他，爱他。如果你擅自把他抛下，你永远不会原谅自己。不要烦恼消沉，做自己该做的，这样你就能受人敬爱，得到好的报偿，就像好人布鲁克先生一样。”

“你知道他些什么？”劳里问。他对这个好建议心存感激，但对这番教诲却不以为然。刚才他不同寻常地发泄了一番，现在很高兴把话题从自己身上转开。

“只知道你爷爷告诉我们的那些——他如何精心照顾自己的母亲，一直到她去世为止。由于不愿抛下母亲，国外很好的人家请他当私人教师他也不去。还有他如何赡养一位照顾过他母亲的老太太，却从不告诉别人，而是尽力而为，慷慨、坚忍、善良。”

“说得一点不错，他是个大好人！”劳里由衷地说。而梅格这时沉默不语，双颊通红，神情热切。“我爷爷就是喜欢这样，背地里把人家了解得一清二楚，然后到处宣传他的美德，使大家都喜欢他。布鲁克不会明白为什么你母亲会待他这样好。她请他跟我一同过去，把他敬如上宾，款待得十分亲切周到。他认为她简直十全十美，回来后好些天都把她挂在嘴边，接着又热情如火地谈论你们众姐妹。若我有朝一日梦想成真，一定为布鲁克做点什么。”

“不如从现在做起，不要再把他气得七窍生烟。”梅格尖刻地说。

“你怎么知道我让他生气呢，小姐？”

“每次他走的时候看他的脸色就知道了。如果你表现好，他就神采飞扬，脚步轻快；如果你淘气了，他就脸色阴沉，脚步缓慢，仿佛想走回去把工作重新做好。”

“啊哈，好啊！这么说来，你通过看布鲁克的脸色就把我的成绩全都记录下来了，对吧？我看到他经过你家窗口时躬身微笑，却不知道你从中收到一封电报呢。”

“没有的事。别生气，还有，噢，别告诉他我说了什么！我这么说不过是关心你而已。我们这里说的全是机密话儿，你知道。”梅格叫起来，想到自己说话一时大意可能招致的后果，心里很是不安。

“我从不搬弄是非。”劳里答道，脸上露出一种他特有的“正义凛然”的神气——乔如此描述他偶然露出的一种表情。“如果布鲁克要做个温度计，我就得注意让他有准确的天气可以报告。”

“请别生气。我刚才并非是要说教或搬弄是非，也并非出于无聊。我只是觉得乔这么怂恿你，你日后会后悔的。你对我们这么好，我们把你当作亲兄弟，把心里话都跟你说出来。对不起了，我也是一片好心。”梅格热情而又腼腆地打了个手势，伸出手来。

想到自己刚才一时负气，劳里不好意思了。他紧紧握住那只小手，坦诚地说：“说对不起的应该是我。我脾气暴躁，而且今天一整天都心情不好。你们指出我的缺点，像亲姊妹一样待我，我心里不知有多高兴。如果我一时有冲撞无礼之处，请不要放在心上，我还要谢谢你呢。”

为了表示自己没有生气，他使出浑身解数来取悦姐妹们——为梅格绕棉线，替乔朗诵诗歌，帮贝思把松果摇下来，帮艾美画蕨类植物，证明自己是名副其实的“繁忙的蜜蜂会”成员。正当他们兴致勃勃地讨论着海龟的驯养习惯的时候（其时一只和善可亲的乌龟从河里爬了上来），一阵铃声远远飘过来，通知姐妹们罕娜已把茶泡好，是回家吃晚饭的时候了。

“我可以再来吗？”劳里问。

“可以，但你要听话，并热爱读书，就像识字课本里要求孩子们所做的那样。”梅格微笑说。

“我一定努力。”

“那么你就来吧，我还要教你像苏格兰男子一样打毛线。现在正需要袜子呢。”乔接着说，一面使劲扬扬手里的蓝色毛线袜子。大家说着便在大门外分了手。

那天晚上，当贝思在黄昏下为劳伦斯先生弹奏时，劳里站在帘幕暗处倾听。这位小大卫[①]弹出的简单音乐总能使他那颗喜怒无常的心平静下来。他细细端详坐在一边的老人，只见他用一只手托着白发斑斑的脑袋，满怀柔情地追忆他那逝去的宝贝小孙女。想到下午的谈话，小伙子决定心甘情愿地作出牺牲。他对自己说：“让我的空中楼阁滚蛋吧。只要需要，我就和这位亲爱的老人待在一起，我可是他的唯一所有呵。”

---

① 大卫，以色列王，善弹琴。据《圣经》上记载，他曾为扫罗弹琴驱除病魔。

第十四章　秘密

乔在阁楼上十分忙碌，因为十月已到，天气开始转冷，下午也变短了。温煦的阳光从高高的窗子射进来。两三个小时过去了，乔仍然坐在旧沙发上，把稿纸摊在面前的一个大箱子上头，奋笔疾书。她的爱鼠扒扒则在梁上大模大样地蹓跶，身边是它的大儿子，它似乎对自己的几根胡子非常满意。乔全神贯注地挥笔疾书，一直写满最后一页，然后龙飞凤舞地签上自己的名字，把笔一丢，大声说——

"好啦，我已使足了劲儿！如果这还不行，我只得等到下次啦。"

她向后靠在沙发上，把稿子仔细阅读一遍，在这儿那儿画上破折号，又添上许多看上去像小气球一样的感叹号，然后用一根漂亮的红绸带把稿纸扎起来，又严肃地望着它出了一会儿神，可见这篇作品凝聚了她多少心血。乔在阁楼上的书桌是一个挂在墙上的旧锡制碗柜，里头放着她的手稿和几本书，十分安全，只要把柜门一关，同样富有文学才情、见书就啃的扒扒便只能望柜兴叹了。乔从这个锡柜里拿出另一份手稿，把两份稿子放进衣袋，悄悄下了楼梯，任由她的朋友大喝钢笔墨水。

她蹑手蹑脚地戴上帽子，穿好外衣，从后屋窗口出来，站在一个低矮的门廊顶棚上头，悬空一跳，落在一块草地上，然后兜个圈子来到公路边，定定神儿，扬手拦了一辆出租马车，一路驶进城里，脸上的神情快乐而又神秘。

如果这时有人看到她，一定会觉得她的行动稀奇古怪。她一下车便快步如飞，一直奔到位于一条繁忙大街的一个门牌前面，这才缓下脚步；颇费一番功夫后，她找到了要找的地方，于是踏进门口，抬头望望肮肮脏脏的楼梯，又站着一动不动地待了一会儿，突然一头扎进大街，往回疾走。这样来而复去，几次三番，把对面楼上凭窗而望的一位黑眼睛年轻人逗得开怀大乐。第三次折回来时，乔使劲摇摇脑袋，把帽檐拉下遮住眼睛，走上楼梯，脸上挂着一副准备把牙统统拔光的表情。

楼门口挂着几面牌子，其中一面是牙医招牌，一对假颌慢慢地开而又合，以吸引人注意里头有副洁白的牙齿。方才那位年轻人盯着假颌看了一会儿，拿起自己的帽子，穿上大衣，走下楼来站在对面门口，打了个哆嗦，微笑说："她素爱独来独往，但万一她痛得难受，就要有人送她回家了。"

十分钟后乔涨红着脸跑下楼梯，一望而知刚刚经受了一场磨难。当她看到年轻人时，神情一点也不显得高兴，只点个头便走了过去；但他跟上去，同情地问："刚才是不是很难受？"

"有点。"

"这么快就好了？"

"是，谢天谢地。"

"为什么一个人来？"

"不想别人知道。"

"真是个空前绝后的怪人。你弄出了几个？"

乔望着自己的朋友，似乎莫名其妙，接着便笑得乐不可支。

"我想弄出两个来，但得等上一个星期。"

"你笑什么？你在淘气，乔。"劳里说，神情显得迷惑不解。

"你也是。你在上面那间桌球室干什么，先生？"

"对不起，小姐，那不是桌球室，而是健身房，我刚才在学击剑。"

"那我真高兴。"

“为什么？”

“你可以教我，这样我们演《哈姆雷特》时，你便可以扮累尔提斯，我们演击剑一幕就有好戏做了。”

劳里放声大笑，那由衷的笑声引得几个过路人也不禁笑起来。

“演不演《哈姆雷特》我都会教你，这种娱乐简直妙不可言，令人精神大振。不过，你刚才说‘高兴’说得那么一本正经，我想一定另有原因，对吗，嗯？”

“对，我真高兴你没有上桌球室，因为我决不希望你去那种地方。你平时去吗？”

“不常去。”

“我但愿你别去。”

“这并无害处，乔，我在家也玩桌球，但如果没有好球手，就不好玩了。因为我喜欢桌球，有时便和内德·莫法特或其他伙伴来比试比试。”

“噢，是吗？我真为你感到惋惜，因为你慢慢就会玩上瘾，就会糟蹋时间和金钱，变得跟那些可恶的小子一样。我一直希望你会自尊自爱，不令朋友失望。”乔摇着脑袋说。

“难道男孩子偶尔玩一下无伤大雅的游戏就丧失尊严了吗？”劳里恼火地问。

“那得看他怎么玩和在什么地方玩。我不喜欢内德这帮人，也希望你别黏上他们。妈妈不许我们请他到家里玩，虽然他想来。如果你变得像他一样，她便不会让我们再这么一起嬉闹了。”

“真的？”劳里焦虑地问。

“当然，她看不惯赶时髦的年轻人，她宁愿把我们全都关进硬纸匣里，也不让我们跟他们扯上关系。”

“哦，她倒不必拿出她的硬纸匣来。我不是那种赶时髦的人，也不想做那种人，但我有时真喜欢没有害处的玩乐，你不喜欢吗？”

“喜欢，没有人反对这样的娱乐，你爱玩便玩吧，只是别玩野了心，好吗？不然，我们的好日子就完了。”

“我会做个不折不扣的圣人。”

“我可受不了圣人，就做个朴实、正派的好小伙吧，我们便永不抛弃你。如果你像金斯先生的儿子那样，我可真不知道该怎么办；他有很多钱，却不知怎么用，反而酗酒聚赌，离家出逃，还盗用他父亲的名义，可谓劣迹斑斑。”

“你以为我也会做出这种事？过奖了！”

“不，不是——噢，哎呀，不是的！——但我听人说金钱是个蛊惑人心的魔鬼，有时我真希望你没有钱财，那我就不必担心了。”

“你担心我吗，乔？”

“你有时显得情绪低落，内心不满，这时我便有点儿担心；因为你个性极强，一旦走上歪路，我恐怕很难阻止你。”

劳里一言不发，默默而行。乔望着他，暗恨自己快嘴快舌没有遮拦，虽然他的嘴唇依旧挂着微笑，却似乎在嘲笑她的忠告，一双眼睛分明含着怒意。

“你是不是打算一路上给我训话？”过了好一会儿他问。

“当然不是。为什么这样问？”

“如果是，我就乘公车回家；如果不是，我就和你一块步行，并告诉你一个顶顶有趣的新闻。”

“那我不再说教了，我很想听听你的新闻。”

“那很好，不过，这是个秘密，如果我告诉你，你得把你的告诉我。”

“我没有什么秘密。”乔一语未毕，又猛然住了口，想起自己还真有一个。

“你知道自己有的——你什么也藏不住，还是乖乖说出来吧，不然我就不说。”劳里叫道。

“你的那个是好消息吗？”

“噢，怎么不是！都和你认识的人有关，简直妙不可言！你应该听听，我憋了好久了，一直想讲出来。来吧，你先开始。”

“你在家一个字也不能提，好吗？”

“只字不提。”

“你不会私下取笑我？”

“我从来不取笑人。”

“不，你取笑的，你什么都可以从人家嘴里套出来。我不知你是怎么做的，但你天生是个哄人的专家。”

“谢谢了，请说吧。”

“嗯，我把两篇故事交给了一位报社编辑，他下个星期就答复我。”乔向她的密友耳语道。

“好一个马奇小姐，著名的美国女作家！”劳里叫道，把自己的帽子向空中一抛，然后接住。这时他们已走到城郊，两只鸭、四只猫、五只鸡和六个爱尔兰小童见状全都大乐不已。

“小点声！我敢说这不会有什么结果，但我总要试一试才会甘心。我不想让其他人失望，所以只字未提。”

“你一定得偿所愿。嘿，乔，现在每天出笼的文章有半数是垃圾，跟它们一比，你的故事堪称是莎士比亚的大作。看到你的大作印在报上该多有意思！我们怎能不为我们的女作家感到自豪？”

乔的眼睛闪闪发亮。劳里相信她，她心里感到甜丝丝的，朋友的赞扬总是比一打报上吹捧自己的文章还要动听。

“你的秘密呢？公平交易，特迪，否则我再不会相信你。”她说，试图把因劳里的鼓励而燃起的巨大希望打消掉。

“我说出来或许会尴尬，但我并没说要保密，所以我要说。但凡我知道一星半点好消息，如果不告诉你心里就不会舒坦。我知道梅格的手套在哪儿。”

“仅此而已？”乔失望地说。劳里点点头，高深莫测地眨眨眼睛。

“已经足够了，我说出来后你自然会明白。”

“那么,请说吧。”

劳里俯下身,在乔耳边悄悄说了几个字,乔的神色随即变得十分古怪。她诧异万分地呆站着,愤愤地瞪了他一会儿,又继续往前走,厉声问道:“你怎么知道的?”

“看到的。”

“在哪儿?”

“口袋。”

“一直都是?”

“对,是不是很浪漫?”

“不,叫人恶心。”

“你不喜欢吗?”

“当然不喜欢。这种事荒唐透顶,是不能允许的。啊呀!梅格会怎么说?”

“你不能告诉任何人,请注意。”

“我并没许诺。”

“你早就明白的,而我也相信你。”

“嗯,我目前不会说出去,但我恶心死了,宁愿你没告诉我。”

“我以为你会高兴呢。”

“高兴别人来把梅格夺走?想得真美!”

“等到也有人来把你夺走时,你心里就会好受一点了。”

“我倒要看看谁敢。”乔恶狠狠地叫道。

“我也一样!”想到这种情景,劳里抿着嘴暗笑。

“我认为悄悄话和我的性格格格不入,听了你的话后我脑子里乱糟糟的。”乔有点忘恩负义地说。

“跟我一起冲下这个山坡,你就没事了。”劳里建议。

路上不见行人,平滑倾斜的公路诱惑地摆在她面前,使她不可抗拒。乔于是直冲而下,不一会儿便把帽子和梳子跌掉了,发夹也落了一地。劳里先跑到目标，为自己成功理好了乔的情绪而感到十分满意，只见他的阿特兰特[①]气喘吁吁，乱发飘飞，眼睛闪闪发亮，双颊绯红，脸上的不快之色早已消失得干干净净了。

"我真想变成一匹马儿，就可以沐浴在这清新的空气中尽情驰骋而不用气喘吁吁了。这么跑真是太棒了，但看我弄成了什么样子。去，把我的东西捡起来，就像小天使一样，你本来就是嘛。"乔说着坐到河岸边一棵挂满绯红叶子的枫树下面。

劳里慢悠悠地去收拾丢落的东西，乔束起辫子，只盼望这当儿千万不要有人走过，撞见她这副狼狈样子。但一个人恰恰走过来，不是别人，正是梅格。她出门拜访朋友，穿着一身整齐的节日服装，更显得一派淑女的风韵。

"你究竟在这里干什么？"她问，惊讶而不失风度地望着头发蓬乱的妹妹。

"捡树叶。"乔温顺地回答，一面挑选刚刚拢来的一捧红叶。

"还有发夹，"劳里接过话头，把半打发夹丢到乔的膝上，"这条路长了发夹，梅格，还长了梳子和棕色的草帽。"

"你刚刚跑步来，乔。你怎么能这样？你什么时候才能不再胡闹？"梅格责备道，一面理理袖口，又把被风吹起的头发抚平。

"等我老得走不动了，不得不用上拐杖，那时再说吧。别使劲催我提早长大，梅格，看到你一下子变了个人已经够难受了，就让我做个小姑娘吧，能做多久是多久。"

乔边说边埋下头，让红叶遮住自己那轻轻抖动的双唇。她最近感觉到玛格丽特正迅速长成一个女人。姐妹分离是一定的事情，但劳里的秘密使这一天变得似乎近在眼前，她心中十分恐惧。劳里看到她满脸悲戚，为了分散梅格的注意力，赶紧问："你刚才上哪儿去，穿得这么

① 希腊神话中捷足善走的美丽猎女，答应与能追上她的人结婚，但以死亡作为对失败者的惩罚。

漂亮？”

“加德纳家。莎莉跟我谈了贝儿·莫法特的婚礼。婚礼极尽奢华，一对新人已去巴黎过冬了。想想那该有多么浪漫！”

“你是不是嫉妒她，梅格？”劳里问。

“恐怕是吧。”

“谢天谢地！”乔咕哝道，把帽子猛地一拉戴上。

“为什么？”梅格奇怪地问。

“因为如果你看重金钱，就绝不会去嫁一个穷人。”乔说。劳里赶紧示意她说话小心，她却不悦地对他皱皱眉头。

“我不会‘去嫁’什么人。”梅格说罢昂然而去。乔和劳里跟在后面，一面笑一面窃窃私语，还向河中投掷石头。“就像一对小孩子。”梅格心里这样说，不过如果不是穿着最漂亮的衣服，她可能也忍不住和他们一起闹了。

此后的一段日子里，乔行为古怪，令姐妹们个个摸不着头脑。但逢邮递员一按门铃，她便冲到门前；每当见到布鲁克先生，她就粗声粗气，常常坐在一边愁眉苦脸地望着梅格，一会儿跳起来摇摇她，然后又莫名其妙地亲她一下；劳里和她常常互相打暗号，并谈论什么“展翼鹰”。姐妹们终于断言这对人物全都失了魂儿。在乔从窗子跳出去后的第二个星期六，梅格坐在窗边做针线活，看到劳里满园子追逐乔，最后在艾美的花荫下把乔捉住了，不免心生反感。她看不到两人在里头干什么，只听到一阵尖笑声，随后听到一阵咕咕哝哝的低语声和一声响亮的拍击报纸声。

“我们真拿这姑娘没办法，她就是不肯像个淑女一样文文静静。”梅格一面不悦地望着两人赛跑，一面叹息。

“我倒希望她不肯；她现在这样多风趣可爱。”贝思说。看到乔与别人而不是自己分享秘密，她心里有点不受用，但却绝不表露出来。

“她这样令人十分难堪，但我们从来都不能使她规矩下来。”艾美接着说。她坐在那里为自己制一些新饰边，一头鬈发漂漂亮亮地扎成两股，十分好看，令她自觉优雅无比，仪态万千。

几分钟后乔冲进来，一头躺在沙发上，假装看报。

“你看到什么有趣的文章了吗？”梅格屈尊问道。

“一则故事而已；并非什么大作，我想。”乔答，小心翼翼地不让大家看到报纸的名字。

“你最好把它读出来；这样我们大家都高兴，你也不至于胡闹。”艾美用一副大人的腔调说。

“故事是什么题目？”贝思问，一面奇怪乔为什么把脸藏在报纸后面。

“《画家争雄》。”

“挺好听的，念出来吧。”梅格说。

乔重重地咳了一下，吸了一口长气，开始很快地往下念。故事优美浪漫，而且不乏哀婉动人之处，因为到最后大多数角色都死掉了。姐妹们听得津津有味。

“我喜欢有关漂亮图画的那一节。”乔停下来时艾美满意地说。

“我更喜欢爱情那一节。维奥拉和安吉洛是我最喜欢的两个名字，你们说怪不怪？”梅格擦着眼睛说，因为“爱情那一节”十分凄婉。

“谁写的？”贝思问。她瞥见了乔的脸色。

读报人突然坐起来，扔开报纸，露出一张涨得通红的脸孔，尽力控制着兴奋的心情，强作严肃地高声回答：“你姐姐。”

“你！”梅格叫道，手里的活计掉了下来。

“这太好了。”艾美评论道。

“我早就知道会有今天！我早就知道会有今天！噢，我的乔，我是多么骄傲！”贝思跑上去紧紧拥抱姐姐，为这一辉煌成就欢呼雀跃。

哦，姐妹们的兴奋真是难以言状！梅格怎么也不相信这是真的，直到看到“约瑟芬·马奇小姐”白纸黑字印在报上，这才信了；艾美彬彬有礼地对艺术性章节批评一番，又提供了一些写续集的线索，可惜故事不能再续，因为男女主角都死掉了；贝思兴奋不已，高兴得又唱又跳；罕娜进来看到“乔的东西”时惊愕得大喊大叫；马奇太太知道后更是倍感自豪；乔笑得流出了眼泪，宣布自己已出尽了风头，就是死也是值得的了。报纸从大家手上传来传去，这份《展翼鹰》就像真正的雄鹰一样在马奇家上空振翅高飞！

“跟我们说说吧，什么时候来的？”“得了多少稿费？”“爸爸会怎么说？劳里一定会很开心吧？”全家人簇拥着乔一口气叫道。每逢家里有一点什么芝麻大的喜事，这些痴情的人都要兴高采烈地庆祝一番。

“别唧唧喳喳了，姑娘们，听我把事情从头道来。”为自己的《画家争雄》倍感得意的乔说，想知道伯尼小姐[①]对她的《埃维莉娜》[②]是不是感到更光荣一些。她告诉大家自己如何把两篇故事送出，然后又说：“当我去询问结果时，编辑说两篇他都喜欢，但处女作没有稿酬，他们只把作者的名字登在报上，并对故事进行评论。这是一种很好的锻炼，编辑说，处女作作者的水平提高后，谁都愿意付钱。所以我把两篇故事都交由他发表。今天我收到了这一篇，劳里撞见了，一定要看看，我便让他看了；他说写得好，我准备再写一些，他去弄妥下次的稿酬。我真是高兴死了，因为不久后我便能够养活自己并帮助各位姐妹。”

乔喘了一口气，把头藏在报纸里头，情不自禁地洒下几滴泪珠，把自己的小故事滴湿了。自食其力，赢得所爱的人的称赞是她心头最大的愿望，今天的成功似乎是迈向幸福终点的第一步。

① 弗朗西斯·伯尼（1752—1840）：英国女小说家，作品多写涉世少女的经历。
② 伯尼的小说代表作。

第十五章　一封电报

“一年之中就数十一月最讨厌了。”这天下午天气阴沉沉的，梅格站在窗边，看着外面花木萧条的园子说道。

“怪不得我在这个月出生。”乔郁郁不乐地说，全没注意到自己鼻子上沾了墨渍。

“如果这会儿有喜事临门，我们就会觉得这是个好月份了。”贝思说。她对所有事情都持乐观态度，即使对十一月。

“也许吧，但这个家从来都没有什么喜事，”心情欠佳的梅格说，“我们日复一日辛苦操劳，但却没有丝毫变化，生活还是枯燥乏味，这不等于活受罪嘛。”

“啊呀，我们真是牢骚满腹！”乔叫道，“我倒不怎么奇怪，可怜的人儿，因为你看到别的姑娘们风光快乐，自己却长年累月辛辛苦苦地干啊干啊。噢，但愿我能为你安排命运，就像我为自己笔下的女主人公所做的那样！你天生丽质，更兼心地善良，我要安排某个有钱的亲戚出人意料地给你留下一笔财产；于是你成了女继承人，出人头地，对曾经小看你的人不屑一顾，漂洋出国，最后成了高雅的贵夫人衣锦还乡。”

“这种事情，今天是不会再有的了。男人得工作，女人得嫁人，这样才能有钱。这个世界好不公平。”梅格苦涩地说。

“我和乔要为你们大家赚钱；等上十年吧，我们赚不到钱才怪呢。”

艾美说。她坐在一角做泥饼——罕娜这样称呼她那些小鸟、水果、脸谱等陶土制的小模型。

“不能等了，再说我对你们的笔墨和泥土也没什么信心，虽然我很感激你们的美意。”

梅格叹了一声，又把头转向寒霜满布的园子。乔咕哝着，垂头丧气地把双肘支在桌子上，艾美却激动地继续争吵，这时坐在对面窗边的贝思微笑着说：“两桩喜事马上就要临门了：妈咪正从街上走过来；劳里大步穿过园子，好像有好消息要宣布。”

两人双双走进来，马奇太太习惯地问道：“爸爸有信来吗，姑娘们？”劳里则邀她们：“你们有谁愿意出去驾车兜风吗？我做数学做得头昏脑涨，想出去兜一圈清醒一下。天气沉闷，不过空气还不坏，我准备接布鲁克回家，所以即使车子外头乏味，里头也是热闹的。来吧，乔，你和贝思都来，好吗？”

“我们当然来。”

“你的心意我领了，但我没空。”梅格赶快拿出篮子，因为她和母亲商定，最好，至少对她来说，不要经常和这位年轻绅士驾车外出。

“我们三个马上就准备好。”艾美叫道，一面跑去洗手。

“我能帮你捎带点什么吗，太太？”劳里在马奇太太椅边俯下身来，用充满感情的神气和声调问道。他跟她说话向来都是这样。

“不用了，谢谢你。不过，请你到邮局看看，亲爱的孩子。今天应该有信来，但邮递员却没来。爸爸的信是雷打不动的，恐怕是在路上给耽搁了。”

一阵尖锐的铃声打断了她的话，不一会儿，罕娜手持一封信走进来。

“ 封讨厌的什么电报，太太。”她小心翼翼地把电报递过来，仿佛担心它会轰然爆炸并造成伤害。

听到“电报”二字，马奇太太把它一把夺过来，看了里头两行字，便一头倒在椅子上，脸如白纸，仿佛这片小小的纸头似利箭穿心。劳里赶紧冲下楼去拿水，梅格和罕娜则扶着她，乔颤抖着声音念道——

马奇太太：

你丈夫病重。速来。

华盛顿布兰克医院

S. 黑尔

大家屏气静息地听着，房间一片死寂，外面也奇怪地变得昏昏惨惨，世界好像突然变了个模样，姐妹们围着母亲，只觉得仿佛所有的幸福和她们的生活支柱都要被夺走了。马奇太太旋即恢复了神志，她把电报看了一遍，伸出手臂扶着几个女儿，用一种令她们永远也不会忘记的声调说："我这就动身，但也可能太迟了。哦，孩子们，孩子们，帮我承受这一切吧！"

有好一会儿房间里只听到一片啜泣声，夹杂着断断续续的安慰声和轻柔的宽解声。大家呜呜咽咽，话不成语。可怜的罕娜首先恢复了常态，不知不觉地为大家树立了榜样，因为，对于她来说，工作就是解除痛苦的灵丹妙药。

"上帝保佑好人！我不想流眼泪浪费时间，赶紧收拾行李吧，太太。"她由衷地说道，一面用围裙擦擦脸，用粗糙的手紧紧地握了握女主人的手，转身离去，用一个顶仨的劲头干起活来。

"她说得对，现在没时间流眼泪。镇静，姑娘们，让我想想。"

可怜的姑娘们努力镇定下来。母亲坐起来，脸色苍白而平静。她强忍着悲痛，思量该怎么办。

"劳里在哪儿？"定下神后，她决定了首先要做的几件事，随即问道。

"在这里，太太。噢，让我干点什么吧！"小伙子赶忙从隔壁房间走出来叫道。他刚才觉得她们的悲哀异常神圣，即使是他友好的眼睛也不能亵渎，于是悄悄退下了。

“发封电报，说我马上就来。明天一早有一趟车开出，我就搭这趟车。”

“还有什么要吩咐吗？马匹已经备好；我可以去任何地方，干任何事情。”看样子他已经准备好飞到天涯海角。

“送张便条给马奇姑婆。乔，把笔和纸给我。”

乔从刚刚抄好的稿子里撕下一页空白稿纸，把桌子拉到母亲面前。她很清楚必须筹借一笔钱才能应付这次遥远而悲伤的旅行，她真想不惜牺牲一切，为父亲多筹集哪怕是小小的一笔钱。

“去吧，亲爱的，不过别把车驾得太快摔坏了自己；这没有必要。”

马奇太太的警告显然被扔到了九霄云外。五分钟后，劳里驾着自己的骏马，拼了命似的从窗边狂奔而过。

“乔，赶快到寓所告诉金斯夫人我不能去了，顺路把这些东西买来。我把它们写下来，它们会派上用场的，我得作好护理的准备，医院的商店不一定好。贝思，去向劳伦斯先生要两瓶陈年葡萄酒。为父亲我可以放下面子向人乞求，他应该得到最好的东西。艾美，告诉罕娜把黑色行李箱拿下来；梅格，你来帮我找要用的东西，我脑子乱极了。”

既要写字动脑筋，又要发号施令，可怜的马奇太太头脑昏乱，梅格便请她在自己的房间里静静小坐一会儿，让她们来干。众人分头散去，就像随风而去的树叶。那封电报犹如一纸恶符，一下子便把宁静温馨的家庭拆散。

劳伦斯先生随贝思匆匆而来，好心的老人给病人带来了他能想到的各种慰问品，并友好地承诺在马奇太太离家期间照顾姑娘们，这使马奇太太倍感欣慰。他更主动施以援手，提供各项帮助，小至自己的晨衣，大至亲自护驾，等等。当护驾是不可能的了，因为马奇太太不愿让老人长途跋涉。不过，当她听到他这样说时脸上流露出一丝宽慰的神情，因为她忧心如焚，确实不适宜孤身上路。老人看到她的神情，浓眉一皱，擦擦双手，突然抬脚就走，嘴里说这就回来。大家忙乱之中便把他给忘了。不料当梅格一手拿着一双橡皮套鞋，一手拿着一杯茶跑出门时，却突然碰到了布鲁克先生。

"听到这个消息我万分难过，马奇小姐。"他说，声调亲切轻柔。心乱如麻的梅格觉得这声音十分动听。"我来请求当你妈妈的护驾。劳伦斯先生交代我在华盛顿办点事，能在那边为她效劳将是我的一大乐事。"

橡皮套鞋落到了地上，茶也差一点就洒了出来。梅格伸出手，脸上充满感激之情，布鲁克先生见状恨不能以身相报，更别说付出一点时间来照顾马奇太太了。

"你们都是菩萨心肠！我肯定妈妈会答应的。知道她有人照顾，我们就放心了。真是非常、非常感谢你！"

梅格激动得完全忘掉了自己。布鲁克先生低头望着她，棕色的眼睛流露出一种异样的神情，她这才想起将要凉了的茶水，忙把他带进客厅，一面说她这就去叫母亲。

待劳里回来的时候，一切已安排就绪。他从马奇姑婆处带来一张便条，内附她们所希望的金额和几句她以前常常唠叨的话——她早就再三告诫她们，让马奇参军是桩荒唐事，不会有什么好结果的，她希望她们下次能够听她的劝告。马奇太太看后把纸条放到火炉里，把钱装进钱包，紧闭双唇，继续收拾行装。要是乔在场的话，乔一定能懂得她那副神情。

下午很快就过去了，大小事情已一一办妥，梅格和母亲忙着做一些必需的针线活，贝思和艾美沏茶，罕娜乒乒乓乓地——如她所说——熨好衣服，但乔仍没回来。众人开始有点担心，大家都不知道与众不同的乔会起什么念头，劳里便出去找她。他没碰上她，乔却古里古怪地走了进来，神情若喜若悲，似笑似恨。大家正在诧异不解之间，她又把一卷钞票摆在母亲面前，哽哽咽咽地说："这是我献给爸爸的礼物，让他舒舒服服，平安回家！"

"好孩子，这钱是怎么来的？二十五元！乔，你不是干了什么傻事吧？"

"不是，这钱千真万确是我的。我没讨，没借，也没偷。我是自己赚来的，我想你一定不会责备我，我只是卖掉了自己的东西。”

乔说着摘下帽子，大家一齐惊呼起来，只见一头又浓又密的长发变得短不溜秋。

“你的头发！你那漂亮的头发！”“噢，乔，你怎能这样？你秀美的头发！”“好女儿，你没必要这么做。”“她不像我的乔了，但我因此更深爱她。”

在大家的叫声中，贝思把乔剪成平头的脑袋紧紧地搂在怀里，乔故意装出一副满不在乎的神态，却骗不过大家；她用手拨弄了一下棕色的短发，以示自己喜欢这种发式，说：“这又不是什么惊天动地的大事，别这么号啕大哭了，贝思。这正好可以治治我的虚荣心，我原来对自己的头发也太自鸣得意了点儿。现在剪掉这头乱发，还可以健脑益智，我的脑袋变得又轻便又好使。理发师说短发很快就可以卷曲起来，这样既活泼好看，又容易梳理。我高兴着呢，收起钞票，我们吃饭吧。”

“把事情经过告诉我，乔。我并不是十分满意，但我不能责怪你，因为我知道你是多么愿意为自己所爱的人牺牲你所谓的虚荣心。不过，亲爱的，你没必要这样，我怕你有一天会后悔呢。”马奇太太说。

“不，我不会的！”乔坚定地回答。这次胡闹没有遭到严厉谴责，她心里轻松多了。

“是什么促使你这样做的？”艾美问。对于她来说，剪掉一头秀发还不如剪掉她的脑袋。

“嗯，我十分渴望能为爸爸做点事。”乔回答。这时大家已经围在桌边；年轻人身体健康，即便遇上烦恼也能照样吃饭。“我像妈妈一样憎恨向人借钱。我知道马奇姑婆又要呱呱乱叫，她向来这样，只要你向她借上一文钱。梅格把她这季度的薪水全用来交房租，我的钱却用来买了衣服，我觉得自己很坏，决心无论如何要筹点钱，哪怕是卖掉自己脸上的鼻子。”

“你不必为这事而觉得自己很坏，我的孩子。你没有冬衣，用自己辛苦赚来的钱买几件最朴素不过的衣服，这并没有错。”马奇太太说着慈爱地看了乔一眼。

“开始我一点也没想到要卖头发，后来我边走边盘算自己能做点什么，真想蹿进富丽堂皇的商店里不问自取。我看到理发店的橱窗里摆了几个发辫，都标了价，一个黑色发辫，还不及我的粗，标价四十元。我突然想到我有一样东西可以换钱，于是顾不上多想便走了进去，问他们要不要头发，我的头发他们给多少钱。”

“我不明白你怎么这样勇敢。”贝思肃然起敬。

“哦，老板是个小个子男人，看他的样子似乎他活着就是为了给他的头发上油。他一开始有点吃惊，看来他不习惯女孩子闯进他的店里叫他买头发。他说他对我的头发没什么兴趣，因为颜色并不时髦，他不会出高价；这头发要经过加工才值钱，等等。天色将晚，我担心如果我不马上做成这桩买卖，那就根本做不成了，你们也知道我做事不喜欢半途而废；于是我求他把头发买下，并告诉他我为何这样着急。这样做当然很傻，但他听后改变了主意，因为我当时相当激动，话说得语无伦次。他妻子听到了，好心地说：‘买下吧，汤姆斯，成全这位小姐吧，如果我有一把值钱的头发，我也会为我们的吉米这样做的。’”

“吉米是谁？”逢事喜欢让人解释的艾美问道。

“她的儿子，她说也在军队里头。这种事情使陌生人一见如故，可不是吗？那男人帮我剪发时，她一直跟我拉呱儿，分散我的注意力。”

“剪刀剪下去的时候你觉得心寒吗？”梅格打了个哆嗦，问。

“趁那男人作准备的当儿，我看了自己的头发最后一眼，仅此而已。我从不为这种小事浪费感情。不过我承认当我看到自己的宝贝头发摆在桌上，摸摸脑袋只剩下又短又粗的发根时，心里很不自在。这种滋味简直有点像掉了一只手臂一条腿。那女人看到我盯着头发，便捡起一绺长发给我保存。我现在把它交给您，妈妈，以此纪念我昔日的光彩，因为短发舒服极了，我想我以后再也不会留长发了。”

马奇太太把卷曲的栗色发绺折起来，将它和一绺灰白色的短发一起放在她的桌子里头，只说了一句："难为你了，宝贝。"但她脸上的神色使姑娘们换了个话题。她们强打精神，谈论布鲁克先生是怎样一个好人，又说明天一定天气晴朗，爸爸回来养病的时候大家就可以共享天伦之乐了，等等。

到了十点钟大家仍不愿上床睡觉，马奇太太把刚刚做完的活计搁在一边，说："来吧，姑娘们。"贝思便走到钢琴前，弹奏父亲最喜欢的圣歌；大家勇敢地唱了起来，但又一个接一个地停下了歌唱，最后，只剩贝思一人独自纵情歌唱，因为对于她来说，音乐就是心灵最好的慰藉。

"上床睡觉，别讲话，我们得起个大早，要抓紧时间好好休息。晚安，孩子们。"圣歌唱完后马奇太太这样说，因为这时大家都没有心情再唱下去了。

她们静静地亲亲母亲，轻手轻脚地走上床，仿佛生病的父亲就躺在隔壁房间里。尽管挂虑父亲，贝思和艾美还是很快就睡着了，梅格却全无睡意，躺在床上思考她短短的一生以来所遇到的最为严肃的问题。乔也躺着不动，梅格以为她早已入睡，不料却听到一下低低的抽泣声。她一伸手，摸到一张湿漉漉的脸颊，不禁叫起来——

"乔，亲爱的，怎么回事？是为爸爸伤心吗？"

"不，这会儿不是。"

"那是为什么？"

"我——我的头发！"可怜的乔冲口说道。她用枕头死死堵住嘴巴，试图掩住激动的啜泣声，但却徒费功夫。

梅格一点也不觉得好笑。她亲亲这位伤心的女英雄，一边十分温柔地抚摸着她。

"我并不后悔，"乔哽咽了一下后声明，"如果可能，我明天还会这样做。这只是我的私心在作怪。不要告诉别人，现在好了。我以为你睡着了，所以悄悄为我的一把美发洒几滴眼泪。你怎么也没睡？"

“睡不着，我心里很乱。”梅格说。

“想想愉快的事情，就能很快睡着了。”

“我试过了，但反而更清醒。”

“你在想什么？”

“英俊的脸孔——特别是眼睛。”梅格答道，黑暗中自个儿微笑起来。

“你最喜欢什么颜色？”

“棕色——不过有时候，我觉得蓝色也很漂亮。”

乔笑了，梅格严厉地命令她不许再说，接着又笑着答应替她把头发弄卷，随后便酣然入梦，走进她的空中楼阁去了。

时钟敲响十二点，更深夜静，一个人影在床间悄悄移动，把这边的被角掖好，那边的枕头摆正，又停下来深情地久久凝视着每张熟睡的面孔，轻轻吻吻她们，然后带着无限的爱意热诚祈祷。当她拉起窗帘，望着沉沉夜色时，月亮穿云破雾，倏忽而出，向她洒下一片祥和的光辉，似乎在静夜中悄悄低语：“别着急，善良的人！守得云开见月明。”

第十六章 书信

天方蒙蒙亮，姐妹们便冒着严寒点亮灯，以前所未有的热诚阅读她们的小册子，因为一项真正的麻烦已经降临到她们身上，而这些小书当中随处可以寻到帮助和宽慰。穿衣的时候，她们约定要高高兴兴地跟母亲道别，不流泪，不诉苦，让她轻松上路。她们走下楼时似乎一切都变得十分陌生——外头天色灰暗，鸦雀无声，里头却灯火通明，一片忙乱。这么早便吃早餐显得有点古里古怪，罕娜戴着睡帽在厨房里跑上跑下，那张熟识的面孔也好像与往日不同。大行李箱已在大厅里放好，母亲的外套和帽子摆在沙发上。母亲坐在那里，正吃力地把早点咽下去，因昨晚忧思劳神、一夜无眠，脸色显得十分苍白憔悴，姑娘们见状几乎把持不住。梅格忍不住泪如雨下，乔不得不三番四次地躲到厨房的碾子后面抹眼泪，两个小妹妹也神情严肃、愁眉不展，仿佛悲伤对于她们来说是一种新体验。

大家都没怎么说话。出发的时间就要到了，大家坐着在等马车。分手的时刻终于到了，姑娘们围着母亲忙忙碌碌。一个替她叠围巾，一个把她的帽带弄平，一个为她穿上套鞋，一个为她系好行李袋。马奇太太对她们说——

“孩子们，我把你们交给罕娜和劳伦斯先生照顾。罕娜一向忠心耿耿，我们的好邻居劳伦斯先生也会把你们当作自己的孩子一样看待，这些我都不担心，我只希望你们要正确对待这次变故。我走后你们不要烦恼悲伤，也不要慵慵懒懒，或者试图忘记现实，以为这样就能安慰自己。要照常工作，因为工作就是最大的安慰。怀抱希望，不要偷闲，无论发生什么事情，都要记着，你们绝不会失去父亲。”

“是，妈妈。”

“梅格，好孩子，谨慎行事，带好几个妹妹，凡事与罕娜商量，遇到困难时请教劳伦斯先生。要忍耐，乔，不要灰心泄气、鲁莽行事，多写信给我，做个勇敢的好姑娘，帮助鼓舞大家。贝思，好好弹琴，有时间帮忙做好家务。你呢，艾美，尽能力帮忙，乖乖听话，不要惹祸。”

“我们会的，妈妈！”“我们会的！”

这时传来咔嗒咔嗒的马车声，大家跳起来侧耳细听。痛苦的时刻到了，但姑娘们强忍悲伤。她们让母亲转达对父亲的问候，虽然她们想到这些话或许已经太迟。没有人哭泣，没有人躲避，也没有人叹息，虽然她们心里都感到沉甸甸的；大家轻轻吻别母亲，然后目送着马车离去，强作欢颜，挥手告别。

劳里和爷爷也过来送行。布鲁克先生身强力健，和气可亲，更善解人意，姑娘们当场赠他一个外号——“大好人先生”。

“再见，宝贝们！上帝保佑大家平平安安！”马奇太太轻声说。她在每张小脸上逐一亲亲，然后快步登上马车。

马车缓缓向前移动，此时太阳正冉冉升起。马奇太太回头望去，只见吉祥的朝霞洒在大门口的众人身上。他们也看到了太阳，都微笑着挥起了手；四姐妹面露笑容，身后站着俨然护花使者一般的劳伦斯老人、忠实的罕娜和忠心耿耿的劳里。马车转过街角，这一切都从马奇太太的视线里消失了。

“大家待我们真好！”她说着转头，望着年轻人。年轻人脸上那种恭敬和同情的神色又一次证明了这句话的正确性。

“他们就是这样的人。”布鲁克先生朗声而笑，那富有感染力的笑声令马奇太太也不禁微笑起来；漫长的旅行于是在祥和的阳光、微笑和欢快的言谈中开始了。

劳里和爷爷回去吃早饭，姑娘们留在家里稍作休息。邻居一走，乔便说："我觉得好像经历了一场地震。"

"屋子也仿佛变得空空荡荡的。"梅格凄凄切切地接着说。

贝思张嘴要说什么，却说不下去，只用手指指母亲在桌面上放着的一叠缝补得整整齐齐的长筒袜；母亲在极度紧张忙碌的时刻也没有忘记照料自己的女儿。这虽然只是一件小事，却令她们深受感动；大家都情不自禁地伤心痛哭。

罕娜也不去劝，任由她们尽情地释放自己的感情，看她们昏天黑地地哭得差不多了，便手持咖啡壶走过来救驾。

"好了，年轻女士们，记住你们妈妈说过的话，不要伤心。都来喝杯咖啡，然后起身干活，为这个家争口气。"

喝咖啡乃一大乐事，再说罕娜那天早上把咖啡煮得出神入化。她点头相劝，让人不可抗拒，咖啡壶嘴里冒出来的阵阵香气也令人垂涎欲滴。姐妹们凑到饭桌边，用身上的手帕权且充作餐巾，一会儿工夫便都平静了下来。

"'怀抱希望，不要偷闲。'这是我们的座右铭，看谁最能记住这句话。我要照常上马奇姑婆那儿去。唉，又得听她训话了！"乔呷着咖啡便来了精神。

"我也要上金斯家去，不过我倒宁愿待在家里做家务。"梅格说道，很后悔自己把眼睛哭红了。

"用不着。我和贝思可以把家管理得井井有条。"艾美郑重其事地插话说。

贝思赶紧拿出洗碗刷和洗碗盘说："罕娜会教我们怎样做，你们回来的时候我们会把一切都弄得好好的。"

"我觉得忧思挺有趣儿。"艾美沉思着边吃糖边说。

大家全忍不住笑起来，心里也好受多了。梅格则对这位可以在糖碗里找到安慰的年轻小姐摇摇脑袋。

看到卷饼，乔严肃起来。当姐妹两人出门去上班的时候，她们凄凄切切地不断回头向窗口望去，平时母亲一定倚在窗边和她们道别，但此时却人面不再。不过，贝思却没有忘记这个小小的家庭仪式，她站在窗前，向两位姐姐点头致意，像个穿中国衣服的红脸摆头娃娃。

"真是我的好贝思！"乔说，挥挥帽子，露出一脸感激之情。"再见，梅格，我希望金斯兄弟今天不会让你生气。别担忧爸爸，亲爱的。"临分手时她又说。

"我也希望马奇姑婆不会唠唠叨叨。你的头发很好看，又精神又有朝气。"梅格回答。妹妹的脑袋披着短短的鬈发，衬在高高的身架上，显得又小又滑稽，梅格极力忍着不去笑她。

"这是我唯一的安慰。"乔摸摸劳里送她的大帽子，转身而去，觉得自己就像一只在瑟瑟寒风中被剪了毛的羊。

父亲方面传来的消息使姑娘们大感欣慰。尽管病情严重，但经过医院精心的护理后，他已逐渐康复。布鲁克先生每天都寄来一份病情报告。梅格身为一家之长，每次都坚持自己来读。随着时间的推移，信中的消息越来越令人振奋。起初四姐妹都争着写信，写好后，由其中一人小心翼翼地把厚厚的信封塞进邮筒，大家都郑重其事地看待这些华盛顿通信。其中有几封颇具代表性，我们不妨截下来读一读：

我亲爱的妈妈：

读了您的来信后，我们的喜悦心情简直没法形容，您捎来的大好消息令我们高兴得又笑又哭。布鲁克先生不愧是菩萨心肠，由于劳伦斯先生生意上的缘故，他能在你们身边陪伴多时，并悉心照顾，实乃万幸，因为他对您和父亲来说是那么有用。妹妹们个个乖巧听话。乔帮我干针线活，还坚持要做各种最难做的事情。幸亏我知道她的“道德冲动”有如昙花一现，才不至于担心她操劳过度。贝思尽忠职守，从不忘记您告诉她的话，她思虑爸爸，终日心事重重，只有坐在她的小钢琴边时才显得轻松开怀。艾美很听我的话，我也十分细心地照顾她。她自己梳头，我正教她开纽扣洞和缝补袜子。她干得很起劲，您回来的时候一定会对她的进步感到满意。劳伦斯先生像老母鸡一样照看我们——这是乔说的话，劳里待我们也十分热情友好。你们远在他方，我们有时悒悒不乐，觉得自己像个孤儿，是劳里和乔使我们快乐起来。罕娜是个大圣人；她从不骂人，总是称我为“玛格丽特小姐”，这称呼十分体面，您知道，而且待我十分尊重。我们人人安好，个个忙碌，只是日夜盼望你们回来。请转达我对爸爸最诚挚的爱。永远属于您的

梅格

和这张字迹秀丽的香笺形成鲜明对照的，是下面这张潦潦草草地写在薄信纸上、墨迹斑斑、龙飞凤舞的大纸条：

我亲爱的妈咪：

为亲爱的爸爸欢呼三声！布鲁克一待爸爸身体好转便飞速电告我们，堪称好人。收到信时我冲上阁楼，试图感谢上帝对我们的厚爱，但却只哭着说：“我好高兴！我好高兴！”这不也跟真正的祈祷一样吗？因为我心中充满了感激之情。我们的日子过得有滋有味；我已经开始享受这种生活了，因为大家互爱互助，家里就像一个无比温暖的雀巢。若您看到梅格坐在首席，努力做个好妈妈的模样，一定会忍俊不禁。她越来越漂亮了，有时候我竟爱上她了。两个妹妹是名副其实的天使，我呢——嗯，我就是我，我是乔。哦，我得告诉您我差点和劳里吵了一架。我对一桩小事直言不讳地批评

了几句，他便恼了。我并没有错，只是说话过火了点儿，他便径直走回家，说除非我先认错他才会再来。我宣布我不会求他原谅，我气疯了，整整一天都心神恍惚，十分希望您就在我身边。我和劳里自尊心都特别强，很难放下面子认错，但我以为他会来向我赔不是的，因为我是对的。他没有来，晚上我想起艾美掉进河那次您跟我说的话，又读了我的小册子，心里受用了一点，决定不能因一时之怒而不分好歹，于是便跑过去向劳里道歉。谁知就在门口遇到了他。他也是跑来向我道歉的。我们都笑起来，于是互相说过对不起，又和好如初了。

昨天我帮罕娜洗衣服时诌了一首"侍（诗）"；因为爸爸喜欢我这些小玩意儿，现寄上博他一笑。紧紧拥抱爸爸，也代我好好亲亲您自己。您的

"混乱大王"乔

洗衣歌

洗衣女神哟，你看洁白的泡沫高高泛起，
我一面欢歌，
一面使劲又洗又搓，
拧干后把衣服晾起来，
让悠悠清风把它们吹干，
天上白云飘飘，阳光灿烂。

我祝愿能把世俗的尘污，
从我们的心灵洗去。
让水和清风施展魔法，
让我们和它们一样纯净。

那么地球上就将有一个
灿烂辉煌的冲洗日！

生活充实，内心平静，
人生路上风雨不惊；
忙碌的脑袋顾不上去想
悲伤、烦恼和忧郁，
每当我们勇敢地挥动扫帚，
忧虑就会离我们远去。

我高高兴兴地肩负
每天劳动的任务；
它使我身体强健、充满希望。
我快乐地学会说——
“头脑用于思考，心灵用于感觉，
但手，你必须永远工作！”

亲爱的妈妈：

篇幅有限，我只能送上我的挚爱和我一直保存在屋里留待爸爸观赏的三色堇标本。我每天早上读书，白天努力工作，晚间哼着爸爸爱听的曲子入睡。我现在不能唱《天国之歌》，因为它使我感极而泣。大家都和睦共处，日子过得还算相当愉快，艾美要我把下面的地方留给她，因此我得搁笔了。我没有忘记盖好架子，每天都打扫房间，给时钟上发条。

亲亲爸爸的脸颊。噢，务必赶快回到我的身边。你疼爱的

小贝思

Ma Chère Mamma[1]：

我们都很好我老做功课从不和姐姐们合着（作）——梅格说我的意思是驳策（斥）所以我把两个词都写上等您来挑选。梅格待我棒极了每晚进茶点时都让我吃果子冻乔说这东西对我很有好处因为它使我脾气温和。劳里对人不够尊重现在我已差不多十岁出头了，他还管我叫“黄毛丫头”，当我像海蒂·金一样说Merci[2]或者Bon jour[3]的时候他就说很快的法语来伤我的心。我那条蓝套裙的袖子全磨破了，梅格换了一对新的，但前面却换错了颜色变得比裙子还要蓝。我心里不好受但没有着恼我经得起波折但我真希望罕娜把我的围裙浆硬一点并每天做荞麦。她不可以吗？我的问号画得够漂亮吧？梅格说我的标点付（符）号和拼写很不雅我很感屈侮（辱），但是哎呀我有这么多事情要做，有什么办法。再会，给爸爸送上我无数的爱。

深深爱您的女儿，

艾美·科蒂斯·马奇

亲爱的马奇太太：

我只写几句话告诉你我们过得蛮好。姑娘们又聪明又勤快。梅格小姐很快就能成为一个顶好的管家；她对这方面有兴趣，而且很快就能掌握里头的窍门儿。乔样样都走在头里，你永远不会知道她下一步会出什么花样。她星期一洗了一桶衣服，但是还没绞干就给上了浆，还把一条粉红色的印花裙儿漂成蓝色，我差点笑死了。这班小家伙要数贝思最乖，她又节俭又可靠，是我的好帮手。她什么都努力去学，小小年纪就上市场买菜了；还在我的指点下记账，

① 法语：我亲爱的妈妈。
② 法语：谢谢。
③ 法语：你好。

很像回事呢。我们一直都俭省，按照您的意思，我每周只让姑娘们喝一次咖啡，给她们吃简单又健康的主食。艾美有好衣服穿，有甜品吃，也不发牢骚了。劳里还是那么淘气，常把屋子折腾得翻天覆地；不过他能使姑娘们心情振作，所以我任由他们胡闹去。那位老先生送来好多东西，简直有点让人厌烦了，不过他是出于好心，我做下人的也不该说三道四。向马奇先生致敬，祝愿他不会再患肺炎。

军娜·莫莱特

敬上

二号病房护士长：

营地一切平静，队伍处于良好状态，军需部运转正常，特迪上校手下的家兵一直尽忠职守，总指挥劳伦斯将军每天巡视军部，军需官莫莱特掌管军中秩序，赖昂少校专司晚间巡哨。收到华盛顿方面的佳讯后，我军鸣枪二十四响致敬，并于总部举行阅兵典礼。总指挥致以美好祝愿。

特迪上校

同祝

尊敬的女士：

小姑娘们个个安好；贝思和我孙儿每天都向我汇报；军娜是个模范仆人，像一条龙一样保护美丽的梅格。所幸天气一直晴好，请尽管使唤布鲁克，如果经费超出预算，请向我支取资金。别让你丈夫短缺什么。感谢上帝他正在康复。

你诚挚的朋友和仆人，

詹姆士·劳伦斯

第十七章　贝思罹病

整整一个星期这间旧屋子都洋溢着一股勤勉谦和之风，其风之盛，足以延及邻里。这颇令人费解，因为大家似乎心情奇佳，个个都自我克制。但当她们思虑父亲的心情得到缓解之后，姑娘们便不知不觉地放松了劲儿，又开始回复到旧日的样子。她们并没有忘记自己的座右铭，只是这种期待、忙碌的日子似乎变得没有那么难熬了，经过了种种劳顿之后，她们觉得应该放个假来犒赏犒赏自己的努力，于是一放便放了许多。

乔因一时大意，没有包好剪了头发的脑袋，得了重感冒，被勒令待在家里养病，因为马奇姑婆不喜欢听人读书发出塞鼻音。乔喜之不尽，使足了九牛二虎之力翻箱倒柜，从阁楼搜罗到地窖，然后坐到沙发上服药看书，悠悠然地养起病来。艾美发现家务和艺术原来并不是一回事，便又摆弄她的泥饼去了。梅格天天去教她的学生，在家时便做些针线活，或自以为是在做，却常常拈着针线出神儿，而更多的时候是给妈妈写长信，反复咀嚼来自华盛顿的快信。只有贝思坚持不懈，极少躲懒或悲天悯人。

贝思每天都忠实地做好一切琐碎的家务。因为她的姐妹们都颇善忘，再兼屋子里群龙无首，她便把许多属于她们的工作也揽了过来。每当她思念父母、心情沉重的时候，她就独自走到一个衣柜边，把脸埋在旧衣服里，悄悄呜咽一阵，轻声祷告几句。没有人知道是什么使她在一阵哭泣之后重新振作起来，但大家都分明感觉到她是多么温柔可亲、善解人意、乐于助人，于是每逢遇上哪怕是丁点儿的小问题都喜欢找她排解。

大家都没有意识到这次经历是对品格的一种考验。当第一阶段的紧张过后，她们都觉得自己表现良好，值得赞扬。她们也确实表现不俗，却犯了一个错误，那就是没有再坚持下去。这个错误使她们付出了沉重的代价，令她们忧心如焚，痛悔不已。

“梅格，我想你应该去看看赫梅尔一家；你知道妈妈吩咐过我们别把他们给忘了。”贝思在马奇太太离开后的第十天这样说道。

“今天下午不行，我累得走不了。”梅格答道，一面做针线活一面舒服地坐在椅子里摇着。

“你去行吗，乔？”贝思又问。

“风太大，我感冒不能出去。”

“我以为你已经好了呢。”

“跟劳里出去还可以，但去赫梅尔家就不行。”乔笑一声，想勉强自圆其说，但神情却显得有点惭愧。

“你为什么自己不去？”梅格问。

“我每天都去的，但是婴儿病了，我不知道该怎么办。赫梅尔太太出去上班了，婴儿由洛珊照顾，但他的病越来越重，我想你们或者罕娜应该去看看。”

贝思说得十分恳切，梅格答应第二天去一趟。

“向罕娜要点好吃的东西带过去，贝思，外面的空气对你有好处。”乔说，又抱歉地加上一句，“我也愿意去，但我想把故事写完。”

“我头痛，而且疲倦得很，我想你们哪个能去一趟。”贝思说。

“艾美马上就要回来了，让她代我们跑一趟。”梅格提议。

“那好吧，我歇一歇，等等她。”

贝思说罢在沙发上躺下来，两位姐姐重新操起自己的活儿，赫梅尔一家的事被抛到九霄云外。一个小时过去了；艾美没有回来，梅格走进自己的房间试她的新裙子，乔全神贯注地写她的故事，罕娜对着厨房的炉火酣睡。这时，贝思轻手轻脚地戴上帽子，往篮子里装上一些零碎的东西，带给可怜的孩子们，然后挺着沉重的脑袋，走进了刺骨的寒风中，她那宽容的眼睛中分明有一种伤心的神色。

她回来时天色已晚。她悄悄爬到楼上，把自己独自关在母亲的房间里，没有人注意到她。半小时后，乔到"妈咪角"找东西，这才发现贝思坐在药箱上，神情极为严峻，眼睛哭得通红，手里还拿着一个樟脑瓶。

"我的天哪！出了什么事？"乔叫了起来。贝思伸出手，好像要示意她避开，一面快声问道："你以前得过猩红热，对吗？"

"好些年前了，和梅格一同得的。怎么了？"

"那我就告诉你。噢，乔，那婴儿死了！"

"什么婴儿？"

"赫梅尔太太家的；在赫梅尔太太回家之前，他就死在了我的膝上。"贝思啜泣道。

"我可怜的宝贝，这对于你来说是多么恐怖！应该是我去的。"乔边说边伸出双臂扶着妹妹在母亲的大椅子上坐下来，露出一脸痛悔之色。

"我不觉得恐怖，乔，只觉得伤心欲绝！我一下子就看出他病得很重了，但洛珊说她妈妈出去找医生了，我便抱过婴儿，让洛蒂[①]歇歇。当时他似乎痉挛起来，然后便一动不动地躺着。我为他焐脚，洛蒂喂他牛奶，但他却纹丝不动，我知道他死了！"

"别哭，亲爱的，那你怎么办呢？"

"我坐在那儿轻轻地抱着他，直到赫梅尔太太把医生带来。医生说他已咽了气，接着又瞧瞧患喉咙痛的海因里希和明娜。'猩红热，太太，你应该早一点叫我。'他怒气冲冲地说。赫梅尔太太解释说，她很穷，

① 洛珊的昵称。

只好自己替婴儿治病，但现在一切都已经太迟了，她只能求他帮其他几个孩子看看，费用等慈善机构支付。他听后才露出了笑意，态度也亲切了一些。婴儿死得这么惨，我和大家一起伤心痛哭，这时他突然回过头来，叫我马上回家服颠茄，不然，我也会得这个病的。”

“不，你不会的！”乔叫道，紧紧抱着妹妹，脸上露出恐惧的神色，“噢，贝思，如果你得病，我不会原谅自己！我们该怎么办？”

“别害怕，我想我不会病得很重的。我翻了翻妈妈的书，知道这种病开始时会头痛，喉咙痛，浑身不得劲，就像我现在这样，于是便服了些颠茄，现在觉得好点儿了。”贝思说，一面把冰凉的手放在热辣辣的额头上，强装作没事一般。

“如果妈妈在家就好了！”乔叫道，觉得华盛顿是那么遥远。她一把夺过书，看了一页，望望贝思，摸摸她的额头，又瞄瞄她的喉咙，严肃地说：“你一个多星期以来每天都在婴儿身边，又和其他几个将要发病的孩子们待一起；我恐怕你也会得这个病，贝思。我去叫罕娜来，她什么病都懂。”

“别让艾美来，她没有得过这种病，我不想传染给她。你和梅格不会再一次得病吧？”贝思担心地问。

“我想不会；要是真得了也不要紧，那是活该，自私的蠢猪，让你去，自己却待在这里写废话！”乔咕哝着去找罕娜商量。

罕娜一听吓得睡意全无，马上领头就走，一面安慰乔不用焦急；人人都会患猩红热，只要治疗得当，谁也不会死——乔深信不疑，心里也觉得轻松多了，两人一面说一面上去叫梅格。

“现在我告诉你们该怎么办。”罕娜说。她把贝思检查了一遍，又问了些问题。“我们请邦斯医生来给你看看，亲爱的，让他指点我们该怎么做；然后我们送艾美上马奇姑婆家躲几天，免得她也被传染上。你们姐妹留一个在家，陪贝思一两天。”

“当然是我留，我最大！”梅格抢先说道，她看上去十分焦急和自责。

“应该我留，因为她得病全是我的错；我跟妈妈说过我来跑差事，但却没有做到。”乔坚定地说。

“你要哪一个呢，贝思？一个就行了。”罕娜说。

“乔吧。”贝思心满意足地把头靠在姐姐身上，问题于是迎刃而解。

“我去告诉艾美。”梅格说。她有点不高兴，但也松了口气，因为她并不喜欢当护理，乔却喜欢。

艾美死不从命，激动地宣布她宁愿得猩红热也不愿去马奇姑婆家。梅格跟她又是商量，又是恳求，又是逼迫，无奈都是白费心机，艾美坚决反抗，就是不肯去。梅格只得绝望地撇下她去找罕娜求救。就在她出去的当儿，劳里走进客厅，看到艾美把头埋在沙发垫里抽抽咽咽哭得好不伤心。她诉出自己的委屈，满心希望能得到一番安慰。但劳里只是把双手插在口袋里，在房间里踱来踱去，一面轻轻吹着口哨，一面拧紧眉头苦苦思索。不一会儿，他在她身边坐下来，又诱又哄地说道：“做个明事理的小妇人吧，听她们的话。好了，别哭了，我告诉你一条妙计。你去马奇姑婆家，我每天都来接你出去，或是乘车，或是散步，我们玩个痛快。那岂不比闷在这里要好？”

“我不想被这么打发走，好像我碍着她们似的。”艾美用一种受伤的口吻说道。

“你怎么能这样想，这都是为你好。你也不想生病吧？”

“不想，当然不想；但我敢说我可能也会得病，因为我一直跟贝思在一起。”

“那你就更应该马上离开，免得被传染上。换一个环境，小心保养，这样对你的身体更有好处，即使有病，也不至于病得那么严重。我建议你尽早起程，猩红热可不是闹着玩的，小姐。”

“但马奇姑婆家那么沉闷，她脾气又这么坏。”艾美面露惧色地说。

“有我每天去那里告诉你贝思的情况，带你出去游逛，你就不会闷了。老太太喜欢我，我多哄哄她，她就会由着我们，不来找我们的茬了。”

“你能用那辆小跑车接我出去吗？”

“我以绅士的名誉保证。”

“每天都来？”

“绝无戏言。”

“贝思的病一好就带我回来？”

“一言为定。”

“真的上戏院？”

“上一打戏院，如果可能的话。”

“嗯——那么——我答应。”艾美慢慢地说。

“好姑娘！叫梅格来，告诉她你服从了。”劳里满意地在艾美身上轻轻一拍，却不知这一拍比方才的“服从”二字更令艾美恼火。

梅格和乔跑下楼来观看这一奇迹。艾美自命不凡，觉得自己正在作出自我牺牲，答应如果医生证明贝思是真的有病，她就去。

“小贝思情况怎么样？”劳里问。他特别宠爱贝思，因此心中万分焦急，却不想表露出来。

“她现在躺在妈妈的床上，感到好些了。婴儿的死使她受了刺激，但我敢说她只是患了伤风，罕娜说她是这么认为的，但她显得神不守舍，这就让我担心死了。”梅格回答。

“真是祸不单行！”乔说道，情急之中把头发拨得纷乱，“我们一波未平，一波又起。妈妈不在，我们就像失了主心骨，我一点主意也没有了。”

“喂，别把自己弄得像头箭猪，这样并不好看。把头发弄好，乔，告诉我是发封电报给你妈妈呢，还是做点别的什么？”劳里问。他一直对他的朋友把一头秀发剪掉耿耿于怀。

“我正为这犯难，”梅格说，“如果贝思真的得了病，按理我们应该告诉她，但罕娜说我们不必这样做，因为妈妈不能搁下爸爸，告诉她只能让他们干着急。贝思不会病很久，罕娜知道该怎么做，再说妈妈吩咐过我们要听她的话，所以我想我们还是不要发电报，但我总觉得有点不对劲。”

“唔，这个，我也说不清。不如等医生来看过之后你问问爷爷。”

“对。乔，快去请邦斯医生，”梅格下达命令，“要等他来了我们才能作出决定。”

“你别动，乔。跑腿事情我来做。”劳里说着拿起帽子。

“我怕会耽搁你的时间呢。”梅格说。

“不会，我已经做好今天的作业了。”

“你假期也学习吗？”乔问。

“我是向我的好邻居学习而已。”劳里答罢一头冲出房间。

“我的好小伙日后必成大器。”乔望着他跃过篱笆，微笑赞叹。

“他干得很不错——对一个男孩子而言。”梅格颇不识趣地回答。她对这个话题不感兴趣。

邦斯医生诊断后，说贝思有猩红热的症状，但不会得什么大病。不过，他听了赫梅尔家的事后，显得十分严肃。艾美被命立即离开，并带上防治猩红热的药品隆重启程。乔和劳里伴随左右，一路护送而去。

马奇姑婆拿出一贯的待客之道接待他们。“你们现在想怎么样？”她问道，两道锐利的目光从眼镜上框射出来。此时，站在她椅子后头的鹦鹉大声叫道——

“走开。男孩子不能进来。”

劳里退到窗边，乔道出原委。

“果然不出我所料，一让你们混到穷人堆里就出事了。艾美如果没有得病，可以留下干点活儿，不过我肯定她也会病的——看这模样就像有病。别哭，孩子，一听到人抽鼻子我就心烦。”

艾美正要哭出来，劳里狡猾地扯扯鹦鹉的尾巴，鹦哥吓得嘎地叫了一声：“哎呀，完了！”模样十分滑稽，引得艾美破涕为笑。

“你们母亲来信怎么说？”老太太硬邦邦地问道。

“父亲好多了。”乔拼命忍着笑，答道。

“哦，是吗？不过，我看也熬不了多久。马奇一向都没有什么耐力。”老太太的回答确实让人不敢恭维。

“哈，哈！千万别说死，吸一撮鼻烟，再见，再见！”鹦哥尖声高叫，在椅子上跳来跳去。劳里在它的尾部一捏，它便一把抓住了老太太的帽子。

“闭嘴，你这下作的破鸟！嗳，乔，你最好现在就走，这成何体统，这么晚了还跟一个没头没脑的小伙子游荡——”

“闭嘴，你这下作的破鸟！”鹦哥高叫道，从椅子上一跃而起，冲过来啄这位“没头没脑”的小伙子，劳里听到最后一句早已笑得身子直颤。

“这种生活我不能忍受，但我要尽量忍着。”孤零零地留在马奇姑婆身边的艾美这样想。

“去你的，丑八怪！”鹦哥尖叫。听到这句粗话，艾美也止不住噗的一声笑了。

第十八章　黑暗的日子

贝思果然得了猩红热，病情比大家估计的要严重得多，但罕娜和医生认为并无大碍。姑娘们对疾病一无所知，劳伦斯先生又因医生的嘱咐不能来看她，于是一切都由罕娜做主；忙碌的邦斯医生也尽力而为，但把许多功夫留给优秀护理乔来做。梅格为避免把病传染给金斯一家而留在家里料理家事，每当她提起笔来写信时，心里就焦虑不安，并有一种负罪感，因为她不能在信中提及贝思的病。她觉得瞒着母亲并不对，但母亲吩咐过要听罕娜的话，而罕娜却不愿"让马奇太太知道，为这么一桩小事而操心"。乔夜以继日地侍候贝思——这任务并不艰巨，因为贝思十分坚强，一声不吭地忍受着身体上的痛苦，只要她能控制住自己。但有一次猩红热发作时，她声音嘶哑地说起了胡话，把床罩当作自己心爱的小钢琴弹起来，并试图唱歌，终因喉咙肿胀而无法唱出来；另一次，她连身边那几张熟悉的面孔也认不出来，竟把亲人叫错了，还一声声地哀叫母亲。乔被吓坏了，梅格也求罕娜让她写信告知真相，甚至罕娜也说："虽然还没有危险，但同意考虑考虑。"而此时，华盛顿又发来一信，告知她们马奇先生病情恶化了，短期内不可能回家，这更增添了她们的烦恼。

日子变得黯然无光，屋子里满目凄凉、冷冷清清，一度幸福洋溢的家现在笼罩在一片死寂的阴影下，姐妹们边做事边等待，心情是何等沉重！梅格常常独坐一角，一面干活一面掉眼泪。她深深体会到有些宝贵的东西是无法用金钱买到的——爱、平安、健康和真正的人生幸福，自己以前能拥有这一切是多么富足。乔住在阴沉的房间里，亲眼看着妹妹遭受病痛的折磨，听到妹妹因病痛而发出的呻吟声，更体会到贝思的天性是多么善良、美好，她在大家心目中的位置又是多么重要。为他人无私奉献，为家庭创造幸福，每个人都应该把这当作比财富、美貌都更有价值的东西来热爱和珍惜。

寄人篱下的艾美热切地盼望着能够回家为贝思尽点心意，她现在不再觉得家务是件令人烦闷的苦差事了。每当想到贝思自愿为她做的许多被忽略的活儿时，她就又是惭愧又是心酸。劳里整日愁眉苦脸，像个不安宁的鬼魂一样在屋子里转悠。劳伦斯先生锁上了大钢琴，因为他无法忍受一看到大钢琴就想到他的小邻居曾给他带来多少黄昏的慰藉。大家都惦记着贝思。送奶工、面包师傅、杂货店老板、肉贩都询问她的情况，可怜的赫梅尔太太过来为明娜拿寿衣时请求大家原谅她的愚昧无知，邻居们也纷纷送上各式各样的慰问品和祝福，连最熟悉她的人此刻都诧异，腼腆的小贝思竟然交了这么多朋友。

此时贝思躺在床上，身边是她心爱的乔安娜，即使在神志恍惚之际她也没有忘记这个身世悲惨的玩偶。她也舍不得那几只猫儿，但因担心它们会染上病而没有让人把它们放在身边。病情稳定的时候，她总是忧心忡忡，唯恐乔会有个三长两短。她问候艾美，请姐妹们告诉母亲她很快就会写信去，并常常求她们给她纸和笔，勉强写上片言只语，使父亲不至于以为自己忽略了他。但不久这种短暂的清醒状态也结束了，她一卧不起，在床上翻来覆去，语无伦次地说些胡话，有时又昏昏睡去，醒来时仍然气息奄奄。邦斯医生一天来两次，罕娜晚间守夜，梅格写好一封电报放在书桌上，准备随时发出，乔更是不敢从贝思身边移开半步。

十二月一日对她们来说是个名副其实的严冬。这天寒风呼啸，大雪纷飞，似乎预示着这一年气数已尽。邦斯医生这天早上过来的时候，他久久望着贝思，把她那热得烫人的手放在自己双手里紧紧握了一会儿，然后轻轻放下，声调低沉地对罕娜说："如果马奇太太能够离开丈夫，最好现在回来一趟。"

罕娜点点头，说不出一句话语，紧张得双唇不断抖动；梅格闻听此言，仿佛四肢的力量被抽了个精光，一下跌倒在椅子上；乔脸色煞白地待了一会儿，跑到客厅，一把抓起电报，仓皇穿戴上衣帽，一头冲进狂风暴雪之中。她很快便回来了，正轻轻脱下大衣的时候，劳里手持一封信走进来，告诉她马奇先生的病情又好转了。乔激动地把信读了一遍，但心情仍然异常沉重，劳里见她神情悲恸，忙问："怎么了？贝思的病又重了吗？"

"我已经通知了妈妈。"乔说，阴沉着脸使劲脱她的胶靴。

"做得对，乔！是你的主意吗？"劳里问道。他看到乔双手直抖，靴子一时脱不下来，便把她扶到大厅里的椅子上坐下帮她脱。

"不，是医生吩咐的。"

"啊呀，乔，不至于这么糟糕吧？"劳里大吃一惊，叫了起来。

"正是这么糟糕；她已认不出我们，也不谈她的绿鸽子了，她原来一直把爬在墙上的藤叶叫作绿鸽子的。她变得不像我的贝思了。现在没有人能帮助我们，爸爸妈妈都不在，上帝也似乎遥不可及。"

泪水顺着乔的双颊大滴大滴滚落，她六神无主地伸出手，仿佛在黑暗中摸索。劳里一把把她的手握住，只觉得喉咙也哽住了，好不容易才轻声说道："我在这里呢。抓紧我吧，乔，亲爱的！"

乔说不出话，但却真的把他"抓紧"了。这样握着劳里温暖友好的手，她又酸又痛的心舒缓了一些，在她遇到困境的时候可以独立支撑她的上帝之手仿佛也离她更近了些。劳里很想说几句贴心的宽慰话，一时却找不到合适的词语，只是一言不发地站着，无限怜爱地轻轻抚摸着她低下来的脑袋。这种无声的抚慰胜似千言万语。乔感到了这无声的怜爱，在静默之中体会到了这由喜爱加在悲哀中的甜甜的宽慰，心里觉得好受些了，便把眼泪擦干，感激地抬起头来。

“谢谢你，特迪，我现在好些了，也没那么绝望了。万一真的发生什么不测，我也会勇敢面对的。”

“保持乐观，那会给你力量的，乔。你妈妈很快就会回来，那时一切都会好起来的。”

“幸好爸爸病情好转了，这样妈妈回来也不至于放心不下。噢，老天！怎么灾祸来了一个又一个，我身上的担子比谁都重。”乔叹了一口气，把她的湿手绢打开，铺在膝头风干。

“难道梅格不和你分担吗？”劳里气愤地问。

“噢，分的，她也努力分担，但她不能像我这样爱贝思，也不会像我那么怀念她。贝思是我的心肝，我不能失去她。我不能！我不能！”

乔把脸埋在湿手绢里，失声痛哭，刚才她一直坚强地忍着，没有流一滴泪。劳里用手抹抹眼睛，想说点什么，但只觉得嗓子眼被什么东西堵住了，嘴唇也在不停颤抖。这也许没有男子气，但他忍不住，我却对此深感高兴。一会儿，待乔的啜泣平静下来，他才满怀希望地说：“我想她不会死的；她这么善良，我们又这么爱她，我不信上帝就这样把她夺走。”

“好人总是活不长。”乔咕咕哝哝地说道。不过她止住了哭，因为尽管她心里充满了怀疑和恐惧，但朋友的话却使她精神一振。

“可怜的姑娘，你是累坏了。你不是这么悲观的人。歇口气儿，我这就让你抖擞起来。”

劳里两级并作一级跑上楼去，乔把昏沉沉的脑袋伏在贝思那顶棕色小帽上面。这顶小帽子被主人放在桌子上，一直原封未动。大概它拥有一种魔力，因为乔似乎变得跟它的主人一样柔顺。此时劳里捧着一杯酒跑下楼来，她微笑着接过，坚强地说：“我喝——为贝思的身体健康！你是个好医生，特迪，又是个这么善解人意的朋友，我不知道怎样才能报答你。”她又加了一句，这时酒恢复了她的体力，劳里的宽慰话也让她的精神振作起来。

“不消多久我自会向你讨债，不过今晚我想送你一样比酒更能让你心里暖和的东西。”劳里边说边望着她笑，脸上情不自禁地露出得意之色。

“什么东西？”乔惊讶地问，暂时忘记了痛苦。

“我昨天给你妈妈发了一封电报，布鲁克回电说马上回来，今天晚上就能到家，那时一切都好办了。我这样做你喜欢吗？”

劳里说得很快，脸色转眼间便因激动而变得通红。由于担心会令姑娘们失望和伤了贝思的心，他一直守着这个秘密。乔脸色发白地从座椅上一跃而起，待他一住口便直扑过去，用双臂搂紧他的膀子，高兴地又叫又喊：“啊，劳里！啊，妈妈！我高兴死了！”她不再啜泣，而是歇斯底里地笑起来，一面颤抖一面搂紧她的朋友，仿佛被这突如其来的消息弄得意乱神迷。

劳里大吃一惊，却表现得相当镇定；他轻轻拍着她的背脊，见她正逐渐恢复过来，便腼腆地在她脸上吻了一两下。乔刹那间如梦方醒。她扶着楼梯扶手，把他轻轻推开，气喘吁吁地说：“噢，别这样！我刚才昏了头，不是故意要扑向你，你这么听话，竟然不顾罕娜的反对给妈妈发电报，所以我忍不住。把事情经过告诉我吧，别再给我酒喝了，它令我胡作非为。”

“这我倒不介意，”劳里笑道，一面理好领带，“是这样，你知道我和爷爷都十分焦急，我们认为罕娜僭越职权，而你妈妈应该知道这事。如果贝思——如果一旦出了事，她永远都不会原谅我们。所以我让爷爷说出该采取行动这话，昨天便飞快赶到邮局。你也知道医生神色严峻，而罕娜一听说发电报就几乎要拧下我的脑袋。我一向不能忍受被人‘管制’，于是打定主意，把电报发了。你妈妈就要回来，我知道火车凌晨两点到站，我去接，你只须收敛一下你的狂喜之情，安顿好贝思，专候佳音。”

“劳里，你是个天使！我该如何谢你？”

“扑向我吧；我真喜欢那样。”劳里调皮地说。他足足两个星期没有露出这种神色了。

“不，谢谢了。我会找个人代理，等你爷爷来再说吧。别取笑我了，回家休息去吧，你半夜还要起来呢。上帝保佑你，特迪，保佑你！”

乔退到一角，话说完便仓促冲进厨房，消失了身影。她坐在食具柜上告诉那群猫儿她“高兴，呵，真高兴”。此时劳里离开了，觉得自己把事情干得相当利索。

“我从来没见过这么好管闲事的家伙，不过我原谅他，希望马奇太太马上就回来。”当乔宣布好消息时，罕娜松了一口气，说道。

梅格不露声色地狂喜一番，然后对信沉思；乔整理病房，罕娜则“赶快做两个饼，免得还有什么人会一起来”。屋子里仿佛吹过了一阵清风，寂静的房间也被什么比阳光还要明亮的东西照得亮堂起来。每样东西好像都感觉到了这充满希望的变化：贝思的小鸟开始重新鸣唱，艾美的花丛里发现了一朵半开的玫瑰；炉火也燃烧得特别欢畅；梅格和乔每次碰面，苍白的脸上都会绽出笑容，她们紧紧拥抱，悄声鼓励：“妈妈就要回来了，亲爱的！妈妈就要回来了！”大家都欢欣鼓舞，只有贝思昏迷不醒，躺在床上，无知无觉，无喜无忧。她的形容令人心碎——原来红润的脸庞变得没有一点血色，原来灵巧的双手瘦得只剩下皮包骨头，原来微笑的双唇几乎找不到气息，原来漂亮整齐的头发凌乱不堪地散落在枕头上。整整一天她都这么躺着，只偶尔醒来含混不清地说一声：“水！”由于唇干舌燥，声音几乎发不出来；乔和梅格整天都在她身边侍候，照看着，等待着，盼望着，相信上帝和母亲能创造奇迹。整整一天大雪纷飞，狂风怒吼，时间过得特别缓慢。最后，黑夜终于降临。姐妹俩仍然各坐在床的一边，每当时钟敲响便互相交换一下眼色，眼睛闪闪发亮，因为时钟每响一下，希望就拉近一步。医生来过，说大约午夜时分病情就可见分晓，或是好转，或是恶化，他届时再来探视。

疲倦不堪的罕娜倒在床脚边的沙发上，呼呼大睡；劳伦斯先生在客厅里踱来踱去，他宁愿面对一个造反的炮兵连，也不愿看到马奇太太进来时焦灼不安的神色；劳里躺在地毯上，佯作休息，其实是在盯着火苗想心事，那若有所思的神情使他的黑眼睛显得清澈温柔，异常漂亮。

姐妹两人永远不会忘记那个晚上。她们全无睡意地守候着，深深感受到我们在这种时刻都会感受到的无能为力的痛苦。

“如果上帝赐给贝思一条生路，我一定不再抱怨。”梅格虔诚低语。

“如果上帝赐给贝思一条生路，我一定爱他敬他，终生做他的奴仆。”乔同样热诚地回答。

梅格一阵无言，转而叹了一口气：“我宁愿做个无心之人，免遭这种钻心之痛。”

“如果生活是这样灾难深重，我不知道我们怎样才能熬出头。”乔沮丧地说。

此时时钟敲响十二下，两人一心守护着贝思，早就忘掉了自己，恍惚间觉得那张状如死灰的脸庞掠过一丝变化。屋里依然一片死寂，只有呼号的狂风打破这深深的寂静。倦极的罕娜仍在酣睡，姐妹两人看到贝思的脸色开始泛白，犹如有一个白色的幽灵在床上作祟。一个小时过去了，情况依旧，只听到劳里的车悄悄驶往车站去了。又过了一个小时——仍不见有人来。姐妹俩心里开始七上八下，一会儿担心母亲被暴风雪耽搁，一会儿又担心路上发生意外，更害怕华盛顿那边发生什么不测。

已是深夜两点多钟，乔站在窗边，正在感叹这雪花漫舞的世界是多么乏味，突然听到床边什么东西响了一下，赶紧回头一望，只见梅格掩脸跪在母亲的安乐椅前。乔吓得心胆俱裂，浑身发凉，暗暗想道：“贝思去了，梅格不敢告诉我。”

她立即走回床前，激动的双眼仿佛看到了惊人的变化。贝思退了烧，痛苦的神情已经消失，仿佛沉沉睡去，那张可爱的小脸显得异常苍白而平静，乔见状竟感觉不到生离死别的痛苦。她弯下身子，注视着这位自己最疼爱的妹妹，在她湿漉漉的额头上深深一吻，轻声说道：“再见！我的贝思，再见！”

也许是听到了响动，罕娜蓦然惊醒，三步并作两步走到床前，看看贝思，摸摸她的双手，听一下鼻息，接着把围裙向头上一抛，坐在椅子上摇来摇去，压低声音叫道："烧热退掉了！她正在熟睡，皮肤汗津津的，气息也平和了。谢天谢地！噢，老天可怜！"

姐妹两人尚在半信半疑中，医生进来证实了这个喜讯。医生是一个普通的男人，但此刻她们觉得他的面孔简直是超凡卓绝。他用慈父般的眼神看着她们，微笑说："不错，好孩子，我想小姑娘这次可以闯过难关的。保持房间安静，让她睡，她醒来的时候，给她——"

到底给她什么，两人都没有听到。她们悄悄走进漆黑的大厅，坐在楼梯上，互相紧紧拥抱，心中那份狂喜非笔墨可以形容。当她们走回去接受忠诚的罕娜的吻和拥抱时，她们发现贝思像往常一样，手枕脸颊而睡，原来死灰般的脸色已经有了生气，呼吸轻柔，仿佛刚刚进入梦乡。

"如果妈妈现在出现就好了！"乔说。此时冬夜已开始进入尾声。

"看，"梅格手持一朵半开的白玫瑰走过来说道，"我原以为这朵花明天还不能绽开，赶不及放到贝思手中，如果她——离开我们的话。但它竟在夜间开了，我这就把它插到花瓶里供着，摆在这儿，这样等好贝思醒来的时候，她第一眼看见的就是这朵小玫瑰和妈妈的面孔。"

痛苦的漫漫长夜终于过去了。第二天一早，不眠不歇地守了整整一夜的乔和梅格睁着疲倦的眼睛向外望去，只见云蒸霞蔚，整个世界显得异常美丽动人。

"真像个童话世界。"梅格站在帘后，观赏着这异彩纷呈的景色，独自微笑起来。

"听！"乔跳起来叫道。

此时，下面门口传来一阵铃声，只听到罕娜叫了一声，接着又听到了劳里欣喜地悄悄说道："姑娘们，她来了！她来了！"

第十九章　艾美的遗嘱

当家里发生这一连串事情的时候,艾美正在马奇姑婆家中挨日子。此刻她深深体会到寄人篱下的滋味,第一次认识到自己在家里是如何受到亲人的宠爱。马奇姑婆从不宠爱人,她不赞成这样;当然这也是出于好意,因为小姑娘的表现十分讨她的欢心,老人对侄儿的几个孩子心里也未尝不爱,但她认为这种爱不宜表露出来。她的确在竭尽全力要令艾美幸福,但是,老天作证,她的方法却糟糕透顶!一些老人尽管皱纹累累、白发苍苍,心中却仍然充满朝气,能够和孩子们同忧共喜,友好相处,使他们感到无拘无束,并能寓教于乐,以最温柔的方式给予和得到友谊。不幸的是马奇姑婆却没有这个天分。她规矩森严,整日板着一副面孔,说话啰嗦,冗长乏味,令艾美吃尽了苦头。发现艾美比她的姐姐更乖巧听话,老太太觉得自己有责任将她从家里带来的娇气和懒气尽量铲除掉。因此她把艾美置于股掌之中,用自己六十年前所接受的教育方法来教导她——其结果只有令艾美越发糊涂。她觉得自己像只落网苍蝇,落到了一个一丝不苟的蜘蛛手上。

她每天早上都得洗净茶杯,把旧式汤匙、一个圆肚银茶壶、几面镜子擦拭得锃光发亮。接着便得打扫房间,这个任务非同小可!几乎没有一粒尘埃可以躲得过马奇姑婆的眼睛,而家具全都是爪形腿脚,并刻有很多永远打扫不干净的浮雕。然后又得喂鹦哥,给巴儿狗梳毛,还得取东西，传达命令，楼上楼下跑上十多个来回，因为老太太腿疾严重，极少离开自己的大座椅。干完这些累人的活儿后，她还得做一件伤透脑筋的事——做功课。之后她可以自由活动一个小时，这是她最心花怒放的时候。劳里每天都过来，甜言蜜语地哄马奇姑婆，直到她答应让艾美跟他一同外出为止。然后他们一起散步、骑马，尽兴而归。吃过午饭后，她得大声朗读，并坐着一动不动，老太太则在打瞌睡，常常是一页没听完就睡着了，一睡就是一个小时。接着是缝缀各色布片或缝制手巾，艾美表面不敢言语，心里却在拼命反抗，就这样一直缝到傍晚，才可以随意玩玩，一直玩到吃茶时间。晚上的时光最为难熬，因为马奇姑婆开始大讲她年轻时的故事。这些故事沉闷不堪，艾美每次都盼着上床睡觉，打算为自己的悲惨命运哭一哭，但每次都是还没有挤出一星半点眼泪便已睡着了。

如果没有劳里和女用人埃丝特老人，这种日子简直是一天也过不下去。单单是那只鹦鹉就足以令她神经错乱，因为它不久便发觉艾美并不喜欢自己，于是做出种种淘气异常的事来，以泄心头之愤。每当她走到跟前，它便抓她的头发；她刚洗净了鸟笼，它便把面包和牛奶打翻；趁夫人打瞌睡又去啄“莫普”，把它弄得吠叫不止；还在客人面前叫她的名字，总之一举一动都表现得十足像一只该死的破鸟。她也忍受不了那只狗——一只肥胖、无礼的畜生。每逢给它洗澡，它就向她狂吼怒叫；当它想吃东西时，它就背着地躺到地上，四脚朝天，脸上一副痴呆的表情，而这样求食一天足有十余次之多。厨师脾气粗暴，年老的马车夫是个聋子，唯一理会她的人只有埃丝特。

埃丝特是个法国女人，她和“夫人”，她这样称呼自己的女主人，共同生活了多年，对老太太有一定的操纵权，因为老太太没有她便活不下去。她的真名叫埃丝特尔，但马奇太太命她更改名字，她遵从了，条件是永远不能要求她改变自己的宗教信仰。她喜欢上了艾美小姐，和她一起坐时常常一边烫“夫人”的花边，一边跟她讲自己在法国遇到的奇闻怪事，令艾美大开眼界。她还允许“小姐”在这间大屋子里头四处游荡，仔细欣赏藏在大衣橱和旧式柜子里的奇珍异宝，因为马奇姑婆藏品极多。艾美最中意的是一个印度木柜，内设许多奇形怪状的抽屉、小分类架和暗格，里头装着各种各样的饰物，有些贵重，有些只是怪异而已，都或多或少有了一些年头。欣赏和摆弄这些东西给予艾美一种巨大的满足感，尤其是那些珠宝箱子，天鹅绒垫子上摆着各式四十年前装点美女的首饰。这里头有一套马奇姑婆出席社交场合戴的石榴石饰物、她出阁时父亲送给她的珠宝、情人的钻石、出席葬礼戴的煤玉戒指和发夹，还有一些怪模怪样的金属小盒子，里头镶着已故朋友的照片、头发制成的垂柳、她一个小女儿戴过的婴儿手镯、马奇姑祖父的大挂表和被许多小孩把玩过的红印章。马奇姑婆的结婚戒指大模大样地摆在一个盒子里，因为她的手指长胖了，现在已经戴不进去，于是被当作最最宝贵的珠宝小心翼翼地收藏起来。

“如果她立遗嘱，小姐想选哪一样呢？”埃丝特问。她总是坐在跟前看守着，并把贵重物品锁起来。

“我最爱这些钻石，可惜里头没有项链，而我最喜欢项链，它们漂亮极了。如果可能，我就选这一个。”艾美答道，羡慕不已地望着一串纯金乌木珠链，链子上头沉甸甸地挂着一个用相同材料做成的十字架。

“我也瞄着这个呢，但并非想要来做项链；啊，不！在我眼里它是一串念珠，我要虔诚地持着它诵经祈祷。”埃丝特说道，若有所思地端详着漂亮的首饰。

“你的意思是把它当作挂在你镜子上头的那串香木珠链一样使用吗？”艾美问。

“对，正是这样，用来做祷告。如果我们用这么精美的东西来做念珠，而不是把它当作轻薄的珠宝来佩戴，圣神们一定更高兴。”

“你似乎能从自己的祷告中找到极大安慰，埃丝特，每次祷告后你都显得平静、满足。但愿我也能这样。”

“如果小姐是个天主教徒，就能找到真正的安慰；既然不是，你也不妨每天独处一室，思考并祈祷，我在夫人之前侍候的那位好女主人便是这样。她有个小教堂，在那里她找到了极大的安慰。”

“我这样做合适吗？”艾美问。她在孤独寂寞中深感需要一种帮助。由于贝思不在身边提醒自己，她觉得自己都快要把那本小册子给忘掉了。

“那将再好不过。如果你喜欢，我很乐意把化妆室收拾好给你用。不用告诉夫人，她睡觉时你可以进去静坐一会儿，幽思反省，祈求上帝保佑你姐姐。”

埃丝特十分虔诚，真情相劝，因为她心地善良，对艾美姐妹们的处境感同身受。艾美觉得这个主意不错，便同意她把自己房间隔壁一个光线明亮的小密室收拾出来，希望这样能对自己有帮助。

“不知马奇姑婆死后这些好东西将流落何方。”她一面说，一面慢腾腾地把光彩照人的念珠放回原处，把珠宝箱逐一关上。

“落到你和你几个姐姐手上。这个我知道，夫人常向我诉说心事。我看过她的遗嘱，不会有错。”埃丝特耳语道，一边微笑。

“好极了！不过我希望她现在就能给我们。拖延时间并非什么好事。”艾美一面评论一面向那些钻石望了最后一眼。

“年轻女士佩戴这些首饰为时尚早。谁第一个订婚就可以得到那套珍珠首饰——夫人这样说过。我想你离开时会得到那枚小绿松石戒指，因为夫人认为你举止有礼，规矩听话。”

“是吗？噢，如果真的能得到那枚漂亮戒指，即使做个小羊羔我也是甘心的！它比吉蒂·布莱恩的不知要好看多少倍。不论怎么说，我还是喜欢马奇姑婆的。”艾美兴冲冲地把那枚蓝色戒指戴上试试，下定决心要得到它。

从这天开始她成了驯服听话的典范，老太太看到自己的训练大见成效，喜得心花怒放。埃丝特在小房间里放上一张小桌子，前面摆一张脚凳，上面挂一幅从一间锁着的屋子里拿来的图画。她认为这画没有什么价值，但因合适，便把它借来，心里以为夫人永远不会知道，即使知道了也不会管。殊不知这是一幅价值连城的世界名画。爱美的艾美仰望着圣母亲切温柔的面孔，心里头千丝万缕，百感交集，眼睛从不觉得一点疲倦。她在桌上放上自己的小圣约书[1]和赞美诗集，摆上一个花瓶，每天换上劳里带来的最美丽的花儿，并来“静坐一会儿，幽思反省，祈求上帝保佑姐姐”。埃丝特送给她一串带银十字架的黑色念珠，但艾美怀疑它是否适合新教徒做祈祷用，只是把它挂在一边。

这小女孩做这一切是非常诚挚的。由于离开了安全温暖的家，一个人孤身在外，她强烈地感到需要一双善良的手扶她一把，于是本能地向那位强大而慈悲的“朋友”求助，他父亲般的爱是如此亲近地环抱着他幼小的孩子们。她一度忘记了母亲要独立思考和自我约束的话，但现在有人为她指点了方向，她便努力去寻找道路，并义无反顾地踏上行程。不过艾美是个新教徒，此刻她肩上的担子似乎万分沉重。她试图忘掉自己，保持乐观，问心无愧地做人，尽管没有人看到，也没有人为此而赞扬她。为了使自己非常非常地好，她作出的第一个努力是，像马奇姑婆那样立一个遗嘱，这样假使她真的身染沉疴撒手尘寰，她的财产也可以得到公平慷慨的分割。一想到跟自己小小的“珍藏”分手，她便心如刀割，因为她把这些小玩意儿看得跟老太太的珠宝一样珍贵。

她花了一小时娱乐时间绞尽脑汁拟出这份重要文件，埃丝特帮助她纠正某些法律用词。当这位好心的法国女人签上自己的大名后，艾美舒了一口气，把它放在一边，准备拿给劳里看，她希望他做自己的第二证人。因这天下雨，她走到楼上一间大房子里找点开心的事做，并带上鹦哥做伴。房子里放着满满一衣橱的旧式戏服，埃丝特允许她穿这些戏服玩，她于是乐此不疲，穿上褪了色的锦缎衣裳，对着全身镜来回检阅，行

① 圣约是指《圣经》中神与人之间立的誓约，小圣约书指艾美的那本小册子。

仪态万千的屈膝礼，穿着长裙摇曳而行，让它发出悦耳的瑟瑟声。这一天她忙得不亦乐乎，连劳里敲门也没有听到。劳里悄悄探头望进去，恰好见到她手摇扇子，摇头摆脑，煞有介事地踱过来踱过去。她头上缠一条巨大的粉红色头巾，与身上穿着的蓝缎子衣裳和胀鼓鼓的黄裙子相映成趣。由于穿着高跟鞋，走路必须十分谨慎。正如劳里事后向乔所述，她穿着鲜艳夺目的服装忸忸怩怩，鹦哥紧跟后面，时而缩头缩脑，时而昂首挺胸，全力模仿她的一举一动，偶尔又停下来笑一声或高叫："我们不是挺好吗？去你的，丑八怪！闭嘴！亲亲我，宝贝！哈！哈！"其情其景，令人捧腹。

劳里好不容易才忍住了即将爆发出来的笑声，以免惹怒公主殿下。他敲敲门，艾美优雅地把他迎进去。

"坐下歇一会儿，待我把这些东西卸掉，我有一件十分严肃的事情要跟你商量。"在展示完自己的光彩并把鹦哥赶到一角后，她这样说。"这只鸟真是我命中的克星。"她接着又说，一面摘下头上粉红色的庞然大物。劳里则跨坐在一把椅子上。"昨天，姑婆睡着了，我正屏气敛息不敢吱一声，鹦哥却在笼子里尖声高叫，乱扑乱动；我便过去把它放出来，发现笼子里有一只大蜘蛛，我用火钳把它捅出来，它却溜到书架下面；鹦哥紧追过去，弯低脖子向书架下面瞪直双眼，怪模怪样地说：'出来散个步，宝贝。'我忍不住笑出了声，鹦哥听到叫骂起来，姑婆被吵醒了，把我们两个痛斥一顿。"

"蜘蛛接受那老家伙的邀请了吗？"劳里打了个呵欠，问。

"接受了，它走出来，鹦哥却拔脚就跑，吓得半死。它狠命跳到姑婆椅子上，一面看我追蜘蛛一面大叫：'抓住她！抓住她！抓住她！'"

"撒谎！呵，上帝！"鹦鹉叫起来，又去啄劳里的脚趾。

"如果你是我养的，我就拧断你的脖子，你这孽畜！"劳里向鸟儿晃晃头叫道。鹦哥把头一侧躲过，扯着嗓子庄严地嘎嘎大叫："哈利路亚！上帝保佑，宝贝！"

"好了。"艾美把衣橱门关上,从口袋里掏出一张纸。"我想请你看看这份文件,告诉我它是否合法、妥当。我觉得我应该这样做,因为生命无常,我不想死后引起纷争,令大家不快。"

劳里咂咂嘴唇,把眼光从这位悲天悯人的朋友身上移开,微微背转身子,带着颇值嘉许的认真劲头读起了下面这份有错字的文件:

我的遗愿和遗属[①]

我,艾美·科蒂斯·马奇,在此心智健全之际,把我的全部财产曾(赠)送并遗曾(赠)如下——即,就是——也就是

给父亲:我最好的图画、素描、地图及艺术品,包括画框。还有一百美元给他自由支配。

给母亲:诚挚送上我的全部衣服,有口袋的蓝围裙除外——以及我的肖像、奖章。

给亲爱的姐姐玛格丽特:曾(赠)送我的录(绿)松石戒指(如果我能得到),以及装鸽子用的录(绿)色箱子,以及我的上等花边给她戴,还有我给她画的肖像,以纪念她的"小姑娘"。

给乔:我留给她我的胸针,被封蜡补过的那个,以及我的铜墨水台——她弄丢了盖子——还有我最珍爱的塑胶兔子,因为我很后悔烧掉了她的故事。

给贝思(如果我先她而去):我送给她我的玩偶和小衣柜、扇子、亚麻布衣领和我的新鞋子,如果她病好后身体瘦弱可以穿下的话。在此我一并为以前取笑过老乔安娜而致歉。

给我的朋友和邻居西奥多·劳伦斯:我遗曾(赠)我的纸文件夹、陶土模型马,虽然他说过这马没有颈,以及他喜欢的我的任何

① 嘱,文中还有多处错别字。

一件艺术品，以报答他在我们痛苦之际对我们的大恩大德，最好是《圣母马利亚》。

给我们尊敬的恩人劳伦斯先生：我留给他一面盖子上镶有镜子的紫色盒子，这给他装钢笔用最为漂亮，并可以使他睹物思人，想起那位对他感激涕零的逝去了的姑娘。她感谢他帮助了她一家，尤其是贝思。

我希望我最要好的伙伴吉蒂·布莱恩得到那条蓝绸缎围裙和我的金珠戒指，连同一吻。

给罕娜：我送她想要的硬纸匣和我留下的全部拼凑布片，希望她"看到它时就会想起我"。

我最有价值的财产现已处理完毕，我希望大家满意，不会责备死者。我原谅所有人，并相信号角响起时我们会再见。阿门。

我于今天，公元一八六一年十一月二十日，在此遗属（嘱）上签字盖章。

艾美·科蒂斯·马奇

证人：

埃丝特尔·梵尔奈

西奥多·劳伦斯

最后一个名字是用铅笔写上的，艾美解释说他要用墨水笔重写一次，并替她把文件妥善封好。

"你怎么会想出这个主意？有人告诉你贝思要分派自己的东西了吗？"劳里严肃地问。此时艾美在他面前放上一段扎文件用的红带，连同封蜡、一支小蜡烛、一个墨水台。

她于是解释一番，然后焦急地问："贝思怎么样？"

"我本不该说的，但既然说了，我便告诉你。一天她觉得自己已病入膏肓，便告诉乔她想把她的钢琴送给梅格，她的猫儿给你，她可怜的旧玩偶给乔，乔会为她而爱惜这个玩偶的。她很遗憾自己没有更多的东西留给大家，便把自己的头发一人一绺分给我们和其他人，把挚爱留给爷爷。她根本没想到什么遗嘱。”

劳里一面说一面签字盖章，久久没有抬起头来，直到一滴硕大的泪珠慢慢滑落到纸上。艾美神色大变；但她只是问道：“人们有时会在遗嘱上加附言之类的东西吗？”

“会的，他们把那叫‘补遗’。”

“那么我的也加上一条——我希望把我的鬈发通通剪掉，分送给朋友们留念。我刚才忘了，但我想现在补上，虽然这会毁掉我的相貌。”

劳里把这条加上去，为艾美作出这最后一个也是最伟大的一个牺牲而微笑起来。之后他又陪她玩了一个小时，并耐心听她倾吐苦水。当他准备告辞时，艾美把他拉住，颤抖着嘴唇悄声问道：“贝思是不是真会有什么危险？”

“恐怕是这样，但我们必须抱最好的希望。别哭，亲爱的。”劳里像哥哥一样伸出手臂护着她，使她感到了莫大的安慰。

劳里走后，她来到自己的小教堂，静坐于蒙蒙暮光之中，为贝思祈祷，一面心酸落泪。假如失去了温柔可爱的小姐姐，即使有一千枚一万枚绿松石戒指，也不能给她带来安慰啊。

第二十章　密谈

我认为我找不到任何词语来描述她们母女重逢的情形；这种温馨、美好的时光是难以用笔墨来形容的，我只好把它留给我的读者们去想象，只能说屋子里洋溢着真正的快乐。梅格美好的心愿也成为现实，因为贝思睡了长长一觉醒来，第一眼看到的正是那朵小玫瑰花和母亲慈爱的面孔。因身体仍极度虚弱，她没有气力发出惊叹，只是露出微笑，紧紧依偎在母亲慈爱的臂膀中，那种感觉就像久旱的禾苗终于盼到了甘露。然后她又睡了过去，姐妹俩则熬夜守候在母亲身边，因为母亲不愿放开女儿沉睡中依然紧紧攥着她的瘦削的手。

罕娜一时找不到其他方法来排解自己的兴奋心情，便为远道归来的亲人"装盘上菜"地准备了一顿丰盛的早餐；梅格和乔像恪守职责的幼鹳一样喂母亲进餐，一面听她轻声讲述父亲的情况，以及布鲁克先生如何答应留下来照顾父亲，她在回家的路上被暴风雪耽搁了时间，到站的时候，忧心如焚，又冷又累，是劳里充满希望的面孔使她得到了难以言喻的安慰。

这一天是多么奇特，多么喜气洋洋！屋外阳光灿烂，到处洋溢着欢声笑语，人们似乎全都走了出来，迎接这场初雪；屋里却无声无息，一片宁静，大家因一夜未眠，此刻全都进入了梦乡，屋子里静得连针尖落地的声音也能听到。罕娜打着瞌睡在门边守护。梅格和乔仿佛卸下了一身重担，也双双合上疲倦的眼睛躺下来休息，就像两只小船，经过风吹浪打后，终于安全泊进了平静的港湾。马奇太太不愿离开贝思，便坐在大椅子上休息，不时醒来看一看、摸一摸自己的孩子，看着贝思发一会儿呆，其神态就像一个重新找回了财宝的吝啬鬼。

同时，劳里匆匆赶去安慰艾美。他讲故事讲得十分成功，马奇姑婆听了竟"从鼻子里头笑了一声"，而且没有再说"我早就告诉过你"。艾美这回显得十分坚强，看来她在小教堂里下的功夫开始开花结果了。她很快就把泪水擦干，按捺住要见母亲的急切心情，当劳里说她表现得"像个卓尔不凡的小妇人"，而老太太也由衷地表示赞同时，她竟没有想到那枚绿松石戒指，甚至鹦哥也似乎对她大加赞赏，因为它叫她"好姑娘"，请上帝保佑她，并用极其友好的声调求她"来散个步，亲爱的"。她本来很想出去高高兴兴地在阳光明媚的雪地里玩个痛快，但发现劳里尽管男子气地装作没什么，但他的身子困得直往下倒，便劝他在沙发上躺躺，自己给母亲写封信。过了好一会儿她才把信写完，等她再次来到劳里身边时，劳里头枕双臂，直挺挺地睡得十分香甜。马奇姑婆拉下了窗帘，闲坐在一边，脸上露出一种罕有的慈祥宽厚的神情。

过了一会儿，她们开始觉得他要睡到晚上才能醒来了。如果不是艾美看见母亲发出的欢呼声把他惊醒，我肯定他会一直睡下去的。那天，城里城外可能有许许多多幸福的小姑娘，但依我看，艾美要算是最最幸福的一个。她坐在母亲的膝头诉说自己是怎样熬过这段日子的，母亲则报以赞赏的微笑和百般爱抚。两人一起来到小教堂，艾美解释了它的来龙去脉，母亲听后并不反对。

"相反，我很喜欢它呢，亲爱的。"她把眼光从沾满灰尘的念珠移到翻得卷了毛边的小册子和点缀着长青树花环的漂亮图画上。"当我们身处逆境、烦恼悲伤时，能找个地方清静一下是件大好事。人生的道路充满坎坷，但只要我们正确寻求帮助，就能克服困难。我想我的小女儿正在领悟这个道理呢。"

“是的，妈妈，回家后我打算在大房间的一角放上我的书和我画的那幅图画的摹本。圣母的面孔画得不好——她太美了，我画不来——但那婴儿画得还不错，我很喜欢他。我喜欢想他也曾经是个小孩，这样我似乎就离‘他’更近了，这样一想，心里就好受了。”

艾美指指笑着坐在圣母膝上的圣婴，马奇太太看到她举着的手戴着一样东西，不觉微微一笑。她没有说什么，但艾美明白了她的眼神，迟疑了一会儿后，她郑重其事地说：“我原来要把这事告诉您的，但一时忘了。姑婆今天把这枚戒指送给我；她叫我走到她跟前，吻了我一下，把它戴在我的手指上，说我替她增了光，她愿意把我永远留在身边。因为绿松石戒指太大，她便把这有趣的护圈给我戴上。我想戴着它，妈妈，可以吗？”

“它很漂亮，不过我认为你年龄尚小，不大适宜戴这种饰物，艾美。”马奇太太看着那只胖嘟嘟的小手，它的食指上戴着一圈天蓝色宝石和一个由两个金色小箍扣在一起组成的古怪护圈。

“我会努力做到不贪慕虚荣的，”艾美说，“我并不只是因为这枚戒指漂亮才喜欢它，我戴上它是因为它能时刻提醒我一些东西，就像故事里的那个女孩戴的手镯一样。”

“你是指马奇姑婆吗？”母亲笑着问。

“不是，提醒我不要自私。”艾美的神情十分诚恳，母亲不禁止住了笑，严肃地倾听女儿的小计划。

“我最近常常反省自己的‘一大堆毛病’，发现其中最大的一项是自私；我要尽最大努力克服这个缺点。贝思就不自私，所以大家都爱她，一想到要失去她就那么伤心。如果我病了，大家就远远不会这么伤心，我也不配让他们这样。不过我很希望能有许许多多的朋友爱我、怀念我，所以我要努力向贝思学习。只是我常常忘了自己的决心，如果有什么东西在身边提醒我，我想就会好一点。我这样做行吗？”

“当然，不过我倒是对你的小册子和祈祷更有信心。戴着戒指吧，亲爱的，尽力而为。我相信你会有长进的，因为决心向善便是成功的一半。现在我得回去看贝思了。振作精神，小女儿，我们很快就会接你回家的。”

那天晚上，梅格正在给父亲写信，告知母亲已平安到家，乔悄悄溜上楼，走进贝思的房间。看到坐在老地方的母亲，她用手指揪着头发，呆站了一会儿，神色焦虑。

“怎么啦，好女儿？”马奇太太问，她伸出手来，神情关注，鼓励女儿说出心事。

“我想告诉你一件事，妈妈。”

“和梅格有关吗？”

“您猜得真快！对，和她有关，虽然这只是一件小事，但它令我烦躁不安。”

“贝思睡着了，小点声把事情全告诉我。莫法特那小子没有来过吧，我希望？”马奇太太单刀直入地问道。

“没有，如果他来，我一定让他吃闭门羹。”乔说着在地板上挨着母亲脚边坐下来，“去年夏天梅格在劳伦斯家丢了一双手套，后来只还回来一只。我们已经把这事忘了，但一天特迪告诉我另一只在布鲁克先生手里。他把它收在马甲衣袋里，一次它掉了出来，特迪便打趣他，布鲁克先生承认自己喜欢梅格，但不敢说出来，因为她还这样年轻，而自己又这样穷。您看，这不是糟糕透顶了吗？”

“你觉得梅格在乎他吗？”马奇太太焦虑地问道。

“上帝！我对情呀爱呀这些荒唐事一无所知！”乔叫道，显得既感兴趣又鄙夷，神情十分滑稽，“在小说里，害相思病的姑娘们不是一会儿吓一惊，一会儿红了脸，就是昏过去，瘦下去，一举一动都像个傻瓜。但梅格并没有这些举动：她照吃照喝照睡，跟平常没什么两样；我谈起那个男人时，她也正眼望着我。只有当特迪拿那些多情男女开玩笑时，她才红一下脸。我不许他这样做，但他并不怎么听。”

“那么你觉得梅格对约翰不感兴趣吗？”

“谁？”乔双眼圆睁，叫道。

“布鲁克先生。我现在称他约翰；我们在医院里开始这样叫他，他也喜欢这样。”

“噢，天哪！我知道你们会接受他的：他一直待父亲很好，你们不会把他打发走，而是让梅格嫁给他，如果她愿意的话。不要脸的东西！去讨好爸爸，帮您的忙，就是要哄得你们的欢心。”乔气得七窍生烟，又揪起自己的头发。

“亲爱的，别生气，我告诉你是怎么一回事。约翰奉劳伦斯先生之命陪我一起去医院，他对重病缠身的父亲照顾得十分周到，我们怎能不喜欢他呢？他并没有隐瞒对梅格的感情，开诚布公地告诉我们他爱她，但要等赚够成家立室的钱后再向她求婚。他只希望我们允许他爱她并为她效劳，尽一切努力博取她的爱情，如果他有这个本事的话。我们不能拒绝他的诚意，他确实是个人品出众的年轻人，不过我不同意让梅格这么年轻就订婚。”

“当然不能同意；那岂不是愚蠢至极！我早就知道这里头有文章，我有直觉，不过现在它比我想象的更糟。我真想自己来娶梅格，让她安全留在家里。”

这一古怪的安排令马奇太太笑了起来，但她严肃地说：“乔，我把事情全告诉你，你可别跟梅格说什么。等约翰回来，他们两人在一起时，我就能更好地判断她对他的感情了。”

“她会被她说的那对漂亮的眼睛迷惑住，那时就一切都完了。她心肠最软，如果有人含情脉脉地看着她，她的心就会像阳光下的牛油一样化掉。她读他寄来的病情报告比读你的信还多，我说她两句她就来拧我。她喜欢棕色的眼睛，而且不认为约翰是个难听的名字，她会掉进爱河，那我们在一起的那种宁静、欢乐、温馨的日子必将一去不返。我全料到了！他们会在屋子附近谈情说爱，我们不得不东躲西避；梅格一定会爱得神魂颠倒，不再对我好了；布鲁克也会筹集到一笔血汗钱，将她娶走，把我们一家拆散；而我就会伤透了心，那时一切都会变得令人讨厌。啊，天啊！我们为什么全都不是男孩子，那样可以免遭多少烦恼！”

乔无可奈何地把下巴靠在膝头上，对那位该死的约翰猛挥拳头。马奇太太叹了一口气，乔抬起头来，如释重负地舒了一口气。

“你也不喜欢这样吧，妈妈？这真叫我高兴。我们把他赶走，半个字也不要告诉梅格，一家人还跟原来一样一起快乐生活。”

“刚才叹气是我不对，乔，你们日后各自另立新家是自然不过的事情，也应该如此，但我何尝不想我的女儿们在我身边多留几年。我很遗憾这件事来得这么快，因为梅格只有十七岁，而约翰也要过好几年才有能力成家立室。我和你父亲的意思是，二十岁前她不能订下任何盟誓，也不能结婚。如果她和约翰相爱，他们可以等，这样也可以考验他们的爱情。她并非轻浮浅薄之流。我倒不担心她会待他不好。我美丽、善良的女儿！我希望她姻缘美满。”说到最后，母亲的声音有些颤抖。

“您难道不希望她嫁个富家子弟吗？”乔问。

“金钱是一种很有用处的好东西，乔，我不希望我的女儿穷困潦倒，也不希望她们过于受金钱的诱惑。我希望约翰有份稳定的好职业，其收入足以维持家庭开支，使梅格生活舒适。我并不奢求我的女儿嫁入名门望族，大富大贵。如果地位和金钱是建立在爱情和品行的基础上，我感激地接受，并分享你们的幸福。但根据经验，我知道普通的小户人家虽然每天都要为生活操劳，却可以拥有真正的幸福，他们的生活虽然清贫，却不失甜蜜温馨。看到梅格从低微起步，我也心满意足。如果我没有看错的话，约翰是个好男人，她将因拥有他的心而变得富有，而这比金钱更为宝贵。”

“我明白，妈妈，也很赞同，但我可以说对梅格十分失望。我一向计划让她日后嫁给特迪，一生享尽荣华富贵。那不好吗？”乔仰头问道，脸色明朗了一点。

“他比她年纪小，你知道。”马奇太太刚说了一句，乔便打断她——

“只小一点儿。他老成持重，个子又高，如果他喜欢，他的言谈举止可以十足像个大人。再说他富有、慷慨、人品好，而且爱我们全家。这计划成了泡影，我感到十分惋惜。”

“我恐怕劳里对梅格来说像个小弟弟，而且谁也不知道他以后会怎样，现在怎么能指望他呢？别多操心，乔，让时间和他们自己的心来成就你的朋友们，干预这种事情很可能弄巧成拙，我们还是不要去‘臭浪漫’，正如你所说，免得我们的友谊因此尽毁。”

“嗯，那自然，但我痛恨看到本来可以弄好的事情变得乱七八糟、纠缠不清。如果可以不长大，就是头上压一个熨斗我也愿意。可恨花蕾终要绽开，小猫咪终要长成大猫——总之令人烦恼！”

“你们谈什么熨斗啊猫儿的？”梅格手持写好了的信静静走入房间，问道。

“我在瞎扯而已。我要去睡觉了；来吧，佩吉①。”乔的回答无异于一个猜不透的谜。

“写得不错，文笔也优美。请加上一句说我问候约翰。”马奇太太把信扫了一遍后交给梅格。

“您叫他‘约翰’吗？”梅格微笑着问道，天真无邪的眼睛直视着母亲。

“对，他就像我们的儿子一样，我们非常喜欢他呢。”马奇太太答道，也紧紧地盯着女儿。

“那我真高兴，他是多么孤独。晚安，妈妈，有您在这里我们便感到无比舒坦。”梅格这样回答。

母亲无限爱怜地给了女儿一吻。梅格走后，马奇太太又满意又遗憾地自语：“她还没有爱上约翰，但很快就会爱上的。”

① 梅格的昵称。

第二十一章　劳里恶作剧，乔来讲和

第二天乔的脸色令人捉摸不透。那个秘密在她心头挥之不去，她很难装得若无其事。梅格觉察到她神秘兮兮、心事重重，但她不忙追问。她知道让乔就范的最好办法是反其道而行之，她肯定只要她不问，乔一定自己把心事全倒出来。令她颇为诧异的是，乔仍然守口如瓶，而且摆出一副傲慢的神态。这可把梅格气坏了，她转而也装出一副凛然不可犯的神气，寡言少语，一应大小事情只和母亲商量。马奇太太此时已接替了乔的护理工作，并叮嘱久困在家的女儿好好休息，尽兴玩乐。这么一来，乔倒没有人烦她了。艾美又不在家，劳里便成了唯一可以慰藉她的人；她虽然十分喜欢劳里做伴，此刻却有点怕他，因为他有一种不可救药的劣根性——爱戏弄别人，她担心他会用甜言蜜语把秘密从她口里套出来。

她果然没有估错，这位爱调皮捣蛋的小伙子发觉乔有点异样，疑心顿起，立即穷追不舍，乔从此开始受苦受难。他诱哄、贿赂、嘲笑、威胁、责备；装作漠不关心，以求出其不意地套出真相；宣称他知道，然后又说他不在乎；最后，凭着这般锲而不舍的劲头，他终于满意地相信此事与梅格和布鲁克先生有关。自家私人教师的秘密竟不让他知道，他心中愤愤不平，于是苦苦思索如何好好地出一口怨气。

梅格此时显然已忘记了此事，一心一意为父亲的归来作准备，但突然，似乎发生了一种变化，有一两天变得跟从前判若两人。听到有人叫她便猛吃一惊，人家望她一眼她便脸红耳赤，整日不言不语，做针线活时独坐一边，羞答答的，心事重重。母亲过问时她回答自己一切正常，乔问她时她便求她别管。

“她在空气中感受到这种东西——我的意思是，爱——而且她变得很快。那些症状她几乎全得了——颤抖、暴躁、不吃、不睡，背着人愁眉苦脸。我还发现她唱他给她的那首歌，一次她竟然像您一样说‘约翰’，然后又转过身去，脸红得像朵罂粟花。我们到底该怎么办？”乔说。看样子她准备采取任何措施，无论这些措施是多么猛烈。

“只有等待。不要干涉她，要和气耐心，等爸爸回来事情就能解决了。”母亲回答。

“这是你的信，梅格，封得严严实实的。真奇怪！特迪从来不封我的信。”第二天乔分派小邮箱里的邮件时这样说。

马奇太太和乔正全神贯注地干着自己的事情，突然听到梅格叫了一声。两人抬起头来，只见她盯着那封信，一脸惊恐的神色。

“我的女儿，出了什么事？”母亲边叫边跑向女儿，乔则伸手去夺那封惹祸的信。

“这全是误会——信不是他寄的。噢，乔，你怎能做出这种事情？”梅格双手掩面，痛哭起来，仿佛心碎了一般。

“我！我什么也没做！她在说什么？”乔被弄糊涂了，叫道。

梅格温柔的眼睛因愤怒而激动得闪闪发亮，她从衣袋里掏出一张揉皱了的纸条，向乔一把扔去，怒声呵斥：“信是你写的，那坏小子帮着你。你们怎能对我这么卑鄙无礼，这么残酷？”

乔没有听她说话，她和母亲忙着读这封字迹怪异的信。

亲亲玛格丽特——

我再也不能控制自己的感情，务必在我归来前知道自己的命运。我还不敢告诉你父母，但我想如果他们知道我们相爱，他们一定会同意。劳伦斯先生将帮我找到一个好职位，而你，我的宝贝，将令我幸福。我求你先别跟你家里人说什么，只请写上一句知心话交劳里转给

衷心爱你的约翰

“噢，这个小坏蛋！我为妈妈保密，他就这样报复我。我去把他痛骂一顿，带他过来求饶。”乔叫道，恨不得立即把真凶缉拿归案。但母亲拦住她，脸上带着一种少见的神情，说道——

“站住，乔，你首先得澄清自己。你一向胡闹惯了，我怀疑这事你也插了一手。”

“我发誓，妈妈，我没有！我从来没看过这封信，更不知道这是怎么一回事，我绝无虚言！”乔说话时神情极其认真，母亲和梅格相信了她。“如果我参与了这事，我会干得更漂亮一些，写一封合情合理的信。我想你们也知道布鲁克先生不会写出这种东西。”她接着说，轻蔑地把信往地上一抛。

“但这字像是他写的。”梅格结结巴巴地说，把这封信和手中的一封作比较。

“哎呀，梅格，你没回信吧？”马奇太太急问。

“我，我回了！”梅格再次掩着脸，羞愧得无地自容。

“那可糟透了！快让我把那可恶的小子带过来教训一顿，让他解释清楚。不把他抓来我决不罢休。”乔又向门口冲去。

“冷静！这事让我来处理，它比我原来想象的更糟。玛格丽特，把这事完完整整地告诉我。”马奇太太一面下令一面在梅格身边坐下，一只手却抓着乔不放，以免她溜脱出去。

“我从劳里那儿收到第一封信，他看上去似乎对这事一无所知，”梅格低着头说，“我一开始的时候感到惶恐不安，打算告诉您，后来想起你们十分喜欢布鲁克先生，我便想，即使我把这件小小的心事藏上几天，

你们也不会怪我。我真傻，以为这事没有人知道，而当我在考虑怎么回答时，我觉得自己就像书里头那些坠入爱河的女孩子。原谅我，妈妈，我做的傻事现在得到了报应；我再也没脸见他了。”

“你跟他说了些什么？”马奇太太问。

“我只说我年龄尚小，还不适宜谈这种事情，说我不想瞒着你们，他必须跟父亲说。我对他的心意万分感激，愿做他的朋友，但仅此而已，其他以后再说。”

马奇太太听完露出了欣慰的笑容。乔双手一拍，笑着叫道：“你可真是个卡罗琳·珀西，她是谨言慎行的楷模哩！往下说，梅格。他对此怎么说？”

“他回了一封风格完全不同的信，告诉我他从来没有写过什么情信，他很遗憾我那淘气捣蛋的妹妹乔竟这样冒用我们的名字。信中言辞委婉，对我十分敬重，但想想我有多尴尬！”

梅格靠在母亲身上，哭成了一个泪人儿。乔急得一面叫着劳里的名字，一面在屋子里团团乱转。忽然，她停下来，拿起两张纸条，细细看了一回，断然说道：“我看这两封信没有一封是布鲁克写的，都是特迪写的，他把你的信留着，好向我抖抖威风，因为我不把自己的心事告诉他。”

“不要藏什么心事，乔。告诉妈妈，免招灾祸，我本该那么做的。”梅格警告道。

“说得好，梅格！妈妈也这样跟我说过。”

“行了，乔。我陪着梅格，你去把劳里找来。我要细细查究此事，立即终止这出恶作剧。”

乔跑出去，马奇太太轻声跟梅格说出布鲁克先生的真实感情。“嗯，亲爱的，你自己的意思呢？你是否爱他？爱得足以等到他有能力为你筑一个爱巢的那一天？或者你宁可暂时无牵无挂、无拘无束？”

“我吃够了担惊受怕的苦头，起码很长一段时间内我都不想跟情呀爱的有什么联系了，也许永远都不，”梅格使着性子说道，“如果约翰不知道这桩荒唐事，那就别告诉他，让乔和劳里闭上嘴。我不想被人蒙在鼓里当傻子耍——这是个耻辱！”

梅格素来性格温柔，此时却被这个恶作剧气得使上了性子，自尊心也受到了伤害。马奇太太连忙劝慰她，允诺一定万分小心，绝不泄露秘密。大厅里传来了劳里的脚步声。梅格立即躲入书房，马奇太太独自一人接待这位“罪犯”。乔怕他不来，并没有说明把他叫来的原因，但他一看到马奇太太的脸色就明白了，于是愧疚不安地站着，把帽子转过来又转过去，让人一眼就看出他正是罪魁祸首。乔撤出了房间，但却像个看守一样在客厅里大步徘徊，仿佛担心囚犯会逃走似的。客厅里的声音忽高忽低，持续了半个小时，但两人到底谈了些什么姑娘们却无从知道。

当她们被叫进去时，劳里站在母亲身边，满脸悔意，乔见了心里一软，当场便原谅了他，只是不愿表露出来。劳里低声下气地向梅格赔不是，并安慰她布鲁克先生完全不知道这个玩笑，梅格心里这才松了一口气，并接受了他的道歉。

“我到死也不会告诉他——即使严刑拷问也不说；这样你会原谅我了吧，梅格？我真想为你做任何事，来证明我是多么后悔。”他说道，满脸羞愧之色。

“我尽量吧，但这实在不是绅士的作风。我料不到你竟这样狡诈恶毒，劳里。”梅格佯装严厉地责备道，借以掩饰自己的窘态。

“我深知自己罪不可恕，你们一个月不跟我说话我也是罪有应得，但你们不会这样对我的，是吗？”他说话时可怜巴巴地把双手十指交叉叠在一起，他的声调具有不可抗拒的说服力，大家都没法再对他横眉怒目，尽管他犯下了如此恶行。梅格宽恕了他，马奇太太虽然竭力保持严肃，但听他说愿意做牛做马将功赎罪，愿意在受到伤害的梅格面前卑躬屈膝，那凝重的脸色也缓和下来。

乔独自走到一边，试图铁起心肠，不吃他这一套，结果成功地把面孔绷得老紧，仿佛对他深恶痛绝。劳里看了她两回，但她全无一点怜悯的意思，他觉得受了伤害，便转身把背脊对着她，一直等母亲和梅格说完了，才向她深深一弯身子，一言不发，径自走出门去。

他一走，乔便后悔自己刚才做得太无情。待梅格和母亲上了楼，她感到十分孤独，很想见一见特迪。踌躇了半天，她还是向自己的冲动屈服了，于是携了一本书，径直走到那座大房子前。

“劳伦斯先生在家吗？”乔问一位走下楼梯的女佣。

“在的，小姐。但我想他现在不便见客。”

“为什么？他病了吗？”

“唉，不是，小姐，他和劳里先生当众吵了一架，小先生不知为什么发脾气，惹得老先生火气冲天，所以我这会儿不敢走近他。”

“劳里在哪儿？”

“关在自己的房间里，凭我怎样敲门他都不理。我不知道拿这顿饭怎么办，饭菜准备好了，却没有人来吃。”

“我去看看怎么回事。我不怕他们。”

乔走上去，来到劳里的小书房前，使劲敲门。

“别敲！不然我打开门揍你一顿！”年轻人大声恫吓道。

乔接着又敲。门突然打开，趁劳里惊讶得一时没有反应过来，乔快步冲了进去。乔知道怎样驾驭他，看到他果然大动肝火，便装出一副幡然悔悟的样子，双膝轻轻跪下，柔声说道：“请恕我一时无礼。我特来讲和，讲不成便不走。”

“行了，起来吧，别像个傻瓜，乔。”他态度傲慢地答应了乔的请求。

“谢谢，我起来了。我能问问出了什么事吗？你似乎心里很不畅快。”

“我被人摇了肩膀，我忍无可忍！”劳里愤怒地咆哮道。

“谁摇你了？”乔问。

“爷爷。如果换了别人我保准——”这位心灵受创的年轻人右手狠狠一挥，把话止住。

“那有什么。我也常常摇你，你从不生气。”乔安慰道。

“呸！你是个姑娘家，那样摇摇是一种乐趣。但我不允许男人摇我。”

“如果你像现在这样暴跳如雷，被人摇两下也不足为怪。你爷爷为什么那样对你？”

“就因为我不肯告诉他你妈妈为什么把我叫去。我答应过不说的，当然不能失信。”

“你不能换个法儿满足一下他老人家吗？”

“不能，他就是要听真相，完完整整的真相，其他一概不听。假如能不拉扯上梅格，我可以告诉他部分真相。既然不能，我便一句话也不说，由他去骂，最后他竟一把抓住我的领口。我气坏了，赶紧脱身溜掉，担心自己气昏了头，会做出什么事来。”

“这是他不对，但我知道他后悔了，还是下去和解吧。我来帮你说。”

“那我宁可去死。我不过开了一个玩笑，难道便要被你们每个人轮流教训、挨揍不成？我是对不起梅格，但已经堂堂正正地道了歉；我不会再向谁卑躬屈膝，如果我没有做错。”

“但他并不知道啊。”

“他应该信任我，不要把我当小孩子对待。没有用的，乔，他得明白我能够照顾自己，不需要牵着人家的围裙带子走。”

“真是个辣椒罐子！”乔叹道，“你说这事该怎么解决？”

“哦，他应该向我道歉。我说过这事不能告诉他，他应该相信我。”

“哎呀！他不会这样做的。”

“那我就不下去。”

“听我说，特迪，理智一点。让这事过去吧，我会尽我所能解释清楚的。你总不能老待在这里吧，这样激动有什么用呢？”

“我可并不打算在这里久留。我要离家出走，漂泊异乡，当爷爷想我时，他很快就会回心转意了。”

“但你恐怕不该这样伤他的心。”

“别啰嗦。我要去华盛顿看布鲁克；那地方充满乐趣，我要无忧无虑地痛玩一场。”

“那有多痛快！我恨不能也跟了去。”乔脑海里展现出一幅幅生动的军人生活画面，不觉忘记了自己现在充当的角色。

“那就一起走吧，嗨！为什么不呢？你给父亲一个惊喜，我给布鲁克一个突然袭击。这个玩笑妙不可言。来吧，乔。我们留一封平安信，然后立即出发。我有足够的钱；这样做对你也有益无害，因为你是去看父亲。”

乔似乎就要点头了，因为这个计划虽然轻率，却正适合她的性格。她早已厌倦了禁闭式的护理生活，渴望改变一下环境。想到父亲，想到新奇、有趣、充满魅力的军营和医院，想到自由自在的生活，她不禁意乱神迷。她憧憬地向窗外望去，一双眼睛闪闪发亮。但她的眼光落到了对面的老屋上面，她摇摇头，伤心地作出了决定。

“假如我是个男孩子，我们就可以一起出走，玩个痛痛快快；但我是个可怜的女孩子，只能规规矩矩守在家里。别引诱我了，特迪，这是个疯狂的计划。”

“这正是乐趣之所在。”劳里说。他天生任性固执，一时冲动之下，竟然一心要做出格的事情。

“别说了！”乔捂着耳朵叫道，“‘恪守妇道’就是我的命运。我还是认命吧。我是来感化你的，不是来听你教唆我。”

“我知道梅格一定会败我的兴，但我以为你更有胆量呢。”劳里用激将法。

“坏小子，住嘴吧！坐下好好反思自己的罪过，别撺掇得我也罪孽深重。如果我让你爷爷来向你赔个不是，你就不走了吧？”乔严肃地问。

“嗯，但你办不到。”劳里答道。他愿意和解，但觉得必须先平息心头的一股怨气。

“如果我能对付小的，就能对付老的。”乔一面走一面喃喃自语。劳里则留在原地，双手托着头，弯腰看铁路图。

“进来！”乔敲门时，劳伦斯先生的声音听起来越发硬邦邦的。

“是我，先生，来还书。”乔走进门，温和地说道。

“还要再借吗？”老人脸色十分难看，却尽量装得若无其事。

“要的。我迷上了老萨姆[1]，想读读第二部。”乔答道，希望借再借一本鲍斯威尔的《约翰逊传》来平息老人的心头之怒，因为他以前推荐过这本生动传神的著作。

他把踏梯推到放《约翰逊传》的书架前，拧紧的浓眉舒展了一些。乔跳上去，坐在踏梯顶上，假装找书，心里却在盘算怎样开口最好，才能提及她来访的危险目的。劳伦斯先生似乎猜到了她的心事，他在屋子里快步兜了几圈，然后转头看着她，突然发问，吓得乔把《拉塞勒斯》[2]掉到了地上。

“那小子干了什么？别护着他。看他回家后神不守舍的样子，我就知道他惹了祸。但他一个字也不说，我摇他的领口，想吓他说出真话，他却逃上楼，把自己反锁在房间里。”

“他是做错了事，但我们已经原谅了他，而且一致许诺不跟别人说。”乔犹犹豫豫地开口说。

“那不行，不能因为你们姑娘们心肠软，他便可以逍遥法外。如果他干了坏事，就应该承认道歉，并受到惩罚。说出来吧，乔，我不想被蒙在鼓里。”

劳伦斯先生形容可怖，声调严厉，乔真想拔腿就跑。她正坐在高高的踏梯上，而他就站在脚下，俨如一头挡道的狮子。她只好原地不动，鼓足勇气开了口。

“真的，先生，我不能说。妈妈不许说。劳里已经坦白承认了，道了歉，并受到了重罚。我们不说出来并非要护他，而是要护另外一个人。

---

① 詹姆斯·鲍斯威尔（1740—1795）：苏格兰律师及作家，曾作《塞缪尔·约翰逊传》。老萨姆即塞缪尔·约翰逊（1740—1795），英国著名作家。

② 约翰逊所著小说。

如果您干预，那只会徒添麻烦。请您不要管吧；我也有部分责任，不过现在没事了；我们还是把它忘掉，谈谈《漫游者》[1]或什么令人愉快的东西吧。”

“去他的《漫游者》！下来向我保证我那冒冒失失的小子没有做出什么忘恩负义、鲁莽无礼的事情。如果他做了，居然对你们恩将仇报，那我就亲手揍扁他。”

此话虽然说得十分严重，却并没有吓倒乔，因为她知道这个脾气暴躁的老绅士绝不会动他的孙子一个指头，他说的话要反过来听。她依言走下踏梯，把恶作剧尽量轻描淡写地复述一遍，既不把梅格牵涉进去，也不背离事实。

“唔——啊——好吧，如果那小子是因为守诺言才不说，而不是因为执拗，我就原谅他。这家伙是个牛脾气，很难管住。”劳伦斯先生边说边把头发搔得像被大风吹过一样，紧锁的眉头也舒展开来。

“我也一样，一意孤行起来就像脱缰的野马，怎样拉也拉不住，不过，一句好话却能化解我。”乔想替她倒霉的朋友说句好话，而她的朋友却好像接二连三地又陷入了困境。

“你以为我待他不好吗，嗯？”老人敏感地问。

“噢，哎呀，不是的，先生，其实您有时对他甚至还太宠爱了一点儿，而当他淘气捣蛋时，您又稍微心急了一点儿。您看是不是这样？”

乔决定这回把心里话全倒出来。她壮着胆子说完，激动得微微颤抖，但却努力装作十分镇静。出乎意料的是——这也令她舒了一口气——老人只是把自己的眼镜啪的一声扔到桌子上，坦诚地叫道——

“你说得对，姑娘，我就是这样！我爱这孩子，但他把我折磨得受不了啦，如果再这样下去，我不知道会有什么结果。”

“我告诉您，他要离家出走。”话方说出口乔便后悔了；她其实是想

① 约翰逊主编的杂志，内容主要为短篇散文。

警告他劳里不能忍受太严格的管制，希望他对小伙子能更宽容一点。

劳伦斯先生红润的脸膛霎时变了颜色，他坐下来，焦虑不安地扫了一眼挂在桌子上方的一幅美男子图像。那是劳里的父亲，他年轻时离家出走，违背老人的旨意结了婚。乔相信他又在追悔痛苦的往事，直希望自己刚才闭住嘴巴。

“除非是被逼急了他才会这样做，书读倦了的时候他也会这样恫吓两句。我也常有这个念头呢，尤其是在剪了头发之后。所以如果您想我们了，不妨发个寻人广告，并在开往印度的轮船上查查有没有两个小伙子。”

她说着笑起来，劳伦斯先生舒了一口气，显然把这当作是一个玩笑。

“你这莽撞鬼，怎敢这样说话？你眼里头还有没有我，这样没有规矩？这些姑娘小伙子啊！他们真会折磨人，但没有他们我们又活不下去。”他说着愉快地拧拧她的脸颊，“去，把那小子带来吃饭，告诉他没事了，劝他别在他爷爷面前装得愁眉苦脸的，我受不了。”

“他不会下来的，先生。他心情很坏，因为当他说他不能告诉你的时候，你不信他的话。我想您这样摇他大大伤害了他的感情。”

乔努力装出一副可怜巴巴的样子，但一定没有装好，因为劳伦斯先生笑了，她知道她胜利了。

“我为此道歉，而且还应该感谢他没有反过来摇我呢，我想。那家伙到底想怎么样？”老人显然为自己的暴躁感到有点不好意思。

“如果我是您，我就给他写一封道歉信，先生。他说要您道了歉才下来，还说起华盛顿，而且越说越不像话。一封正式的道歉信可以让他意识到自己是多么愚蠢，并让他心平气和地下来。写吧；他喜欢闹着玩，这样做比当面说更有趣儿。我把信带上去，跟他摆明道理。”

劳伦斯先生敏锐地看了她一眼，戴上眼镜，一字一句地说：“你是只狡猾的小猫，不过我不介意被你和贝思牵着走。来，给我一张纸，我们把这桩荒唐事来个了断。”

信中所用的措辞诚恳恭敬，表达了一位绅士对伤害了另一位绅士的深深歉意。乔在劳伦斯先生的秃顶上印了一个吻，跑上楼把道歉信从劳里的门缝下面塞进去，透过钥匙孔谆谆告诫他要听话，有涵养，又讲了一些大道理。看到门又锁上了，她便把信留在那儿让劳里看，自己悄悄走开。才走了几步，年轻人从楼梯扶手上滑下来，站在下面等她，脸上流露出一种无比圣洁的神情。“你真好，乔！刚才有没有碰得头破血流？”他笑着说。

“没有，总的说来，他相当心平气和呢。”

“啊哈！我全想通了，虽说我被你独自遗弃在屋里，精神到了崩溃的边缘。”他内疚地说。

“别这么说，翻过新的一页重新开始，特迪，我的朋友。”

“我不断翻过新页，又把它们一一毁掉，就像我以前毁掉自己的练习本一样；我开的头太多了，永远不会有结果。”他悲哀地说道。

“去吃你的饭吧，吃饱了你就会好受一些。男人肚子饿的时候喜欢发牢骚。”乔说毕飞步走出，来到前门。

“这是对‘我派’的‘贴标签’[①]。”劳里学着艾美的话回答，乖乖地和爷爷一起进餐去了。此后一整天老人心情奇佳，言谈举止也极其谦和恭敬。

人人都以为云开雾散，事情就此结束了，谁知这个恶作剧却带来了严重的后果。虽然大家都把它忘得一干二净，梅格却把它记在心里。她虽然在人前只字不提，心里却经常想到那位年轻人，而且夜里频频做梦。一次，乔在她姐姐的书桌里头找邮票，居然搜得一张上面涂鸦般写满了“约翰·布鲁克太太”字样的纸片，恨得她咬牙切齿，把纸片投进火中。她知道劳里的玩笑使她又恨又怕的那一天加速到来了。

① 讥谤，见第四页注释。

第二十二章　怡人的草地

所谓雨过天晴，之后的几个星期风平浪静。病人恢复得非常快，马奇先生开始谈到他新年初回家。贝思很快便可以整天躺在书房的沙发上玩乐，起初是跟那几只宠爱的猫儿玩，后来便拿起了洋娃娃活计，吃力地慢慢缝制，让人见了伤心。她一向灵活的四肢如今变得僵硬无力，乔每天得用力把她抱到屋外呼吸新鲜空气。梅格愉快地为"乖乖女"烹调各式美味伙食，把一双雪白的手熏得黑乎乎的，而艾美，这位姐姐们的忠实仆从，则费尽唇舌地劝说姐姐们接受她的宝藏，以纪念她回家之喜。

圣诞节一天天临近了，屋里开始弥漫着一股神秘的节日气氛。乔为这个不同寻常的"快乐圣诞"频频献计，提出许多完全没有可能或滑天下之大稽的庆祝活动，令全家人捧腹大笑。劳里同样不切实际，竟然出些点大篝火、放焰火、搭凯旋门的主意。大家唇枪舌剑，各不相让。最后，那对野心勃勃的朋友终于偃旗息鼓，拉长着脸乱兜圈子，大家正以为他们就此罢休了，却又看到两人走到一起，唧唧喳喳，哈哈大笑。

近日来天气异常暖和，恰到好处地带来了一个阳光灿烂的圣诞节。罕娜"从骨子里头感觉到"这一天将会是一个不同寻常的大好日子，事实证明她的预言完全正确，因为似乎一切顺利，人人心想事成。首先，马奇先生来信说他很快就要和她们团聚。然后，那天早上贝思觉得特别精神，她穿着妈妈送给她的礼物——一件柔软的深红色美利奴羊毛晨衣——被背到窗前观赏乔和劳里的献礼。两位誓不罢休者大展身手，为了自己的名声，一夜之间像小精灵一样创造了一个妙趣横生的奇观。只见外面花园里耸立着一个庄严高贵的雪人少女，头戴冬青枝花冠，一只手挽一篮水果鲜花，另一只手执一大卷新乐谱，冰冷的肩膀上披一条彩虹般缤纷的阿富汗披巾，嘴里吐出一首圣诞颂歌，歌词写在一面粉红色的纸幡上：

高山少女致贝思

上帝保佑你，亲爱的贝思女王！
愿你永不失望，
快乐、平和、健康，
在这喜庆的圣诞。

送上水果给我们勤劳的蜜蜂品尝，
送上鲜花让她闻闻馥郁的芬芳；
送上乐谱让她在小钢琴上弹奏，
送上阿富汗披巾让她翩翩起舞。

送上一幅乔安娜的画像，呀，
这可是拉斐尔第二的作品，
为了画得形神兼备，
她可是下足了功力。

再赠你一条红绸巾，
用来点缀“佩儿小姐”的尾巴；

还有一桶佩格[1]做的冰淇淋——
堆得像勃朗峰一样高耸入云。

我的创造者把他们的挚爱
放进我雪白的心胸：
请从乔和劳里的手中
收下这份爱吧，连同这位高山少女。

贝思看到这份歌词笑得好不开心，劳里跑上跑下把礼物拿进来，乔则语无伦次地向大家致词。

兴奋过后，乔把贝思抱到书房休息。贝思吃着“高山少女”送给她的又鲜又甜的葡萄提神，心满意足地叹息道：“我感到太幸福了，可惜爸爸不在这里，否则就十全十美了。”

“我也一样。”乔拍拍装着渴望已久的《水中女神》一书的口袋说。

“我当然也一样。”艾美响应道。她正在认真研究母亲镶在精致的画框中送给她的版画《圣母和圣婴》。

“我也是！”梅格叫道。她正在抚平平生第一件丝质衣裳上面的褶皱，这件银色丝绸裙子是劳伦斯先生坚持让她收下的。

“我又怎能不是呢？”马奇太太看着丈夫写来的信，又看着贝思的笑脸，轻轻抚摸着那枚刚刚由女儿们别在她胸前，用灰色、金色、栗色和深棕色头发做成的胸针，心中充满感激之情。

真是无巧不成书，这沉闷乏味的俗世有时确实会发生一些令人愉快的巧事，给人带来极大的安慰。半个小时前，大家都还在说只可惜了一件事，否则就十全十美了，哪想到这件事说来就来。劳里打开客厅大门，悄悄把头伸进来。他刚才也许是翻了个筋斗，或是发出了一声印第

① 指梅格。

安战场上的那种呐喊声，因为他脸上露出一股抑制不住的兴奋之情，声音显得欣喜又神秘，大家禁不住全跳了起来。只听他怪腔怪调、气喘吁吁地说道："马奇家的又一个圣诞礼物现在到来！"

话音未落，他便被轻轻推到一边，取而代之的是一个高个子男人，蒙着脸，只露出一双眼睛，靠在另一个高个子男人的手臂上，那男人想说什么却又说不出来。情形当即大乱，大家一时似乎全都失去了理智，她们不发一言，却做出极其离奇古怪的举动。母女四人一拥而上，动情地把马奇先生紧紧围抱起来。乔几乎晕倒，不得不在瓷器间里接受劳里的救治，大失淑女风度；布鲁克先生亲吻梅格，那纯属误会，他后来结结巴巴地解释；而艾美，这位高贵小姐，被凳子绊了一跤，也不爬起来，而是就势抱着她父亲的双脚动情大哭。马奇太太第一个恢复常态，举起手来示意："嘘！别忘了贝思！"

但已经太迟了。书房门猛然打开，穿着红色晨衣的小人儿跨出门槛——欢乐给软弱无力的四肢注入了力量——贝思直扑进父亲的怀中。此后发生了什么已无关紧要。洋溢心头的幸福之情已冲走了昨天的痛苦，此时此刻，大家心中只有一片甜蜜，一片温馨。

此时发生了一件虽不浪漫但却令人捧腹的事情，把大家重新带回到现实生活之中。大家发现罕娜站在门后，捧着肥硕的火鸡抽抽噎噎：原来她从厨房冲出来时忘了把火鸡放下。大家笑过后，马奇太太开始向布鲁克先生道谢，感谢他精心照顾自己的丈夫，布鲁克先生突然想起马奇先生需要休息，赶快拽起劳里仓促撤离。众人命两位病人休息，两人不敢违命，便一同坐在一把大椅子上谈个不停。

马奇先生诉说了自己是如何想让她们惊喜一番，医生是如何让他趁天气暖和出院，布鲁克这年轻人又是如何热心，如何正直有涵养，等等。说到这里马奇先生顿一顿，扫了一眼正在捅炉火的梅格，扬起双眉望望妻子，似乎在询问什么，其中深意何在，请读者们自己想象；马奇太太也轻轻点点头，然后颇为突然地问他是否要吃点什么。乔明白这个眼色的意思，便板着面孔去拿牛肉汁和酒，一面把门砰的一声带上，咕咕哝哝地自语道："我憎恨棕色眼睛有涵养的年轻人！"

那天的圣诞晚餐是有史以来最为丰盛的一次。罕娜端上的火鸡又肥又大，里头塞满了填料，烤得赤里透红，而且装饰得十分好看；葡萄干布丁也同样令人垂涎欲滴，入口即化；还有令人胃口大开的果子冻，把艾美喜得就像落到了蜜罐里的苍蝇，吃得痛快淋漓。一切都尽如人意，这真是上天垂怜，罕娜说："因为我当时心里头别提有多慌张，太太，我没有错把布丁烤熟，把提子干塞到火鸡里头，把火鸡包在布里煮，已经是一个奇迹了。"

劳伦斯先生和他的孙子跟他们一起进餐，还有布鲁克先生——乔悻悻地对他怒目而视，令劳里乐不可支。贝思和父亲并排坐在桌子前面的两把安乐椅上，适度地吃一点鸡肉和少许水果。他们为健康干杯，讲故事，唱歌，"话旧"，如老人家所说，玩得十分痛快。有人提议滑雪橇，但姑娘们不愿离开父亲；于是客人们早早告辞。夜幕降临之际，幸福的一家人围着炉火团团而坐。

大家谈了许多许多，然后停顿了一会儿。乔打破沉默，问："一年前我们在沉闷乏味的圣诞节前夕大发牢骚。你们还记得吗？"

"总的来说这一年过得相当愉快！"梅格笑微微地望着火苗说，暗暗庆幸自己刚才在布鲁克先生面前没有失态。

"我认为这一年相当艰苦。"艾美评论道，若有所思地看着手上亮光闪闪的戒指。

"我庆幸这一年已经过去了，因为我们把您盼回来了。"坐在父亲膝上的贝思轻声说道。

"你们走的路确实不平坦，我的小香客们，尤其是后半程。但你们勇敢地向前走，我想你们肩上的担子很快就能落下来的。"马奇先生慈爱地望着围绕身边的四张年轻面孔，满意地说道。

"你怎么知道的？妈妈跟你说了吗？"乔问。

“不多。不过，草动知风向，我今天有几个发现呢。”

“噢，告诉我们是哪几个！”坐在他身旁的梅格叫道。

“这便是一个。”他把放在他椅子扶手上的手拿起来，指着变得粗糙的食指、手背上一个灼伤的疤痕，以及手掌上面的三个小水泡。“我记得这只手曾经又白又嫩，而你最关心的是怎样把它保养好。它那时确实非常美，但在我眼中它现在变得更美了——因为上面的每一个疤痕都有一个小故事。祭拜神灵不过是一种虚浮的仪式，而这只长满老茧的手给我们带来许多实在的东西。我相信由这些针刺累累的手指缝制出来的活计一定经久耐用，因为里头的一针一线都凝聚了多少苦心。梅格，我的好孩子，我认为女红比纤纤玉手和时髦的才艺更为宝贵，因为它能带来家庭幸福。我很荣幸能握紧这只灵巧、勤劳的小手，并希望能握久一些。”

父亲紧紧握着梅格的小手，并向她投去赞赏的微笑。如果梅格希望她冗长乏味的工作能获得报酬的话，现在终于如愿以偿了。

“还有乔呢？请夸奖几句吧，她可拼命了，为我操尽了心。”贝思凑到父亲耳边说。

他笑了，望望坐在对面那位身材修长的姑娘，只见她棕色皮肤的脸庞上展现出一种无比寻常的柔情。

“虽然披着一头卷曲的短发，我看到的已经不是一年前我离开时的‘乔小子’了，”马奇先生说，“我看到的是一位衣领别得笔挺、靴带系得利索、谈吐斯文、既不吹口哨也不像以前一样随便躺在地毯上的年轻女士。由于照顾病人，忧虑劳碌，她这会儿面容瘦削苍白，但我喜欢看这张脸，因为它变得更温柔可爱了。她说话的声音也更轻柔了；她不再蹦跳，而是款款而行，并像慈母一样照顾一个小人儿，令我十分快慰。我很怀念我的野姑娘，但如果她变成一个坚强、能帮助人、心地善良的女子，我也该心满意足了。我不知道我们的小黑羊是否因剪了毛而变得严肃庄重，但我知道华盛顿的东西再多再漂亮，也没有一样值得我用女儿寄来的二十五元钱购买。”

听到父亲的夸奖，乔明亮的双眼有点模糊了，瘦削的面孔在炉火映照下泛起了两朵红晕。她觉得这话并不是很过分。

“现在轮到贝思。”艾美一心想轮到自己，但准备等下去。

“对于她我不敢多说，担心说多了会把她吓走，虽说她现在没有以前那么害羞了。”父亲笑嘻嘻地说。但想到自己差一点就要失去这个女儿，他把她紧紧抱住，和她脸贴着脸，动情地说：“你平安在我身边，我的贝思，我要你一生平安。上帝保佑你！”

他沉默了一会儿，然后低头望着坐在他脚边垫脚凳上的艾美，吻吻她亮丽的头发，说——

“我注意到艾美吃饭时也吃鸡爪了，整个下午都在替妈妈打杂，今天晚上又让位给梅格坐，耐心而愉快地帮大家的忙。我还注意到她不再动辄愁眉苦脸，不再照镜子，也不提她戴着一枚漂亮戒指。由此我得出一个结论：她已经学会了多想别人，少想自己，并决心像塑造自己的小泥塑人物一样认真塑造自己的性格。我对此感到很高兴，我为女儿拥有艺术才华而感到十分骄傲，但更为她们拥有为别人、为自己美化生活的才华而感到无比自豪。”

“你在想什么，贝思？”当艾美谢过父亲并介绍了戒指的来历后，乔问。

“今天我读《天路历程》，读到‘基督教徒’和‘希望’如何排除万难来到一片长年开满百合花的怡人草地上，在那儿愉快地歇息，如我们现在一样，然后继续向他们的目的地进发。”贝思答道，一面从父亲的臂膀中溜脱出来，慢慢走到钢琴前，说，“唱歌时间到了，我想做回自己的旧角儿。我来试着唱唱朝圣者们听到的那首牧羊童子唱的歌儿。因为父亲喜欢这首歌的歌词，我特地为他作了曲。”

说着，贝思坐到宝贝小钢琴前，轻轻触动琴键，边弹边唱，那种柔和甜美的声音他们从来没有听过。这首古雅的圣歌仿佛专为她而作：

位低者无惧跌落，
家贫者无须虚骄；
谦和者心中自有
万能的上帝引导。

我心常知足，
贫富又何如；
呵，主！我唯求知足常乐，
只因此乐难求。

漫漫人生之旅，
负担使生活充实；
此生微不足道，
来世自有大光明。

第二十三章　马奇姑婆解决问题

第二天母亲和女儿们围着马奇先生转来转去，正如蜜蜂围着它们的蜂后转一样。她们把一切置诸脑后，只顾侍候这位新病人，看着他，听他说话，把马奇先生弄得差点招架不住了。他靠在贝思沙发旁边的一把大椅子上，另外三个女儿围坐身边，罕娜不时探头进来，“偷偷看一眼这位好人”。此时此刻，一切都似乎达到了完美的境地。但空气中又似乎有点什么不对劲儿，除了两个妹妹外，大家都感觉到了，只是都不说出来。马奇先生和太太不时看一眼梅格，然后忧心忡忡地互相交换一个眼色。乔有时突然变得十分严肃，大家甚至看到她对布鲁克先生遗落在大厅里的雨伞晃起拳头。梅格像失了魂儿，腼腆不安，沉默寡言，一听到门铃响便心惊肉跳，一听到约翰的名字便脸红耳热。艾美说：“每个人都似乎在等待着什么，显得心神不定，这就奇怪了，因为爸爸已经平安回来了呀。”贝思则天真地猜疑为何邻居们不像以前一样往这边跑。

下午劳里来了，看到梅格坐在窗边，仿佛一下子心血来潮，单膝跪在雪地上，捶胸扯发，还哀求地十指交叉握紧两手，犹如乞讨什么恩典。梅格叫他放尊重一点，命他走开，他又用自己的手帕绞出几滴假泪，然后绕着墙角摇摇晃晃而去，仿佛伤心欲绝。

“那傻子是什么意思？”梅格故作莫名其妙地笑着问。

“他在向你示范你的约翰日后会怎么做。感人吧，哼！”乔奚落道。

“别说我的约翰，这不合适，也并非事实。”但梅格的声音却恋恋不舍地在这四个字上头慢慢拖过，似在品尝其中滋味。“别烦我了，乔，我跟你说过我对他并没有特别的意思，这事也没什么可说的，我们还像以前一样友好来往。”

“我们办不到，因为已经说出来了，劳里的恶作剧已毁了你在我心中的形象。我看出来了，妈妈也一样；你完完全全换了一个人，似乎离我那么遥远。我不想烦你，而且会像一个男子汉一样承受此事，但我很想它有个了断。我痛恨等待，所以如果你有意的话，就请快刀斩乱麻。”乔没好气地说。

“除非他开口，否则我没法说什么或者做什么，但他不会说的，因为爸爸说我还太年轻。”梅格说，一面低着头做活，脸上露出一丝异样的微笑，表明在这一点上她不很赞同父亲的意见。

“如果他真的开口了，你就不知道如何是好，只会哭鼻子，脸红，让他得偿所愿，而不是明智、坚决地说一声‘不’。”

“我可不是你想象的那么傻，那么软弱。我知道该说什么，因为我已经计划好了，免得措手不及；谁也不知道会发生什么事，我希望自己有备无患。”

看到梅格不知不觉摆出一副煞有介事的神气，脸颊上两朵美丽的红晕变幻不定，十分动人，乔禁不住微笑起来。

“能告诉我你会说什么吗？”乔的提问变尊重些了。

“当然能，你也十六岁了，足可成为我的知己，再说我的经验日后或许会对你在这种事情上有好处。”

“不打算涉足；看别人家谈情说爱倒是挺有趣的，但如果换了自己，我就一定觉得愚不可及。”乔说。想到这，她不觉心头一惊。

“我不这样看，如果你很喜欢一个人，而他也喜欢你的话。”梅格仿佛自言自语，眼光向外面的一条小巷望去。她常常看到恋人们在夏日的黄昏时在这条小巷里散步。

“我想你是准备把这番话告诉那个男人。”乔说，不客气地打断她姐姐的痴想。

“哦，我只会十分沉着十分干脆地说：‘谢谢你，布鲁克先生，你的心意我领了，但我和爸爸都认为我还太年轻，暂且不宜订约，此事请不必再提，我们仍如以前一样做朋友。’”

“哼！说得真够气派！我不信你会这样说，即使说了他也不会甘心。如果他像小说里头那些遭到拒绝的年轻人一样纠缠不休，你就会答应他，而不愿伤害他的感情。”

“不，我不会。我会告诉他我主意已定，然后很有尊严地走出房间。”

梅格说着站起来，正准备排练那尊严退出的一幕，突然客厅里传来一阵脚步声，吓得她飞身走回座位，赶紧拿起针线活，飞快地缝起来，仿佛她的生命全系于那一针一线之间。乔见状忍着笑。这时有人轻轻敲了一下门，她没好气地打开门，板着一张脸孔，令人望而生畏。

“下午好。我来拿我的雨伞——顺便，看看你爸爸今天怎么样。”布鲁克先生说。看到姐妹二人神色异常，他感到有点诧异。

“很好，他在搁物架上，我去找他，告诉它你来了。”乔回答时把父亲和雨伞混为一谈，然后溜出房间，给梅格一个显示尊严的说话机会。但她的身影刚一消失，梅格便侧身向门口行去，吞吞吐吐地说——

“妈妈一定很高兴见你。请坐下，我去叫她。”

“别走。你是不是怕我，玛格丽特？”布鲁克先生显得十分沮丧，梅格以为自己干了什么极端无礼粗鲁的事情。他以前从来没叫过她玛格丽特，现在这话从他嘴里发出，她不知为何脸涨得红至发根。她急于表明自己的善意和轻松心情，于是做了个信任的姿势，伸出一只手来，感激地说——

“你对爸爸这么好，我怎么会怕你呢？感谢你还来不及呢。”

“要不要我告诉你怎样谢？”布鲁克先生问道，双手紧紧握住那只小手，低头望着梅格，棕色的眼睛流露出无限爱意。梅格心头怦怦乱跳，既想跑开，又想停下细听。

“噢，不，请不要这样——还是别说好。”她边说边试图把手抽回，脸上忍不住流露出惊慌的神色。

“我不会烦你，我只想知道我在你心里头是不是有一丁点儿的位置，梅格。我是这么爱你，亲爱的。”布鲁克先生温柔地说。

这本来到了镇静自若地说那番漂亮话的时候了，但梅格却没有说；她一个字也记不起来了，只低垂着头，答：“我不知道。”声音又轻又软，约翰得弯下腰来才勉强听到这句傻气的回答。

他似乎一点也不嫌麻烦，只自顾自笑起来，仿佛畅心满意，感激地握紧那只胖胖的小手，诚恳地劝说道：“你能试着弄清楚吗？我很想知道，不弄清楚我最终是否能得偿所愿，我就连工作也没有心情。”

“我年龄尚小。”梅格颤抖着声音说。她不明白自己为何抖个不停，但心中颇感高兴。

“我可以等，在此期间，你可以学着喜欢我。这门课是否太难，亲爱的？”

“如果我想学就不难，不过——”

“那就学吧，梅格。我乐意教，这可比德语容易。”约翰打断她，把她的另一只手也握住。这样她的脸便无处可藏，他可以弯下腰来细看一番了。

他说得情真意切，但梅格含羞偷偷看他一眼，却看到他一双含情脉脉的眼睛藏着喜意，嘴角挂着一丝成功在握的微笑，十分得意，心中不觉着了恼。此时安妮·莫法特教给她的愚蠢的卖俏邀宠之道闯进了她的脑海，一股潜藏于小妇人内心深处的支配欲在心中突然升起，令她失去自制。由于兴奋激动，她头昏眼花，手足无措，一时冲动，竟把双手抽出，怒声说道：“我不想学。请走开。别烦我！”

可怜的布鲁克先生神色大变，仿佛他那漂亮的空中楼阁在身边轰然倒落。他以前从来没见过梅格发这样的大火，心中不觉糊涂起来。

"你真的这样想？"他焦急地问，在后面跟着她走。

"一点不假。我不想为这种事情烦恼。爸爸说我不必，这太早了，我也宁可不去想它。"

"你可以慢慢改变主意吗？我愿意默默等待，直到你有更多时间。不要捉弄我，梅格。我想你不是这种人。"

"对我你最好什么也别想。"梅格说。一句话既逞了自己的威风，又使得情人心如火煎，她心中升起一股淘气的快意。

他的脸色立时变得阴沉煞白，神态与她所崇拜的小说男主人公大有相近之处，但他没有像他们那样拍额头，或迈着沉重的脚步在屋子里乱转，而只是呆呆站在那儿，温情脉脉地痴痴看着她，她心里不由得软了下来。如果不是马奇姑婆在这有趣的当儿一瘸一拐地走进来，接下来会发生何事就不得而知了。

老太太在户外散步时碰到了劳里，听说马奇先生已经到家，就要见见自己的侄儿，于是立即驱车而至。此时一家人正在后屋忙乱，她便悄悄进来，意图给他们一个意外惊喜。她果然令二人大吃一惊：梅格吓得魂飞魄散，如同撞着了鬼；布鲁克先生身子一闪溜入书房。

"啊哟，出了什么事？"老太太早看到了那位面色灰白的年轻人。她把手中的藤杖一叩，望着脸红耳赤的梅格叫道。

"他是爸爸的朋友。你让我吓了一跳！"梅格结结巴巴地说，自知这回又有一番教诲好听了。

"显而易见，"马奇姑婆一面回答，一面坐下，"但你爸爸的朋友说了什么，叫你脸上像搽了生姜一样？一定有什么事情瞒着我，还是老实说出来吧。"手杖又是一叩。

"我们只是闲谈而已。布鲁克先生来拿自己的雨伞。"梅格开口说，只盼望布鲁克先生和雨伞已双双安全撤出屋外。

"布鲁克？那孩子的家庭教师？啊！我明白了。这事我全知道。乔一次在读你爸爸的信时说漏了嘴，我让她说出来。你还不至于应承了他吧，孩子？”马奇姑婆愤愤地叫道。

“嘘！他会听到的。我去叫妈妈吧？”梅格说，显得惊慌失措。

“等等。我有话要跟你说，必须立即把话说明。告诉我，你是不是想嫁给这个傻瓜？如果你这样做，我一分钱也不会留给你。记着这话，做个明事理的姑娘。”老太太一字一句地说。

马奇姑婆可谓专擅于撩起最温柔儒雅的人的逆反心理，而且乐在其中。我们大多数人骨子里头都有一种刚愎任性的意气，尤其是在少不更事和坠入爱河之时。假若马奇姑婆劝梅格接受约翰·布鲁克，她大有可能说一声“不”；但她却颐指气使地命她不要喜欢他，她于是当即决定要反其道而行之。她本来早有此意，再经马奇姑婆这一激，下此决心便十分容易。在莫名的激动亢奋之下，梅格以非同寻常的气魄一口回绝了老太太。

“我愿意嫁给谁就嫁给谁，马奇太太，你喜欢把钱留给哪一个我们也悉听尊便。”她点着头坚决地说。

“好有骨气！你就这样对待我的忠告吗，小姐？让你在草棚茅舍里头做你的爱情梦去吧，过不多久你就会尝到失败的滋味，到那一天你一定后悔莫及。”

“但有些嫁入豪门的人失败得更惨。”梅格反击。

马奇姑婆从未见过这个姑娘如此动气，于是戴上眼镜把她仔细审视一番。梅格此时几乎不知道自己是谁，只感到勇气十足，毫无羁束——十分高兴能为约翰说话并维护自己爱他的权利，如果她愿意。马奇姑婆发现自己开错了头，寻思了少顷，决定重开一次，尽量温和地说：“嗳，梅格，好孩子，懂事，听我的话。我是一片好心，不希望你一开始便走错路，因此一生尽毁。你应该结门好亲，帮补家庭；你有责任嫁一个有钱人，这话你一定要记住。”

“爸爸妈妈可不这么看，虽然约翰穷，他们也一样喜欢他。”

“你的父母，好孩子，幼稚得跟两个婴儿一样，根本不懂世故。”

“我为此感到高兴。”梅格坚定不移地大声说。

马奇姑婆并不在意，继续说教。“这骗子不但穷，也没有什么有钱的亲戚，对吗？”

“对。但他有很多热心的朋友。”

“你不能靠朋友生活，有事求他们时你就知道他们会变得多么冷淡。他没有什么生意吧？”

“还没有。劳伦斯先生准备帮助他。”

“这不会持久。詹姆士·劳伦斯是个怪老头，靠不住。这么说来你是打算嫁给一个没有地位、没有生意的穷小子，干比现在更苦的活儿，而不愿听我一句话，嫁门好亲，过一辈子安乐日子？我以为你更有头脑呢，梅格。”

“即使我等上半生也不会做得比这更好！约翰善良聪明，才华横溢，他愿意工作，也一定会做出成绩。他是这样勇敢，这样充满活力。大家都喜欢他，尊敬他。他喜欢我，不计较我家道清贫、年幼无知，我感到很自豪。”梅格说，神情因激动而显得异常美丽。

“他知道你的亲戚有钱，孩子；我猜这就是他喜欢你的原因。”

“马奇姑婆，你怎么能这样说话？约翰不是这种卑鄙小人，如果你这样说下去，我一分钟都不要再听。”梅格气得叫起来，对老太太的不公正猜测感到十分愤慨，“我不会为钱而嫁，我的约翰更不会为钱而娶。我们愿意自食其力，也打算等待。我不怕穷，因为我一直都很快乐。我知道我会跟他在一起，因为他爱我，而我也——”

说到此处梅格止住了，突然想起自己还没有打定主意，而且已经叫“她的约翰”走开，或许他这会儿正在偷听她这番自相矛盾的话呢。

马奇姑婆勃然大怒。她原来一心想让她的漂亮侄女寻一门上好姻缘，却不料遭此辜负。看到姑娘那张幸福洋溢、充满青春魅力的面孔，孤独的老太太心中不禁升起一股又苦又酸的滋味。

“很好，这事我从此放开不理！你是个一意孤行的孩子，这番傻话将令你蒙受重大损失。不，我还有话说。我对你感到万分失望，现在也没有心情见你父亲了。你结婚时别指望我给你一分钱；等你那位布鲁克先生的朋友们来照顾你吧。我俩从今以后一刀两断。”

马奇姑婆当着梅格的面把门砰地一关，怒气冲冲地登上车，绝尘而去。她似乎把姑娘的勇气也带走了。她一走，梅格便一个人站着发呆，不知是笑好还是哭好。她还没来得及理清头绪，便被布鲁克先生一把抱住，只听他一口气说道：“我忍不住留下来偷听，梅格。感谢你这样维护我，也感谢马奇姑婆证明了你心里确实有我。”

“直到她诋毁你时我才知道自己是多么在乎。”梅格说。

“那我不用走开了，可以高高兴兴留下来，是吗，亲爱的？”

这本来又是一个发表那篇决定性的讲话，然后堂而皇之地退下的大好机会，但梅格一点也没有这个意思，反而顺从地低声说：“是，约翰。”并把脸埋在布鲁克先生的马甲上，使自己在乔面前永远抬不起头来。

在马奇姑婆离去十五分钟之后，乔轻轻走下楼梯，在大厅门口稍立片刻，听到里头悄然无声，点头满意而笑，自语道：“她已按计划把他打发走了，此事已经了断。让我去听听这个趣话儿，痛痛快快笑一场。”

不过可怜的乔永远也笑不出来了。她刚踏入门口便吓得呆若木鸡，身子牢牢钉在门槛上，嘴巴张得几乎跟圆瞪的眼睛一样大。只见布鲁克先生沉着地坐在沙发上，而意志坚强的姐姐则高高坐在他的膝上，脸上挂着一副天底下最卑下的百依百顺的神情。她原要进去为击退了敌人而狂欢一番，称赞姐姐意志坚强，终将讨厌的情人逐出门外，不料却见到这番景象，这一惊非同小可。乔猛吸了一口冷气，犹如一盆冷水当头泼下——她绝没料到情形会变得如此恶劣，不禁大惊失色。听到响声，这对恋人回过头来，看到了她。梅格跳起来，神情既骄傲又腼腆，但“那个男人”，如乔所称，竟笑起来，吻了吻惊得目瞪口呆的乔，冷静地说：“乔妹妹，祝贺我们吧！”

这无异于伤害之外又加侮辱——这口气如何咽得下去——乔怒不

可遏，两手狠狠一甩，一声不发便冲了出去。她跑上楼，一头闯进房间，痛心疾首地大叫："啊，你们快下楼；约翰·布鲁克正在干不要脸的事，而梅格竟然喜欢！"把两个病人吓得大惊失色。

马奇夫妇赶紧跑出房间；乔一头把自己摔在床上，一面哭一面骂不绝口，又把这个可怕的消息告诉贝思、艾美。两位小姑娘却觉得这是一件顶顶愉快顶顶有趣的盛事，乔心里方好受了一点，这才爬起身，躲到阁楼上的避难所中，把万般烦恼向她的老鼠们倾诉。

没有人知道那天下午客厅里发生了什么事，但大家谈了许多。一向沉默寡言的布鲁克先生滔滔不绝，他向梅格求婚，介绍自己的计划，又说服大家按他的想法安排一切事情，其能言善辩的口才及穷追不舍的精神令大家刮目相看。

他正在描绘自己打算为梅格创造的乐园，用茶的铃声响了。他骄傲地携梅格入席，两人全都喜形于色，乔见状早已无心妒忌或苦闷。艾美对约翰的忠心耿耿和梅格的端庄高贵印象尤深，贝思远远望着他们微笑致意，而马奇夫妇则万分怜爱地望着这对年轻人，显得十分满意，可见马奇姑婆所言不差，他们确实"像两个不懂世故的婴儿一样"。大家吃得不多，但显得喜气洋洋，旧房间也仿佛由于家里发生了第一桩喜事而变得不可思议地亮堂起来。

"现在你不能说从来没有一件遂心的事情了吧，梅格？"艾美说，一边构思如何把这对恋人双双画进画中。

"对，不能这样说。自打我说这话以来发生了多少事情！那是一年前的事了吧。"梅格回答。她此刻正在做着远远超越了面包牛油这类俗物的美梦。

"在我们经历了种种悲伤之后，欢乐接踵而来，我倒希望从此出现转机。"马奇太太说，"不少家庭有时会遇上多事之秋；这一年便发生了许多事情，但无论怎么说，结局总算不错。"

"但愿来年更好。"乔咕哝道。看到梅格仿佛被一个陌生人摄掉了魂魄，她心里酸溜溜的。乔对一些人爱之甚深，唯恐失去他们。

“我希望从今开始的第三年会有一个更好的结局。我对这有信心，只要我努力实施自己的计划。”布鲁克先生笑微微地望着梅格说，仿佛现在对于他来说一切都成为可能。

“等三年是不是太久了？”艾美问，恨不得婚礼立即举行。

“我还有许多东西要学，还嫌时间不够用呢。”梅格回答，甜甜的脸上露出一种前所未有的严肃劲头。

“你只须等着，活儿由我来干。”约翰边说边付诸行动，捡起梅格的餐巾，脸上的表情令乔直摇脑袋。这时前门砰地响了一声，乔松了一口气，自忖道：“劳里来了。我们终于可以谈点正经事了。”

但乔想错了。只见劳里兴冲冲地雀跃而入，手里捧着一大束似模似样的“喜花”，送给“约翰·布鲁克太太”，俨然把自己当成了这桩好事的促成者。

“我早就知道布鲁克一定马到功成，他一向如此；只要他下了决心要做一件事，即使天塌下来也能做好。”劳里把花献上，又祝贺道。

“承蒙夸奖，不胜感激。我把这话当作一个好兆头，这就邀请你参加我的婚礼。”布鲁克先生答道。他待人一向平和，即使对自己淘气捣蛋的学生也不例外。

“我即使远在天边也要赶回来参加，单单乔那天的脸色就值得我回来一看了。你好像不大高兴呢，小姐。怎么回事？”劳里问，一面跟乔随众人一起来到客厅一角，迎接刚刚进来的劳伦斯先生。

“我不赞成这门姻缘，但我已决定忍下来，一句坏话也不说，”乔严肃地说，“你不会明白我失去梅格有多么难受。”她接着说，声音微微颤抖。

“你并不是失去她，只是与人平分而已。”劳里安慰道。

“再也不会一样。我失去了至亲至爱的朋友。”乔叹息道。

“但你有我呢。我虽不配，但一定会和你站在一起的，我知道，乔，一生一世。一定！我发誓！”劳里此话绝非戏言。

“我知道你一定会的，你待我真好。你总是给我带来莫大的安慰，特迪。”乔答道，感激地握着劳里的手。

“嗳，好了，别愁眉苦脸啦，这就对了。这事并没有什么不好，你瞧。梅格感到幸福，布鲁克很快就能成家立业。爷爷会帮助他。看到梅格在自己的小屋里该是多么令人羡慕。她走后我们会过得十分开心，我很快就会读完大学，那时我们便结伴到国外好好游览一下。这样你心里好受了吧？”

“但愿能够如此。但谁知道这三年里会发生什么事情。”乔心事重重地说。

“那倒是事实。但难道你不愿意向前看，想象一下我们将来会怎么样吗？我可愿意。”劳里回答。

“不看也罢，因为我会看到一些伤心事。现在大家都这么高兴，我想他们将来也不会再高兴到哪里去。”乔说着把房间慢慢扫视一遍，眼睛随之一亮，因为她看到了一个令人愉快的景象。

父亲和母亲坐在一起，悄悄重温着他们约二十年前的初恋情节。艾美正把一对恋人画下来，他们独自坐在一边，如痴如醉，爱情在他们的脸庞上轻轻抹上了一层光辉，给他们蒙上一种描画不出来的美。贝思躺在沙发上，和她的老朋友劳伦斯先生愉快地交谈，老人执着她的手，仿佛觉得它有一种力量，可以领着他走过她所走的宁静的道路。乔靠在自己最喜欢的低椅上，沉静深思，别具一种风韵，劳里倚着她的椅背，下巴贴在她的鬈发上面，在映着两人形容的穿衣镜里头向她点头由衷而笑。

写到此处，帘幕落下，有关梅格、乔、贝思和艾美的故事暂告一个段落。是否再次启幕全看读者们是否接受这部家庭故事剧《小妇人》的第一部。

第二部

第二十四章　闲聊

我们已经聊了些马奇家的事，就此重起炉灶，轻轻松松地去参加梅格的婚礼。假若长者中有谁说这个故事中“谈情说爱”太多——我估摸他们会这样看（我不担心年轻人会提出那样的反对意见）——在此我只得说，我只有拿马奇太太的话来搪塞了：“家里有四个快乐的姑娘，那边还有一个年轻帅气的邻居，你还能指望别的什么呢？”

逝去的三年光阴给这个安宁的家庭带来的变化不大。战争已经结束，马奇先生平安地回到了家里，埋头读书，忙于小教区的事务。他的性格与风度显示出他天生就是一个牧师——一个沉静、勤勉的男人，富于无学究气的智慧、视全人类为“兄弟”的善心，以及融入性格之中的诚信，这一切使他显得既威严又谦和。

尽管贫穷和耿直的性格摒他于世俗的功利之外，这些品德依然吸引着许多可敬的人，如同芳香的花草吸引蜜蜂一般自然。自然地，他给予他们的甜蜜是他从五十年艰辛生涯中提炼出的甜美的蜜汁。热忱的年轻人发现，这位头发花白的学者内心和他们一样年轻；心事重重或满腹焦虑的妇女们本能地向他倾诉她们的烦恼与忧愁，她们确信能从他那儿得到最亲切的同情和最明智的建议；罪人们向这位心地纯净的老人忏悔，祈得训诫与拯救；天资聪颖的人视他为知友；自命不凡的人隐约感到他比自己有更高尚的怀抱；即便凡夫俗子也承认，他的信仰美而且真，虽然“它们带不来实惠”。

在局外人看来，似乎是五个精力充沛的女人统治着这个家庭，在许多事情上也确实如此；但是，坐在书堆里的那位沉静的学者依然是一家之主，是这个家庭的良知、靠山和安慰者。遇到困境时，忙碌焦躁的女人们总是转而向他讨主意，发现丈夫、父亲这两个神圣的字眼对于他名副其实。

姑娘们将心交与妈妈，将灵魂交与爸爸，将爱奉献给为她们活着、操劳着的双亲，这爱随着年龄的增长与日俱增，如同赐福人生并超越死亡的美妙纽带将他们温柔地系在了一起。

马奇太太虽然比我们前面看到时衰老多了，却依旧生气勃勃，精神饱满。现在她把心思全放在梅格的婚事上，这样一来，依旧挤满受伤的“男孩们”和士兵的未亡人的医院和收容所，无疑要怀念她那慈爱垂悯的探访了。

约翰·布鲁克勇敢地服了一年兵役，受了伤，被送回家，没再让他回部队。他的领章上既未加星也未加军阶线，然而他无愧于这些，生命与爱情之花灿然开放是多么可贵，而他冒着失去这一切的危险，精神抖擞地毅然从军。约翰完全听从退役安排，一心一意地恢复身体，准备经商，为与梅格组合家庭挣钱。他明白事理，刚毅自强，因此，他谢绝了劳伦斯先生的慷慨相助，接受了簿记员的职位，觉得以自己的劳动所得来创业比借贷冒险更心安理得。

梅格在工作和等待中度过时光，女性气质愈加丰满，理家艺术日臻完善，人也益发娇媚，原来爱情是功效非凡的美容佳品。她怀抱女孩们通常具有的那种志向与希冀，却又对不得不以卑微的方式开始新生活而感到有些失望。内德·莫法特刚刚娶了莎莉·加德纳，梅格不由自主地将他们华丽的居室、马车、大量的礼品、精美的服饰与自己的作比较，心中暗自希望也能拥有同样的一切。然而，不知怎么，当她想到约翰为迎接她的小家而付出的挚爱与辛劳时，那种忌妒与不平便很快消失得无影无踪。暮霭中他们坐在一起谈论他们的那些小计划，这时，未来总是变得那么美丽而璀璨，莎莉的豪华也被抛到了九霄云外，而她仿佛感到自己就是基督教世界最富有、最幸福的姑娘。

乔再也没回马奇姑婆那里，因为老太太是那样赏识艾美，她提出要让当今最好的老师来教她绘画，以此讨好她。由于这件好事的缘故，艾美便得去服侍这个很难侍候的老太太。这样，艾美上午去为马奇姑婆尽义务，下午则去享受绘画的乐趣，两不爽失。乔全副心思用在文学和贝思身上。贝思患猩红热已成往事，可身体却一直很虚弱。确切地说，她已没病，却再也不似往昔那样面色红润、体质健康了；然而她还是那样满怀希望，幸福而宁静，默默地忙这忙那。她乐于这样。她是每个人的朋友，家庭中的天使，早在这以前，那些深爱她的人就已悉知这一切。

只要《展翼鹰》为她称之为“废话”的故事支付一专栏一美元的稿酬，乔就觉得自己是个有收入的女人。她勤奋地编造着小传奇故事。但是，她那忙碌的脑袋和发热的思想里却酝酿着伟大的计划。阁楼上她那旧锡盒里，墨渍斑斑的手稿在慢慢地增加着，将来有一天它们会使马奇的姓载入名人录。

劳里为让爷爷高兴，顺从地去上了大学，现在，他尽可能地以最轻松的方式完成学业而不失去自己的快乐。他人缘极好，肯散财，有教养，天赋又高。他有一副菩萨心肠，想把别人拉出困境，却常常让自己陷进去。他极有被娇纵的危险，就像许多别的有出息的年轻人那样，如果不是拥有一个避邪的护符，也许真会如此——有位仁慈的老人与他的成败紧紧维系在一起；还有位母亲般的朋友，照顾他如同亲生儿子。最后，也绝非微不足道的便是，他知道那四位天真无邪的姑娘全部由衷地爱他，敬重他，信赖他。

劳里也只是个“快活的性情中人”，他当然也就要嬉闹，打情骂俏，洋溢着公子哥气，随大流，感情用事，热衷体育，一如大学中流行的时尚。捉弄人也被人捉弄，出言无忌，满口村词野语，不止一次险些被停学和开除。但这些恶作剧都起因于好激动和喜欢寻开心，他也总能坦率地认错，体面地悔过，或者巧舌如簧、不容置疑地辩解，从而化险为夷。事实上，他对每次侥幸脱险颇为称意自得，乐于向易受感动的姑娘绘声绘色地描述他如何成功地战胜了恼怒不已的导师、凛然不可犯的教授，又怎样击败自己的对手。在姑娘们眼里，“我班上的男人”是英雄，“我们自己人”的丰功伟绩她们是百听不厌。劳里带他们到家里来，她们常得到这些伟人们的恩宠。

艾美尤为欣赏这一殊荣，她成了这个圈子中的美人儿，因为这位小姐很早便意识到并懂得施展她天赋的魅力。梅格过于沉湎于她的约翰，因而不在意任何其他男人。贝思太羞涩，只能偷看他们几眼，仅此而已。她诧异艾美竟能如此支使他们。乔却感到如鱼得水，她发现很难控制自己不去仿效绅士的姿态、辞令和行为，对她来说这些似乎比为年轻小姐们规定的礼仪更合乎她的本性。男孩子们都非常喜欢乔，但绝不会爱上她，虽然极少有谁能在艾美的石榴裙下不发出一两声充满柔情的赞叹。说到柔情，我们很自然地要到“鸽屋”去看看。

那是布鲁克先生为梅格准备的新家——一幢棕色小屋。劳里为它起的名，他说这个名字对温柔的情人非常贴切，他们“就像一对斑鸠似的一起过活，先是互相接吻，再喁喁谈情”。这是一座小屋子，屋后有个小花园，屋前有块手帕般的袖珍草坪。梅格打算在这里建一个喷水池，植些小灌木，还要有许多可爱的花儿，虽然眼下喷水池由一个饱经风雨的水瓮代替，水瓮很像一个破旧的装盛残羹剩饭的盂盆；灌木丛不过是几株生死未卜的落叶松幼苗，而花圃只是插了许多枝条，标志着那里已撒下了花籽。然而，屋里的一切都赏心悦目。从阁楼到地下室，都令幸福的新娘无可挑剔。确实，门厅太窄了，幸好他们还没有钢琴，因为整架钢琴无法弄进去。餐厅太小，六个人便会挤得转不过身来。厨房的楼梯口似乎是专门建来存放煤箱的，仆人们连同乱七八糟的瓷器都归属其间。然而，一旦习惯了这些小小的瑕疵，就会感到没有别的屋子比它更完美了。因为屋子的装饰显示出独特的见地与雅致的情趣，从而别具一番韵味。没有大理石铺面的桌子，没有长长的穿衣镜，小客厅里也没有饰有花边的窗帘，而摆放着的简洁的家具、丰富的书籍、一两幅美丽的画，窗台上放着的插花，四处散放着的漂亮的礼物，都出自友爱之手，而且爱意深长。

劳里送的礼物是一尊白色细瓷爱神，约翰将它的托架去掉了，但我想爱神并未因此而损失丝毫美感。极富艺术灵感的艾美为她装饰了素净的棉布窗帘，任何装饰商都不能比艾美更别出心裁。乔和妈妈将梅格仅有的几个箱子、桶和包裹放进了她的储藏室，也放进去她们美好的祝愿、愉快的话语和幸福的希望。我想不出还有哪一间储藏室会有这一间丰富多彩。罕娜将所有的盆盆罐罐安排了十几次，作好了生火的一切准备，一俟“布鲁克太太来家”便能点着。我确信，若不是如此，这间崭新的厨房看上去不可能这样舒适整洁。我还怀疑有没有别的主妇开始新生活时会有如此之多的擦布、夹子和碎布袋，贝思为她准备得足以用到银婚之日来临。她还发明了三种不同的抹布，专门用来擦拭新娘的瓷器。

那些雇人做这些工作的人们根本不知道他们失去了什么，这些最平常的事务由充满爱意的手来做，便会产生美感。梅格从很多地方得到了印证。她小窝里的每一件物品，从厨房里的擀面棍到客厅桌上的银花瓶，都明白地显示出家人的爱心与细致的筹谋。

他们一起计划着，多么幸福的时光！多么庄严的嫁妆采购！他们犯了些多么可笑的错误！劳里买来些滑稽的便宜货，又引起了怎样的阵阵笑声啊！这位年轻先生爱开玩笑，尽管就快大学毕业了，仍旧孩子气十足。他最近突发奇想，每周来访时，为年轻的管家妇带来些新奇有用的精巧物品。先是一袋奇异的衣类，接着是一台绝妙的肉豆蔻粉碎机，可是第一次试用便散了架。还有一个刀具除垢器，却弄脏了所有的刀具；一个除尘器，能打扫干净地毯的毛绒，却留下了污垢；省力的肥皂，用时洗掉了手上的皮肤；可靠的胶泥，能牢牢粘住上当的买主的手指，却不粘别物；还有各种白铁工艺品，从放零钱的玩具储蓄罐到奇妙的汽锅，那锅产生的蒸汽可洗涤物品，使用过程中却极可能爆炸。

梅格徒然地让他就此打住，约翰笑话他，乔叫他“拜拜先生”。可是他正被这种狂热所左右，非要赞助美国人新奇的设计，让他朋友的家适宜地装备起来不可。因此，大家每周都会看到新鲜的、滑稽可笑的事情。

终于一切准备就绪，包括艾美为不同颜色的房间配备的不同颜色的肥皂，以及贝思为第一顿饭安排的餐桌。

“你满意了吗？它看上去像家吗？在这儿你感到幸福吗？”马奇太太问，母女俩正手挽着手在这新王国里进进出出。此时，她们似乎比以前更温柔地相互依恋了。

“是的，妈妈。我十分满意。感谢你们大家。我太幸福了，倒说不出什么了。”梅格回答，她的表情胜于言语。

“要是她有一两个仆人就好了。”艾美从客厅走出来说道。她刚在那里试图敲定墨丘利[①]铜像放在玻璃柜里好还是壁炉台上好。

“妈和我谈过这事，我决心先试试她的办法。我有洛蒂帮我干活，忙这忙那，该不会有多少事情要做的了。我要干的活儿，只足以使我免于懒惰和想家。”梅格平静地回答道。

“莎莉·莫法特有四个仆人。”艾美开口说。

“要是梅格有四个，她的屋子也没法住下，这样先生与夫人只好在花园里扎营了。”乔插了嘴。她身系一条蓝色大围裙，正在为门把手作最后的加工。

“莎莉可不是穷人的妻子，众多的女仆也正般配她的华宅。梅格和约翰起点低，可是我觉得，小屋里会有和大房子里同样多的幸福。像梅

① 罗马神话中众神的信使。

格这样的年轻姑娘若是啥事也不干，只是打扮、发号施令、闲聊，那就荒谬极了。我刚结婚时，总是盼望我的新衣服穿坏或磨破，这样我就有缝缝补补的乐趣了。我烦透了钩编织品，摆弄手绢。”

“你为什么不去厨房瞎忙乎呢？莎莉说她就是这样以此为乐的，尽管烹饪从不成功，仆人们也总笑她。”梅格说道。

“后来我也是那么做的，但不是‘瞎忙乎’，而是向罕娜学习该怎么做。我的仆人们没有必要笑话我，当时那不过是游戏。可是，有一度我雇不起仆人的时候，我不仅有决心，也有能力为我的小姑娘们烧煮有益健康的食物。我自个儿为此感到很受用。梅格，亲爱的，你是从另一头开始的。但是你现在的学习渐渐地会派上用场。当约翰富裕了一些时，对家庭主妇来说，不管多么显赫荣耀，都应知道活儿该怎样去做，如果她希望被人尽心尽意地侍候的话。”

“是的，妈妈，我相信。”梅格说，她毕恭毕敬地听着这个小小的教诲。就管家这引人入胜的话题来说，大部分妇女都会滔滔不绝地发表意见。“你知道吗？这些小房间里我最喜欢的是这一间。”过了一会儿，她们上了楼，梅格看着她装满亚麻织品的衣橱，接着说道。

贝思正在那儿，她将雪白的织品平整地摆放在橱架上，为这一大批漂亮的织品得意非凡。梅格说话时三个人都笑了起来，因为那亚麻织品是个笑话。要知道，马奇姑婆曾说过，假如梅格嫁给“那个布鲁克”，将得不到她的一文钱。可是，当时间平息了她的怒气，当她为她发的誓后悔时，老太太左右为难了。她从不食言，便绞尽脑汁如何转这个弯子。最后她设计了一个能使她满意的方案。卡罗尔太太，弗洛伦斯的妈妈受命去购买、缝制、设计了一大批装饰屋子和桌子的亚麻织品，并作为她的礼品送给梅格。卡罗尔太太忠实地做了这一切，但是秘密泄露了出来，全家人大为欣赏。马奇姑婆试图做出全然不觉的样子，坚持说她不给梅格别的礼物，只给她那串老式的珍珠项链，那是早就应诺要送给第一个新娘的。

“我很高兴，这是会当家才有的审美能力。以前我有个年轻朋友，开始成家时只有六床被单，但因为有一个洗指钵[①]伴着她而再无所求。”马奇太太带着道地的女性鉴赏力轻轻拍打着绣花台布。

“我连一个洗指钵也没有，但是，这份家当够我用一辈子了，罕娜也这样说。”梅格看上去一副知足的样子，她也满可以这样知足。

“‘拜拜’来了。”乔在楼下叫了起来，大家便一齐下楼迎接劳里。在她们平静的生活里，劳里的每周来访是件大事。

一个高个儿、宽肩膀的年轻人迈着有力的步子快速走了过来，他理着短发，头戴毡帽，身上的衣服宽宽大大。他没有停步去开那低矮的篱笆门，而是跨了过来，径直走向马奇太太，一边伸出双手，热诚地说道：

“我来了，妈妈！啊，一切都好。”

他后面的话回答了老夫人神情里流露出的询问。他漂亮的双眼露出坦率的目光，迎接这种关切的神情。这样，小小的仪式像往常一样，以母亲的一吻结束。

“这个给约翰·布鲁克太太，顺致制作人的恭贺与赞美。贝思，上帝保佑你！乔，你真是别有韵致。艾美，你出落得太漂亮了，不好再当单身小姐了。”

劳里一边说着，一边丢给梅格一个牛皮纸包，扯了扯贝思的发结，盯着乔的大围裙，在艾美面前做出一副带嘲弄味的痴迷样，然后和众人一一握手，大家便谈起话来。

“约翰在哪儿？”梅格焦急地问道。

“丢下一切为明天办理结婚证书作准备去了，夫人。”

“比赛哪边赢了，特迪？”乔问道。尽管已经十九岁，乔一如既往地对男人们的运动感兴趣。

“当然是我们了。真希望你也在场。”

---

① 餐桌上供人就餐时或餐后用的洗手指的碗。

“那位可爱的兰德尔小姐怎么样了？”艾美意味深长地笑着问。

“比以前更残忍了，你看不出我是怎样憔悴？”劳里拍着他宽阔的胸膛，神情夸张地叹息道。

“这最后一个玩笑是什么？梅格，打开包裹瞧瞧。”贝思好奇地打量着鼓鼓囊囊的包裹说道。

“家里有这个很有用，以防火灾或盗贼。”劳里说道。在姑娘们的笑声中，一个更夫用的响铃出现在众人眼前。

“一旦约翰不在家，而你又感到害怕的时候，梅格夫人，只要你在前窗摇它，立刻就能惊动邻居。这东西很妙，是不是？”劳里示范其功效，姑娘们不由捂住了耳朵。

“你们的配合真让我感激！说到感激，我想到一件事，你们得谢谢罕娜，她使婚宴蛋糕免遭毁灭。我过来时看到了蛋糕，要不是她英勇地护卫着它，我就会吃上几口的。它看上去好极了。”

“真不知你可会长大，劳里。”梅格带着主妇的口气说道。

“我尽力而为，夫人。可是，我恐怕长不了多大了。在这种衰败的年代，六英尺大约就是所有男人能长到的高度极限了。”年轻先生回答道，他的头大约和那小枝形吊灯平齐了。

“我想，在这样整洁的屋子里吃东西会亵渎神灵，可我饿极了，因此，我提议休会。”过了一会儿，他补充道。

“我和妈妈要等约翰，最后还有些事情要解决。”梅格说着，急急忙忙走开了。

“我和贝思要去吉蒂·布莱恩家为明天多弄些鲜花。”艾美接过话头。她在美丽的鬈发上戴上一顶别致的帽子，和大家一样大为欣赏如此装扮的效果。

“乔，来吧，别丢开我。我疲倦极了，没人帮助回不了家。不管你做什么，别解下围裙，它怪模怪样的还挺漂亮。”劳里说道。乔将那个他特别讨厌的围裙放入她硕大的口袋里，伸出胳膊，支撑他无力的脚步。

“好了，特迪，我要和你认真谈谈明天的事，”他们一起踱步离开时，乔开口说道，“你必须保证好好表现，别搞恶作剧，破坏我们的计划。”

“绝不再犯。”

“我们该严肃时，别说可笑的事情。”

“我绝不说。你才会那样做呢。”

“还有，我求你在仪式进行中别看我。你要是看，我肯定要笑的。”

“你不会看到我的。你会哭得很厉害，厚厚的泪雾将模糊你的视线。”

“除非有很深的痛苦，不然我从不会哭。”

“比方人家去上大学，嘿？”劳里笑着插嘴暗示她。

“别神气十足了，我只是跟姐妹们一起哭了一小会儿。”

“真的是这样。我说，乔，爷爷这星期怎么样？脾气很温和吗？”

“非常温和。怎么？你有麻烦了，想知道他会怎样？”乔很尖锐地问道。

“哎呀，乔，你以为，如果我有了麻烦，还能直视你妈妈，说‘一切都好’吗？”劳里突然停步，露出受了伤害的神色。

“不，我不这么以为。”

“那么，别这样疑神疑鬼。我只是需要些钱。”劳里说道。她恳切的语调抚慰了他，他继续走路。

“你花钱太厉害了，特迪。”

“天哪，不是我花了钱，而是钱自己花掉了。不知怎么搞的，我还没反应过来，钱已经没了。”

“你那么慷慨大方，富于同情心。你借钱给别人，对谁的要求都不拒绝。我们听说了亨肖的事，听说了你为他做的一切。要是你一直像那样花钱，没人会责怪你。”乔热情地说。

“噢，他小题大做了。他一人抵一打我们这样的懒家伙，你总不会让我眼看着他只为一点点帮助而去干活累死吧，是不是？”

“当然不会。但是，你有十七件背心、数不清的领带，每次回家都戴一顶新帽子，我看不出这有什么益处。我以为你已经过了讲究浮华服饰的时期。可是，这毛病时不时又在新的地方冒了头。如今丑陋的打扮倒成了时髦——你把头弄成了矮灌木丛，穿紧身夹克，戴橘色手套，穿厚底方头靴。要是这种难看的打扮不费钱，我不说什么，可它花钱和别的装束一样多，而且我一点也不满意。”

对于这一攻击，劳里仰头大笑，结果毡帽掉到了地上，乔从帽子上踩了过去。这个侮辱只为他提供了阐述粗糙服装优点的机会。他折起那顶受了虐待的帽子，将它塞进了口袋。

“别再教训人了，好人儿！我一个星期够烦的了，回家来想快活快活。明天，我还是要不考虑花费，打扮起来，让我的朋友们满意。”

“你只要把头发蓄起来我就不烦你了。我并不讲贵族派头，但我不愿让人看见和一个貌似职业拳击手的年轻人在一起。”乔严肃地说。

“这种朴实的发型促进学习，我们因此而采用它。”劳里回答。他心甘情愿地牺牲了漂亮的鬈发，迁就这种只有四分之一英寸长的短发茬，这样当然不能指责他爱慕虚荣。

“顺便说说，乔，我看那个小帕克真的是为了艾美而不顾一切了。他不停地谈论她，为她写诗，神情痴迷，态度真让人起疑。他最好将他稚嫩的热情消灭于萌芽状态，是不是？”沉默了片刻，劳里以推心置腹的、兄长般的口气接着说道。

“他当然该这样。我们不希望几年内家里又有什么婚姻大事。我的天哪，这些孩子们在想些什么啊？”乔看上去大为震惊，仿佛艾美和小帕克已经不是少年了。

“这是个高速时代，我不知道我们会有什么样的结局。你只是个孩子，乔，但是，下一个将是你出嫁，把我们留下来悲叹。”劳里对这堕落的时代大摇其头。

“别惊慌，我不是那种可人儿，没有人要我，但那也是神的恩赐，因为一家之中总要有个老处女的。”

“你不会给任何人机会，”劳里说着瞥了她一眼，晒黑的脸庞上泛起了一点红晕，“你不会将你性格里温柔的一面示人。假如谁偶然窥视到这一面，不由自主地表示他喜欢你，你会像戈米基夫人对她的情人所做的那样——对他泼冷水——变得满身长刺，没有人敢碰你、看你。”

“我不喜欢那种事。我太忙了，无暇去考虑那些废话。我觉得以那种方式解散家庭太可怕了。好了，别再说这事了。梅格的婚礼使我们大家的脑子都错乱了。我们没谈别的，光谈情人以及这类荒唐事儿。我不愿由此发脾气，因此我们换个话题吧。”乔看上去严阵以待，稍稍一激便会大泼冷水。

不管劳里有什么样的感情，他得到了发泄。他们在门口分手时，劳里低声吹了个长口哨，并作了可怕的预测：“记住我的话，乔，下一个出嫁的将是你。”

第二十五章　首次婚礼

六月的那个早晨，覆盖游廊的玫瑰花儿们一大早便睁开了睡眼，露出灿烂的笑容。它们在艳阳下怒放，如同友好的小邻居，事实也正是这样。花儿们激动得满脸通红，在风中摇曳摆动，议论着它们所见之事。一些花儿透过饭厅窗户窥视到那儿摆着宴席，一些花儿往上攀着，笑着向正在打扮新娘的妹妹们点头致意，其他花儿在招手欢迎那些忙这忙那，穿梭于花园、游廊、大厅的人们。所有的玫瑰，无论是鲜艳盛开的花朵，还是色彩最淡的蓓蕾，都以它们的美貌和芬芳向它们那和善的女主人致敬。女主人爱它们，照料它们已经很长时间了。

梅格看上去就像一朵玫瑰。那天，心灵中最甜美的东西似乎都荡漾在她脸上，使那张脸变得充满魅力，温柔美丽无比。她不要丝绸衣服和花边，也不要山梅花。“今天我不想看上去和往日有什么不同，也不想盛装打扮，”她说，“我不要时髦的婚礼，只要身边我爱的人们。我希望在他们眼里，我还是熟悉的老样子。”

因此，她亲手缝制结婚礼服，将女孩心中温柔的希望与天真浪漫都缝进了礼服。妹妹们把她漂亮的头发编成辫子，她身上唯一的装饰是山谷里的百合花。百花之中，“她的约翰”最钟爱百合。

“你看上去真的就是我们家亲爱的梅格，只是太漂亮、太可爱了。要不是会把你的衣服弄皱，我就要拥抱你了。”打扮完毕，艾美欣喜地打量着姐姐，叫了出来。

“那我就满意了。可是，请你们每个人都来拥抱我，亲吻我。别管我的衣服，我今天想让衣服带上许许多多这样的褶皱。”梅格向妹妹们伸出了胳膊，好一会儿妹妹们满面春风地依偎着姐姐，感到新的爱情并未改变昔日的姐妹之情。

“好了，我得去为约翰系领带了。然后我要和爸爸在书房里安静地待一会儿。”梅格跑下楼去行这些小小的礼节，之后便跟在妈妈的身前身后，一步不离。她意识到尽管妈妈脸上露着笑容，内心却隐藏着悲哀：鸟巢里的第一只鸟儿就要展翅高飞了。

眼下，三个姑娘站在一起，为她们朴素的装扮作最后的修饰。我们正好利用这段时间描述一下三年时光给姑娘们的容颜带来的变化。此时此刻，所有的一切使她们看上去动人至极。

乔的棱角已被磨平了许多。她学会了虽不很优雅但也自如地展露风情。卷毛的小平头已长满密密长长的鬈发，目光柔和清亮。如今，从她那从不饶人的舌头上吐出来的只有轻柔的话语。

贝思更加纤弱、苍白，也更加沉静。她那双美丽、友善的眼睛更大了。虽然这双眼睛本身并不悲伤，但眼神却让人伤感。痛苦的阴影触摸着年轻的脸庞，透出一种哀婉动人的坚韧。然而，贝思极少抱怨，总是充满希望地说：“不久就会好起来。”

艾美是名副其实的“家庭之花”。十六岁的她已经具有成熟女性的风韵举止——说不上漂亮，但具有一种无法描绘的魅力。那是一种优雅的韵致。从她形体的曲线，从她的举手投足，从她衣服的飘垂、头发的散落，人们都能发现这种魅力——不是有意为之，却协调一致，如同美貌本身，对许多人产生了吸引力。艾美的鼻子仍使她痛苦，因为鼻子绝不会长直。她的嘴巴也让她苦恼，嘴巴太阔，而且还有一个坚毅的下巴。这些恼人的特征赋予她整个脸蛋以个性，而她却视而不见。她宽慰自己，她有着白皙的皮肤、敏锐的蓝眼睛，以及比以前更浓密的金色鬈发。

三个女孩都穿着银灰色的薄裙(她们最好的夏装),发辫和胸口都插着红色的玫瑰。三个人看上去都具有这个年龄女孩们应有的特征——脸上透着活力,心中荡漾着幸福,在忙碌的生活中暂停片刻,带着渴望的眼神,阅读女子浪漫故事中最甜美的一章。

没有各种仪式,一切都尽可能地轻松自然。因此,当马奇姑婆到来时,看到眼前的一切不由大为震惊:新娘竟跑出来迎她,而新郎却忙着固定一个掉下来的花环,身为父亲的牧师则两只胳膊下各夹着一瓶酒一本正经地往楼上走。

"哎呀,真是乱七八糟!"老太太叫道,一屁股坐在为她准备的雅座上,摆弄着她那淡紫色波纹绸衣的皱褶,发出好一阵沙沙声,"孩子,要到最后一刻你才能被人看见啊。"

"姑婆,我不是展品,没有人来盯着我看,评判我的衣服,或估算婚宴的费用。我太幸福了,顾不上别人怎么说怎么想。我要以我喜欢的方式举行我的婚礼。约翰,亲爱的,给你锤子。"梅格就这样走开了,去帮"那人"干那件完全不适合他的工作。

布鲁克先生甚至没有说声"谢谢"。但他弯腰去接那毫无浪漫色彩的工具时,在折门后吻了他的小新娘。那种景象使马奇姑婆急忙掏出手帕,抹去突然涌进她锐利老眼的泪滴。

哗啦一声,叫声,劳里的笑声,伴随着不雅的惊叹:"天啊!好家伙!乔又把蛋糕毁了!"引起了一阵忙乱。这边还没完,那边又来了一群堂表兄妹,正像贝思小时候常说的:"大队人马驾到。"

"别让那小巨人靠近我。他比蚊子还让我烦。"马奇姑婆对艾美耳语道。屋子里挤满了人,而劳里的黑色头顶超出所有人。

"他答应过我今天好好表现。如果他愿意,他能做得非常优雅。"艾美回答道。她溜过去警告海格立斯[1]当心这位严厉的姑婆,可警告倒使

① 罗马神话中宙斯之子,力大无比。此处指劳里。

他一门心思缠住老太太，让老太太差点发疯。

没有婚礼上常见的列队行进，但马奇先生和一对新人在绿色的拱门下站定时，屋里一片寂静。妈妈和妹妹们挨得紧紧的，好像极不情愿送走梅格。爸爸不止一次停下话来，这使得仪式更加美丽、庄严。新郎的手在颤抖，谁也没听清他的回答；然而，梅格直盯着丈夫的双眼说道："我愿意！"她的面容、她的声音都带着温柔的信任，这让母亲感到欣慰，马奇姑婆却嗤之以鼻。

乔没有哭，尽管差一点儿就哭出来。她意识到劳里正盯着她看，淘气的黑眼睛里带着既欢乐又伤感的可笑神色，这才忍住没哭。贝思把头埋在妈妈肩膀里。艾美站在那儿，就像一座优雅的雕像，一束阳光抚摸着她白皙的额角和头上的花束，好看极了。值得一提的还有很多，可婚礼一完，梅格就哭了出来："第一个吻给妈咪！"她转过身，用充满爱意的唇，吻了吻妈妈。接下来的十五分钟，她看上去愈发像一朵玫瑰了，从劳伦斯先生到罕娜嬷嬷，每个人都最大限度地享受了这一殊荣。老罕娜围着条精巧的大头巾，在大厅里扑在梅格身上，又是哭又是笑，叫着："祝福你，亲爱的，一百遍！蛋糕一点儿也没事，一切看上去都好。"

然后大家都振奋起来，说了些或试着说些鼓舞人心的话。他们做得很好，轻快的心情容易产生笑声。没有展示礼物，因为礼物已经陈列在小屋中了；也没有精心烹制的早餐，但是午餐很丰盛，蛋糕、水果，全用鲜花装饰着。劳伦斯先生和马奇姑婆耸耸肩，相视而笑，他们发现三个斟酒女神[①]来回传递的饮品只是水、柠檬汁和咖啡。但是谁也没吱声，直到劳里出现在新娘面前。他手端装满食物的托盘，脸上带着迷惑的神情，坚持让新娘吃东西。

"是不是乔不慎把酒瓶打碎了？"他轻声问，"或许我只是自找没趣，我早上看见地上有一些碎酒瓶。"

① 斟酒女神原指赫柏，相传为主神宙斯和天后赫拉的女儿，这里指代来回斟酒的三姐妹。

“不是，你爷爷很客气，把他最好的酒拿来给我们了，而且，马奇姑婆也送过来一些。但是爸爸给贝思留了一些，将剩下的送给军人之家了。你知道，他认为只有生病时才能喝酒。妈妈说，她和她的女儿们都不会在家中用酒招待年轻人。”

梅格认真地说着，想着劳里会皱眉或笑笑，但他既没皱眉也没笑，而是迅速地扫了她一眼，像他惯常一样冲动地说：“我喜欢那样。我看够了喝酒造成的危害，希望别的女人们也能像你们这样想。”

“并不是经验使你变聪明的吧，我想。”梅格的语调含着担心。

“不是，我保证。但也别把我想得太好。这对我不算诱惑。在我长大的地方，酒和水一样普遍，而且几乎无害。我不喜欢酒，但是，如果一个美丽的姑娘向你敬酒，你就不想拒绝了，是吧？”

“可你会拒绝的，即使不为你自己，也要为别人着想。劳里，答应我，给我加条理由，让今天成为我一生中最幸福的日子。”

这样突然、认真的请求使年轻人犹豫了一会儿，因为嘲弄比自我克制更难忍受。梅格知道，一旦他作出许诺，他将不顾一切遵守诺言。她感觉到了她的力量，为了朋友好，她以女人的方式运用了她的力量。她没有说话，抬头看着他。幸福使她的脸富于表情，她的笑容似乎在说：“今天谁也不能拒绝我的要求。”劳里当然也不能。带着会意的笑容，他把手伸给她，由衷地说道：“我答应你，布鲁克太太。”

“谢谢你，非常感谢。”

“为你的决心干杯，特迪。”乔叫着，泼了一杯柠檬汁为他洗礼。她摇着杯子，赞许地朝他微笑。

就这样，祝了酒，发了誓，尽管有许多的诱惑，劳里还是忠实地遵守了诺言。女孩们有着本能的智慧，瞅准了这样一个幸福时刻为她们的朋友做了件好事，为此劳里终生感谢她们。

午餐后，人们三三两两走出房门，在花园里随意散步，享受着屋外的阳光。梅格和约翰碰巧一起站在草地中央。劳里突然来了灵感，一下给这不时髦的婚礼最后润了色。

“所有结了婚的拉起手来，围着新郎新娘跳舞，就像德国人那样，我们单身汉和未婚女在外围捉对跳！”劳里喊道，他正和艾美沿着小路散步。他的话很有技巧，极具感染力，大家毫无异议，跟着跳起来。马奇先生和马奇太太、卡罗尔叔叔和婶婶先开了头，别的人很快也加入进去。莎莉·莫法特犹豫了一小会儿，也将裙裾搭在臂上，迅速将内德拖进舞圈。最可笑的是劳伦斯先生和马奇姑婆这一对。老先生跳着稳重庄严的快步过来邀请老太太，老太太将拐杖往胳膊下一夹，便轻快地随着老先生和其他人一起绕着新人跳起来。而年轻的人们则像仲夏时节的蝴蝶一样在花园里翩翩起舞。

大家跳得气喘吁吁，即兴舞会这才结束。然后人们开始离开。

“祝你幸福，亲爱的。衷心愿你一切都好，可我想不久你会后悔的。”马奇姑婆对梅格说。新郎送她上马车，她又接着说：“年轻人，你得了个宝贝，留神，你要配得上她。”

“内德，这婚礼一点也不时髦，但是我参加过的最美好的婚礼，也不知是为什么。”驾车离开时，莫法特太太对丈夫这样评论道。

“劳里，我的孩子，你如果也想享这种福，就在她们姐妹里头找一个来帮帮你，我会十分满意的。”上午的兴奋已过，劳伦斯先生一边说着，一边坐进安乐椅休息。

“我会尽量让您满足的，先生。”劳里非比寻常地恭敬回答，一边仔细拿下乔为他别在纽扣洞里的花束。

小屋并不远，梅格的新婚之旅便是随着约翰静静地从老屋走向新房。她走下楼来，身着暖灰色的长裙，头戴系着白结的草帽，看上去就像个美丽的贵格会女教徒。大家都围过来，友爱地向她道别，仿佛她就要去作远途旅行。

“亲爱的妈咪，别以为我和您分开了，别以为我这么爱约翰对您的爱就减少了。”她热泪盈眶地偎着妈妈说。过了一会儿，她又说：“爸，我每天都要回家。我是结了婚,可我想在你们大家心中保留老位置。贝思要常来陪伴我。乔和艾美要时常过来看我管家出洋相。大家让我度过了幸福的结婚日,谢谢,再见,再见!”

大家脸上充满爱意、希望与自豪,站在那里目送梅格手捧鲜花,依偎着丈夫走远了。六月的阳光照亮了她幸福的面庞——就这样,梅格的新婚生活开始了。

第二十六章　艺术尝试

人们花很长时间才能区分天赋和天才，有抱负的年轻男女尤其如此。艾美经过许多磨难才知道两者的区别。她误将热情当作灵感，带着年轻人的冒险心理尝试了各门艺术。有好长一段时间她的“泥饼”作坊停业了。她全身心地投入到极精细的钢笔画习作中，在这门艺术中展露出鉴赏力与技巧。她雅致的作品令人合意且有利可图。但作钢笔画太伤眼睛，她收起了笔墨，又开始大胆地尝试烙画。

在她工作期间，全家人一直害怕会有大火灾，因为屋子里整天弥漫着燃烧的木头气味，烟不时从阁楼、棚屋蹿出来，频率惊人。地上乱放着烧红的拨火棍。罕娜睡觉前总是准备好一桶水，门边放好用餐铃，以防万一失火。拉斐尔的头像被醒目地烙在擀面板下面。酒神巴克斯给画在了啤酒桶盖上。一个唱歌的小天使装饰着糖罐。绘制罗密欧与朱丽叶的尝试，使燃烧持续了一段时间。

手指灼痛了，从火到油彩便成了自然的转折。艾美热情丝毫不减地投入到绘画中。一个艺术家朋友用他废弃的调色板、刷子和水彩将艾美装备起来，艾美便开始涂抹，画出陆上海上从不曾见到的田园风光和海洋景色。她画的牛群丑陋怪异，永远不要指望它们能在农市上获奖；她画的船只危险地颠簸，对一个最懂得航海的观众来说，第一眼看到这张全然不顾造船及帆缆准则的画幅，即便不笑得前仰后合，也会晕起船来。黝黑的男孩和黑眼睛的圣母从画室的一角凝视着你，暗示出牟利罗[1]的风格；面孔上油腻的棕色阴影带着错位的俗艳条纹，这是伦勃朗[2]的画法；丰满的妇女和浮肿的婴孩，则是鲁本斯[3]的笔致；透纳[4]的画风出现在描绘暴风雨的画面中：蓝色的雷、橘色的电、棕色的雨、紫色的云，中间泼洒着西红柿颜色的一块，可能是太阳或救生圈，也可能是海员的衬衫或国王的长袍，欣赏者爱怎么理解都行。

随后艾美又搞起了木炭肖像画。全家人的肖像挂成一排，看上去毛糙糙、黑乎乎，仿佛是刚从煤箱里弄出来的。到画铅笔素描时，情况得以改善，画像的相似度不错，艾美的头发、乔的鼻子、梅格的嘴巴以及劳里的眼睛被宣布“极像”。紧接着，艾美又回头摆弄起黏土和石膏。艾美的熟人们的模型幽灵般地出没于屋子的角角落落，要不便从壁橱架上掉下来砸在人们头上。孩子们被诱来当模特，后来他们支离破碎地描述艾美神秘的做法，听起来仿佛她是个小女妖似的。可是一场不愉快的事故突然终止了她在这方面的努力，同时也熄灭了她的热情。有一度她制作其他模型失败了，便开始制作自己美丽的脚。一天，全家人被一种可怕的撞击声和叫声弄得惊恐万状，大家跑过来救援，发现年轻的艺术狂在棚屋里乱蹦乱跳，一只脚紧紧粘在满满一盆石膏里，石膏出人意料地迅速变硬了。大家费力地、危险地将她挖了出来，乔挖掘时笑得太厉害，刀子挖得太深，伤了那只可怜的脚，给艾美的艺术尝试留下了永久的纪念。

打那以后，艾美平静下来。可后来她又迷上了风景素描，这使得她常去河边、田野、树林研究景色，她渴望能临摹遗迹。她坐在潮湿的草

---

① 牟利罗（1618—1682）：西班牙巴洛克画家，风格柔和细腻。

② 伦勃朗（1606—1669）：荷兰画家，擅长运用明暗对比，讲究构图的完美，尤擅于表现人物的神情和性格特征。

③ 鲁本斯（1577—1640）：佛兰德斯画家，巴洛克艺术代表人物，在欧洲艺术史上有巨大影响。

④ 透纳（1775—1851）：英国风景画家，擅长水彩画，融合油画与水彩技法，追求光与色的效果。

地上画下“美妙的随笔”，一块石头，一个树桩，一个蘑菇，一根折断的毛蕊花茎，或者“一大片祥云”，画下来就像是羽毛褥垫精品。就这样她老是感冒。她在仲夏的烈日下泛舟河中研究光影，也不管这样会晒黑皮肤。她试着找准“视点”，也就是眯着眼睛调角度什么的，鼻子上弄出了皱纹也不在乎。

米开朗琪罗曾断言：“天才就是永恒的耐心。”假如真是这样，那么艾美便具有这样非凡的品质。尽管她遇到了许多障碍，遭受了失败和挫折，她还是坚持下去了。她坚信总有一天她会创作出值得称为“高雅艺术”的作品。

她学着，干着，同时也欣赏着别的东西。因为即便她成不了伟大的艺术家，也决心成为一个迷人的有才艺的妇人。在这方面，她较为成功。她是那种生性乐天的人，这种人广交朋友，不用费力便可讨人喜欢，他们生活得优雅轻松，致使一些运气不佳的人认为他们是在幸运星照耀下降临人世的。艾美本能地知道做什么既讨人喜欢又恰如其分。她总是见什么人说什么话，而且会相机行事。她沉着冷静，姐姐们总是说：“即使艾美事先毫无准备，走上法庭她也完全知道该怎样去做。”

艾美的一个弱点是渴望打进“上流社会”。其实她并不确定到底什么是上流社会。在她看来，钱、地位、时髦的才艺、优雅的风度是最需要的。她喜欢和拥有这一切的人们来往，往往错将假的当成真的，赞美不该赞美的。她从未忘记她生来就是一个淑女，只因家道清贫而没有地位，于是她培养着贵族趣味和感情，随时准备打入上流社会。

朋友们称她为“贵夫人”，她自己也衷心希望能成为真正的贵夫人，但她也由衷地懂得，钱买不来优雅的性情，地位不能赋予人贵族气质。有些人外表上尽管失意，身上还是显示出纯正的教养。

“妈妈，我想请你帮个忙。”一天，艾美走进家门，郑重其事地说。

“噢，什么忙，小姑娘？”妈妈答道。在妈妈的眼里，这个高贵的年轻女士依旧是个“宝宝”。

"下星期我们绘画班放假，姑娘们将离开学校回家过暑假。我想在这之前邀请她们来我们家玩一天。她们很想看看这里的河，画下那座断桥，临摹我画册里的那些东西，她们对那些很欣赏。在很多方面她们对我都很好，我感激她们，她们都很富有，也知道我贫穷，但她们并没有对我另眼相待。"

"她们为什么会这样呢？"妈妈带着姑娘们称为"玛丽亚·特蕾西亚[①]的神气"提出了问题。

"你我都晓得，几乎每个人都嫌贫爱富。您也别学那可爱的抱鸡婆，看到小鸡崽遭到强鸟啄，便竖起羽毛发怒。要知道，丑小鸭也会变成天鹅的。"艾美温和地笑了笑。她有个好脾气，而且性格开朗。

马奇太太笑起来，她放下做母亲的架子问道："那么，我的天鹅，你打算怎样做？"

"我想下星期请姑娘们过来吃饭，带她们坐车去她们想看的地方，也可能去划船，为她们开一个艺术游园会。"

"听起来能行。你准备用什么作午宴？得有蛋糕、三明治、水果和咖啡，是吧？"

"噢，不，亲爱的！我们得吃冷舌肉、鸡、法国巧克力，还要冰淇淋。那些女孩们习惯吃这些东西。虽然我不过是在挣钱糊口，还是希望我的午宴优雅得体。"

"有多少姑娘？"妈妈问，态度认真起来。

"班里有十二或十四个，可我敢说她们不会都来。"

"天哪！孩子，那你得包一辆车把她们接来。"

"哎呀，妈，您想到哪儿去了。也可能只来六个或八个。这样，我只要租部旅行马车，再借上劳伦斯先生的'樱木弹跳车'。"（罕娜就是这

① 玛丽亚·特蕾西亚（1717—1780）：奥地利女大公、匈牙利和波希米亚女王，神圣罗马帝国皇帝弗兰西斯一世的皇后。

么念敞篷大马车[①]的。)

“这会花掉许多钱的,艾美。”

“不太多,我已算过账,我自己出钱。”

“亲爱的,你可想过,这些女孩已习惯了这一切。我们尽力做到的对她们毫无新意。也许简单点的计划会更令她们满意。比方来点变化,尝试一种违反时尚的风格,这样,那些我们不需要的东西就用不着去买呀借呀,这对我们也许更好。”

“要是不能按我的心意去办,我就根本不想办了。我晓得,假如你和姐姐们能帮一点忙,我会操办得很好。我不懂干吗我自己愿意出钱还不能办。”艾美语气坚决地说,反对意见使她固执起来。

马奇太太懂得,经验是良师。只要可能,她就让孩子们自己去从经验中吸取教训。要是孩子们不像在前面说的盐和山扁豆事件中那样拒不听取建议,她会乐意使教训变得轻一些。

“那好,艾美,要是你一心一意想这样做,觉得这样不会花太多的钱和时间,不会太伤神,我就什么也不说了。去和姐姐们商量商量,不管你怎样决定,我都会尽力帮你的。”

“谢谢您,妈,您总是这么好。”艾美去向姐姐们谈她的计划了。

梅格当即许诺帮忙,并乐意提供她所有的一切,从她的小屋到她最好的盐匙。然而乔却皱着眉反对整个计划,一开头就不愿插手。

“你到底为什么要花掉自己的钱,还要烦扰家人,把家里搞得天翻地覆,来讨好那一群一点也不喜欢你的女孩子们?我还以为你有足够的自尊心,不会因为哪个平常女子穿着法国靴子,坐着小轿车,就去向她献媚呢!”乔说道。她的小说正写到悲伤的高潮,却给打断了,没一点儿情绪谈社交活动。

“我没有献媚,而且我和你一样也讨厌受人恩惠。”艾美气愤地反

① 英语里敞篷大马车和樱木弹跳车的发音很相似。

驳。这两姐妹一碰到这种问题，还是要吵。“那些女孩就是喜欢我，我也喜欢她们。虽然你胡说她们时髦不好，但她们非常友善，头脑清楚，又有天赋。你不在乎培养风度、情趣，进入上流社会，让别人喜欢你，可我在乎。我要充分利用每一个到来的机会。要是愿意，你尽可过贫穷清高的日子，说那是自立，我不会那样做。”

一旦艾美磨快了舌锋，放开了思路，她总是占上风。她这一边总是合乎常理，而乔喜欢自由，讨厌习俗，争吵中又走极端，结果总是输。艾美给乔的自立观下的定义恰如其分，两个人都哈哈大笑起来，争论也转而温和了些。最后，乔完全违反了自己的意愿，同意放弃一天时间不去格伦迪夫人那儿，帮妹妹干完她认为“毫无意义的事情”。

发出的请帖几乎都被收下了。这件大事安排在下星期一。罕娜不太高兴，因为她一周的工作给打乱了。她预言：“要是衣服不能按时洗熨，所有事儿都会搅成一团糟。”家庭机器运转的这一关键处要是出了故障，可要令大家焦虑的。但是，艾美的格言是“决不绝望”，既然她抱定了主意这么做，就开始排除障碍干起来。首先，罕娜的烹调不能令人满意：鸡烧老了，舌肉太咸了，巧克力做得不对劲。接着，蛋糕和冰淇淋的花费超出了艾美的预算。马车和各种其他费用也是如此。开初算来似乎数目不大，结果算下来数字惊人。贝思感冒了卧床休息。梅格来的客人多出往日，出不了门。乔情绪对立，结果失手摔坏东西，引起事故，出的错又多又大，令人难堪。

“要不是有妈帮忙，我那天根本过不了关。”艾美后来充满感激地回忆着，其时大家已完全忘了“那一季节最好笑的事”。

那个星期一假如天气不好，小姑娘们就星期二来——这样的安排让乔和罕娜恼火到极点。星期一早上，天气反复无常，比持续下雨更让人烦心。下了一点毛毛雨，出了会儿太阳，又刮了点风，等到稳定下来时，再作决定已为时过晚。艾美天刚亮就起床了，逼着家人也早早起床，吃完早饭，这样好将屋子收拾得井井有条。她突然觉得客厅太破烂不堪了，顾不上为她缺少的东西叹息，而是很有技巧地充分利用起她所拥有的东西。她在地毯的破旧处安放些椅子，用常春藤镶边的画儿遮住墙上的污迹，用自制的雕像填充空荡的屋角。乔将插着鲜花的花瓶四处乱放着，这样一来，屋子里有了一种艺术格调。

她审视了准备好的午餐，看上去不错。她由衷希望吃起来味道也好，希望能安安全全地将借用的杯子、瓷器和银餐具拿回去。车子有了着落，梅格和妈妈都准备好效劳，贝思可以在厨房帮罕娜，乔答应像没事儿似的做出愉快可亲的样子，她坚决反对这让人头痛的一切，可总还得迁就艾美。艾美一边疲倦地打扮着，一边期盼着幸福的时刻。顺利地用毕午餐后，她将领着朋友们坐车去过一下艺术瘾：那"樱木弹跳车"和断桥是她值得炫耀的东西。想到这些，艾美的情绪又好了起来。

接下来的两小时让人焦虑不安。艾美来来回回地从客厅晃到游廊，大家对客人是否会来意见不一，像风标一样变化不停。姑娘们应在十二点到达，可十一点时下了一场阵雨，显然这雨浇灭了她们的热情，一个人也没来。两点了，烈日炎炎，精疲力竭的一家人坐下来将午宴中易馊的食物吃掉，免得浪费。

"今天天气不会有问题，她们肯定会来。我们得忙起来，作好准备。"第二天早上，艾美被太阳一照醒便说。她嘴上说得轻快，心下却暗暗后悔不该说星期二的话。她的兴趣和那蛋糕一样有点不新鲜了。

"我买不到龙虾，今天你们将就着不吃色拉吧。"半小时后，马奇先生进屋，神色沮丧却平和地说。

"那就用鸡肉吧，鸡肉老一点做色拉不影响。"他夫人建议道。

"罕娜把鸡在厨房桌上放了一小会儿，小猫们舔过了。艾美，我真抱歉。"贝思接了茬。她仍然是小猫们的女施主。

"那我必须要龙虾，光有舌肉是不行的。"艾美口气坚决地说。

"要不要我赶去镇上买一只来？"乔问，显出殉道者的宽宏大量。

"你会不用纸包，把龙虾夹在胳膊下带回来，让我不放心。我自己去。”艾美答道，她已经开始忍不住发脾气了。

她披上厚面纱，拎着个时髦的旅行篮子出发了，心里想着乘车凉快一下能平息怒气，也好应付今天的劳作。耽搁了一些时候，要买的都买了，还买了一瓶调味品，以防家里没有再浪费时间。她坐上回程的车，为她的先见之明庆幸。旅行车里另外只有一个打着盹的老太太。艾美将面纱放进口袋，试着核算出钱都花到哪里去了，以打发沉闷的旅途时光。她手持画满复杂数字的卡片，忙得不亦乐乎，竟没注意到又上来了别的旅客。这个人没喊停车。艾美只听到一个男性的声音：“早上好，马奇小姐。”她抬头见到是劳里的一个最文雅的大学朋友。艾美强烈地希望他在她前面下车，完全不管脚边的篮子了。她庆幸自己穿的是新的旅行服装，便以平常的温顺心性向年轻人回了早安。

他们谈得很投机，因为艾美得知这位先生将先下车，她最担心的事也就不怕了。她以一种特别高贵的语气谈个不停，就在这时，老太太要下车了。她蹒跚着走向车门，把篮子给打翻了——哎哟，糟糕！——形象俗艳的龙虾一下子暴露在这位仿佛都铎王朝王室成员般高贵的人眼前。

“天哪，她忘了带走午饭。”年轻人不知真相，叫了起来。他用手杖将鲜红的龙虾弄回原处，准备将篮子递给老太太。

“请别——这是——这是我的。”艾美咕哝着，脸红得像龙虾。

“噢，真的，请原谅。这龙虾真是不错，是不？”“都铎”沉着镇定，依然兴致勃勃而又认真地说着，显得很有教养。

艾美很快恢复了镇静。她勇敢地将篮子放在了座位上，笑着说：“你难道不想尝尝用它做的色拉，再见见那些享用它的迷人的年轻姑娘们？”

这样说很机智，因为触到了男人的两个主要弱点：龙虾立即罩上了逗人遐想的光环，对“迷人的年轻姑娘们”的好奇也使他不再注意这喜剧式的不幸事件。

“我想他会和劳里一起笑话这件事的，可我听不到，也就没关系了。”当“都铎”向她鞠躬告别时，她这么想着。

回到家她没有提起这场相遇，虽然她发现因为篮子翻了，调味汁顺着衣服曲曲弯弯流到裙子上，把新衣服给毁了。她作着各种准备，现在这些准备工作似乎更令人厌倦了。十二点，一切就绪。艾美感到邻居们对她的行动产生了兴趣，因此极希望今天能大获成功，以抹去昨天失败的记忆。她叫来了"樱木弹跳车"，昂然驶去载接客人们赴宴。

"听到轱辘声了，她们来了。我到游廊去迎接，这样礼节周到些。这可怜的孩子遇到这么多麻烦，我要让她玩得开心。"马奇太太一边说一边往游廊走去。可是，她往外瞥了一眼便退了回来，脸上的表情无法言传，因为在那大大的车厢里，仅仅坐着表情茫然的艾美和一个姑娘。

"贝思，快去帮罕娜撤下桌上的一半食物。把供给十二个人吃的午餐放在一个女孩面前太荒唐了。"乔叫着，匆匆走到隐蔽处，激动得顾不上停下来笑个够。

艾美进来了，她相当镇定，极快乐地热情招待这个唯一遵守诺言的客人。家庭其他成员都有戏剧表演的才能，因此各自的角色都扮演得很好。埃利奥特小姐发现这一家人很有趣，洋溢在他们身上的欢乐情绪无法抑制。愉快地用完调整过的午餐，看过画室与花园，热烈地讨论了艺术，艾美叫了辆双轮轻便马车（哎呀，可惜了，那豪华的樱木弹跳车！），带着朋友静静地观赏周围景色，直到日落时分，"大队人马退场"。

艾美走进屋，看上去很疲惫，但是镇静如常。她看到除去乔的嘴角有一条可疑的皱纹外，这个倒霉的招待会没留下一丝痕迹。

"你们下午驾车玩得开心吧，亲爱的？"妈妈殷勤地问道，好像十二个女孩都来了一样。

"埃利奥特小姐很甜。我想，她看上去玩得很开心。"贝思带着难得的热情评论道。

"能把蛋糕分给我一些吗？我客人不少，确实需要些，我做不出味道这样好的蛋糕。"梅格认真地问。

"都拿去吧，这边只有我一个人爱吃甜食，吃不掉会长霉的。"艾美回答，想到那样充足的准备落了这么个结局，不由叹了口气。

“真可惜，劳里不在这里，不能帮忙。”乔说道。大家坐下来，两天中第二次吃冰淇淋和色拉。

妈妈使了个警告的眼色，乔不再说话，全家人默默地大吃起来。后来马奇先生委婉地说道：“色拉是古人最爱吃的一道菜，伊夫林——”话没说完，众人便爆发出一阵大笑，打断了“色拉的历史”，让博学的先生大为惊讶。

“把所有东西都装到篮子里送给赫梅尔一家吧，德国人喜欢杂烩。我见到这些就作呕。我当了回傻瓜，可没有理由让你们吃得过多噎死。”艾美擦着眼睛哭起来。

“当我看到你们两个女孩坐在那个你叫什么来着的车里颠簸，就像一个大坚果里的两个小果仁，而妈妈却郑重其事地准备迎候一群客人时，我真是要笑死了。”乔叹息着说，身子笑得发软。

“你感到失望我真难过，亲爱的，可我们大家都尽了力让你满意。”马奇太太的语调里充满了母亲的遗憾。

“我确实满意了。我已做了我答应做的事。聊以自慰的是，失败不是我的错，”艾美声音有点发颤地说，“非常感谢大家的帮助，可要是你们不再提起这事，我更感谢你们，一个月，至少。”

有好几个月没人提起这件事。但是，一说到“招待会”这个字眼，大家都会笑起来。劳里送给艾美的生日礼物是一个挂表链的装饰品——小珊瑚龙虾。

第二十七章　文学课

乔突然交上了好运，她的生活道路上落下了幸运钱币。尽管未必是金币，但我怀疑五十万块钱也换不来她以这种方式得到的一小笔钱带给她的快乐。

每隔几星期，她就把自己关在屋里，穿上她的涂抹工作服，像她自己说的，“掉进旋涡”，一门心思地写起小说来。小说一天没写完，她就一天不得安宁。她的“涂抹服”是一条黑色的羊毛围裙，可以随意在上面擦拭钢笔。还有一顶同样质地的帽子，上面装饰着一个怡人的红蝴蝶结，一旦准备动手写作，她便把头发束进蝴蝶结里。在家人好奇的眼里，这顶帽子是个信号。在乔写作的这段时间里，他们都离她远远的，只是偶尔饶有兴趣地伸头探问：“乔，来灵感了吗？”他们也不敢贸然发问，只是观察帽子的动静，并由此作出判断。若是这个富有表现力的服饰低低地压在前额，那表明她正在苦苦思索；写到激动时，帽子便时髦地斜戴着；文思枯竭时，帽子便给扯下来了——在这种时刻，谁闯进屋子都得默然而退，不到那天才的额头上竖起欢快的蝴蝶结，谁也不敢和乔说话。

她根本不把自己看作天才，然而一旦来了写作冲动，她便把全部身心投入进去。她活得极快乐，一旦坐下来进入她的想象世界，便感到平安、幸福——在那里有许多和现实生活中一样亲切的、活生生的朋友，令她意识不到贫困、忧虑，甚至糟糕的天气。她废寝忘食，因为这种快乐的时光太短暂了，而只有在这个时候，她才感到幸福，感到活得有意义，尽管这段时间她没做出别的什么。这种天才的灵感通常要持续一两个星期，然后，她从她的“旋涡”里冒出头来，又饿又困，脾气暴躁，要么便心灰意懒。

有一回，她刚从这样的一次发作中恢复过来，便被劝说陪伴克罗克小姐去听一个讲座。作为对她善行的回报，这次听课使她产生了一个新想法。这是为教徒开的课程，讲座是关于金字塔的。乔弄不清为什么对这样的听众选这样的主题。可她想当然地认定，这些满脑子想着煤炭和面粉价格的听众们，成日里要解开的谜比斯芬克司提出的更难，对他们展示法老们的荣耀，能够大大减少社会的弊端，满足他们贪婪的欲求。

她们去早了。趁克罗克小姐调正长筒袜跟的时候，乔打量着坐在她们周围的人们的面孔，以此消遣。她的左边坐着两个家庭主妇，硕大的额头配着宽大的帽子。她们一边编着织物，一边讨论着妇女权利问题。再过去，坐着一对谦恭的情人，毫不掩饰地手拉着手。一个忧郁的老处女正从纸袋里拿薄荷糖吃；一个老先生盖着黄头巾打盹，作好听课准备。乔的右边，她唯一的邻座是个看上去很好学的小伙子，正在专心地读着报纸。

那是张画报，乔观赏着靠近她一面的艺术画儿。画面上，一个身着全套战服的印第安人跌倒在悬岩边，一只狼正扑向她的咽喉。附近两位愤怒的年轻绅士正在互相厮杀，他俩的脚小得出奇，眼睛却大得出奇。背景中一个披头散发的女人大张着嘴，正奔跑着想逃开。乔悠闲地想着到底是怎样一种不幸的事件，需要如此夸张地渲染。小伙子停下来翻画页时，见乔也在看，便递给她半张，直率地说：“想看看？那可是一流的故事。”

乔微笑着接过来，她喜欢小伙子们，年龄增长也改变不了。很快乔就埋头于这类故事常有的错综复杂的爱情情节、神秘事件和凶杀中去了。这个故事属于那种热情奔放的通俗文学。当作家智穷力竭时，便来一场大灾难，去掉舞台上一半的剧中人物，让另一半人物为这些人的覆灭幸灾乐祸。

“棒极了，是不是？”小伙子问。乔还在扫视着这半张报纸的最后一段。

“我看，假如要写的话，你我同样能写这么好。”乔回答道，她为小伙子赞赏这种无聊的作品感到可笑。

“要是我能写的话，就太幸运了。听说她写这种故事赚了很多钱。”他指着故事标题下的姓名，S. L. A. N. G. 诺思布里夫人。

“你认识她？”乔突然来了兴趣。

“不，她的作品我都读过。我认识的一个朋友就在印这份报纸的地方工作。”

“你是说她写这种故事赚了很多钱？”乔看着布满报纸的惊叹号和几个令人揪心的主人公，有些起敬了。

“我想是的！她晓得人们爱看什么，写这些能赚好多钱。”

这时，讲座开始了，乔几乎一个字都没听进去。当桑兹教授嗦嗦地讲贝尔佐尼①、基奥普斯②、圣甲虫雕饰物和象形文字时，她偷偷摸摸地抄下了报纸的地址。报纸征集轰动一时的故事，并提供一百美元的奖金。乔决心大胆一试。等到讲座结束，听众醒过神来时，她已决定为一笔可观的财富而努力（这已不是她第一次从报纸上挣稿酬）。她沉浸在故事的构思中，拿不定决斗场面放在私奔前还是谋杀后。

回到家，她只字没提她的计划，第二天立即开始工作，这使妈妈非常不安，因为，“天才冒火花”时，妈妈看上去总是有点焦虑。乔以前从未写过这种风格的东西，为《展翼鹰》报写这种非常柔和的浪漫传奇，她扬扬自得。她的戏剧表演经验和广博的阅读现在派上了用场，这使

---

① 贝尔佐尼（1778—1823）：意大利工程师、探险家和埃及学家，一八一七年去埃及发掘墓葬。
② 法老胡夫的希腊名，埃及第四王朝第二代国王。

她掌握了一些戏剧效果，并为她提供了情节、语言及服装。她的故事里充满了绝望和沮丧，因为她有限的几个熟人中有这种使人非常难受的情绪，她就在故事里予以体现。故事的场景设在里斯本，以一场地震结束，这样的结局出人意料，却又合情合理。她悄悄地寄走了手稿，并附上便条，谦虚地声称如果中不了奖，这故事值多少钱就给她多少钱，她会很高兴的。她没敢想过中奖。

六个月的等待是很长的一段时间，一个女孩子要保密，六个月就显得更长了。但是，乔既等了，又守住了秘密。她对再见到手稿已不抱什么希望。这时，来了一封信，使她大吃一惊。因为一打开信封，一张一百元支票便落在了她的膝盖上。有那么一会儿，她盯着支票看，好像那是条蛇。然后，她读了信，哭了起来。假如那位可爱的先生早知道他写的这样一封客套信会给他的同胞带来这样强烈的幸福，我想，他一有空闲时间，便会全用来写信了。乔把那封信看得比钱还重，因为信给了她鼓励，而且在多年努力之后，终于发现自己学会了某些事情，这真让她高兴，尽管只写了个有点耸人听闻的故事。

平静下来后，乔一手拿着信，一手拿着支票，出现在家人面前，宣布她已获奖，人们很难见到比这时的乔更得意的年轻女人了。全家人一下子震惊不已，当然更少不了狂欢庆祝。故事发出来后，每个人都读了，并大加赞赏。爸爸对她说，故事语言不错，爱情表现得生动、热烈，悲剧扣人心弦。然后他超然地摆着头说——

“你能写点更好的东西，乔。瞄准最高的目标，千万别去在乎钱。”

“我倒觉得这件事最好的部分是钱。这么多钱你将怎么花呢？”艾美虔诚地看着这张具有魔力的支票问道。

“送贝思和妈妈到海边过一两个月。”乔即刻回答。

“啊，太妙了！不，我不能去，亲爱的，那样太自私了。”贝思叫了起来。她拍了拍纤弱的手，深吸了一口气，好像渴望新鲜的海风，然后停下来，推开了姐姐在她面前挥动的支票。

“哦，你得去，就这么定了。我写故事就为这个，因此才会成功。我只想着自己时，从来干不好事情。你看，为写作挣钱也成全了我自己，对吗？而且，妈咪也需要换换空气，她不会丢开你，所以你一定得去。等你长胖了回来，面色红润，那该多好！乔医生万岁！她总能治好她的病人！”

反复讨论后，她们终于去了海边。回来时尽管贝思没有像希望的那样长胖，面色变红，但身体感觉好多了。而马奇太太声称她感到年轻了十岁。因此，乔对她的奖金投资很满意，情绪饱满地又开始写作，一心要多挣些令人愉快的支票。那一年，她确实挣了不少，并开始意识到自己在家中的分量。因为通过笔的魔力，她的“废话”使全家人过得很舒适。《公爵之女》付了买肉钱，《幽灵的手》铺了一条新地毯，《考文垂的咒语》让马奇一家过上了丰衣足食的小康生活。

财富的确是人们非常渴望的，然而贫穷也有它光明的一面。逆境的好处之一是人们能从自己艰苦卓绝的奋斗中感到真正的愉快。我们存在于世间的智慧、美丽与能力，有一半得之于困境的激励。乔沉醉于这种愉快的感觉中，不再羡慕那些有钱的女孩。她知道她能不向别人要一分钱而为自己提供需要的一切，从中她获得了巨大的安慰。

小说并未引起多大的注意，但销路不错。她为之鼓舞，决心为名利大胆一搏。她把小说抄了四遍，念给她所有的知心朋友听，怀着一颗惴惴不安的心寄给了三个出版商。小说终于被接受了，不过条件是得删去三分之一，其中还有那些她自己最为得意的地方。

“现在，我必须要么把小说塞回我那蹩脚的灶间加工一下，然后自费出版，要么按出版商的要求将它删短，得我那一份钱。对这个家来说，出名是件好事，可有钱更合宜，所以我想听听你们对这件大事的意见。”乔说着召开了家庭会议。

“别把书毁了，我的姑娘，这故事还有你没想到的含义，而且，故事构思得不错。放一放，等待时机成熟吧。”这是爸爸的建议。他躬行己言，三十多年来，一直耐心等待着自己人生的果实成熟，即使如今已瓜果飘香，他也并不急于收获。

“依我看，试一试比等待更有利，”马奇太太说道，“评论是这种事情最好的检验，能指出她未曾料到的价值和不足之处，促使她下次写得更好。我们的意见过于偏袒她，可是外人对她的褒贬会有用的，即使她得不到什么钱。”

“是的。”乔皱起了眉头，“情况就是这样。这么长时间来我一直忙着这个故事，我真的不知道它是好是坏，还是没有多大意思。让人不带偏见地谈一谈，告诉我他们的意见，将对我大有帮助。”

“假如是我，一个字也不删，你要是删了就会毁了它。故事里面人物的思想比行动更让人感兴趣。如果一直写下去不加解释，会让人摸不着头脑。”梅格说。她坚持认为这是部最最出色的小说。

“可是艾伦先生说：‘去掉解释，使故事简洁、戏剧化，让人物说故事。’”乔提起出版商的意见，打断了梅格。

“照他说的做，他知道什么有销路，我们却不知道。写本好的畅销书，尽可能地赚钱。渐渐地你就会有名气，就能够改变风格，写一些理性的、玄奥的人物。”艾美说，对这件事她的看法的确实用。

“喔，”乔说着笑起来，“要是我的人物是‘理性的、玄奥的’，那不是我的错。我对那些一窍不通，只是有时听爸爸谈起。要是我的传奇故事里能掺进些爸爸的博学思想，对我来说更好。哎，贝思，你怎么看？”

“我就是希望故事快点印出来。”贝思只笑着说了这一句话，她无意中加重了“快点”这两个字的语气，眼神里流露出渴望。她的眼睛里总有一股孩子般的率真。听了她的话，乔心里一阵发冷，一种不祥的预感使她打定主意“快点”小试一番。

就这样，带着斯巴达式的吃苦耐劳精神，年轻的女作家将她的处女作放在桌上，像神话中的吃人妖魔一样不留情地开始大加删改。为了让家人高兴，每个人的意见她都采纳了，就像老人和驴那则寓言所说的那样，结果谁也不中意。

爸爸喜欢那作品无意带上的玄奥特色，因此，尽管乔有疑虑，还是保留了这些。妈妈认为描述部分确实多了些，就这么着，连同许多必要的环节，全给删掉了。梅格欣赏悲剧部分，所以乔大肆渲染痛苦以合她的心意。而艾美不赞成逗乐，乔便好心好意地扼杀了用来点缀故事中严肃人物的欢快场面。她还砍掉了故事的三分之一，就这样完全把它毁了。这个可怜的小传奇故事就像一只被拔了毛的知更鸟，乔深信不疑地将它交付给热闹的大千世界去碰碰运气。

还不错，印出来了。乔得了三百美元，同时也得到了许多赞扬和批评。她没料到有这么多意见，一下陷入迷惑之中，好一段时间不能自拔。

"妈，你说过，评论能帮助我。可评论太矛盾了，搞得我不晓得到底是写了本挺不错的书，还是破了十诫，这样能帮我吗？"可怜的乔翻阅着一叠评论大声叫着。她时而充满自信、快乐，时而愤怒、沮丧。"这个人说：'一本绝妙的书，充满真善美。一切都那么美好、纯净、健康。'"困惑的女作家接着读，"下一个：'书的理论不好，满是令人毛骨悚然的幻想、精神主义至上的念头，以及怪异的人物。'你瞧我没有任何理论，我也不相信精神主义至上论，我的人物来自生活，我认为这个评论家怎么也不能说是对。另一个这么说：'这是美国近年来出版的最杰出的小说之一。'我知道得更清楚。再下一个断言：'这是本危险的书，尽管它内容新颖，写得有气势，有激情。'可不是嘛！一些人嘲笑它，一些人吹捧它，几乎所有人都坚信我想阐述一种深奥的理论，可是我写它只是为了玩儿，为了钱。我真希望没删节全部印出来，不然不如不印。真讨厌被人误评。"家人和朋友们都极力劝慰她，可是对精神高尚、生性敏感的乔来说，这是件十分难受的事。她显然是好心却干出了错事。然而，这件事对她还是有益的，那些有价值的批评意见使作者受到了最好的教益。最初的难受劲过去后，她就能自嘲那本可怜的小书了，而且仍不乏自信。虽然遭受了打击，她却感到自己更聪明、更有力了。

“我不是济慈那样的天才，但这又有何妨！”她勇敢地说，“毕竟，我也有可以嘲笑他们的地方。我取材于现实生活的部分被贬毁为不可能、荒唐。而我傻脑袋里编出来的场景却被赞誉为‘自然、温柔、真实，具有魅力’。所以，我可以用这些安慰自己。等我准备好了，我还会重整旗鼓，写些别的。”

第二十八章　家务经验

像大多数别的年轻主妇一样，梅格带着当个模范管家的决心，开始了她的婚姻生活。应该让约翰感到家像伊甸园，看到妻子笑脸常开，日子过得豪华舒适，若是衣服上的纽扣掉了，就及时钉上，绝不让他察觉。梅格对家务倾注了无数的爱心、精力与诚心，因此，尽管遇到了一些困难，她必然还是会成功。她的伊甸园并不宁静，因为小妇人过分急于讨丈夫欢心。她像个真正的马大[①]，忙忙碌碌，为家事拖累着。有时，她累得甚至笑不出来——吃了美味佳肴，约翰反弄得消化不良，忘恩负义地要求吃清淡饭菜。至于纽扣，她不久就学会惊叹它们又掉到哪儿去了，然后摇头说男人粗心，威胁要让他自己钉，看看他钉的扣子是否更能经得住他笨手笨脚的急扯乱拽。

他们非常幸福，即便后来发现光有爱情不能过活。梅格隔着平常的咖啡壶向丈夫微笑。约翰发现妻子姿色未减。梅格也能从日常的分别中领略到浪漫柔情。丈夫吻过她便柔声轻问："亲爱的，晚餐要小牛肉还是羊肉？"小屋不再是华居，而成了过日子的处所，年轻的夫妇不久就认识到这是好的变化。开始，他们做着过家家的游戏，孩子般地嬉戏着。后来，约翰作为一家之主感到肩膀上责任重大，稳步经起商来。梅

① 宗教人物，马利亚和拉撒路之姊，善于理家。见《新约·路加福音》。

格脱下麻纱披肩，系上大围裙，像前面说的那样，不加考虑，干劲十足地投入家务中。

趁着对烹调的热衷，她读完了科尼利厄斯夫人的《菜谱》，耐心细致地解决烹饪疑难，好像那是数学作业。有时，成功了她便邀请全家人过来帮忙吃掉丰盛的宴席，失败了便私下派洛蒂将食物送给小赫梅尔们去吃，以掩人耳目。晚间和约翰一起结算家庭收支，常使她的烹调热情一度止歇，接下来过一阵节俭日子，那可怜的人儿只能吃到面包布丁、大杂烩，喝再加热的咖啡，这令她大伤脑筋，尽管她坚毅的忍受力值得称道。可是不久，梅格不仅没找到持家的"中庸之道"，又为家庭财产添了件年轻夫妇非有不可的东西——家用腌坛。

带着主妇燃烧的热情，为了贮藏室存满家制食品，梅格着手腌制栗果冻。她让约翰定购一打左右的小坛子，另外买些糖，因为他们自家的醋栗已经成熟，需要立即处理。约翰坚信"我的妻无所不能"，自然也为她的技艺自豪，决意满足妻子的愿望，让他们唯一的果实以最悦人的形态贮存起来预备冬用。于是，四打可爱的小坛子、半桶糖给运回来了，还带回个小男孩帮她摘醋栗。年轻的主妇将漂亮的头发束进一顶小帽里，袖子挽到胳膊，系上条格子花围裙，开始了工作。她这条围裙虽说有围嘴，看上去还挺俏。她对成功深信不疑，难道不是见过罕娜做过上百次吗？开始，那一排坛子着实使她吃了一惊，不过约翰非常喜欢吃果冻，橱子顶层放一排可爱的小坛子，看上去也不错。因此，梅格打算把所有的坛子都装满。她花了一整天时间，摘呀，煮呀，滤呀，忙着制她的果冻。她竭尽了全力，向科尼利厄斯夫人的书本讨教，绞尽脑汁想回忆起她没做好的地方罕娜是怎么做的。她重复再重复，重新加糖，重新过滤，然而，那讨厌的东西就是"不结冻"。

她真想就这样系着围裙跑回家求妈妈帮忙。可是她和约翰曾商定决不让他们小家的烦恼、试验和争吵去烦扰家人。争吵一词当时使他们发笑，好像这个词包含的意思荒唐可笑。他们履行了决议，尽量自己解决问题，也没人干预他们，因为这个计划是由马奇太太提议的。梅格只好在那个酷热的夏日，与不好对付的蜜饯孤军奋战。到了五点，她坐在乱七八糟的厨房里，绞着一双弄脏了的手，放声大哭起来。

梅格刚开始令人兴奋异常的新生活时，总说："只要他高兴，我丈夫什么时候都可以带朋友回家，我会随时准备好，不会忙乱，不会责怪他，也不会让他感到不舒服。他会看到一个整洁的屋子、一个愉快的妻子，以及一顿丰盛的晚餐。约翰，亲爱的，别等着我批准，想请谁就请谁。他们肯定能得到我的欢迎。"

的确，那是多么诱人！听到这么说，约翰得意扬扬，有这样优秀的妻子真是福气。然而，尽管他们经常有客人，可是客人们从来没有不期而至，到目前为止，梅格根本就没有机会表现。现实世界总是有这种情况发生，而且不可避免，我们只能惊诧、懊恼，并尽力忍受。

一年有那么多天，约翰偏偏选中那一天出人意料地带了一个朋友回家。若不是因为他全忘了果冻的事，实在不可原谅。约翰庆幸早晨定购了一些美食，并且确信这时已经做好了。他沉浸在美妙的期待中：饭菜可口，娇妻跑上前来迎接夫君。带着年轻主人兼丈夫的满足感，他伴随朋友走向自己的宅第。

他来到鸽房，大失所望。前门通常是好客地敞开着，现在不仅关着，而且锁上了。台阶上昨日踩上去的污泥犹在，客厅的窗户紧闭，窗帘拉着，游廊里见不着他身穿白衣、头戴迷人小蝴蝶结、手里做着针线活的漂亮妻子，也见不着眼睛明亮的女主人羞怯地笑迎客人。没有那回事，除了一个粗野小子在醋栗丛下睡觉，屋里没一个人影。

"恐怕出了什么事，斯科特，到花园里来，我得去看看布鲁克太太。"约翰被寂静冷落的气氛弄得惊慌起来。

随着一股刺鼻的烧焦的糖味，他匆匆绕过屋子。斯科特先生不紧不慢地跟在后面，满脸疑惑。他小心翼翼地和约翰保持一定距离。突然，布鲁克消失了，斯科特远远停住了脚步，但他既能看见也能听见。作为一个单身汉,他十分欣赏眼前的景象。

厨房里笼罩着混乱与绝望。一种类似果冻的东西从一个坛子滴到另一个坛子。一个坛子躺在地上,还有一个在炉上欢快地烧着。具有条顿民族冷淡气质的洛蒂正平静地吃着面包,喝着醋栗酒,因为那果冻还只是一种无可奈何的液体状,而布鲁克太太正用围裙捂着头,坐在那里沮丧地抽泣。

"我最亲爱的姑娘,出了什么事?"约翰冲进去叫了起来。他看到了妻子烫伤的手,方才知道她的痛苦。真是糟糕的景象。他又想到花园里的客人,不由暗自惊惶。

"噢,约翰,我真是太累了,又热又躁又急。我一直在弄这果冻,最后筋疲力尽。你得帮我一把,不然我就要死了!"说着,疲倦至极的主妇一下扑进他的怀里,给了他一个甜蜜的欢迎。这个欢迎很实在,因为她的围裙和地板都受过了洗礼。

"亲爱的,啥事让你烦心?发生了什么可怕的事?"约翰焦急地问道,一边温柔地吻着小帽顶。小帽子已经歪到一边了。

"是的。"梅格绝望地抽泣着。

"那么,快快告诉我,别哭了,再坏的事儿我都能承受,快说出来,我的爱。"

"那个——那果冻不结冻,我不知道咋办。"

约翰·布鲁克大笑起来,他以后再也没敢这么笑过。它给了可怜的梅格痛苦的最后一击,好嘲弄的斯科特听见这开心的笑声也忍不住笑了起来。

"就这些?把它们都扔到窗外,别再烦心了,你想要果冻我给你买上几夸脱。看在老天的分上,别这样激动了,我带了杰克·斯科特来吃晚饭,而且——"

约翰没说下去,因为梅格一把推开了他,拍着手做了个悲惨的手势,坐进了椅子,用混合着愤怒、责备、沮丧的语调高声叫道——

“带人来吃饭，到处乱七八糟！约翰·布鲁克，你怎么能做出这种事？”

“嘘，他就在花园里！我把这倒霉的果冻给忘了，可现在没法子了。”约翰焦急地看着眼前这一切。

“你应该传个话回来，或者早上和我说一声，你本该记住我有多忙。”梅格负气地接着说道。惹恼了的斑鸠也会啄人的。

“早上我还不知道呢，况且也没时间传话回来，我是在出去的路上碰到他的。我从未想过要你批准，因为你总说我可以随时带人来。我以前从没试过。我死也不会再这么做了！”约翰委屈地补了一句。

“我倒是希望你不这么做！立刻把他带走，我不见他，也没有晚饭。”

“好吧，我喜欢这样！我送回来的牛肉和蔬菜在哪儿？你答应做的布丁又在哪儿？”约翰叫着，冲向食品柜。

“我什么也没时间做，我打算上妈妈那儿去吃的，对不起，可是我太忙了。”梅格的眼泪又来了。

约翰脾气温和，但毕竟是个人。工作了长长的一天回到家，又累又饿，充满希望，可看到的却是乱七八糟的屋子、空荡荡的桌子，再加上一个焦躁的妻子，这可不利于身心的休息。然而，他还是控制住了情绪，要不是又触及那倒运的字眼，这场风暴就会平息了。

“我承认，是有点麻烦，可是，如果你愿意助一臂之力，我们会克服困难招待好客人，还是会很开心的。别哭了，亲爱的，加点儿劲，为我们做些吃的。给我们吃冷肉、面包、奶酪，我们不会要果冻的。”

他想开个善意的玩笑，可那个字眼决定了他的命运。梅格认为，暗示她悲惨的失败太残酷了。他这样一说，梅格忍无可忍了。

“你自己想办法解决麻烦吧，我一点儿力气都没有，不能为任何人‘加劲’了，这就等于用骨头、粗制面包和奶酪招待客人，我们家不能有这种事情，把那个斯科特带到妈妈那儿去，对他说我不在家，病了，死了——随你怎么说。我不要见他，你们俩尽可以笑话我，笑话我的果冻，想怎么笑就怎么笑。在这里你们什么也别想吃到。”梅格一口气说完这些具有挑衅味儿的话，扔掉围裙，匆匆撤离阵地，回到卧室独自伤心去了。

那两个人做了些什么，她无从知晓，只是斯科特先生并未给“带到妈妈那儿去”。他们走后，梅格从楼上下来，发现杯盘狼藉，使她不寒而栗。洛蒂报告他们吃了“很多东西，大笑着，主人让她扔掉所有的甜玩意儿，把坛子收起来”。

梅格真想去告诉妈妈，可是，对自己错误的羞耻感，以及对约翰的忠心阻止她这么做。“约翰是有些残酷，可不能让别人知道。”她简单地收拾了一下屋子，打扮得漂漂亮亮，坐下来等待约翰来求她原谅。

不幸的是，约翰没来。他没这样看待这件事，和斯科特在一起时他将之视为玩笑，尽可能原谅他的小妻子。他这个主人当得热情周到，结果，他的朋友很欣赏这个即席晚餐，答应以后再来。约翰其实很生气，虽然没有表现出来。他认为是梅格使他陷入了麻烦，然后在他需要帮助时丢弃了他。“让人随时随地带人回家，相信她的话这样做吧，又发起怒来，责怪人，将人家丢于危难中不顾，让别人嘲笑、可怜。这样不公平，不！确实不公平！梅格得明白这一点。”吃饭时，他怒火中烧。可是送走斯科特，踱步回家时，他内心的风暴已经平息，一阵温情袭上心头。“可怜的小东西！她尽心尽意想让我高兴，那样做让她难堪。当然，是她错了，可是她太年轻，我得耐心些，教教她。”他希望她没有回娘家——他讨厌闲话和别人的干涉。有那么一会儿，一想到这些他又来了气，接着，又担心梅格会哭坏身子，心就软了下来。他加快了步子，决心平静地、友好地、坚定地，相当坚定地向她指出，她身为妻子错在哪里。

梅格同样决心“平静地、友好地，但是坚定地”向他指出做丈夫的职责。她很想跑过来迎接他，请求原谅，让丈夫亲她，安慰她，她肯定他会这么做的。可是，她当然没有这么做。她坐在摇椅里看到约翰过来，便一边摇着，一边做针线，嘴里自然地哼着小调，好像一个坐在华丽客厅里的阔太太。

约翰没看到一个温柔、悲伤的尼俄柏[1]，有点失望。但是，自尊心要求对方先致歉，他便没有表态，而是悠闲地迈步进屋，坐进沙发，说了句最贴切不过的话："我们要重新开始，亲爱的。"

"不反对。"梅格的答话同样镇定。

布鲁克先生又提了些大家感兴趣的话题，都让布鲁克太太一瓢冷水浇灭了。谈话兴趣减弱了。约翰走到一扇窗户前，打开报纸，仿佛把自己包了进去。梅格走到另一扇窗前，做起针线，仿佛她拖鞋上的新玫瑰花结在生活必需品之列。谁也不说话，两个人看上去"平静而坚定"，但却感到非常不舒服。

"天哪！"梅格想着，"真像妈妈说的，结了婚的日子真难过，真的既需要爱情，又需要巨大的耐心。""妈妈"一词又让她联想起很早以前母亲给她的其他建议，当时她接受时又是怀疑又是抗议。

"约翰是个好人，可也有他的缺点。你得学会发现它们，容忍它们，记住你自己也有缺点。他个性很强，但绝不会固执己见，只须你友善地和他讲道理，不要急躁地反对他。他处事顶真，尤其讲求事实，这种性格不坏，尽管你说他'爱小题大做'。梅格，千万别在言语行动上欺骗他，他会给你应有的信任和你所需要的支持。他有脾气，但不像我们那样——一阵火发完，然后烟消云散——他那种沉寂的怒火极少发作，可是势头凶猛，一旦点燃，很难扑灭。小心点，要非常小心，不要引火烧身。太平幸福的生活取决于你对他的尊重、注意，假如你俩都犯了错，你要首先请求原谅，提防不要怄气、误解、说气话，这些往往会导致更大的痛苦与悔恨。"

梅格坐在夕阳下做着针线，回想着妈妈的这些话，尤其是后半部分。这是他们第一次产生严重分歧。她回忆起自己脱口而出的话，现在

① 希腊神话中的底比斯王后，为自己被杀的子女们哭泣而化为一块石头，变形成石后继续流泪。

听起来又愚蠢，又不友好，她的怒气也是那样孩子气。想到可怜的约翰回家后碰上这么个场面，她心软了。她含着眼泪瞥了他一眼，可是他没有感觉。她放下针线活站起身来，想着："我来第一个说'原谅我'。"可是他似乎没听见。她慢慢地穿过屋子，自尊心难咽这口气呀。她站到他身旁，可是他头也不转。有一刻她感到自己好像真没法这样做，随后又想："这是开始，我尽我的责任，这样就没有什么可怪自己的了。"于是，她俯下身，轻轻地在丈夫额上吻了吻。当然，一切都解决了，这悔悟的吻胜过千言万语，约翰马上将她搂在膝上，温柔地说：

"笑话那些可怜的果冻小坛子太不好了，原谅我，亲爱的，我再也不了。"

然而，他还是笑话了，啧啧，是的，笑了上百回。梅格也笑了，两个人笑说那是他们做过的最甜的果冻。因为，那个小小的家用腌坛保住了家庭的和平。

这件事过后，梅格特意邀请斯科特先生吃饭，为他端上一道道美味佳肴，不让他感觉女主妇忙得疲惫不堪。在这种时候，她表现得欢乐、优雅，一切进行得顺利、称心。斯科特先生说约翰这家伙真幸福，回家时一路上摇着头感叹单身汉的日子太苦。

到了秋天，梅格又有了新的考验。莎莉·莫法特和她恢复了友谊，常跑到小屋来闲谈，或者，邀请"那可怜的人儿"去大房子玩。这使人愉快，因为在天气阴暗的日子，梅格常感到孤独。家人都很忙，约翰到夜里才回来，她自己除了做针线、读书，或者出去逛逛，没多少事可做。结果梅格自然而然地养成了和她的朋友闲谈、闲逛的习惯。她看到莎莉的一些好东西，渴望也能拥有它们，并为自己得不到而感到可怜。莎莉很友好，常提出送给她一些她想要的小玩意儿，可是梅格谢绝了，她知道这样做约翰会不高兴。后来，这个傻乎乎的小妇人做了件让约翰更不高兴的事。

她知道丈夫的收入，喜欢这种感觉：丈夫不仅将自己的幸福交付于她，而且将一些男人更看重的东西——钱，也交给了她。她知道钱放在哪儿，可以随意去拿。他只要求她将花出去的每一分钱都记个账，每月交一次账单，记住她是个穷人的妻子。到目前为止，她干得不错，精打细算，小账本记得清清楚楚，每月都毫不担心地拿给他看。然而，那个秋天，蟒蛇溜进了梅格的伊甸园，像诱惑许多现代夏娃一样诱惑了她，不是用苹果，而是用衣服。梅格不愿被人可怜，也不愿因之顾影自怜。这使她恼火，但她又羞于承认这一点，所以时不时买些可爱的玩意儿，这样莎莉就不会认为她得节约，她以此自慰。买过这些东西后她总是感到不道德，因为这些可爱的玩意儿极少是必需品。可是它们花的钱很少，不值得担心。就这样，不知不觉这些小玩意儿增多了。游览商店时，她也不再是被动的旁观者了。

然而，小玩意儿花费的钱还是超出了人们的想象。月底结账时支出总数使她吓坏了。那个月约翰事忙，将账单丢给了她。第二个月约翰不在家。第三个月约翰做了次季度大结算，那一次梅格永远都忘不了。就在这次结算前几天，梅格做了件可怕的事，这件事重重压在心头，让她良心不安。莎莉一直在买绸衣，梅格渴望有一件新的——只要件淡色的、端庄的、舞会时能穿的。她的黑绸衣太普通了，晚上穿的薄绸只适合女孩子穿。每逢过新年，马奇姑婆总是给姐妹们每人二十五美元作为礼物。这只要等一个月，而这里有一段可爱的紫罗兰色丝绸布卖，她有买它的钱，只要她敢拿。约翰总是说他的钱也就是她的。可是，不光要花掉还未到手的二十五美元，还要从家庭资金里再抽出二十五美元来，约翰会认为这样做对吗？这是个问题。莎莉怂恿她买，提出借钱给她。她的好意诱惑了梅格，使她失去了自制力。在那受诱的关头，那商贩举起了可爱的、熠熠生辉的绸布卷，说道："卖得便宜，我保证，夫人。"她答道："我买。"这样，料子扯了，钱付了，莎莉欢跃起来，梅格也笑着，好像这没有什么了不起，然后她坐车离开，心里感到像偷了什么东西，警察在后面追着她。

她回到家中，将那可爱的丝绸展开，想以此减轻那一阵阵悔恨的痛苦。可是，这段料子看上去不如先前那么光鲜了，而且也不适合她了。毕竟，“五十美元”这几个字像一个图案刻在布料的每一道条纹上。她收起布料，脑中却挥之不去，不像一件新衣服那样想起来使她愉快，却像个摆脱不了的蠢头蠢脑的幽灵，令人恐怖。那天晚上，当约翰拿出账本时，梅格的心往下一沉，结婚以来第一次害怕起丈夫来。那双和善的棕色眼睛看上去似乎会变得严厉，尽管他情绪非常好。她想象他已经发觉她干的事，只是不打算让她知道。家庭开支账单都付清了，账本理齐了。约翰称赞了她，又准备打开他们称之为“银行”的旧笔记本，梅格知道那里已经没有多少钱了，便按住他的手，紧张地说——

“你还没看过我自己的开销账单呢。”

约翰从来就没要看过，但她总是坚持让他看。他看到女人们要的古怪东西时，惊诧不已，她欣赏这种神情。她让他猜“滚边”[1]是什么东西，逼问他“抱紧我”[2]是干什么用的，或者引他惊叹，三个玫瑰花蕾、一块丝绒，再加两条细绳组成的东西竟能成为一顶帽子，而且值五六美元。那天晚上，他一如往常，瞧起来很乐于检查她的开销数字，假装被她的挥霍所吓倒，因为他为他节俭的妻子感到特别自豪。

小账本慢慢地拿出来，放在他面前。梅格借口为他抚平额头上疲倦的皱纹站到了他椅子的后面。她站在那里说起来，越说越发慌——

“约翰，亲爱的，我不好意思让你看账本，因为我最近挥霍过度。你知道，我常出门，我得有些东西，莎莉建议我买，我就买了。我新年得到的钱将补上一半的开销。我买过便后悔了，我知道你会觉得我做错事了。”

约翰笑了起来，将她搂到身边，温和地说：“别走开去躲着我，就算你买了双挤脚的靴子我也不会揍你的。我为我妻子的脚感到相当自豪，

① 在衣服、布鞋等东西的边缘特别缝制的一种圆棱的边儿，也作绲边。
② 紧身短马甲。

要是靴子不错，就是花了八九美元也别在乎。”

那是她最近花钱买的一件“玩意儿”，约翰一边说着，眼睛落在它上面。“哦，他看到那该死的五十美元会怎么说呢？”梅格思忖着，有些胆战。

“比靴子还糟，是绸衣。”她带着绝望后的镇定说着，想结束最坏的事情。

“唔，亲爱的，像曼塔里尼先生[1]说的，‘该死的总数’是多少？”

这可不像约翰说的话，梅格心中明白。他抬头直视着她，在这之前，她总能随时坦率地正视他的目光。她翻开账本，同时转过头来，指着那一笔数字，不算那五十美元，数字已经够大的了，再加上它，更十分触目惊心。好一阵子，屋里寂静无声，然后约翰慢慢说道——梅格能感到约翰在努力克制着自己，不显出不快来——

“哦，我搞不清五十美元买件衣服是不是贵了，而且还要花钱买现时流行的裙饰、小玩意儿才能做成成衣。”

“还没有做，没装饰呢。”梅格嗫嚅着说。她突然想起料子做成衣服还得花钱，有些不知所措了。

“二十五码丝绸包装一个小妇人似乎太多了，但是我毫不怀疑我妻子穿上它会和内德·莫法特的妻子一样漂亮。”约翰冷冰冰地说。

“我知道你生气了，约翰，可是我忍不住。我不是有意浪费你的钱，我看莎莉想买什么就买什么，我不能买她便可怜我，我受不了。我试图知足，可是太难了。我厌倦了贫困。”

她最后一句话说得很轻，她以为他没听见，可是他听见了，并被深深地刺痛了。为了梅格的缘故，他放弃了许多享乐。她话一出口，恨不能咬掉舌头。约翰推开账本站起来，声音微微发颤地说道：“我就担心这个。我尽力吧，梅格。”

---

① 狄更斯小说中的人物。

即便他责骂她，甚至揍她，也不会像这几句话那样使她这样伤心。她跑过来紧紧抱住他，带着悔恨的泪水哭叫着："哦，约翰，我亲爱的人儿，你那么宽厚、勤勉。我不是那个意思。我太邪恶、太虚伪、太忘恩负义了。我怎么能说出那样的话，哦，我怎能那样说！"

约翰非常宽厚，当即原谅了她，没说一句责备的话。可是，梅格知道他是不会很快忘记她的所作所为的，尽管他再也没有提起过。她曾经保证无论如何都会爱他，可是，她作为他的妻子，不在乎地花了他的钱后，却指责他贫穷，太可怕了！最糟糕的是，打那以后约翰变得沉默起来，好像什么事也没发生，只是在镇上待的时间更长了，晚上也出去工作，留下梅格一个人哭着入眠。一个星期的悔恨几乎把梅格弄病了。她又发现约翰取消了他新大衣的订货，这使她陷于绝望，那种景象让人看着心酸。她吃惊地问起约翰为什么改变主意，约翰仅仅说了句："我买不起，亲爱的。"

梅格没再说什么。几分钟后，约翰发现她在大厅里将脸埋在那件旧大衣里，哭得心都要碎了。

那天夜里，他们作了次长谈。梅格懂得了丈夫虽穷却更值得爱。因为，似乎是贫穷将他造就成一个真正的男子汉，贫穷给了他奋斗的力量与勇气，教会他带着温柔的耐心，去容忍他热爱的人们所犯的过失，抚慰他们自然的渴求。

第二天，梅格收起自尊心，来到莎莉家，告诉了她实情，请她帮忙买下那段丝绸。好脾气的莫法特太太欣然应允，并考虑周到地答应不马上将料子当作礼物送回给她。然后，梅格买回了大衣。约翰回来时，她穿上大衣，询问约翰可喜欢她的新丝袍。可以想象，约翰是怎样回答、怎样接受这个礼物，随后又发生了些什么美妙的事情。约翰回家早了，梅格不再闲逛了。早上，大衣被幸福之至的丈夫穿上，晚上，被忠心耿耿的小妇人脱下。就这样，日子一天天过去了。到了仲夏，梅格有了新的经历——女人一生中印象最深、最充满柔情的经历。

一个星期六，劳里满脸激动地溜进鸽屋的厨房，受到了一阵铙钹的欢迎。因为罕娜一手拿着平底锅，一手拿着锅盖，双手一拍，发出了响声。

“小妈妈怎么样？人都在哪儿？我回家前你为什么不告诉我？”劳里低声问。

“那宝贝幸福得像女王，她们都在楼上瞧着呢。我们这里不想刮哝（龙）卷风，你去客厅吧，我去叫她们下来见你。”罕娜含混不清地回答，兴奋地咯咯笑着走开了。

不一会儿，乔出现了，自豪地捧着一个放在大枕头上的法兰绒包裹。她表情严肃，眼睛闪着亮光，语调里夹着克制某种感情的奇怪成分。

“闭上眼睛，伸开胳膊。”她诱他说。

劳里慌张地退到屋角，将手背到身后恳求：“不，谢谢，我宁愿不抱，我会抱掉下来，或者弄碎的，肯定会的。”

“那你就见不到你的小侄儿。”乔坚决地说，转过身像是要走开。

“我抱，我抱，弄坏了你得负责。”于是，劳里服从乔的命令，英勇地闭上了双眼，同时，一样东西放进了他的臂弯。紧接着，乔、艾美、马奇太太和罕娜爆发出一阵大笑，笑声使他睁开了眼睛，发现手里捧的不是一个，而是两个婴孩。

难怪她们笑。他脸上的表情滑稽，贵格教徒也会给逗笑的。他满脸惊愕地站在那儿，盯着那两个尚无意识的小东西，又转过来盯着欢闹的观众，就这么看来看去。乔坐到地上，尖声大笑起来。

“双胞胎，天哪！”过了一会儿他才说出这么一句。然后他转向妇人们，带着令人发笑的虔诚请求道：“快把他们抱走，随便谁，我要笑了，我会把他们笑掉下来的。”

约翰救了他的宝宝们。他一手抱着一个，走来走去，好像已经入了门，掌握了照料婴孩的诀窍。而劳里笑得眼泪都流出来了。

“这是本季最有趣的笑话，是不是？我不让她们告诉你，一心想让你大吃一惊。我想我已经做到了。”乔喘过气来说道。

“我一辈子也没这么吃惊过，太好玩了。都是男孩吗？给他们取什么名字？我再看一眼。乔，扶着我。这确实让我吃惊，我受不了。”劳里回答道。他看着两个宝宝，那神情就像一只纽芬兰大狗仁慈地看着一对小猫咪。

“一男一女，瞧他们多漂亮！”自豪的爸爸说。他对两个蠕动着的红色小东西微笑着，仿佛他们是未长羽毛的天使。

“这是我见过的孩子中最出众的。哪个是男孩？哪个是女孩？”劳里弯下腰细看着神童们。

“艾美给男孩系了条蓝丝带，女孩系了条红丝带，法国的方式。这样你就能分清了。除此之外，一个有双蓝眼睛，另一个有双棕色眼睛，亲亲他们，特迪叔叔。”乔调皮地说。

“恐怕他们不喜欢亲。”劳里开口说。在这种事上，他总是非常腼腆。

“他们肯定喜欢。现在他们已经习惯让人亲了。现在就亲吧，先生！”乔命令道，她担心他让别人代劳。

劳里苦笑着脸依命行事。他小心翼翼地在每个小脸蛋上啄了一口，又引起一阵笑声，孩子们也给吓哭了。

“瞧，我知道他们不喜欢亲！这是个男孩，看他在乱踢，小拳头打出去蛮像回事。好吧，小布鲁克，去攻击和你一般大的人，好吗？”小家伙的小拳头乱挥，戳到劳里的脸上，劳里高兴地叫起来。

“给他起名叫约翰·劳伦斯，女孩随她的妈妈和奶奶，叫玛格丽特。我们叫她黛西，这样就不会有两个梅格了。我想，除非能找到一个更好的名字，我们就叫这个男子汉杰克吧。”艾美带着姨娘的那种兴致说道。

“叫他德米约翰，简称德米。”劳里说。

“黛西和德米——正适合！我就知道劳里能起好名字。”乔拍起手来。

特迪那次起的名字当然好。因为，直到本书的最后一章，两个婴孩都一直叫“黛西”和“德米”。

第二十九章　出访

"走呀，乔，到时间了。"

"做什么？"

"你答应今天和我一起走访六家人的，你不会忘了吧？"

"我这一生是做过许多鲁莽的傻事，可我不会发神经，说我要一天拜访六户人家吧。访一家都让我烦一个星期。"

"是的，你是说过。那是我俩的协议。我替你完成贝思的铅笔画像，你好好地和我一起去邻居家回访。"

"假如天气好——协议中有这一条，我严格遵守协议，夏洛克[①]。东边有一大块乌云，天气不好，所以我不去。"

"你这是偷懒。天气不错，不会下雨的。你不是以守约自豪吗？讲点信用吧，去尽你的义务，然后你又可以安心过六个月。"

那一时刻，乔正特别沉迷于缝制衣服。她为全家人做大衣并居功自傲，因为她的针使得和笔一样好。可她正在首次试穿她缝的新衣就给抓差，受命在七月的热天里盛装出访，真叫人光火。她讨厌任何正式的出访，除非艾美和她订协议，贿赂她，或者许愿，如此这般胁迫她，否则她决不会干的。眼下这种情形是逃脱不掉的了。她恨恨地将剪刀弄出响

① 莎士比亚戏剧《威尼斯商人》中的人物。

声，声辩她觉察到了雷雨的迹象，可还是投降了。她收起针线，拿起帽子、手套，告诉艾美她这个遭难者已作好准备。

“乔·马奇，你真够倔的，圣人也要被你激怒。我希望你不是打算就这样出访吧？”艾美打量着她，惊叫起来。

“怎么不行？我觉得齐整、凉爽、舒适。热天里尘土飞扬的，这样穿戴很合适。要是人们更在乎我的衣服而不是我这个人，我就不愿见他们。你可以尽心尽意打扮得优雅，让人们喜欢你，喜欢你的衣服。你觉得这样挺值，我却不然，裙饰只能让我烦。”

“哦，天哪！”艾美叹了口气，“她现在处于逆反情绪中，不等我把她弄妥帖，她会让我发狂的。今天出门肯定不会是件好差事。可是，我们欠了社交债呀。除了你我，家里没人去还这笔债。乔，你只须好好打扮一下，帮我回礼，我会为你做任何事的。你很会说话，打扮起来很有贵族气质，举止也很潇洒，只要你乐意。我会为你骄傲的。我害怕一个人去，你一定要和我一起去，照顾我。”

“你这个小姑娘真有手腕。那样子甜言蜜语哄骗你脾气坏的姐姐。真想得出来，我有贵族气，有教养，你一个人哪儿也不敢去！真不知哪一个更荒唐。好啦，既然我非得去就去吧，我尽力而为。你来当这次远征的统帅吧，我绝对服从，满意了吗？”乔说，她的态度由倔强突然转变为绵羊似的顺从。

“你真是个天使！现在，去穿上你最好的衣服，我会教你做到举止得体的，这样你就会给人留下好印象。我希望别人喜欢你，而你只要试着随和一点，就能让人喜欢。头发弄漂亮点，帽子上放一朵粉红色玫瑰。你穿着素净衣服看上去太严肃了，这样相称些。带上你的淡黄色手套和绣花手绢。我们在梅格家停一下，把她的白阳伞借来，这样，你就可以用我那把鸽灰色阳伞了。”

艾美一边打扮，一边发号施令，乔不无抗议地服从着。她叹着气，穿上她的新玻璃纱衣，皱着眉，将帽带系成个无可挑剔的结。她手忙脚乱地弄着别针，戴上领结，扯出手绢时，全身衣服都给扯皱了。手绢上的刺绣让她的鼻子很不舒服，就像眼前的出访使命一样让她难受。作为优雅打扮的最后装饰，她将手挤进了那双有三粒纽扣和流苏的手套。她转向艾美，脸上带着憨憨的表情，谦恭地说——

“我太痛苦了，可你要是觉得我这样能拿得出去，我死而无憾。”

“你太让人满意了。慢慢转过来，让我仔细瞧瞧。”乔转了个身，艾美这里修一下，那里补一下，然后后退一步，歪着头宽厚地打量着她。“行，能行。你的头打扮得最合我意。红玫瑰点缀着白帽子真是迷人。挺起肩来，别管手套是不是挤手，手放自如些。你再加件东西会更好，乔。围条披肩——我围着不好，你围合适。真高兴，马奇姑婆把那条可爱的披肩给你了。它虽然朴素，可是很好看，落在胳膊上的褶子真是风雅。你看我斗篷上的针绣花边在不在中间？我衣服可扣整齐了？我想让人看看我的靴子，因为我的脚确实很美，尽管我的鼻子不理想。”

“你是个美丽的小东西，永远快乐。”乔说。她带着权威的神气看着艾美插在金发上的蓝色羽饰。“请问夫人，我是把好衣服放下来扫着尘土，还是卷起来？”

“走路的时候就卷起来，进了屋子就放下来。裙裾拖曳的风格最适合你，你得学着优雅地拖着裙裾。你一只袖口没全扣上，赶快扣上。要是不注意这些细节，你根本不会完美，悦人的整体形象就是由细节组成的。”

乔叹了口气，开始扣袖子，手套上的扣子差点给绷掉。两个人终于打扮完毕上路了。罕娜从楼上窗户探出身子看着她们，说她俩“漂亮得像画中人”。

“哎，乔，亲爱的，切斯特一家以为她们非常优雅，所以，我想让你拿出最好的风度来。别说你那些粗暴的话，别做怪事，好不好？只要沉着、冷静、镇定——那样保险，又有女士风度，在十五分钟内做到这些轻而易举。”艾美说。她们已去过梅格家，借了白阳伞。梅格一手抱一个孩子检查了她们的装扮。现在她们已到了要访问的第一家。

“我想想。‘沉着、冷静、镇定’——好的，我想我可以答应你。我在舞台上扮演过一个古板的年轻女士，我来试试。你会看到我很有能耐。脑子放松一些，我的孩子。”

艾美松了口气。调皮的乔奉行了她的话。在第一家，她坐在那儿，四肢放得优雅舒适，裙褶垂得恰到好处。她平静得像夏天的海，冷得像大雪堆，沉默得像狮身人面像。切斯特夫人提到她“动人的小说”，切斯特小姐们挑起话头，谈舞会、野餐、歌剧以及服装款式，均告无效。乔要么笑笑，要么点点头，再不就严肃地说声“是”和“不”，以此回答所有的问题，让人扫兴。艾美向她传去“说话”的指令，试图把她从这种状态中拖出来，还用脚偷偷踹她，还是不起作用。乔无动于衷地坐在那里，好像什么也不知道，举止如同莫德[①]的脸：“匀称却冷冰冰，没有表情却光彩照人。”

“马奇家的大小姐是多么高傲又令人乏味啊！”送走客人关上门，一个小姐评论道，不幸给客人听见了。乔无声地笑着穿过大厅，可是艾美为她的指挥失误怄着气，自然怪罪起来乔来。

“你怎么能这样误解我的意思？我只是要你表现得端庄、稳重，可你整个儿一个木头疙瘩。到兰姆家可要随和些了。你要像别的女孩们那样闲聊，对服装、调笑，管它什么废话，都要表现出兴趣。她们出入于上流社会，认识她们对我们很有用。我无论如何都要给她们留下好印象。”

“我会放随和些的，我会闲聊、傻笑，听到你喜欢的任何琐事都惊叹狂呼。我很喜欢那样做。现在，我得模仿所谓的‘迷人的女孩’，有梅·切斯特做样板，我再改进些，是能做好的。等着瞧，兰姆一家会说：‘乔·马奇多么可爱迷人呀！’”

艾美完全有理由着急，因为一旦乔异想天开起来，不知道什么时候

---

① 英国诗人丁尼生的同名诗剧中的人物。

才能收得住。艾美看着她姐姐轻快地走进下一个客厅，热情奔放地亲吻了所有的年轻女士，优雅地朝年轻先生们微笑，兴致勃勃地加入了闲聊。这种情绪使艾美这个旁观者大为惊讶，她一脸困惑。兰姆太太占住了艾美。她很喜欢艾美，迫使艾美听她长篇大论地讲述卢克丽霞[1]的最后反抗，同时，三位愉快的年轻先生守候在近处，等着兰姆太太一住口，就冲上去救艾美出来。在这种情形下，艾美无力制止乔。乔似乎被淘气的精灵缠住了，像兰姆老太一样滔滔不绝，说个不停。好几个脑袋围着她，艾美竖起耳朵想听听她在说什么，因为断断续续的话语使她充满疑惧，圆睁的眼睛和上举的手折磨着她的好奇心，不断的笑声使她极想分享乐趣。听听这种谈话的片断，我们可以想象出艾美的痛苦。

“她马骑得特棒——谁教她的？”

“没人教。她过去常在安在一棵树上的旧马鞍上练习上马、握缰、骑马。现在，她什么都敢骑，她不知道什么叫害怕。马夫给她马骑，要价便宜，因为她把马驯得服服帖帖，让女士骑没问题。她骑马的热情太大，我常对她说，假如她做别的事不成，可以当个驯马师来谋生。”

听到这种糟糕的话，艾美很难克制住自己了，因为这种话给人留下她是荡妇的印象，而这又是她特别讨厌的。可是，她能怎么办呢？老太太故事刚说了一半。就在故事还远远没结束的时候，乔又开始了，讲出更可笑的秘密，犯了更可怕的错。

“是的，艾美那天真是倒霉，所有的好马都不在，留下来三匹，一匹跛，一匹瞎，还有一匹太顽劣，往它嘴里塞泥它才走。游园会用这种马不错，是不是？”

“她选了哪一匹呢？”一位先生笑着问，他喜欢这个话题。

“一匹也没选。她听说河对面农家有一匹好马，又精神又漂亮，虽然还没有女士骑过它，但艾美决定一试。那场斗争真是悲壮，没人给马

① 古罗马传说中一贞烈妇女。

上鞍，她自己上。我的天哪！她竟然带着马划过了河，给马上鞍，来到谷仓，使老头大大吃了一惊。”

“她骑那马了吗？”

“当然。她玩得非常开心。我还以为她会给弄得残缺不全地送回来呢。可是她完全制服了那匹马，成了游园会的中心人物。”

“嗯，那真叫有胆量！”小兰姆先生赞许地瞥了一眼艾美，奇怪他妈妈说了些什么，把那女孩羞得满脸通红，浑身不自在。

过了一会儿，谈话突然转了向，谈到衣服问题，艾美的脸更红了，也更不自在了。一位年轻女士询问乔，她去野餐时戴的那顶淡褐色帽子是在哪里买的。傻乎乎的乔不提两年前买帽子的地方，而是毫无必要地坦诚相告：“噢，是艾美涂上去的。买不到那些柔和颜色的，所以我们想要什么颜色就涂什么颜色。有一个懂艺术的妹妹是个很大的安慰。”

“这主意真是新奇！”兰姆小姐叫起来，她发现乔很有趣。

“和她做的别的伟绩相比，这算不了什么。没有这孩子干不了的事。瞧，她想要双蓝靴子参加莎莉的舞会，就把她那双泥乎乎的白靴子涂成最可爱的天蓝色，看上去真像缎子做的。”乔带着对妹妹成就的自豪感补充道。这激怒了艾美，她恨不能用名片盒砸她才解气。

“前些日子，我们读了你写的一个故事，非常喜欢。”兰姆大小姐说道，她想恭维文学女士。必须承认，当时这位文学女士看上去一点也没那气质。

一提及她的“作品”，总会对乔产生不好的影响。她要么严肃起来，像是谁冒犯了她，要么唐突地转变话题，现在就是这样。“真遗憾你们找不到更好的东西来读，我写那废话是因为它有销路。普通老百姓才喜欢它。今年冬天你去纽约吗？”

因为兰姆小姐“喜欢”这故事，所以乔的话显得不太文雅，也不客气。话一出口，乔便意识到了自己的错误。可是，由于担心把事情弄得更糟，她突然记起该先提出告辞，于是贸然提出要走，使得其他三个人话没说完，噎在了喉咙里。

“艾美，我们得走了。再见，亲爱的，一定上我们家来玩，盼着你们来访。我不敢请您，兰姆先生。但要是您真的来了，我想我是没有胆量打发您走的。”

乔滑稽地模仿着梅·切斯特的风格，极动感情地说完那些话。艾美尽快出了屋，搞得哭笑不得。

“我干得不错吧？”她们离开时，乔满意地问道。

“没有比这更糟的人，”艾美的回答斩钉截铁，“你让什么迷住了，竟说起那些故事来？什么马鞍、帽子、靴子的，还有其他那些？”

“哎呀，那些好玩，逗人笑。他们知道我们穷，没有必要假装我们有马夫，一季买三四顶帽子，还能像他们那样轻而易举地得到好东西。”

“你也不必把我们的小计谋告诉他们呀，也没必要那样暴露我们的贫穷。你一点儿正当的自尊都没有，从来不知道什么时候该闭口，什么时候该出言。”艾美绝望地说。

可怜的乔感到羞愧了。她默默地用干硬的手绢擦着鼻尖，仿佛在为她干的坏事忏悔。

“在这里我该怎么做？”当她们走近第三家时，乔问。

“想怎么做就怎么做，我可不管你了。”艾美简短地答道。

“那我就会玩得快活。那些男孩们在家，我们会很开心的。天知道，我需要点变化，优雅不适合我的性格。”乔态度生硬地回敬。她老是不能让艾美满意，心中恼火。

三个大男孩和几个可爱的小孩子热情地欢迎她，这迅速扫除了乔的不快。她由着艾美去和女主人及碰巧同样来访的图德先生应酬，自己则和年轻人们打成了一片。她发现这样的变化使人精神振奋。她怀着极大的兴趣倾听着大学生的故事，一声不吭地抚摸着猎狗和长卷毛狗，完全赞同“汤姆·布朗是条好汉”，也不管这种赞许是否恰当。当一个小伙子提议去看看他的鱼池时，乔欣然从命。她笨拙却充满柔情地拥抱了一下慈爱的夫人，把帽子弄毁了。这顶帽子对她来说非常亲切，有灵感的法国女人做出的头饰也不及它。夫人一边为她整理着帽子，一边不由笑起她来。

艾美让乔自行其是，开始自己尽情寻欢了。图德先生的叔叔娶了位英国女士，这位女士是一个还在世的勋爵相隔三代的表妹。艾美非常尊敬这一家人，因为，尽管她生于美国，有着美国的教养，对爵位还是怀着崇敬之心，这种崇敬萦绕着我们中间优秀分子的脑际——那是一种未被认可的、早先信仰国王的忠诚。几年前，一位皇室的金发女士一踏上这太阳底下最民主的国度，这种忠诚便使得这个国家骚动起来。这个年轻的国家对那些古老的国家所怀有的热爱仍然与这种忠诚相关，如同一个大儿子对一个专横的小妈妈的爱。小妈妈有能力时，拢着儿子，儿子反抗了便责骂着放行。然而，即使心满意足地和英国贵族的远亲攀谈也没能使艾美忘掉时间。她极不情愿地抽身离开这个贵族社会，到处寻找乔。她热切希望不会发现她那不可救药的姐姐又处于使马奇姓氏蒙羞的局面。

情况本可以说更糟，不过艾美觉得还能接受。乔坐在草地上，身边围了一群男孩，一只爪子脏兮兮的狗横卧在她那条华丽的、过节才穿的裙子上。她正对那群面带羡慕之情的听众叙述劳里的一个恶作剧。一个小孩子用艾美珍爱的阳伞捣弄着乌龟，另一个小孩把姜饼放在乔最好的帽子上大嚼，还有一个小孩戴着她的手套在玩球。所有人都很开心。乔收拾起她那些弄毁的财产准备走时，她的护卫们送着她，恳求她再来做客："听劳里的玩笑太有趣了。"

"这些男孩子太棒了，是不是？和他们待过后，我又觉得相当年轻、活泼了。"乔说。她将手放在背后信步走着，一半是习惯使然，另一半是想藏起被弄污的阳伞。

"你为什么老躲着图德先生？"艾美问。她明智地克制着不评论乔损毁了的形象。

“我不喜欢他。他摆架子，斥责他的妹妹们，烦他爸爸，说话不尊重他妈妈。劳里说他放荡。我看他不值得结识，所以不睬他。”

“至少，你该待他礼貌些吧。你只对他冷冷地点点头，而刚才你那样彬彬有礼地向汤米·张伯伦弯腰微笑，他爸只是个开杂货店的。你只要把这点头和弯腰掉个个儿，就对了。”艾美责怪道。

“不，不对，”倔强的乔回答，“即使图德爷爷的叔叔的侄儿的侄女是一个勋爵的第三代表妹，我也不会喜欢他，更不会羡慕他。汤米穷、害羞，可是他善良，非常聪明。我看重他，我愿意表现出来。尽管他和那些牛纸包裹打交道，他还是一个绅士。”

“和你争辩没用。”艾美说。

“一点没用，亲爱的，”乔打断了她，“所以，我们放温和些，在这里丢下一张名片，因为很明显金家人不在家，我为此深表谢意。”

马奇家名片盒完成使命，两个姑娘继续前进。到达第五家时，她们被告知年轻女士们有约会，乔又谢起恩来。

“现在让我们回家吧，今天别去管马奇姑婆了。我们什么时候都能跑到她家去。现在又累又躁，还要拖着最好的衣服在泥地里走，真是太遗憾了。”

“你愿意的话就这样想吧。姑婆喜欢我们打扮入时地正式拜访她，向她表示敬意。这是小事一桩，但却让她快乐。我相信，这不会像那些脏狗和那群男孩子那样弄脏你的衣服，一点也不会。弯下腰来，我替你拿掉帽子上的碎屑。”

“艾美，你真是个好姑娘！”乔说。她懊恼地瞥了一眼自己弄糟了的衣服，又瞥了一下妹妹的，那衣服依旧干干净净、一尘不染。“我希望我能像你一样轻而易举地做些小事让人喜欢。我想过，但做那些事太费时间，所以，我等待机会施舍大恩惠，小事就由它过去了。不过我想，最终还是小事最有效果。”

艾美笑了，即刻软了下来，带着母亲般的神情说道：“妇女应该学会与人相处，特别是穷妇人，因为没有别的办法来回报别人给你的好处。如果你愿意记住这一点，练习练习，你会比我更惹人喜爱，因为你的好品质更多。”

“我是个有怪癖的老东西，将来还会是这样，但是我愿意承认你是对的。只是我可以为一个人冒生命危险，但要我违心地讨好一个人我却办不到。我这样强烈地爱憎分明，真是不幸，是不是？”

“要是不能隐瞒这种感情就更不幸了。我不在乎说出来，和你一样我也不认同图德，但是，没人请我把这个告诉图德，也没人请你。没有必要因为他讨人厌便把自己弄得不受欢迎。”

“可是我认为，姑娘们在不喜欢某个年轻人的时候应该表露出来。除了用态度还能用什么表露呢？很遗憾，如我所知，说教是无益的，就像我对待特迪那样。但是我有许多小办法，可以不加言语地影响他。我说，如果可以的话，我们对其他人也应该这样。”

“特迪是个出众的男孩，不能用作其他男孩的榜样。”艾美的语调严肃认真、深信不疑。如果那“出众的男孩”听见这句话，一定会大笑不止。“假如我们是美女，或者是有钱有势的女人，也许能做些什么。可是对我们来说，因为不赞成那帮年轻先生就对他们皱着眉，一点效果也没有。我们只能被人家看作古怪、拘谨。”

“所以我们就鼓励那些我们讨厌的东西和人，仅仅因为我们不是美女，不是百万富翁，是吗？这种说教真不错。”

“我辩不了，我只知道这是处世方式。违背它的人反而白白让人嘲笑。我不喜欢改革家，希望你也不要去当改革家。”

“我就是喜欢改革家，要是可以，我愿当一个改革家。尽管受人嘲笑，但这世界没有改革家就不能运转。我们俩观点达不成一致。你属于旧派，我属于新派。你按你的方式会过得很好，但我也能过得非常愉快。我想，我倒是欣赏那些指责与呵斥。”

“好了，安静下来吧。别用你那些新念头去烦姑婆。”

“我尽量不烦她。可是，在她面前，我总是鬼迷心窍地说出一些特别直率的话，或者生出标新立异的念头。这是我的命，我逃不了。”

她们发现卡罗尔婶婶和老太太在一起，两个人正一门心思地谈论着什么非常有趣的事。姑娘们一进门，她们便停下话头，脸上的表情明显表明她们一直在谈论着这些侄女们。乔心情不好，犟劲又上来了，而艾美善良地尽了自己的责任，忍着气讨大家的欢心。她完全处于一种天使般的心境中，而这种温和可爱的性情马上感染了大家。两个长辈慈爱地唤她“我亲爱的”，一边用眼色表示她们后来所强调的：“那孩子每天都有长进。”

“你要去为交易会帮忙吗，亲爱的？”卡罗尔太太问。艾美带着信任的神情在她身旁坐下，老年人非常喜欢年轻人的这种神情。

“是的，婶婶，切斯特夫人问我可愿帮忙。我提出照看一张桌子，因为除了时间，我没什么东西可以给人了。”

“我可不去，”乔断然插了嘴，“我讨厌受人恩惠。切斯特家人以为，让我们为他们那与上流社会有联系的交易会帮忙是个了不起的恩惠。我不知道你答应了，艾美，他们只想要你干活。”

“我愿意干活。交易会是为切斯特家办的，也是为自由民办的。我觉得他们太客气了，让我也分担工作，分享乐趣。恩惠只要是善意的，就不会烦扰我。”

“相当正确、恰当。亲爱的，我喜欢你感恩的精神。帮助那些欣赏我们努力的人是件愉快的事，而有些人却不欣赏，令人气愤。”马奇姑婆从眼镜上方看着乔，评论道。乔皱着眉头坐在摇椅里摇着。

要是乔知道巨大的幸福在她和艾美之间晃来晃去难以平衡，而只能降在一个人头上的话，她会迅即变得如鸽子般温顺。然而，不幸的是，我们的心灵没有窗户，看不见我们朋友脑中有些什么。在一般的事情上，看不见还好些。可是，看见了时常是莫大的安慰，能节约时间，也能抑制脾气。乔的下一句话剥夺了她几年的快乐，使她及时地领教到了闭嘴的艺术。

“我不喜欢恩惠。它们压制我，让我感到像个奴隶。我宁愿一切自己干，完完全全自立。”

“嗯！”卡罗尔婶婶轻轻咳了咳，看了看马奇姑婆。

“我早就和你说过了。”马奇姑婆说，她坚定地朝卡罗尔婶婶点了点头。

乔神气活现地坐在那里摇着，那态度绝非是想引人注目，而是她意识不到自己做了些什么，这对她倒算是仁慈。

“你会说法语吗，亲爱的？”卡罗尔婶婶将手放在艾美身上，问道。

“说得不错，多亏马奇姑婆。她让埃丝特经常和我练习。”艾美带着感激的神色回答，换来了老太太可掬的笑容。

“你法语怎么样？”卡罗尔太太问乔。

“一个字也不会。我学什么都太笨。我受不了法语，那是种滑溜溜、傻乎乎的语言。”她无礼地答道。

两个老太太又交换了一个眼色。马奇姑婆对艾美说：“你现在身体相当不错，是吗？眼睛不再难受了，对不对？”

“一点也不难受了。谢谢您，夫人。我很好。我打算明年冬天干些大事。这样，什么时候那令人高兴的时刻来临，我就可以作好去罗马的准备。”

“好姑娘！你配去那里，我肯定有一天你能去成的。”马奇姑婆赞许地拍着她的头说，艾美为她拾起了线团。

淘气的孩子，插上窗闩，
坐在火边，纺着棉纱。

鹦哥怪叫起来。它栖息在乔坐的椅背上，弯着头窥视着乔的脸，无礼的质询神情十分滑稽，让人忍俊不禁。

“这鸟观察力真强。”老太太说。

“一起去散散步，亲爱的？”鹦哥叫道。它朝瓷器橱跳去，神情暗示着要糖块。

“谢谢，我就去。来吧，艾美。”乔结束了拜访，她更强烈地感到她的性格确实不适合出访。她以绅士般的风度和长辈们握手道别，而艾美却吻别她们。两个姑娘离开了，身后留下阴影与阳光，这印象使得马奇姑婆在她们背影消失后作出了决定——

“你最好这样做吧，玛丽，我会提供钱的。”接着卡罗尔婶婶坚定地回答：“我当然会这样做，如果她爸爸妈妈同意。”

第三十章　后果

切斯特夫人的交易会非常优雅，用人非常挑剔，邻里的年轻女士们都把能被请去占一张桌子当作荣耀。每个人都对这件事产生了极大的兴趣。艾美被请去了，乔却没有。这对所有参加者来说是个幸事，因为她此时正当胳膊叉腰自命不凡的年龄，要吃不少苦头才能学会如何与人融洽相处。于是这位“高傲又令人乏味的家伙”被冷冷撇在一边，而艾美则凭一张艺术桌子把她的天赋与情趣充分展示出来。艾美尽最大努力张罗着适宜的、有价值的东西装备那张桌子。

一切都进行得顺利，可是，交易会开幕的前一天发生了一个小冲突。当二十五六个老少妇人在一起做事时，每个人都有自己的愠怒与偏见，这种冲突便是不可避免的。

梅·切斯特相当妒忌艾美，因为艾美比她更招人喜爱。就在那时，发生了一些琐碎小事，增加了她的妒忌感。艾美那雅致的钢笔画作品使梅的着色花瓶黯然失色——这是第一个苦恼；最近一次舞会上，迷倒所有姑娘的图德和艾美跳了四次舞，只和梅跳了一次——这是第二个苦恼；压在她心头最大的不平是传到她耳中的闲言碎语，说马奇家的女孩们在兰姆家笑话了她，这给了她采取不友好行动的借口。本来这一切该怪罪乔，是她活灵活现地模仿梅，谁都能看出来，而那些爱闹的兰姆们又让笑话传了出来。两个罪犯对后来的事一无所知，所以可以想象出艾美听了切斯特夫人一番话的沮丧。切斯特夫人听说女儿被人笑话，当然恼火。交易会的前一天晚上，艾美正在为她漂亮的桌子作最后的装饰，切斯特夫人不动声色、冷冷地对她说道——

"亲爱的，我把这张桌子给了别人而没给我的女儿们，我发现年轻女士们有些看法。这张桌子最显眼，有人说所有桌子中这一张最吸引人。我女儿们是这个会的主要筹备人，所以最好让她们占有这张桌子。很抱歉，可是我知道你真心实意热衷这个会，不会介意个人的失望。你要是愿意可以占另一张桌子。"

切斯特夫人事先想象这一番话容易说出口，可是，真到要说的时候，却发现很难自自然然地说出来。艾美不加怀疑地直盯着她，一脸惊奇与困惑。

艾美觉得这件事背后有些蹊跷，可是猜不出原因。她感到受了伤害，也表示出这一点。她轻轻地说："也许您一张桌子也不想给我？"

"不，亲爱的，请你不要生气。你要知道，这只不过是个权宜之计。我女儿们要领个头。这张桌子自然是她们恰当的位置。我是觉得它对你非常适合，很感激你费了劲把它装饰得这么漂亮，可是，我们还是得放弃自己的愿望。我负责让你在别的地方占一个好位置。你可喜欢花卉桌？小姑娘们在管，可是她们弄不好，在那儿灰心丧气呢。你能把它变得迷人。要知道，花卉桌总是很能吸引人。"

"对先生们来说尤其如此。"梅补充道。她的神情使艾美明白了使她突然失宠的原因。她脸气红了，但是她没去理睬那女孩气的嘲讽，却温和得出人意料地答道——

"切斯特夫人，依您的意思做吧。您要是乐意，我马上放弃这个地方，去照管花卉。"

"你愿意的话，可以把你的东西放到你自己的桌上去。"梅开了口。她看着艾美如此精心制作又雅致地摆设着的东西——漂亮的笔架，鲜艳的贝壳，奇妙的灯饰——有点感到良心不安了。她是出于善意的，可是艾美误解了她的意思，迅即说道——

“噢，当然，如果它们碍事的话。”她匆促地将她的东西扫进围裙，走开了。她觉得她自己连同她的艺术品都受到了不可原谅的羞辱。

“哎呀，她生气了。哦，天哪！要是我没求你说就好了，妈妈。”梅说。她愁闷地看着桌子上空出来的地方。

“女孩子吵嘴不长久。”她妈妈答道，倒为自己掺和进去有点不好意思了。

小姑娘们高兴地为艾美和她的宝贝东西欢呼起来。这种热情的接待稍稍抚平了她不安的情绪，她立即着手工作，打定主意，即使不能施展艺术抱负，也一定要在花卉方面做出成就。可是，似乎一切都和她对着干：开始得太晚了，她也累了，大家都忙着自己的事无法帮她，而小姑娘们碍手碍脚只能帮倒忙。这些可爱的小东西们像一群麻雀，唧唧喳喳，忙忙碌碌，毫无技巧地努力想维持桌子最完美的状态，结果造成一片混乱。艾美竖起常春藤拱架，可是拱架立不稳，当上面的吊篮装进东西时，架子摇摇摆摆，像是要倒下来砸在她头上；她最好的瓷砖画给溅上了水，结果，丘比特的脸上留下了一滴黑色泪珠；她用锤子干活却伤了手；在穿堂风中做事感了冒，这使她为次日忧心忡忡。任何一个有过同样痛苦的女读者都会同情可怜的艾美，祝愿她圆满顺利地完成工作。

那天晚上回到家，她把事情说了出来，大家都很气愤。妈妈说那是个耻辱，夸艾美做得对。贝思宣布她坚决不去交易会了。乔质问艾美为什么不拿走她所有的漂亮东西，离开那帮卑鄙小人，让她们自己去开交易会。

“没有理由因为她们是小人我也当小人，我讨厌这么做。虽然我受到了伤害，有权作出反应，可我不想表现出来。她们会觉得这比怒气冲冲的言语和行为更厉害。是不是这样，妈咪？”

“这种精神对，亲爱的。用吻回报殴打总是上策，虽然有时不容易做到。”妈妈说。她知道说与做的不同。

尽管有各种自然的诱惑去反抗、报复，但艾美第二天整整一天都坚持了自己的决定，一心想用好心征服她的敌人。她的开端良好，这得归功于一个无声之物的提示，这个东西来得出人意料，但是非常及时。那天早晨，她在布置桌子，小姑娘们在休息室装花篮，她拿起她心爱的摆设品——一本小书。书的封面古色古香，爸爸把它当作宝贝。上等皮纸的书页，文章里还绘有美丽的彩饰图案，每一页都有。艾美带着可以原谅的骄傲神情翻着书页。她的目光落在一行诗上，这使她不得不停下来思索。那一行字用鲜艳的红、蓝、黄三色云状花纹勾了边，表达了世人应在荆棘与玫瑰花丛中互相帮助的良好愿望："汝爱邻人，应如爱己。"

"我应该这样做，可是我没做到。"艾美想。她的目光从鲜艳的书页转向大花瓶后面梅不满意的脸上，那些大花瓶填不了她的那些漂亮作品曾经占据的空间。艾美站了一会儿，翻着手中的书页，每一页都读到一些对记仇、妒忌之心的轻柔指责。每天，我们都从街道、学校、办公室以及家庭听到许多明智的、真正的布道，只是没有在意。假如这张交易会桌子能提出富有教益、绝不过时的人生哲理，它也能成为布道讲坛。此时此地，艾美的良知向她宣讲了小书上的道理。她做了我们许多人不大做得到的事——从善如流，并立即付诸实施。

一群女孩子围站在梅的桌旁，欣赏着漂亮的物品，议论着女售货员的变换。她们压低了声音，可是艾美知道她们在谈论她，她们听了一面之词并且据之作出判断。这不太令人愉快，但是她的态度已经有了很大的转变。不一会儿，就来了个机会让她证明这一点。她听到梅难过地说——

"太糟了，没有时间做别的东西了。我不想用乱七八糟的东西填补空缺。刚才这张桌子已布置好了，现在给毁了。"

"我敢说，要是你求她，她会把东西放回来的。"有人提议。

"这一番折腾过后，我怎么好开口呢？"梅说。然而，她的话音未落，艾美动人的声音便从大厅那边传了过来——

“你不用求，需要的话，尽管用好啦。我正想着提议把它们放回去呢。因为它们属于你那张桌子，而不是这张桌子。给你吧，请收下。原谅我昨晚性急，把它们拿走了。”

她一边说着，一边点头笑着将她的东西放了回去。然后她又匆忙走开了，她觉得做一件友好的事要比做完后留下来让人感谢容易些。

“哎呀，她这么做太可爱了，是不是？”一个女孩叫道。

梅的答语没人听见。然而，另一个显然被制作柠檬汽水弄得有点发躁的年轻女士令人不愉快地笑了笑，补充道：“非常可爱，因为她知道这些东西在她自己的桌上卖不出去。”

嗳哟，这太过分了。当我们作出些不大的牺牲时，至少希望别人能欣赏。有一会儿，艾美后悔那样做了，她感到美德并不总是有回报的。但还是有的——正像她很快发觉的那样——她的情绪开始高涨，她的桌子在她灵巧的双手下开花了，姑娘们非常友好。那个小小的举动似乎令人惊讶地消除了误会。

对艾美来说，那一天很长，也很难熬。她坐在桌子后面，经常是独自一人。因为小姑娘们不久都跑开了，极少有人愿意在夏天买花。还没到夜间，她的花束已经开始枯萎了。

屋子里，艺术桌是最吸引人的，那儿整天围着一群人，看管人脸上带着自得的表情，手里捧着咔嗒着响的钱箱，不断地跑来跑去。艾美常常渴望地看着那边，极想在那边干，在那边她感到自如、满足。可是她却身处这个角落无事可做。对我们一些人来说，这似乎不是什么难事。但是，对这样一个漂亮、活泼的年轻女孩来说，却不仅乏味，而且非常难以忍受。一想到她的家人、劳里以及劳里的朋友们晚上会在那里看到她，她实在感到痛苦。

她到夜里才回家。虽然她没有抱怨，甚至没告诉家人她做了些什么，可是家人从她苍白的脸色、安静的态度看出这一天过得很艰难。妈妈亲切地多给了她一杯茶。贝思帮她穿衣，还做了个迷人的花环让她戴在头上。乔非同寻常地仔细梳妆打扮，隐隐约约地暗示要去掀翻那些桌子，使家人吃了一惊。

“别去做无礼的事，乔，求你了。我不想把事情搞糟，就让它过去吧，你安分点。”艾美央求着。她走得早，希望能再搞到一些鲜花使她那可怜的小桌子焕然一新。

“我只想尽量把自己打扮得迷人一点，让每一个熟人喜欢，让他们在你那一角尽可能多待些时间。特迪和他那帮小伙子会帮忙的，我们还是会过得愉快的。”乔回答。她靠在门边等候着劳里。不一会儿，暮色里传来了熟悉的脚步声，她跑出去迎接他。

“那是我的男孩吗？”

“的确是的，就像这是我的女孩！”劳里带着志满意得的男子汉风度让她挽起了他的胳膊。

“哦，特迪，竟有这种事！”乔怀着姐姐的不平之情告诉他艾美受到的委屈。

“不一会儿，我那帮朋友就要坐车过来。我一定要他们买走艾美所有的花，然后就待在她的桌前。”劳里热情地支持她的事业。

“艾美说，花一点儿也不艳了，新鲜的也许又不能及时送到。我不想让人感到不公平，让人猜疑。可要是鲜花根本送不来的话，我也不会意外。人们做了一件卑鄙的事，就很可能做第二件。”乔恨恨地说。

“难道海斯没把我们花园里最好的花给你？我叫他送的。”

“我不知道，我估摸他忘了。你爷爷不舒服，我不想去向他要花来烦他，虽然我确实想要些。”

“哎呀，乔，你怎么能这样想！那些花是我的也是你的。我们不是什么东西都一分为二的吧？”劳里开口说，他那种语调总是让乔变得刺人。

“天哟，希望不至如此！你一半的东西一点儿也不合我的意。只是我们不能站在这里调笑。我得去帮帮艾美，你去出你的风头吧，要是你能仁慈地让海斯送一些漂亮鲜花到交易会大厅，我会永远为你祈福的。”

“你难道不能现在就为我祈福吗？”劳里挑逗地问道，吓得乔很不友好地匆匆关上门，隔着栅栏叫道：“走开，特迪，我忙着呢！”

多亏了这两个共谋者，那天晚上局面真的扭转过来了。海斯送过去许多鲜花，花以最佳方式装在一只可爱的篮子里，作为摆在桌子中央的饰品。马奇一家全体出动。乔相当成功地尽了力。人们不仅过来了，而且停留了下来，笑着听她讲废话，赞赏艾美的情趣。他们显然非常开心。劳里和他的朋友们全都仗义地挺身担当重任。他们买完了花束，逗留在桌前，把那个角落变成了屋子里最热闹的地方。现在艾美如鱼得水，不为别的，只出于感激。她尽可能地做到行动活泼、举止优雅，大概在那个时刻，她得出结论：美德毕竟还是有回报的。

乔的举止得体，堪为楷模。当艾美幸福地被她的仪仗队包围着的时候，乔在大厅里绕着圈听各种闲话，这些闲话使她明白了切斯特夫人为什么有那样的变化，她为她引起的那份敌意自责，决心尽快为艾美开释。她还了解到艾美早上是怎样处理事情的，认为艾美是宽宏大量的典范。她经过艺术桌时，扫了一眼，想找到她妹妹的东西，但是东西没有踪影。“收起来了不让人看见，我敢说。”乔想。她自己受了委屈可以原谅他人，不去计较，然而对家人受到的侮辱，她却强烈地感到愤愤不平。

“晚上好，乔。艾美情况怎么样？”梅带着和解的口气问。她想表明她也能表现出大度。

“她已经卖完了她所有值得卖的东西，现在正在玩呢。花卉桌总是吸引人的，你知道，‘对先生们来说尤其如此’。”

乔忍不住那样轻轻地攻击了一下梅，但是梅温顺地接受了。这让她很快便后悔了，开始夸赞起那些大花瓶来，花瓶还没卖掉。

“艾美的灯饰放在哪里？我想为爸爸买。”乔说。她很想知道她妹妹的作品的命运。

“艾美的所有东西早就卖完了。我设法让想买的人看见它们。那些东西为我们挣来一笔数目不小的钱。"梅回答。和艾美一样，她那天也击退了各种小诱惑。

心满意足的乔冲回去报告这个好消息。听说了梅的话语和态度，艾美又是感动，又是惊奇。

"现在，先生们，我要你们到别的桌子前尽义务，就像你们对我的桌子那样慷慨大方——特别是艺术桌。"她吩咐着"特迪的自己人"，女孩子们对大学朋友都这么称呼。

"'收钱，切斯特，收钱！'这是那张桌子的口号，但是你们要像男子汉那样尽义务。你们花钱买的艺术品完全划得来。"当这队人马准备占领阵地时，乔忍不住说。

"听令就是服从。但马奇比梅可要漂亮得多。"小帕克说道。他尽最大努力想说点既俏皮又温柔的话，但是立即被劳里制止了。

劳里说："很好，小家伙，小男孩应该这样！"然后父亲似的拍了一下他的头，让他走开了。

"买那些花瓶。"艾美对劳里耳语道。她想最后一次使她的敌人惭愧难当。

使梅大为高兴的是，劳里不仅买了花瓶，而且一边夹一个，在大厅里招摇过市。其他先生同样出手大方，买起了各种各样易损的琐碎物品，然后，提溜着沉沉的蜡花、画扇、金银细丝绣饰的公文包以及其他玲珑又实用的玩意儿，在大厅里无助地闲逛。

卡罗尔婶婶也在那里，她听说了这件事，很高兴，在一旁对马奇太太说着些什么。马奇太太满意地微笑着，凝望着艾美，脸上的表情混杂着自豪与焦虑。即便如此，几天以后她才说出她高兴的原因。

大家公认交易会是成功的。当梅向艾美道晚安时，她没有像往常那样过分表露感情，而是亲切地吻了她一下，脸上的表情似乎在说："原谅我，忘了它。"这使艾美感到很受用。她回到家，发现那两只花瓶各插着一大束花被陈列在客厅的壁炉架上。"奖给懿行美德的马奇。"劳里手舞足蹈地宣布。

“艾美，你的优点比我知道的更为突出。你讲道义，慷慨大方，品质高尚。你表现得很不错。我真心实意地钦佩你。”那天晚上，她们一起梳头时，乔这样热情地说。

“是的，我们都尊重你，你那样乐意宽恕别人。忙了那么长时间，一心想卖掉自己的漂亮东西，却差点白费劲，肯定非常难做。我想我做不到像你那样友好地原谅别人。”贝思从枕头上抬起头来补充道。

“哎呀，姑娘们，你们不要这样表扬我。我只是愿意别人怎样待我，我就怎么待别人。我说想当个女士，你们笑话我，可我的意思是做一个思想和风度上真正的女士。我以我所知道的方式试着去做。我作不了确切的解释。我是想避开那些毁了许多妇女的小毛病，如小气、愚笨、挑剔。我做得远远不够。但是我尽力而为，希望有一天能成为妈妈那样的人。”

艾美说得热切认真。乔亲切地拥抱了她一下，说：“现在我懂得你的意思了。我再也不笑话你了。你的进步比你想象的更快。我会真心老老实实地向你学习，我相信，你已经入道了。亲爱的，接着尝试吧。总有一天你会得到回报的。到那时没有人会比我更高兴。”

一个星期后，艾美真的得到了回报。乔却感到很难高兴得起来。她们收到了一封卡罗尔婶婶的信。马奇太太读着信，脸上大放光彩，弄得和她在一起的乔和贝思忙问是什么喜讯。

“下个月卡罗尔婶婶要出国，她想要——”

“我和她一起去！”乔突然插嘴。她狂喜得控制不住，从椅子里蹦起来。

“不，亲爱的，不是你，是艾美。”

“哦，妈妈！她太年轻了。先轮到我。我已经想了那么长时间——那样对我太有好处了，太妙了——我非要去。”

“恐怕不可能，乔。婶婶决定的是艾美。她给我们这样一个恩惠，我们不好提要求的。”

“总是这样。乐趣都是艾美的，活儿都是我来干。这不公平。哦，这不公平！”乔情绪激动地哭了。

“我恐怕这件事有一半是你自己的错，亲爱的，前些日子婶婶和我谈话时说到，她为你直率的态度和独立的个性感到遗憾。信上她这么写着，好像是引用了你的话——开始我打算请乔，可是，由于‘恩惠给她负担’，她‘讨厌法语’，我想，我不会冒昧地邀请她。艾美要温顺些，她会成为弗洛的好旅伴，她有一颗慧心领受旅行带给她的每一点馈赠。”

“哦！我的舌头，我那可恶的舌头！我怎么就不能学着保持沉默呢？”乔痛苦地抱怨道。她记起了让她倒霉的那些话。马奇太太听了她对信中引用的话的解释，难过地说——

“我真希望你能去，可是这次没有指望了。还是安然接受现实吧，别让责备、后悔扫了艾美的兴。”

“我尽力吧。”乔说。她使劲眨着眼，俯身捡起刚才兴奋时打翻的篮子。“我要模仿她，不仅看上去高兴，而且真的高兴。一分钟也不忌妒她的幸福。但是这不大容易做。我的失望太大了。”可怜的乔伤心地哭了，眼泪打湿了手中插满针的小针插。

“乔，亲爱的。我很自私。可是我不能放开你。我很高兴你暂时还不走。”贝思低声说道。她连篮子带人抱住了乔。那种依恋的拥抱和充满爱意的神情使乔感到宽慰，尽管强烈的后悔使她想打自己的耳光，然后谦卑地去求卡罗尔婶婶给她这个恩惠，看着她如何优雅地接受它。

到艾美进门时，乔已经能加入全家的欢乐中去了。也许不完全是发自内心的，但是她没有对艾美的好运气发牢骚。那位年轻女士自己把这消息当作天大的喜讯。她欢天喜地又不乏稳重地着手准备，当晚便开始整理她的水彩颜料，收拾铅笔，把衣服、钱、护照之类的琐碎东西留给那些不像她那样热衷于艺术珍品的人们去整理。

“这对我不光是旅游，姑娘们，”她忘情地说，一边收拢起她最好的调色板，“它将决定我的职业，因为如果我有才气的话，会在罗马发现它的，并会以行动来证明。”

“假如没有呢？”乔问。她眼睛红红地缝制着新领结，这个领结是给艾美的。

“那我就回家，以教人画画谋生。”向往成名者沉着镇定地回答。但是想到这个远景，她做了个苦脸，然后不停地刮擦着她的调色板，好像在放弃希望前全副身心地采取着有力的措施。

“不，你不会的。你讨厌干重活。你会和某个富人结婚，然后回到家来整天尽享荣华富贵。”

“你的预言有时会实现的。但是我不相信这个会实现。我肯定是希望它会实现的。因为，假如我自己当不了艺术家，我希望有能力帮助那些可以成为艺术家的人。”艾美笑着说，仿佛扮演乐善好施的女士比穷绘画教师的角色更适合她。

“哼！”乔叹道，“你希望这样，就会这样的。你的愿望总是能得到满足——而我，从来得不到。”

“你想去吗？”艾美问，她若有所思地用刀轻轻拍着鼻子。

“很想。”

“那么，一两年左右，我会来请你的。我们一起到古罗马广场去看遗迹，实现我们定了那么多次的计划。”

“谢谢！当那个快乐的日子到来时，我会让你想起你的许诺的，假如有那么一天的话。”乔回答。她尽可能愉快地接受了这个不确定但却十分动人的提议。

没有多少时间作准备。屋子里一片混乱，直到艾美离开。乔咬紧牙关坚持得很好，待到那飘动的蓝丝带消失，她退进自己的避难所——阁楼，哭得不能自持。艾美同样勇敢地咬紧牙关坚持着，直到轮船起航。就在要撤舷梯的时候，她突然醒悟到，不多久她和那些深爱她的人将会被这个波涛翻滚的大海隔开。于是，她抱住最后一个送客劳里，抽泣着说——

“哦，为我照顾她们，万一发生了什么事——”

“我会的，亲爱的，万一有什么，我会来安慰你的。”劳里低声说，他做梦也没想到他后来会被请去履行他的诺言。

就这样，艾美乘船去探寻东半球。在年轻人眼里，那里是多么神奇、美丽呀！她的父亲和她的朋友站在岸边注视着她，热切地希望好运轻轻地降临在这个快乐的女孩身上。她向他们挥着手，他们目送着她，直到什么都看不见了，只有海面上耀眼的夏日阳光。

第三十一章　海外来鸿

最亲爱的家人们：

我现在真的坐在皮卡迪利大街[1]巴思旅馆一个临街的窗前。这不是个时髦地方，可是几年前，叔叔在这儿停下来，再也不想去别的地方了。但我们也不打算在这儿长住，这也不是什么大事。哦，我无法从头至尾告诉你们我是多么欣赏这一切！毫无办法。因此，我只能告诉你们一些我笔记本上记的事。从出发以来我除了画些素描、胡乱写些东西之外什么都没干。

到达哈利法克斯[2]时，我寄了封短信。那时我感到很难受。从那以后，我过得很愉快，几乎没有生病，整天在甲板上，有许多有趣的人逗我。每个人对我都很客气，特别是那些官员们。别笑，乔。在船上真是非常需要先生们，需要依赖他们，需要他们的侍候。他们无事可做，使他们成为有用的人倒是对他们施惠。不然的话，我担心他们非抽烟抽死不可。

婶婶和弗洛一路上身体都不舒服，想清静些，所以我做完能为她们做的事，便自己去玩。那种在甲板上散步的滋味，那样的落日，那样好的空气与波浪！那种感受几乎和我们骑着快马飞奔一样

① 位于英国伦敦，以其时髦的商店、俱乐部、旅馆和住宅著称。
② 英格兰北部城市。

激动人心。我真希望贝思也能来这儿，这将对她大有好处。至于乔嘛，她会爬上去坐在大桅楼的三角帆上，或者管它叫什么来着的那个高高的东西上。她会和轮船水手们交朋友，对着船长的传声筒嘟嘟乱吵，她会欣喜若狂的。

一切都奇妙无比。并且，我高兴地看到了爱尔兰的海岸，发现它非常可爱。远远望去，那么绿，海岸洒满阳光，四处点缀着棕色的小木屋。山上的一些古迹隐约可见，山谷里有绅士们的别墅，小鹿们在花园里吃着草。当时是清晨，可是，我并不后悔起早观景。海湾里布满了小船，海岸上风景如画，头顶上天色泛红。我永远也忘不了这个景致。

在昆士镇，伦诺克斯先生——我新结识的一个朋友——下船离开了我们，在船上我谈起基拉尼湖[1]时，伦诺克斯先生曾叹了口气，看着我唱起来——

哦，你可曾听说凯特·卡尼？
基拉尼湖畔是她的生长之地；
她的两眼一瞥，
有陷阱之险而飞快逃离，
凯特·卡尼的眼神，逃不脱的宿命。

那是不是毫无意义？

我们在利物浦只停留了几小时。那个地方又脏又吵。我倒乐意早些离开。叔叔做的第一件事便是赶快去买了副狗皮手套和一双又丑又笨的鞋子，还有一把雨伞。然后，他刮掉了络腮胡子，自以为看上去像个真正的英国人。可是，他第一次让人擦鞋子，那擦

① 位于巴哈马。

皮鞋的小家伙便知道穿鞋人是个美国人，笑嘻嘻地说："擦好啦，先生，我用的是最新式的美国擦法。"逗得叔叔大笑。噢，我得告诉你们那个荒唐的伦诺克斯干了什么！他让他的朋友沃德为我预定了一束花，沃德和我们一起继续旅行。我进屋第一眼便看到了一束可爱的花，附着一张卡片："罗伯特·伦诺克斯敬赠。"姑娘们，可有意思？我喜欢旅行。我要是不抓紧，恐怕根本写不到伦敦的事儿了。旅途就像是乘车在一个长长的充满迷人景象的画廊中穿行。我喜欢看那些农舍。茅草盖的屋顶，常春藤一直缠绕到屋檐，格子状的窗户，门前有健壮的妇女和面色红润的孩子们。这里的牲口站在齐膝深的三叶草中，看上去比我们那里的牲口要平静些。母鸡知足地咯咯叫着，好像从来不像美国鸡们那样神经紧张。我从未见过这种完美的色彩——草是那么绿，天是那么蓝，谷物金黄，树木葱郁。一路上我欢天喜地。弗洛也是这样。我们以每小时六十英里的速度急速前行，不停地从一边蹦到另一边，想把美景尽收眼中。婶婶倦了去睡觉了，叔叔读着旅行指南，他对一切无动于衷。当时情况是这样的：艾美，跳了起来——"噢，树丛中的那片灰色肯定是凯尼尔沃思城！"弗洛，冲到我的窗前——"多美呀！我们什么时候一定要去那儿，是不是，爸爸？"叔叔，不动声色地欣赏着自己的靴子——"不，亲爱的，除非你要喝啤酒，那是个啤酒厂。"

安静了一阵子——后来弗洛叫了起来："天哪，那儿有个绞刑架，有个人在往那去。""哪儿，哪儿？"艾美尖叫着向外望去，看见两根高柱子，上面有横梁，还有一些摇晃着的链条。"是个煤矿。"叔叔眨着眼说道。"这里有群可爱的羊，它们都躺下了。"艾美说。"瞧！爸爸，它们多漂亮！"弗洛动情地说。"那是群鹅，小姑娘们。"叔叔回答。他的语调使我们安静下来。后来弗洛坐下来读《卡文迪什船长的调情》，我独自欣赏景致。

我们到达伦敦时不用说又在下雨。除了雾和雨伞没什么可看的。我们休息，打开包裹，阵雨之间去了商店。玛丽婶婶给我买了些新东西，因为我出门太匆促，准备得不充分。买了顶饰有蓝羽毛的白帽子、一件和它相配的棉布衣，还有个你所见过的最漂亮的斗篷。在摄政街购物感觉棒极了，东西似乎很便宜——漂亮的丝带才六便士一码。我购置了一些。但我的手套要到巴黎去买。这听起来是不是有点像讲究的有钱人？

叔叔和婶婶出去了，我和弗洛要了辆漂亮的出租马车，出去兜风玩儿。后来我们才知道年轻女士单独坐马车不合适。那太有意思了！当时我们给木头挡板关进了车厢，马夫车驾得那么快，弗洛吓坏了，叫我制止他。可是，他坐在车厢外面后部的什么地方，我没法接近他。他既听不见我的叫声，也看不见我在用阳伞拍打着车厢前部。就这样，我们无可奈何地嘚嘚嘚地行驶着，以极其危险的速度旋转过一个个拐角。最后，无计可施之际我看见车厢顶上有个小门。我刚把它捣开，一只红眼睛便出现了，一个微醉的声音说——

"喂喂，小姐？"

我尽量严肃地下了指令，马夫应着"是，是，小姐"，砰地关上门，赶着马走起来，仿佛是去参加葬礼。我又伸出头说："稍快一点。"于是，又像刚才那样策马飞奔。我们只好束手听命。

今天天气好，我们去了附近的海德公园[①]，我们比外表看上去更贵族气一些。德文郡的公爵就住在附近。我常看到他的男仆在后门闲逛。威灵顿[②]公爵的宅第离这里也不远。我的天哪！我看到的是什么样的景象啊！和木偶剧的角儿一样好看。胖胖的老年

① 位于英国伦敦，因常被用作政治性集会场所而著称。

② 威灵顿（1769—1852）：英国陆军元帅、首相，以在滑铁卢战役中指挥英普联军击败拿破仑而闻名，有"铁公爵"之称。

贵妇们乘坐的红色、黄色马车到处滚动，漂亮的仆从脚着长筒丝袜、身穿天鹅绒外衣坐在车后，搽了粉的赶马人坐在车前。伶俐的女仆带着面色非常红润的孩子。端庄秀丽的姑娘们看上去似睡非睡。戴着古怪的英国帽和淡紫色小山羊皮手套的美少年们漫步悠游。高个儿士兵们穿着红色的短夹克，歪戴着粉饼样的呢帽。这一切看上去是那么滑稽，我真想为他们作幅速写。

练马林荫路是指Route de Roi，也就是国王路。但是现在它更像个马术学校。那些马都很棒。那些人，尤其是马夫们，骑术很好。然而，妇人们绷直腿，在马上乱蹦。那可不是我们的规则。我真想让她们看看美国式的骑马飞奔。她们穿着单薄的骑装，戴着高帽子，表情严肃，一颠一颠地驾驭着马儿小跑着，看着就像玩具诺亚方舟里的女人。这儿每个人都会骑马——老人、健壮的妇人、小孩子们——这里的年轻人就爱谈情说爱。我看到过一对年轻人交换玫瑰花蕾，纽扣眼里插一朵花蕾很别致。我想，这个主意很不错。

下午去了威斯敏斯特教堂[①]。可是别指望我给你们描述它，那不可能——我只能告诉你们它非常雄伟。今晚我们打算去看费克特的戏。那将恰到好处地结束我一生中最幸福的这一天。

午夜

已经很晚了，可是，不把昨晚发生的事告诉你们，我早上就不能发掉这封信。昨天我们吃茶时，你们猜谁来了？劳里的英国朋友，弗雷德·沃恩和弗兰克·沃恩！我太吃惊了！要不是看了名片我都认不出他们了。两个人都长成大高个了，都长着络腮胡子。弗雷德英俊潇洒，美国味十足。弗兰克情况好多了，只有些微跛，已不用拐杖了。他们收到劳里的信，得知我们在哪儿，过来邀请我们

① 亦译西敏寺，伦敦著名教堂，是英国国王加冕和著名人物下葬之所在。

去他们家；可是叔叔不肯去，所以我们打算回访。他们和我们一起去看了戏。我们玩得真是惬意非常。弗兰克一味和弗洛交谈，而弗雷德和我讲着过去的、现在的、将来的趣事，好像我们一直都彼此了解。告诉贝思，弗兰克问起了她，听说她身体不好很难过。我谈到乔时弗雷德笑了，他向“那个大帽子致敬”。他们两人都没有忘记劳伦斯营地，也没有忘记我们在那里有过的欢乐。似乎那是很长时间以前的事了，是不是？

婶婶已经是第三次敲墙壁了，所以我必须停笔了。我真的像一个放荡的伦敦上流妇女，坐在这里写信写到这么晚，屋子里满是漂亮的东西，脑子里乱七八糟地装着公园、剧院、新衣裙以及那些会献殷勤的男士们。他们说着“啊”，带着道地的英国贵族气派，用手缠绕着金黄色小胡子。我非常想见到你们大家。虽然我说了这许多废话，我永远是你们忠实的

艾美

巴黎

亲爱的姐姐们：

上封信我和你们谈到了伦敦回访一事——沃恩一家太客气了，他们为我们举行了令人难忘的社交聚会。所有的事情当中，我最欣赏的是去汉普顿展览馆和肯辛顿博物馆——因为，在汉普顿我看到了拉斐尔的草图，在博物馆，我参观了一个个放满了画的陈列室。这些画出自透纳、劳伦斯、雷诺兹、贺加斯以及其他一些伟大画家之手。在里士满公园度过的那天很有趣，我们搞了个正规的英国式野餐。公园里有许多极好的橡树，有一群群小鹿，太多了我都临摹不完。我还听到了夜莺的啼鸣，看到云雀直冲云霄。多亏了弗雷德和弗兰克，我们尽情“享受”了伦敦，离开它感到难过。我想，虽然伦敦人要很长时间才能接纳你，可一旦他们决定接纳，谁也别想超

过他们待客的热情。沃恩一家希望明年冬天在罗马见到我们。如果见不到他们，我会非常失望的。因为格莱丝是我的好朋友，两个男孩也很不错——特别是弗雷德。

且说，我们在这里还没有安顿下来，弗雷德又出现了，说是来度假的，打算去瑞士。婶婶开始严肃起来，但是他处事很慎重，婶婶也就无话可说了。现在我们相处得很不错。很高兴他来了，因为他的法语说得像当地人。要是没有他我们真不知道该怎么办。叔叔懂的法语还不到十个字，他一贯用英语高门大嗓说话，好像那样就能让别人听懂他的话。婶婶的发音是老式的。虽然我和弗洛自以为懂不少法语，结果发现情况并非如此。非常高兴能有弗雷德“讲话”，叔叔就是这么说他的。

我们过得多么惬意啊！从早到晚观光，在装饰华丽的餐馆停下来吃丰盛的午餐，经历各种各样令人解颐的奇遇。下雨天我就待在卢浮宫，沉迷于画中。对那些艺术精品乔会翘起她淘气的鼻子，因为她对艺术没有热情，可是我有。我尽快地培养艺术眼光与趣味。她会更喜欢伟人的纪念物。在这里我看到了拿破仑的三角帽和灰大衣，他小孩的摇篮以及他的旧牙刷，还有玛丽·安托瓦内特王后的小鞋子、圣丹尼斯主教的戒指、查理曼大帝的剑等其他许多有趣的东西。我回家后会和你们谈上几小时的，可是现在没时间写了。

皇宫非常漂亮——里面有那么多珠宝，那么多美丽的东西，我都快要发狂了，因为我买不起它们。弗雷德要为我买一些，我当然不能让他这么做。还有那林园和香榭丽舍大街，trés magnifique[①]。我见过几次皇室成员——皇帝很丑，看上去很冷酷，皇后面色苍白，很美，可是打扮得不雅致，我想——紫裙子、绿帽子、黄手套。小拿卜是个漂亮的男孩，他坐在四轮大马车里和他的导师闲谈着，

① 法语：非常漂亮。

向他们经过的人群飞吻，车上骑手们穿着红缎子夹克，车前车后各有一个骑马卫兵。

我们常去杜伊勒利[1]花园散步，那里非常漂亮，尽管那古色古香的卢森堡公园更合我意。Père la Chaise[2]非常令人好奇，因为许多墓穴像小屋子，往里看，可以看见一张桌子，上面有死者的画像，还有为前来吊唁的人们设的坐椅。那真太有法国味了。

我们的屋子位于里佛利街，坐在阳台上，我们可以眺望长街的迷人景色。白天玩累了，晚上不想出去时在阳台上闲聊真是令人惬意。弗雷德非常有趣，他是我所遇见过的最令人愉快的小伙子——除了劳里，劳里的风度更迷人。但愿弗雷德是黑皮肤，因为我不喜欢皮肤白的男人。可是沃恩家富有，门第高贵，我也就不挑剔他们的黄头发了，再说，我的头发比他们的还要黄。

下星期我们要出发去德国和瑞士。我们行程匆匆，所以我只能仓促地给你们写信了。我将记日记，尽量“正确地记住、清楚地描绘我们见到和欣赏的一切”，像爸爸建议的那样。那对我是个很好的锻炼，我的日记和速写本会比这些胡言乱语更好地让你们了解我的旅行。

Adieu[3]，亲切地拥抱你们。

你们的艾美

海德堡

亲爱的妈妈：

动身去伯尔尼前还有一小时的清静，我来告诉你发生了些什么，你会看到，其中一些事非常重要。

① 杜伊勒利原为法国王宫，一八七一年焚毁后仅剩杜伊勒利花园。
② 法语：拉雪兹公墓。
③ 法语：再见。

沿着莱茵河航行非常美妙，我只是坐在船上全身心地享受着。找来爸爸那些旧旅行指南读一读吧，我的语言不够美，描绘不出那种景致。在科布伦茨，我们过得很快活。弗雷德在船上结识的几个波恩学生为我们演奏了小夜曲。那是个月光皎洁的夜晚，大约一点钟左右，我和弗洛被窗下传来的一阵妙曼的歌声弄醒了。我们一跃而起，躲到窗帘后偷偷往外看，原来是弗雷德和那些学生在窗下不停地唱歌。这可是我见过的最浪漫的情景——那河，那浮桥，对岸的城堡，如洗的月光，还有那动人心弦的音乐。

等他们唱完，我们便朝下扔花束，看到他们争抢着，对着看不见的女士们飞吻，然后笑着走开了——我猜是去抽烟、喝啤酒。第二天早上，弗雷德给我看插在他背心口袋里的一朵弄皱了的花，他看上去充满柔情。我笑话他，说那不是我扔的，是弗洛扔的，这颇使他失意。他把花扔出窗外，头脑又冷静下来。我担心会和这个男孩发生麻烦事，已经开始有点苗头了。

拿骚的温泉浴场令人快乐，巴登巴登市的也是这样。弗雷德在那里丢了些钱，我责备了他。弗兰克不和他在一起时弗雷德需要人照顾。凯特曾经说她希望他赶快结婚。我有同感，他需要结婚。法兰克福令人愉快，在那里我看到了歌德的故居、席勒的雕像，还有丹尼克著名的《阿里阿德涅[1]》，故事非常好，可要是我对这故事知道得多一些我会更加欣赏。我不愿问别人，每个人都知道这故事，或者假装知道。希望乔能把故事全讲给我听。我本来应该多读些书的，因为我现在发现自己什么都不知道，真后悔。

现在说说正经事吧——它发生在这里，弗雷德刚走。他一直彬彬有礼，有趣味，我们都喜欢他。在唱小夜曲的夜晚之前，我一直只把他看作一起旅游的朋友，从未想过别的。打那以后，我开始感

① 希腊神祇，国王米诺斯的女儿，曾给情人忒修斯一个线团，帮助他走出迷宫。

觉到，那月光下的散步、阳台上的闲聊、每日的奇遇，对他来说，意义超出娱乐之外。我没有调情，妈妈，真的。我记住了你对我说的话，尽了最大的努力。我没法阻止别人喜欢我。我没有讨好他们，要是我不喜欢他们，我还会着急的，尽管乔会说我没有感情。我知道妈妈会摇头，姐姐们会说："哦，这个唯利是图的小坏蛋！"可是，我已经打定主意，如果弗雷德向我求婚，我就接受，虽然我没有狂热地爱上他。我喜欢他，我们在一起相处很愉快。他英俊、年轻、十分聪明、非常富有——比劳伦斯家富得多。我想他家人不会反对的。我将非常幸福，因为他们全家人都很友善、有教养、慷慨大方，他们喜欢我。弗雷德作为双胞胎中的老大，我想，将会得到房产。那是一座多么令人满意的住宅啊！房子位于市区上流社会的街区，不像我们家的大房子那样显眼，但是住在里面的舒适程度远远超过我们。房子里满是英国人推崇的纯粹的奢侈品。我喜欢这样，那些可都是地地道道的。我见过那些刻有姓氏的金属牌、家传珍宝、老仆人，以及乡下别墅的照片，上面有花园、大房子、可爱的庭院，还有骏马，哦，我还能求什么呢？我宁愿拥有这些，不要女孩们乐意抢夺的什么爵位了，我觉得这样也没落下什么。我可能是唯利是图，但是，我讨厌贫穷。只要有可能我一分钟也不能忍受贫穷。我们中必须有一个人嫁给富人；梅格没有，乔不会这么做，贝思还不能够，所以我将这么做，把我们身边的一切都变得舒适。我不会去嫁给一个我讨厌或者看不起的人，你们可以确信。虽然弗雷德不是我理想的英雄，但他做得不错。如果他非常喜欢我，让我随心所欲，总有一天我会十分喜欢他的。所以，上个星期，我一直在脑中考虑这件事。显而易见弗雷德喜欢我。他什么也没说，但是一些小事情表明了一切。他从不和弗洛一起走，坐车、吃饭、散步时，他总是在我这一边，当我们单独在一起时，他看上去总是柔情万端。谁要是和我说话，他就对谁皱眉头。昨天晚宴时，一个奥地利官员目不转睛地看着我们，然后和他的朋友——一个时髦的男爵——说了些什么“ein wonderschönes Blöndchen”[①]，弗雷德愤怒得像头狮子，他狠命地切着肉，差点把肉弄到盘子外。他不是那种冷静傲慢的英国人，但是脾气相当暴躁，因为他身上有着苏格兰血统，这一点我们从他美丽的蓝眼睛就可以猜出。

嗯，昨天日落时分我们去了城堡——除了弗雷德，所有人都去了，他先去待领邮局取信，然后来会我们。我们信步漫游，看看废墟，看看存放大酒桶的地窖，看看早年选帝侯[②]为他的英国妻子建造的美丽花园。我们玩得很开心。我最喜欢那个大平台，在那儿可以看到绝妙的景色。因此，当其他人进屋去观察时，我坐在平台上，试着画下墙上的灰色石狮子，狮头周围悬挂着红色忍冬。我感到像是身处一种罗曼蒂克的氛围。坐在那里，看着内卡河在山谷中奔腾穿行，听着奥地利乐队在城堡下演奏的乐曲，等着我的情人。我真的像故事书中的女孩。我感觉要发生什么事，我已作好准备。我不脸红，不战栗。我相当冷静，只稍稍有点激动。

不一会儿，我听见了弗雷德的声音。他匆匆穿过大拱门找我。他看上去是那样不安，我忘掉了自己，问他怎么回事。他说他刚收到一封信，要他回家，因为弗兰克病得很厉害；他马上就坐夜车走，时间只够道个别。我为他感到非常难过，也为我自己感到失望。可是难过和失望只有一会儿，因为他握着我的手说——说话的口气我是不会误解的——“我不久就会回来的。你不会忘了我吧，艾美？”

我没有许诺，只是看着他，他似乎满意了。没有时间做别的事了，只能互相祝愿，道别。一小时后他便走了。我们大家都非常想念他。我知道他想说出来，但是从他曾经作出的暗示，我想他答应

① 德语：一个漂亮的金发小姑娘。
② 历史上德国有权选举神圣罗马帝国皇帝的诸侯。

过他爸爸暂时不提这事，因为他是个还未成熟的男孩，而且老先生害怕有一个外国儿媳妇。不久我们将在罗马相遇。到那时，如果我没改变主意，他问我："愿意吗？"我就说："愿意，谢谢。"

当然，这件事是个大秘密。不过我希望您知道事情的进展。别为我担心。记住我是您"精明的艾美"。确信我不会做出鲁莽的事情来。期待母亲示教，女儿将慎思采纳。望能见到您一畅己怀，妈咪。爱我吧，相信我。

永远属于您的

艾美

第三十二章　温柔的烦恼

“乔，我为贝思着急。”

“为什么，妈妈？自从有了那两个孩子，她的身体似乎比往日好。”

“现在我担心的不是她的身体，而是她的情绪。我肯定她有心事。我要你去弄清楚是怎么回事。”

“是什么让你这样想的，妈妈？”

“她常常一个人坐在那里，不像原先那样常和你爸说话。她唱歌总唱悲哀的歌，脸上的神情也时常让我捉摸不透。这不像贝思，我真担心。”

“你可问过她？”

“我试过一两次，可是她要么回避，要么显得很难过，我只好不问。我从不强迫我的孩子们向我吐露心事。我也极少要等很长时间，她们会告诉我的。”

马奇太太一边说着，一边扫视着乔。但是对面那张脸上的表情似乎完全不知道贝思的心事。乔若有所思地做了会儿针线，然后说：“我想她是长大了，开始做梦了。她希望着，担心着，又烦躁不安。她不知道为什么，也没法儿解释。哎呀，妈，贝思已经十八岁了，我们却没有意识到。我们忘了她是个女人，还把她当孩子看。”

“可不是嘛，亲爱的宝贝们，你们那么快就长大了。”妈妈笑着又叹了一口气。

“妈咪，这可是没办法的事。所以您就别操心那样的烦心事了，让您的小鸟们一只接一只地飞出去吧。我保证我不会飞得很远，如果那样能使您得到安慰的话。”

“那真让人宽慰，乔。现在梅格出了门，只要你在家，我总感到有力量。贝思太虚弱，艾美太年轻，依靠不上她们。每逢有苦活重活，你都能帮我一把。”

“哎呀，您知道我不太在乎干重活。一个家总得有一个擦擦洗洗的人。艾美擅长做精美的艺术品，而我不行。可要是家里的地毯需要清理，或者家里有一半人同时生病，我便感到适得其所。艾美在国外干得很出色。假如家里出了什么事，我就是您的帮手。”

“那我就把贝思交给你了，因为她会最先向她的乔敞开她小小的柔弱的心房。要非常友善，别让她以为别人在观察她，谈论她。只要她能重新强健起来，愉快起来，我就什么也不希求了。”

“幸福的女人！我也有一大堆烦恼。”

“亲爱的，什么烦恼？”

“我先解决好贝思的烦心事，然后再把我的告诉你。我的不是太烦人，随它去吧。”乔贤惠地点点头，继续缝着。这可以使妈妈至少在目前不用为她担忧。

乔表面上忙于自己的事，暗中却在观察着贝思。她作出许多推测，又一一推翻，最后她拿准了一种，似乎能解释贝思的变化。她认为，是一件小事为她提供了解开秘密的线索，剩下的则是由活跃的想象和一颗爱心去解决的。那是一个星期六的下午，她和贝思单独在一起。她假装忙着写东西，可是她一边胡乱写着，一边注意着贝思。贝思看上去很安静。她坐在窗口，针线活不时掉到膝盖上也不在意。她情绪低落地用手抚着头，目光停留在窗外萧索的秋色上。忽然，有人像爱唱歌的画眉一样吹着口哨从窗下走过，然后便听到一个声音：“一切都好，我今晚来！”

贝思一惊，倾过身子，微笑着点点头，注视着这个过路人，直到他急促的脚步声消失。然后她自言自语般地轻声说:“那可爱的男孩看上去多么健壮、多么快乐啊!”

“呀!”乔仍然目不转睛地看着妹妹的脸。那张脸上的红晕来得快去得也快,笑容也没了,一转眼,窗台上滴上了一滴闪光的泪珠。贝思赶忙将它擦去,担心地瞥了一眼乔,乔正奋笔疾书,显然是全神贯注于《奥林匹亚的誓言》。可是贝思一转头,乔又开始注意她,她看到贝思不止一次地轻轻用手擦眼睛,从贝思半偏的脸上乔察觉到一种动人的哀婉,乔的眼泪也涌出来了。她担心让贝思看见,便嘟囔着还需要些纸,赶紧走开了。

“我的天哪,贝思爱上了劳里!”她在自己房里坐下,为刚才的发现惊得面色发白。“我做梦也没想到过这种事。妈妈会怎么说呢?我不知道他——”乔打住话头,突然想起什么,脸红了。“要是他不爱她,会是多么可怕啊!他一定得爱贝思,我得让他这么做!”她威胁地朝墙上劳里的照片摇了摇头。“哦,天啊,我们已经完全长大了。梅格结了婚做了妈妈,艾美在巴黎活跃非凡,贝思在恋爱,只有我一个人还有足够的理智不胡闹。”乔盯着照片专心致志地想了一会儿,然后抚平额上的皱纹,坚定地朝对面墙上的那张脸点点头说道:“不,谢谢你,先生。你是很迷人,但是,你和风向标一样不稳定,随风倒。你不必写那些动人的纸条,也不用那样令人肉麻地微笑。一点用处没有,我可不要那些。”

然后,她又叹息着,陷入了沉思,直到薄暮时分才回过神来,下了楼再去观察,结果更证实了她的猜测。虽然劳里和艾美嬉闹,和乔开玩笑,但他对贝思的态度总是特别友善、亲切。可每个人对贝思都是这样的呀,所以没人想到过劳里对贝思比对其他人更关心。确实,这些天全家人普遍感到“我们的男孩”越来越喜欢乔了,而乔对此事一个字也不愿听,假如谁胆敢提及,她就怒骂谁。要是家人知道过去一年里他俩之间说过种种甜言蜜语,或者,想说些甜言蜜语却无法说出口,他们必定会非常满意地说:“和你这样说过吧?”然而乔讨厌“调情”,不允许有这种事情。她随时准备着一个笑话或一个微笑，要把方露端倪、迫在眉睫的危险应付过去。

劳里去上大学的时候，大概每月恋爱一次。但是这些小小的恋火燃烧得炽烈却短暂，没起什么坏作用，也让乔感到很好笑。每个星期她和劳里会面时，劳里都向她倾诉。他情绪反复无常，先是希望，继而绝望，最后放弃，乔对这很感兴趣。然而劳里曾一度不再崇拜众多偶像了，他隐约地暗示出一种专心一意的热情，偶尔又处于一阵阵拜伦式的忧郁心境中。后来他又完全避开柔情的话题。他给乔写冷静的便条，变得用起功来。他宣称打算"钻研"了，要以优异的成绩非常光荣地毕业。较之黄昏时分的交心、温柔的手拉手、意味深长的眼色，劳里这些变化更适合这位年轻的女士。因为对乔来说，头脑比感情成熟得早些。她更喜欢想象中的英雄，而不是真实的英雄。厌倦了他们时，她可以把想象中的英雄关到她那蹩脚的灶间，需要时再让他出来。可是真实的英雄却不好对付。

当乔有了那个重大发现时，情况就是这样。那天晚上，乔以从来没有过的神情注视着劳里。要是她脑中没有这个新的想法，她就不会从贝思很安静，而劳里待她很客气这个事实中发现异样。然而，她让活跃的想象自由发挥，任其飞奔。由于长期写作浪漫传奇，她的常识贫乏了，帮不上忙。像往常一样，贝思躺在沙发上，劳里坐在旁边的一把矮椅子上，对着她天南海北地闲聊着，逗她开心。贝思依赖这种每周的"故事"，他也从不让她失望。可是，那天晚上，乔总觉得贝思带着特别快乐的神情，眼睛盯着身旁那张充满生气的黝黑的面孔。她带着极大的兴趣听他讲述激动人心的板球赛，虽然那些语句——"截住一个贴板球"、"击球员出局"、"一局中三球"——对她像梵语一样高深。乔全神贯注地观察他俩，认为劳里的态度更加亲切了。他有时放低声音，笑得比往常少，还有点心不在焉。他殷勤地用软毛毯盖住贝思的脚，那可真算是至柔之情。

“谁知道呢，更奇怪的事已经发生了。”乔在屋子里东转西转地这样想着，“只要他们相爱，她将把他变得相当可爱，他会使他亲爱的人儿生活得舒适、愉快。我看他会这么做的，我真的相信，如果我们其他人不挡道，他会的。”

由于除了她以外，没有人在挡道，乔开始感到她应该尽快给自己找个位置。可是她到哪儿去呢？她怀着热情炽烈的姐妹之情，坐下来解决这个问题。

眼下，那张旧沙发成了公认的沙发鼻祖——又长，又宽，填充得饱满，矮矮的，有点破，也该破了。姑娘们还是婴孩的时候在上面睡觉，躺卧。孩提时，她们在沙发背后掏过东西，也骑过沙发扶手，还把沙发底部当成动物园。长大成小妇人，她们又将疲乏的脑袋靠在上面休息，坐在沙发上做梦，听着柔情绵绵的谈话。大家都爱这张沙发，它是家庭的避难所。沙发的一角一直是乔最喜欢的休息位置。这张历史悠久的长沙发上有许多枕头，其中一个又硬又圆，用有点刺人的马毛呢包住，两头各钉了纽扣。这个叫人不舒服的枕头倒是乔的特殊财产，她用它作防御武器，用它设障，用它严格地防止睡眠过多。

劳里对这个枕头很熟悉，他完全有理由讨厌它。以前允许他们顽皮嬉闹时，他被枕头无情地痛击过。现在他非常渴求能坐在沙发这一角乔的身边，可是枕头经常挡道。假如他们所称的这个“腊肠球”竖起来放，就是暗示他可以接近。但是假如枕头平放在沙发中间，谁还敢去烦她！不管是大人还是小孩，男人还是女人，都得倒霉。那天晚上，乔忘了把她的角落堵住，她在沙发上坐下来还不到五分钟，身旁就出现了一个巨大的身体，两只胳膊平放在沙发背上，两条长腿伸在前面。劳里心满意足地叹了口气，叫道——

“哎哟，坐这位子可真不容易。”

“别说俏皮话。”乔厉声说。她砰地丢下枕头，可是太晚了，枕头没地方放了。枕头滑落到地上，非常神秘地不知滚到哪里去了。

“喂，乔，别那样满身长刺。整整一星期人家苦苦学习，弄得骨瘦如柴。他配得到爱抚，也应该得到爱抚。”

“贝思会爱抚你的，我忙着呢。”

“不，她不会让我烦她的。而你喜欢，除非你突然没了兴致，是不是？你恨你的男孩子吗？想用枕头砸他？”

她从未听过比这更有诱惑力的动人恳求。然而，她扑灭了“她的男孩”的热情，转向他严厉地问道：“这星期你送给兰德尔小姐多少束花？”

“一束也没送，我保证。她已经订了婚，怎么样？”

“我很高兴，那可是你的一种愚蠢的放纵行为——送花和礼物给那些你根本不在乎的女孩们。”乔责备地接着说。

“可是我很在乎的女孩子们却不让我送‘花和礼物’，我能怎么办呢？我的感情得有所寄托。”

“妈妈不允许谈情说爱，哪怕是闹着玩也不行。特迪，你太过分了。”

“要是我能说，‘你也这样’，我愿放弃一切。可你不是这样。我只能说，假如大家都懂得那只是一种游戏，我看这种令人愉快的小节目没什么危害。”

“是的，看上去是令人愉快，可是这个游戏我学不会。我试过，因为大家在一起时，要是不能和别人一样，那挺让人尴尬。不过，我似乎没什么进步。”乔已忘记她指导人的角色。

“向艾美学着点，她在这方面颇具才能。”

“是的。她做得很不错，似乎从不过分。我想，对一些人来说，不用学自然就能讨人喜欢，另一些人总是不分场合说错话，办错事。”

“很高兴你不会调情。一个聪明坦率的姑娘真是让人耳聪目明。她快乐、和善却不闹笑话。乔，别对人讲，我认识的一些女孩子太疯了，我都为她们不好意思。她们肯定没有恶意，但是，如果她们知道我们男孩子背后是怎么议论她们的，我想，她们会改正的。”

“男孩子们一样疯。你们的舌头最刻薄，因此失败的通常是你们，而且你们和女孩子一样傻，完全一样。要是你们举止得体，女孩们也会这样，可是她们知道你们喜欢听她们的疯话，她们也就这样说。可你们反过来又责备人家。”

“你懂得可真不少，小姐，”劳里超然地说，“我们不喜欢嬉闹、调情，尽管有时我们表现出喜欢的样子。我们从不议论漂亮、朴实的女孩子，除非男士们之间怀着尊敬谈起她们。天哪，你这么天真无邪！你若是处在我的位置一个月，就会看到一些使你有点吃惊的事。我保证，我看到那种轻率的女孩，总想和我们的朋友科克·罗宾说：‘滚，去你的！不要脸的东西！’”

劳里这种滑稽而又相互矛盾的态度令人忍俊不禁。一方面他骑士般地不愿说女性的坏话；另一方面他又很自然地讨厌不贤淑的愚行，在上流社会他看到了许多这样的例子。乔知道，“年轻的劳伦斯”被世俗的母亲们当作最适当的嫁女对象，他也颇得女孩子们的欢心，还备受老少女士们的宠爱，这使他成了个花花公子。所以，乔相当忌妒地注意着他，担心他被宠坏。当她发现他仍然喜欢朴实的女孩子时，倒掩饰不住内心的高兴。她突然又用起了忠告的语调，放低声音说：“假如你非要有个‘寄托’的话，特迪，就全心全意去爱一个你确实尊重的‘漂亮、朴实’的女孩吧，别把时间花在那些傻姑娘们身上。”

“你真这么建议？”劳里看着她，脸上的表情奇怪、复杂，又是焦急又是高兴。

“是的，我是这么建议的。但是，你得等到大学毕业。总之，在这之前你得使自己适合那个位置。你现在还不够好，一半都不配——嗯，不管那朴实的女孩是谁。”乔看上去也有点怪，因为她差点脱口说出一个名字。

“我是不配！”劳里承认了，他脸上谦恭的表情以前不曾有过。他垂下眼睛，心不在焉地用手指缠绕着围裙上的流苏。

“啊呀，我的天哪！这绝对不行！”乔想。她大声接着说：“去唱歌给我听，我特别想听，特别想听你唱。”

“谢谢，我宁愿待在这里。”

“嗯，不行，这里没地方了。去干些有用的事吧。你太大了，不能做装饰品。我想你也讨厌给系在女人的围裙带上吧？”乔还击他，引用了劳里自己说过的一些反抗的话。

“噢，那要看围裙由谁系着！”劳里鲁莽地用力一拉围裙。

“你走不走？”乔问，伸手去拿枕头。

他赶紧逃跑，刚开始唱《活泼的邓迪骑上马》，她便溜走了。直到年轻的先生怒气冲天地离开，她也没再露面。

那天夜里，乔躺着久久不能入眠，刚要睡着，就听见闷声的哭泣。她飞跑到贝思床边，急切地问道：“怎么啦，亲爱的？”

“我还以为你睡着了呢。”贝思抽泣着说。

“是不是老地方疼，我的宝贝？”

“不是的，是新出现的，但是我能忍得住。”贝思忍着泪说。

“跟我说说，让我来治，像我常治别的毛病那样。”

“你治不了，没治了。”说到这里，贝思忍不住哭出声来。她搂着姐姐，绝望地大哭着，把乔给吓坏了。

“哪儿疼？我去叫妈妈好吗？”

贝思没有回答第一个问题，但是，黑暗中她一只手无意识地按住了胸口，好像就是那里疼，另一只手紧紧抱住乔。她急切地低低说道：“别，别去叫她，别去叫她。我一会儿就好。你在这里躺下，摸摸我‘可怜’的脑袋吧。我会平静下来睡着的，我会的。”

乔照着她的话做了。她用手轻轻地来回抚摸着贝思滚烫的额头和潮湿的眼睑时，心中似有千言万语，极想说出来。可是，虽然乔还年轻，她已经懂得心灵和花朵一样，不能粗暴对待，得让其自然开放。所以，尽管她相信自己知道贝思新的痛苦的原因，还是用亲切的语调说：“你有烦恼，宝贝儿，是不是？”

“是的，乔。”沉默了好长一会儿，贝思答道。

“把它告诉我会让你好受些吗？”

“现在还不能告诉你，现在不行。”

“那我就不问了。但请记住，小贝思，假如可以，妈妈和乔总会高兴地听你诉说烦恼，帮助你。”

“我知道，将来我会告诉你的。”

“现在痛苦好些了吗？”

“是的，好多了。乔，你真会安慰人。”

“睡吧，亲爱的，我和你在一起睡。”

于是，她们脸贴着脸睡着了。第二天，贝思看上去又恢复了正常。处在十八岁的年龄，头疼、心疼都持续不长，一个爱的字眼便可医治大部分痛苦。

然而，乔已打定了主意，她把一个计划考虑了几天后跟妈妈谈了。

“前些天你问我有些什么想法，我来告诉你其中一个吧，”当她和妈妈单独在一起时，她开口说道，“今年冬天我想离家到别处换换环境。”

“为什么，乔？”妈妈迅速抬起眼，仿佛这句话暗示着双重含义。

乔眼睛不离手中的活计，认真地说：“我想有点新鲜的事情。我感到烦躁不安，我要多见点世面，多做点事情，多学点东西。我过多沉湎于自己的小事，需要活动活动。今年冬天没什么事需要我，因此我想飞到不太远的地方，试试我的翅膀。”

“你往哪里飞呢？”

“往纽约飞。昨天我想到一个好主意，是这样的，你知道，柯克太太写过信给你，问有没有品行端正的年轻人愿意教她的孩子并帮着缝缝补补。要找到合适的相当不容易，但我想假如我去试试，我会适合干那工作的。”

“我的天哪！到那个大公寓去做仆人！”马奇太太好像很惊奇，但并非不快。

“那并不完全是做仆人，因为柯克太太是你的朋友——那可是天底下最和善的人啊——她会使我感到愉快的，我知道。她家和外界隔开了，那里也没人认识我，就是认识，我也不在乎。这是个正正派派的工作，我不以为耻。”

“我也是这样看，可你的写作呢？”

“变换一下环境对写作更有好处。我会接受新的事物，产生新的想法。即使我在那儿待不久，我也会带回来许许多多的材料写我那些拙劣的东西。”

“我毫不怀疑。这是不是你突然要走的唯一原因？”

“不，妈妈。”

“能让我知道别的原因吗？”

乔朝上看看，又向下看看，脸突然红了。她慢慢地说：“这么说也许是自夸，也许是误解，但是——我恐怕——劳里越来越过于喜欢我了。”

“他开始喜欢你，这是很明显的，难道你不是同样喜欢他吗？”马奇太太神色焦急地问道。

“啊呀，不！我一向喜欢那可爱的男孩，很为他自豪。可是说到别的，那不可能。”

“我很高兴，乔。”

“为什么？请告诉我。”

“亲爱的，因为我认为你们两个不适合。作为朋友你们能快乐地相处，你们经常发生的争执闹气很快就会烟消云散。但是我担心，要是你们终身结合在一起，两个人都会反抗。你们俩太像了，都喜欢自由，更不要说你们的火暴脾气和坚强的个性。这些不能使你们幸福地过活，幸福的生活不仅需要爱，还需要巨大的容忍与克制。”

“虽然我表达不出来，但我就是这样想的。我很高兴你认为他只是刚开始喜欢我。要是使他不幸福，我会感到非常不安的。我不能仅仅出于感激而爱上那个可爱的小伙子，是吧？”

“你确信他爱你？”

乔的脸更红了，她脸上的表情混杂着快乐、骄傲和痛苦，年轻姑娘谈起初恋对象时都会这样。她回答说：“恐怕是这样，妈妈。他什么也没说，可是表情很能说明问题。我想，我最好在事情挑明前避开。”

“你说得对，假如这么着有效果你就去吧。”

乔舒了口气。她停了一会儿，笑着说：“莫法特太太要是知道了，会大惊小怪地说你管教子女不严，同时又为安妮仍然有希望得到劳里而欣喜不已。”

“哦，乔，母亲们管教子女的方式可能不同，但对子女的希望是相同的——希望看到她们的孩子幸福。梅格过得幸福，我为她的成功感到满足。你嘛，我由着你去，直到你厌倦了自由，只有到那时，你才会发现还有更美好的事情。现在，我最挂心的是艾美，但是她清醒的头脑会帮她的。至于贝思，除了希望她身体好起来，我没有别的奢望了。顺便问问，这两天她的情绪似乎好点儿了，你和她谈过吗？”

“是的，她承认她有烦恼，答应以后告诉我。我没有再问，我想我已经知道了。”乔接着说出了她的小小经历。

马奇太太摇了摇头，她没把事情看得这么浪漫。她神情严肃地重复了她的看法，为了劳里，乔应该离开一阵子。

“计划实施之前我们什么也别对劳里说。然后，没等他回过神来悲伤，我已经走了。贝思会以为我离开是让自己高兴，事实也是这样。我不能对贝思说起劳里。但是，我走后，她能和他亲昵，安慰他，使他从这种浪漫情绪中解脱出来。劳里已经历过许多这种小考验，他已经习惯了，很快就能摆脱失恋的痛苦。”

乔充满希望地说着，但是她心里仍有一种预感，担心这个“小考验”会比其他的那些更难接受，而劳里也不会像以前那样容易地摆脱“失恋”的痛苦。

在家庭会议上大家讨论并通过了这个计划。柯克太太很高兴地接受了乔，保证给她一个愉快的家。教学工作能使她自立，她的闲暇时间可以用来写作，而新景色、新交往既有益处又令人愉悦。这种前景令乔激动不已，她急切地想走。家已变得太窄了，盛不下她那种不安的个性和爱冒险的精神。一切都落实了，她战战兢兢地告诉了劳里。可使她惊奇的是，劳里平静地接受了这件事。最近他比往日严肃，但仍然很开朗。大家开玩笑地说他洗心革面，翻开了新的一页。他认真地回答："确实如此，我是说要让这新的一页一直翻开着。"

此刻正赶上劳里心绪不错，乔感到非常欣慰。她心情轻松地打点行装——因为贝思似乎更加愉快了——乔希望她是在为所有人尽力。

"有件事要丢给你特别照管。"出发前夜，她说。

"你是说你的书稿？"贝思问。

"不，是我的男孩。要好好地待他，行吗？"

"当然行。可是我代替不了你。他会痛苦地想念你。"

"这不会伤害他的。你得记住，我把他委托给你照管，烦他，宠他，管束他。"

"为了你，我会尽力而为的。"贝思答应着，不知道为什么乔那样怪怪地看着她。

劳里向她道别时，意味深长地低声说："这一点儿用也没有，乔。我的眼睛会一直盯着你。别胡来，不然，我就去把你接回家。"

第三十三章　乔的日记

纽约，十一月

亲爱的妈咪和贝思：

我打算定期给你们写些长信，我有许多事要告诉你们，尽管我不是在欧洲旅行的年轻漂亮的小姐。那天当我看不见爸爸那张熟悉可爱的面孔时，我感到有点儿难过。要不是一位带着四个孩子的爱尔兰女士转移了我的注意力，我也可能会滴几滴泪的。那几个孩子大哭小叫，每当他们张嘴号哭，我便把姜饼隔着座位丢给他们，以此自娱。

不一会儿，太阳出来了。我把这作为一个吉兆，心情也变好了。我全身心地享受着旅途的乐趣。

柯克太太那么亲切地迎接我，我立刻便感到像在家里一样，虽说那个大房子里住的尽是陌生人。她让我住在一间有趣的小阁楼上——她只有这么一间了，不过里面有一个炉子，明亮的窗户边摆着一张很好的桌子，我高兴时可以坐在那里写作。在这里能看见美丽的景色和对面的教堂塔楼，弥补了要爬许多层楼梯的不足。我当时就喜欢上了我的卧室。我将在育儿室教书，做针线活，那是间令人愉快的屋子，就在柯克太太的起居室隔壁。两个小女孩很漂亮——我想，有点娇生惯养。但是，我给她们讲了“七头坏猪”的故事后，她们便喜欢上我了。我敢肯定我会成为一个模范家庭女教师。

我和孩子们在一起吃饭，没在大桌旁吃，我宁愿这样。至少目前是这样，因为我确实不好意思，尽管没人相信。

“嗨，亲爱的，随便一点，别客气，”柯克太太慈爱地说，“你可以想象，这样一个大家要照管，我从早到晚忙个没完。要是我知道孩子们安全地和你在一起，我心中的一个大包袱就卸掉了。我所有的屋子都对你敞开，我会尽力把你的屋子弄得舒适。你要是想交朋友，这里住着些有意思的人。晚上没有你的事。如果有什么问题就来找我。尽可能快快活活的。吃茶点的铃响了，我得去换帽子。”她匆匆地跑开了，丢下我在新屋里安顿。

过了一会儿我下楼时，看到了一件我喜欢的事。这座房子很高，楼梯很长，我站在第三个台阶口等候一个小女仆过去。她扛着重重的一筐煤艰难地往上爬。我看见她后面有位先生也往上走，他从她手中接过煤，一直扛到顶层，把煤放在近旁的一个小屋门口，然后和气地对小女仆点点头，带着外国腔说：“这样才比较合适，小小的背经不起这样的重量。”

他那样做，不错吧？我喜欢这种行为。就像爸爸说的那样，小事见品质。我向柯克太太提起了这件事，她笑着说：“那肯定是巴尔教授，他总是干那种事。”

柯克太太告诉我，他从柏林来，很有学问，为人很好，可是一贫如洗。他授课养活自己和他的两个孤儿外甥。他的姐姐嫁了个美国人，遵照姐姐的遗愿，他在这里教他的外甥们。这故事不太浪漫，但是我感兴趣。柯克太太把她的起居室借给他上课，我很高兴。起居室和我的育儿室中间隔着道玻璃门。我可以偷看他，然后告诉你们他的模样。妈咪，他快四十岁了，所以不会出问题的。

吃完茶点，和小姑娘们做了一会儿睡前游戏，我就拿起那个大缝纫工具筐开始干活，一边和我的新朋友闲聊，过了个安静的夜晚。我将继续写书信体日记，一周给你们寄一次。晚安，明天再谈。

星期二晚

今天早上的课上得很愉快。孩子们表现得像塞万提斯笔下的桑丘。有一会儿，我真以为我把她们吓得浑身发抖。神使鬼差地，我突然来了灵感，要教她们体育，我一直教到她们乐意坐下来并保持安静。午饭后，女仆带她们出去散步，我去做针线活，像小梅布尔那样"心甘情愿"。我觉得很幸运，学会了锁漂亮的扣眼。正在这时，起居室的门开了，随后又关上了，有人开始哼歌：

"Kennst du das Land？①"

声音像大黄蜂，我知道偷看不合适，可又抵抗不了诱惑。于是我撩起对着玻璃门的窗帘，往里看去。巴尔教授在里面。他在整理书本。我趁机仔细观察了他。他是一个地道的德国人——相当健壮，有一头乱蓬蓬的棕色头发，胡须浓密，鼻子端正，目光很亲切。听惯了美国人说话时要么刺耳、要么含混的腔调，巴尔教授的声音听起来洪亮悦耳。他衣着破旧，手很大，除了漂亮的牙齿，脸上的五官真没有好看的。可是，我还是喜欢他。他头脑聪明，亚麻布衬衫很挺括。虽然他的外套掉了两个纽扣，一只鞋上有块补丁，但他看上去仍有绅士风度。他嘴里哼着调，神情却很严肃。他走向窗子，把风信子球移到向阳处，然后抚弄着小猫，小猫像对待老朋友一样任他抚摸。他笑了。他听到敲门声，迅即高声叫道：

"Herein! ②"

我正要跑开，突然瞥见一个拿着一本大书的可爱的小不点，便

① 德语：你认识这个国家吗？
② 德语：请进。

停步看看是怎么回事。

“我要我的巴尔。”小东西砰地放下书，跑向他。

“你会得到巴尔的。来吧，让他好好抱抱你，我的蒂娜。”教授说。他笑着捉住她，将她举过头顶，不过举得太高了，她只好将小脸蛋往下伸去亲他。

“我现在学课课了。”那有趣的小东西接着说。于是巴尔将她放在桌边，打开了她带来的大字典，又给她一张纸和一支铅笔。小东西便乱画起来，不时翻过去一页，胖胖的小手指顺着书页往下指着，好像在找一个字。她的神态那么严肃，我不由笑了起来，差点儿被发觉了。巴尔站在她身边，带着父亲般的神情抚弄着她美丽的头发。我想她肯定是他的女儿，尽管她看上去更像法国人而不是德国人。

又有人敲门，进来两个年轻的小姐，我便回去干我的事了。这次我很有德行地一直工作没再偷看。但隔壁的吵闹声和说话声我却能听见。其中一个女孩一直做作地笑着，还声音轻佻地说“喂，教授”。另一个的德语发音肯定使教授难以保持严肃。

两位小姐似乎都在严厉地考验着教授的忍耐力，因为我不止一次听见他强调说：“不，不，不是这样的，你没有听我说。”一次，又听见很响的敲击声，好像是他用书敲桌子，然后沮丧地感叹：“唉！今天一切都乱了套。”

可怜的人，我同情他。小姐们走后，我又偷看了一下，看他可经受得住这些。他似乎精疲力竭，靠在椅子里，闭着眼睛，直到钟敲两点，他才一跃而起，将书本放进口袋，仿佛准备再去上课。他抱起在沙发上睡着了的蒂娜，轻轻地离开了。我想他的日子过得不轻松。柯克太太问我五点钟开晚饭时愿不愿意下楼去吃。我有点儿想家，就表示愿意下去吃，我只是想看看和我住在同一个屋檐下的是些什么人。于是，我故作大方，想跟在柯克太太身后溜进去。可是她个子矮，我个子高，想让她遮住我的企图失败了。她让我坐在她身旁。待到我发烧的脸冷却下来，我鼓起勇气朝四下打量。长桌子边坐满了人，每个人都在专心致志地吃饭——尤其是先生们，他们吃饭似乎是指定时间的。因为从任何一种意义上说，他们都是在狼吞虎咽，而且饭一吃完人便无影无踪了。这里有通常那种高谈阔论的年轻人，有情意绵绵的年轻夫妇，也有满脑子想着自己孩子的已婚女士，以及热衷政治的老先生们。我想，我不喜欢和他们中任何人打交道，除了那个面容姣好的未婚女士，她看上去有点头脑。

教授给扔在了桌子的末端，他大声回答着身边一个老先生的问题。这老先生耳朵聋，好奇心倒很强。同时，他又和另一边的一个法国人谈论着哲学。假如艾美在这里，她会永远不再理睬他了，因为，很遗憾，他的胃口极大，那风卷残云般的吃相会吓坏了"小姐"。可我不在乎，我喜欢"看人们吃得有滋有味"，像罕娜说的那样。那可怜的人一整天都在教那帮傻瓜们，肯定需要吃很多食物。

吃完饭我上楼时，两个年轻人在大厅镜子前整理帽子。我听见一个对另一个低语："新来的那人是谁？"

"家庭教师，或者那一类的什么人吧。"

"她到底为什么和我们同桌吃饭？"

"她是老太太的朋友。"

"头脑机敏，但是没有风度。"

"一点也没有。借个火，我们走吧。"

刚开始我感到气愤。后来我不在乎了。因为家庭教师事实上等于职员。根据这两个优雅人士的判断，即便我没有风度，可我有理智，这就比一些人要强。那两个人唧唧喳喳说笑着走了，他们抽着烟，像两根讨人厌的烟囱。我恨那些缺乏教养的人。

星期四

昨天过得很安静。我教书、缝纫，然后在我的小屋里写作。屋里有灯，有火，非常舒服。我听说了一些事，还被引见了教授。蒂娜好像是这里洗衣房熨衣服的法国女人的孩子。小东西喜欢上了巴尔教授，只要他在家，她就像只小狗似的屋前屋后跟着他转，这使巴尔很高兴。尽管他是个“单身男”①，却非常喜欢孩子。基蒂和明妮同样喜欢他。她们讲述他的各种事情，他发明的游戏，他带来的礼物，他讲的美妙的故事。似乎年轻人都嘲笑他，叫他老德国人②、贮陈啤酒③、大熊座④，用他的名字开各种各样的玩笑。然而，柯克太太说，他像个孩子似的欣赏这一切，从不生气。所以虽然他有外国味，大家都喜欢他。

那位未婚女士是叫诺顿的小姐——富有，有教养，和善。今天吃饭时她和我说话了（我又去大桌子吃饭了，观察人是多么有趣）。她要我到她屋子里去看她。她有很多好书、画片，她懂得哪些人有趣味，她似乎很友好。所以，我也将表现得令人满意。因为我真的想进入上流社会，只是和艾美喜欢的那种社会不同。

昨天晚上，我在起居室，突然巴尔先生进来给柯克太太送报纸。她不在那里，但是，可爱的小妇人明妮得体地介绍道：“这是妈妈的朋友，马奇小姐。”

“是的，她很有趣，我们喜欢她这样的人。”基蒂补充道。她是个小捣蛋。

我们相互鞠躬，然后都笑了。那一本正经的介绍和直率的补充形成了滑稽的反差。

“啊，是的，我听说这些小淘气们在烦你，马奇小姐。要是她们再这样，叫我一声，我就会来了。”他说。他威胁地皱着眉，把小家伙们逗乐了。

---

① 即单身汉，这里是引用巴尔不准确的发音。
② 此处取巴尔姓氏的第一含义。
③ 此处取巴尔名字的讹音之意。
④ 和贮陈啤酒一样，都是取巴尔名字的谐音。

我答应有事会叫他的。他离开了，但是看起来好像我注定老要见到他。今天，我出门时经过他门口，不小心雨伞碰到了他的房门，门给碰开了。他穿着晨衣站在那里，一只手拿着一只蓝色短袜，另一只手拿着根缝衣针。他似乎一点儿也不感到难为情，因为当我向他解释后匆匆走开时，他手持短袜与针，向我挥动着，还愉快地大声说道——

“今天出门天气不错。Bon voyage, Mademoiselle.[①]”

我一路笑着下了楼，同时想到那可怜的人得自己补衣服，有点感伤。德国先生的刺绣我知道，可是缝补短袜却是另一回事了，不那么潇洒。

星期日

没什么事可写了，但我去拜访了诺顿小姐。她的屋子里满是漂亮的东西。诺顿小姐非常可爱，她给我看了她所有的宝贝，还问我愿不愿陪伴她去听讲座和音乐会——假如我喜欢的话。她是以一种好意提出来的，但是我确信柯克太太把我们的情况告诉了她。她出于好心才这么做。我非常高傲，但是接受这样的人提供这样的恩惠，我不感到负担，所以我感激地接受了。

回到育儿室，里面喧闹异常。我朝里看去，只见巴尔先生四肢着地，蒂娜骑在他背上，基蒂用一根跳绳牵着他，明妮在喂两个小男孩吃芝麻饼，他们在用椅子搭的笼子里笑着叫着，蹦着跳着。

“我们在扮兽兽玩。”基蒂解释道。

“这是我的大象。”蒂娜接着说，她正拽教授的头发。

“星期六下午弗朗兹和埃米尔来了，妈妈总是随我们怎么玩，是不是这样，巴尔先生？”

① 法语：旅途愉快，小姐。

“大象”直起身来，神情和其他人一样认真。他一本正经地对我说：“我向你保证是这样的。要是我们弄出的声音太大了，你就嘘一声，我们就会把声音放低点的。”

我答应这样做，但是我让门开着，和他们一样享受着乐趣——因为我从没见过比这更好玩的嬉戏了。他们捉迷藏，扮演士兵，唱歌，跳舞。天黑下来时，他们便挤到沙发上围在教授身边听他讲动人的童话故事，什么烟囱顶上的白鹤啦，什么帮做家务的“小精灵们”骑着雪片降临啦，等等。我希望美国人也像德国人那样纯朴自然，你们说呢？

我太喜欢写作了。假如不是经济的原因，我会一直这么写下去的，因为尽管我用的是薄纸，字也写得小，可一想到这封长信需要的邮票我就发抖。艾美的信你们看完后请转给我。读过艾美描述豪华生活的信，我的小小新闻很令人乏味。但是，我知道，你们还是会喜欢读我的信。特迪是不是太用功了，连给他的朋友们写信的时间都没有？贝思，为我好好照顾他。把两个孩子的一切都告诉我。向大家亲切地致意。

你们忠实的

乔

又及：重读一遍我的信，发现写巴尔的事太多了。可我总是对古怪的人产生兴趣，而且我真的没什么别的事好写。上帝保佑你们！

十二月

我的宝贝贝思：

这封信写得乱七八糟、潦潦草草，我是写给你的，它会让你高兴，让你了解一些我在这里的情况。这里的日子虽然安静，可是很有趣，因为，哦，令人开心！经过那种艾美会叫作大力神般的巨大努力，在思想与道德的耕耘上，我的新思想在学生们身上开始发芽，我的小树枝们可以任意弯曲了。我的学生们不像蒂娜和男孩子们那样有趣。可是我对他们尽了责任，他们喜欢我。弗朗兹和埃米尔是两个活泼的小伙子，相当合我意。他们身上混合着德国人和美国人的性情，所以总是处于兴奋状态。不管是在屋里还是在窗外，星期六下午总是闹嚷嚷的。天气好，他们都去散步，好像这是一个固定课程。我和教授维持秩序，多好玩！

现在我们是好朋友了，我开始听他的课，我真的没办法。这事情来得太滑稽，我得告诉你。从头开始吧。一天，我经过巴尔先生的屋子，柯克太太叫住了我，她在里面翻找东西。

"亲爱的，你可见过这样的窝？过来帮我把这些书放放好，我把东西翻得乱七八糟，只想看看他把我前不久给他的六条新手帕用来做什么了。"

我进了屋，一边忙着一边四下打量。没错，这真是一个"窝"。到处是书籍纸张；壁炉架上放着一个坏了的海泡石烟斗和一支旧笛子，好像已经不能用了；一只没有尾巴的羽毛蓬乱的鸟在窗台上啁啾着，另一个窗台上放着一盒白鼠；做了一半的小船、一段段绳头和手稿混放在一边；肮脏的小靴子放在火前烤着；屋子里到处可见那些可爱的男孩们的痕迹，教授为他们忙忙碌碌。一阵大搜寻之后，找出了失踪的三条手帕——一条在鸟笼上，一条上面全是墨水迹，一条被用作风箱的夹具给烧焦了。

"竟有这种人！"好脾气的柯克太太笑着把这些脏兮兮的手帕放进垃圾袋。"我猜其他几条手帕被撕开用作了船索，包扎受伤的指头，或者做风筝尾巴了。真是可怕，可我不能责骂他。他那么心不在焉，脾气温和，由着那些男孩们对他恣意妄为。我答应为他缝补浆洗，可是他记不得把东西拿出来，我又忘了查看，所以他有时弄得很狼狈。"

"我来为他缝补衣服，"我说，"我不在乎，他也不需要知道。我愿意——他待我这么客气，为我取信，借书给我。”

于是，我把他的东西收拾整齐，为他的两双短袜织了后跟——因为他那古怪的缝法把袜子弄得不成形了。我什么也没说，希望他不会发觉这些。可是上星期的一天，我正这么做着时给他当场捉住了。听他给别人上课，我感到非常有趣、好玩，我也想跟着学。上课时，蒂娜跑进跑出，把门开着，所以我能听见。我一直坐在靠近那扇门的地方。最后一只短袜就快完工了。我努力想听懂他为一个新生讲的课，这个学生和我一样笨。后来女学生走了，我想他也走了，屋子里那么安静。我的嘴忙个不停，唠叨着一个动词，坐在椅子里极其可笑地摇来摇去。突然，一声欢叫使我抬起头来，巴尔先生正看着我，静静地笑着，一边给蒂娜打手势不要出卖他。

“行了！”他说。我住了嘴，像只呆鹅似的盯着他。“你偷看了我，我也偷看了你。这倒不错，你瞧，我这么说让你不愉快，你想学德语？”

“是的，可是你太忙了，而我太笨学不了。”我笨嘴拙舌地说，脸红得像朵玫瑰。

“嗯，让我们来安排时间。我们能安排妥当的。晚上我会很乐意给你上点课，因为，你瞧，马奇小姐，我得还你的债。”他指着我手里的活计。“‘是的，’那些模样和善的女士们议论着，‘他是个老笨蛋，我们做什么他都看不见，他根本注意不到他的袜跟不再有洞了，他以为他的纽扣掉了会重新长出来，针线自己会缝。’噢！可是，我长着眼睛，看到了许多。我长着心，对这一切我存有感激之情。好了，我会不时给你上点课，要不，就别再给我干这些童话般的事了。”

当然，这一来我便无话可说了。这也确实是个非常好的机会，我和他就这样订了约，开始实行。我听了四堂课，然后就陷进了语法沼泽。教授对我非常耐心，不过，那对他肯定是一种折磨。他不时地带着一种颇为失望的表情看着我，弄得我不知该哭还是该笑。我哭过，也笑过。当情况变得糟糕透顶、令人窘迫不堪时，他就把语法书往地上一扔，脚步沉重地走出屋子。我感到耻辱，感到被永远地遗弃了。我匆匆收拾起我的纸，打算冲到楼上大哭一场，就在这时，他又进来了，欢快地微笑着，好像我的学业取得了辉煌的胜利。"现在，我们来试一种新方法，我和你一起读这些有趣的小Märchen①，不再去钻那本枯燥无味的书了。那本书给我们添了麻烦，让它去角落里待着吧。"

他那样亲切地说着，在我面前打开了汉斯·安徒生引人入胜的童话，我感到更惭愧了。我拼命地学功课，这似乎使他非常高兴。我忘掉了害羞，尽全力努力（没别的字可以描述）学着。长单词绊住了我，我凭当时的灵感发音，我尽了最大的努力。读完第一页，我停下来喘气。他拍着手，热诚地叫道："Das is gut!② 我们学得不错。轮到我了。我用德语读，听我读。"他读开了，那大嗓门咕噜噜读出一个个单词，津津有味的神情十分滑稽，和他的声音听起来一样可笑。幸运的是，这个故事是《坚定的锡兵》，很好笑，你知道的，所以我尽可以笑——我确实笑了——虽然他读的我一半都不懂。我忍不住笑，他那样认真，我那样激动。整个事情是那样可笑。

打那以后，我们相处得更好了。现在我的课文能读得相当不错了，因为这种学习方式适合我。我看出语法夹进故事和诗歌里，就像把药夹进酱里一样。我非常喜欢这种学法。他似乎还没有厌倦——他这样做非常好，是不是？我打算圣诞节送他点什么，因为我不敢给他钱。妈咪，告诉我，送些什么好呢？

很高兴劳里似乎那么幸福，那么忙碌。很高兴他戒了烟，开始蓄发。你看，贝思，你比我更能调教好他。亲爱的，我不忌妒。尽

① 德语：童话故事。
② 德语：这很好！

你的力吧，只是别把他变成一个圣人。若是他没有一点儿人类的顽皮淘气劲，恐怕我就不能喜欢他了。给他读一些我的信。我没有时间多写，那样也就可以了。感谢上帝，贝思能一直保持身心愉快。

一月

祝大家新年快乐，我最亲爱的家人，当然也包括劳伦斯先生和那个叫特迪的年轻人。我描述不出我多么喜欢你们寄给我的圣诞包裹。那天到了晚上我已放弃希望时，才收到包裹。你们的信是早上到的，可是你们没提及包裹，是打算给我一个惊喜。所以开始时我失望了。我有“一种感觉”——你们不会忘记我。吃完下午茶后，我坐在屋里，情绪有点低落。正在这时，那个磨损了的泥色大包裹给送来了。我抱着它欢跳起来。它是那么亲切，那么与众不同，我坐在地板上以我那种可笑的方式读着、看着、吃着、笑着、哭着。东西正是我想要的，是你们做的而不是买来的，这最好。贝思做的新“擦墨水围裙”好极了，罕娜嬷嬷做的那盒硬姜饼我会当作宝贝。妈咪，我一定会穿上你寄来的法兰绒衣服。我会仔细阅读爸爸做了记号的书。感谢大家，非常、非常感谢！

说到书提醒了我，告诉你们，在这方面我富起来了，因为元旦那天，巴尔先生送给我一本精致的莎士比亚。那是他非常心爱的书，和他的德语《圣经》、柏拉图、荷马、弥尔顿放在一起。我常为它赞叹。所以你们可以想象他把书拿给我时我的心情。书没有封皮，他指给我看书上写着的我的名字：“你的朋友弗里德里克·巴尔赠。”

“你常说你想拥有藏书，我送你一本。这个盖子（他是指封皮）里面是个合订本。好好读莎士比亚，他会给你很大的帮助。研究这本书中的人物将会帮助你读懂现实生活中的人们，用你的笔描绘他们。”

我万般感谢他。现在谈起“我的藏书”，好像我已经拥有一百本了。以前，我根本不知道莎士比亚作品里有多少内涵，那时也根本没有一个巴尔为我解释。别笑话他那可怕的名字，发音既不是贝尔（熊），也不是比尔（啤酒）[①]，人们常常那样发音。介乎两者之间，只有德国人才能发准。很高兴你们俩都喜欢听我谈论他的事。希望有一天你们也能认识他。妈妈会欣赏他的热心肠，爸爸会欣赏他聪明的头脑。两样我都欣赏，拥有新“朋友弗里德里克·巴尔”，我感到充实富有。

我没有多少钱，也不知道他喜欢什么，便准备了一些小东西，放在他屋子的四处，他会出乎意料地在那里发现它们的。这些东西有用处，可爱，或者引人发笑——桌子上的新笔座，插花用的小花瓶——他总用玻璃杯插一枝鲜花，要么插点绿草，他说那样使他充满活力——还有一个风箱的夹具，这样他就不必烧掉艾美称之为mouchoirs[②]的东西了。我把它做得像贝思创造的那些东西——一只身体肥胖的大蝴蝶，黑黄相间的翅膀，绒线的触须，玻璃球的眼睛。这非常合他的意，他把它作为一件艺术品放在壁炉架上，尽管我做得不太理想。他虽然穷，但没忘记公寓里的每一个仆人、每一个孩子。这里所有人，从法国洗衣妇到诺顿小姐，也都忘不了他。我对此非常高兴。

元旦前夕，他们举行了假面舞会，玩得很快乐。我原本不打算去的，因为我没有服装。但是在最后一刻，柯克太太记起有件旧花缎裙，诺顿小姐借给我丝带和饰羽。于是我装扮成马勒普罗普太太[③]，戴着面具步态优美地走进舞场。没有人认出我，因为我改变了说话的腔调。大家做梦也没想到沉默、高傲的马奇小姐会跳舞，会打扮，会

① 原文分别为Bear和Beer。
② 法语：手绢。
③ 爱尔兰剧作家谢尔丹的喜剧《情敌》中的人物，以荒唐地误用词语而出名。

突然出现，加入这个“可爱的纪念死者狂欢会，就像是尼罗河岸的一幅讽喻画”（他们中的大多数人都认为我很呆板、沉静，所以我无足轻重）。我玩得非常开心。当我们卸下面具时，看到他们盯着我看真好笑。我听见一个年轻人对另一个说，他知道我曾经当过演员，事实上，他说他记得在一个小剧院里看见过我。梅格会对这个玩笑感兴趣的。巴尔先生装成尼克·波顿，蒂娜是仙后泰坦尼娅——拥在他臂弯里的一个完美的小仙女。看他们这一对跳舞真是“权当一道风景”，用特迪的话说。

毕竟，我的新年过得非常愉快。回到屋里想想，我感到尽管我有过一些失败，还是有些进步的。现在我始终很快乐，工作热心，对别人比以前更关切，这一切都令人满意。上帝保佑你们大家！

永远爱你们的乔

第三十四章　朋友

乔的社交圈令她十分快乐，每日忙于工作为她挣得了面包，使她的努力成果更显甜美。虽然如此，她还是找时间从事文学创作。对一个有抱负的穷姑娘来说，现在支配她写作的目的是自然的，可是她实现目的的方法不是最好的。她明白金钱能带来权力，因此，她决心拥有金钱和权力这两种东西。不只是用于她自己，而是用于她爱的人们，她爱他们胜于爱自己。

乔梦想为家里添置许多使生活舒适的用品。贝思想要什么就给她什么，从冬天吃的草莓到卧室里的风琴。自己出国，钱总是绰绰有余，便能够享受大做善事的乐趣。这些是乔多年来最珍视的空中楼阁。

经过长期游历和努力工作，乔的那篇得奖小说似乎为她开辟了道路，她又写出了让人开怀的《空中楼阁》。然而，这场小说灾难使她一度丧失了勇气，因为公共舆论是一个巨人，比她更勇敢的杰克[①]们也被吓倒了，而杰克们向上爬的豆茎比她的更大。她像那个不朽的英雄一样，第一次尝试后休息了一会儿。假如我记得不错的话，第一次尝试她跌了下来，一点没得到巨人可爱的财宝。但是乔身上“爬起来再试”的精神和杰克一样强，所以，这一次她从背阴的一面爬了上去，得到了更多的

① 指男人。

战利品。只是丢掉的东西比钱袋要宝贵得多。

乔开始写轰动小说。在那些黑暗的日子里，即使是十全十美的美国人也读庸俗作品。她虚构了一个“动人的故事”，大胆地亲自将它送给了《火山周报》的编辑达什伍德先生，这件事她谁也没告诉。她从未读过《衣裳哲学》[①]，但是，女人的直觉告诉她，对许多人来说，较之个性的价值或风度的魔力，服装的影响力更加强大。所以，她穿上了她最好的衣服，说服自己既不激动也不紧张，勇敢地爬上了两段又暗又脏的楼梯，走进一间乱七八糟的屋子。屋子里烟雾缭绕，三个先生坐在那里，脚跷得比帽子还高。乔的出现并没有让他们劳神脱一下帽子。这种接待有点吓住了乔。她在门口犹豫了，非常尴尬地咕哝着——

“对不起，我在找《火山周报》办公室，我想见达什伍德先生。”

跷得最高的一双脚落了下来，站起一位烟冒得最凶的先生。他仔细用手指夹住香烟，往前跨了一步，点了点头。他脸上除了困意没别的表情。乔感到不管怎样得结束这件事，于是她拿出手稿，笨口拙舌、断断续续地说出了为这个场合仔细准备的话，越说脸越红。

“我的一个朋友要我来交——一个故事——只是作为一个试验——希望听听您的意见——如果这个合适，乐意多写一些。”

乔红着脸笨拙地说着。达什伍德先生接过手稿，用两个相当脏的手指翻着纸页，目光挑剔地上下扫视着干净的手稿。

“我看，不是第一次试笔了吧？”他注意到页数用号码标了，只写了一面，没有用丝带扎起来——确实是新手的迹象。

“是的，先生，她有些经验。她的一个故事登在《巧言石旗帜报》上，还得了奖。”

“哦，是吗？”达什伍德先生迅速看了她一眼。这一眼似乎注意到了她所有的穿着打扮，从帽子上的蝴蝶结到靴子上的纽扣。“好吧，你愿

① 英国作家托马斯·卡莱尔（1795—1881）的作品。

意就把手稿丢下来吧。眼下，我们手边这种东西多得不知道该怎么处理，不过，我会看它一眼的，下星期给你答复。”

现在，乔倒不愿意丢下手稿了，因为达什伍德先生一点也不适合她，可是，在那种情况下，她没有别的办法，只能鞠躬，然后走开。此时她显得格外孤傲，每当她被惹恼了或感到窘迫时，总会这样。当时她又恼又窘，因为从先生们交换的会意的眼神看，十分明显她的小小虚构“我的朋友”被当成了一个好笑话。编辑关门时说了什么她没听清，但是引起了一阵笑声，这些使她十分狼狈。她回了家，几乎决定不再去那儿了。她使劲地缝着围裙发泄怨气，但一两个小时以后便平静下来，能够笑对那个场面了。她盼望着下个星期的到来。

她再一次去那里的时候，只有达什伍德先生一人在，这使她高兴。达什伍德先生比上一次清醒多了，也给人愉悦之感。回忆起他上次的行为举止，这次他不再没命地抽烟了。所以第二次会面要比第一次让人舒服得多。

“要是你不反对把你的手稿作些改动，我们就采用了（编辑们从来不说‘我’字）。这个太长了，去掉我做了记号的那些段落，长度正合适。”他以事务性的语调说。

乔几乎认不出她的手稿了，稿纸被揉得皱巴巴的，许多段落都给画上了线。她感觉如同一个慈善的母亲被人要求砍断她孩子的双脚以便能放进新摇篮。她看着做了记号的段落，吃惊地发现所有反映道德的部分——她挖空心思加进这些，让它们在许多浪漫事件中起支撑作用——都被画掉了。

“可是，先生，我认为每一个故事里都应该有某种道德成分，所以我设法让我故事里一些有罪的人悔过。”

达什伍德先生编辑式的严肃神情放松了。他笑了起来，因为乔忘记了她的“朋友”，俨然以作者的口气在说话。

“人们想得到乐趣，不想听说教，你知道，现在道德没销路。”顺便说一句，这话不太正确。

“那你认为这样变动后就能用了？”

“是的，情节有新意，故事展开得也很好——语言不错，还有其他的。”达什伍德先生和蔼地回答。

“你们怎样——我是说，怎样的报酬——”乔开口说，她不知道怎样准确表达自己的意思。

“噢，是的，这样，这种东西我们付二十五至三十美元，一经刊登，立即付稿酬。”达什伍德先生回答，仿佛他已忘记了这一点。据说这类小事编辑们常常会忘记。

“很好，就给你们用。”乔神情满意地把故事交还给了他。以前登一栏故事才一美元，这二十五美元的报酬似乎不错。

“我能不能告诉我的朋友，假如她有更好的故事，你们愿意接受？”她问道。成功使乔的胆子大了起来，她没有意识到前面她说漏了嘴。

“唔，我们会考虑的，但是不能保证接受。告诉你的朋友，故事要写得有趣味，别去管道德。你的朋友想在这一篇署什么名字？”他的语调漫不经心。

“请你什么名字也不要署，她不愿她的名字出现，也没有笔名。”乔说，她情不自禁地脸红了。

“当然，随她的便。故事下个星期就登出来。你是自己来拿钱，还是我寄给你？”达什伍德先生问，他自然想知道他的新供稿人是谁。

“我来拿，再见，先生。”

乔离开了。达什伍德先生跷起了脚，得体地评论道：“老一套，又穷又傲。不过她能行。”

乔按照达什伍德先生的指示，以诺思布里太太作原型，一头扎进了浅薄的通俗文学之海。然而，多亏一个朋友扔给了她救生衣，她才能重新冒出头来，没因这次落水而窒息。

像大多数年轻的蹩脚作家一样，乔到国外去寻找人物和景致。她的舞台上出现了恶棍、伯爵、吉卜赛人、修女、公爵夫人。这些人物如预期的那样，行为和精神都贴近生活。读者们对语法、标点符号、可能性之类的琐碎小事并不挑剔，因而达什伍德先生貌似好心地以最低稿酬允请她做他的专栏作家。他认为没有必要将接受她的真正原因告诉她。事实上他雇用的一个作家因为别人开了更高的价而撒手不干了，卑鄙地让他陷入了困境。

她很快便对她的工作产生了兴趣，因为她瘪下去的钱包鼓了起来。一个个星期过去了，她为明年夏天带贝思去山里准备的小积蓄慢慢增加了，虽然速度很慢，但确实在增加。满足中有件事使她不安，那就是她没有将这件事告诉家人。她有种感觉，爸爸妈妈不会赞许她，可是她还是宁肯先随心干着，然后再请求原谅。保守这个秘密很容易，因为故事没署她的名字。达什伍德先生当然不久就发现了真相，可是答应保持沉默。说也奇怪，他竟遵守了诺言。

她想这样做对她没有什么害处，她真诚地打算，绝不去写那些使她感到羞耻的东西。她期待着那幸福的时刻，到那时她拿给家人看她的钱，拿这个守得很严的秘密换取家人的快乐，这样，她也就抵消了良心的责备。

但是，除了惊心动魄的故事，别的东西达什伍德先生一概拒绝，而这种小说一定要折磨读者的感情，不然就称不上惊险小说。要写惊险小说还得遍搜历史和传奇，陆地和海洋，科学和艺术，政治卷宗和疯人院。乔不久就发现，她天真无邪的经历使她不大能看到构成社会基础的悲剧世界。因此从事务的角度出发，她开始用独特的能源弥补她的不足。她急切地想找到故事的素材，一心想着即便不能把故事策划得很熟练，也要使情节新颖。她到报纸里去搜寻事故、事件以及犯罪活动，去借阅有关毒药的书，使公共图书馆管理员起了疑心。她研究着大街上行人的脸，研究身边所有人，不管是好人、坏人还是冷漠的人。她在古代的废墟中寻找事实与虚构。它们太古老了，倒和新的一样新奇。她尽量利用有限的机会去接触那些愚行、罪恶与苦难。她以为她干得相当成功，但是不知不觉地，她开始亵渎妇女身上一些温柔的品质。她身处不良社会，虽然那是想象中的，但对她产生了影响，因为她的心灵和想象都在汲取着危险的、不正常的养分。她过早地熟悉了生活的阴暗面，很快将她性情中天真无邪的青春光彩一扫而光。当然，我们每个人不久都会面对生活的阴暗面。

她开始感觉到了这一切，这不是看出来的，过多地描述别人的激情与感情，使她研究、思索起自己的感情来——一种病态的乐趣，心理健康的年轻人是不会沉湎于这种乐趣的。做错事总会带来惩罚，而当乔最需要这种惩罚时，她得到了。

我不知道是什么帮助她了解人物，是莎士比亚的研究呢，还是女人向往诚实、勇敢、强壮这些品质的自然本能？乔一边将太阳底下最完美的品质赋予她想象中的英雄，一边也发现了一个活生生的英雄。这个英雄虽然有许多人类的不完美之处，但是仍使她产生了兴趣。巴尔先生在一次谈话中建议她研究纯朴、真实、可爱的人物，不管她是在哪儿发现这些人物的，并将这作为一种良好的写作训练。乔相信了他的话，冷静地转过身开始研究他——要是他知道她这样做的话，定会大吃一惊，因为令人尊敬的教授自认为是个小人物。

首先，为什么每个人都喜欢教授，这令乔迷惑不解。他既不富有也不伟大，既不年轻也不漂亮，无论在哪方面都不能算迷人、气派或者漂亮。然而，他像给人温暖的火那样吸引人。人们自然地围绕在他身边，好像围在暖和的壁炉前。他贫穷，但似乎总是在给人东西；他是外国人，可每个人都是他的朋友；他已不年轻了，可像孩子般幸福快乐；他长相平平，还有点古怪，然而在许多人看来他是漂亮的，只为了他的缘故，大家痛快地原谅他的怪癖。乔常常观察他，想发现他的魅力所在。最后她认定是仁爱之心产生的奇迹。他若是有些悲哀，便“头插在翅膀下伏着”，只将光明的一面展示于世人。他的额头上有皱纹，但是时间老人似乎记得他对别人非常和善，也就轻轻地触摸他。他嘴角的曲线令人愉快，那是对他的友好的话语、欢欣的笑容的一种纪念。他的眼睛既不冷漠，也不严厉。他的大手有一种温暖的强大的控制力，这种控制力比语言表达得更充分。

他穿的衣服似乎也带有穿衣者好客的特性。衣服看上去宽宽松松，好像想使他舒适。宽大的背心暗示着里面有一颗硕大的心脏。褪了色的外套带着爱交际的神气。松弛下垂的口袋显然证明了有些小手空着插进去，满着拿出来。他的靴子使人感到亲切，他的领子不像其他人的那样坚硬、挺括。

“就是这样！”乔自言自语。她终于发现，真心地对同胞抱有善良的愿望能使人变美，给人尊严。这个强壮的德国教师就是如此。他大口吃饭，自己缝补短袜，还承受着巴尔这么个名字。

乔很看重美德，也尊重才智，这是非常女性化的。有关教授的一个小发现更增加了她对他的敬重。没有人知道，在他出生的城市，他因他的学识和正直的人品享有盛誉，受人尊敬。他自己从未说过。后来，一个同乡来看他，在和诺顿小姐交谈时说出了这个令人高兴的事实，乔是从诺顿小姐处得知的，因为巴尔先生从没说过，乔更喜欢了。尽管巴尔先生在美国是个可怜的语言教师，在柏林却是个体面的教授，乔为此感到自豪。那个发现给他的生活添加了浪漫的佐料，大大诗化了他朴实、勤勉的生活。

巴尔身上还有一种比智力更优秀的才能，这种才能以一种最出人意料的方式展示给了乔。诺顿小姐能够随意出入文学圈，要不是她，乔不可能有机会见识的。这个寂寞的女人对心怀抱负的女孩产生了兴趣，她将许多这样的恩惠赐予乔，同时也赐予了教授。一天晚上，她带他们去参加一个为一些著名人士举办的特别酒会。

乔去了酒会，准备向那些伟大的人物鞠躬致敬。身处遥远的地方时，她就带着年轻人特有的热情崇拜这些人。然而，那天晚上，她对天才们的景仰之情受到了严重的冲击。她发现伟大的人物毕竟也不过是男人和女人。过了一些时候，她才从这种发现中恢复过来。她带着崇敬之心，害羞地偷偷瞥了一眼一个诗人，他的诗句使人联想到一个以"精神、火、露水"为生的太空人，可乔却看到他在满腔热情地大口吞吃着晚饭，那种热情烧红了他那智慧的脸庞，可以想象乔彼时的沮丧。从这个倒塌的偶像转过去，又有别的东西迅即驱逐了她浪漫的幻想。那个伟大的小说家像钟摆一样有规律地在两个圆酒瓶之间摆动着，那著名的天才竟然向一个当代的斯塔尔夫人[①]调着情，而她却怒视着另一个科琳[②]。科琳在温和地挖苦她，她为了专心听那思想深邃的哲学家讲话，用计智胜了她。哲学家故作姿态地啜着茶，好像要睡着了；那女子喋喋不休，使谈话无法进行。而那些科学名士们此刻忘掉了软体动物和冰川时期，聊起了艺术，一边专心致志地大口猛吃牡蛎和冰淇淋。那个年轻的音乐家就像第二个俄耳浦斯[③]一样曾使整个城市着魔，现在谈起了赛马。在场的英国名流们的代表碰巧是酒会中最普通的人。

酒会还未开到一半，乔的幻想就完全破灭了。她在一个角落里坐下来清醒清醒。很快，巴尔先生也坐过来了，他看上去与这里的气氛格格不入。不久，几个哲学家走上酒会讲坛轻松地谈起了各自喜爱的话题，举行了一场智力锦标赛。乔压根儿不懂这种谈话，但她还是欣赏这场谈话，尽管康德和黑格尔是她不知道的神，主场与客场是莫名其妙的术语。谈话结束了，她头疼得厉害，这就是"出自她内心意识"的唯一产物。她渐渐明白过来，根据这些谈话者的观点，世界正被砸得粉碎，在用新的、比以前好得多的规则重新组合，而宗教很少能被推论成有价值的东西，智力将是唯一的上帝。乔对哲学或任何一种玄学都一无所知，但是她听着谈话，产生了一种莫名的激动，半是快乐，半是痛苦。她感

---

① 斯塔尔夫人（1766—1817）：法国女作家，广交文坛名流的沙龙主人。

② 希腊女抒情诗人，此处借指女诗人。

③ 希腊神话中的诗人、歌手，善弹竖琴，弹奏时猛兽俯首，顽石点头。

到自己就像节日里放飞的小气球，被送进时间与空间里飘浮着。

她转过头来看看教授是否欣赏，发现他正表情异常严肃地看着她。她从未见过他这种表情。他招手要她离开，可是就在那时，她被思辨哲学的自由性吸引了，坐着没动。她想知道那些聪明的先生们消灭了所有的老信仰之后，打算依赖什么。

巴尔先生天性害羞，他不急着发表意见，并不是因为他的意见摇摆不定，而是他太诚挚、太认真了，不能轻易表达。他的目光扫过乔和其他几个年轻人，他们都被耀眼的哲学火花吸引住了。教授拧起了眉，极想说话。他担心某些易激动的年轻人会被这烟火引入歧途，结果发现展示会结束之后，只剩下燃尽的爆竹棒，或者被灼伤的手。

他尽量忍着，但是，当有人请他发表意见时，他便诚实地表达了他的愤怒。他用雄辩的事实捍卫着宗教——雄辩使他蹩脚的英语变得动听起来，他那平常的脸也变漂亮了。他的仗打得艰难，因为那些聪明人很会辩论。他不知道什么时候给击败了，但是他以男子汉的气派坚持自己的观点。不知怎么回事，他谈着谈着，乔感到世界又恢复了正常，持续这么长时间的古老信仰似乎比新的信仰更好，上帝并不是一种看不见的力量，永生也不是美丽的童话，而是幸运的事实。她感到自己又稳稳地站在了地上。当巴尔先生住了口，乔想拍手感谢他。巴尔说得比那些人好，可是一点也没有说服那些人。

她既没拍手，也没感谢，可是她记住了那个场面，打心眼里尊敬他。她知道他在当时当地表达看法是费了一番劲的，他的良心不允许他保持沉默，她开始明白品质是比金钱、地位、智力，或者美貌更好的财产。她感到，如同一个智者下的定义，如果高尚是“真实、威望和善良的愿望”，那么，她的朋友弗里德里克·巴尔不仅善良，而且高尚。

这种信念日渐坚定。她看重他的评价，祈望得到他的尊重。她希望自己能配得上做他的朋友。她的愿望非常真挚，可就在这时，她几乎失去了一切。这事起因于一顶三角帽。一个晚上，教授进屋来给乔上课，头上戴着顶纸做的士兵帽，是蒂娜放上去的，他忘了拿下来。

“显然，他下楼前没照镜子。”乔在说“晚上好”时笑着想道。他严肃地坐下来，压根儿没注意到他的主题和头饰之间让人发笑的对照。他打算给她读《华伦斯坦之死》。

开始她什么也没说，她喜欢听他开怀大笑，所以留待他自己发现，一会儿就把这事给忘了。听一个德国人朗读席勒的作品是件相当吸引人的事情。朗读完毕做功课，这也是件高兴事，因为那天晚上乔心情快乐，那顶三角帽使她的眼睛欢乐地闪着光。教授不知道她是怎么回事，最后忍不住了，略带惊奇地问——

“马奇小姐，你当着老师的面笑什么？你不尊重我了，这样顽皮？”

“先生，你忘了把帽子拿下来，我怎么尊重你？”乔说。

心不在焉的教授严肃地抬起手在头上摸着，取下了那顶小三角帽，看了它一分钟，然后快活地仰头大笑，笑声像是大提琴发出的声音。

“噢，我看到帽子了，是那个小淘气蒂娜干的，让我成了傻瓜。好吧，没关系，你瞧，要是你今天功课学得不好，也要戴这顶帽子。”

可是功课停了一会儿，因为教授一眼看到帽子上有幅画。他拆开帽子，非常厌恶地说：“我希望这种报纸别进入这座房子。它们既不适合孩子们，也不适合年轻人。报纸办得不好，我忍受不了那些干这种缺德事的人。”

乔瞥了一眼报纸，看到一幅可爱的画，画上有一个疯子、一具尸体、一个恶棍和一条毒蛇，她不喜欢这个。但一种担心的冲动使她打开了报纸，因为有那么一瞬间她觉得那是《火山周报》。但那不是。她又想到即便是《火山周报》，即便上面有她的故事，也没有她的署名，也就不会出卖她。她的恐慌平息了，然而她的神情、她羞红了的脸还是出卖了她。教授虽然心不在焉，但觉察到的事情比别人想象的多得多。他知道乔在写作，不止一次在报社遇到她，可由于乔从来不说起此事，他虽然极想读她的作品，还是从不问及。现在他突然想到，她在做一件自己不好意思承认的事，这使他担忧。他不像许多别的人那样对自己说："这不关我的事，我无权过问。"他只记得她是个贫穷的年轻姑娘，远离父母，无法得到妈妈的爱、爸爸的关怀。他受一种冲动的驱使要帮助她。这种冲动来得迅速、自然，就像伸手去救助一个掉进水坑的婴儿那样。这些念头在他脑中一闪而过，他脸上没露一丝痕迹。报纸翻过去了，乔的针也穿上了线。到了这时，他已准备好说话了。他相当自然但是非常严肃地说——

"对，你把报纸拿开是对的，依我看，好的年轻姑娘不应该看这种东西。这些东西使一些人愉快，但是我宁愿给我的孩子们玩火药，也不给他们读这种破烂东西。"

"并不是所有的都坏，只是愚蠢，你知道。假如有人需要它，我看提供它就没什么伤害。许多体面人就用这种叫作轰动小说的东西正当地谋生。"乔说。她用力刮着衣裙，针过处留下一条小细线。

"有人需要威士忌，但我想你我都不会去卖它。假如那些体面人知道他们造成了什么样的伤害，就不会认为他们的谋生方式是正当的了。他们没有权利在小糖果里放毒药，再让小孩子们吃。不，他们应该想一想，做这种事之前先得扫除掉肮脏的东西。"

巴尔先生激烈地说着，揉皱了报纸走到火边。三角帽变成了烟，从烟囱里散发出去，不再危害人间了。乔一动不动地坐在那里，好像那火烧到了她，因为烧过帽子后很长时间，她的面孔还在发烧。

"我倒想把所有这样的报纸都烧掉。"教授咕哝着，带着宽慰的神情从火边走了回来。

乔想象着楼上她那一堆报纸会成为怎样的一团火。此刻，那好不容易挣来的钱沉重地压着她的良心。接着她又宽慰自己："我的故事不像那些，只是愚蠢，根本不坏，所以我不用担心。"她拿起书本，带着好学的表情问："我们接着学，先生？现在我会非常用心，非常认真。"

"我倒希望这样。"他只说了这一句，但是言外之意比她想象的更多。他严肃而又和善地看着她，使她感到“火山周报”几个字仿佛以粗体字印在她的额头。

她一回到自己屋子，便拿出了报纸，仔细地重新阅读了她写的每一篇故事。巴尔先生有点近视，有时戴眼镜。乔曾经试着戴过它，笑着看到它能把书中的小字放大。现在，她仿佛也戴上了教授的眼镜，不过这眼镜是精神上的或道德上的，因为那些拙劣的故事中的瑕疵令人可怕地怒视着她，使她充满沮丧。

“它们是破烂货，要是我继续写下去，会变得比破烂货还要糟糕，因为我每写一个故事，都比前一个更耸人听闻。我盲目地为钱写下去，伤害了自己，也伤害了别人。我知道就是这样的，因为我没法严肃认真地读这些而不感到羞愧难当。要是家人读到了这些，要是巴尔先生得到了这些，我该怎么办呢？”

仅仅想到这一点，乔的脸又发烫了。她把整整一捆报纸投进了火炉，火光熊熊，差点把烟囱燃着了。

“是的，这是那种易燃废品的最好去处。我想，我宁愿把房子烧了，也不愿别人用我的火药炸毁自己。”她一边想着一边注视着《侏罗之魔》突然消失，它已变成眼睛闪闪发光的一堆黑色灰烬。

三个月的工作化成了一堆灰烬和放在膝盖上的钱。这时，乔严肃起来。她坐在地上，考虑着该用这钱做些什么。

“我想，我还没有造成太大伤害，可以保留这些钱作为我花掉的那些时间的报酬。”她说。考虑良久，她又急躁地接着说：“我真希望我没有良心，这太麻烦了。要是我做不好的事时不在乎，不感到不安，就会过得极好。有时我不由希望爸爸妈妈对这件事不那样苛求。”

哦，乔，别那样希望了，应该感谢上帝，爸爸妈妈的确是那样苛求，但打心眼里可怜那些没有这样的保护者的人们吧。保护者用原则将他们围住，这些原则在急躁的年轻人看来可能就像监狱的围墙，但它们被证明确实是妇人们培养良好品质的基础。

乔没有再写追求轰动效应的故事，她认为钱偿付不了她所受到的那份震动。像她那一类人常做的那样，她走了另一个极端。她学了一系列课程，研究了舍伍德夫人、埃奇沃思小姐和汉娜·摩尔，然后写出了一个故事，故事里的道德说教是那样强烈，以至于把它叫作小品文或说教文更为恰当。她从一开始就心存疑虑，因为她活跃的想象力和女孩家的浪漫心理使她对这种新的写作风格感到不安，就像化装舞会时穿上个世纪僵硬的累赘服装一样。她把这篇说教式的佳作送往几个市场，结果没找到买主。她不得不同意达什伍德先生的说法，道德没有销路。

后来，她又试着写了个儿童故事。要不是她图利想多要几个臭钱，这个故事她是能轻易出手的。唯一向她提供足够的钱，使她值得一试儿童文学的人是一位令人尊敬的先生。这位先生觉得他的使命就是让世人都转而信奉他的教义。但是，虽然乔喜欢为孩子们写作，她还是不能同意把所有不去特定主日学校上学的顽皮孩子都写成被熊吃了，或者被疯牛顶撞了，而去上学的好孩子则得到各种各样的天赐之福，从金色的姜饼，到他们离开尘世时护送的天使，天使们还口齿不清地唱着赞美诗或者布着道。因此，在这样的考验下，乔没有写出任何作品。她盖上了墨水台，一时谦恭起来，这种谦恭非常有益。她说——

"我什么也不懂了，要等懂了以后再试。如果我不能写出更好的东西，就'扫除掉肮脏的东西'，这样至少是诚实的。"这个决定证明，她从豆茎上的第二次摔落对她有些好处。

当她进行这种内心革命时，她的外在生活和平常一样忙碌，没有风波。假使她有时看着严肃或者有点悲哀，除了巴尔教授，没人觉察得到。他静静地观察她，乔根本不知道他在观察她是否接受了并获益于他的责备，然而乔经受住了考验，他满意了。虽然他们之间没有言语交流，但他知道她已经停止写作了。这不光光是从她右手的食指猜测出来的——现在她的食指不再沾有墨迹了。她的晚上在楼下度过了，在报社也不再能遇上她了。她以顽强的耐力学习着。这一切使他确信，她决心全神贯注于一些有用的事，即便这些事并不都是她想做的。

他在许多方面帮助她，不愧为真正的朋友。乔感到幸福，因为她不再写那些小说了。除了德语，她还学习其他课程，为她自己生活中的轰动故事打着基础。

在这个漫长的冬天，她的心中为愉悦之情所充满。六月，她离开了柯克太太。告别之时，每个人都显得很难过，孩子们尤其没法安慰。巴尔先生的满头头发直竖着，当他心烦意乱时，总是把头发揉得乱七八糟。

“要回家了？噢，你很幸福，有家可回。”行前的最后一个晚上她把回家这件事告诉他的时候，他这样说。他坐在屋子角落里抚弄着胡子。

她很早就得动身，所以头天晚上就和所有人道别。轮到他时，她热情地说：“嗯，先生，别忘了，要是路过我那里，希望你来看我们，好吗？你来，我肯定不会忘记你的，我想让全家人都认识我的朋友。”

“真的，你要我去吗？”他问。他带着乔从未看过的急切神情看着她。

“是的，下个月来吧，劳里那时毕业，你会把毕业典礼当作趣事来欣赏的。”

“你说的那个人是你最要好的朋友？”他的语气变了。

“是的，我的男孩特迪。我为他感到非常自豪，也希望你见见他。”

然后乔抬起头来，根本没意识到什么，只想着介绍他们两个见面时的快乐。巴尔先生脸上的某种神色使她突然想起，也许劳里不仅仅是她“最要好的朋友”。正是因为她特别希望显出没事儿的神情，她开始不自觉地脸红了。她越不想这样，脸就越红。要不是坐在她膝上的蒂娜，她真不知道事情会怎样收场。幸好，那孩子动情地要拥抱她，于是她顺势将脸转过去了一会儿。她希望教授没觉察，但是他觉察了，也从瞬间的焦虑转为平常的神情。他诚挚地说——

“我可能抽不出时间去参加毕业典礼，但是我祝愿那位朋友大获成功。祝你们大家幸福。上帝保佑你！”说完，他热情地和乔握了手，然后用肩膀驮起蒂娜离开了。

然而，孩子们上床后，巴尔在火炉边坐了很长时间。他面带倦容。思乡之情重重地压在他的心头。他回忆起乔坐在那里，小孩子抱在她膝盖上，脸上带着柔和的表情，不由双手托起了头。过了一会儿，他在屋子里踱起步来，仿佛在寻找一些他无法找到的东西。

“那不是我的，我现在不应该心存希望了。”他自言自语地叹着，那叹息几乎是呻吟。然后，像是责备自己无法遏制的渴求，他走过去亲了亲枕头上两个头发散乱的小脑袋，拿下他那很少使用的海泡石烟斗，打开了他的柏拉图。

他尽了自己的最大努力，事情处理得很有男子汉气魄。但是依我看，他不会觉得两个不受管束的小男孩、一个烟斗，甚至那神圣的柏拉图，能够如愿地代替家里的妻子和孩子。

第二天早晨，虽然很早，他还是到车站为乔送行。幸亏有了他的送行，乔在孤独的旅途中才能沉浸在温柔的回忆中。一张亲切的面孔笑着向她道别，一束紫罗兰和她相伴。最美好的是，她幸福地想着：“嗯，冬天过去了，我一本书都没写，也没有发财。但是我交了一个很值得相处的朋友。我要努力一辈子享有他的友谊。”

第三十五章　伤心

不管出于什么动机，那一年劳里的学业相当成功，他以优异的成绩毕了业。他的拉丁语演说有着菲力浦斯[①]的优雅、狄摩斯梯尼[②]的雄辩，他的朋友们这样评论。他们都在场。他的祖父——哦，那么自豪！——马奇先生和马奇太太，约翰和梅格，乔和贝思，所有人都带着发自内心的赞赏之情为他狂喜。男孩子们当时或许并不在意，可是经历的成功怕是再难得到如此的激赏了。

"我得留下来吃这该死的晚饭。明天一早我就回家，姑娘们，你们能像平常那样来接我吗？"快乐的一天结束了，劳里将姑娘们送进车厢时这么说。他说"姑娘们"，其实指的是乔，因为只有她一个人保持着这个老习惯。她不想拒绝她成绩卓著的男孩提出的任何事情，便热情地回答道——

"我会来的，特迪，无论如何都会来。我会走在你前面，用单簧口琴为你吹奏《为凯旋的英雄欢呼》。"

劳里谢了她，他脸上的神色使乔突然恐慌起来。"哦，天哪！我晓得他要说些什么了。我怎么办呢？"

晚上的思索、早上的工作稍稍减轻了她的担忧。她作出判断，在她

① 菲力浦斯（1674—1749）：英国诗人、剧作家，因其歌颂童年的诗而获得"多愁善感"诗人绰号。
② 狄摩斯梯尼（前384—前322）：古希腊雄辩家，民主政治家。

已让人完全知道她会作出什么样的答复之后，对方还会提出求婚，这样想是够愚蠢的。于是她在预定的时间出发了，希望特迪不会有所行动，使她伤害他那可怜的感情。她先去了梅格家，亲吻逗弄黛西和德米，这使她精神振奋起来，也增强了她对谈话的信心。然而，一见到远处逼近的壮健身影，她便产生了掉头跑开的强烈愿望。

“单簧口琴在哪里，乔？”一走到能听见说话声之处，劳里便叫了起来。

“我忘了。”乔又鼓起了勇气。这样的招呼算不上情人般的招呼。

过去在这种场合，她总是抱着他的胳膊。现在她不这样做了，他也不抱怨。这可不是好兆头。他一直很快地谈着遥远的话题，直到他们从大路转向一条经过树林通向家的小路。这时，他步子放慢了，语言也突然不流畅了，谈话不时出现难堪的停顿。为挽回正往沉默之井坠落的谈话，乔急速地说：“现在你得过一个愉快的长假了。”

“我是这么打算的。”

他的语调里有种坚定的成分，使得乔迅速抬头看他，却发现他正看着她，那种表情使乔确信那令人可怕的时刻来到了。她伸出手恳求着：“不，特迪，请你别说！”

“我要说，你必须听我说。没用的，乔，我们得说出来，越早越好，对我们俩都是这样。”他回答说，突然红了脸，激动起来。

“那你就说吧，我听着。”乔说，带着一种豁出去的坚韧之心。

劳里是个没有经验的情人，但他是认真的。即便努力失败，他也打算“说出来”。因此，他带着特有的急躁谈开了这个话题。尽管他以男子汉的气魄竭力想保持声音平稳，可还是不时卡壳。

“自从我认识你，乔，我就爱上了你，简直没有办法。你待我那么好。我想表示出来，可你不让。现在我要你听下去，给我个答复，因为我不能再这样下去了。”

“我想让你别这样做，我以为你已经理解了——”乔开口说，她发现情况比她预料的更难办。

“我知道你那样想过。可是女孩子很让人奇怪，你根本无法知道她们真正的意思。她们嘴里说‘不’，实际上的意思是‘是’，只为了弄着玩儿，把男人搞得晕头转向。”劳里回答。他用这个不可否认的事实自卫。

“我不是那种人。我从来不想让你那样爱我，只要有可能，我总是走开，以免你这样做。”

“我想就是那样，这像是你做的，但是没用。我反而更加爱你了。为了讨你的欢心，我努力学习，也不打台球了，你不喜欢的事我都放弃了。我等待着，从不抱怨。我希望你会爱我，虽然我不够好，一半都不——”说到这里，他嗓子控制不住地哽住了。他掐着毛茛，一边清着他那“该死的喉咙”。

“你，你对我，你对我非常好，我那么感激你，我那么为你骄傲，喜欢你。我不知道为什么我不能像你要求于我的那样爱你。我试过，但是，我的感情改变不了。我不爱你时却说爱你，那是说谎。”

“真的吗？一点儿也不假吗，乔？”

他突然停住脚，捉住她的双手，提出了这个问题，脸上的表情让乔很久忘不了。

“真的，一点也不假，亲爱的。”

现在他们已走进小树林，靠近了篱笆两侧的台阶。当最后一个字不情愿地从乔的口中说出时，劳里放下了双手，转身像是要继续走，但是，就这一次，那个篱笆他越不过去了。他只能将脑袋靠在生了苔藓的柱子上，一动不动地站在那儿。乔给吓坏了。

“哦，特迪，我很难过，非常难过。我愿意杀死我自己，要是这样做有用！希望你别把事看得那么重。我没办法。你知道，要是不爱一个人却非要她去爱是不可能的。”乔生硬却很遗憾地叫着，一边轻轻地拍着他的肩。她记起很久以前他也这样安慰过她。

“有时人们是这样做的。”柱子后传来沉闷的声音。

“我不相信那是真正的爱。我宁愿不这么尝试。”回答坚定。

长时间的静默。河边的柳树上，一只画眉在欢快地唱着，长长的青草在风中沙沙作响。过了一会儿，乔在篱笆台阶上坐下，非常认真地说：“劳里，我想告诉你一些事。”

他吃了一惊，好像挨了一枪似的。他把头一昂，大声叫道：“别告诉我，乔，我现在受不了！”

“告诉你什么？”她问，搞不清他为什么发怒。

“你爱那个老头。”

“哪个老头？”乔问。她想他肯定是指他爷爷。

“那个你写信总谈到的魔鬼教授。要是你说你爱他，我知道我会做出不顾一切的事来。”他眼睛里冒着愤怒的火花，双拳紧握，似乎真的会去践行其言。

乔想笑，可是克制住了自己。这一切使她也激动了，她勇敢地说：“别骂人，特迪。他不老，也不坏。他善良、和蔼。除了你，他是我最好的朋友。请不要那样勃然大怒。我想表示友好，可要是你污蔑我的教授，我就会生气的。我一点也没想过要爱他或者任何一个人。”

“可是过一段时间你会爱上他，那我怎么办呢？”

“你也会爱上别人的，像一个明智的男孩，忘掉这一切烦恼吧。”

“我不会爱任何别的人了，我永远也忘不了你，乔，永远，永远！”他一跺脚，用以强调他那激昂的话语。

“我拿他怎么办呢？”乔叹了口气。她发现感情比她预想的更难对付。“你还没听到我要告诉你的事呢，坐下来听我说。我真想把这事处理妥当，使你幸福。”她说。她希望和他讲点道理，以此抚慰他，结果证明她对爱情一无所知。

从乔刚才的这番话，劳里看到了一线希望。他一屁股坐在了草地上乔的脚边，胳膊支在篱笆的下层台阶上，带着期待的神色抬头看着乔。对乔来说，这样的姿态安排使她不能平静地说话，清楚地思考。他这样看着她，眼神里充满爱意与渴求，睫毛还是濡湿的，那是由于她的狠心话使他痛苦地流了几滴泪。在这样的情景中，她怎么能对她的男孩说绝情话呢？她轻轻地把他的头转过去，一边抚弄着他那卷曲的头发，一边说着话。他的头发是为她的缘故蓄养的——确实，那多么令人感动！

“我赞同妈妈的看法，我俩不合适，因为我们的急躁脾气和坚强个性可能会使我们非常痛苦，要是我们愚蠢到要——”乔在最后一个词上停顿了一会儿，但是劳里狂喜地说了出来。

“结婚——不，我们不会痛苦的！只要你爱我，乔，我会成为一个完美的圣人，因为你想把我变成啥样都行。”

“不，我做不到。我试过，但是失败了。我不会用我们的幸福来冒险，做这种认真的试验。我们的意见不一致，永远也不会一致。所以我们一生都将是好朋友，而不要去做任何鲁莽的事。”

“不，如果有机会我们就要做。”劳里顽固地咕哝着。

“好了，理智些，明智地看待这件事吧。”乔恳求道。她几乎一筹莫展了。

“我不会理智的，我不要你说的那种明智的看法，它对我没用，只能使你更心狠。我相信你没有任何感情。”

“我倒希望没有。”

乔的声音有点儿发颤了。劳里把这看作一个好兆头，他转过身来，使出他所有的说服力，用从来没有过的极具感染力的哄人腔调说：“别让我们失望了，亲爱的！大家都期待着这件事，爷爷下定决心要这样做，你家人也喜欢，我没有你不行。说你愿意，让我们幸福，说吧，说吧！”

几个月之后乔才懂得她下了多大决心才坚持住她作出的决定：她认定她不爱她的男孩，永远不会。这样说很难，但是她还是说了。她知道拖延既无用也残酷。

“我不能真心地说‘愿意’，就根本不会说。以后你会明白我是对的。你会为此感谢我——”她严肃地说。

“我死也不会的！”劳里从草地上一跃而起，单单想到这些他就怒火中烧。

“会的，你会的，”乔坚持道，“过一段时间你就会从这件事中恢复过来，找到一个有教养的可爱姑娘，她会崇拜你，成为你漂亮的房子里优秀的女主人。可我不会，我不漂亮，笨手笨脚，又古怪又老，你会为我感到难为情。我们还会吵架——你看，甚至现在我们都忍不住要吵——我不喜欢优雅的社会而你喜欢，你会讨厌我乱写乱画，而我没这些不能过。我们会感到不幸福，会希望我们没这样做。一切都会令人不敢想象！”

“还有没有了？”劳里问。他感到很难耐心地听完她预言似的这番话。

“没了。还有就是，我想我以后不会结婚的。我这样很幸福，我太爱自由了，不会匆忙地为任何一个凡人放弃它。”

“我知道得更清楚，”劳里插话了，“现在你是这样想的。但是有那么一天你会爱上某个人。你会狂热地爱他，为他生，为他死。我知道你会的，那是你的方式，而我却不得不在一边旁观。”那绝望的情人把帽子扔到了地上，若不是他脸上的表情那么悲哀，扔帽子的手势就会显得很好笑。

“是的，我会为他生，为他死，只要他来到我身边，让我情不自禁地爱上他。你必须尽力解脱！”乔叫了出来。她已经对可怜的特迪失去了耐心。“我已经尽了力，可是你不愿放理智些。你这样缠着我索取我不能给你的东西，太自私了。我将永远喜欢你，作为朋友，真的，非常喜欢。但是，我永远不会和你结婚。你相信得越早，对我们两人就越好——就这样了！”

这一番话就像是火燃着了炸药。劳里看了她一会儿，仿佛不知道自己该怎么做。然后，他猛地转过身，用一种决绝的语调说：“你有一天会后悔的，乔。”

“噢，你到哪儿去？”她叫了起来。他的表情吓坏了她。

“去见鬼！”回答让人放心。

看着他摇晃着走下河岸朝小河走去，乔的心脏有一会儿停止了跳动。然而，只有做了很大的蠢事，犯了大罪，或者遭受了很深的痛苦，才会使一个年轻人轻生。劳里不是那种一次失败就能击垮的弱者。他没打算作惊人之举，跳入河中，但是盲目的本能冲动使他将帽子和外衣扔进他的小船里，然后拼命划着船走了。他划船的速度超过了许多次比赛的划速。乔注视着这可怜的家伙，他在力图摆脱心头的烦恼。乔长长地舒了口气，松开了双手。

“那样做对他有好处。他回到家时，会处于一种敏感、懊悔的情绪中，我倒不敢见他了。”她想。她慢慢地往家走，感到她像是屠杀了某种无辜的东西，然后将之埋在了树叶下面。她又接着想：“现在我得去找劳伦斯先生，让他非常和善地对待我可怜的男孩。我希望他会爱上贝思，也许以后他会的。然而我又想，是不是我误解了她。哦，天哪！女孩子们怎么能又要情人又拒绝他们。这真是太狠心了。”

她确信这件事除了她自己没有人能做得更好，因此她直接去找了劳伦斯先生，勇敢地把这难以出口的事情经过告诉了他。然后她垮了，十分沮丧地为她的冷酷无情哭了起来，那和善的老先生虽然也非常失望，却没说一句责备的话。他发现很难理解竟有女孩子不爱劳里，他希望乔会改变主意。但是他比乔更明白，爱是不能强迫的。因此他只是悲哀地摇着头。他决心要让他的孩子远离伤害，因为毛头小伙子和乔分别时说的话使他大为不安，尽管他不愿承认这一点。

劳里回到家时，精疲力竭但是相当镇静。爷爷像是没事儿似的迎接他。有一两个小时，爷爷非常成功地保持着这种状态。黄昏时爷孙俩坐到了一起。过去他们特别珍惜这段时间，但是现在老人很难做到像往常一样闲聊，而年轻人就更难倾听老人表扬他去年获得的成功。那次成功现在对他来说似乎是爱的徒劳。他尽力忍受着，后来走到钢琴房开始弹奏。窗户是开着的。乔和贝思在花园散步，唯有这一次，她对音乐比妹妹理解得更好。劳里弹着《悲怆奏鸣曲》，他以前从来没有像这样弹过。

“弹得非常好，我敢说。但是太悲哀了，使人想哭。小伙子，给我们弹个快乐些的。”劳伦斯先生说。和善的老人心中充满同情，他很想表达出来，可是又不知道怎样表达。

劳里弹起了一段欢快些的曲子，他猛烈地弹了几分钟，要不是在一个短暂的间歇听到了马奇太太的声音，他会毅然弹完曲子的。马奇太太叫着：“乔，亲爱的，进来，我需要你。”

这正是劳里极想说的话，只是含义不同！他听着，曲子不知弹到哪儿去了，音乐也带着不和谐的音停止了。音乐家静静地坐在黑暗里。

“我受不了了。”老人咕哝着。他站起来，摸索着走到钢琴房，慈善地将手放在劳里宽阔的双肩上，像妇人那样亲切地说：“我知道，孩子，我知道。”

劳里一时没搭腔，然后高声问：“谁告诉你的？”

“乔，她自己。”

“那就完了！”他不耐烦地抖掉爷爷放在他肩上的手。尽管他感激爷爷的同情，但他男子汉的自尊心使他不能忍受来自男人的怜悯。

“还没完。我要说一件事，然后事情就完了。”劳伦斯先生带着非同寻常的温和口气回答，“你现在也许不愿意待在家里吧？”

“我不打算从一个姑娘面前逃开。乔挡不住我去见她。我愿意待多久就待多久。”劳里以挑衅的口气回答。

“如果你像我认为的那样是个绅士，就不会这么做了。我也感到失望，可是那姑娘没办法。你唯一能做的就是离开一段时间。你打算到哪里去呢？”

“哪儿都行。我对什么都无所谓了。”劳里满不在乎地笑着站了起来，笑声刺耳，使老人焦虑不安。

“要像个男子汉一样接受这件事，看在上帝的分上，别做鲁莽事。为什么不按你的计划去国外，忘掉这一切呢？”

"我做不到。"

"可是你一直很想去，我答应过你，等读完大学就让你去的。"

"噢，但是我没打算单独一人去！"劳里说。他在屋子里很快地走来走去，脸上的表情爷爷从未见过。

"我没让你一个人去，有个人乐意和你一起去世界上任何地方。"

"谁，先生？"他停步倾听。

"我自己。"

劳里像刚才一样快速地走了起来。他伸出手，粗声粗气地说："我是个自私、残忍的人，可是——您知道——爷爷——"

"上帝保佑，是的，我的确知道。这一切我都经历过，先是我自己年轻时，后来是你父亲。好了，我亲爱的孩子，静静地坐下来听听我的计划。一切都已安排好，马上就能执行。"劳伦斯先生说。他抓住年轻人，好像害怕他会逃走，像他父亲以前做的那样。

"那么，先生，什么计划？"劳里坐了下来，他的表情和声音都没显露出任何兴趣。

"我在伦敦的业务需要料理。我原打算让你去处理的，不过我自己办更好。这里的事有布鲁克负责，会进行得很好。我的合作者几乎干了所有的事，我只是守着这个位子等你来接替，我随时都可以离开。"

"可是，爷爷，您讨厌旅行。您那么大年纪了，我不能这么要求您。"劳里开口说。他感激爷爷作出的牺牲，但是如果要去，他宁愿独自去。

老先生对这一点非常了解，但他特别想阻止他一个人去，因为他发现孙子的心境不佳，这使他确信让劳里自行其是不太明智。一想到出门会丢弃家庭的舒适，他自然感到遗憾，可是老先生抑制住了这种遗憾，决然地说："谢天谢地，我还没有老到该被淘汰的地步。我很喜欢这个想法。那对我有好处。我的老骨头不会受罪，因为现在的旅行几乎就像坐在椅子里一样舒服。"

劳里不安地扭动着，使人想到他坐的椅子不舒服，也就是说，他不喜欢这个计划。这使老人赶忙补充道："我并不想成为好事者或者负担。我以为，我一起去你会感到比丢下我更快乐些。我不打算和你一起闲聊，而是由你高兴，愿去哪儿就去哪儿，我以我的方式自我消遣。我在伦敦和巴黎都有朋友，我想去拜访他们。同时，你可以去意大利、德国、瑞士，去你想去的地方，尽情欣赏绘画、音乐、风景以及冒险活动。"

当时，劳里感到他的心完全碎了，整个世界成了野兽咆哮的荒野。可是一听到老先生在最后一句话里巧妙地夹进去的字眼，碎了的心出乎意料地跳动起来，一两块绿洲也出现在那野兽咆哮的荒野。他叹了口气，无精打采地说："就照你说的做吧，先生，我去哪里、做什么都没关系。"

"对我却有关系。记住这一点，孩子。我给你充分的自由，我相信你会老老实实地利用它，答应我，劳里。"

"你要我怎样就怎样，先生。"

"好的，"老先生想，"现在你不在乎，可是有一天这个保证可以阻止你淘气。不然我就大错特错了。"

劳伦斯先生是个精力充沛的人，他趁热打铁，没等到这个失恋者恢复足够的精神来反抗，他们已上了路。在必要的准备期间，劳里的举止和处于这种情况下的年轻人通常表现的一样，一会儿郁郁不乐，一会儿恼怒，一会儿又陷入沉思。他食欲不振，不修边幅。他花很长时间在钢琴上狂暴地弹着。他躲着乔，但是却神色悲哀地从窗后盯着她聊以自慰。乔夜里常梦见那张悲哀的面孔，到了白天，那张脸压迫着她，使她产生了沉重的负疚感。不像一些遭受痛苦的人，他从不说起他的单恋，他也不允许任何人，甚至马奇太太尝试安慰他或者表示同情。由于一些原因，这使他的朋友们感到宽慰。但是，他出发前的几个星期非常令人不好受。"那可怜的人儿要离开去忘掉烦恼，回家时会快乐起来的。"每个人都为此感到高兴。自然，他带着可怜的傲慢态度对他们的幻想一笑置之。他知道他的忠诚就像他的爱，是不会变更的。

离别之时到来了，他装作兴高采烈，以掩盖某种扰人的情绪，这种情绪似乎有要表现出来的势头。他装出来的欢乐劲并没有感染任何人，但是为了他的缘故，大家都试着做出受感染的样子。他做得很好，后来马奇太太吻了他，低低说了句什么，话语中充满母亲式的关怀。他觉得很快就要走了，便匆匆拥抱了身边所有人，连忧伤的罕娜嬷嬷也没忘掉。然后他逃命般地跑下楼去。一分钟后乔跟了下来，她打算要是他回头就向他挥手。他真的回头了，他走回来，拥抱她。她站在他上面的一级楼梯上，他向上看着她，脸上的神情使他简短的恳求既有说服力，又打动人。

"哦，乔，难道你不能？"

"特迪，亲爱的，我真希望我能。"

就这两句话，停顿了一小会儿，劳里站直身，说道："好的，别在意。"他什么也没再说就走了。哦，事情并不好，乔也确实在意，因为在她作出无情的回答后，劳里的鬈发脑袋在她臂上埋了一会儿。她感到好像戳了她最亲爱的朋友一刀。而当他离开她不再回头看时，她知道男孩子劳里是不会再回来的了。

第三十六章　贝思的秘密

那个春天乔回到家时，贝思的变化使她大吃一惊。没有人说起，似乎也没有人意识到，因为变化是渐渐的，每天看到她的人不会吃惊。而出门在外能使人的眼睛锐利起来。乔看着妹妹的脸，心头沉甸甸的。妹妹的变化显而易见，她的脸和秋天时一样苍白，而且又瘦削了些。然而她脸上有一种奇怪而透彻的神色，好像凡人的东西给慢慢地提炼完了，而神的东西照耀着那脆弱的肉体，赋予它一种无法描述的悲壮之美。乔看着这张脸感觉到了这一点，但是当时她没说什么。很快地，第一眼印象失去了效力，因为贝思似乎很快乐，没有人对她身体好转有怀疑。不久，乔陷于别的烦心事里，暂时忘记了她的忧虑。

然而劳里走后，家里又安宁下来。那种模模糊糊的忧虑又袭上她的心头，挥之不去。她向家里人认了罪，也得到了宽恕。但是，当她拿出存款提出去山间旅行时，贝思衷心地感激了她，请求不要到离家那么远的地方去，再去海边小住会更适合她。由于外婆无论如何丢不下孩子，乔带着贝思去了那个安静的地方。在那里贝思可以在户外待很长时间，让鲜艳的海风往她苍白的面颊上抹一点颜色。

那不是个时髦去处，可是即便在那里身处令人愉快的人群之中，姐妹俩也几乎没有与谁交朋友，她们宁愿两人独处。贝思太腼腆，不爱社交，乔太专注于她，也就不在乎任何别的人。因此，她们俩独来独往，形影不离，根本没意识到她俩激起了身边人们的兴趣。他们以同情的目光注视着强健的姐姐和虚弱的妹妹，她们总是在一起，仿佛本能地感觉到她们永久的分离为期不远了。

她们确实感觉到了这一点，但是谁也不提起，因为在我们与最亲近的人们之间，经常存在着难以打破的隔阂。乔感到她和贝思之间隔了一道帷幕，可是，在她伸手去揭开帷幕时，似乎在静默中又有某种神圣的东西。于是，她等待贝思先说出来。她看出来的事情她的父母似乎毫无觉察，她感到奇怪，同时也感到欣慰。在那安静的几个星期里，阴影越来越明显了，她对留在家里的人只字未提。她相信贝思回家时情况不会好转，那本身就能说明问题。她更想知道妹妹是否猜到了这个严酷的真相。贝思躺在温暖的岩石上，头枕着乔的膝，有益健康的海风吹拂着她，脚下大海弹着奏鸣曲。在每天这长长的几小时里，贝思脑子里在想着什么呢？

一天贝思告诉了她。她那样静静地躺着，乔以为她睡着了。她放下书，忧郁地看着贝思，想从那脸颊的淡晕中找到希望的迹象。可是她找不到足以令她满意的东西：脸颊非常瘦削，双手似乎太虚弱了，甚至拿不住她们寻来的粉红色小贝壳。当时，她异常痛苦地想到，贝思正慢慢地离她而去。她的手臂不由自主地抱紧了她所拥有的最亲爱的宝贝。有一会儿，她的眼睛潮湿了，看不见东西了。待眼睛再能看清楚时，贝思正抬头看着她。贝思的目光是那样温柔，没有必要再说什么了。“乔，亲爱的，很高兴你知道了，我试图告诉你，可是我不能。”

没有回答。姐妹俩只是脸贴着脸，甚至没有眼泪，受到最深的感动时，乔是不会哭的。当时，乔成了弱者，贝思试着安慰她，支撑着她。贝思双手搂着她，在她耳边低声说着安慰的话。

“我已经知道很长时间了，亲爱的。现在我已习惯，想起这件事或者忍受它已不是那么难了。你也试着这样，别为我烦恼了。这样最好，真的最好。”

“秋天里是这件事让你那样不开心吗，贝思？你不会那时就有感觉，并且独自承受了这么长时间吧，对吗？”乔问，她不愿看到也不愿说那样最好，但知道贝思的烦恼没有劳里的份，她心里感到高兴。

“是的，那时我放弃了希望，但却不愿承认。我试想那是一种病态的想象，不愿用它去烦扰任何人。当我看到你们都那么健康、强壮，充满了幸福的向往时，我感到我根本不可能像你们那样，真是难过。当时我很悲哀，乔。”

“哦，贝思，你那时没告诉我，没让我安慰你、帮助你！你怎么能把我排除在外，独自承受这一切呢？”

乔的声音里充满了温柔的责备。贝思试着向健康、爱情、生命道别时，试着那样愉快地接受她的不幸时，内心肯定经过一番斗争。而这种斗争是独自儿进行的，想到这里，乔的心都痛了。

“也许我那样做不对，可是，我是想做对的。我不能确定，对谁也没说什么，我希望我想错了。可那时我要是吓坏你们大家，就太自私了。妈妈那样牵挂着梅格，艾美出门在外，你和劳里那么幸福——至少，我那时是这样认为的。”

“可我还以为你在爱着劳里呢，贝思。我离开了是因为我不能爱他。”乔叫着，高兴地说出了事情的全部真相。

贝思听了这话大为惊奇。乔尽管痛苦还是不由得笑了起来，她轻轻地接着说：“那么你不爱他，宝贝？我担心你爱他，想象着你那可怜的小小心灵那段时间里承受着失恋的痛苦。”

“哎唷，乔，他那么喜欢你，我怎么能那样做？”贝思像孩子般天真。“我的确深爱着他，他对我那么好，我怎能不爱他呢？但是，他除了做我的哥哥，根本不可能做别的。我希望有一天他真的成为我的哥哥。”

“不是通过我，”乔决然说道，“艾美留给他了，他们俩会非常般配。可是我现在没心思谈这种事情。别人发生什么事我不管，我只在乎你，贝思，你必须好起来。”

"我想好起来，哦，真想！我在努力，可是每天我都在衰弱，我越来越确信我的健康再也恢复不了了。就像潮汐，乔，当它转向退潮时，尽管是渐渐减退，却不可阻挡。"

"它将被阻挡住，你的潮汐不能这么快就退。贝思，十九岁太年轻了，我不能放走你。我要工作、祈祷，和它作斗争。无论如何我都要保住你。肯定有办法，不会太迟的。上帝不会这么残酷，把你从我身边夺走。"可怜的乔反抗地叫着，她的精神远远不及贝思那样虔诚顺从。

纯朴诚挚的人们极少奢谈虔诚，行动能说明一切而不是言语，而且行动比说教或声明更具影响力。贝思无法论证或解释她的信念，这个信念给了她放弃生命的勇气与耐心，使她能快乐地等待死亡。她像一个轻信的孩子，不提问题，而是将一切交付给上帝与大自然——我们大家的父亲和母亲。她确信只有他们才能开导人，使人精神振作地面对今生和来世。她没有用圣人般的话语责备乔，而是因为她炽热的情感更加爱她了，她更加紧紧地拥抱这种可贵的人类之爱。上帝从不打算让我们断绝这种爱。通过它我们被吸引得离他更近了。她不能说："我乐意离开这个世界。"因为生命对她来说是非常甜美的。她只能抽泣着说："我努力做到愿意离开。"她紧紧地抱着乔，第一次，这种巨大痛苦的浪头吞没了姐妹俩。

过了一会儿，贝思恢复了平静，她说："我们回家时，你来告诉他们这件事？"

"我想，不用说他们就能看出来了。"乔叹道。现在她似乎看到贝思每天都在变。

"也许看不出。我听说深爱着的人们对这种事最盲目。要是他们没看出，你就替我告诉他们。我不想有秘密，让他们作好准备更仁慈些。梅格有约翰和两个孩子安慰她，而你必须帮助爸爸妈妈，好不好，乔？"

"如果我行的话。但是，贝思，我还没有放弃希望。我要相信这确实是一种病态的想象，我不要你认为那是真的。"乔试图用一种轻松的语调说出这些。

贝思躺着想了一会儿，然后像往常一样安静地说："我不知道该怎样表达我的意思。除了你，我也不会再向别人说什么。因为，除了对我的乔，我不能说出心里话。我只想说，我有种感觉，上帝从来就没有打算让我活得长。我不像你们其余的人，我从来不做长大了干什么的计划，也从没像你们大家那样想过结婚。我似乎想象不出我能做什么，我只是愚笨的小贝思，在家里跑跑跳跳，除了在家，在哪里都没用。我从来不想离家，现在离开你们大家心中分外难受。我不害怕，但是好像即使人在天堂，我也会想家想你们的。"

乔说不出话来了。好几分钟的沉默，只听见风的叹息和海浪的拍击声。一只白翼海鸥飞过去了，它的银色胸脯涂着一抹阳光。贝思注视着直到它消失，她的眼睛里充满了悲哀。一只灰黄色羽毛的小鸟飞过来在海滩上轻轻跳跃着，它啾啾地叫着，好像在欣赏太阳与大海。它飞到贝思近旁，友好地看着她，然后停在一块暖和的石头上，神态自如地梳理着潮湿的羽毛。贝思笑了，她感到了安慰。因为这小东西似乎在向她表示友好，使她想起自己仍然能够享受愉快的人生。

"可爱的小鸟！看，乔，它多么温顺。比起海鸥，我更喜欢小鸟。它们不那么野性，也不那么漂亮，但是它们似乎总是快乐天真的小东西。去年夏天我总是称它们为我的鸟儿们。妈妈说它们让她想起了我——那些棕色的小鸟，总是贴近海岸，总是唧唧啾啾唱着心满意足的小调。乔，你像是海鸥：强健，难以约束，喜欢狂风暴雨，远远飞向大海，自得其乐。梅格像是斑鸠。而艾美就像她描述的云雀，想在云雾中飞行，又总是飞落回小巢。可爱的小姑娘！她抱负那么大，心眼却善良温柔。不管她飞得多么高，她决不会忘记家。我希望能再见到她，她似乎离我们那么远。"

"她春天回来。我是说你要准备好见她，享受会面时的快乐。到那时我要让你身体健康，面色红润。"乔说。她感到在贝思所有的变化中，言谈的变化最大。她现在说话好像不怎么费劲了，她自言自语，全然不像以前那样害羞了。

“乔，亲爱的，别再那么希望了，没有用处，我肯定。我们不要痛苦，而要在等待中享受在一起的快乐。我们会过得快乐的，我不太难受。我想你要是帮助我，我的浪潮会很容易地退走。”

乔弯下头来亲吻那张平静的脸，用那默默的一吻，乔将自己整个身心都交付给了贝思。

她是对的：她们回到家时没必要说什么，因为爸爸妈妈清楚地看到了他们一直祈祷着不要见到的东西。短暂的旅途使贝思感到了疲倦，她立刻上了床，说她回到家是那么高兴。乔下楼来时，发现她已不用做那项艰难的工作了：她不用讲述贝思的秘密。爸爸站在那儿，头靠在壁炉架上，乔进去他也没回头；妈妈向她伸出了胳膊，像是在恳求帮助。乔走过来，默默无声地安慰着她。

第三十七章　新的印象

下午三点，在英国散步场能看到尼斯市所有的时髦人物——那是个迷人的地方。散步场四周用棕榈、鲜花和热带作物围住，一面临海，另一面连接一条很宽的车道，车道两边林立着旅馆和别墅。远处是柑橘果园和群山。这里代表着许多国家，人们说着许多不同的语言，穿着各式服装。天气晴朗时，这里的欢快情景就像狂欢节一样惹人注意。傲慢的英国人，活泼的法国人，严肃的德国人，英俊的西班牙人，丑陋的俄国人，谦卑的犹太人，无拘无束的美国人，他们在这里或驾车，或闲坐，或漫游。他们闲聊着新闻，评论着来到这里的时新的知名人物——里斯托里[①]或狄更斯，维克托·伊曼纽尔[②]或桑威奇群岛[③]的女王。来这里的马车及其装备和人群一样五花八门，非常引人注目。特别是女士们自己驾驶的低档双马四轮车。两匹劲头十足的小种马拉着车，车上安装着色彩鲜艳的网子，防止女士们宽大的裙边漫过小小的车子，车后架站着小马车夫。

圣诞节这一天，一个高个子年轻人手背在身后，慢慢在散步场走着，神情有些心不在焉。他看上去像是意大利人，打扮又像英国人，却

① 阿德莱德·里斯托里（1822—1906），意大利女演员。

② 维克托·伊曼纽尔（1820—1878），意大利国王。

③ 美国夏威夷群岛的旧称。

带着美国人独立的神气——这种混合使得各种各样的女士用赞许的目光追随着他。花花公子们身着黑天鹅绒西服，打着玫瑰色的领带，戴着软皮手套，纽扣洞里插着山梅花。他们对那年轻人耸耸肩，继而又嫉妒起他的身材来。周围有许多悦目的倩女，可这年轻人几乎不屑一顾，只是不时打量一下某位身穿蓝衣的金发姑娘。不一会儿，他踱出散步场，在十字路口站了一会儿，好像拿不定主意是到公园去听乐队演奏，还是沿着海滩漫步走向山上的城堡。一阵急促的马蹄嘚嘚，使他抬头观望。只见一辆小车载着一位女士，很快地顺着街道驶过来。那女士豆蔻年华，金发垂肩，蓝装飘逸。他凝视片刻，脸上的神情为之一振，他像一个小男孩似的挥舞着帽子，赶忙跑过去迎接她。

"噢，劳里，这真的是你吗？我还以为你根本不会来呢！"艾美叫着放下缰绳，伸出双手。这使一个法国母亲大为反感，她让女儿加快步子，生怕女儿看到这些"疯狂的英国人"的开放风度会伤风败俗。

"我路上耽搁了，但是我答应过和你一起过圣诞节。我这就来了。"

"你爷爷好吗？你们什么时候到的？你们待在哪里？"

"很好——昨天夜里——待在沙万旅馆。我去了你住的旅馆，可是你们都出去了。"

"我有那么多话要说，都不知道从哪儿说起了！坐进来，我们可以安安心心地谈话。我打算驾车兜兜风，很想有个伴儿。弗洛为今晚的活动留着劲呢。"

"那儿有什么活动？舞会？"

"在我们旅馆有一场圣诞晚会。那里有许多美国人，他们举行晚会庆祝节日。你肯定和我们一起去？婶婶会高兴的。"

"谢谢，现在去哪儿？"劳里问。他抱住双臂，身子往后一靠。这个动作正合艾美心意，因为她宁愿驾车。阳伞、马鞭和白马背上的蓝色缰绳让她心满意足。

"我先要去取信，然后去拜访城堡之山；那里的风景非常可爱，我喜欢喂孔雀。你去过那里吗?"

"前几年常去,可是我现在连一眼也不想看它。"

"现在把你的事告诉我吧。最后一次听到你的消息,是你爷爷写信说,他等着你从柏林来。"

"是的,我在那儿过了一个月,然后去巴黎和他会合,他在那里安定下来度过冬天。他那儿有朋友,有许多使他开心的事。所以我就离开他来这里了,我们过得非常好。"

"这样的安排真是妙极。"艾美说。她发现劳里的态度里少了些什么,可又说不上那是什么。

"是的,你看,他讨厌旅行,而我不喜欢保持安静。因此,我们各取所需,这样也就没有麻烦。我和他一直在一起。他喜欢听我的冒险活动,而我从漫游中回来,有人很高兴见到我,我也喜欢这种感觉。那是个肮脏的破坑,是不是?"他带着厌恶的神情补充道。他们正沿着大道驶向这个古老城市的拿破仑广场。

"但它富于画趣,所以我不在乎。这河流、群山非常美妙。这若隐若现的狭窄小街纵横交错,让我高兴。现在,我们得等候游行队伍通过,队伍要去圣约翰教堂。"

队伍走过来了,牧师们走在华盖下,披着白面纱的修女们手持燃着的小蜡烛,一些身着蓝衣的教徒一边走一边唱着。劳里无精打采地看着队伍,艾美观察着他,感到一种新的羞涩袭上心头。他有了变化,艾美从身旁这个郁闷的人身上找不到她离开时那个满脸欢乐的男孩的影子。她想,他比以前更英俊了,有了很大长进。可是,见到她时的兴奋劲一过去,他重又疲倦、垂头丧气起来——不是病态,确切地说也不是不快,而是显得有些老成、严肃,可一两年幸福的生活是不会把他变成这样的。艾美并不懂,也不好冒昧询问,所以她摇了摇头,用鞭子轻轻打了下小马们。这时行进队伍蜿蜒着穿过帕格里奥尼桥的拱门,进入教堂,从视野中消失了。

“Que pensez-vous?” ① 艾美炫耀着她的法语。出国以来，她懂的法语大大增加，虽说质量并未提高。

“小姐珍惜光阴，故有所获，令人感佩。”劳里带着赞赏的神色，手按着心鞠躬作答。

艾美快活得脸腾地红了。但是，不知怎么回事，这种赞扬不像过去在家里时他给她们的那种直率的表扬让她满意。那时在节日期间，他在身边转悠着，带着发自内心的笑容，说她“非常有趣”，并且赞许地拍着她的头。她不喜欢这种新语调，因为尽管不是无动于衷，尽管有着赞赏的神情，这语调听起来却是冷淡的。

“要是这就是他成长的方式，我倒希望他一直是个男孩。”她想。她有了奇怪的失望和不适感，但又力图做出轻松愉快的样子。

在阿维格德，她收到了宝贵的家信。于是，她将缰绳交给劳里，非常开心地读了起来。这时他们正沿着林荫路蜿蜒前行，马路两旁是绿色的篱笆，上面的香水月季盛开着，就像是在六月里，开得那样清新。

“妈妈说，贝思的情况很不好。我常想着我该回家了，可是她们都说‘待下去’，我就留下来了，因为我不会再有这样的机会了。”艾美严肃地看着这一页信说。

“我看你这样做是对的。在家里你什么也不能做，而他们知道你在这儿健康、幸福、非常快乐，这对他们是一个很大的安慰，亲爱的。”

他靠近了些，说这些话时又像从前的老样子了。那种时而压在艾美心头的忧虑减轻了，因为劳里的神情、行为以及兄长般的称呼“亲爱的”似乎使她确信，假如真的发生了什么麻烦事，在异乡的她也不会孤独。过了一会儿，她笑着给他看一幅乔的速写。乔身穿涂抹工作服，那蝴蝶结昂然直立在帽子上，她的嘴巴吐出这样的字眼：“天才冒火花了。”

劳里笑着接过来，放进背心口袋，“免得被风吹跑了”。他津津有味

① 法语：你在想什么？

地听艾美愉快地读着来信。

“这对我将是个非常快乐的圣诞节。上午收到礼物，下午接到家信，又有你相伴，晚上还有舞会。”艾美说。他们在老城堡的废墟中下了车，一群漂亮的孔雀聚拢到他们身边，驯顺地等着他们喂食。艾美站在他上面的山坡上，笑着将面包屑撒向这些漂亮鸟儿们。这时，劳里带着自然的好奇看着她，就像刚才她看他那样。他看到时间和分离在她身上产生了多么大的变化。他没发现使他困惑或者失望的东西，却发现了许多值得欣赏和赞许的东西。忽略她言谈举止中一点小小的矫揉造作成分，她还像从前那样活泼得体，而且她的服装与仪态中又增添了一种描述不出的东西，我们将那称作优雅。艾美看上去总是比她的实际年龄更成熟些，在驾车和谈话方面她都有了某种自信，这使她看上去更像一个精通世故的妇人，虽然实际并非如此。有时她的坏脾气还是有所表现，但她仍然保有坚强的意志，她在国外得到的修养也无损于她的天真与直率。

劳里看着她喂孔雀时并没有读懂这一切，但是他看到的足以使他满意，并使他产生兴趣。他获得了一幅小小的美丽画面：一个满脸快乐的女孩子站在阳光里，阳光衬托出她衣服的柔和色彩、脸庞的清新气息、头发的金色光泽，使她在令人愉悦的画面中尤为突出。

他们登上了山顶上的高地。艾美挥着手，像是欢迎他来这个她喜爱的常来之地。她指指点点，问他：“还记得那教堂吗？还有科尔索，在海湾拖着网的渔夫？喏，就在下面。那条可爱的道路通向弗朗加别墅和舒伯特塔楼。不过，最美的还是那远处海面上的小点，他们说那是科西嘉岛。记得吗？”

“记得。变化不大。”他没有热情地回答。

“要是能看一眼那著名的小点，乔会放弃一切的！”艾美兴高采烈地说，她很想看到他也一样高兴。

“是的。”他只说了这两个字，然后转过身来，极目远眺。现在在他的眼里，一个甚至比拿破仑还要伟大的侵占者使这个岛屿变得生动起来。

“为了她，好好地看看这个岛屿吧。然后过来告诉我，这一段时间你都干了些什么。”艾美坐下来，准备听他长谈。

可是她没有听到，尽管他过来爽快地回答了她的所有问题，但她只获悉他在欧洲大陆漫游，并去过希腊。就这样，他们闲逛了一个小时后，便驾车回家了。劳里向卡罗尔太太道过安后就离开了她们，答应晚上过来。

艾美的表现得记录下来。那天晚上，她故意打扮得非常漂亮。时间与分离在两个年轻人身上都促成了变化。艾美以一种新的眼光看她的老朋友，不是作为“我们的男孩”，而是作为一个英俊悦人的男人。她意识到自己有一种非常自然的愿望，想在他眼里得宠。艾美知道自己的长处，用风情与技巧充分显示了她的长处。对一个贫穷但美丽的女人来说，风情与技巧便是一种财富。

在尼斯市，薄纱和绢网很便宜，因此，在这样的场合里，艾美便用它们包装自己。她的装扮采用明智的英国式样：年轻姑娘们穿戴朴素。她用鲜花、廉价首饰，以及各种玲珑的饰物打扮自己，这些小小的装饰品令人着迷，花钱不多，效果却不错。必须承认，有时候艺术家的品位支配了妇人。她沉迷于梳古代发式，做雕像般的姿势，穿古典式的服装。可是，哎呀，我们大家都有小小的弱点，很容易原谅年轻人身上的这种小毛病。他们的美丽愉悦了我们的双眼，他们天真的虚荣心使我们保持心情怡悦。

“我真想让他认为我看上去漂亮，然后回家对家里人这么说。”艾美自言自语。她穿上弗洛那件旧的白色丝质舞裙，披上一袭新的透明薄纱，露出白皙的肩膀和金黄色的脑袋，这样颇具艺术韵味。她有眼光地将头发上的厚波浪与卷曲部分在脑后挽成一个青春女神似的结，让其余部分自然垂下。

“这不是流行式样，但是适合我。我不能把自己弄得怪模怪样。”当别人建议她像最新时尚需要的那样去卷发、吹风或者编辫子时，她总是这么说。

在这种重要的场合，艾美没有上好的首饰，因此，她用一束束粉红的杜鹃花为她的羊毛裙饰了一道花边，又用清雅的绿色蔓草装点她乳白的双肩。她记起了以前涂色的靴子，便带着女孩子的满足，打量着她的白色缎面拖鞋，在屋里跳起滑步舞来。她独自欣赏着自己带有贵族气的小脚。

"我的新扇子和我的花束正好相配，我的手套十二万分地适宜，婶婶手绢上的真丝花边提高了我全身衣服的档次。要是再有一个古典的鼻子和嘴巴，我就是最幸福的人。"她一手拿一支蜡烛，带着挑剔的眼光打量着自己说。

虽然这让她有点苦恼，但她碎步走动时看上去还是异常活泼优雅。她很少跑步——那样不适合她的风格，她想，因为她个子高，比起嬉戏或顽皮的小跑来，那种稳重的、像天后朱诺般雍容华贵的步子更适合她。她在长长的大厅里来回走着，一边等着劳里。有一次她站到枝形吊灯下，灯光映照着她的头发，产生了很好的效果。后来她改变了主意，走到了屋子的另一头，好像为她女孩家的愿望——想给人第一眼留下美好印象——感到不好意思。碰巧，她这样做恰到好处，因为劳里悄没声息地走了进来。她没听到他的声音。她站在远处的窗边，半偏着头，一手提着裙边，红色的窗帘映衬着她那白色的苗条身段，产生的效果如同一座巧妙安置的雕像。

"晚上好，黛安娜！"劳里说。他的目光落在她身上，露出了满意的神色。艾美喜欢他这种神色。

"晚上好，阿波罗！"她笑着回答他。他看上去是那么宽厚。一想到挽着这样一位有风度的男子走进舞厅，艾美不由得打心底里可怜起那四位难看的戴维斯小姐来。

"给你花儿，我自己插的。我记得你不喜欢罕娜说的那种'乱插花'。"

劳里说着递给她一束漂亮的、香味扑鼻的花儿。那个花夹她早就想要了。以前每天经过卡迪格尼娅花店橱窗时她都盼望有这样一个花夹。

“你太客气了！”她低声惊叹，不失风度。“要是我知道今天你来尼斯市，我肯定会准备些东西给你的，虽然恐怕不及这个漂亮。”

“谢谢。这花不像你说的那样好，但是配上你才漂亮。”他补充道。艾美手腕上的银手镯叮当作响。

“请别这样说。”

“我以为你喜欢这样呢。”

“不是，从你嘴里说出来，听起来不自然。我更喜欢你以前的直率。”

“我很高兴你这么说。”他带着宽慰的神情回答，然后为她扣上了手套上的纽扣，问她他的领带打直了没有，就像以前在家时他们一道去参加舞会时做的那样。

那天晚上，聚集在长长的饭厅里的人五花八门。除了在欧洲大陆，任何别的地方都见不到这样的景象。好客的美国人邀请了他们在尼斯市的每一个熟人。他们对爵位不抱偏见，获得了几位爵爷的光临，为圣诞舞会增色。

一个俄国王子屈尊坐着和一位魁伟的女士谈了一个小时。那位女士打扮得像哈姆雷特的母亲，她身穿黑天鹅绒礼服，下巴底下缀着珍珠。一个十八岁的波兰伯爵很投入地和女士们周旋着，女士们称他为“一个迷人的宝贝”。一个德国殿下之类的人来这专为吃饭，他漫无目的地在大厅里漫游着，寻找他可以吞咽的食物。男爵罗思柴尔德的私人秘书，一个穿着结实的靴子、有着一个大鼻子的犹太人，对众人和蔼地微笑着，好像他主人的名字使他罩上了一层金色的光环。一个认识国王的矮胖法国人为了过把舞瘾来到这里。琼斯女士，一个英国妇女，用她那小小的八口之家点缀了舞会。当然，还有许多步伐轻快、嗓音尖锐的美国姑娘，端庄、呆板的英国女孩，以及一些不好看但是淘气的法国小姐，同时还有常见的那一类爱旅行的年轻绅士们。他们愉快地玩着，而来自各个国家的母亲们沿着墙壁坐着；当先生们和她们的女儿们共舞时，母亲们宽厚地朝他们笑着。

那天晚上，当艾美靠着劳里的胳膊“出场”时，任何年轻姑娘都能想象出她的心境。她知道自己看上去很漂亮，她喜欢跳舞，她感到她的脚像是踏在家乡的舞池里，她欣赏那种令人陶醉的力量感。当年轻姑娘们首次发现她们生来就可以用美貌、青春以及女性气质这些美德来统治一个可爱的新王国时，她们就会产生这种感觉。她真的同情戴维斯家的姑娘们，她们笨拙而又长相平平，除了一个严厉的爸爸和三个更严厉的独身姑姑，她们没有护卫者。艾美经过她们时，以最友好的态度向她们鞠躬。她做得对，因为这使她们看到了她的衣服。她们好奇心如焚，想知道她那高雅的朋友是何许人。乐队奏起了第一首曲子，艾美的脸红了，她眼睛发亮，脚焦躁地踏着地。她舞跳得不错，她想让劳里知道这一点。所以，当他以十分平静的语调问道：“你想跳舞吗？”她受到的震动不用描述就可以想象出来。

“在舞会上人们通常是想跳的。”

她迅速回答，惊诧的神情让劳里想尽快弥补自己的过失。

“我是指第一支舞，能赏光吗？”

“如果我把伯爵的邀请往后推，就能和你跳。他跳得非常好，不过你是个老朋友，伯爵会原谅我的。”艾美说。她希望那个名字能起到好作用，她想让劳里知道不可小看她。

“可爱的小男孩，但那个波兰人个子太矮，不能支撑神仙的女儿，她个头很高，有着超凡脱俗般的美貌。”这便是她得到的所有满足。

他们发现身处一帮英国人之中。在这种不断变换舞伴的舞会中，艾美不得不礼节性地穿行其间，她始终感觉到似乎后面可以尽兴地跳塔兰台拉舞。劳里把她交给了“可爱的小男孩”，去向弗洛尽义务，没有再找艾美享受后面舞曲的乐趣，这种缺乏远见的行为应该受到指责，也得到了恰如其分的惩罚。因为艾美立刻就舞了起来，直到晚饭时分。她打算只要劳里显出后悔的样子，就宽容他。当他踱过来，而不是跑过来，请她跳下一支美妙的波尔卡雷多瓦舞时，她带着满意的神态，假装正经地给他看她的舞会曲目册。但是他那彬彬有礼的悔过并没有对她产生影响，她和伯爵急速舞着离开了他。这时艾美看到他和她婶婶坐在一起，脸上带着十分宽容的神情。

真是不可饶恕。好长时间，艾美不再去注意他，只偶尔在舞曲的间隙里，到她的陪伴人那里把衣服上的别针弄一弄，休息一会儿，这些都是必需的。她用笑脸遮盖住怒气，看上去格外赏心悦目，这产生了很好的效果。劳里高兴地用目光追随着她，她既不嬉闹，也不闲逛，只兴高采烈、优雅地舞着，充分表现了这种娱乐应有的欢乐。很自然，他开始以这种新的观点研究起她来。舞会进行还不到一半时间，他就认定“小艾美就要成为一个非常迷人的妇人了”。

这是一个欢乐的场面。不久，社交的情绪感染了每一个人，圣诞节的欢乐气氛使所有人都脸上放光，心头喜悦，脚步轻快。乐师们拉着提琴，吹着喇叭，敲着鼓，好像他们也沉醉其中。能跳的都在跳，不能跳的便带着非同寻常的热情赞赏着邻近的人们。戴维斯家的姑娘们脸上却愁云密布。琼斯家的许多孩子像一群小长颈鹿似的嬉闹着。那个有名声的秘书带着一个打扮漂亮的法国女人舞着，像流星一般划过舞厅，女人的粉红色缎裙在地下扫着。那个日耳曼殿下高兴地发现了晚餐桌子，不停地吃着，吃遍了菜单上的所有美味，他的扫荡使侍者们惊愕不已。而国王的朋友出尽风头，他跳了所有的舞，也不管他会不会。有的舞步他搞不清，便即席来个竖趾旋转。看着那矮胖的人像孩子般放纵真是解颐，尽管他“有影响”，跳舞却像一个橡皮球似的滚动。他奔跑着，飞舞着，欢跃着，脸红脖子粗，秃脑袋闪闪发光，燕尾服尾巴狂乱地摆动，舞鞋真的在空中轻快而有节奏地一闪一闪。音乐停止了，他擦去额上的大滴汗珠，对他的同伴们笑着，像是一个法国的匹克威克，只是手中没有端酒杯。

艾美和那个波兰人舞伴以同样的热情表现出色，只是他们跳得要轻快优雅些。劳里发现自己不自觉地合上了那双白鞋上下起伏的节拍，那双鞋就像安上了翅膀似的不知疲倦地飞来飞去。那个小弗拉基米尔最后放开了她，宣称“这么早就离开很难过”。这时，艾美准备休息了，她要看看她那怯懦的骑士是怎样接受惩罚的。

事情进行得不错，因为，在二十三岁这个年龄，受挫的心情能在友好的社交圈里得到安慰。置身于美、光和音乐的迷人氛围，年轻人会神经绷紧，血液沸腾，情绪高涨。劳里起身给艾美让座时，脸上露出了振奋的神情。当他匆匆走开去给她拿晚饭时，她自言自语地说：“噢，我想那样对他有好处！”

“你看上去就像巴尔扎克笔下的Femme peinte par elle-même①。”他说，一只手为她扇风，另一只手为她端着咖啡杯。

“我的胭脂不会掉的。”艾美擦着她那容光焕发的脸，既严肃又天真地给他看她的白手套。劳里不由放声大笑起来。

“这个玩意儿叫什么？”他碰了碰飘拂在膝上的一团织物，问道。

“错觉薄纱。”

“名字不错。它非常漂亮——新东西，是不是？”

“它和群山一样老，在许多女孩身上你都见过，可是你到现在才发现它漂亮——stupide②！”

“我以前从没看你披过，你看，这就是错误所在。”

“别那样说话，打住！现在我宁愿喝咖啡，也不要听恭维话。别晃来晃去的，那让我心烦。”

劳里坐得笔直，他温顺地接过艾美吃光了的空盘子。让“小艾美”东派西使，他感到一种奇异的快乐。现在，艾美已经没有了羞涩感，而是有一种抵挡不住的欲望，想凌驾于他之上。当男人们表示臣服时，姑娘们都有一种让人乐意领受的方法治他们。

“你在哪里学到这种东西的？”他带着迷惑的神情问她。

---

① 法语：妇女自画像。

② 法语：真笨。

"'这种东西' 表达太含糊，你能否解释一下？" 艾美回答。她很清楚他的意思，但是却淘气地让他描述无法描述的东西。

"嗯——整个风度、气质，那种沉着，那——那——那个错觉薄纱——你知道的。" 劳里笑了起来。他住了口，那个新词弄得他张口结舌，他好不容易从窘境中挣脱出来。

艾美心满意足了，但是她不露声色，假装正经地回答："旅外生活不知不觉地使人变得优雅起来。除了游玩，我还学习。至于这个——" 她朝衣服做了个小手势——"哎呀，薄纱便宜，花束不用花钱。我习惯于充分利用那些可怜的小东西。"

最后一句话让艾美很是后悔，她担心那样说趣味不好。可是劳里更喜欢她了。他感到自己既赞赏又尊重那种充分利用机会的无畏的坚忍，以及那种以鲜花遮盖贫困的乐观精神。艾美不知道劳里为什么那样亲切地看着她，也不知道他为什么在她的舞会曲目册上填满他自己的名字，而且在晚会剩下的时间里，他以最愉快的态度全副身心倾注于她。导致这种悦人变化的冲动来自一种新的印象，他们俩都不知不觉地给予并接受对方的这种新印象。

第三十八章　束之高阁

在法国，年轻姑娘们的婚前生活很乏味；结了婚，“Vive la liberté”[1]便成了她们的座右铭。而在美国，众所周知，姑娘们早就签署了独立宣言，她们带着共和党人的热情享受自由。然而，通常在家庭的第一个继承人登上宝座之时，年轻的主妇们便逊位了。她们过着归隐的生活，几乎像是在法国的女修道院，却没有那里安静。不管她们是否愿意，一旦婚姻激动人心的时期过去，事实上她们便被束之高阁。大多数妇女会惊叹，就像前些日子一个非常漂亮的女人所说的：“我和以前一样漂亮，可是仅仅因为我结了婚，就不再有人注意我了！”

梅格不是美女，甚至也不是个时髦女士，所以在她的孩子们长到一岁之前，她都没经受过这种痛苦。在她的小世界里，古风习俗盛行，她感到自己得到的赞赏与爱心比以前更多。

她是个温柔的小妇人，母性的本能非常强烈，所以她把全副精力用于孩子们，排斥任何别的东西、别的人。她带着不知疲倦的献身精神与焦虑心情，日日夜夜想孩子们之所想。现在厨房诸事一应交给一个爱尔兰太太主管，梅格将约翰丢给她，任由她摆布。约翰是个热爱家庭生活的男人，肯定怀念他惯常受到的妻子的照顾。但是他喜爱他的孩子们，

[1] 法语：自由万岁。

也就愉快地暂时放弃了他的舒适，带着男子的懵然无知推测不久就会恢复安宁。然而，三个月时间过去了，平静没有重返。梅格看上去疲倦紧张，而那个厨子过日子很有“节制”，总不让他吃饱。早上出门时，他看到家务缠身的妈妈忙着桩桩琐碎小事，感到迷惑不解。晚上兴冲冲地回到家里，急切地想拥抱妻子，却被妻子止住了：“嘘，他们吵了一天，刚刚睡着。”假如他提议在家里来点娱乐，“不！那样会打扰孩子们。”要是他暗示去听讲座或音乐会，梅格会责备地看着他，然后断然回答：“丢下孩子们去享乐？决不！”在难以成眠的夜里，他听到孩子们的哭叫声，看到一个幽灵般的身影无声无息地来回走动。吃饭时，只要楼上小窝里传来轻微响动，主管一切的天才便会奔离餐桌，弃他于不顾，这频繁的上上下下打搅了他的进餐。晚上他读报时，德米的疝痛混进了航运表，黛西的跌跤影响了股票价格，而布鲁克太太只对家庭新闻感兴趣。

那可怜的人感到非常不舒服，因为孩子们使他失去了妻子。家只不过是一个托儿所，每当他进入神圣的孩子领地，那不断的“嘘”声使他感到自己像是一个野蛮的入侵者。他非常耐心地忍受了六个月，情况仍然没有改善的迹象。这时，他像其他被放逐的父亲们一样——试图从别的地方找些小慰藉。斯科特已经结了婚，在离他们不远的地方居家过日子。约翰便养成习惯，晚上过去玩一两小时，他自家的客厅空荡荡的，妻子哼着似乎永无终了的催眠曲。斯科特夫人活泼、美丽，她无事可做，却能让人愉快。她非常成功地完成她的使命。她家的客厅总是明亮、吸引人。棋盘摆好了，钢琴调准了。在这里可以闲聊许多令人开心的事，还有一顿诱人的小晚餐等着他。

要不是自家的炉边那么寂寞，约翰会宁愿待在自己家。但他还是心怀感激地退而求其次，享受着与邻居为伴的乐趣。

开始时，梅格十分赞同他这种新安排。约翰玩得很尽兴，不再在自家的客厅里打盹儿，或者在房子里到处乱走，让沉重的脚步声惊醒孩子们。她因此感到欣慰。然而不久以后，孩子们出牙期的焦躁结束，睡觉开始守时，妈妈便有了休息的时间。这时她开始想念约翰。约翰没有像过去那样，穿着旧睡衣坐在她对面，舒坦地在火炉围栏上烤他的拖鞋，于是她发现针线篮是个乏味的伴儿。她不愿求他待在家里，但她感到受了伤害，因为她不告诉他，他也就不知道她需要他。梅格完全记不得那许多夜晚，约翰徒劳地等着她。她照看孩子，为孩子操心，又紧张又疲倦。她那种无奈的心绪大多数母亲在家事拖累下都时而有过。缺乏锻炼使她们不再快乐，美国妇女们过分专注于她们的宠物——茶壶，这使她们感到好像她们太神经质，精力不济。

"是的，"梅格朝镜子里看着，总会这么说，"我越来越老了、丑了。约翰不再认为我有趣了，所以他丢下他憔悴的妻子，去见那没有儿女拖累的漂亮邻居了。好吧，孩子们爱我，即便我消瘦，面色苍白，没时间卷头发，他们也不在乎。他们是我的安慰。总有一天约翰会看到我心甘情愿为他们作出的牺牲，是不是，我的宝贝们？"

听着这种哀切的倾诉，黛西会发出"呀呀"的声音作为回应，德米却欢叫着来回答她。这时，梅格便会带着母亲的得意丢开她的悲哀，这暂时抚慰了她的孤寂。然而，约翰迷上了政治，这一来更加深了梅格的痛苦。约翰总是跑过去和斯科特讨论他感兴趣的观点，根本没意识到梅格在想他。可是她一个字也没说，直到有一天母亲发现梅格在哭。妈妈坚持要她说出是怎么回事，梅格低落的情绪没有逃过妈妈的目光。"妈妈，除了你我不会告诉任何人。可是我真的需要忠告，因为约翰要是再这样下去，我最好是去当寡妇。"布鲁克太太带着受伤的神情用黛西的围嘴擦着眼泪。

"怎样下去，亲爱的？"妈妈焦急地问。

"他白天整天在外面，到了晚上我想见他时，他却总是去斯科特家。这样不公平。我就该干最重的活，从来没有乐趣？男人太自私了，他们中最好的也不例外。"

"女人们也是这样。看看你自己哪儿错了，再责备约翰。"

“可是他忽视我，这不可能是对的！”

“你可忽视了他？”

“哎呀，妈妈，我以为你会站在我这一边呢！”

“就同情而言，是这样的。可是梅格，我认为责任在你！”

“我看不出怎么在我。”

“我来告诉你。当你在晚上他仅有的空余时间里总是陪伴他时，约翰可像你说的那样忽视你？”

“没有。可是我现在做不到，我有两个孩子要照管。”

“我想你能够做到的，亲爱的。你也应该这么做。我可以很不客气地说话吗？你愿意记住妈妈是既责备你又同情你的人？”

“我真的愿意。就像我又成了小梅格那样对我说吧。自从这两个孩子一切都仰仗我，我常感到好像比以前更需要教导了。”

梅格将她的矮椅拖到妈妈的椅子旁边，一边膝上放一个小捣蛋。两个妇人摇着椅子，亲切地谈着话，她们感到母性的纽带将她们联系得越发紧密了。

“你只是犯了大多数年轻妻子们常犯的那种错——因为爱孩子而忘记了对丈夫应尽的责任。这种错非常自然，也是可以原谅的。梅格，你最好是加以补救，而不要采取别的方式，因为孩子们越来越依恋你，不想和你分开，好像他们都是你的，约翰没份，只能抚养他们。我已经看出来几个星期了，只是没说出来。我想事情最终会摆正的。”

“恐怕不会。要是我求他待在家里，他会以为我是出于忌妒。我不想让他产生这种念头。他看不出我需要他，我不知道怎样不用言语让他明白我的心。”

“把家里弄得赏心悦目，他就不想出去了，亲爱的。他渴慕自己的小家，但不是没有你的家。可你总待在育儿室。”

“我不应该在那里？”

“不应该所有的时间都在那儿，过多的封闭会使你神经紧张，结果干什么都不合适了。而且，和对孩子们一样，你也欠了约翰的。别因为孩子忽视了丈夫，别把他关在育儿室外面，而是要教他怎样帮忙。和你一样，那里也有他的位置，孩子们需要他。让他感到也有他的一份事儿，他会高兴地恪尽职守，这样对你们大家都会更好。”

“你真的这么认为，妈妈？”

“梅格，我知道的，我试过。我证实过这个建议的可行性，不然，我不会给别人这样的建议。当你和乔还小的时候，我的情况就像你这样，感到要不是整个人交给你们，就是没尽到责任。你可怜的爸爸提出帮助，我一概拒绝，他便沉醉到书本里去，让我独自去做我的试验。我尽力地挣扎着，但是乔太难对付了，我差点宠坏了她。你身体不好，我为你操心，后来自己也病了。这时，你爸爸过来救援了。他默默地处理着每一件事，他的帮助太大了。我看到了自己的过错。从那以后，没有他我根本不能过活。这就是我们家庭幸福的秘密所在。他不允许工作将他从影响我们大家的家务小事和责任中脱离开来，我也努力不让家务烦恼破坏我对他工作的兴趣。有许多事情，我们各干各的，可是在家里我们总是一起干活。”

“是这样的，妈妈。我最大的愿望就是在丈夫和孩子的眼里成为你那样的妻子和母亲。告诉我该怎么做，你怎么说我就怎么做。”

“你总是我听话的孩子。好吧，亲爱的。我要是你的话，就让约翰多管管德米，因为男孩子需要训练，训练开始得越早越好。你还要做我常向你提议的事，让罕娜嬷嬷过来帮忙；她是个绝好的保姆，你可以把宝贝孩子托给她照料，自己多做些家务。你需要这份锻炼，罕娜会高高兴兴地干其余的活儿，而约翰又会找回他的妻子。多出去些，既要忙碌，也要保持畅快，因为你是家庭中制造欢乐的人。要是你情绪忧郁，家庭生活也就没有了好天气。你还要试着做到：约翰喜欢什么，你就对什么感兴趣——去和他谈谈，让他为你读读书，交流思想，以那种方式互相帮助。别因为你是个妇人，就把自己装在纸板盒里，要了解时事，要训练自己参与世事，因为这些都和你的工作有联系。”

“约翰那么聪明。我担心要是我问他政治和其他问题，他会认为我笨。”

“我想他不会的，爱情能宽容许多过失。除了他，你还能更直率地问谁呢？试试吧，看他可会发现你的相伴和斯科特的晚餐哪个更好。”

“我会这么做的。可怜的约翰！我恐怕我已经不幸地忽视了他。我还以为我是对的呢，他从来不说什么。”

“他试图不表现出自私，但是我想他已经感到了相当的凄凉。梅格，现在恰是时候。这个时候年轻的夫妻们易于疏远，也最应贴近，因为结婚最初的柔情蜜意如不用心维持，很快就会消逝。在小生命们交给他们培育的最初几年里，对父母来说，没有比这更美好、更宝贵的日子了。别让约翰成为孩子们的陌生人。在这个具有考验与诱惑的世界，孩子们比任何别的东西都更能使他安全、幸福。通过孩子们，你们能够，也应该学着相知相爱。好了，亲爱的，再见。想想妈妈的训导，要是觉得好就这么做。上帝保佑你们全家。”

梅格确实仔细想了一会，觉得妈妈说得不错，也这么做了，虽然第一次尝试并不完全像她筹划的那样。孩子们当然对她横行霸道。一旦发现蹬腿号哭能带来他们想要的东西，他们便统治了屋子。在他们的任性驱使下，妈妈是个卑贱的奴隶，可是爸爸却不那么容易征服。有时，爸爸想用父亲的纪律管制任性的儿子时，却使他那软心肠的妻子痛苦。德米继承了他父亲的一些坚强的个性——我们不把它叫作顽固——当他的小脑袋打定主意要什么或做什么时，国王的所有人马都改变不了那个不屈不挠的小脑袋里产生的念头。妈妈认为小宝贝太小了，还不能叫他克服偏见。可是爸爸相信，学习服从怎么也不会为时过早。因此德米少爷很早就发现，只要他和“爸贝（爸）”“叫（较）量”，他总是大败。然而像美国人那样，孩子尊敬征服了他的人。他爱爸爸。爸爸严肃的“不、不”比妈妈所有慈爱的鼓励都更使他牢记在心。

和妈妈谈话后又过了几天，梅格决心陪伴约翰一晚上。因此，她准备了一桌像样的晚餐，客厅收拾得井井有条，自己打扮得漂漂亮亮，而且很早就让孩子们上床睡觉。没什么能够打扰她进行试验了。可不幸的是，德米难以克服的恶习便是反对上床睡觉。那天晚上，他决定要胡搅蛮缠。所以梅格唱啊，摇啊，讲故事，想尽了哄他入睡的点子，可是一切均告无效。黛西已经睡着很长时间了，他那双大眼睛还是不合上。黛西长得胖嘟嘟的，脾气也好。可淘气的德米躺在那里盯着灯看，脸上的表情十分清醒。令人泄气！

"德米，乖孩子，静静躺着好不好？妈妈下楼去给你可怜的爸爸倒杯茶。"梅格问。她听到过道里的门轻轻关上了，熟悉的踮着脚走路的声音进入了饭厅。

"德米要喝茶！"德米说。他准备参加宴会。

"不，要是你像黛西那样静静地去睡，我就给你留些小饼饼明天当早饭。好不好，宝贝？"

"考（好）！"德米紧紧闭上了眼睛，好像要追上睡眠，赶快到盼望的明天。

梅格利用这有利的时机溜出门，跑下楼笑着迎接丈夫。她头上戴着那个他特别欣赏的蓝色蝴蝶结。他立即就瞧见了，惊喜地问："哎呀，小母亲，今晚我们多么高兴。有客人？"

"只有你，亲爱的！"

"那是生日、周年纪念日，还是别的什么？"

"都不是！我厌倦了当邋遢女人，所以打扮起来换个样。你不管有多累，坐在餐桌前时总是穿戴整齐。我有时间，为什么不能也这样做呢？"

"我那样是出于对你的尊重，亲爱的！"老式的约翰说。

"我也一样，我也一样，布鲁克先生。"梅格笑了。她又是那么年轻漂亮了。她隔着茶壶向他点着头。

“嗯，真是非常好，又像以前那样了。这个味道不错。亲爱的，为你的健康干杯！”约翰一阵狂喜。他恬然地啜着茶，然而这种情形非常短暂，因为，当他放下杯子时，门把手神秘地嗒嗒响了起来，只听见一个小小的声音焦躁地说着——

“太（开）门，我要见（进）来！”

“是那个淘气包！我叫他自己去睡，他倒跑到楼下来了，穿着那帆布鞋嗒嗒跑着，冻死他去。”梅格说着去开门。

“已经到早上了。”德米进门开心地宣告，长睡衣优雅地垂落在胳膊下。他在桌子旁乱蹦乱跳，头上的每一绺小鬈发都随之一上一下地欢跳。他钟情地打量着“小饼饼”。

“不，还没到早上。你得去睡觉，别烦你可怜的妈妈。这样你就能吃到带糖的小饼饼。”

“德米爱爸贝。”机灵的小家伙打算爬到爸爸膝上参加欢宴，享受被禁止的乐趣。可是约翰摇着头，对梅格说——

“要是你叫他待在楼上，自己睡觉，那就让他这么做，否则他就再也不会在乎你的话了。”

“当然是这样。过来，德米。”梅格领走了儿子，她真想揍这小捣蛋的屁股。他在她身旁蹦着，幻想着一进到育儿室就会得到贿赂。

他并没有失望。缺乏远见的妇人真的给了他一块糖。她把他塞进被子里，不到早晨，不许他再溜下来。

“考（好）！”德米发了假誓。他极快乐地吮着糖块，为他又一次得手而自鸣得意。

梅格回到位子上，晚餐进行得十分惬意。忽然，那小鬼又走进屋来，他揭发了妈妈的失职，大胆地要求“还要吃糖糖，姆妈”。

“哎哟，这可不行。”约翰硬起心肠回绝那可爱的小罪犯。“那孩子不去安稳地睡觉，我们就不得安宁。你做奴隶的时间已经够长了。教训他一下，一切都会结束。把他放到床上，丢开他，梅格。”

“他不会待在那儿的，除非我坐在他身边。”

“我来对付他。德米，上楼去，像妈妈说的那样到你的床上去。”

“我不！”小叛逆回答。他伸手去拿他垂涎的“饼饼”，然后沉着大胆地吃了起来。

“不可对爸爸这样说话。你要是不自己走，我就把你带走。”

“走开，德米不爱爸贝了。”德米退到妈妈的裙子边寻求保护。

可是那个避难所没用，因为妈妈说着“对他温和些，约翰”，就把他交给了敌人，令小罪犯沮丧。一旦妈妈不管他，审判日就要到了。他被夺去了饼子，失掉了欢乐，又被一只顽强的手带到了那张讨厌的床上。可怜的德米控制不住愤怒。他公然反抗爸爸，拼命地一路踢着腿，尖叫着上了楼。刚把他放到床上，他就尖叫着滚到另一边，然后朝门口冲去，结果又很失面子地让爸爸抓住小睡袍下襟提回了床上。这种热闹的场面一直进行着，直到小家伙的力气耗完了。这时他放声大号起来。这种发声练习通常总能征服梅格，可是约翰却一动不动地坐在那里，像根柱子。柱子是公认的聋子，什么也听不见。没有哄劝，没有糖块，没有催眠曲，也没有故事，甚至灯也给灭了，只有炉火发出的红光为“大大的黑暗”添了点生气。德米好奇地看着黑暗，反倒不怕了。这种新局面使他憎恶。当愤怒的狂暴平息下去时，被监禁的小霸主想起了他温柔的女奴，便绝望地吼着要起姆妈来。这随着怒号之后发出的痛哭声直扎梅格的心窝，她跑上楼去恳求——

“让我和他待在一起吧。他现在会乖了，约翰！”

“不，亲爱的。我已经跟他说过，他必须像你说的那样去睡觉。只要我晚上在这儿，他非睡不可！”

“可是，他会哭出病来的。”梅格求道，她责怪自己不该丢弃她的孩子。

“不，他不会的。他很累了，很快就会睡着。事情就完了。他要懂得应该听话。别插手，我来对付他。”

“他是我的孩子，我不能让生硬的态度摧毁他的精神。”

“他也是我的孩子，我不许用溺爱宠坏他的脾气。下楼去，亲爱的，把孩子丢给我吧。”

当约翰以那种主人的腔调说话时，梅格总是服从，也从不为她的温顺后悔。

“约翰，请让我亲他一下，可以吗？”

“当然可以。德米，对妈妈说晚安，让她去休息。她整天照顾你们很累了。”

梅格总是坚持说亲吻能起作用。亲过以后，德米的呜咽声小下去了。他静静地躺在床里边，先前他曾在那里痛苦地扭动过。

“可怜的小人，他那样哭着，又想睡觉，已经累坏了。我来给他盖上被子，然后下楼让梅格放心。”约翰想道。他蹑手蹑脚来到床边，以为他那叛逆的继承人已经睡着。

可是他并没有睡着。爸爸一过来窥探，德米的眼睛便睁开了，小下巴也开始颤抖。他伸出胳膊，后悔地抽着气说：“现在德米听发（话）了。”

梅格坐在门外的台阶上，弄不清大号以后长时间的寂静是怎么回事。她想象着各种各样不可能发生的事故，最后溜进了屋，她要消除疑窦。德米已经睡熟，不是通常那种四仰八叉，而是乖顺地蜷曲着，睡在爸爸的胳膊弯里，紧紧地搂着爸爸，握着爸爸的手指，好像体味到了爸爸的恩威兼施，睡着了看上去像是更悲伤也更懂事了。约翰就这样搂着他，带着女人般的耐心等那小手松开。可是等待中他自己也睡着了，与其说他是和儿子扭打累了，还不如说是一天工作劳累所致。

梅格站在那里，注视着枕头上的两张脸，暗自笑了起来。然后，她又溜了出去，满意地说：“我根本不需要担心约翰会对我的孩子们过分粗暴，他真的知道怎样对付他们。他会是个好帮手，德米太伤我的神了。”

约翰终于下楼来了，他本料想会看到一个郁郁不乐或者要责备他的妻子，结果却又惊又喜地看到梅格心平气和地在修饰一顶帽子，还请求他如果不是太累的话，就为她读点有关选举的东西。约翰很快便看出，正在进行某种革命。但是他明智地不加提问，因为他知道，梅格是个非常直率的小妇人，守不住任何秘密，所以不久事情就会露出端倪。他欣然应允，非常温和地读了一个冗长的辩论，然后十分清楚地解释给她听。梅格装出深感兴趣的样子，想找些聪明的问题来问，尽力阻止脑子从国家状况漫游到她帽子的状况上。她暗自思忖，认定政治和数学一样让人头疼。政治家们的使命似乎就是互相咒骂。她把这些妇人之见留在心底，当约翰停下来时，她便摇着头，说出她认为具有外交含糊性的话："嗯，我真看不出我们解决了什么问题。"

约翰笑了起来。他看了她一分钟，她在手里抚弄着一个用丝带和花儿装饰的小帽儿，兴趣十足地瞅着。他的高谈阔论却没有激起这种兴趣。

"她竟想着好我所好，所以我也要爱她所爱，这才公平！"公道的约翰想着，然后大声补充道，"非常漂亮，这就是你说的那种早餐帽？"

"我亲爱的丈夫，这是户外软帽，也是我去音乐会和戏院戴的最好的帽子。"

"请原谅，它这么小，我自然把它错当成你有时随意穿戴的那种。你怎样让它保持不掉呢？"

"用这几条丝带系在下巴上，配上玫瑰花蕾，这样。"梅格戴上帽子，系给他看。她带着一种抵挡不住的、宁静而又满足的神态看着他。

"这顶帽子多可爱！可是我更喜欢它下面的那张脸，因为它看上去年轻快乐！"约翰亲了亲那张笑脸。这大大有损于下巴上的那朵玫瑰花蕾。

"很高兴你喜欢它，因为我想让你哪天晚上带我去听场新的音乐会。我真的需要音乐使我保持正常状态。好不好？求你了！"

"当然可以，你已经被困了这么长时间了。我真想带你出去，去你想去的任何地方。那样会给你带来无穷乐趣。所有的事中，我也最喜欢这件。是什么让你想到这点的，小妈妈？”

“嗯。前些天我和妈咪谈过。我告诉她，我感到多么紧张、焦躁、情绪不好。她说我需要些变化，少操些心，所以打算让罕娜嬷嬷过来帮忙照看孩子，我就多照管些家务，适时出去调节一下，免得变成一个性情烦躁、未老先衰的老妇女。约翰，这只不过是个试验，为了你，也为了我自己。我想做这个实验，因为最近我令人羞愧地忽视了你。假如我能够，我要把家恢复到以前的样子。你不反对，是吧？”

别去管约翰说了什么，也别管那顶小帽子是怎样十分侥幸地免于彻底损坏，我们有权利知道的事情便是下面这些。从这座屋子及其居民们逐渐发生的变化判断，约翰好像并未反对什么。房子当然没有成为伊甸园，然而劳动系统的分工使每个人都感到情况更好了。在父亲的管束下，孩子们茁壮成长。约翰处事精细，意志坚定，他将秩序和服从带进了孩子王国。同时，梅格通过大量有益健康的锻炼、一些小小的生活乐趣，以及和聪明的丈夫许多次推心置腹的谈话，恢复了精神，稳定了情绪。家又变得像家了。如果不带上梅格，约翰也不愿意离开家了。现在斯科特夫妇也来布鲁克家做客。每个人都感到小屋子是个生活胜地，充满欢声笑语、天伦之乐。甚至快活的莎莉·莫法特也喜欢来这儿了。“你这里总是那么安静，令人愉悦。我老想来，梅格！”她总是这么说，渴慕地四下打量着屋子，仿佛要发现魅力之所在，好在她的大院里也如法炮制。那所华宅金玉满堂，但却孤寂冷静，因为那里没有吵吵闹闹、活泼快乐的孩子们，内德生活的世界里没有她的容身之地。

这种家庭的幸福不是突然降临的，但是，约翰和梅格找到了开启它的钥匙。婚后的岁月教会他们如何使用这把钥匙，打开真正的家庭之爱与互相帮助的宝库之门。这些财富最贫穷的人们也可以拥有，最富有的人们却买不到。这就是年轻的妻子们和母亲们同意被束在那种高阁的原因。在那上面，她们于世间的不安与焦虑中安然无恙，在那些依恋她们的幼儿稚女身上找到了忠诚的爱；她们无畏痛苦、贫穷与年岁的增长；她们和一个忠实的朋友携手并进，同甘共苦。这个朋友，在那古老优秀的撒克逊语言里的真正意思就是"家庭的保证"[①]。她们就像梅格那样，认识到妇人最幸福的王国是家庭，而作为她们统治艺术最高荣耀的不是做一个女王，而是做一个聪明的妻子和母亲。

① 这个朋友是指丈夫，它的英文husband的发音近似house band，意思是家庭的保证。

第三十九章　懒散的劳里

劳里到尼斯市来时，原打算只待一个星期，结果却逗留了一个月。他厌倦了独自游荡，艾美熟悉的身影似乎为异国风景增添了令人感到亲切的魅力。他十分怀念以前常受到的“宠爱”，并很高兴能再次品味到它。因为，陌生人给予的关注，无论怎样讨人欢喜，都赶不上家里那几个姑娘给予的姐妹般的赞赏。艾美从不像几个姐姐那样宠爱他，但是她现在见到他很高兴，而且相当依恋他。她感到他代表着亲爱的家人，她嘴上不说，心里却渴盼见到他。他们两人自然地相互为伴，寻求安慰。他们很多时候都在一起，骑马，散步，跳舞，打发时光。在尼斯市欢乐的季节，没有谁能非常勤恳地工作。然而，他们无忧无虑地消遣着，隐隐约约地对对方做出了发现，得出了看法。艾美试图取悦他，她也成功了。她感激他给予了她许多快乐，她以小小的照顾报答他，温柔的妇人们懂得如何给那种照顾加上描述不出的迷人成分。劳里没作任何努力，只是尽可能舒服地随心而为。他试图忘却，感到所有女人都欠他一个亲切的字眼，因为一个女人曾经对他那样冷淡。慷慨于他来说并不费力，要是艾美愿意接受，他会送给艾美尼斯市所有的小饰物。可是，他同时又感到改变不了艾美对他产生的看法，他十分害怕那双敏锐的蓝眼睛，它们注视着他，流露出那种半是痛苦、半是轻蔑的惊奇神色。

“其他人都去摩纳哥消闲了，我宁愿待在家里写信。现在信已经写好了。我打算去玫瑰谷作画，你愿意去吗？”这一天天气不错，中午时分劳里像往常一样闲逛进来，艾美迎上去这样问道。

“唔，好的。可是走这么长时间路是不是太热了？”他慢慢地回答道。外面的骄阳使有树荫遮蔽的客厅显得诱人。

“我打算坐那小车去。巴普蒂斯特能驾车，所以没你的事，你只要打着你的阳伞，让你的手套一尘不染。”艾美讥讽地答道。她扫视了一眼那干干净净的山羊皮手套，这可是劳里的一个弱点。

“那么，我很乐意去。”他伸出手替她拿速写簿，可是她却把它夹到了胳膊下，尖刻地说——

“别自找麻烦了，我不费力，可你不一定拿得了。”

艾美跑下楼去。劳里皱起了眉头，从容不迫地跟了下去。然而进了车厢，他便接过缰绳，小巴普蒂斯特反倒无事可做，只好在车架上袖起双手睡觉。

他们两个人从不争吵——艾美十分有教养，而此刻劳里也懒得吵。因此，一会儿过后，他带着探究的神情从她的帽檐下看她时，她便报以微笑。两人又非常和睦地相处了。

驾车沿着蜿蜒的马路行驶使人赏心悦目，马路两旁如画的风景愉悦着艾美的眼睛。这里经过的是一座古寺，寺里传来僧侣们肃穆的诵经声。那里有个光腿穿木鞋的牧羊人，他头戴尖角帽，肩上搭着粗布夹克衫，坐在石头上吹笛子。他的羊儿们有的在石头间蹦跳，有的躺在他的脚下。逆来顺受的鼠灰色毛驴们驮着刚刚割下来的青草走过来，青草堆中间要么坐着一个漂亮的戴着遮阳阔边软帽的女孩子，要么便坐着一位织着针线活的老妇人。目光柔和、皮肤棕色的孩子们从那古雅的石头小屋里跑出来，为路人提供花束，或者是还连在枝上的一串串柑橘。疙疙瘩瘩的橄榄树带着浓荫覆盖群山，果园里金黄的水果挂在枝头，大片红色的银莲花缀满路边。而绿色山坡和多石的山丘那边，近海的阿尔卑斯山映衬着意大利的蓝色晴空，银装素裹，直插云霄。

玫瑰谷名副其实。在那永恒的夏日气候里，到处盛开着玫瑰。它们悬垂在拱道上，从大门栅栏中伸出头来快乐地欢迎着路人。它们布满道旁，蜿蜒着穿过柠檬树和轻软的棕榈树，直达山上的别墅。在每一处有荫凉的角落，座位吸引着路人驻足歇息，这里也有着满捧的玫瑰。在每一个凉爽的洞穴里，都有大理石的美女像，隔着玫瑰面纱展露笑容。每一眼泉都映出红色、白色、粉色的玫瑰花，它们俯身笑看自己美丽的身影。玫瑰花布满了房屋四壁，装饰着飞檐，攀上了柱子，蔓延到那宽阔平台的扶栏上。在那平台上，人们可以俯视阳光下的地中海，以及海岸边那座白墙环绕的城市。

"这真是个度蜜月的天堂，是不是？你可见到过这样的玫瑰？"艾美问。她在平台上驻足欣赏景致，惬意地呼吸着随风飘来的沁人花香。

"没见过，也没给这样的刺扎过。"劳里回答。他的大拇指放在嘴里，刚才他徒劳地去摘他够不着的那朵孤零零的红玫瑰。

"把枝子弯下来，摘那些不带刺的。"艾美说着，从她身后点缀在墙上的那些花儿中采下三朵乳白色的小玫瑰，然后插进劳里的纽扣洞，作为和平的礼物。劳里站了一会儿，带着古怪的神情看着小白花，他性格里的意大利部分有点迷信色彩。此刻他正处于一种半是甜蜜半是痛苦的忧郁心境中。想象力丰富的年轻人能从琐碎小事发现意义，无论从哪儿都能找到浪漫题材。当他伸手去摘那朵带刺的红玫瑰时，心里想到了乔，因为颜色鲜艳的花适合她，在家里她常佩戴从温室采来的那种红玫瑰，而意大利人放置死者手中的正是艾美给他的那种白玫瑰，这种白玫瑰从不见于新娘的花环上。有好一会儿，他想着这个预兆是乔的还是他自己的。可是转瞬间，他的美国人常识占了多愁善感心绪的上风。他开怀大笑，自他来后艾美从没听到过这种笑声。

"这是个好建议，你最好接受以保全你的手指。"艾美说。她以为是她的话逗乐了他。

"谢谢，我会接受的。"他开玩笑似的回答。几个月后，他果然认真地接受了她的建议。

“劳里，你什么时候到你爷爷那儿去？”过了一会儿，她坐到一把粗木椅上问道。

“很快就去。”

“之前三个星期里，你这样说了十几遍了。”

“我敢说，简短的回答省掉麻烦。”

“他盼着你，你真的该去了。”

“好一个好客的人儿！我知道。”

“那你为什么不去呢？”

“出乎堕落的本性，我想。”

“你是说出乎懒惰的本性。这真可怕！”艾美看上去变得严厉了。

“并不像看上去那么糟糕。我要是去了只会烦他，所以，我不妨待下来再烦你一些时候，你能更好地忍受，我想这样也非常合你的胃口。”劳里准备靠在扶栏宽大的壁架上。

艾美摇摇头，带着听任他的神气打开了速写簿，但是，她打定了主意，要训导“那个男孩”。一会儿她又开了口。

“你在干什么？”

“看蜥蜴。”

“不，不，我是问你打算或者希望做什么。”

“抽支烟，要是你允许的话。”

“你真气人！我反对抽烟，除非你让我画你。我需要一个人体模特。”

“万分乐意。你要画我什么——全身还是四分之三？头还是脚？我倒想敬提建议，采用横卧姿势，然后画上你，把它叫作‘Dolce far niente’[1]。”

“就这样待着，想睡就睡吧。我可要努力工作了。”艾美精力充沛

① 法语：无所事事乐悠悠。

地说。

“正中下怀！”劳里带着心满意足的神态靠在一个高坛子上。

“要是乔现在看到你，她会怎么说？”艾美不耐烦地说。她想通过提及她精力更加旺盛的姐姐的大名，使他振作起来。

“老调子：‘走开，特迪，我忙着呢！’”他边说边笑着，但是笑声不自然，一道阴影掠过他的脸庞，因为说出的那个名字触及了他那还未愈合的伤口。那语调和阴影打动了艾美，她以前听过也见过。她抬头看着他，及时捕捉到了劳里脸上一种新的表情——一种不容置疑的酸楚表情，充满痛苦、不满与悔恨。她还没来得及研究，它便消失了，那种无精打采的表情重又恢复。她带着艺术的情趣注视了他一会儿，觉得他看上去像一个意大利人。他躺在那里，沐浴在阳光中，眼里充满了南国的梦幻神色。此刻他似乎已经忘记了艾美，正想得出神。

“你看上去就像一个年轻骑士的雕像，睡在自己的坟墓上。”艾美一边说，一边仔细地描着衬在黑色石头上的轮廓分明的侧面像。

“但愿我真的是！”

“那可是个愚蠢的愿望，除非你毁了自己的生命。你变了这么多，有时我想——”艾美说到这儿打住了。她的神情半是羞怯，半是愁闷，这比她没说完的话更有意味。

她犹豫着表达出的充满爱意的焦虑，劳里既看出来了，也懂得了。他直盯着她的眼睛，像过去常对她母亲说的那样说道：“没事的，夫人。”

这使她满意，并打消了最近开始使她担心的疑虑。这也使她感动。她表露出这些，用热诚的语调说——

“那样我很高兴。我想你不会是一个非常坏的男孩。不过，我想象你在那邪恶的巴登巴登丢了钱，爱上了某个有丈夫的法国女人，或者陷入了某种困境，那种困境年轻人似乎都认为是旅外生活的一个必要部分。别待在太阳底下，过来躺到草地上，就像我们以前坐在沙发的角落里倾诉秘密时乔常说的那样：‘让我们友好相处吧。’”

劳里顺从地躺到了草地上，开始往近旁艾美帽子的丝带上贴雏菊，以此消遣。

"我准备好听秘密了。"他向上瞥了一眼艾美，眼神里流露出明显的兴趣。

"我没有秘密可说，你可以开始说了。"

"幸而我一个也没有。我以为你也许有一些家里的消息呢。"

"最近发生的事你都听说了。你不也常收到信？乔会给你寄来很多信的。"

"她很忙。而我这样到处游荡，你知道，不可能有规律。你什么时候开始你那伟大的艺术工作，我的女拉斐尔？"又停了一会儿他突然转变了话题。停顿时，他猜度着艾美是否已经知道了他的秘密，并且想和他谈这个问题。

"根本不会了，"她带着心灰意懒但是决然的神情回答，"罗马去掉了我所有的虚荣心，看过了那里的奇迹，我感到自己太微不足道了，也就绝望地放弃了所有愚蠢的愿望。"

"你为什么放弃呢？你那么富有精力和天赋。"

"那正是原因——天赋不是天才。再多的精力也不能使天赋产生天才。我要么当伟人，要么什么也不当。我不要做那种平庸的拙劣画家。因此，我不打算再试了。"

"我可以问一下，你现在打算怎么办吗？"

"如果有机会的话，完善我其他的天赋，为社会增添光彩。"

这话很有个性，听起来不乏进取心。勇敢属于青年人，艾美的抱负有着良好的基础。劳里笑了。艾美很早就怀有的希望消亡了，她不花时间悲叹，马上又确立新的目标，劳里喜欢这种精神。

"好！我猜想这里有弗雷德·沃恩插进来了。"

艾美用心深远地保持了沉默，但是阴郁的脸上有一种感觉得到的神色，劳里坐了起来，严肃地说："现在我来扮哥哥，向你提问，可以吗？"

"我不保证回答。"

“你舌头不回答，脸也会回答。你不是那种精通世故的女人，不能隐瞒感情，亲爱的。我听到过去年有关你和弗雷德的传闻，我私下认为，要不是他那样突然被召回家，又耽搁这么长时间，很可能会发生什么事的——嘿！”

“那可不好。”艾美一本正经地回答，可是她的嘴边绽出笑意，眼睛里放射出亮光。这泄露了她内心的秘密：她知道自己有魅力，并且对此感觉很不错。

“你还没有订婚吧，我想？”劳里突然严肃起来，看上去很像个兄长。

“还没有。”

“可是你会订婚的。要是他回来了，得体地下跪向你求婚，你会答应的，是不是？”

“极有可能。”

“那么你喜欢弗雷德？”

“要是我那样做，我就是喜欢他了。”

“但是，不到恰当的时候你是不会那么做的，是吧？天呀！多么谨小慎微！艾美，他是个好小伙子，但是我想他不是你喜欢的那种类型。”

“他有钱，有教养，风度悦人。”艾美开口说道。她试图保持冷静与尊严，虽然这出自诚意，但还是为自己感到有点不好意思。

“我懂。社交王后没钱不能过活。所以你打算嫁个好人家。那样开始，就世事而言，相当正确，也很妥当。但这话听起来奇怪，不像出自你妈妈的几个女儿们的口中。”

“不过，也的确如此。”

回答简短，但是说出这话时的平静与断然神态和年轻的说话者形成了奇妙的反差。劳里本能地感到了这一点，他带着一种他自己无法解释的失望感又躺了下去。他的神态、沉默以及某种内心的自我否定使艾美着急，也促使她决心赶快进行她的讲座。

“我希望你能让我刺激刺激你。”她尖刻地说。

“那么来吧，乖女孩。”

“真的吗，我可说到做到。”她看上去像是想即刻就这么做。

“那就试试吧，我答应你了。”劳里回答。他喜欢有人和他逗乐，那么长时间他都没有过这种他最喜欢的娱乐了。

“五分钟内你就会生气。”

“我从来不和你生气。一个巴掌拍不响，你像白雪一样又冷又软。”

“你不知道我能做什么。如果使用得当，白雪能发光，也能刺痛人。你的不在乎神情一半是装出来的，好好激一激就可以证明出来。”

“来吧，那伤不了我，也许能逗乐你，就像那个大个子男人在他的小女人打他时说的那样。你把我看成一个丈夫或一块地毯吧，假如那种运动适合你，你就打到累了为止。”

艾美十分恼火，她渴盼他能摆脱那种使他产生这种变化的冷淡。她磨快了舌锋，也削尖了铅笔。她开了口：

“我和弗洛给你取了个新名字，叫‘懒劳伦斯’，你喜欢吗？”

她以为这会惹恼他，可他只把手支起来枕到头下，冷静地说：“这不坏。谢谢，女士们。”

“你想知道我对你的坦率看法吗？”

“非常想知道。”

“好吧，我看不起你。”

要是她带着闹气或者是调情的语调说“我恨你”，他可能会笑起来，并十分欣赏。可是，她那严肃的、几近悲哀的语气使他睁开了眼，赶忙问道——

“为什么，请问？”

“因为，你有各种机会成为善良、有用、幸福的人，却在这样犯错误、懒散、痛苦着。”

“言辞激烈，小姐。”

“你要是喜欢，我就继续说。”

“请吧，相当有趣。”

“我就知道你会这样认为，自私的人总喜欢谈论自己。”

“我自私了？”问题脱口而出，语调充满惊奇，因为劳里引以为豪的一大美德便是慷慨。

“是的，非常自私。”艾美以沉着冷静的语调接着说，这比愤怒的语调效果强近两倍，“我指给你看，我们一起嬉戏时我研究过你，我对你一点儿都不满意。你已经到国外来了近六个月，啥事不干，只是浪费时间和金钱，使你的朋友们失望。”

“人家苦学了四年后，就不能稍稍放纵一下？”

“看上去你不像是享受了许多乐趣。依我看，无论如何，你的感觉一点也不好。我们初次见面时，我说你有了长进，现在我收回这话，我认为你不如我离开家前的一半好。你变得令人厌恶地懒散起来，你喜欢闲聊，在毫无意义的事情上浪费光阴。你满足于让一些愚蠢的人宠爱你，赞赏你，而不要聪明人爱你，尊重你。你有金钱、天赋、地位、健康，还有相貌——噢，你就像那个老虚荣鬼！这是真话，我忍不住要说出来——你有那么多美好的东西享用，却游手好闲。你不去做一个你可能成为也应该成为的人，你只是——”说到这儿，她住了口，表情里既有痛苦，也有同情。

“烤肉架上的圣徒劳伦斯。”劳里接过话头，无动于衷地结束了这句话。但是，演讲开始生效了。现在劳里的眼睛里发出了十分清醒的光亮。那半是愤怒、半是受伤的表情代替了以前的冷淡神情。

“我就猜到你会这样说。你们男人说我们是天使，还说我们想把你们变成什么样都行，可是我们一旦诚挚地为你们着想，你们便嘲笑我们，不愿听我们的，这就是你们奉承的价值。”艾美尖刻地说，然后转过身背对脚下那个使人恼怒的受难者。

过了一会儿，一只手放到她的画页上。她没法画了，只听见劳里的声音滑稽地模仿着一个悔过的孩子：“我会听话的，哦，我会听话的。”

可是艾美没笑，她是认真的。她用铅笔敲着那只伸着的手，严肃地说："你不为这样的手感到羞愧吗？它就像妇人的手一样柔软白皙，看上去就像从不做事，只戴着最好的手套，为女人们采花。谢天谢地，你还不是个花花公子，我很高兴，这手上没有钻戒或大图章戒指，只有乔很早以前给你的那枚又小又旧的指环。天哪！真希望她在这儿帮帮我！"

"我也希望！"

那只手消失了，像伸过来时同样突然。在对她的愿望的附和声里，那种生气是一种共鸣。她怀着新的想法低头注视着他。他躺在那儿，帽子半遮着脸，像是用来遮阳。他的小胡子盖住了嘴。他的胸膛起伏着，长长地喘着气，像是叹息。戴着指环的手贴在草地里，像是要藏起什么太宝贵、太温柔、连提都不能提的东西。顷刻间，各种各样的线索与琐事都在艾美的脑中成了形，有了意义，并且告诉了她姐姐从未向她吐露的心事。她回想起来，劳里从没有主动提起过乔。她记起了刚才劳里脸上的阴影、他性情的变化，以及他手上戴着的那枚又小又旧的指环。那枚指环并不配装饰那只漂亮的手。女孩子们能很快察觉到这种迹象，并感到它们能说明问题。艾美曾推想，在劳里变化的背后，也许有着爱情方面的麻烦。现在她确信了。泪水充盈了她敏锐的双眼。她再开口时，声音温柔动听、亲切悦人，就像她以前有意为之的那样。

"我知道我没有权利对你那样说话，劳里。要不是你是世上脾气最好的人，你就会非常生我的气了。可是，我们都那么喜欢你，为你骄傲，想到家里的人会对你失望我便受不了，虽然也许他们比我更理解你的变化。"

"我想他们会理解的。"帽子下传来了回答，声音冷冷的，但和唉声叹气一样打动人。

"他们本来应该告诉我的，以免我乱说话责备你。这个时候我本应对你更亲切、更耐心。我从来就不喜欢那个兰德尔小姐，现在我更恨她了！"机灵的艾美说，这次她希望把事情弄确实。

“去他的兰德尔小姐！”劳里打掉了脸上的帽子，他的神情明白无疑地表露出他对那位年轻女士的看法。

“对不起，我还以为——”艾美很有外交手段地打住了话。

“不，别以为了。你十分清楚，除了乔我谁也不在乎。”劳里用他以前那种激动的语气说道，一边将脸转了过去。

“我真的这样以为。可是他们从没说起过这事，你又离开了。我猜想我弄错了。乔不愿对你表示亲切？怎么回事？我肯定她深爱着你。”

“她确实亲切，可是方式不对头。要是我像你认为的那样一无是处，她不爱我是她的运气。可我现在这样是她的过错，你可以这么告诉她。”

说着他脸上又恢复了那种不容置疑的酸楚表情。艾美急了，不知道用什么话来安慰他。

“我错了。我不知道，非常抱歉我那样焦躁。可是，我希望你能承受得起，特迪，亲爱的。”

“别这样叫我，那是她对我的称呼！”他急速做了个手势，阻止她用乔那种半是亲切半是责备的语调说话。“等到你自己尝试过这种滋味再说吧。”他低声补充道，一边成把地拔着青草。

“我会像男子汉似的接受它，要是不能被人爱，也要被人尊重。”艾美决然说道。对这种事一无所知的人们常有她这种决心。

劳里本来自以为十分出色地接受了他的失恋。他没有悲叹，没有要求同情，他将烦恼带走了，独自化解。可艾美的讲座使他对这件事有了新的认识。他第一次看清楚了，首次失败便灰心丧气，将自己封闭在郁闷、冷漠的心境中，真的是意志薄弱，而且自私。他感到仿佛突然从忧愁的梦境中挣脱出来，不可能再睡了。他很快坐了起来，慢慢地问道：“你认为乔会像你那样看不起我吗？”

“要是她看到你现在这个样子，会的。她讨厌懒散的人。你为什么不去做些出色的事，使她爱上你呢？”

“我尽力了，可是没用。”

"你是指以优异的成绩毕业？这没什么了不起。为了你爷爷，你本来就应该这样做。花了那么多时间、金钱，每个人都认为你能学好，要是失败那真是耻辱了。"

"你爱怎么说就怎么说，我真的失败了，因为乔不肯爱我。"劳里说。他手托着头摆出一副心灰意懒的样子。

"不，你还没有，到最后你才能这么说。学业这件事对你有好处，它证明只要你去做，就能做出成绩。只要你着手去干一件事，不久你就又能回归到以前那个幸福愉快的自我。你会忘掉烦恼的。"

"那不可能。"

"试试看吧。你不必耸肩，想着：'她对这种事知道得还不少。'我不是自作聪明，但是我在观察，我看到的要比你想象的多得多。尽管我无法解释原因，我对别人的经历以及自相矛盾的言行感兴趣，我记住这些，作为自己的借鉴。你愿意的话，始终爱着乔吧，但别让它毁了你。因为得不到你所要的便扔掉那么多优良天赋，这样做不道德。好了，我不再教训你了。我知道，尽管那女孩无情，但你会清醒过来，做个男子汉。"

有几分钟时间两人都没说话。劳里坐在那儿，转动着手指上的那枚小指环，艾美为刚才一边说一边匆匆勾勒的草图作最后的润色。过了一会儿，她把画放在他膝上，问道："你觉得怎么样？"

他看着便笑了起来，也由不得他不笑。画画得极好——草地上躺着一个长长的、懒洋洋的身影，无精打采的面孔，半闭的双眼，一只手捏着根香烟，发出的小小烟圈在做梦者的头顶上缭绕着。

"你画得多好啊！"他说，对她的技艺由衷地感到惊奇和高兴。然后他又似笑非笑地补充道："对，那就是我。"

"是你现在的样子。这是以前的你。"艾美把另一张画放到了他手中这一张的旁边。

这一张没有刚才那一张画得那么好，但是画面有活力，有生气，弥补了许多不足。它那样生动，使人回忆起过去。年轻人看着画，脸上突然掠过一丝变化。这只是一张劳里驯马的草图：他的帽子和外衣都脱掉了，活跃的身段，坚定的脸孔，威风凛凛的姿势，每一根线条都充满精力与意义。那匹漂亮的马儿刚被驯服，它立在那儿，在拽得很紧的缰绳下弓着脖颈，一只蹄子不耐烦地在地上刨着，竖着的耳朵仿佛在倾听它的征服者的声音。马被弄乱了的鬃毛，骑士飘拂的头发以及直立的姿势，这些都暗示着引人注目的突然运动，那种运动具有力量、勇气与青春的活力。这和那张《无所事事乐悠悠》画像中懒洋洋的优雅姿态形成了鲜明的对照。劳里什么也没说，但是他的目光从一张画扫到另一张。艾美看到他脸红了。他抿住嘴唇，好像在读着艾美给他的小小功课，并加以接受了。这使艾美满意。她不等他开口，便轻快地说——

“你可记得那天你装扮成带顽皮小妖的牧马人，我们都在旁边观看？梅格和贝思吓坏了，乔却拍着手欢跳。我坐在篱笆上画下了你。前些天我在画夹里发现了那张草图，润了色，留着给你看呢。”

“非常感谢。从那时起你的画技有了很大的长进，祝贺你。在这‘蜜月天堂’，我得冒昧提醒你，你们旅馆的晚饭时间是五点。”

劳里说着站了起来，笑着鞠了个躬，归还了画像。他看着表，仿佛在提醒她，即使是道德教育也应该有结束的时候。他试图恢复他先前那种懒散、冷淡的神气，但现在却是做作出来的了，因为那个刺激比他愿意承认的还要有效。艾美感觉到了他态度里的一丝冷淡。她自言自语道——

“我冒犯了他。好吧，要是对他有好处，我感到高兴。要是使他恨我，我感到遗憾。但是，我说的是实情，我一个字也不能收回。”

回家的一路上，他们谈笑风生，令站在车后的小巴普蒂斯特以为先生和小姐处于愉快的情绪中。但是两个人都感到不安：友好的坦率被搅和了，阳光中有了一丝阴影，而且，尽管表面上十分欢快，两个人内心都暗自不满。

“今天晚上我们能见到你吗，mon frère[①]？”他们在婶婶的屋门边分手时，艾美问。

“不巧我有个约会。Au revoir，mademoiselle.[②]”劳里弯下腰，像是要去吻她的手，这种异国的道别方式对他比对许多人更适合。他脸上的某种神情使艾美赶忙热情地说——

“不，劳里，对我和平常一样吧。用以前的方式道别。我宁愿要英国式热诚的握手，也不要法国式感情用事的问候道别。”

“再见，亲爱的。”劳里用艾美喜欢的语调说出这几个字，热烈地握了握她的手，几乎弄疼了她，然后离开了。

第二天早晨，他没有像往常那样来访。艾美接到一张便条，开始读时笑了，看完却叹了口气。

我亲爱的良师门特[③]：

请代我向婶婶道别。你自己也不妨得意，因为，“懒劳伦斯”像个最好的男孩，到他爷爷那儿去了。祝你冬日愉快！愿上帝赐给你幸福的玫瑰谷蜜月！我想弗雷德会从一个唤醒者那里得到好处的。告诉他这点。恭喜恭喜！

感谢你的

忒勒玛科斯[④]

“好小伙子！他走了我感到高兴。”艾美赞许地笑着说。可是转眼间，她环顾空空的屋子，脸拉了下来，不由叹道：“是的，我是高兴，可是我会想念他的！”

① 法语：我的哥哥。
② 法语：再见，小姐。
③ 希腊神话中奥德修斯的忠诚朋友和智囊谋士，又是其子的良师。
④ 希腊神话人物，助父杀死其母的求婚者。

第四十章　死荫之谷

最初的痛苦过去后，全家人接受了那个不可避免的事实。他们试图达观地直面它，用更多的爱相互帮助。在困境中，这种温馨之爱将全家人联结到一处。他们抛开悲伤，每个人都尽自己的力量，让贝思的最后一年过得快乐。

家里最舒适的屋子腾出来给了贝思，她最喜欢的东西都集中到屋里来了——花朵、相片、她的钢琴、小工作桌，以及得宠的猫咪们。爸爸最好的书本也进了屋，还有妈妈的安乐椅、乔的写字桌、艾美最好的素描草图。梅格每天带两个孩子过来，虔诚地拜望贝思阿姨，为她制造快乐。约翰默默地留出一小笔钱，以保证病人能有她喜欢吃的和想吃的水果，这样他也能心有所安。老罕娜嬷嬷不厌其烦地烹制爽口的菜肴，来提高她那时好时坏的食欲；她一边做菜一边流泪。从大洋那边没有冬日的国度邮递过来的一些小礼品和信函也送给她暖暖爱意和馥馥香馨。

贝思坐在这里，像是供奉在壁龛里的家庭圣贤。她像往常一样宁静、忙碌，什么也改变不了她那甜美、无私的品性。即便准备告别人世，她也试图使留下来继续活下去的人们快乐一些。她那虚弱的手指从未闲过，她的乐事之一便是为每天从旁边经过的学童们制作小东西——在窗口放一两双手套，这是为冻紫了的小手准备的；放个书形针盒，给某位拥有许多玩具娃娃的小母亲；放一些擦笔尖布，给那些在歪七扭八的笔画丛林里辛勤劳作的小书法家们；再放一些剪贴簿，给那些爱画画的孩子们；还有各种各样令人愉快的小玩意儿，直到那些极不情愿地攀登着学问阶梯的孩子们发现，他们前进的道路上鲜花灿烂。这时他们把那亲切的馈赠者看作是童话中的仙女。她坐在那上边，神秘地为他们抛投各种各样的心想之物。那些明亮的小脸蛋常出现在她的窗口，朝她点头笑着。她也收到了一些引人发笑的小小信件，里面满是感激，也满是墨渍。倘使贝思想得到什么回报的话，她已从中得到了回报。

开始的几个月非常幸福。贝思常常环视屋内，说："这多美妙啊！"大家都在她洒满阳光的屋子里坐在一起。两个孩子在地上踢着、欢闹着；妈妈和姐姐们在近旁做着活儿；爸爸用悦耳的声音读着那些古老而又充满智慧的书。书本里似乎有大量劝慰人的善言，如同几个世纪前写就时一样，一点也没有过时。这屋子成了一个小教堂，充当牧师的父亲在给他的羔羊们讲解那所有人必须学会的艰难课程。他试图向她们指出，希望能抚慰爱心，信仰能使人听从命运的安排。简单的说教直入聆听者的心灵，爸爸沉浸在牧师的教义中，他那时而发颤的声音使他宣讲或朗读的语句愈加具有穿透力。

大家都很满意，因为他们享有了这段宁静的时光，为迎接那些悲哀时刻的到来作好了准备。不久，贝思便说针"太重了"，永远地放下了针；说话使她疲倦，看到人们的脸孔使她心烦；疼痛攫住了她，病痛搅乱了她平静的心灵，侵扰着她虚弱的肉体。哦，天哪！多么沉重的白天！多么漫长的夜晚！多么痛苦的心灵！多么虔诚的祈祷！那些深爱她的人们被迫看着她哀求地向她们伸出瘦弱的双手，听着她痛苦地叫着"救救我！救救我"，同时也懂得了绝望的滋味。一个安详的灵魂惨然销蚀，一个年轻的生命与死神展开激烈的搏斗。仁慈的是，灵与肉的搏斗为时不长。后来，那种本能的反抗便结束了，她又恢复了以前的那种宁静状态，而且更加动人。带着虚弱的病体，贝思的精神愈发坚强了。尽管她不说什么，但她身边的人们感觉到了她已作好远行的准备。他们晓得，被召唤的第一个朝圣者是品行最合格的人选。他们和她一起在岸边等候,希望在她驶向彼岸之时能看见前来迎接她的光彩夺目的天使们。

贝思对乔说:“你在这里我感到有力些。”她这样说过后,乔离开她的时间再也没超过一小时。她睡在屋里的长沙发上,夜里常醒来添点火,喂她食物,搀扶她坐起或服侍汤药,而这个病人极少使唤她,“尽量不成为麻烦”。乔整天留在屋里,不满意那些护士,她为能陪伴贝思感到自豪,这种自豪超过了生活带给她的任何荣耀。这些时光对乔来说既宝贵又有益。现在她真诚地接受了她所需要的教导:忍耐这一人生课程以这样美好的方式教给了她,她不能不学会。还有博爱,这种可贵的精神能宽恕别人并真正地忘却不和善的行为。还有恪尽职守,能化艰难为坦途,以及那无所畏惧、毫不怀疑的信任中包含的真诚信念。

乔夜里醒来时,常发现贝思在读她那本翻得很旧了的小书,听到她低低地唱着,以打发不眠之夜。有时贝思手捧着脸,眼泪慢慢地从那透明的指缝里滴下来。这时,乔总是躺着注视着她。乔想得很深,顾不得流泪了。她觉着,贝思用她那种简单、无私的方式,通过神圣的安慰话语、静静的祈祷以及她深爱的音乐,试图使自己脱离这宝贵的人生,适应来世的生活。

最有智慧的说教、最圣洁的赞美诗,以及任何声音能说出的最炽烈的祷告,都不及看到的这些对乔的影响深巨。流了许多泪,眼睛反倒能看清楚了。经受了最震撼人心的痛苦,心也变软了。她看到了妹妹的生命之美——平平淡淡、朴朴实实,可是都充满了真正的美德,“散发着芬芳,在尘埃中怒放”。那种忘我的品德使世间最谦卑的人在天堂被人间永久铭记。这种真正的成功每个人都可能得到。

一天夜里,贝思在桌上的书中找着,想找些什么读读,忘掉临终的厌倦,这种厌倦几乎和疼痛一样难以忍受。她翻着以前最喜爱的《天路历程》,发现了一张小纸片,上面涂满了乔的笔迹。一个名字吸引了她的目光,模糊的字行使她确信曾有眼泪掉落在上面。

“可怜的乔！她睡熟了，所以我不弄醒她请求允许了。她给我看她所有的东西，我想，要是我看了这个她也不会介意。”贝思想。她瞥了一眼姐姐。乔躺在地毯上，身边放着火钳，准备一旦木柴烧散架，便醒来添火。

我的贝思

耐心地坐在阴影里，
直至那福光来临，
祥和圣洁的姿容，
使不安的家庭变得神圣。
人间的欢乐、希望与痛苦，
像阵阵涟漪，在河滩飞迸。
在那神圣的深深河流中，
她甘心情愿地将双脚蹚进。

哦，妹妹，你就要离我远去。
不再有人类的忧虑与竞争，
作为礼物，你留给我这些美德，
它们曾美化你的生命。
亲爱的，你遗赠我伟大的耐心，
它有力量支撑
一个愉快、无怨的灵魂，
忍受监狱生活般的苦痛。

给我吧，我迫切地需要它，
那智慧与温情，

它曾使人生使命之路
在你脚下如愿常青。
给我那无私的品行吧,
带着圣洁的博爱之心,
为爱之故,它能宽恕罪行——
宽恕我吧,仁惠之心!

时光消隐,我们如此分别,
至创深深。
艰难的人生课程,
我以至大牺牲换取收成。
抚摸不幸,
我之野性趋于和宁。
赐予我新生的渴望,
灵魂世界之信心。

未来人生,平安伫立对岸,
我将永远看见,
一个可爱的家庭之神,
在岸边候我殷殷。
希望与信念,由痛苦而生,
便是那守护天神,
还有妹妹,走在我前,
拉着我手,引领我回家之程。

虽然诗行字迹模糊,墨渍点点,诗句有些毛病,也不太有力,可是贝思读了,脸上露出无法表述的欣慰神色。她的遗憾之一便是她做的事太少。这首诗似乎使她确信，她的生命并非无益，而她的死亡不会带给人们她所担心的那种绝望。她坐在那儿，手里拿着这张折叠起来的纸片。烧焦了的木头倒了下来，乔一惊而起，拨亮了火，爬到床边，她料想贝思睡着了。

“没有睡着，但是非常幸福，亲爱的。瞧，我发现了这个，读过了，我知道你不会介意。乔，我对你来说是那样的吗？”她带着既渴望又恭顺的认真神情问道。

“哦，贝思，你给我的太多、太多了！”乔的头落到了妹妹旁边的枕头上。

“那么我就感到似乎没有浪费生命。我并不像你写的那样好，但是我只想去做正确的事情。现在，想开始做更好的事也已经晚了。可是知道有人这么爱我，感到我似乎帮助过她们，真的是令人无上安慰。”

“我爱你胜过世上任何人，贝思。我过去认为我不能放你走，可是我学着体会到我并没有失去你，你比以前对我的意义更大，死亡隔不开我们，尽管看上去是这样。”

“我知道是隔不开的，我不再害怕了。我确信我仍然是你的贝思，我会比以前更爱你，更好地帮助你。乔，我走后你得代替我，做爸爸妈妈的贴心人。他们会依赖你的，别让他们失望。要是孤独很难忍受，记住我没有忘记你。记得做那些事，你会感到比写那些伟大的书，或者周游整个世界更加快乐。因为，我们离开人世时爱是唯一能带走的东西，它使生命的结束变得轻松。”

“我会做到的，贝思。”乔当时当地放弃了她以前的抱负，发誓实现这一新的、更好的抱负。她承认了其他愿望的空乏。对不朽之爱的信念使她感受到了神圣的安慰。

就这样，春季一天天过去了，天空变得更加净朗，地上的草儿愈发绿了，花儿们早早地便盛开了，鸟儿们及时飞回来向贝思道别。贝思像个疲倦却满怀信任的孩子，紧握着领着她走过一生的父母的手，他们亲切地引着她穿过死荫的幽谷，然后将她交付给上帝。

除了书中描写的，垂死之人极少说出令人难忘的话语，或是看到显圣，带着极乐的神态辞世。那些多次送终的人都知道，对大多数人来说，生命的结束如同睡眠一般自然、简单。正如贝思希望的那样，“浪潮很容易地退走了”。

黎明前的黑暗时刻，偎在她来到人世第一次呼吸时所依附的那个胸膛上，她静静地咽了气。她没有道别，只有那一瞥深情，一声小小的叹息。

妈妈和姐姐们哭着，祈祷着，她们轻手轻脚地为她的长眠作着准备。现在疼痛再也不能破坏她的睡眠了。她们心存感激地看到，美丽的宁静气氛很快便代替了悲哀的忍耐，这种心情已折磨她们这么长时间了。她们带着虔诚的喜悦之情感到，对她们的宝贝来说，死亡是一个仁慈的天使，而不是一个充满恐惧的鬼怪。

早晨来临时，这许多月中的第一次，炉火熄灭了，乔的位置空了，屋子里寂静无声。然而，附近有只鸟栖息在正在发芽的树枝上欢快地唱着，窗边的雪花莲刚刚绽开。春日的阳光泻进屋里，照在枕头上那宁静的脸庞上，像是为她祝福——那张脸充满了没有疼痛的宁静。于是，深爱她的人们透过泪眼笑了，她们感谢上帝，贝思终于获救了。

第四十一章　学着忘却

艾美的训言对劳里产生了作用，当然，他很久以后才肯承认这一点。男人们很少这么承认，因为当女人们提出劝告时，男人们要说服自己那正是他们打算做的事，然后才会接受建议，并依此行事。如果成功了，功劳归于女性一半；如果失败了，他们便慷慨地全部归罪于她们。劳里回到了爷爷身边，好几个星期那样尽职地不离左右，以至于老先生宣称尼斯的气候奇妙地使他变好了，最好他再去试试。没有什么事更使那年轻人喜欢的了。可是，接受了那场训话后，大象也拖不回去他了，自尊心也不容许。每当想去那儿的渴望变得十分强烈时，他便重复那些给他留下深刻印象的话语，来坚定不去的决心。"我看不起你。""你为什么不去做些出色的事，让她爱上你呢？"

劳里常在脑子里考虑这件事，不久便迫使自己承认，他确实是自私、懒散的。可是，当一个人有很大的痛苦时，难道不应该宽容他各种狂妄古怪的行为，直到他的痛苦消失？他感到他那遭受挫折的爱情现在已经消亡，虽然他不会停止哀悼它，也没必要夸示地戴着那个丧章。乔不肯爱他，但他可以做些什么，来证明姑娘的拒绝不会毁了他的生活，并能使她尊重他，赞赏他。他以前一直打算做些什么的，艾美的建议完全不必要。他只是一直等着体面地埋葬掉前面所说的受挫的爱情。既然这件事已经完成了，他觉得已准备好"掩藏起受创的心灵，继续苦干”。

就像歌德那样，有了欢乐或者悲伤，就将它放进歌中。所以劳里决心用音乐来抚慰失恋的痛苦，他要谱一首安魂曲，那曲子将折磨乔的心灵，打动每一位听曲者。因此，当老先生再次发现他烦躁不安、心情忧郁，命他离开时，他便去了维也纳。那里有他一些音乐界的朋友，他开始工作，下定决心要出人头地。但是，也不知是他的痛苦太深，音乐体现不了，还是音乐太微妙，不能解救人类之苦，他不久就发现目前他还谱不了安魂曲。显而易见，他的脑子还未处于正常的工作状态，他的思想需要净化。因为，常常在他写出的一段悲哀的曲子中间，他会发觉自己哼着舞曲的调子，让他生动地忆起尼斯的圣诞舞会，特别是那个矮胖的法国人。这很有效地使他暂时停止了他那悲哀的谱曲工作。

然后他又试着写歌剧，万事开头时，似乎总是有可能的。可是，在这方面，没有预料到的困难又袭击了他。他想用乔作女主人公。他借助记忆，为他提供爱情温柔的回忆及浪漫的想象。然而记忆背叛了他，好像被那姑娘乖张的性格缠住了，他只忆起乔的古怪、过失以及任性。记忆里只显现出她最没有柔情的方面——头上扎着扎染印花大头巾，拍打着垫子，用沙发枕把自己堵住，或者对他的热情泼冷水——一阵抑制不住的笑毁了他费力勾画出的忧愁形象。无论如何，乔放不进那歌剧。他只好放弃她，说道：“上帝保佑那姑娘，她真折磨人！”他扯着自己的头发，这个动作很像一个心烦意乱的谱曲家。

他四下搜寻，想另找一个不这么难对付的姑娘，使之在歌剧中不朽。记忆欣然为他产生了一个幻象。这个幻象具有许多脸孔，但总是有着金发。她裹在缥缈的云雾中，在他脑海里轻盈地飘浮着。那玫瑰、孔雀、白马以及蓝丝带，图像混乱但令人愉快。他没给这颇为自得的幻象命名，但却将她当成了女主人公，越来越喜欢起她来。他完全可以这样，因为他赋予她世间所有的天赋及优雅，护卫着她不受损伤地通过各种考验，这些考验会消灭任何一个凡胎女子。

多亏了这个鼓舞，他顺畅地过了一段时间。可是渐渐地这个工作失去了魅力，他忘掉了谱曲。他坐在那里，手握钢笔沉思着，或者在欢快的市区到处漫游，以得到新的思想清醒头脑。那个冬天，他的脑子似乎一直处于某种不安定状态，他做得不多，想得却不少。他意识到他身不由己地产生了某种变化。“也许是在酝酿天才，我让它去酝酿，看看会有什么结果。”他说，同时始终暗自怀疑那不是什么天才，也许只是非常普通的东西。不管是什么，它酝酿得相当成功，因为，他越来越不满足于他散漫的生活，开始渴望认真地、全身心地从事某种真正的工作。最后他得出了明智的结论：并不是所有喜爱音乐的人都是作曲家。皇家剧院正在上演莫扎特气势恢宏的歌剧，看完歌剧回来，他看了看自己谱的曲，演奏了其中最好的一部分。他坐在那儿盯着门德尔松、贝多芬和巴赫的塑像看着，而塑像也宽厚地回看着他。突然他一张接一张地扯碎了他所有的乐谱。当最后一张从他手里飘落时，他清醒地自言自语道——

“她是对的！天赋不是天才，你不能使天赋产生天才。音乐去掉了我的虚荣心，就像罗马去掉了她的虚荣心一样。我不会再当冒牌艺术家了。现在我该做些什么呢？”

这个问题似乎难以回答，劳里开始希望，要是他必须为每日的面包工作就好了。现在几乎出现了一个适当的机会“去见鬼”，就像他曾经用力说出的那样，因为他有许多钱，却无事可干，而撒旦如谚语所说，喜欢为手中有钱的闲散人提供工作。这个可怜的家伙从里到外都受着足够多的诱惑，但是他很好地经受住了。因为，尽管他喜欢自由，但他更看重好的信念与信心。他向爷爷保证过，他自己也希望能够诚实地看着那些爱他的妇人们的眼睛，说：“一切都好。”这些能保证他的平安与稳定。

很可能某个好挑剔的太太会评论：“我不相信。男孩就是男孩。年轻人肯定会干荒唐事。女人们别指望出现奇迹。”挑剔的太太，我敢说虽然你不相信，但那是真的。女人们创造出许多奇迹，我确信她们通过拒绝附和这种说法，甚至能提高男人们的素质。就让男孩做男孩吧，时间越长越好。让年轻人干荒唐事吧，假如他们非干不可的话。但是，母亲们、姐妹们、朋友们可以帮助他们，使荒唐事少一点，防止莠草破坏收成。她们相信，也这样表示，他们有可能忠实于美德，这些美德使他们在良家妇女的眼里更具男子气。如果这些是妇人的幻想，就让我们尽情沉湎其中吧。因为，若没有它，生活便失去了一半的美和浪漫。可悲的预示给我们对那些勇敢、心地温和的小伙子们的所有希望增添了苦味。小伙子们仍然爱母亲胜过爱自己，并且不觉羞耻地承认这一点。

劳里以为忘掉他对乔的爱要占去他几年的精力，可使他大为惊奇的是，他发现自己一天天轻松起来。开始他不愿相信，他生自己的气，他理解不了。可是，我们的心奇妙而又矛盾，时间和自然的意志由不得我们。劳里的心不肯伤痛了，伤口坚决地愈合，其速度令他吃惊，他发觉自己不是在试图忘却，而是在试图记起。他没有预料到事情会这样转变，也没有作好准备应付。他讨厌自己，对自己的轻浮感到惊奇。他的心情充满了古怪的混合成分，又是失望，又是宽慰。他竟能从这样巨大的打击中恢复过来。他小心翼翼地拨弄着他失去的爱火的余烬，可是它们燃不成烈焰，只有令人舒服的灼热，这温暖了他，给他好处，却不使他进入狂热状态。他不情愿地被迫承认，他那孩子气的热情已慢慢降低为较为平和的感情，非常柔弱，还有点悲哀与不满，但最终肯定会消失，留下兄长般的感情，这种感情不会破损，会一直持续到底。

在这样的沉思中，当脑中闪过“兄长般的”字眼时，他笑了，向对面墙上的莫扎特画像扫了一眼。

“嗯，他是个伟人。他得不到一个妹妹，便找到了另一个，他感到了幸福。”

劳里没说出这些话，但是他想到了这些。转眼他亲了亲那个小旧指环，自言自语道：“不，我不会的。我还没忘记，也决不会忘记。我要再试试。假如那样失败了，哎呀，那么——”

他这句话还没说完，便抓起纸笔写信给乔，告诉她只要她还有改变主意的一线可能，他就无法安心做任何事。她能不能爱他？肯不肯爱他？能让他回家做一个幸福的人吗？他在等候答复的期间什么也没做。但是信却写得充满活力，因为他处于一种燥热中。答复终于来了，有效地使他安了心。乔决然不能也不肯爱他。她埋头于贝思的事情，决不愿再听到"爱情"一词。然后她求他去找别人共享幸福，为他亲爱的乔妹在心里永远留个小角落。在附言中，她希望他不要告诉艾美，贝思的情况恶化了。艾美春天就要回家，没有必要使她在国外剩下的日子里感到悲哀。请求上帝，但愿有足够的时间，但劳里必须常给艾美写信，不要让她感到孤单、想家或是焦急。

"我会这么做的，马上就做。可怜的小姑娘，恐怕她要悲哀地回家了。"劳里打开了他的书桌，仿佛给艾美写信就是前几个星期没说完的那句话的恰当收尾。

但是他那天并没有写信，因为当他翻找着最好的纸张时，看到了一些东西，使他改变了主意。桌子的一个抽屉里乱放着账单、护照以及各种各样的商业文件。乔的一些来信也在其间。另一个抽屉里放着艾美的三封来信，仔细地用她的蓝丝带束着，还有那些已经枯萎的小玫瑰，它们带着甜蜜的暗示，放在抽屉的深处。劳里的表情半是后悔，半是开心。他收起乔所有的信件，把它们抚平、折叠起来，整整齐齐地放进桌子的一个小抽屉里。他站了一会儿，若有所思地转着手上的指环，然后慢慢地将它取了下来，和信放在一起，锁上了抽屉。他出去到圣斯蒂芬教堂听大弥撒，仿佛觉得那儿正进行着葬礼。虽然他没有被痛苦压倒，可是较之给迷人的年轻女士写信，这样度过这一天剩下的时间似乎更为得体。

然而他不久便去发了信，也迅即得到了回复，因为艾美确实想家了，她以非常坦诚的信任态度承认了这一点。他们的信件来往频繁，内容丰富。整个早春季节，定期飞鸿从未间断。劳里卖掉了塑像，烧掉了他的歌剧，回到了巴黎。他希望不久某个人便会到达。他极想去尼斯，但是得有人请他，他才会去。而艾美是不会请他的，因为当时她自己正有些小小的经历，使她宁愿避开“我们的男孩”的好奇目光。

弗雷德·沃恩回来了，向她提出了那个问题。她曾经决定回答：“愿意，谢谢。”现在她却说：“不，谢谢。”说得客气，但是坚定。因为，那一时刻来临时，她没了勇气，她发现除了金钱和地位，还需要某种东西来满足一种新的渴求，这种渴求使她内心充满了温柔的希望与惶恐。“他是个好小伙子，但是我想他不会是你喜欢的那种类型。”这句话以及劳里说这句话时的表情，执拗地不断出现在她的脑海；还有她自己不是用言语，而是用神色表达的意思：“我要为钱而结婚。”现在回忆起这些使她烦心。她但愿能收回那句话，那听起来那么没有女人气。她不想让劳里把她看成一个无情的世俗女人。现在她不在乎当社交皇后了，更想做一个可爱的妇人。她对劳里说了那些可怕的话，他不记恨她，反而那么宽厚地接受了，并且比以前更亲切，她感到异常高兴。他的来信让她感到十分熨帖，因为家信很不定期，即使家信来了，也没有他的信一半令人满意。回复这些信件不仅是件乐事，也是个责任，因为乔坚持做铁石心肠的人，这可怜的人儿绝望了，需要抚慰。乔本来应该作出努力，试着爱他的。那并不难做到，因为，有这样一个可爱的男孩喜欢自己，很多人都会感到自豪喜悦。然而，乔办事从来不像别的女孩，因此，没别的法子，只有对他非常客气，待他如兄长。

在这种时期，要是所有的兄长们都能受到劳里这样的对待，他们会比现在更幸福。艾美不再教训他了。所有的问题她都征求他的意见，他做的每一件事她都感到趣味盎然。她为他制作迷人的小礼物，每星期给他寄两封信，信里满是愉快的闲谈、妹妹般的信任，以及她画的那些很优美的风景画习作。几乎没有哪个兄长得到过这样的礼遇：妹妹们将他们的来信放在口袋里，反复阅读品味。信短了便哭，信长了便吻着它，将它仔细珍藏。这不是要暗示艾美做了些可爱的傻事，可是，那个春天她的脸色肯定变得有点苍白了，也爱沉思了。她大大丧失了社交的兴趣。她常常独自出门作画，回来时却从来拿不出多少幅画给人看。我敢说，她是在研究大自然。她在玫瑰谷的平台上一坐便是几小时。她袖着手坐在那儿，要不便心不在焉地画着脑中出现的任何图像——雕刻在坟墓上的一个健壮的骑士，睡在草地上的一个年轻人，帽子盖着眼睛，或者一个穿着华丽的鬈发姑娘，偎依在一个高个子先生的臂弯里，在舞厅绕场行进。按照最新的艺术时尚，两个人的脸画得模糊不清，这样安全，但一点也不令人感到满足。

婶婶以为艾美后悔她对弗雷德作出的回答，艾美没法否认，又解释不清，只好任由婶婶想去。她谨慎地让劳里知道弗雷德去了埃及。就这么多，但是劳里懂了。他好像是放心了，带着庄严的神气自言自语——"我确信她会改变主意的。可怜的家伙！这一切我都经历过。我同情他。"

说完这些，他长吁一口气，然后，仿佛是对过去的事已尽到了义务，他把脚跷到了沙发上，非常舒适地欣赏起艾美的来信。

在国外的人发生这些变化的同时，家里已经发生了变故。但是谈到贝思的健康衰退的信从来到不了艾美手中，她得到下一封信时，姐姐坟头上的草已经绿了。她是在沃韦市得到这个悲哀的消息的，五月的高温迫使她们离开了尼斯，她们经过日内瓦和意大利的湖泊，慢慢旅行到了瑞士。她坚强地接受了这件事，默默地依从了家里人的意思，没有缩短她的旅程。既然已经太晚，无法和贝思道别，她最好还是待下去，让死别淡化她的痛苦。但是，她的心非常沉重，她渴望能待在家里，每天她都渴盼地望着湖对面，等待劳里来安慰她。

很快，劳里真的来了。同一艘游轮带来了他们两个的信件，但是他在德国，几天后才收到信。他一读完信，便打起背包，告别了他的游伴，出发去履行诺言。他心中充满了喜悦与痛苦，希望与悬虑。

他非常熟悉沃韦市。小船一靠上那小码头，他便沿着湖岸向城楼匆匆走去。卡罗尔一家寄宿在那里。小伙子感到失望，因为全家人到湖边散步去了。可是，不，那金发小姐也许在城堡花园里。要是先生愿意费心坐下，一瞬间她便会出现。然而，先生甚至“一瞬间”也等不了，说着话便出发亲自去找小姐。

这是个令人心旷神怡的古老花园。它坐落在美丽的湖畔，高高的栗子树发着沙沙声，到处爬满了常春藤，塔楼的黑影投射在洒满阳光的湖面上。在那宽大低矮的城墙一角有个座位，艾美常来这里读书、做活，或者看着身边的美景安慰自己。那天她就坐在那里，手扶着头，心中布满乡思，眼里尽是哀愁。她想着贝思，奇怪劳里为什么不来。她没有听见他穿过那边庭院时发出的声音，也没有看到他在拱道里驻步。拱道穿过地下小路通往花园。他站了一会儿，以新的眼光看着她，看到了以前无法看到的东西——艾美性格里温柔的一面。她身上的一切都无声地暗示出爱与痛苦——膝盖上字迹弄污了的信件，束着头发的黑色丝带，脸上妇人般的痛苦与坚忍的表情；在劳里看来，甚至她脖子上的那个乌木制的小小十字架也十分使人感伤。那个十字架是他给她的，她作为唯一的装饰佩戴在身上。假如他对她会怎样接待他心存疑虑的话，她一抬头看到他，他便放心了。因为，她丢下所有的东西，跑到他面前，用一种不容置疑的爱与渴盼的语调惊叫道——

“哦，劳里，劳里，我就知道你会到我这儿来的！”

我想，当时一切都说出来了，一切都安定了。他们一块儿站在那里，有一会儿不说话了。那个深色脑袋护卫似的弯向那个浅色脑袋。艾美感到没有谁能像劳里那样好地安慰她，支撑她。劳里认定艾美是世上唯一能代替乔使他幸福的女人。他没有这样告诉她，她并不失望，因为，两个人都感觉到了这个事实。他们满意了，乐于将其他的事交于沉默。

一会儿之后，艾美回到了她的位置，她擦着眼泪，劳里收拢起刚才散开的纸张。他看到了各种各样弄得破旧不堪的信件，还有一些含有暗示的绘画习作。他从中发现了将来的吉兆。他在她身旁坐下时，艾美又感到羞涩了，想到刚才那样冲动地迎接他，她的脸红得像朵玫瑰。

“我忍不住，我感到那么孤独，那么悲伤，看到你那么高兴。就在我开始担心你不会来时，抬起头就发现了你，这让人多么惊喜。”她说，她徒劳地试图神态自然地与他说话。

“我一收到信就来了。失去了亲爱的小贝思，我真希望能说些什么话来安慰你。可是我只能感受到，嗯——”他说不下去了，因为他突然也变得羞怯起来，完全不知道该说什么了。他很想让艾美将头靠在他的肩膀上，让她痛快地哭一场，可是他不敢。因此他只是握住她的手，充满同情地捏了一下，这样的效果胜于言语。

“你不必说什么，这样就让我感到了安慰，”她轻轻地说，“贝思好了，她幸福了。我不应该希望她回来。可是，虽然我盼望见到家人，却害怕回家。现在我们不谈这件事吧，那会使我哭泣，我想在你逗留期间享受和你在一起的乐趣。你不需要马上回去，是吗？”

“你需要我的话我就不走，亲爱的。”

“我需要，非常需要。婶婶和弗洛非常亲切，而你就像我们的家庭成员，和你在一起共度时光我就不再寂寞。”

艾美发自内心的话和神情全然像一个想家的孩子，劳里马上忘掉了羞怯，给了她正想要的东西——她习惯受到的爱抚以及她需要的那种亲近的谈话。

“可怜的小人儿，看上去你好像悲伤得快要生病了！我来照顾你，所以别再哭了。来，和我一起走走，坐在这里不动，风太凉了。”他用艾美喜欢的那种半是哄劝半是命令的语调说。他为她系上帽带，让她挽起他的胳膊，他们开始在长满新叶的栗树下沿着阳光灿烂的小路散起步来。他感到脚步更加轻松，艾美则感到满心欢喜。他有着强健的肩膀给她依靠，有着亲切的面孔向她微笑，有着友好的声音只和她愉快地谈话。

这个古雅的花园曾经庇护过许多恋人。它似乎是特意为恋人们建造的。花园里阳光和煦，十分幽静，只有塔楼俯视着他们，宽阔的湖面带走了他们绵绵情话的回声，湖水在花园下面潺潺流过。有那么一个小时的时光，这对新的情侣漫步交谈，有时靠在城墙上歇息。他们在心灵感应中陶醉，这种感应弥漫于时间与空间。就在这时，毫无浪漫情调的晚餐铃声响了，告诫他们离开。艾美感到仿佛将孤独与痛苦的重负留在了城堡花园里。

卡罗尔太太一看到姑娘变化了的神情，便产生了一个新的念头。她内心惊叹道："现在我明白了一切——这孩子一直盼望着小劳伦斯。我的天哪，我怎么就没想到！"

这个好太太考虑事情周到，值得赞扬。她什么也没说，也没露出明白此事的迹象，只热诚地敦促劳里留下来，请求艾美乐意与他为伴，这样比太多的孤独对她更有好处。艾美是温顺的典范。婶婶专注于照顾弗洛，于是，便由她招待她的朋友，她做得比往日更为体贴入微。

在尼斯时，劳里无所事事，艾美指责他。在沃韦，劳里从不闲混，总是散步、骑马、划船，或者精力非常充沛地学习。艾美赞赏着他做的一切，并尽可能地向他学习。他说变化得归于气候，艾美并不反驳他。她自己的健康和情绪都恢复了，乐意有这相同的借口。

这令人心旷神怡的空气对他们两个都大为有益。大运动量使他们的身心都起了明显的变化。身处绵延不断的群山中的城堡之上，他们似乎有了更清晰的人生观与责任感。清新的风儿吹走了心灰意懒的疑虑、虚妄的幻想和忧郁的迷惑；温暖的春日阳光带来了各种抱负、温柔的希望和幸福的思想；湖水似乎冲走了往日的烦恼，亘古的大山似乎仁慈地俯视着他们，对他们说："小孩们，互爱吧！"

尽管有贝思离世这一新的痛苦，他们过得还是十分快乐。太快乐了，劳里竟不忍用一个字眼来打搅它。他惊奇自己这么快就治愈了第一次的爱情创伤，他曾经坚定地相信：那会是他最后一次也是他唯一的爱情。不久，他便从那惊奇中恢复过来。虽然表面上对乔不忠，可他想，乔的妹妹几乎就是乔自己。他确信,除了艾美,他不可能这么快、这么深地爱上任何别的女人。他以此安慰自己。他的第一次求爱是暴风雨式的,他带着交织着怜悯与遗憾的复杂感情回顾它,仿佛是在追溯久远的往事。他不为它感到羞愧,而是把它作为人生中一次又苦又甜的经历珍藏起来。痛苦结束了,他为之心存感激,他决心让他的第二次求爱尽可能平静、简单:没必要设置场景,更没必要告诉艾美他爱她。不用言语,她已知道,而且很早以前已给了他答复。一切发生得那么自然,没有人能抱怨。他知道每个人都会喜欢,甚至乔也会。我们第一次的小小热情被压制了,便倾向于谨慎行事,慢慢作出第二次尝试。所以劳里任由日子流逝,享受着每一个小时的快乐时光。他静候命运安排他说出那一字眼,那个字将会结束他新的恋爱开初最甜蜜的部分。

他原意想象着结局发生在月光下的城堡花园,以最优雅庄重的形式进行。可是结果正好相反。中午在湖上几句直率的谈话之后,事情便定了下来。整个早上他们都在湖面泛舟,从背阳的圣然戈尔夫城划到向阳的蒙特勒城,湖的一边是萨瓦山,另一边是圣伯纳德山峰和南针峰,美丽的沃韦市掩映在深谷中。山那边是洛桑市,头顶是无云的蓝天,下面流着湛蓝的湖水,富有画趣的小舟点缀湖中,像是一只只白翼海鸥。

小船划过西庸城堡时,他们一直谈论着玻尼瓦尔德。后来他们抬头看到了克拉朗,又谈起了卢梭,在这里他写下了《新爱洛伊丝》。他们两人都没读过那本书,但是知道那是个爱情故事。两个人暗自怀疑那个故事有没有他们自己的一半有趣。在他俩谈话的小小间隙里,艾美用手轻抚着湖水。当她抬起头时,看到劳里靠在桨上,眼神使她赶忙说话,觉得要说点什么——

"你一定累了,歇会儿吧。我来划,这对我有好处。你来后我一直懒散,养尊处优。"

"我不累,要是你愿意,你可以划一支桨。这里地方够大的,不过我得尽量坐在中间,不然船就不能平衡。"劳里答道。他似乎很喜欢这样的安排。

处境没得到改善，艾美感到尴尬。她在劳里让出的三分之一的位子上坐下，甩开脸上的头发，接过了一支桨。艾美划船和干许多别的事情一样好。尽管她用两只手划，劳里只用一只手划，船还是平稳地在水面上滑行。

“我们划得多好啊！是不是？”艾美说，那时她不愿意有沉默。

“非常好，但愿我们能永远在一条船上划桨，愿意吗，艾美？”问话非常温柔。

“愿意，劳里。”回答声音很低。

于是两个人都停桨不划了。他们无意识地为映在湖水中隐隐约约的画面重构了一幅优美动人的图景，那便是人类的爱情与幸福之图。

第四十二章　孤独

当自己的注意力全部倾注于另一个人身上，身心受到一个美好榜样的净化时，答应克己是件容易事。可是当那诫诫之声静默了，每天的课程结束了，亲爱的人儿逝去了，留下的只有孤独与悲伤时，乔发现很难遵守她的诺言。她自己心痛欲裂，无尽地思念妹妹，怎么转去“安慰爸爸妈妈”呢？贝思离开老家去了新家，一切光明、温暖、美好的东西似乎都随她而去，她又怎能“使家庭愉快”呢？她到底在哪里能“找到些有益、快乐的事情去做”，来代替那满怀爱心照顾妹妹的工作呢？照顾妹妹这件事本身就是一种报偿。她盲目、无助地试图履行职责，内心始终暗暗反抗着，因为她虽然辛勤劳作着，不多的欢乐却被减少了，精神负荷更重了，生活越来越难以忍受。这似乎让人心里难以平衡。有的人似乎总是得到阳光，而另一些人却总是处在阴影中。这不公平。她比艾美作出的努力更大，想做个好姑娘，可是从来得不到奖赏，只得到失望、烦恼与沉重的工作。

可怜的乔，对她来说这是些黑暗的日子。她想到自己将在那安静的房子里度过一生，投身于单调无聊的家务事、一些小小的快乐，以及似乎根本不会变轻松的责任中。想到这些，一种类似绝望的情绪攫住了她。“我干不了，我生来不是过这种生活的。我知道，要是没人来帮我，我会挣脱开做出不顾一切的事情的。”她自言自语。她最初的努力失败了，便陷入一种忧郁痛苦的心境中。坚强的意志不得不屈服于无可奈何。企图逃避命运时往往会产生这样的心境。

然而，真的有人来帮她了，虽然乔没有立即认出那些善良的天使们。他们以熟悉的形象出现，用简单的符咒解救可怜的人类。夜里她常惊跳起来，以为是贝思叫她。可是看到那张空荡荡的小床，她便带着遏制不住的痛苦伤心地哭起来："哦，贝思，回来吧！回来吧！"她渴望地伸出胳膊，这并非徒劳，因为，就像妹妹发出最微弱的低语她马上就能听见一样，一听到她的呜咽，妈妈就过来安慰她。不单单用言语，还用带有耐心的温柔、触摸与眼泪来抚慰她。这些都无声地提醒她，妈妈的悲哀更大。还有那断断续续的低语，这比祈祷更有说服力，那是带着希望的顺从和挥之不去的痛苦浑然毕至。夜深人静时，心贴心的交流使痛苦转化为幸福，它驱逐了悲伤，增强了爱的力量。这是些神圣的时刻，乔感受到了它。安全地偎在妈妈的臂弯，她看到她的负担似乎变得比较容易忍受了，责任变得甜蜜些了，生活也似乎较能容忍了。

当痛苦的心得到些许安慰时，苦恼的精神同样找到了帮助。一天，乔来到了书房。爸爸抬起头，平静地笑迎着她。她靠在那个善良的灰色脑袋上，非常谦恭地说："爸爸，就像你对贝思那样和我谈谈吧。我比她更需要，我感到一切都不对劲了。"

"亲爱的，没什么比这更让我感到安慰了。"他颤声回答，伸出双臂抱住了她，好像他也需要帮助，并敢于要求帮助。

于是，靠近爸爸坐在贝思的小椅子上，乔倾诉了她的烦恼——失去贝思令人悲愤的痛苦，无效果的种种努力令她泄气，缺乏信仰使生活暗淡无光，还有所有那些我们称为绝望的悲哀的困惑。她完全信任爸爸，而爸爸也给了她所需要的帮助。父女俩都从对方那里得到了安慰。这时，他们在一起谈着话，不仅以父亲和女儿的身份，而且也作为男人和女人。他们能够也乐于以互爱互怜之心为对方尽力。在那老书房度过的时刻使人感到幸福、亲切。乔把书房叫作"一人教堂"，从那里出来时，她便有了新的勇气，她的情绪有所好转，态度更加柔顺。她的父母曾经教过一个孩子无畏地面对死亡，现在他们试图教另一个孩子不消沉、不带疑惑地接受生命，并且心存感激地尽量利用生命提供的美好机会。

乔还得到了其他帮助——卑微却有价值的责任以及其他有意义的事情。这些肯定对她不无裨益。她慢慢学会发现并珍视它们。扫帚和洗碗布不再像以前那样令人生厌了，因为贝思曾掌管过这两件东西。她的家庭主妇精神中有某种东西还保留在这块小抹布和旧扫把上，所以乔绝不扔掉这两样东西。乔用着它们时，发现自己哼着贝思常哼的小调，模仿着贝思干活井井有条的方式，这里擦一下，那里扫一把，使一切保持干净、舒适。这是使家庭幸福的第一步。她没有意识到这些，直到罕娜嬷嬷赞许地捏着她的手说——

“你这个姑娘想得真周到。要是你能干，就打定主意不让我们想念那可爱的宝贝。我们没说出来，可是看到了。上帝会保佑你的，肯定会的。”

乔和梅格坐在一起做针线时，发现姐姐有了很大的进步。她能得体地谈话，知道许多有关良家妇女的冲动、想法以及感情。她从丈夫和孩子们身上得到了很大的幸福，他们都为对方尽着力。

“婚姻毕竟是一件极好的事情。要是我试试，结局会不会有你一半好？”乔说。她在弄得乱七八糟的育儿室里为德米制作一个风筝。

“你所需要的正是露出你性格中女子温柔的那一半，乔。你就像一个带壳的栗子，外面多刺，内里却光滑柔软。要是有人能接近，还有个甜果仁。将来有一天，爱情会使你表露心迹，那时你的壳便脱落了。”

“夫人，严霜会冻开栗壳，使劲摇会摇下栗子。男孩子们好采栗子。可是，我不喜欢让他们用口袋装着。”乔答道。她继续粘风筝。这个风筝无论刮什么风都上不了天，因为黛西把自己当作风筝尾巴系在了上面。

梅格笑了。她高兴地看到了一点乔的老脾气。但是她觉得，用她所能想到的全部论据来坚持她的观点，这是她的责任。姐妹俩的谈话没有白费，特别是因为梅格两个最有说服力的论据是孩子们，乔温柔地爱着他们。乔几乎作好准备被装进口袋了：还需要照些阳光，使栗子成熟。然后，不是被男孩焦躁地摇落，而是一个男人的手伸上去，轻轻地剥开壳，就会发现果仁成熟甜美。假使她曾怀疑这一点，她会紧紧封闭起来，比以前更刺人，所幸的是，她没有想到自己。所以时间一到，她这个栗子便掉落下来了。

要说乔是道德故事书中的女主人公，那么，在她生活的这一时期，她应该变得十分圣洁，应该退隐，应该口袋里装着宗教传单，戴着清心寡欲的帽子，四处去做善事。可是，要知道，乔不是一个女主人公。像成百上千的其他姑娘一样，她只是个挣扎着的凡人。所以，她依着性子行事。她悲哀、焦躁、不安，或精神饱满，随心境而定。我们要做好人，这样说符合道德，可是我们不可能立马就能做到。需要有人长期引导，有力地引导，还要大家同心协力去帮助，我们中有些人才能正确起步。到目前为止，乔起步不错。她学着尽自己的责任，尽不到责便会感到不快乐。可是心甘情愿地去做——哦，这是另一码事了！她常说要做些出色的事，不管那有多难。现在她实现了愿望。因为，一生奉献给爸爸妈妈，努力使他们感到家庭幸福，就像他们让她感到的那样，有什么比这件事更美好呢？这样一个焦躁不安、雄心勃勃的姑娘，放弃了自己的希望、计划和意愿，无怨无悔地为别人活着。假如需要用困难来增加努力的美妙之处，还有什么比这更难做到的呢？

上帝相信了她的话；使命就在这里，并不是她所期待的，但是更好，因为她自己和它没有关系。那么，她能完成任务吗？她决定一试。在最初的尝试中，她找到了我提出的那些帮助。还有别的帮助给她，她也接受了，不是作为奖赏，而是作为安慰，就像基督徒跋涉困难之山，在小树下歇息时，小树使他提神一样。

“你为什么不写点东西呢？以前那总会使你快乐的。”一次，妈妈见乔又来了阵消沉情绪，脸色阴沉，便这样说道。

“我没有心思写。即使写了，也没人喜欢读。”

“我们喜欢。为我们写点东西吧。千万别在乎别的人。亲爱的，试试吧。我肯定那会对你有好处，而且会使我们非常高兴。”

“我不相信我能写了。”然而，乔搬出了她的桌子，开始翻查她写了一半的一些手稿。

一小时以后，妈妈朝屋里瞥了一眼，乔就坐在那里。她围着黑围裙，全神贯注，不停地涂写着。马奇太太为她的建议奏效感到高兴，她笑着悄悄走开了。乔一点也不知道这是怎么发生的。某种东西夹进了故事，打动了读者。当她的家人读着故事又哭又笑时，爸爸将它寄给了一家通俗杂志，这是完全违反她的意愿的。使她大吃一惊的是，杂志社不仅付了她稿酬，而且还要求她再写些故事。这个小故事登出来后，她收到了一些人的来信，这些人的赞扬是种荣誉。报纸也转载了这个故事。朋友们及陌生的人们都赞赏它。对这样的一个小故事来说，这是巨大的成功。以前乔的小说同时遭人褒贬，现在她比那时更感到惊讶。

“我不懂，像那么一个小姑娘，能有什么让人们这样夸赞的？”她十分困惑地说。

“故事里有真实的东西，乔，这就是秘密。幽默与悲哀使故事生动。你终于找到了自己的风格。你没有想着名誉和金钱，而是在用心写作，我的女儿。你尝过了痛苦，现在有了甜蜜。你要尽力去做，像我们一样，为你的成功快乐起来吧。”

“假如我写的东西里当真有什么好的、真实的东西，那不是我的功劳。这一切都得归于您和妈妈，还有贝思。”乔说。爸爸的话比外界的任何赞扬都更使她感动。

乔就这样受到了爱与痛苦的教育。她写小故事，把它们寄出去，让它们为自己，也为她去结识朋友。她发现对那些卑微的漫游者来说，这是个仁爱的世界。那些故事受到了亲切的欢迎，它们就像突然交了好运的孝顺孩子，为它们的母亲带回家一些愉快的纪念物。

艾美和劳里写来信，告知他们已订婚。马奇太太担心乔会难以为此高兴，可是不久便放了心。虽然乔一开始神色严肃，还是默默地接受了这件事。她为“两个孩子”心中充满了希望与计划，然后把信又读了一遍。这是一种书信二重奏，信中两个人都以情人的语调赞美着对方，读着让人感动，想起来令人欣慰，家里面谁也没有反对意见。

“你喜欢吗，妈？”乔问。她们放下写得密密麻麻的信，相互望着。

“喜欢，自打艾美写信来说她拒绝了弗雷德，我就期望事情会这样发展。那时我确信她产生了某种念头，这种念头与你所讲的‘唯利是图’不是一回事。她的来信字里行间的暗示使我猜测，她的爱情将使她和劳里结合在一起。”

“妈咪，你多么敏锐，又多么保守！你从来没和我们说起一个字。”

“当母亲们有女儿要照管时，她们需要敏锐的眼睛和谨慎的舌头。我不太敢让你知道这个想法，生怕你会在事情定下来之前就写信祝贺他们。”

“我不像以前那样轻率浮躁了。你可以相信我。现在我比较清醒、明智，足以当任何人的知心朋友。”

“是这样的，亲爱的。我本来应该让你当我的知心朋友。只是我想，你要是知道你的特迪爱上了别人，会感到痛苦的。”

“哎呀，妈，你真的以为我会这么愚蠢，这么自私？他的爱即使不适合我，我仍以为那是纯洁的。我自己拒绝了他的爱，会在乎他娶艾美吗？”

“我知道你那时是真心拒绝他的，乔。可是近来我想到，假如他回来再向你求爱，也许你会作出不同的回答。原谅我，亲爱的，我不由自主地发现你很孤独，有时你的眼里露出一种渴望的神色，直钻进我的心里。所以我想，假如你那男孩再试试，他会填补你内心的空缺。”

“不，妈妈，现在这样更好。我很高兴艾美学会了爱他。有一件事你说对了：我是感到了孤独。假如特迪再求婚的话，也许我会回答愿意，不是因为我比以前更爱他，而是因为我比他离开时更在乎被人爱。”

“我很高兴，乔。这证明你在进步。有许多人爱着你。你会通过和爸爸、妈妈、姐妹兄弟、朋友们和孩子们在一起获得亲情的满足，直到最合适的爱人来给你补偿。”

“妈妈是世界上最好的爱人。可是我不在乎对妈咪轻轻说我想品味各种爱。很奇怪，我越是想满足于各种自然的感情，就越有缺失感。我不知道内心能容纳那么多东西。我的心总是那么翕张着，感到从未装满过，而我过去是非常满足于家庭的。我真不懂。”

“我懂。”马奇太太露出了洞察理解的微笑。乔翻过信纸读着艾美谈及劳里的内容。

“像劳里爱我那样被人爱着是多么美妙。他不是感情用事，没说很多话，但是从他的一言一行我看出来了，也感受到了。他使我感到这么幸福，这么卑微，我似乎不再是以前那同一个女孩了。现在我才知道，他是多么善良、慷慨、温柔。他让我看他的内心世界，我发现那里充满了高尚的冲力、希望和目标。我知道那颗心属于我，我是多么自豪。他说他感到好像‘现在有我在船上当大副，有许多爱当压舱物，他便能驾船顺利航行了’。我祈愿他能这样。我要让自己趋于完善，一如他所期待、信赖于我的那样，因为，我以整个生命爱着我勇敢的船长。只要上帝让我们在一起，我决不会丢弃他。哦，妈妈，我以前真不知道，当两个人互相爱着，只为对方活着时，这个世界多么像天堂！”

“那是我们冷静、保守、世俗的艾美？真的，爱情产生了奇迹。他们肯定非常、非常幸福！”乔小心翼翼地把沙沙作响的信纸放到一起，就像合上了一本可爱的浪漫故事，这个故事紧紧地抓住了读者，直到结局。这时，读者发现自己孤零零地又回到了尘世。

过了一会儿，乔漫步回到了楼上房间，因为在下雨，无法散步。一种不安的心绪攫住了她。那种老感受又回来了，不是像以前那样的抱怨，而是无怨的感叹和纳闷。为什么妹妹能得到她想要的一切，而她什么也得不到？这并不真实，她知道并试图不去想它。可是对爱的自然渴求又是那么强烈，艾美的幸福使她的渴望之情觉醒了，她渴望有个人让她“全心全意去爱，去依恋，只要上帝让他们在一起”。

乔烦躁不安，又漫无目的地上了阁楼。这里，四个小木箱列成一排。每个箱子上都标有主人的名字，箱子里装满了她们孩提时代和少女时代的纪念物。现在那一切都已成过去。乔朝一个个箱子里看着。她来到自己的箱子前，将下巴搁在箱子的边缘，心不在焉地凝视着里面凌乱的收集品。猛地，一捆旧练习本吸引了她的目光。她把它们掏出来翻看着，在和善的柯克太太家度过的那个愉快的冬天再现在眼前。她先是笑着，继而若有所思，接着又悲哀起来。当她看到一张小纸条上教授的笔迹时，她的嘴唇开始颤抖，膝上的书本都滑落下去了。她坐在那里看着这友好的语句，好像它们产生了新的意义，触及了她心中较为敏感的部位。

“等着我，朋友，我可能来得晚一点，可是我肯定会来的。”

“哦，但愿他会来！我亲爱的弗里茨，他对我总是那么客气、友好，那么有耐心。和他在一起时，我对他不够尊重，现在我多么想见到他啊！似乎所有人都要离开我了，我感到多么孤独。”

乔紧紧握着这张小纸条，好像这是个还未履行的诺言。她将头舒适地放在一个装着破布的袋子上，哭了起来，仿佛在对抗拍打屋顶的雨点。

这一切是顾影自怜、孤独感伤，还是一时的情绪低落？或者是感情的觉醒？这种感情和它的激发者一样耐心地等待着时机。谁知道呢？

第四十三章　惊喜

薄暮时分，乔独自躺在那张旧沙发上。她看着炉火，脑中思索着。她最喜欢这样打发黄昏时光。没有人打扰她。她总是躺在那儿，枕着贝思的小红枕头，策划着故事，做着梦，充满柔情地想着妹妹，妹妹似乎根本没有远离她。乔的神情疲惫、严肃，有点悲哀。明天是她的生日。她在想，时光过得多快啊，她就要一天天老了，她的成就似乎太少。马上就要二十五岁，却没有什么可以炫耀的。但乔想错了，她有许多可以炫耀的东西，不久以后，她便发现了它们，并为之感到快意。

"我就要成为老姑娘了，一个喜欢文学的老处女，以笔为配偶，一组故事当孩子，也许二十年之后会有点儿名气。像可怜的约翰逊那样，我老了之后，不能享受名气之乐了，便会感到孤独。没人与我分享快乐，我自食其力，也不需要名气了。哎呀，我不必去做一个愁眉不展的圣徒，或者一个只顾自己的罪人。我敢说，老姑娘们只要习惯了独身生活，会过得很舒服的。可是——"想到这，乔叹了口气，仿佛这种前景并不诱人。

首先，这前景是难以诱人。对二十五岁的人来说，到了三十岁便万事休矣。然而，事情并不像看上去那样糟。如果一个女人有了归依，她便能过得相当幸福。到了二十五岁，姑娘们便开始谈起要成为老姑娘了，但却暗下决心，决不能这样。上了三十岁，她们不再提及此事，而是默默地接受事实。聪明的姑娘们会想到，她们还有二十多年有益的幸福时光，可以学着优雅地打发人生，聊以自慰。亲爱的姑娘们，别笑话那些老处女们。因为，在那素净的长袍下静静跳动着的心窝里，往往隐藏着非常温柔的爱情悲剧。为青春、健康、抱负以及爱情本身默默作出的牺牲，使褪色的容颜在上帝面前变美丽了。即便是悲哀、阴郁的老姑娘们，也应亲切地对待她们，就因为她们错过了人生最甜美的部分。妙龄姑娘们应该怀着同情看待她们，不应看不起她们。应该记住，她们自己也可能会辜负大好时光，红润的面颊不会永远保持，银丝会掺进漂亮的棕发，不久以后，善良与尊敬会和现在的爱情与赞美同样甜蜜。

先生们，也就是男孩子们，对老姑娘们表示殷勤吧，别管她们多穷，多普通，多古板。因为，唯一值得拥有的骑士精神便是乐意向老人表示敬意，保护弱者，为妇女们服务。别考虑她们的身份、年龄及肤色，回想一下那些善良的婶子们吧，她们不仅教训过你们，数落过你们，而且也照顾、宠爱过你们，但并不常常得到你们的感谢。她们帮你们摆脱困境，从她们不多的储蓄中给你们零用钱，用衰老的手指耐心地为你们缝制衣服。想想她们心甘情愿为你们做的事吧。你们应该满怀感激地给那些可亲的老太太们小小的关注，妇女们只要一息尚存，就会乐于接受它们。眼睛明亮的姑娘很快就会看出你们的这种品格，并会因之更喜欢你们。唯一能分开母与子的力量便是死亡，假如死亡夺去了你们的母亲，你们肯定会在某个普丽西拉婶子[①]那里得到亲切的欢迎和母亲般的爱抚。在她孤寂的衰老心坎里，为她“世上最好的侄子”保留着最温暖的一角。

乔肯定睡着了（我敢说，在这小小的布道期间，我的读者们也睡着了），因为劳里的幻影仿佛突然站在她面前——一个实在逼真的幻影——俯身看着她，带着以前他感触良多而又不想显露出来时常有的表情。可是，就像歌谣里的珍妮——

---

① 狄更斯小说中的人物。

她想不到竟会是他。

乔躺在那儿，惊讶地默默盯着他看，直到劳里俯身吻她，这才认出他。她一跃而起，高兴地叫着——

“哦，特迪！哦，我的特迪！”

“亲爱的乔，你见到我高兴了，对吗？”

“高兴！我幸运的男孩，言语表达不了我的欢喜，艾美呢？”

“你妈妈把她留在了梅格家。我们顺道在那儿停留了一下，我没法将我的妻子从她们手中救出来。”

“你的什么？”乔叫了起来，劳里不知不觉带着洋洋自得的口气说出了这两个字，泄露了秘密。

“哎呀，糟了！我已经这样做了。”他看上去那样内疚，乔即刻和他过不去了。

“你走了，然后结了婚！”

“是的，请原谅。可是我决不会再结了。”他跪了下来，悔过似的握着手，脸上的表情充满淘气、欢乐与胜利。

“真的结了婚？”

“千真万确，谢谢。”

“我的天哪！接下来你还要做什么可怕的事呢？”乔喘着气跌坐回她的位子。

“你的祝贺不一般，就是不大客气。”劳里回答。他一副可怜兮兮的样子，却又满足地满脸堆笑。

“你像个盗贼似的溜进来，又这样子泄露出秘密，让人大吃一惊。你能期待什么呢？起来，你这傻孩子，把事情都告诉我。”

“一个字也不告诉你，除非你让我坐到老地方，并且保证不再跟我过不去，用枕头设障碍。”

听到这话乔笑了起来，她已经很长时间没笑了。她逗弄地拍着沙发，友好地说："那旧枕头放到阁楼上去了，现在我们不需要它了，过来坦白交待吧，特迪。"

"听你叫'特迪'多么悦耳！除了你还没有谁那样叫我呢。"劳里带着非常满足的神气坐了下来。

"艾美叫你什么？"

"夫君。"

"这像她说的话，嗯，你看着也像。"乔的眼神分明表示：她发现她的男孩比以前更清秀了。

枕头没了，然而还是有着障碍——一个自然的障碍，是由时间、分离、变化了的心所造成的。两人都感到了这一点，有一会儿他们对望着，仿佛这个无形的障碍在他们身上投下了一道小小的阴影。然而，阴影很快便消失了，因为劳里徒劳地试图端着架子说话——

"我看着像不像个结了婚的人和一家之主？"

"一点也不像，你也绝不会像的。你长大些了，也更漂亮了，可是你还是以前的那个淘气鬼。"

"哎哟，真的，乔，你应该对我更尊重些。"劳里开口说。他对这一切很欣赏。

"我一想到你结了婚，安定了，就忍不住觉得那么好笑。我无法保持严肃。这样我怎能尊重你？"乔回答。她满面笑容，极具感染力，结果两人又笑了起来。然后他们坐好，完全以从前那种愉快的方式细细谈了起来。

"你没有必要冒着严寒去接艾美。一会儿他们都会过来的。我等不及了，我想第一个告诉你这个令人惊喜的大事。我想得到那'第一撇奶油'，就像我们从前争要奶油时说的那样。"

"你当然得到了，可是故事开错了头，给弄毁了。好了，开始说吧，全都告诉我，我太想知道了。"

"嗯，我那样做是想讨艾美的欢心。"劳里眨着眼开了口，这使乔叫了起来——

“一号小谎言。是艾美想讨你的欢心。接着说，可以的话，讲实话，先生。”

“哎哟，她开始用太太的口气问话了。听她说话是不是令人开心？”劳里对着炉火自问道。炉火发着光，闪着亮，似乎十分赞同他。“这是一回事，要知道，她和我已结成了一体。一个多月以前，我们打算和卡罗尔一家一道回来，可是他们突然改变了主意，决定在巴黎再过一个冬天。爷爷想回家了，他到那儿去是为了让我高兴，我不能让他独自走，又丢不下艾美。卡罗尔太太脑子里有些英国人的观点，什么女监护人之类的荒唐念头，她不放艾美和我们同行。于是，我便说：‘我们结婚吧，这样就能随心所欲了。’就这样解决了那个难题。”

“你当然会那么做，你总是事事如意。”

“并不总是那样。”劳里声音里有种东西，使乔赶快接话——

“你们怎么得到婶婶同意的？”

“那可不容易。不过，别讲出去，我们说服了她。我们这一边有许许多多的理由。没有时间写信回家请求允许了，可是你们大家都高兴这样，很快都会同意的，像我妻子说的那样，这只是‘抓住时间马儿的腿’。”

“我们真为那两个字骄傲，难道我们不喜欢说那两个字吗？”乔打断了他。这次是她对着炉火说话了。她高兴地注视着炉火，仿佛它在那双眼里燃起了幸福的火花，而她上一次看着它们时却那么悲哀忧郁。

“也许那是桩小事。艾美是那样一个迷人的小妇人，我无法不为她骄傲。嗯，当时叔叔和婶婶在那儿当监护人，我们俩相互那么依恋着对方，分开了便什么也干不了。那个不坏的主意使一切问题迎刃而解，所以我们便结了婚。”

“什么时候？在哪里？怎样结的？”乔问道。她的问话充满了女人的强烈兴趣与好奇心，自己却一点儿也没意识到。

“六个星期前，在巴黎的美国领事馆。当然，婚礼非常安静，即便在我们的幸福时刻，我们也没忘记亲爱的小贝思。”他说到这里，乔把手伸给他握住。劳里轻轻地抚摸着那个他记得很清楚的小红枕头。

“我们本来想让你们大吃一惊。开始，我们以为会直接回家，可是我们一结完婚，我那可亲的老先生发现至少在一个月之内不能作好动身准备，所以打发我们随意去哪儿度蜜月。艾美曾把玫瑰谷叫作公认的蜜月之家。于是，我们便去了那儿。我们过得非常幸福，这种幸福人生只有这一次，千真万确，那真是玫瑰花下的爱情啊！”

劳里有一会儿似乎忘掉了乔，乔感到高兴，因为他这样无拘无束，自然而然地对她讲述这些，使她确信他已完全原谅了她，忘却了以前的爱。她试图抽出手来，但是他好像猜到了，带着几乎没意识到的冲动念头，紧紧地握住了她的手，用她不曾见过的男子汉的严肃神情说道——

“乔，亲爱的，我想说件事，然后我们就把它永远丢开吧。当我写信说艾美一直对我很好时，我在那封信中说，我决不会停止对你的爱，这话是真的，但是那种爱已经变了，我明白这样更好。艾美和你在我心中变换了位置，就这么回事。我想，事情本来就是这样安排的。假如我按照你的意图去等待，这件事会自然地发生。可是我根本耐不下性子，所以弄得头疼。那时我是个孩子，任性狂暴，好不容易才认识到错误。乔，正如你说的，那的确是个错误。我当了回傻瓜，才明白这一点。我发誓，有一段时间我脑子里混乱不堪，搞不清楚我更爱谁，你还是艾美，我试图两人都爱，但做不到。当我在瑞士见到艾美时，一切似乎立刻明朗了。你们俩都站到了适当的位置上。我确信旧的爱完全消失了，才开始了新的爱，因此我能够坦率地与作为妹妹的乔及作为妻子的艾美交心，深深地爱着两个人。你愿意相信吗？愿意回到我们初识时那段幸福的时光吗？”

“我愿意相信，全心全意相信。但是，特迪，我们再也不是男孩女孩了。愉快的老时光不可能回来了，我们不能这样期盼。现在我们是男人和女人，有正经的事情要做。游戏时期已经结束，我们必须停止嬉闹了，我相信你也感觉到了这一点。我在你身上看到了变化，你也会在我身上看到变化。我会怀念我的男孩，但是也会同样爱那个男人，更加赞赏他，因为他打算做我希望他做的事。我们不可能再当小玩伴了，但是我们会成为兄弟姐妹，我们一生都会互爱互助，是不是这样，劳里？”

他什么也没说，却握住了她伸过来的手，将他的脸贴在上面放了一会儿。他感到，从他那男孩气热情的坟墓中，升腾起一种美丽的牢不可破的友情，使两人都感到幸福。乔不愿使他们的归来蒙上哀愁，所以过了一会儿，便愉快地说：“我还是不能确信，你们两个孩子真的结了婚，要开始持家过日子了。哎呀，好像还是昨天的事，我替艾美扣围裙扣子，你开玩笑时我拽你的头发。天哪，时间过得真快！”

“两个孩子中有一个比你大，所以你不必像奶奶那样说话。我自以为我已经是个‘长成了的先生’，像佩格蒂说大卫·科波菲尔那样。你看到艾美时，会发现她是个相当早熟的孩子。”劳里说，他看着她母性的神气感到好笑。

“你可能岁数比我大一点，可是我的心境比你老得多，特迪，女人们总是这样。而且这一年过得那样艰难，我感到我有四十岁了。”

“可怜的乔！我们丢下你让你独自承受这一切，而我们却在享乐。你是老了些。这里有条皱纹，那里还有一条。除了笑时，你的眼神也透着悲哀。刚才我摸着枕头时，发现上面有滴泪珠。你承受了许多痛苦，而且不得不独自忍受。我是个多么自私的家伙啊！”劳里带着自责的神色拽着自己的头发。

然而，乔把那出卖秘密的枕头转了过去，尽量以一种十分轻松愉快的语调回答道：“不，我有爸爸妈妈帮我，有可爱的孩子安慰我，我还想到你和艾美安全、幸福，这些都使我这里的烦恼更容易忍受了。有时候我是感到孤独，可是，我敢说那对我有好处，而且——”

“你再也不会孤独了。”劳里插了嘴。他用胳膊围住她，仿佛要为她挡住人生所有的艰难困苦。“我和艾美不能没有你。所以你必须来教‘孩子们’管家，就像我们以前那样，凡事均对半分。让我们爱抚你，让我们大家在一起快快乐乐，友好相处。”

“假如我不碍事的话，我当然十分乐意。我又开始感到变年轻了，你一来我所有的烦恼似乎都飞走了，你总是让人感到安慰，特迪。”乔将头靠到了劳里的肩上，就像几年前贝思生病躺在那里，劳里让她靠着那样。

他向下看着她，想知道她是否还记得那个时候。但是乔在暗笑着，仿佛他的到来真的使她所有的烦恼都消失了。

“你还是那个乔，一分钟以前掉泪，转眼又笑了。现在你看着有点淘气，想什么呢，奶奶？”

“我在想你和艾美在一起怎样过。”

“过得像天使！”

“那当然。开始是这样，可是谁统治呢？”

“我不在乎告诉你现在是她统治，至少我让她这么认为——这使她高兴，你知道。将来我们会轮流的。因为人们说，婚姻中均分权力会使责任加倍。”

“你会像开始那样继续下去，艾美会统治你一生。”

“嗯，她做得那样让人毫无察觉，我想我不会太在乎。她是那种知道如何统治好男人的妇人。事实上，我倒挺喜欢那样。她就像绕一卷丝绸一般，轻柔潇洒地将你绕在手指上，却使你感到好像她始终在为你效劳。”

“那我将会活着看到你成为怕老婆的丈夫，并为此高兴！”乔举起双手叫道。

劳里表现得不错，他挺起肩膀，带着男子汉的蔑视神情对那攻击一笑置之。他神气活现地回答:“艾美有教养,不会那样做的,我也不是那种屈从的人。我妻子和我互相非常尊重,不会强横霸道,也不会争吵。”

“那我相信。我和艾美从来不像我们俩那样争吵。她是那寓言故事里的太阳,我是风。记得吗?太阳对付男人最灵。”

“她既能对他刮风,也能照耀他。”劳里笑了,“我在尼斯被她那样训过话!我保证那比你任何一次责骂都厉害得多——一个真正的刺激,等什么时候我来告诉你——她决不会告诉你的,因为她告诉我,说她看不起我,为我感到羞愧,而刚说完,她便爱上了那可鄙的一方,嫁给了那个一无是处的家伙。”

“那么恶劣!好吧,假如她再欺负你,到我这儿,我来卫护你。”

“看上去我需要卫护,是不是?”劳里站起来摆出架子,可这时突然听到了艾美的声音,他的威严神态马上转为狂喜。艾美叫着:“她在哪儿?我亲爱的乔呢?”

全家人成群结队进屋来了,每个人又重被拥抱亲吻。几次无效的努力后,三个旅游者不得不安坐下来,让大家看着,为他们高兴。劳伦斯先生还像以前一样老当益壮,和其他人一样,国外旅游使他变得更精神了,他的执拗劲好像也没了。他那老式的殷勤得到了改善,比以前更慈祥了。他称一对新人为“我的孩子们”。看到他对他们微笑真是让人怡悦。更令人怡悦的是艾美对他尽着女儿般的责任与孝道,这完全赢得了他的心。最好的是看着劳里围着他们两个转,仿佛欣赏不够他俩组成的美景。

梅格的眼光一落到艾美身上,便意识到她自己的服装没有巴黎人的风味。小劳伦斯太太会使小莫法特太太黯然失色。那位“女士”是个地地道道、非常优雅有风度的妇人。乔观察着这一对人时想着:“他们俩在一起看着多么般配啊!我是对的,劳里找到了美丽、出色的女孩,她比笨拙苍老的乔更适合他的家庭,她会成为他的骄傲,而不会折磨他。”马奇太太和她丈夫面露喜色,点头微笑着。他们看到最小的孩子不仅做事干练，待人处世知情达理，而且也得到了爱情、自信、幸福这些更好的财富。

艾美的表情柔和清亮，显示出内心的宁静。她的声音里具有一种新的柔情，处事之风由沉着冷静一变而为文雅端庄、亲切动人。小小的矫饰无损于她的风度，她热诚美好的举止比她以前的优雅与新婚所焕出的魅力更为迷人，因为它明白无误地立刻使她带上了一个真正的女士标记，以前她曾希望成为这样的女士。

“爱情使我们的小姑娘变了许多。”妈妈和蔼地说。

“她一生都有个好榜样，亲爱的。”马奇先生低声回答。他深情地看了一眼身旁那张憔悴的脸和灰白的头。

黛西的眼睛离不开她的“飘良”（漂亮）阿姨，于是就像叭儿狗似的把自己系在了女主人的腰带上，那里充满了难以抗拒的诱惑。德米先是无动于衷，怔怔地考虑这新出现的关系，后来便性急地接受了贿赂，妥协了。诱人的贿赂是从伯尔尼带来的一组木熊玩具。然而，一阵侧面攻击迫使他无条件就范了，因为劳里知道怎样对付他。

“小伙子，我第一次有幸认识你时，你就打我的脸。现在我要求绅士般的决斗。”说着，这个高个子叔叔便开始将小侄子往上抛着、揉着，那动作既破坏了他镇定自若的尊严，也使男孩子内心喜悦。

“哎呀，她从头到脚穿着丝绸，你看她坐在那儿神采洋洋（飞扬），听大家叫小艾美劳伦斯夫人，这真叫人心里喜欢。”老罕娜嬷嬷咕哝着。她一边明显地在胡乱摆着桌子，一边不由得频频透过拉门朝里张望。

天哪，那是怎样的谈话啊！先是一人说，再换另一人说，然后大家一起说起来，都想在半小时内把三年的事讲完。幸好茶点准备好了，为大家提供了暂歇机会，也提供了吃的东西。他们再像那样谈下去，会嗓子沙哑、头昏眼花的。非常幸福的一队人马鱼贯进入了小餐厅。马奇先生自豪地护送着“劳伦斯太太”，马奇太太则骄傲地依在“我儿子”的臂上。老先生拉着乔的手，瞥了一眼炉火边那个空角落，对她耳语道：“现在你得当我的女孩了。”乔双唇颤抖着低声回答：“我会试着填补她的位置，先生。”

那双胞胎在后面欢跃着，他们感到太平盛世就在眼前，因为大家都为新人忙着，丢下他俩胡作非为。可以确信他们充分利用了这个机会。他们偷偷呷了几口茶，随意吃着姜饼，每人拿了一个热松饼，他们最妄为的违禁事便是每人往小口袋里装了一个诱人的果酱馅饼，结果馅饼给弄得黏糊糊的，成了碎屑，这教育了他们，馅饼和人性一样脆弱。他们兜里藏着馅饼，心中惴惴不安，担心乔乔阿姨锐利的眼睛会穿透那薄薄的麻纱布衣和美丽奴绒线衣，那下面隐藏着他们的赃物。所以，小罪犯们紧贴着没戴眼镜的“爷衣”（爷爷）。艾美刚才像茶点似的被大伙传来传去，这时靠着劳伦斯爷爷的肩臂回到客厅，其余人像方才进去那样两两出来了。这样一来只剩下乔没了伴儿。当时她没在意，因为她滞留在餐厅，回答着罕娜急切的询问。

“艾美小姐坐那四轱辘马车（双座四轮马车）吗？她用储藏的银盘子吃饭吗？”

“要是她驾着六匹白马，每天用金盘子吃饭，戴钻石戒指，穿针绣花边衣，我也不奇怪。特迪认为怎样待她都不过分。”乔心满意足地回答。

“没问题了！你早饭要什么？杂烩还是鱼丸子？”罕娜问。她聪明地将无味的话题混进了带有诗意的事里。

“我随便。”乔关上了门，感到此时食物不是个合适的话题。她站了一会儿，看着在楼上消失的那帮人。当德米穿着格子呢裤的短腿艰难地爬上最后一级楼梯时，一阵突如其来的孤独感袭上了她的心头，感觉那样强烈，她眼睛模糊了。她环顾四周，仿佛想找到什么可以依靠的，因为，即便是特迪也丢弃了她。她自言自语：“我等到上床后再哭，现在不能让人看出情绪消沉。”要是她知道什么样的生日礼物正分分秒秒向她逼近，她就不会这么说了。接着她的手伸向眼睛——因为她的男孩式习惯之一便是从来不知她的手绢在哪儿——她刚勉强挤出笑容，就听到门廊有人敲门。

她好客地匆匆打开门，盯住了来人，仿佛又来了个幻影使她吃惊。那里站着个留着小胡子的高个子先生，像是午夜的阳光，在黑暗中朝她微笑着。

“噢，巴尔先生，看到你我是多么高兴！”乔一把抓住他叫了起来，仿佛生怕还没将他弄进来，黑暗就把他吞没了。

“见到马奇小姐我也高兴——可是，不，你们有客人——”听到楼上传来的说话声以及咚咚的脚步声，教授停住了。

“不，没有，只是家里人。我妹妹和朋友刚刚回家，我们都非常快乐，进来吧，加入到我们当中来吧。”

虽然巴尔先生善于交际，我认为他还是想有礼貌地走开，改天再来。可是，乔在他身后关上了门，拿下了他的帽子，他怎好走呢？也许是她的表情起了作用，见到他，乔忘了隐瞒高兴的心情，坦率地表露了出来，这对那孤寂的人具有异乎寻常的魅力。乔的欢迎大大超出了他最大胆的希求。

“要是我不成为多余的先生，我将非常高兴见到他们大家。你生病了，我的朋友？”

他突然问道，因为乔在挂他的大衣时，脸色暗了下来。他注意到了这个变化。

“不是病了，而是疲倦、痛苦。离开你后我们有了灾难。”

“哦，是的，我知道。我听说了，我为你感到心疼。”他又握了握她的手。他的表情是那样充满同情，乔感到好像任何安慰都比不了这种仁爱的眼神和温暖大手的紧握。

“爸，妈，这是我的朋友，巴尔教授。”她的表情与语调带有不可遏制的自豪与快乐，仿佛她方才是吹着喇叭、手舞足蹈地开了门。

倘使那陌生人对将受到怎样的接待心存疑虑的话，一会儿他受到的热诚欢迎便使他放了心。每个人都客气地和他打招呼，开始是为乔的缘故，很快就为他自己的缘故喜欢起他来。他们情不自禁，因为他带着法宝，能打开所有的心。这些纯朴的人们立刻同情起他来，因为他穷，感到更加亲密。贫穷使生活稍好些的人们变得富有起来，贫穷也是真正热情好客精神的担保。巴尔先生坐在那里环顾四周，他的神情像是旅行者敲开了陌生人的屋门后发现自己回到了家。孩子们围着他，像是蜜蜂围着蜜糖罐。两个孩子一边一个坐在他腿上，他们以孩子的大胆搜他的口袋，拔他的胡子，检查他的表，想引起他的注意。妇女们相互传递着赞许的信息。马奇先生感到与他心性相投，便为客人打开了他的话题精品宝库。寡言的约翰在旁听着，欣赏着，却不发一言。劳伦斯先生发现不可能去睡觉了。

要不是乔在忙着别的事，她会被劳里的表现逗乐的。一阵轻微的刺痛，不是出于忌妒，而是出于类似怀疑的东西，使得这位先生开始时带着兄长般的慎重超然地观察着新来者，但是持续时间不长，他还没反应过来，便不由自主地产生了兴趣，被吸引进那一圈人中。因为，在这样愉快的氛围里，巴尔先生充分发挥了他的口才。他侃侃而谈，妙语连珠。他极少对劳里说话，却常看他。他看到这个风华正茂的年轻人，脸上便会掠过一丝阴影，仿佛为自己失去的青春遗憾，然后他的眼睛会渴望地转向乔。假如乔看到了他的眼神，她肯定会回答那无声的询问。可是乔得管住自己的双眼，因为不能放任它们。她小心地让眼睛盯着正在织的小短袜，像是个模范的独身姨母。

乔不时地偷看一眼教授，这使她神清气爽，就像在尘土飞扬的路上散步后饮过清泉一样，在这悄然瞥视中，她看到了某种她渴望的东西。此刻，巴尔先生的脸上丝毫没有心不在焉的表情，他精神抖擞，兴致勃勃。她想，实际上是年轻漂亮。她忘了将他和劳里作比较，对陌生人她通常会这样做。这对他们大为不利。此刻，巴尔似乎很有灵感，虽然转到了古人葬礼习俗的谈话，不能被看作是令人兴奋的话题。当特迪在一场争论中被驳得哑口无言时，乔得意得脸上放着光彩。她看着爸爸神情专注的脸，心里想到："要是他每天都有我的教授这样的谈友，该会多快乐啊！"最后一点，巴尔先生穿着一件新的黑色西服，这使他看上去比以前更像个绅士。他浓密的头发剪了，梳理得很整齐，可是保持不了太久，因为他一激动起来，便像往常一样，把它们弄得蓬乱不堪。比起平整的头发，乔更喜欢他的头发乱竖着，因为她认为那样使他漂亮的额头带上了朱庇特似的风味。可怜的乔，她是怎样赞美着那个其貌不扬的人啊！她坐在那儿，那样默默地织着袜子，同时什么也没逃脱她的眼睛。她甚至注意到巴尔先生洁净的袖口上有着金光闪闪的扣子。

"亲爱的老兄！他即便是去求婚，也不可能比这更仔细地装扮自己了。"乔心里想着。这句话突然使她心中一动，脸陡然红了起来，她只好将线团丢下，弯腰去捡，借机遮掩一下红红的脸。

然而，这个动作并没有像她预期的那样成功，因为，用比喻的说法，教授正在为葬礼火堆添火，这时他放下了火把，躬身去捡那个小蓝线团。当然，他们两人的头猛地撞到了一起，撞得眼冒金星。两个人红着脸直起身来，都没有拾到线团。他们回到了各自的座位，心里后悔不该离座。

没有谁意识到夜已深了，罕娜早就高明地转移了孩子，他们打着盹，就像两朵粉红的罂粟花，劳伦斯先生回家休息了。剩下的人围炉而坐，不停地谈着，完全不顾时间的流逝。后来，梅格母性的头脑里产生了坚定的信念：黛西肯定摔到床下去了，德米想必在研究着火柴的结构，睡衣定是被燃着了。于是她动身回家了。

"让我们来唱歌吧，就像以前那样，因为我们又聚到一起了。"乔说。她觉得只有引吭高歌才能尽情而又稳妥地宣泄心中的激情。

并不是所有人都到了，可是没有谁感到乔的话缺少考虑、不真实，因为贝思似乎还在他们中间，无形而又无时不在。她比以前更可爱。爱使家庭坚不可摧，死亡也不能将其拆散。那把小椅子放在老地方，小篮子还放在惯常的架子上，篮子里装着她没有完成的针线活，那架心爱的钢琴没有移动地方，现在很少有人去碰它。贝思安详的笑脸就在钢琴上方，像以前那样，俯视着他们，仿佛在说：“快乐起来吧，我就在这里。”

“弹点什么吧，艾美，让大家听听你有了多大的长进。”劳里说。他对他有出息的学生满怀自豪，这情有可原。

可是艾美热泪盈眶了，她转动着那张褪了色的琴凳，低声说：“今晚不弹了，亲爱的，今晚我不能炫耀。”

然而，她确实露了一手，这一手比才华或弹艺更好。她唱起了贝思常唱的歌来，声音里充满柔情，这是最好的老师也教不出来的。任何其他的灵感都不能赋予她更美更甜的震撼力量。它打动了听者的心弦。屋子里非常安静。唱到贝思最喜欢的圣歌的最后一句时，那清亮的歌声突然卡住了，很难说——

人世间没有天堂治愈不了的痛苦。

艾美靠在站在身后的丈夫身上。她感到没有贝思的亲吻，她回家受到的欢迎便不完美。

“好了，我们以《米娘之歌》结束吧，巴尔先生会唱。”没等艾美的停顿使人难受起来，乔赶紧说。巴尔先生喜悦地清清嗓子，哼了一声。他走到乔站着的角落说——

“你和我一起唱，好吗？我们俩配合得非常好。”

顺便说一句，这可是个可爱的谎话，因为，乔和蚱蜢一样，对音乐一窍不通。但是，即便教授提议唱整出歌剧，乔也会同意的。她颤声唱了起来，喜悦中也不管是否合拍合调。这没多大关系，巴尔先生像个真正的德国人那样起劲地唱着，他唱得不错。很快乔的声音便降为轻柔的低哼了，这样她便可以去听那似乎专为她唱的圆润的歌声。

你知道那个香橼盛开的国家吗？

这是教授最喜欢的一句歌词，因为“那个国家”对他来说，指的是德国。但是，现在他却似乎带着特别热情的调子拖长了下面的歌调——

那里，哦，那里，我愿和你一起，
哦，我亲爱的，去吧。

这深情的邀请使一个听众心中是那样激动，她极想说她真的知道那个国家，只要他愿意，她随时愿意欣然前往。

歌唱得非常成功，演唱者得到很大的荣誉。可是，几分钟后，他瞪眼看着艾美戴上帽子，完全失了态；因为乔只简单地介绍她为“我妹妹”。从他进屋起，没有谁叫她的新名字。后来他更加忘乎所以了，因为劳里在告别时，以他最优雅的风度说道——

“我和我妻子为见到你深感荣幸，先生。别忘了，我们随时欢迎你大驾光临。”

于是，教授由衷地致以谢意，满怀喜悦而神采飞扬。劳里认为教授是他见过的最令人愉快、易动感情的老兄。

“我也该走了。不过亲爱的太太，如果您允许的话，我会乐意再来的，因为城里有点小事务，我将在这里逗留几天。”

他对马奇太太说着话，眼睛却看着乔。妈妈的声音和女儿的眼色都真心诚意地表示同意。正如莫法特太太设想的那样，马奇太太并非不明白她孩子们的心事。

“我想那是个聪明人。”客人都离去了，马奇先生站在炉边地毯上温和满意地评论道。

“我知道他是个好人。”马奇太太一边给闹钟上发条，一边带着显而易见的赞许口气补充道。

“我料想你们会喜欢他的。”乔只说了这一句，便溜开上床去了。

她奇怪是什么事务把巴尔先生带到这个城市来了，最后认定他被委派到某处就任某种非常体面的工作，只是他太谦虚，不愿提及此事。而他回到了自己的屋子，安全保险，无人看见了。这时，他看着一个严肃古板的年轻女士的相片。这个女士头发很厚，似乎忧愁地凝视着未来。要是乔看到教授这时的神色，特别是当他关掉了煤气灯，在黑暗中吻着相片时，她也许会把这事弄明白一些。

第四十四章　我的夫君，我的太太

“母亲大人，请将我妻子借给我半小时行吗？行李到了，我在找一些我要的东西，把艾美的漂亮衣服全翻乱了。”第二天，劳里进来说。他发现劳伦斯太太坐在妈妈的膝上，好像又成了“宝宝”。

“当然行，去吧，亲爱的。我忘了你除了这个家还有个家。”马奇太太按了按那白皙的戴着结婚戒指的手，仿佛为她母性的贪爱请求原谅。

“我要是能应付，就不会过来了。可是，没有我的小女人，我就没法生活，就像一个——”

“没有风的风向标。”劳里停住找比喻的时候，乔提示道。自打特迪回来，乔恢复了活泼的老样子。

“没错。大部分时候艾美让我向西，只是偶尔朝南，结婚以来我还没有朝过东，北面我更是一无所知。但是我觉得那完全有益健康，适得其所。嘿，夫人！”

“迄今为止天气不错。我不知道这能持续多久。可是我不怕风暴，因为我在学着怎样驾驶我的船。回家吧，亲爱的，我给你找脱靴器，我猜你在我的东西里翻找的就是它。妈妈，真是拿男人们没办法。”艾美带着主妇似的神气说，这使她丈夫欢喜。

“你们安定下来后，打算做些什么呢？”乔问，她在给艾美扣斗篷扣，就像以前为她扣围裙那样。

“我们有计划。我们还不打算大事张扬，因为我们刚刚成家。但我们不打算虚掷时光。我将专心致志地去经商，这会让爷爷高兴。我要向他证明我没给宠坏。我需要这样使自己稳定下来。我厌倦了无所事事，得像个真正的男人那样工作。”

“艾美呢？她打算做什么？”马奇太太问。劳里说话时的决然神情与活力使她非常高兴。

“我们向四邻尽过礼仪，展示过我们最好的帽子后，将在家里广延宾客，让上流社交界为之注目，给我们带来良好的社会声望，到时你们会大吃一惊。就这样，是不是，雷卡米埃夫人①？”劳里神情滑稽地看着艾美问道。

“时间会证明的。走吧，你这莽汉。别当我家人的面嘲笑我，让他们吃惊。”艾美回答。她打定主意，家里先得有个好妻子，然后她才能作为社交王后建立一个沙龙。

“这两个孩子在一起看上去多幸福啊！”马奇先生说。小两口走后，他发现很难再专心于他的亚里士多德了。

“是的，我看这幸福能持久。”马奇太太补充道。她神色平静，就像领航员将船安全地引入了港口。

“我知道会持久的，幸福的艾美！”乔叹了口气。然后，随着巴尔教授急躁地推门进屋，她欢快地笑了。

晚上迟些时候，劳里脑子里放下了脱靴器之事。艾美转来转去，摆放着她的新艺术珍品。突然劳里对妻子说：“劳伦斯太太。”

“夫君！”

“那个人打算娶我们的乔！”

“我希望这样，你呢，亲爱的？”

“嗯，宝贝，我看他是个好人，按照那个富有表现力的词语的绝对意

① 雷卡米埃夫人（1777—1849）：法国贵夫人，其在巴黎的沙龙是当时政界和文坛知名人物的聚会之地。

义，是这样。但是我真的希望他稍稍年轻些，大大富有些。”

“哎哟，劳里，别太挑剔，别太世俗。只要他们相爱，不管多老多穷，都没一点儿关系。女人们绝不能为钱嫁人——”话一出口，艾美突然噎住了，她看着丈夫，而他故作严肃地搭腔了。

“当然不能，尽管有时确实能听到迷人的姑娘说她们打算这样做。要是我记得不错的话，你曾经认为嫁个富人就是你的责任。也许这能说明你为什么嫁给我这样一无是处的家伙。”

“哦，我最亲爱的男孩。别，别那样说！当我说‘愿意’时，我忘了你是个有钱人。即使你一文不名，我也会嫁给你的。我有时希望你是穷人，我好表示出我多么爱你。”艾美说。在公众场合她很庄重，私下却充满柔情。她令人信服地证实了她话语的真实性。

“你没有当真以为我唯利是图，像我曾试图做的那样，是不是？要是你不相信我乐意与你同舟，哪怕你得靠在湖上划舟谋生，那我会伤心的。”

“我是个傻瓜，没感觉吗？你拒绝了一个更有钱的人而嫁给我，现在我有权给你东西，可我想给你的东西你一半都不要，我怎么能那么想呢？姑娘们每天都那样想，可怜的人们，她们受到告诫，认为那是她们唯一的出路。你受到的教育较好，尽管我一度曾为你担心。我没有失望，因为女儿信守了妈妈的教诲。昨天我跟妈妈这样说了，她看上去又高兴又感激，好像我给了她一张百万元支票，让她用来行善。劳伦斯太太，你有没有在听我的道德评论？”劳里住了口，因为艾美眼睛虽然盯着他的脸，表情却心不在焉。

“不，我听着呢，同时我也在欣赏着你下巴上的笑靥。我不想使你虚有其表，可是我得承认，较之丈夫所有的钱，我更为他的英俊而自豪。别笑，你的鼻子对我是那么大的安慰。”艾美带着艺术家的满足感轻柔地抚摸着那个轮廓优美的鼻子。

劳里一生受到过许多赞美，但没有比这更合他心意的。虽然他笑话着妻子这种特别的趣味,但还是明白地表示出他的高兴。艾美慢慢说道:“我可以问你个问题吗,亲爱的?”

“当然可以。”

“假如乔真的嫁给了巴尔先生,你会在乎吗?”

“噢,那是烦恼所在,是不?我就知道那笑靥里有什么东西不合你的意。我不是个占着马槽的狗,我是世界上最幸福的人。我向你保证,在乔的婚礼上,我会带着和脚跟一样轻快的心情跳舞。你怀疑这点,宝贝?”

艾美抬头看着他,满意了。她最后的一点忌妒与担心永远消失了。她感谢了他,神情充满爱与自信。

“但愿我们能为那个好人老教授做点什么。我们能不能编造出一个富亲戚,他乐于助人,死在了德国,留给他一大笔遗产?”劳里说。这时他们手挽手,开始顺着长客厅来回踱步。他们喜欢这样,以此来纪念城堡花园。

“乔会查明真相,然后毁了一切。教授现在这样,乔为他非常自豪。昨天她还说,她认为贫穷是件美好的事。”

“上帝保佑她!要是她有个学者丈夫,还有五六个小男女教授要养活,她就不会这样想了。现在我们别去干涉,等待机会吧。到时我们为他们做点好事,那就由不得他们了。我受到的教育一部分得归功于乔。她相信人们应该诚实地偿还债务,所以我将用那种方法说服她。”

“能够帮助别人是多么令人愉快,是不是?有力量慷慨施舍一直是我的梦想之一。感谢你,我的梦想实现了。”

“哦,我们尽可能地多做善事,好不好?有一种穷人我特别愿意帮助。十足的乞丐得到了照顾,可是,有身份的穷人日子过得很差,因为他们不求人,人们也不敢贸然提供捐助。然而还是有上千种办法帮助他们,只要人们知道怎样巧妙地去做,而不致冒犯他们。我得说,我宁愿为一个破落的绅士效劳,也不愿去帮一个巧言哄骗的叫花子。我想这样不对。但我就是要这样做，虽然它更难做。”

“因为只有一个绅士才能做到这一点。”爱家协会的另一名成员补充道。

“谢谢，恐怕我不配受到那么好的赞美。但是，我正打算说，我在国外闲荡时，看到许多有天赋的年轻人为了实现他们的梦想作着各种牺牲，忍受着真正的艰难困苦。他们中的一些人非常杰出。他们像勇士般工作，贫穷，无朋无友，却充满勇气、耐心、意志。我为自己惭愧，很想给予他们适当的救助。我乐于帮助这些人。因为，假如他们有天才，就得为他们效劳，不让天才由于缺乏足够的燃料而埋没或者耽搁，这是个能获得美誉的善举。假如他们没有天才，也能够安慰这些可怜的人，在他们发现自己并非天才时而免于绝望，总归是件好事。”

“的确是这样。还有一种人不愿求助，甘心默默受苦。我知道点情况，因为是你把我变成了公主，就像古老故事里国王对贫女所做的那样。在这之前，我也属于那一种人。劳里，有抱负的姑娘们生活得不易。她们常常看着青春、健康以及宝贵的机会过去，只因为缺少适时的小小帮助。人们一直对我非常好。只要我看到姑娘们像我以前那样奋力挣扎前进，我就想伸手帮助她们，就像我得到帮助一样。”

“你就这样做吧，你这样像个天使！”劳里叫道。他脸上洋溢着干慈善事业的热情，决心专门为有艺术天赋的女人们设立一个机构，并捐赠基金。“富人们无权坐在那里独自享乐，或者积累钱财让别人浪费。死后留下遗产，不如活着时明智地花钱，享受使同胞幸福的乐趣，这样更为聪明。我们将过得非常幸福。而且，慷慨地施舍于人，会额外增加我们的快乐。你愿意做一个小多加①，四处走动，倒空大篮子里的安慰，再装满善行吗？”

“要是你愿做勇敢的圣马丁②，英勇地穿行于人世间，驻步让乞丐们

---

①《圣经》故事里的人物，约帕的女基督徒，制衣周济穷人，广行善事，死后由彼得使其复活。
② 西方教会修院制度的倡导人。

合穿你的外套的话，我真心地愿意。”

“就这么决定了，我们将尽量做好。”

于是一对新人为着心灵的契合紧紧握手，然后又幸福地继续踱起步来。他们感到他们温馨的小家更加亲切，因为，他们希望能使别的家庭快乐。他们相信，要是他们为别人踏平了崎岖之路，他们自己走在繁花似锦的小路上，双脚会走得更直；他们感到，爱心能使他们温柔地记起不如他们幸运的人们，这种爱心使他俩的心贴得更紧了。

第四十五章　黛西和德米

我感到，作为一个恭顺的马奇家族编史家，如不至少用一个章节的篇幅讲述两个最宝贝、最重要的家庭成员，我便没有尽到责任。现在黛西和德米已到了解事年龄。在这个高速发展的时代，三四岁的孩子便维护起自己的权利来，他们也能得到权利，在这方面他们比许多长辈优越。假如说有这么一对双胞胎面临着完全被宠坏的危险，那便是这两个喁喁学语的小布鲁克。当然，他们是所有孩子中最出色的，我提及下面的事实便可说明。他们八个月会走路，十二个月能流利地说话，两岁时便能上桌吃饭了，而且行为得体，惹人喜爱不已。三岁时，黛西便要"针活儿"，还真的做了一个缝了四条线的袋子。她还在餐具柜上从事家政，技术熟练地操作着一个极小的烹调炉，使罕娜流出了骄傲的眼泪。德米在跟外公学字母。外公发明了一种新的教字母方式，用他的胳膊和腿组成字母，这样把头和脚的锻炼并为一体。这男孩很早就显露出机械方面的天才，使爸爸高兴，妈妈惊喜。因为，他试图仿制所有他见过的机器，使育儿室总是凌乱不堪。他的"缝纫器"——一个古怪的构件，用线头、椅子、晒衣夹组成，还有线轴，那是"圈啊圈"（转啊转）的轮子。另一把椅子背上还挂着个篮子，轻信的妹妹坐在篮子里。他徒劳地想把她扯上来。妹妹带着女性的献身精神，听凭她的小脑袋撞来撞去，直到妈妈前来搭救。而小发明家愤怒地说道："干吗？妈妈，那是我的升降机，我正在吊她上来呢。”

虽然双胞胎性格完全不同，他们相处得还是非常好，一天中极少有争吵三次以上的。德米对黛西横行霸道，却英勇地护卫着她不受任何别的侵略者的侵犯；而黛西则把自己当成划船的奴隶，她崇拜哥哥，认为他是世上完美无缺的人。黛西是个面色红润、身体圆胖、快快活活的小东西，她讨每个人的欢心，并舒舒服服地在大家心中安顿下来。这个有魅力的小家伙似乎生来就是让人亲吻、拥抱、打扮和喜爱的，像个小女神。去所有喜庆场合，有了她是让大家赞许的，她的小小德行是那样美好。要不是一些小淘气行为使她带着不安分的天性，她就是个十足的天使了。她的世界总是阳光灿烂。每天早晨，她身穿小睡袍，爬到窗口向外看，不管下雨还是天晴，她总说：“噢，考（好）天！噢，考天！”她那样信任地让陌生人亲吻，使得最顽固的独身者也动了怜爱之心，爱孩子的人们更是深情切切。

“西西爱每一个人。”有一次她这么说。她一只手拿着汤匙，另一只手拿着杯子，伸开双臂，仿佛渴望拥抱、滋养整个世界。

随着她的成长，妈妈开始感到，像那曾使老屋舒适的人一样，鸽屋里也存在着这样一个安静可爱的人儿，这是上帝的赐福。她祈祷免受那样的损失。那种损失近来使他们懂得他们曾那么长时间无意识地拥有了一个天使。她的外公常叫她“贝思”，外婆带着不知疲倦的专注神情注视着她，仿佛试图补偿过去的某种过失。这种过失只有她才能看见。

德米像个真正的美国人，他生性好奇，所有事都想知道。他常常把自己弄得非常不安，因为他无穷的问题“做什么用的？”得不到满意的回答。

他还有着哲学家的倾向，这使外公非常高兴。外公常和他进行苏格拉底式的谈话，谈话中那早慧的学生有时向老师提出问题，使妇人们露出掩饰不住的赞赏之情。

“外公，是什么使我的腿走路？”一天晚上，上床嬉闹后歇息时，年轻的哲学家带着沉思的表情打量着他身体的活跃部分问道。

“是你的小脑袋，德米。”哲人抚摸着他那金黄色的脑袋恭敬地回答。

“小脑太（袋）是什么呢？”

“是使你身体活动的东西，就像我手表里的发条使齿轮转动那样。我给你看过的。”

“把我打开吧，我想看着它卷（转）动。”

“那我可做不到，就像你不能打开手表一样。上帝给你上了发条，你就这样走着，直到他止住你。”

“是这样吗？”德米接受了这个新的思想，棕色眼睛变得又大又亮。“我就像只手表给上了发条？”

“是的，可是我不能告诉你是怎样上的，因为上的时候我们没有看到。”

德米摸着自己的后背，好像期待发现那里就和手表背面一样，然后他严肃地说道：“我猜抢（想），上帝在我睡着了的时候上的发条。”

接着外公仔细解释，他那样入神地听着，使得外婆焦急地说：“亲爱的，你以为对孩子说这种事明智吗？他眼睛上方的头骨隆得好高，越来越聪明，已经会问回答不了的问题了。”

“要是他长大了，能问问题了，也就能得到真实的回答。我不是往他脑袋里灌输思想，而是在帮他解决已经存在的问题。这些孩子比我们聪明。我不怀疑那孩子能听懂我说的每一个字。好了，德米，告诉我，你的思想放在哪里？”

假如男孩子像亚西比德①那样回答，“的的确确，苏格拉底，我说不上”，他的外公也不会吃惊。可是，他单脚独立了一会儿，像一只沉思着的小鹳鸟，然后以一种深信不疑的平静语调回答：“在我的小肚子里。”老先生只好加入外婆的笑声中，结束他的玄学课。

---

① 亚西比德（前450—前404）：古希腊雅典政客和将领。

要不是德米拿出了令人信服的证据，说明他既是一个初露头角的哲学家，也是个道地的男孩子，他也许会引起母亲的焦虑。那些讨论常常会引得罕娜点着头预言："那孩子待在这世上不会久。"可是他转眼就来了些恶作剧，使她消除了担心。那些可爱、肮脏、淘气的小坏蛋们就用这些恶作剧使他们的父母又是烦躁又是欢喜。

梅格制定了许多道德准则，并试图执行。但是，什么样的母亲经得住他们迷人的诡计、巧妙的遁辞或者镇定的放肆呢？而这些小小的男人女人们那么早就显示出他们要手腕蒙骗的才能了。

"不许再吃葡萄干了，德米，你会生病的。"妈妈对小伙子说。这一天在做葡萄干布丁。他在厨房要求帮忙，无止境地定时来要。

"德米喜欢生病。"

"我这里不需要你，你走开去帮黛西做小馅饼吧。"

他不情愿地离开了。但是受到的委屈压在心头，不一会儿，弥补的机会来临，他用精明的交易智胜了妈妈。

"好了，你们都是乖孩子。现在你们喜欢什么，我就做什么。"这时，布丁已安全地放在罐子里发着了，梅格领着她的助手厨师们上楼时这么说。

"当真，妈妈？"德米问，他那搽了许多粉的脑袋冒出了一个绝妙的主意。

"是的，当真。你说的任何事。"缺乏远见的妈妈回答。她自己预备着把《三只小猫》唱上五六遍，或者豁出去带她的一家去"买一便士小面包"，可是德米把她逼入绝境，他冷静地回答——

"那么，我们去吃光所有的葡萄干。"

乔乔姨是两个孩子的主要玩伴和知心人。这三人把小房子弄得乱七八糟。艾美姨对他们来说还只不过是个名字。贝思姨很快便淡化为令人愉快的模糊记忆。然而，乔乔姨是个活生生的实体，他们充分地利用她，而乔也深深感激他们表示的敬意。可是，巴尔先生来了，乔便忽视了她的玩伴们。两个小家伙感到不悦、委屈。黛西喜欢到处兜售亲吻，现在失去了她最好的顾客，破了产。德米以那幼儿的观察力很快就发现，与他相比，乔乔姨更喜欢和“大胡子”在一起玩。虽然受了伤害，但是他隐藏起自己的痛苦，因为他不想侮辱对手。这个对手的背心口袋里总是巧克力糖块的宝库，还有块手表，可以拿出盒子，任由热情的欣赏者摇动。

有的人可能会把这些放纵看作贿赂，可是德米不这么看。他继续带着沉着的殷勤惠顾“大胡子”。而黛西在他第三次来访时便赐予他小小的爱慕之情，把他的肩当作她的宝座，他的胳膊当作藏身处，他的礼物当作无价之宝。

先生们有时会突然一时兴起，赞美起女士们的小亲戚们来，这是为了女士们的缘故。但是这种假装的爱子女的心不自然地附加于他们身上，一点儿也骗不了人。巴尔先生的爱心却是真诚的，同样也是有效的——在爱情方面和在法律上一样，诚实为上策。他是那种和孩子在一起无拘束的人，当小脸蛋和他的男子汉脸膛成为有趣的对照时，他看上去特别开心。他的事务，不管那是什么，一天天地留住了他。晚上他很少不来看——嗯，他总是说来看马奇先生，所以，我推测是他有吸引力。优秀的爸爸误解了，认定他的确有吸引力。带着类似的情绪，他沉迷于长时间的讨论中，直到他那更具观察力的外孙偶然说出一句话，使他突然明白过来。

一天晚上，巴尔先生来访，他停在书房门口，眼前的景象使他大为惊讶。马奇先生躺在地板上，令人尊敬的双腿跷在空中。德米在他身边同样躺着，试着用他那穿着红色长筒袜的短腿模仿外公的姿势。两个躺着的人神情是那样严肃专注，竟意识不到有旁观者，直到巴尔先生发出洪亮的笑声，乔带着震惊的神色叫道——

“爸爸，爸爸，教授来了！”

一双黑腿落了下去，一颗灰脑袋抬了起来。导师带着泰然自若的庄重神情说:“晚上好,巴尔先生。请稍等片刻,我们就要结束课程了。好了,德米,摆出这个字母,说出它的名字。”

“我认识它!”拼命努力了一番,那双红腿摆出了一副圆规的样子,然后聪明的学生得意扬扬地叫道:

“这是个We[①],外公,这是个We!”

“他是个天生的韦勒[②]。”乔笑道。她爸爸收回了双腿。她侄子试图倒立,那是他对下课了感到满意的唯一表达方式。

“你今天做什么了,bübchen[③]?”巴尔先生拉起了体操运动员,问他。

“德米去看小玛丽了。”

“在那干什么了?”

“我亲了她。”德米天真率直地开口说。

“噗!你开始得太早了。小玛丽怎么说的?”巴尔先生问道。他继续听取着小罪犯的忏悔。小罪犯站在他的膝上,探索着他的背心口袋。

“噢,她喜欢那样,她也亲了我。我也喜欢。难道小男孩不喜欢小女孩吗?”德米补充道。他嘴巴塞满了,美滋滋地嚼着。

“你这个小宝贝,是谁把那放到你脑子里的?”乔问。她和教授一样欣赏这个天真的揭秘。

“不是放在我脑子里,而是放在我嘴趴(巴)里。”抠字眼的德米回答。他伸出舌头,上面有一颗巧克力糖块。他以为乔指的是糖果,而不是思想。

“你该给那个小朋友留一些。糖果送给亲爱的嘛,小大人。”巴尔先生给了乔一些。他的表情使乔奇怪巧克力是不是众神饮用之酒。德米也看到了他的笑容,他为之感动,率直地询问道——

“大男孩也喜欢大女孩吧,教授?”

---

① 德米把字母V念成了We。

② 狄更斯小说《匹克威克外传》中一滑稽人物。

③ 德语:小调皮。

就像小华盛顿那样，巴尔先生“不能说谎”。于是，他含含糊糊地回答他相信有时是这样的。他的语调使得马奇先生放下了衣刷，瞥了瞥乔羞怯的面容，然后沉进椅子里。他看上去好像那“早熟的孩子”把一个又甜又酸的念头放入了他的脑子。

半小时后，乔乔姨在瓷器橱里捉住了德米，她没有因为他跑进那里而揍他，而是亲切地搂抱着他的小身体，差点让他透不过气来。作出这种新举动之后，她又给了他一个意外的礼物：一大块涂了果酱的面包。乔乔姨为什么这样做呢？德米的小脑袋百思不得其解，被迫永远放弃这个问题不去解决它了。

第四十六章　在雨伞下

劳里和艾美夫妻俩在天鹅绒地毯上安然踱步，为幸福的未来筹划，把这个家料理得井然有序。与此同时，巴尔先生和乔走在泥泞的路上和潮湿的田野中，享受着一种不同的散步情趣。

“傍晚时，我总是要散步的。不知道为什么要放弃这个习惯，只是因为常碰巧遇到教授吗？”两三次路遇教授后，乔自言自语道。尽管梅格家有两条道可走，可是不管她走哪条，肯定会遇上他，无论来去都是这样。他总是走得很快，而且似乎不到走到相当近，就看不见她，仿佛他的近视眼使他到那一刻才认出走近的女士。然后，要是乔去梅格家，他总有些东西给两个孩子；要是她面朝家的方向，他便只是散步过来看看小河的，正打算回去呢，他担心他的频繁来访会使他们厌烦。

在这种情况下，除了有礼貌地和他打招呼，邀请他进家，乔还能做什么呢？就算她真的厌烦他的来访，她也会掩饰得天衣无缝。她留意晚餐应该有咖啡喝，“因为弗里德里克——我是指巴尔先生——不喜欢喝茶”。

到了第二个星期，每个人都完全知道了正在发生什么事情。可是，大家都试图做出对乔脸色的变化全然不察的样子。他们从不问她为什么一边做活一边唱歌，一天要梳三遍头，为什么傍晚散步脸红起来。巴尔教授一边和爸爸谈哲学，一边给女儿上爱情课。似乎没有谁对此有丝毫的怀疑。

乔现在已是六神无主，不能保持昔日庄重的常态了。她试图对自己的感情采取断然措施，可她做不到，愈加心浮气躁。过去她多次强烈宣布要独立，而现在，她非常害怕因为自食其言而让人笑话。她特别怕劳里会笑话她，幸好有人管着他，他的言行举止倒没有什么出格或者值得非议之处。公开场合他从不称巴尔先生为“极好的老头儿”，也不以任何方式暗示乔大有变化。看到教授的帽子几乎是每天晚上都出现在马奇家客厅的桌子上，他也没有一点儿大惊小怪的表示。他心中欣喜不已，祈盼那个时候来临，他好送给乔一只馈赠盘，上面画有一个莽汉和一根破杈杖，就像是枚盾形纹章，那再合适不过了。

两个星期来，教授真像情人那样很有规律地来往不停。后来又整整三天没有露面，音信杳然。这使得大家心情一下子紧张起来。乔开始有些忧心忡忡，然后——哎呀，爱情！——窝火透了。

“我敢说，他反感我了。和来时一样突然回家去了。当然，也没什么。可是我倒认为，他本应该像个绅士那样来向我们道别的。”一个阴天的下午，她失望地看着大门，自言自语道，一边穿戴着准备像往常那样出去散步。

“你最好带上那把小雨伞，亲爱的。看来要下雨。”妈妈说。她注意到乔戴上了新帽子，但是没提帽子的事。

“是的，妈咪。你要买什么吗？我要进城买些稿纸。”乔回答。她在镜子前拉开下巴上的帽结，不让妈妈看自己的正脸。

“要的，我要买些斜纹亚麻布、一盒九号针，还要两码淡紫色丝带。你穿上厚靴子了吗？外套里面可穿了些暖和的衣服？”

“我想是穿了。”乔心不在焉地回答。

“要是你碰巧遇上巴尔先生，就带他回家来喝茶。我还真想见到那亲切可爱的人呢。”

这句话乔听见了，但却没作回答。她只亲了妈妈一下，便迅速走开了。她尽管伤心，还是带着感激的喜悦想到："她对我多好啊！那些没有妈妈帮助渡过难关的姑娘们可怎么办啊？"

先生们往往聚集在事务室、银行和批发商品贮藏室。卖绸缎呢绒的商店不和上述地方位于一处，乔却发现自己不觉走到了那些地方。她一件差事也没干，沿路闲逛，好像在等着什么人。她带着非常不适合女性的兴趣浏览着这个橱窗里的机器仪表，那个橱窗里的羊毛样品。她打翻了货桶，几乎被下卸的货包压倒。忙碌着的男人们没礼貌地乱推她，他们的神情好像是在奇怪"她究竟为什么到了这里"。她脸上感到了一滴雨点，这把她的思绪从受挫的希望拉回到毁了的丝带。雨点继续下落，她作为女人又作为情人的细心柔肠让她感觉到了雨点。虽然挽救破碎的心为时已晚，但也许还能挽救她的帽子。现在她记起了那把小雨伞。仓促上路时她忘了带上它。可是后悔无益。没什么好做的，要么去借一把伞，要么任由雨淋。她抬头看了看阴霾的天气，低头看看已经弄上点点黑斑的红色帽结，又朝前看看泥泞的街道，然后踌躇地回头久久看着一家肮脏的货栈，货栈门上写着"霍夫曼斯瓦兹联营公司"。乔带着苛刻的自责神情自言自语道——

"我活该如此！我有什么理由要穿戴上我最好的衣帽，跑到这里来卖俏，希望见到教授？乔，我为你感到羞耻！不，不能去那里借伞，也不能向他的朋友打听他在哪里。就在雨中跋涉，办你的事吧。假如你因淋雨患重伤风而死，并且淋毁了帽子，也一点儿不冤枉。就这么办吧！"

这样想着，她猛地冲往街对面，差点被一辆驶过来的马车轧死。她一下撞进一个威严的老先生怀里，老先生有些生气，说道："对不起，小姐。"乔有点胆怯了，她站直身，用手帕盖住那注定要遭殃的丝带，把诱惑置于脑后，慌不择路地走着。她脚踝越来越湿，头顶上行人的雨伞撞来撞去。一把有些旧的蓝伞在她没有保护的帽子上定住不动了，一下子吸引了她的注意力。她抬起头来，看到巴尔先生正朝下看着她。

“我想知道那个意志坚强的女士是谁，她那么勇敢地在这许多马车前奔走，这么快地在烂泥路上穿行。你到这里来做什么，我的朋友？”

“我在买东西。”

巴尔先生笑了。他的眼光从街道一边的泡菜坊扫到另一边的皮革批发商行。但是他只礼貌地说道：“你没有伞，我可以和你一起去，帮你拿东西吗？”

“可以，谢谢。”

乔的面颊像她的丝带一般红了，她不知道他是怎么想她的，可是她不在乎。一会儿她便发现自己和她的教授在手挽手走。她感到太阳似乎破云而出，光芒耀眼，世界又恢复了正常。这个正在涉水走着的妇人幸福透顶。

“我们还以为你已经走了呢。”乔急急地说道，她知道他正看着她。她的帽子够大，能藏住她的脸。她担心她的脸泄露出高兴的神情，使他认为她缺乏少女气。

“你们对我那么好，你相信我竟会不辞而别？”他带着那种责备语气问。她感到好像那个暗示侮辱了他，由衷地答道——

“不，我不相信。我知道你在忙自己的事。可是我们非常想见你——特别是爸爸妈妈。”

“那你呢？”

“见到你我总是高兴的，先生。”

乔急切地想保持声音平稳，结果话说得非常冷静，句末那个无情的小单音节似乎使教授扫兴。他的笑容消失了，严肃地说道——

“谢谢你。我走前会再去一次。”

“那么，你要走？”

“我这里没事了，已经结束了。”

“想必事情办妥了？”乔说。教授的简短回答里有着失望的痛楚。

“我可以这样想，因为我找到了一条路，可以挣得面包，大大帮助我的Jünglings[1]。"

"请告诉我！我想知道一切——孩子们的事。"乔急切地说。

"你太客气了，我乐意告诉你。朋友们为我在大学谋到个职位，我将在那里像在家那样教书，挣得足够的钱为弗朗兹和埃米尔铺平道路。我为这事感到高兴，该不该这样？"

"你真的该高兴。你能做你喜欢的事，我们又能常见到你，还有孩子们，这太妙了！"乔叫着。她情不自禁地露出了满意的神色，却拉着孩子们作幌子。

"噢！可是，我担心我们不会常见的，大学在西部。"

"那么远啊！"乔放下裙裾，任其听命了，好像她不在乎她的衣服和她自己有什么遭遇。

巴尔先生能读几种语言，可是还不曾学过读懂妇女。他自以为相当了解乔，所以，那天乔的声音、脸色和态度相互矛盾，使他大为惊讶，她接二连三地频频显出矛盾，半个小时内心境变换了五六次。遇到他时她看上去惊喜，虽然不由得让人怀疑她是为那个采买的目的而来。当他把胳膊伸给她时，她挽上胳膊的表情充满喜悦。可是当他问及她是否想他时，她的回答是那样正式，让人扫兴，以致绝望笼罩了他。获悉他的好运，她几乎拍起手来，那完全是为孩子们高兴吗？然后，听说了他的目的地，她又说："那么远啊！"她绝望的语调将他举到了希望的顶峰。可是，转眼间她又使他掉落下来。她像完全沉浸在差事中那样说——

"我采购东西的地方到了。你进来吗？要不了多长时间。"

乔很为她的采购能力自豪。她特别想麻利、敏捷地完成差事，给她的同伴留下深刻印象。可是，由于她心绪不宁，结果事事别扭。她打翻了针盒，忘了要买的亚麻布是"斜纹的"，还找错了零钱。她在印花布柜台要买淡紫色丝带，自己弄得糊里糊涂。巴尔先生站在一旁，看着她红

① 德语：孩子们。

着脸，犯着错。看着看着，他自己的困惑似乎减轻了，因为他开始看出，在有的场合，女人们像梦一样，要反过来解读。

他们出来时，他将包裹夹在胳膊下，脸色开朗起来。他踩着水坑走着，好像这一切总的说来他很欣赏。

“我们要不要为两个孩子‘采购’点什么？要是我今晚去你们那个快乐之家，作最后一次拜访，来一个告别宴会，你说好吗？”他停在一个摆满水果和鲜花的橱窗前问道。

“我们买什么呢？”乔问。她忽视了他问话的前一部分，走进店里装作愉快的样子闻着水果和鲜花的混合香味。

“他们吃不吃橘子和无花果？”巴尔先生带着父亲般的神气问。

“有多少吃多少。”

“你喜欢吃坚果吗？”

“像松鼠一样喜欢。”

“葡萄汉堡包，是的，我们将用这些东西为祖国干杯，好吗？”

乔觉得这有些奢侈，皱起了眉头。她问他为什么不买一草篓枣子、一罐葡萄干、一袋扁桃，然后就此打住。于是，巴尔先生没收了她的钱包，拿出了他自己的。他买了几磅葡萄、一盆粉红色雏菊，还有一瓶漂亮的蜂蜜，说它漂亮是从盛它的小颈大瓶来看的。就这样采购完毕。他的口袋被些小球形物品撑得变了形。他把花交给乔拿着，自己撑开那把雨伞，两个人继续行路。

“马奇小姐，我有件大事要求你。”他们在湿地里走了半个街区后，教授开了口。

“说吧，先生。”乔的心跳得那么响，她担心他会听见。

“虽然在下雨，我还是得斗胆相求，因为我只剩下这么短时间了。”

“是的，先生。”乔突然捏了下花盆，差点将花盆弄碎。

“我想为我的蒂娜买件小衣服，可是我太笨，自己去买不好。能请你帮忙参谋一下吗？”

“好的，先生。”乔突然感到镇定冷静下来，仿佛跨进了冰箱。

“还要为蒂娜的母亲买条披肩。她那么穷，丈夫又是那样的一个拖累。对了，对了，带给那小母亲一条暖和的披肩将会有帮助的。”

“我乐意效劳，巴尔先生。”接着乔对自己说，“我很快就要在他心中消失了，而他却每分钟越来越可爱了。”然后，她带着思想上受到的打击，十足热心地为他参谋起来，好像什么也没发生。

巴尔先生把一切都交给她办了。于是，她为蒂娜选了一件漂亮的长外衣，然后要店员拿出披肩来看。店员是个结过婚的人，他放下架子，对这对人产生了兴趣，他们似乎是在为他们的家庭采购。

“你夫人也许更喜欢这一条，这披肩质量上乘，颜色也很好，非常高雅、时髦。”说着他将一条柔软的灰色披肩抖开，披在了乔的肩上。

“这条合你意吗，巴尔先生？”她将背转向他问道，她深深感激这个使她藏起脸的机会。

“非常合意，我们就买这一条。”教授回答。他一边付钱一边暗笑着。而乔继续搜查着一个个柜台，像个改不了的到处找便宜货的人。

“现在我们该回家了吧？”他问，好像这话在他听来非常悦耳。

“是的，不早了，而且我这么累。”乔的声音不知不觉感伤起来，因为，现在太阳就像刚才出来时那样，突然钻进去了。她第一次发现，她的双脚冰冷，头也作痛，她的心比脚更冷，心中的疼痛比头疼更甚。巴尔先生就要离开她了。他喜欢她，只是作为朋友，这一切都是个错误，结束得越早越好。她脑中这样想着，便叫住了一辆驶近的公共马车。她叫车的手势是那样仓促，使得雏菊飞出了花盆，糟糕地毁坏了。

“这不是我们要乘的马车。”教授说。他挥手让满载乘客的马车开走，俯身去拾那些可怜的小花们。

“请原谅。我没看清车牌。没关系，我能走，我习惯在泥地里跋涉。”乔回答说。她使劲眨着眼，因为她宁肯去死也不愿公开地擦眼睛。

虽然她扭转了头，巴尔先生还是看到了她面颊上的泪滴。这情景显然大大感动了他。他突然俯下身来，意味深长地问道："我最亲爱的，你为什么哭了？"

乔若不是初涉爱河，会说她不是在哭，而是鼻子有点不适，淌清鼻涕，或者扯个别的适时的女人家小谎。可是她没那样说，而是遏制不住地抽泣着，有损尊严地回答："因为你要走了。"

"Ach, mein Gott[①]，那太好了。"巴尔先生叫了起来。他顾不上雨伞和物品，费劲地拍起手来。"乔，除了许多的爱，我没什么可以给你的了。我来是看看你可在乎我的爱。我等待着能确信这一点，我和你的关系超出朋友，是不是这样？你能为老弗里茨在心中留个小位置吗？"他一口气说完这些话。

"哦，好的！"乔说。他非常满足了。她双手抱住了他的胳膊，脸上的表情清楚地显示出，即使没有了那把旧伞的遮蔽，能和他并肩穿越人生，也是她无上的幸福。

这种求婚方式当然困难，因为，即便巴尔先生愿意下跪，地上的烂泥也使他不能这么做。用比喻的说法，他也不能伸手给乔向她求婚，因为他双手都拿着东西。更不用说在光天化日之下忘情地表达爱慕之心，尽管他差一点就这样做了。所以，唯一能表达他狂喜心情的方式便是看着她，那是种容光焕发的表情。实际上，他胡子上闪着的亮晶晶的泪光里似乎有着小彩虹。假若他不是那样深爱着乔，我想，当时他不可能那样的。她看上去绝非窈窕淑女，她的裙子处于悲惨的境地，胶靴上泥巴一直溅到脚脖子，帽子也一塌糊涂。幸好，在巴尔先生眼中，她是世上活着的女人中最美丽的。而她也发现他比以前更"像朱庇特"了，虽然他的帽边差不多卷曲了，小溪从那上面流向他的双肩（因为他把伞全给乔遮雨了），而且他手套的每一个指头都需要缝补。

路人也许会以为他们俩是一对没有恶意的神经病，因为，他们完

① 德语：天哪。

全忘了叫车，忘了渐浓的暮色与雾，从容不迫地信步走着。他们根本不在乎别人怎样看他们，他们沉浸在幸福的时光里，这种时光极少来临，一生只有这一次。这个神奇的时刻给老人青春，给丑人美貌，给穷人财富，让人类预先尝到天堂的滋味。教授看上去像是征服了一个王国。他幸福之至，尘世赐予他的没有比这更多的了。乔在他身边沉重地跋涉着，她感到好像她的位置一直就该在这里，纳闷她以前怎么会选择别的命运。当然，是她先开口说话——我是说，这可以理解，因为，她先激动地说："哦，好的！"随后又动情地说话，这不太一致，也不值得报道。

"弗里德里克，你为什么不——"

"哦，天哪，她叫我那个名字，明娜死后还没有谁那样叫过我！"教授叫着。他在一个水坑里停下，怀着满心欢喜与感激看着她。

"我总是在心里这样叫你——我忘了，但是，除非你喜欢，我不会这样叫了。"

"喜欢？我说不上那有多么甜蜜。你也说'卿'，我得说，你们的语言几乎和我的一样美丽。"

"'卿'是不是有点感情用事？"乔问，她暗自认为那是个可爱的单音节。

"感情用事？是的，感谢上帝，我们德国人信奉感情用事，这使我们保持年轻。你们英语中的'你'那么冷淡，说'卿'，最亲爱的，它对我意味深长。"巴尔先生恳求道。他更像个谈情说爱的学生，而不是严肃的教授。

"那么，好吧。卿为什么不早点告诉我这些？"乔羞怯地问道。

"现在我让你洞悉了我所有的心思，我也非常高兴这么做，因为从此以后卿得照拂它。明白了吗？我的乔——啊，那可爱、有趣的小名字——那天在纽约和你道别时，我就想对你说些什么。可是，我以为那漂亮的朋友和你订了婚，所以没说什么。假如我那时说了，卿会回答

'好的'吗?"

"我不知道。恐怕我不会这样说。那时我一点心思也没有。"

"哦!我不相信。它睡着了,直到那可爱的王子穿过树林,将它弄醒。啊,是的。'Die erste Liebe ist die beste'[①],可是我不应那样期盼。"

"是的,初恋确实最珍贵,所以你就知足吧,因为我从来没有别的恋爱。特迪只是个男孩,我很快就打消了他的幻想。"乔说。她急于纠正教授的错误。

"好!那我就满足了。我确信你给了我全部的爱。我等待了那么长时间,卿会发现,我变自私了,教授夫人。"

"我喜欢那个称呼。"乔叫着,为她的新名字高兴,"现在告诉你,正在我最需要你的时候,是什么使你终于来到这里的?"

"是这个。"巴尔先生从背心口袋里掏出一张揉皱了的小纸片。

乔打开了纸片,神情非常羞怯,因为那是她向一家诗歌报投的稿件之一,这个报社付稿费,所以她偶尔还尝试投稿。

"那怎么使你来的呢?"她问。她不明白他的意思。

"我偶然发现的。我从那些名字和缩写的署名知道了它。诗中有一小节似乎在召唤我。读一读找到它吧。我看着你别踩到水里。"

乔服从了。她匆匆浏览着诗行。她的诗命名为——

在阁楼上

四只小箱排成排,
尘土使之褪色,岁月使之损坏,
很久以前把它们做成又填塞,
昔日小主人而今都向青春迈。

① 德语:初恋最珍贵。

四把小钥匙并排挂，
褪色丝带曾经漂亮又鲜艳，
满心欢喜系上绸丝带，
那是好久好久以前的一个下雨天。
四个小名字分刻在箱盖，
由幼稚的手儿刻出来，
箱子底下存放着
快乐的往事
嬉戏于斯，童稚相无猜，
倾听悦耳之节拍，
击打在屋顶上，
那是夏雨嗒嗒地落下来。

“梅格”刻在第一只箱，光滑又明白。
我深情往里看，
细心叠放，巧手如裁，
收藏丰赡，
把和平的生活记载——
馈赠与听话的男孩与女孩。
一件婚礼服，一纸婚姻书。
一只袖珍鞋，一绺婴儿发。
第一只箱子里没有玩具足可夸，
它们被取走，
虽旧复可嘉，
另有小梅格玩着它。
我心知，哦，快乐的小妈妈！
你当听见，妙曼摇篮曲，

节拍轻柔如夏雨。

“乔”的名字刻在下一只，漫漶又潦草，
箱内乱糟糟，
破损的教科书，无头的玩偶，
不再说话的飞鸟与走兽；
还有来自童话世界的泥土，
曾有年轻的脚丫上面走。
未来梦已远，
往事尚依稀；
诗稿仅存半，故事没边际，
冷冷热热，信件也少正经意，
任性的孩子写日记，
而今斑驳青春期；
此身孤寂，
仔细听，如泣如诉悲凉意——
“我当被爱，爱情宁有期？”
声声滴落夏雨季。

我的贝思！这只箱盖刻有你的名，
洁净无纤尘，
热泪常涤洗，
纤手爱抚勤。
死神认你作圣徒，
神性超然绝凡尘。
无边哀情中我们默然拾掇，
神龛中你遗物如圣——

银铃不再摇响，
你的小帽，临终犹戴头顶，
还有永寂的凯瑟琳，依然美丽，
与门上的天使为邻；
监狱般的痛苦，
囚不住你无悲的歌声，
永远地温柔轻盈，
与夏雨相和相应。

最后一只箱盖熠熠闪光——
传说成真不再是梦想，
那是一个勇敢骑士的盾牌，
“艾美”，字迹瓦蓝、金黄。
箱中放着她的束发带，
还有舞会之后的舞鞋，
小心放置的花儿已经枯萎，
扇子曾为之效力；
情人节花哨卡片，余炽犹燃，
林林总总，每一件都曾分享，
一个女孩的担心、娇羞与希望，
记录下少女的心路辉煌。
如今出水芙蓉娇美万状，
听！婚礼钟声银铃般回响荡漾，
欢乐的节拍，
如夏雨清澈滴响。

四只小箱排成排，

尘土使之褪色，岁月使之损坏，
祸福使得她们明白，
去爱，去劳作，在她们风华年代。
姐妹四人，暂有离分，
未曾相失，只有一个先行。
不朽的爱之神力，
使他与姐妹更亲更近。
哦，箱中的物品，
请求上帝赐予灵光，
赐予她们幸福安康，
更美更善更久长，
生命的华章经久奏响，
如旋律令心潮激荡，
心灵在飞翔欢唱，
永久沐浴着雨后艳阳。

J. M.

“那是首很蹩脚的诗，但我是有感而作的。那一天，我感到非常孤独，靠在装破布的袋子上大哭了一场。我绝没有想到它能讲述故事。”乔说着，把教授珍藏这许久的诗撕碎了。

“让它去吧，它已完成了使命。等我读完她记录小秘密的褐皮书，我会读到她的新作的。”教授笑着说。他注视着纸片在风中飞散。“是的，”他诚挚地补充道，“我读了那首诗，心里想，她有痛苦，她感到孤独，她将在真正的爱情中找到安慰。我心中充满了爱，充满了对她的爱，难道我不应该去对她说：‘假如这爱不是太微不足道，以上帝的名义，接受它吧，我也希望能接受爱。’”

“所以你就来查明它是不是微不足道，结果发现那是我需要的宝贵东西。”乔低声说。

“虽然你那样客气地欢迎我，但开始时我没有勇气那样想。可是不久我就开始希望。然后我就对自己说：‘即便为爱而死我也要得到！’我会那么做的！”巴尔先生叫道。他挑战似的点着头，仿佛笼罩他们的薄雾便是障碍，要他去克服或者勇敢地将之摧毁。

乔想，那太美妙了。她决心无愧于她的骑士，虽然他并没有衣着华丽，骑着战马昂然前行。

“什么事让你离开这么久？”过了一会儿，她问道。她发现，问一些机密问题，得到愉快的回答，这多么悦人，所以她保持不了安静。

“让我离开实属不易。但是，我没有勇气将你从那么幸福的家里带走，直到我能有希望为你提供一个幸福之家。那要经过很长时间，也许还得努力工作。我除了一点点学问，没有财产。我怎能要求你为我这么个又穷又老的人放弃那么多东西呢？”

“你穷我乐意。我忍受不了一个有钱的丈夫。”乔决然说道。然后她用更柔和的声调补充道：“别害怕贫穷，我早就尝尽了贫穷的滋味，贫穷不再能使我恐惧。为我所爱的人们工作我感到幸福。别说你自己老了——四十正当年。即便你七十岁，我也不由得爱你！”

教授被深深打动了，要是他能拿出他的手帕，他早就拿出来了。可是他双手抓着东西没法拿，于是乔为他擦去了眼泪。她接过去一两件东西，一边笑着说——

“我也许是好胜，可是现在谁也不能说我越出本分了，因为女人的特殊使命便是为人擦眼泪，忍辱负重。我要承受我那一份，弗里德里克，我要帮着挣钱养家。这一点你得拿定主意，否则我决不去那儿。”她坚定地补充道。同时，他试图拿回物品。

“我们会看到我们的未来的。乔，耐心等待一段时间，好吗？我得离开独自去工作。我必须先帮助我的孩子们，因为，即便是为了你，我也不能对明娜失信。你能原谅我吗？能幸福地希望、等待着吗？”

“是的，我知道我能，因为我们相互爱着，那其余的一切便都无足轻重了。我也有我的责任和工作。即使是为了你而忽视它们，我也不会快活。所以没必要慌忙或焦躁。你可以在西部尽你的责任，我在这里干我的。我们俩都幸福地作着最好的打算，把将来交由上帝安排。”

“哦，卿予我这么大的希望与勇气。我除了一颗盛满爱的心和一双空手，没有别的可以给你了。”教授叫道，他完全不能自持了。

乔从来、从来就学不会规矩。他们站在台阶上，他说出那些话，乔只是将双手放进他的手里，温柔地低语道：“现在不空了。”然后，她俯身在雨伞下亲吻了她的弗里德里克。这真算是出格了。可是，即使那群栖息在树篱上的拖尾巴麻雀是人类，她也会那样做，因为她真的忘乎所以了。除了她自己的幸福，她完全顾不了其他的事了。这是他们俩一生中最幸福的时刻，尽管这一刻是以非常简单的形式出现的。暗夜、风暴、孤独已经过去，迎候他们的是家庭的光明、温暖与宁静。乔高兴地说着“欢迎你回家”，将她的心上人领进屋，关上了门。

第四十七章　收获季节

有一年光景，乔和教授工作着，等待着，希望着。他们谈情说爱，偶尔相会。他们写了那么多的情书，以致一时洛阳纸贵，劳里如是说。第二年开始冷静些了，因为他们还未见到光明的前景，马奇姑婆也突然过世了。他们最初的悲痛过去后——虽然老太太尖酸刻薄，他们还是爱她的——他们有理由高兴起来，因为她将梅园遗留给了乔，这使得种种欢乐之事成为可能。

"那是个很不错的老庄园，会带来大笔进项，你肯定打算卖掉它。"劳里这么说。

"不，我不卖。"乔决然回答。她抚弄着那只肥壮的长卷毛狗。出于对它原先的女主人的尊重，乔领养了它。

"你不会是说要住在那儿吧？"

"是的，我要住那儿去。"

"可是，我亲爱的姑娘，那是间非常大的宅子，管理它要很多很多钱。光是花园和果园就得两三个人照看。我想巴尔对农活也不在行。"

"要是我这么提议，他会在那方面努力的。"

"你期待靠那里的农产品过活？嗯，听起来其乐无穷，可你会发现农活非常艰苦。"

"我们打算种的庄稼是有利可图的。"乔笑了起来。

“什么样的庄稼让你这么心驰神往，夫人？”

“男孩子，我想为小孩子们办一个学校——一个愉快的、家庭般的好学校。我来照顾他们，弗里茨教他们。”

“那可真是乔式计划！这不正是她的风格吗？”劳里听着，向其他家庭成员吁求赞同。他们和他一样吃惊不已。

“我喜欢那个计划。”马奇太太决然说道。

“我也喜欢。”她丈夫补充道。想到有机会对现代青年试行苏格拉底的教育法，他便十分赞同了。

“这对乔是个很大的牵累。”梅格说，一边抚摸儿子的头，他正全神贯注地听着。

“乔能这么做，她会为之幸福，这是个绝妙的主意。把一切都告诉我们吧。”劳伦斯叫道。他一直渴望帮这对情侣的忙，可是他知道他们会拒绝他的帮助。

“我知道你会支持我的，先生。艾美也会的——我从她的眼神看出来了，虽然她小心谨慎，三思而后行。好啦，我亲爱的人们，”乔认真地说道，“你们得理解这不是我一时心血来潮，而是酝酿已久的计划。在弗里茨来之前，我常想着，等我发了财，家里又没人需要我时，我就去租间大房子，收养那些没有母亲照顾的、可怜的小弃儿，让他们的生活及时得到改善。我看到许多弃儿因为得不到适时的帮助而走向堕落。我非常乐意为他们做些事情。我似乎能感觉到他们的需要，我同情他们的烦恼。哦，我是多么希望做他们的母亲啊！”

马奇太太向乔伸出了手，乔也握住妈妈的手。她热泪盈眶，脸上却挂着笑。她像以前那样热情洋溢地说起话来。她们已很长时间没有看到她这样热烈的情绪了。

“我曾经将我的计划告诉过弗里茨，他说那正是他想做的，他同意等我富裕了就着手去做。上帝保佑那好心人！他一生都在这么做——我是说，他帮助穷孩子们，自己富不起来，将来也绝对富不了。钱在他的袋子里搁不长，积蓄不起来，而现在多亏了我那善良的老姑婆，我不配得到她这样的爱。我富有了，至少我这样认为。要是我们成功地开办一个学校，我们能在梅园生活得相当不错。那地方正适合男孩子们，宅子很大，家具既结实又简单。有许多屋子可容下十几个孩子，屋外有非常好的场地。孩子们能在花园和果园帮忙：这样的工作有益健康，是不是，先生？而且弗里茨可以用他的方式训练、教育孩子们。爸爸会帮助弗里茨的。我可以照顾他们的饮食起居，爱抚他们，管教他们，妈妈会支持我的。我一直盼望能有许多孩子，尽情和这些可爱的小东西们狂欢作乐。想想那是什么样的享受——我拥有了梅园，还有一大群孩子和我一起共享田庄！"

乔兴奋得手舞足蹈，全家人爆发了一阵欢笑。劳伦斯先生大笑着，使得他们担心他会笑出中风来。

"我看不出有什么好笑的，"笑声停止时，乔神情严肃地说，"我的教授开办学校，而我宁愿住在我自己的田庄，没有什么比这更自然、更适当的了。"

"她已经摆出架子了。"劳里说。他把这个想法当成了一个天大的笑话。"我可以请教你打算用什么来维持学校呢？要是所有的学生都是流浪儿，用世俗的观点来看，我恐怕你的庄稼不会有利可图的，巴尔夫人。"

"哎呀，特迪，别扫兴，我当然也会收些有钱的学生——也许就像那样开始，然后等到学校开起来了，我就能收下一两个流浪儿，只为增添兴趣。富人的孩子和穷人的孩子一样，也需要照顾和安慰。我见过一些不幸的小东西们，他们被丢给仆人管。还有些迟钝的孩子被逼着上进。这真是残忍。一些孩子因为调教不当或被忽视而变得不守规矩，还有些孩子失去了母亲。而且，即使是最好的孩子也要经过少年时期，那个时期最需要人们耐心友善地对待他们。可是，人们嘲笑他们，粗暴地对待他们，尽量让他们处于视线之外，人们期望着他们突然从小孩子一变而成品质优良的大小伙子。他们极少抱怨——这些胆大的小东西们——但他们是有感觉的。我见识过，完全了解。对这些小莽汉们我特别有兴趣。我想让他们知道，尽管他们笨手笨脚、头脑不清，但是他们心地善良、热情、诚实。我也有过经验，难道我不是教育了一个男孩，使他的家人为他感到自豪、光荣吗？”

“我作证你作出过那样的努力。”劳里带着感激的神情说。

“而且，我的成功超出我所预料的，瞧你，一个稳重、精明的商人，用你的钱财做了大量的好事。你不是在积蓄美元，而是在积蓄穷人的祝福。你不仅仅是个商人，还崇尚善美之事，并享有其中的乐趣，你让别人分享你一半的财富，就像过去常做的那样。特迪，我真为你骄傲，你日见长进，虽然你不让大家说，但大家都感到了这一点。是的，等我有了一群孩子，我就会指着你对他们说：‘孩子们，那就是你们的榜样。’”

可怜的劳里眼睛不知往哪儿看了，因为这一阵赞扬使得所有的脸都转向他，大家赞许地看着他，他又产生了以前那种羞怯。

“我说，乔，那太过分了。”他又以从前那种男孩气语调开了腔，“你是为我做了许多，我无法感激你，只能尽力不让你失望。最近你完全抛弃我了，乔，可我还是得到了最好的帮助，所以，要说我有什么长进，你得感谢这两位。”他一只手轻轻地放在爷爷花白的头上，另一只手放在艾美的金发上，这三个人从来离不开多远。

“我真的认为世界上最美好的事就是家庭！”乔脱口而出。此时她的情绪异常高涨。“我自己成了家后，希望和另外三个家庭一样幸福。我了解也非常喜欢那三个家庭。要是约翰和弗里茨也在这里，那真是地球上的一个小天堂。”她接着说道，声音放低了些。那天晚上，一家人快活地谈论着家庭计划、希望、打算，乔回到自己的房间时，心中溢满了幸福。她跪在一直靠近自己的那张空床边，柔情万端地想着贝思，以此平静自己的心情。

那一年过得令人非常吃惊，事情似乎发生得非同寻常地迅速顺利。

乔几乎还没有反应过来是怎么回事，就已经结了婚，在梅园安顿了下来。接着，六七个小男孩如雨后春笋般地冒出来。学校办得红火，令人惊奇。学生们有穷孩子，也有富孩子，因为，劳伦斯先生不断地发现令人怜悯的贫穷人家，恳求巴尔夫妇可怜孩子，而他也会高兴地付些钱加以资助。有心的老先生用这种方式智胜了高傲的乔，为她带来了她心愿所系的那些孩子。

这工作开始时自然费力，乔犯着莫名其妙的错误，然而，教授安全地将她引进平静的水面，最不受管束的流浪儿最终也被征服了。乔是多么欣赏她的“男孩荒野”啊！梅园以前干干净净、井然有序，如今，大批的汤姆们、迪克们、哈里们出没于这片神圣的领地。要是那可敬可怜的马奇姑婆看到这一切，她老人家会怎样地悲叹啊！然而，毕竟这事情中还有某种劝善惩恶的成分，因为方圆几里路之内的男孩子们都非常害怕老太太，现在小亡命者们无拘无束地大吃着禁果李子，不受责骂地用肮脏的靴子踢着砾石，在大空场地上玩着板球，而以前那儿有着易怒的“长着弯角的牛”，吸引着鲁莽的小家伙们过去，被牛角挑起。如今这里成了这种男孩子的天堂。劳里建议它应叫作“巴尔花院”[1]，这对主人是种赞扬，对居住在这里的人们来说比喻贴切。

学校决不赶时尚，教授也没积蓄起钱财，但是正像乔计划的那样——“对那些需要教导、照料、爱抚的男孩子们，这个地方幸福，像家一样”。很快，大宅子里每间屋子都满了，花园里每一小块地都有了主人，仓库与棚屋里出现了定期的动物展览，因为允许他们养宠物。一天三次，乔坐在长餐桌的　端向她的弗里茨笑着，桌子两边各坐着一排幸福的孩子，他们都很有感情地看着她，对“巴尔妈妈”吐露知心话，对她心存感激，充满爱恋。现在，她有足够的男孩子了，她从不厌烦他们，虽然他们绝不是天使，有些孩子还使教授及夫人大伤脑筋。但是，她相

① 应为花园，巴尔英语发音不标准，劳里是在模仿他的发音。

信，即使在最淘气、最莽撞、最让人烦心的小流浪儿们身上也有优点，这给了她耐心、技巧，最终使她成功。巴尔爸爸像太阳一样亲切地照耀着他们，巴尔妈妈一天要宽恕他们七七四十九次。在这种情况下，只要那男孩是凡人，就不可能顽抗到底。这些孩子们对她的友谊，他们干了坏事后悔时鼻子的抽气声和低声说话声，他们有趣又感人的小秘密话，他们可爱的热情、希望和计划，甚至他们的不幸，对乔来说都是非常珍贵的，因为那使她更加喜爱他们。这些男孩子们有的迟钝，有的腼腆，有的虚弱，有的闹人，有的说话口齿不清，有的说话结结巴巴，有一两个孩子跛腿，还有一个快乐的小混血儿，别的地方都不接受他，而"巴尔花院"却欢迎他，尽管有些人预料接受他会毁了这学校。

的确，尽管工作繁忙，焦虑重重，还有永无止境的忙乱，乔在那里仍是个幸福的妇人。她由衷地欣赏这一切，她感到男孩们对她的称颂要比世间任何赞扬都更令人满意。现在，她只对她那群热情的信徒及敬慕者讲故事。随着岁月的流逝，她自己的两个孩子出世了，为她增添了幸福——罗布，以外公的名字命名；特迪，一个无忧无虑的小家伙，他似乎继承了爸爸快活的脾气和妈妈旺盛的精力。在那群混乱的男孩堆里，他们怎样能活泼地成长，这始终是外婆和几个姨的一个谜。然而，他们如同春天的蒲公英茁壮成长。那些粗鲁的保姆们很爱他们，对他们照顾得也很好。

梅园有许许多多节假日，最愉快的节日便是每年一度摘苹果的时候。那时，马奇夫妇、劳伦斯夫妇、布鲁克夫妇，还有巴尔夫妇全体出动，干上一整天。乔结婚五年后，又到了果实累累的收获节日——这是瓜果飘香的十月里的一天，空气中弥漫着令人兴奋的清香味，使人们情绪高涨，热血沸腾。古老的果园披上了节日的盛装：黄菊花和紫菀点缀着生了苔的墙壁；蚱蜢在干枯的草丛中轻快地蹦跶；蟋蟀唧唧地叫着，就像童话故事中宴会上的吹笛手；松鼠们忙着它们的小小收获；鸟儿们在桤木间啁啾着准备告别秋季。每一株树都作好了准备，一旦摇动它们，便降下红苹果或黄苹果的阵雨。每个人都在场，每个人都笑着，唱着，爬上树，跌下来。每个人都宣称从来没有这样完美的日子，从来没有这样一帮快乐的人来欣赏它。每个人都无拘无束地沉浸在这种纯朴的快乐中，仿佛人世间没有焦虑与忧虑。

马奇先生宁静地四下闲游。他一边向劳伦斯先生引述着塔瑟、考利，以及科卢梅拉，一边享用着——

苹果和醇的汁水。

教授在绿色的甬道里奔来奔去，就像一个勇敢的条顿骑士。他用一根竿子作长矛，引领着男孩们摘苹果。孩子们组成了云梯救火队，在高空落地的技巧方面创造了奇迹。劳里一门心思用在了小孩们身上，他用蒲式耳筐装载着他的小女儿，把黛西放在鸟巢中间，照看着爱冒险的罗布防止他摔伤。马奇太太和梅格坐在苹果堆里，就像一对果树女神，拣着不断涌入的苹果，而艾美脸上则带着慈爱的神情，为不同的人群作着速写，同时，她注视着一个脸色苍白的孩子，这孩子身边放着小拐杖，坐在那里敬慕地看着她。

那天，乔如鱼得水。她用针别起了身上的长裙，帽子压根儿没戴在头上。她胳膊下夹着儿子，四处奔着，随时准备应付可能出现的惊险事件。小特迪有刀枪不入的能耐，没发生过任何意外。乔从没担心过他，无论他是被一个男孩一下弄上树去，还是被另一个男孩驮着飞跑开去，还是当他那溺爱的爸爸给他吃褐色的酸苹果时，她都不担心。他爸爸带有日耳曼人的幻想，认为孩子们能消化任何东西，从腌菜到纽扣、钉子，还有他们的小鞋。他知道她的小特迪最后总会安然无恙，面色红润，脏兮兮却静悄悄地出现。她总是热情欢迎他回来，百般柔情地爱着她的孩子们。

四点时，劳动暂停。篮子空了，摘苹果的人休息了，他们互相比着衣服的撕裂处和身上的擦伤。乔、梅格，还有一支大男孩组成的小分队，在草地上摆着晚餐。这顿户外茶点总是这一天中最快乐的时分。在这种场合，不夸张地说，地上流淌着牛奶与蜂蜜，因为，他们不要孩子们坐在桌边吃，而是允许他们随意吃茶点——这种自由是个刺激，男孩子们心中热爱它。他们最大限度地充分利用了这个难得的特权。一些孩子做着有趣的实验，倒立着喝牛奶。另一些孩子做着蛙跳游戏，中间停顿时便吃馅饼，使游戏更有诱惑力。饼干撒遍了田野，吃了一半的苹果栖息在树上，像是一种新的鸟类。小女孩们私下开着茶会，小特迪在能吃的东西之间随心所欲地徘徊着。

大家都再也吃不下东西了，这时，教授第一次正式提议干杯，在这种时候总是要干杯的——“马奇姑婆，上帝保佑她！”那好人由衷地敬酒。他绝忘不了他欠老太太太多。男孩子们静静地喝干酒。他们一直受着教诲：脑中常记老太太。

“现在，为外婆六十岁生日干杯！祝她长寿，三呼万岁！”

这是个由衷的提议，读者完全可以相信。他们又一次欢呼起来，很难止住。他们为每个人的健康都干了杯，从劳伦斯先生到那只吃惊的豚鼠——劳伦斯先生被视为他们特别的恩主，而那只豚鼠离开它适当的属地来寻找它的小主人。然后，德米作为长孙，向当天的女人赠送各种礼品。礼品太多了，只好用独轮手推车运到喜庆场地。一些礼品很好笑，然而，在别人眼里看来有瑕疵的东西，外婆看着都能用作装饰品——孩子们的礼品都是他们自己制作的。黛西的小手指耐心地为手帕镶了边，那一针一线在马奇太太看来都比刺绣还要好；德米的鞋盒子是机械技艺的奇迹，虽然那盒子盖不上；罗布的脚凳腿扭动着立不稳定，她却说令人舒服；艾美的孩子送给她的书上用大写字母东倒西歪地写着——“赠亲爱的外婆，她的小贝思”，任何贵重的书都不及这本书好。

在赠礼仪式进行中间，那帮男孩子神秘地消失不见了。马奇太太想感谢她的孙儿孙女们，却感动得不能自持，小特迪用他的围裙为外婆擦去泪水。教授突然开始唱了起来。于是,从他们头上方,不同的声音接上了歌词,一棵棵树间回荡着看不见的合唱队的歌声。男孩子们诚心诚意地唱着。这支小歌是乔写的词,劳里谱的曲,教授训练孩子们唱的,在这个场合演唱效果极佳。这真是一件新鲜事,结果大获成功。马奇太太遏制不住惊喜,坚持要和每一只没有父亲的鸟儿握手,从高个儿的弗朗兹和埃米尔到那小混血儿,这些孩子们的声音非常甜美动听。

这一切结束后,孩子们四下散开去嬉戏,马奇太太和女儿们留在节日的树下。

"我想,我不应该再把自己叫作'不幸的乔'了,我最大的愿望已经这样美妙地得到了满足。"巴尔太太说着,一边将小特迪的小拳头拽出了牛奶罐,他正兴高采烈地用手在罐里搅和呢。"可是,你的生活和你很久以前想象的大不相同,你可记得我们的空中楼阁?"艾美问道。她看着劳里、约翰在和孩子们玩着板球。

"亲爱的人们! 看到他们忘掉事务嬉耍一天,真让我高兴。"乔回答。她现在说话带上了人类母亲式的慈爱口气。"是的,我记得。可是我那时向往的生活现在看来似乎自私、孤寂、清冷。然而,我并没有放弃写本好书的希望,我可以等待,我确信我生活里有了这样的经验和例证,书会写得更好。"乔指着远处蹦蹦跳跳的孩子们,又指指爸爸。爸爸倚着教授的胳膊,在阳光里走来走去,热烈地谈着什么两人都非常感兴趣的话题。乔接着指了指坐在那里的妈妈。女儿们崇敬地围绕着她。她膝上、脚边坐着她的孙儿孙女,好像大家都从她那儿得到了帮助和幸福,她那张脸在他们看来永远不会衰老。

"我的空想几乎都实现了。的确,我那时希求美好的事物,但是,我心中知道,假如我有一个小家,有约翰和一些这样可爱的孩子,我就应该满足了。我得到了这一切,感谢上帝。我是世上最幸福的女人。"梅格将手放在她的高个子儿子的头上,脸上的表情充满温柔与虔诚的满足。

“我的楼阁和我的计划完全两样。但是，我不会像乔那样更改的。我没放弃我所有的艺术愿望，也没把自己局限于帮助别人实现美梦。我已经开始制作一个孩子塑像。劳里说那是我做过的最好的一件。我自己也这么认为。我打算用大理石制作。这样不管发生什么事，至少我可以保留我的小天使的形象。”

艾美说着，一大滴泪珠落在了睡在她臂弯里的孩子的金发上。她深深爱着的这个女儿弱不禁风，失去她的担心是艾美幸福生活中的阴影。这个不幸对父亲母亲都有很大影响，因为爱情与痛苦把两个人紧密地联结在一起。艾美的性情变得更加甜美、深沉、温柔，劳里变得更加严肃、强健、坚强。两个人都懂得了，美貌、青春、好运，甚至爱情自身都不能使幸运的人免于焦虑、疼痛、损失与痛苦，因为——

每个人生活中都会有不幸的雨点落下，
一些日子会变得黑暗、哀伤、凄凉。

“她的身体有起色了呢，我确信这一点，亲爱的，别灰心，要有希望，要保持快乐。”马奇太太说道。心地温和的黛西从外婆膝上俯过身去，将她红润的脸颊贴在了小表妹苍白的脸颊上。

“我根本就不应该灰心，我有你鼓励，妈咪，有劳里承担一大半负担，”艾美热情地说，“他从不让我看出他的焦虑。他对我那么温柔、耐心，对小贝思又是那么尽心。这对我来说总是很大的支持与安慰，我怎么爱他都不过分。所以，尽管我有这个不幸，我还是能像梅格那样说：‘感谢上帝，我是个幸福的女人。’”

“我没有必要再说了。大家都看得出来，我得到的幸福远远超过了我应享有的。”乔接着说。她扫视着她的好丈夫和在她身边草地上翻滚着的胖孩子们。“弗里茨越来越老、越来越胖了，而我像个影子日渐消瘦了。我已经三十岁了，我们根本富不起来！梅园说不上哪天夜里会给烧掉，因为那个不肯悔改的汤米·邦斯非要在被褥下抽香蕨木烟。他已经三次烧着了自己。可是尽管有这些不太浪漫的事情，我也没什么可抱怨的了，我一生中从来没有像这样快活过。请原谅我的措辞。和那些男孩们生活在一起，我常禁不住用他们的表述法。”

“是的，乔，我想，你将会有个好收成的。”马奇太太开口说，她吓走了一只大黑蟋蟀。它盯着小特迪看，吓得他脸上变了色。

“收获没你的一半好，妈妈。你看，你耐心地播下种子，然后收获，为此我们怎么也谢不够你。”乔带着她那可爱的急躁叫道。她的急躁年龄再大也改不了。

“我希望，每年多一些麦子，少一些稗子。”艾美轻轻地说。

“一大捆麦子，但是我知道，你心里总有地方装下它，亲爱的妈咪。”梅格语调温柔地补充道。

马奇太太深深地感动了。她只能伸开双臂，仿佛要把她的儿孙们搂抱过来。她的表情和声音里都充满了母亲的慈爱、感谢与谦让——

“哦，我的姑娘们，不管你们今后怎样，我想，没有什么比这更能给你们巨大的幸福了！”

经典译林

Yilin Classics

书名	单价	书名	单价
癌症楼	78.00 元	艾青诗集	35.00 元
爱的教育	39.00 元	爱丽丝漫游奇境	29.00 元
安娜·卡列尼娜	65.00 元	安徒生童话选集	42.00 元
傲慢与偏见	36.00 元	奥德赛	92.00 元
八十天环游地球	32.00 元	巴黎圣母院	42.00 元
白洋淀纪事	39.00 元	百万英镑	35.00 元
包法利夫人	38.00 元	悲惨世界（上、下）	98.00 元
背影	28.00 元	被侮辱与被损害的人	39.00 元
边城	36.00 元	变色龙：契诃夫中短篇小说集	39.00 元
变形记 城堡	38.00 元	草叶集：惠特曼诗选	39.00 元
茶馆	32.00 元	茶花女	35.00 元
查拉图斯特拉如是说	38.00 元	沉思录	29.00 元
城南旧事	29.00 元	大卫·科波菲尔（上、下）	79.00 元
当代英雄	45.00 元	稻草人	29.00 元
地心游记	32.00 元	飞鸟集·新月集：泰戈尔诗选	39.00 元
飞向太空港	39.00 元	福尔摩斯探案集	58.00 元
复活	42.00 元	傅雷家书	49.00 元
富兰克林自传	36.00 元	钢铁是怎样炼成的	39.00 元
高老头	39.00 元	格列佛游记	35.00 元
格林童话全集	49.00 元	给青年的十二封信	38.00 元

书名	单价	书名	单价
古希腊悲剧喜剧集（上、下）	118.00 元	海底两万里	38.00 元
红楼梦	69.00 元	红与黑	49.00 元
呼兰河传	35.00 元	呼啸山庄	39.00 元
基督山伯爵（上、下）	108.00 元	纪伯伦散文诗经典	42.00 元
寂静的春天	35.00 元	假如给我三天光明	32.00 元
简·爱	39.00 元	金银岛	35.00 元
经典常谈	29.00 元	荆棘鸟	45.00 元
静静的顿河	128.00 元	镜花缘	49.00 元
局外人·鼠疫	38.00 元	菊与刀	35.00 元
克雷洛夫寓言	32.00 元	宽容	32.00 元
昆虫记	39.00 元	老人与海	32.00 元
理想国	45.00 元	聊斋志异	55.00 元
了不起的盖茨比	38.00 元	列那狐的故事	39.00 元
猎人笔记	38.00 元	林肯传	39.00 元
鲁滨逊漂流记	39.00 元	鲁迅杂文选集	36.00 元
绿山墙的安妮	36.00 元	罗马神话	16.80 元
罗生门	39.00 元	骆驼祥子	32.00 元
美丽新世界	35.00 元	名人传	39.00 元
拿破仑传	49.00 元	呐喊	29.00 元
牛虻	38.00 元	欧·亨利短篇小说选	36.00 元
欧也妮·葛朗台	32.00 元	彷徨	32.00 元
培根随笔全集	38.00 元	飘（上、下）	88.00 元
普希金诗选	42.00 元	骑鹅旅行记	36.00 元
乞力马扎罗的雪	39.80 元	热爱生命·海狼	38.00 元

书名	单价	书名	单价
人间草木：汪曾祺散文精选	49.00 元	人类群星闪耀时	36.00 元
人性的弱点	39.00 元	日瓦戈医生	68.00 元
儒林外史	42.00 元	三个火枪手	59.00 元
三国演义	59.00 元	沙乡年鉴	42.00 元
莎士比亚喜剧悲剧集	49.00 元	少年维特的烦恼	28.00 元
神秘岛	48.00 元	神曲（共三册）	128.00 元
十日谈	68.00 元	世说新语（上、下）	89.00 元
双城记	45.00 元	水浒传	69.00 元
四世同堂（上、下）	78.00 元	苔丝	39.00 元
谈美	35.00 元	谈美书简	36.00 元
汤姆·索亚历险记	32.00 元	汤姆叔叔的小屋	45.00 元
唐诗三百首	39.00 元	堂吉诃德	78.00 元
天方夜谭	42.00 元	童年	38.00 元
童年·在人间·我的大学	49.00 元	瓦尔登湖	36.00 元
我是猫	39.00 元	乌合之众	35.00 元
物种起源	42.00 元	雾都孤儿	44.00 元
西顿野生动物故事集	38.00 元	西游记	62.00 元
希腊古典神话	49.00 元	乡土中国	36.00 元
小妇人	45.00 元	小王子	29.00 元
星星离我们有多远	35.00 元	喧哗与骚动	58.00 元
羊脂球	38.00 元	一九八四	36.00 元
一间自己的房间	36.00 元	伊利亚特	82.00 元
伊索寓言：555 则	36.00 元	尤利西斯	58.00 元
约翰·克利斯朵夫（上、下）	98.00 元	月亮和六便士	45.00 元

书名	单价	书名	单价
战争与和平（上、下）	108.00 元	朝花夕拾	22.00 元
中国民间故事	39.00 元	子夜	49.00 元
最后一课	36.00 元	罪与罚	66.00 元